अर्धविराम

सब कुछ यहीं है, मिलेगा बस थोड़ा-सा!

अर्धविराम

सब कुछ यहीं है, मिलेगा बस थोड़ा-सा!

मनीष कुमार सिंह

वाणी प्रकाशन

प्रकाशन के उत्कृष्टतम 62 वर्ष

सजिल्द पहला संस्करण : 2025

vaniprakashan.com

वाणी प्रकाशन

4695, 21-ए, दरियागंज, नयी दिल्ली-110 002

फ़ोन : + 91 11 23273167, 23275710

शाखाएँ

अशोक राजपथ, पटना-800 004, बिहार

कॉफ़ी हाउस कैम्पस, महात्मा गांधी मार्ग, प्रयागराज-211 001, उत्तर प्रदेश

महात्मा गांधी अन्तरराष्ट्रीय हिन्दी विश्वविद्यालय, वर्धा-442 001, महाराष्ट्र

sales@vaniprakashan.in
vaniprakashan@gmail.com

Ardhviram
by Manish Kumar Singh

ISBN : 978-93-6287-205-0
Novel

मूल्य : ₹ 625

सिटी प्रेस, दिल्ली-110 095 में मुद्रित

वाणी प्रकाशन का लोगो मक़बूल फ़िदा हुसैन की कूची से

यह पुस्तक उन अनाम और अज्ञात पाठकों को
सादर, सविनय और सप्रेम समर्पित है
जिन्होंने पढ़ने के दुर्लभ शौक़ को
सहेज कर रखा है।

भूमिका

लेखक अपनी रचना में अपने पात्रों की आड़ में उपस्थित रहता है। जिन पात्रों का वह सृजनहार है दरअसल वे उसे अपने भीतर पनाह देते हैं। वह जिस रचना का सृजन करने का श्रेय लेता है, वही उसे अभिव्यक्त करने लगती है। पात्रों का सृजन शब्दों के अनूठे रोमांस जैसा है। काल्पनिक दिखने वाले पात्र, वास्तविक जगत के लोगों की तरह बोलने-बतियाने लगते हैं। ये तथाकथित काल्पनिक पात्र झूठ के पक्के दुश्मन होते हैं। जंग लगी मान्यताओं को शिवधनुष की तरह भंग करके नयी सोच को मिट्टी के शिवलिंग जैसा स्थापित करने का प्रयत्न करना कोई इनसे सीखें। इन पात्रों का सृजन करके लेखक भले पछताता न हो लेकिन रचना की निर्माण प्रक्रिया के साथ-साथ इनके बदलते तेवर और स्वतन्त्र व्यक्तित्व को देखकर अपने ही बनाये पुतले पर हैरान ज़रूर होता है। संसार की क्षुद्रता और चालाकी को अपनी आत्मा पर बोझ की तरह ढोने के बजाय, लिपिबद्ध करके पाठक को पेश करना उसकी नियति है।

1

महँगा-से-महँगा ब्रांडेड परफ्यूम भी बारिश से भीगी धरती और हवा का मुकाबला नहीं कर सकता। बारिश से सद्यस्नान मिट्टी की गन्ध स्नायुओं को सराबोर कर रही थी।

इस वातावरण में यूनिवर्सिटी में साइंस फैकल्टी के सूने बरामदे में दो लड़के बैठकर बातें कर रहे थे। "अब जाकर बारिश शुरू हुई है।" एक लड़का बड़बड़ाया। "आदमी का तो भरोसा पहले ही उठ गया था अब मौसम भी भरोसे लायक नहीं रहा। दो फर्लांग दूर हफ़्ते भर पहले से धुआँधार बारिश हो रही है। न जाने एक देश, एक मौसम का कानून कब लागू होगा। कहीं बरसे, कहीं तरसे वाली स्थिति कब तक चलेगी।"

हवा के झोकों से पेड़ में लटकी कोई चीज़ गिरी। शायद पहले कभी अटकी जीर्ण पतंग होगी। "यह क्या है लथपथ प्यारे?" एक ने सवाल किया। "भई कोई रहस्यमय चीज़ लगती है। जरा ध्यान से देखो।"

"पहली बात कि मेरा नाम सम्पत है। दूसरी वह कोई सुन्दर नारी नहीं है जो इतना ध्यान से देखेंगे।" हिन्दी के फोनोटिक होने के गर्व पर प्रश्नचिह्न लग गया। राजकीय अभिलेखों में दर्ज सम्पत नाम का उच्चारण लथपथ के रूप में कैसे हो रहा है।

"दुनिया के लिए तुम फलाना-फलाना होगे पर हमारे लिए धूल-मिट्टी से लथपथ प्राणी रहोगे। पहले यह पता लगाओ कि यह है क्या।"

"तुम चाहे इसे उड़नतश्तरी मान लो। हमें क्या।" सम्पत ने लगभग यह स्वीकार कर लिया कि उसका यह उपनाम अब बाकायदा संज्ञा बन चुका है।

एक कार आकर रुकी। दो लड़के आये। "कौन हो भाई? यहाँ कैसे पधारे?" बैठे हुए लड़कों ने उन्हें भली-भाँति जानते हुए भी सवाल किया।

एक बोला, "हम लोग वही हैं जो हफ़्ते भर पहले सिविल लाइंस में रोड एक्सिडेंट में मर गये थे। अच्छी सोहबत पाने के लिए यहाँ आये हैं। हफ़्ते भर से पेड़ की डाल पर लटक कर गुजारा किया। आज इस सूने भवन में अच्छी रिहाइश मिली है। यही बसेरा बनायेंगे।"

सब ही-ही करने लगे।

"भई हम लोग यहाँ पिछले सौ साल से रह रहे। इस जगह के मूल निवासी हैं। हम कोई टुटपुँजिया क़िस्म के भूत नहीं हैं जिसे कोई भी ऐरा-ग़ैरा तान्त्रिक बोतल

में बन्द कर लेगा। जिस पर लग गये वह गया काम से। तुम दोनों ताजा-ताज़ा भूत बने हो इसलिए ज़्यादा स्टाइल दिखा रहे हो।" बैठा हुआ एक लड़का बोल पड़ा।

"छोड़ो यार मुरलीधर! यह क्या स्टाइल दिखायेगा।" सम्पत बोला। "हमारे कॉलेज की एक देवी को देखेगो तो मान जाओगे कि शायद नास्त्रोदेम ने उसी के लिए भविष्यवाणी की थी कि इस जम्बूद्वीप में एक ऐसी स्त्री का अवतरण होगा जो दुनिया को नयी दिशा देगी।"

बात सुपर नेचुरल कॉमेडी से दूसरे मार्ग पर आ गयी।

एक स्थूलकाय युवक पास खिसककर बैठ गया। "लथपथ भाई, ज़रा तफ़तीश से बताओ। पहेली में बात करना अच्छी बात नहीं है।" फिर पलटकर कहा, "पारस जरा पास आओ। मतलब की बात इसके मुँह से बड़ी धीमी आवाज़ में निकलती है।"

पारस हल्के से मुस्कराया लेकिन दूर बैठा रहा। तनिक उपहास भरे अन्दाज़ में बोला, "ऐसी बात...!! हमें कुछ पता ही नहीं है।"

"भाई लोगों सृष्टि में पापियों की संख्या बहुत बढ़ गयी है। इसलिए पृथ्वी का सन्तुलन बरकरार रखने के लिए एक सर्वगुण सम्पन्न युवती ने अपने हाथों में बागडोर थामी है।" सम्पत उसका सांगोपांग वर्णन करने लगा।

स्थूलकाय युवक ज़रा ज़ोर से घोषणा करने वाले अन्दाज़ में कहने लगा। "यारों सात नदियों का जल मँगवाओ। अभी इसका राज्याभिषेक करते हैं। इतनी अच्छा समाचार सुनाया है।"

पारस ने तिनके से दीवाल पर कुछ लिखना शुरू कर दिया।

"तुम्हारा ध्यान किधर है बिरादर? यहाँ भागवत् चर्चा हो रही है और तुम दीवाल पर कविता लिख रहे हो। यार चौधरी, तुम वीर घटोत्कच के नाम से यूँ ही मशहूर नहीं हो। जरा इसे समझाओ।" मुरलीधर ने स्थूलकाय युवक से कहा।

"भई मुरली प्यारे, तुम यहाँ के मूल निवासी हो। शहर वाले तुम जैसे भूत से डरते हैं लेकिन पारस जैसे तपस्वी पर इसका क्या असर होने वाला है।" चौधरी ने जवाब दिया।

"तुम लोग फटी जिंस और जंक फूड खाकर सीधे वैदिक युग में छलाँग लगाते हो। हकीकत यह है कि हम लोग पढ़ाई और करियर के बारे में बात तक नहीं करते हैं, कोशिश करना तो छोड़ो।" पारस ने कहा।

"वो भी कर लेंगे। पहले जरा दो घड़ी जी ले। देखो भगवान ने तुम्हें इतनी बड़ी-बड़ी आँखें दी हैं। किसी को प्यार से देखोगे तभी प्रभु की इस नियामत के साथ न्याय होगा। बस गम्भीर बातें करके अनमोल समय बरबाद मत करो।" मुरलीधर ने दोनों हाथ फैलाकर जँभाई ली। "हमारे बीच जरा वैचारिक मतभेद है। इससे दोस्ती पर

फ़र्क़ नहीं आना चाहिए। आप हमारी भाषा को अल्पबुद्धि दोस्तों की जुबान मानिए। इसे पाणिनि की दृष्टि से मत देखिए।"

यह सुनकर गम्भीर मुद्रा अपनाकर सम्पत से एक सूचनात्मक जानकारी पेश की। "कुछ पता-वता है कि नहीं? विश्वस्त सूत्रों से ज्ञात हुआ है कि इलाहाबाद यूनिवर्सिटी में अपने पारस भाई इतिहास के प्रवक्ता बनने जा रहे हैं। अब यूनिवर्सिटी के छात्र से प्रमोट होकर खुद शिक्षक की श्रेणी में आने वाले हैं। विषय आपका मध्यकालीन इतिहास ज़रूर है लेकिन दिलोदिमाग़ देश की प्राचीन संस्कृति में खोया हुआ है। इसे जानने और समझने के लिए अनुसन्धान और परिश्रम की ज़रूरत होती है। आँखें खोलिए। खोजने वालों ने गोता लगाकर न जाने कौन-कौन से मोती ढूँढ़ निकाले हैं। इस काम के दीवाने के लिए इससे अधिक आनन्ददायक और दिलचस्प काम और कुछ नहीं है।"

पारस ने मजमे को सम्बोधित करते हुए विषय परिवर्तन किया। "आप सारे गणमान्य लोग लिख लीजिए, वर्तमान शताब्दी में इंसान अमर होने की बड़ी गम्भीरता से कोशिश करेगा। जब कोई मरेगा ही नहीं तो बेचारे भूत-प्रेत कहाँ से आयेंगे।"

मित्र-मण्डली में कोई किसी की बात को निर्विरोध नहीं सुनता है। सम्पत ने फौरन शंका जाहिर की। "बात तो आपने विश्वस्तरीय बुद्धिजीवी वाली कही है। लेकिन प्यारे भाई पहले बीमारी, कुपोषण और आपसी झगड़े में मर-खप कर अकाल मृत्यु का शिकार होने से मुक्ति दिलाइए। अमर होना आगे की चीज़ है।"

मुरलीधर तिनके से कान खुजलाने लगा। "आप लोग परम विद्वान हैं। बल्कि हम आपको विष्णु भगवान का कल्कि अवतार मान लेंगे। बस जरा इस नासमझ की जिज्ञासा को शान्त कीजिए। मृत्यु जैसे अटल सत्य को कैसे टाला जा सकता है?"

सम्पत पारस की तरफ मुखातिब हुआ, "इस बात पर जरा प्रकाश डालकर हमारा उद्धार करें।"

मित्रों को द्वारा बुद्धिजीवी घोषित किये जाने के बाद पारस को सर्वप्रथम इस बुद्धिजीवी होने की प्रतिष्ठा की रक्षा करनी थी। वह सोचता हुआ बोलने लगा, "मौत के बारे में दार्शनिक रवैया अख़्तियार करने वाले इसे ईश्वर की इच्छा मानते होंगे लेकिन दरअसल यह इंसानी शरीर की एक अन्दरुनी समस्या है। मेडिकल साइंस की तरक़्क़ी से मौत को दूर किया जा सकता है।"

चौधरी हैरानी से उसे देखने लगा। "क्या बात कर रहे हो?"

सभी का मत था कि हकीकत जैसी चीज़ पारस के लिए खास महत्त्व नहीं रखती है क्योंकि वह किताबी बातों को बहुत गम्भीरता से लेता है।

पारस ने धीरे-धीरे बोलना शुरू किया। "एक वक़्त महामारी हज़ारों-लाखों को भकोस जाती थी। हम इसकी वजह देवता की नाराज़गी में ढूँढ़ते रहते थे। वैक्सीन के आविष्कार से यह समस्या दूर हो गयी। वैसे ही आज की बीमारियों का निदान भी मुमकिन है।"

चौधरी ने गमछे से माथा पोछा। "देखो तुम्हारे आगे हम सब बी ग्रेड हीरो हैं। तुम ठहरे सुपरस्टार। हम लोग मामूली इंसान हैं। क्या बोलते हैं उसे...लेसर मॉरटलस्। ज़्यादातर लोगों को जायकेदार खाना, आलीशान रिहाइश और ख़ूबसूरत प्रेमिका के सिवा और क्या चाहिए। पारस भाई जैसा जरा ऊँचा सोचने वाले को ज़िन्दगी के बाद वाली प्रतिष्ठा चाहिए। मैं गाँव का हूँ। शहर वाले शायद ज़्यादा अक्ल रखते होंगे। पर ग्रेट एक्सपेक्टेशन से 'सन्तोषम् परम् सुखम्' बेहतर है।"

"क्या बात कही है। तुम्हारी तोंद देखकर सन्तोष से बड़ा कुछ नहीं है वाले कथन पर किसको यकीन नहीं होगा। वज़न इतना बढ़ गया है कि कोट के बटन कायदे से बन्द नहीं हो रहे हैं। चलो फटाफट घर का नम्बर दो। पूछता हूँ कि चाची जी क्या खिलाती हैं। तीन दिन भूखा रखिए। ख़ुद चिपक कर दुरुस्त हो जायेगा।" सम्पत बोला।

चौधरी हँसने लगा। अपनी हाथी की सूड़ जैसी भुजा से जुड़ी चार अंगुल चौड़ी कलाई पर बँधे कलावा को मस्तक से लगाते हुए बोला, "मेरी तोंद को नज़र मत लगा भाई। तूझे पसन्द नहीं है तो बना रह सिकुड़ा-सा। मैं रात-दिन यही दुआ करता हूँ कि सबको विद्या, बल, बुद्धि और तेज मिले।" यह तथ्य सबके संज्ञान में था कि चौधरी की रुचि सदा से पढ़ाई-लिखाई से अधिक मल्ल विद्या के अभ्यास में है। वह जारी रहा। "कॉमिक्स वाले चाचा चौधरी का नाम तुम लोगों ने सुना होगा। मेरा शरीर साबू जैसा है जबकि दिमाग़ में चाचा चौधरी की तरह तेज हूँ। मज़ाक़ में मत लो।"

सबको हँसी आ गयी।

"मानना पड़ेगा कि तुम बहुत सॉलिड हो।" मुरलीधर उसके कन्धे पर हाथ मारता हुआ बोला।

चौधरी ने अपनी भुजाओं को फैलाया। "बस सॉलिड ही नहीं हूँ, सॉलिड वेस्ट मैनेजमेंट का एक्सपर्ट भी हूँ। कोई ऐरा-ग़ैरा मेरे दोस्तों से टकरायेगा तो उसका कायदे से वेस्ट मैनेजमेंट कर दूँगा।

मुरलीधर ने उसे शान्त होने का संकेत देते हुए कहा, "ज़रूरत पड़ी तो तुम्हारी सेवाओं का ज़रूर इस्तेमाल करेंगे।"

"आदमी के पास अपनी भाषा है लेकिन वह इसका इस्तेमाल फालतू की गॉसिप के लिए ज़्यादा करता है। इससे अच्छे तो जानवर हैं जो बस काम भर के लिए आवाज़ निकालते हैं। हमें कोई देखेगा तो सोचेगा कि एक पढ़ा-लिखा गिरोह

बैठा हुआ है।" सम्पत ने आते-जाते लोगों को अपनी ओर घूरते देखकर कहा।

"जिसने दूसरों की निगाहों और सोचने की परवाह की वह काम से गया। यह मत भूलो कि हम लोग शहर के क्रीम हैं, कचरा नहीं। बिना हो हल्ला किये प्रात: स्नान तक नहीं करता हूँ।" मुरलीधर ने बेफ़िक्री से पाँव जिस प्रकार फैलाये उससे लगता था कि वह जल्दी टलने वाला नहीं है।

"बिल्कुल इसमें क्या शक है। इस क्रीम को किसी ख़ास डिश के लिए सँभालकर रखिएगा।" अन्तत: पारस भी इस बेसिरपैर की गप में शामिल हो गया। ऐसी महफिल का लुत्फ़ लेने के लिए राजपाट कुर्बान है। कामनाओं के अक्षयवट में सहस्त्रों कुम्भ सांसारिक पदार्थ अर्पित करने पर भी वह अतृप्त रहेगा। मित्रों के साथ रोटी-दाल का आनन्द तात्कालिक सुख देने के साथ जीवन भर की मधुर स्मृति बन जाता है। वरना माया के मोह में हर कोई चमगादड़ बनकर लालच रूपी मृग मरीचिका की जटाओं पर लटकने को तैयार है।

बारिश और तेज़ हो गयी। बूँदों से बचने के लिए सम्पत जरा पीछे हो गया। "बारिश बन्द हो तो घर जाये।"

मुरलीधर हँसा। "कृपया बारिश को जाने के लिए मत बोलिए। इतने दिनों बाद भीगने का ऐतिहासिक अवसर मिला है।"

2

लॉन में आराम कुर्सी पर बैठकर अख़बार पढ़ते भुवनेश्वर जी का ध्यान फाटक खुलने की आवाज़ सुनकर भंग हुआ। धोती-कुर्ते पर सदरी पहने एक बुजुर्ग सज्जन अन्दर तशरीफ ला रहे थे। "नमस्ते, चाय-चू कुछ मिलेगा तो थोड़ी देर यहाँ वक़्त बिताऊँ?"

उनके स्वागत में भुवनेश्वर जी खड़े होकर बोले, "आइए धनंजय बाबू। दुनिया का हाल-समाचार बताइए।"

धनंजय बाबू संगीत की दुनिया में डूबे रहने वाले कलाकार थे। सुदीर्घ केश रखने में विश्वास करते और रियाज में काफ़ी समय लगाते। भुवनेश्वर जी के प्रश्न पर वे चश्मा ठीक करते हुए बोले, "दुनिया-समाज की बारह नीति और तेरह न्याय होते हैं। हमारी समझ में कहाँ से आयेगा। हम इन सबसे जरा दूर रहे तो अच्छा। जो वक़्त दोस्तों के साथ मीठी बातों में कट जाये वो अपना है बाक़ी ज़िन्दगी बेकार है।"

कॉलेज से आयी नीरजा ने घर आये मेहमान को देखकर कहा, "नमस्ते चाचाजी, आप कैसे हैं? चाची को मेरा नमस्कार कहिएगा। सिमी से कहिएगा कि कभी मुझसे मुलाक़ात कर लिया करे। लड़कियाँ शादी के बाद अपने माँ-बाप से ही नहीं बल्कि सहेलियों से भी दूर हो जाती हैं। कम से कम शादी के पहले तक मेल-मिलाप में कमी न रखे।"

उसकी खनकदार आवाज़ सुनकर धनंजय बाबू ख़ुश हुए। "देखा कितना जबरदस्त बोलती है। बेटी से घर की रौनक रहती है वरना हम बुजुर्गों की ज़िन्दगी बहुत खाली-खाली है।" भुवनेश्वर जी सहमति में सर हिलाने लगे।

नीरजा से मुखातिब होकर धनंजय बाबू बोले, "चलो मैं तुम्हारी बात सिमी तक पहुँचा दूँगा। अब बताओ कि कॉलेज कैसा चल रहा है नीरजा बिटिया?"

इस सवाल पर उसे मज़ाक़ सूझा। "कॉलेज गिर गया। बस बतियाने जाती हूँ। कुछ दुखी जन हैं, उनकी मदद करती रहती हूँ।" कहते हुए वह अन्दर चली गयी। इस बात पर भकुआकर वे उसके पिता का चेहरा देखने लगे।

"अरे छोड़िए, वह कॉलेज के साथ-साथ अनाथ बच्चों की मदद के लिए स्कूल में भी काम करती है।" भुवनेश्वर जी ने कहा।

"बिटिया मज़ाक़-मज़ाक़ में बड़ी डेंजरस बात करती है।" धनंजय बाबू ने प्रतिक्रिया प्रकट की।

"खाने में क्या चलेगा धनंजय बाबू?"

"जो भी मिल जाये।"

"अरे आप कोई चाइनीज थोड़े ना है कि कुछ भी खा लेंगे। बरसात में भरी हुई चीज़ अच्छी लगती है। घर में भरवा पराँठा बन रहा है। दही और चटनी के साथ हम दोनों खाते हैं।" भुवनेश्वर जी ने मतलब की बात कही।

दोनों बुजुर्ग मित्रों के बीच बातें होने लगीं। "शहर का क्या हाल है?" भुवनेश्वर जी ने पूछा।

"हाल तो जो है सो है पर मिजाज पूछिए। यहाँ के लोगों का कोई दर्शन नहीं है लेकिन हर दूसरा आदमी ख़ुद को दार्शनिक समझता है।"

इस पर भुवनेश्वर जी को हँसी आ गयी। "ऐसा न कहिए। इलाहाबाद साहित्यकारों और लीडरों का शहर है। कुछ तो बात होगी।"

"पहले कभी होगी। आज का हाल देखिए जनाब। कट्टा संस्कृति का फैलाव इलाहाबाद यूनिवर्सिटी और उसके हॉस्टलों तक में है। विद्यार्थी के हाथ में किताब की जगह बम-तमंचा दिखता है।" धनंजय बाबू की आवाज़ भुनभुनाहट की हद तक पहुँच गयी।

"जाने दीजिए हजूर। आप जैसे कलाकारों को इन सब खुराफातों से क्या मतलब," भुवनेश्वर जी बात सँभाली। "आप बंगाल की पृष्ठभूमि के हैं। रवीन्द्र संगीत, शरदचन्द्र के उपन्यासों पर बात कीजिए।"

"जी आपने बंगाल की बात ख़ूब कही," वे अपने लम्बे केश को व्यवस्थित करते हुए बोले, "दरअसल संगीत और साहित्य वाले बंगाल, राजनीति वाले बंगाल और ख़ून-खच्चर वाले बंगाल अलग-अलग हैं। इतने अलग हैं कि एक को देखकर कोई दूसरे को पहचान नहीं पायेगा। सचिन दा का संगीत सुनकर और विमल मित्र का लिखा पढ़कर आप बंगाल के दूसरे पहलू को कभी नहीं देख-समझ सकते हैं।"

भुवनेश्वर जी समझ गये कि आज धनंजय बाबू आज कुछ और मूड में हैं।

अभी-अभी आने के बाद हाथ-मुँह धोकर आराम करने के बजाय नीरजा का मोबाइल पर लग जाना माँ को नहीं सुहाया। पर वे कुछ नहीं बोलीं। भला कौन उलझे। सहेली से कुछ देर गपियाने के बाद वह माँ के कन्धे पर झूल गयी। "अब मेरी देह में इतनी जान नहीं बची है और न ही तू अब बच्ची है।" माँ के स्वर में पहले की किसी बात की गाँठ को वह भाँप गयी।

"ओफ हो माँ, कब तक ग़ुस्सा रहोगी?"

"मैं मरूँ या जीऊँ, तूझे क्या...! तू बस मोबाइल पर घण्टों लगी रह।"

"माँ मेरी सहेली है ना, ऋचा...बेचारी डिप्रेशन में है। उसे ज्ञान की बता रही थी। कॉलेज में भी मोटिवेशनल बातें कहकर और जोक्स सुना-सुना कर उसे हौसला देती हूँ।"

माँ शायद उसकी बात से आश्वस्त हो गयी थी तभी उनके जेहन में यह खयाल आया कि यह ऋचा कौन है? यह नाम सुना सा लगता है। कहीं यह वहीं तो नहीं जिसके किस्से कॉलेज से लेकर कॉलोनी तक फैले हुए हैं। ऐसी लड़की को डिप्रेशन नहीं होगा तो किसे होगा। उसने किसी लड़के का दिल तोड़ा होगा या किसी ने उसे दगा दिया होगा। लेकिन आख़िर मेरी बेटी ऐसे लोगों से क्यों घुलती-मिलती है?

"तूझे पता है न उस लड़की के बारे में?" माँ की नज़र और आवाज़ दोनों तीखी हो गयी।

"माँ तुम दुनिया-जहान की बात को इतना महत्त्व क्यों देती हो?"

"इसलिए कि हम सबको इस दुनिया में ही रहना है।"

माँ-बेटी के वार्तालाप को सुनकर अख़बार हाथ में लेकर भुवनेश्वर जी आ गये। "भाई बेटी बड़ी हो गयी है। अब हमारा काम उस पर हुक्म चलाना नहीं बस दोस्त बनकर सलाह देना है।"

"इसे बढ़ावा देने में आपका हाथ है।" माँ भुनभुनायी।

माँ को पीछे से बाँहों में भरकर नीरजा बोली, "बिहाइंड इवरी कॉनफिडेंट एंड सक्सेसफुल गर्ल देअर इज ए सर्पोटिंग फ़ादर।"

"इस बाप-बेटी की जुगलबन्दी के सामने मेरी कैसे चलेगी।" माँ ने स्वयं को उसके बाहुपाश से छुड़ाया।

"आज के जमाने में ज़्यादा रोना-धोना हमारी बहादुरी पर बट्टा लगाता है।" नीरजा मुट्ठी तानकर बोली।

भुवनेश्वर जी बोले, "अब सीता और सावित्री का जमाना पीछे छूट गया है।"

नीरजा यह सुनकर बनावटी गुस्से से अपने पिता को घूरने लगी। "ओफ हो डैड...। सीता और सावित्री को हम रोने-धोने वाली कमज़ोर औरत के रूप में क्यों याद करते हैं। सीताजी ने लव-कुश को अकेले पालकर इतना लायक बनाया था कि वे अयोध्या के अश्वमेध यज्ञ के घोड़े को अकेले पकड़ सके। सारे नामी योद्धा उनके सामने हार गये थे। सावित्री ने यमराज से शास्त्रार्थ करके अपने पति को मौत के मुख से निकाला था। ऐसी स्ट्रांग पर्सनालिटी वाली महिलाएँ आज के लिए भी आदर्श हैं।"

माँ ने प्यार से उसे एक चपत लगायी। "बस जिद्द और जीभ के बाल पर तू बहादुर कैसे बन जायेगी?"

वह उनसे लिपट गयी। "देखना एक दिन तेरी यह बेटी कोई एडवेंचर करेगी। जिंस के साथ कोई पुराना सूट पहनकर भागूँगी।"

"तेरी शादी होते मैं सबसे पहले तेरा नम्बर ब्लॉक करूँगी।" माँ बोली। नीरजा की हँसी का ठिकाना न रहा।

माँ ने नीरजा की उपस्थिति का उपयोग करते हुए उसे कमरे की सफाई करने को कहा। फिर जरा रियायत देती हुई बोलीं, "मैं तेरा हाथ बँटा दूँगी। मिलकर सफाई करेंगे।"

"नो डियर मॉम। तुम्हारी यह बेटी अकेले काफ़ी है।" उसने कमर पर दुपट्टा कसा। उसे मालूम था कि ख़ुद करने पर कमरे की सफ़ाई मिनटों में हो जायेगी। माँ के साथ करो तो न केवल घण्टों लगेंगे बल्कि चार बातें सुनने को अलग मिलेंगी। कुछ चीज़ें पूछताछ हेतु जब्त भी की जा सकती हैं।

3

"पारस बाबू घर में हैं?" फाटक पर खड़े मुरलीधर ने पूछा। कोठी की दीवार पर फूले से लदे हुए बोगनवेलिया की लता पर उसका ध्यान टिका हुआ था।

कोठी की मालकिन ललिता देवी ने सुनकर अपनी नौकरानी को बुरा सा मुँह बनाते हुए सुनाया। "पारस बाबू घर में रहकर भी घर में कहाँ रहते हैं। अपने कमरे में खोये होंगे या फिर बाहर निकले होंगे। जाकर बोल दे कि नहीं हैं।"

नौकरानी यह सुनकर जरा मुसकाकर आगन्तुक को बताने चली गयी। ऊपर अपने कमरे की खिड़की से पारस ने मुरलीधर को जाते देखा। आवाज़ देना ठीक न समझकर वह जल्दी से चप्पल पहनकर नीचे उतरा। फाटक खोलकर जब वह बाहर निकला तो मुरलीधर लगभग मोड़ तक पहुँच चुका था। उसके पास ज़ोर से पुकारने के सिवा कोई और चारा नहीं था।

"इधर मैं सारे फाटक और सिगनल तोड़ कर आया और मुझे बताया गया कि तुम घर पर नहीं हो।" मुरलीधर मुस्करा रहा था। उसे ग़ुस्सा आया कि घर में होते हुए भी ऐसा क्यों बताया गया। दोस्त के सामने घर वालों से झगड़ा करना सही नहीं होगा इसलिए वह चुप रहा। उसकी मुख-मुद्रा को पढ़कर मुरलीधर खुद बोला, "चलो छोड़ो। अपना मूड ख़राब मत करो। तुम एक लेखक ठहरे। लिखने के बाद अपनी पर्णकुटी में विश्राम कर रहे होगे।" बातें होने लगीं। मुरलीधर ने आने का आशय बताया। मिर्जापुर में सोन नदी पर विंडम वाटरफॉल है। सबने सोचा है कि वहीं चलते हैं। गाड़ी से दिन में अप-डाउन कर लेंगे। देर होगी तो रात में उधर ठहर जायेंगे। सुनकर पारस के चेहरे पर ख़ुशी छा गयी।

"पता है, विंडम फॉल इलाहाबाद से कितनी दूर है?" पारस ने पूछा।

"भाई मेरे जब सब साथ जा रहे हैं तो चाहे वह कन्याकुमारी में हो, क्या फ़र्क़ पड़ता है।" मुरलीधर ने उसके कन्धे पर हाथ रखा। "कोई सौ किलोमीटर के लगभग होगा। रास्ते में खाते-पीते चलेंगे। हाइवे पर एक से एक जायकेदार खाना ढाबे पर मिल जायेगा। जनाब जरा इसका भी लुत्फ़ लीजिए।"

यात्रा की योजना के अनुसार सभी सिविल लाइंस में इकट्ठा हुए।

"हमारे बीच अगर कोई लेखक होता तो विंडम फॉल यात्रा का पूरा वृत्तान्त लिख देता।" सम्पत ने कहा।

"भई लथपथ, ऐसा न बोलो। हमारे पारस भाई में यह गुण है। जनाब छुपे रुस्तम हैं। बिना हमें भनक लगे प्रेमपत्र लिख चुके हो तो मनाही नहीं है।" मुरलीधर बोला। पारस मुस्कराने लगा।

रास्ते में गोपीगंज पड़ा। धूप के कारण सड़क के किनारे एक पेड़ की छाया तले गाड़ी को पार्क किया गया। सम्पत अन्दर बैठा रहा। "भाई लोग एक चीज़ पर गौर करना। कार के विंडस्क्रीन पर हरे-भरे पत्तियों की छाया बिल्कुल साधना कट वाली फिलिंग दे रही है।"

"जरा धरती पर पैर रखिए। कुछ पेट पूजा कर लेते हैं।" चौधरी ने सबको एक रेस्तराँ की ओर चलने का संकेत किया।

"इधर कहीं बोनलेस पनीर मिलेगा?" सम्पत ने जानबूझ कर सबको छेड़ा।

"आपको बिना छिलके वाला चिकन-मटन सब कुछ खिलायेंगे।" चौधरी ने तुर्की-ब-तुर्की उत्तर दिया।

मेज पर उँगुलियों से तबला बजाने का उपक्रम आरम्भ हुआ। मुरलीधर ने जानबूझकर पूछा, "यहाँ हो क्या रहा है?"

सम्पत कृत्रिम गम्भीरता से बोला, "यहाँ सुरक्षा परिषद की आपात बैठक चल रही है। विश्व शान्ति पर आये संकट को दूर करने का उपाय सोचा जा रहा है।"

मित्रगण चाय-नाश्ता करने लगे। चौधरी ने एक बार पुनः मुँह खोला। "लथपथ भाई मैं शुद्ध मन और ईश्वर को साक्षी मानकर एक बात कह रहा हूँ कि यहाँ के मेवे वाले लड्डू बहुत स्वादिष्ट हैं। बिना उसे खाये गुज़र जाने से पाप लगेगा।" उसकी विशाल काया गाड़ी में बैठे-बैठे अकड़ गयी थी।

"तो उसके लिए मना कौन कर रहा है डियर घटोत्कच।" सम्पत बोला।

अदरक वाली चाय के चार गिलास, समोसा, लड्डू और जलेबी समेत मेज पर आ गये। धूल भरी सड़क के कुछ हिस्सों में एकाध दिन पहले हुई बारिश का पानी भरा हुआ था। एक ट्रक उबड़-खाबड़ सतह पर डगमग करती हुई चली जा रही थी। धूल और कीचड़ का सहअस्तित्व पारस को नहीं सुहाया। "जरा जल्दी उठो। खाने की चीज़ पर धूल उड़कर बैठेगी।"

सब हँसे। "अरे स्वच्छ भारत के निर्माता...! यह हिन्दुस्तान है। खाने और पचाने की आदत डालो। भारत का आम आदमी जब सड़क पर निकलता है तो एकाध मुट्ठी धूल फाँक लेता है। हम लोगों का हाजमा देखकर बैक्टीरिया भी आत्महत्या कर लेगा।" मुरलीधर दाँत निपोर रहा था।

चाशनी से भरे परात में गुलाब जामुन का रस लेने के लिए उद्यत चींटियों का दृढ़प्रतिज्ञ समूह मृत्यु भय के प्रति अनासक्ति प्रगट कर रहा था। जलेबियों पर धूल की परत की घोर उपेक्षा करते हुए ग्राहकों की खरीद स्वयं की रोग प्रतिरोधक क्षमता पर अटूट विश्वास दर्शाता था।

चाय-समोसे उड़ाने के बाद चौधरी ने मुरलीधर को संकेतों में कुछ कहा जोकि नशा-फक्कड़ से दूर रहने वालों के लिए अमूर्त कला सदृश्य अबूझ थी। सम्पत को अपनी ओर अजीब निगाहों से घूरते देखते वह खुलकर बोला, "अब चाय की पार्टी को जरा अपग्रेड किया जाये। विंडम फॉल पर कोई नशीली महफिल सजाते हैं। वैसे

तो बरबाद होने के तमाम तरीक़े हैं लेकिन व्हिस्की जरा स्टैंडर्ड वाला लगता है। मेरे प्याले में आप लोग ये वाली मदिरा थोड़ी सी टपका देना।"

"क्या बक रहे हो वीर घटोत्कच...!" सम्पत बोला। "हमारी मिक्सड़ पॉपुलेशन है। विविधता में एकता वाला मामला है। हमारा पारस बहुत सात्विक मनुष्य है। ऐसा तपस्वी प्राण त्याग सकता है परन्तु मदिरा को हाथ नहीं लगायेगा। शर्त लगाकर देख लो।"

"नहीं-नहीं शर्त क्यों लगायेंगे। हारने का शौक़ थोड़े ना है।" चौधरी ने मुसकी काटते हुए पारस की ओर देखा।

पारस अनमना हो रहा था। "देखो कोई मतलब की बात हो तो करो।"

"मतलब की बात में क्या मजा है। लुत्फ़ बेसिरपैर की बात करने में है। ऐसी बातें घनिष्ठ मित्र ही कर सकते हैं। कोई एलियन नहीं करेगा। आनन्द के क्षीरसागर में गोते लगाने हैं तो ज्ञान की बातें परे हटाकर तनिक फालतू की बातों में रम जाओ। सच बड़ी शान्ति मिलती है।" सम्पत ने कुर्सी से सर टिका दिया।

विंडम फॉल पर पहुँच कर सारे ढलान के नीचे उतरने लगे। सम्पत मस्ती में पत्थरों पर आधा-अधूरा पाँव टिकाकर उतरते हुए हल्का-सा लड़खड़ाया। मुरलीधर ने फौरन टोका, "क्या नट का करतब सीख रहे हो वत्स?"

वहाँ मौजूद एक स्थानीय निवासी ने चेताया। "भइया? जरा सँभल कर। कुछ दिन पहले एकाएक पानी बढ़ने से कुछ स्टूडेंट बह गये थे। वे बीच चट्टान पर सेल्फी ले रहे थे। दो को तो उनके ग्रुप की एक लड़की ने अपना दुपट्टा खींच कर बचाया था।"

"बताने के लिए धन्यवाद। हम पूरा ध्यान रखेंगे कि न डूबे।" मुरलीधर को इस सम्मति पर भी मज़ाक़ सूझ रहा था।

"लथपथ प्यारे तुम क्यों नहाने से दूर भाग रहे हो?" मुरलीधर ने उसे छेड़ा। "हमारे देश में बिना नहाये, खाने की परम्परा नहीं है।"

सम्पत ने इस बात पर पारस की ओर देखा। "तपस्वी जरा मानवाधिकार आयोग का नम्बर देना। ये लोग मेरे ऊपर नहाने के लिए दबाव बना रहे हैं।"

"कंकर स्नान कर लो वत्स," पारस ने व्यावहारिक सुझाव दिया, "अपने सर के ऊपर कंकर घूमाकर जल में फेंक दो। स्नान सम्पन्न हो जायेगा।"

इस बात पर खी-खी हुई।

ऊँचाई से गिरती पहाड़ी जलधाराएँ कूद कर एक दूसरे में विलीन होकर सरगम उत्पन्न कर रही थीं। अन्ततोगत्वा इस प्राकृतिक सुषमा का घड़ी भर अवलोकन करने के पश्चात् सभी जल में उतरने का उपक्रम करने लगे।

सबने अपने कपड़े और तौलिये पेड़ की टहनियों और झाड़ियों पर ऐसे फैला रखा था जैसे किसी सेना ने छावनी डाल रखी हो।

सम्पत बिना डुबकी लगाये निकलने लगा। मुरलीधर ने टोका। "यही तो मुक्ति के मार्ग में सबसे बड़ी बाधा है।" वह ही-ही करते हुए पानी में डुबकी लगाने लगा। "याद दिलाने के लिए धन्यवाद वरना मैं आत्मज्ञान से वंचित रह जाता।"

चौधरी ने ठहाका लगाया। "हाँ अब लग रहा है कि पूरा जूना अखाड़ा शाही स्नान कर रहा है।"

"जरा सँभल कर।" पारस ने ऐहतियात बरतने पर ज़ोर दिया। "सबने अपने-अपने स्थानीय इंग्लिश चैनल को बिना किसी की मदद के अकेले दम पर पार किया होगा लेकिन यह वॉटर फॉल दूसरी चीज़ है। तुम लोगों में से किसी को कुछ हो गया तो मैं 'नैनं छिन्दन्ति शस्त्राणि' का अर्थ भूल जाऊँगा।"

जलप्रपात में नहाने के बाद चौधरी ने घोषणा करने वाली मुद्रा में कहा, "कई दिनों बाद ठण्डे पानी से नहाकर स्वयं को गौरवान्वित अनुभव कर रहा हूँ।" वह पत्थर की शिला पर अधलेटा होने का प्रयास कर रहा था लेकिन वह उसके क्षेत्रफल को सँभालने में मुश्किल महसूस कर रही थी। मित्रों को अपनी अवस्था पर कनखियों से मुस्कराते देखा तो वह बोल पड़ा। "अपनी-अपनी बॉडी होती है। कोई मन भर खाकर भी सींकिया पहलवान बना रहता है और किसी की तोंद छटाक भर राशन में निकल आती है। रोज वर्जिश करता हूँ लेकिन क्या करूँ। प्राण जाये पर वजन न जाये।"

सम्पत ने छींटाकशी जारी रखी। "जरा कल्पना करो कि तुम एक नारी होते तो अपनी काया पर मुग्ध होकर ऐसे डायलॉग बोलते?"

चौधरी ने बात का बुरा नहीं माना। "ये फेमिनिस्ट बेकार में राग अलापते हैं कि घर की चहारदीवारी में औरत की ज़िन्दगी ख़राब हो जाती है। पहले जमाने में चक्की में अनाज पीसने से नारी का शरीर सौष्ठव निखर जाता था।"

मुरलीधर ने विषय को कहीं से कहीं मुड़ते देखकर थामने का प्रयास किया। "शुभ-शुभ बोलो प्रिय मित्र। आजकल बोलने मात्र से समाज में प्रलय आ जाता है। फिर तुम्हारी यह नारी के सुगठित और छन्दबद्ध शरीर की कल्पना धरी रह जायेगी।"

"जी बजा फरमाया। अपना-अपना मिजाज भी अलग होता है।" सम्पत ने अपनी हँसी को दबाते हुए कहा। सम्पत यह भूल गया कि वह ख़ुद गर्मी में जैकेट पहनकर किसी हॉलीवुड अभिनेता का विद्रूपित भारतीय संस्करण दिख रहा था। गले में रंगीन रूमाल लपेटकर औरों से अलग दिखने का विनम्र प्रयास भी कर रहा था।

मुरलीधर ने इस पर समीचीन टिप्पणी करना आवश्यक समझा। "लथपथ प्यारे यह क्या हाल बना रखा है?"

स्वयं के आकल्प पर एक दृष्टि डालकर लथपथ ने उत्तर दिया। "नज़र न लगे। यह मेरा फेवरिट जैकेट है। गर्मी में भी पहन लेता हूँ। थोड़ा घीसकर रंग-रूप बदल गया है लेकिन काल के क्रूर हाथों से बचा हुआ है यह क्या कम है।"

जैकेट का कॉलर ऊपर चढ़ाकर उसने निश्वास ली। "मैं भगवान से यह पूछना चाहता हूँ कि अगर ख़ूबसूरत गर्लफ्रेंड नहीं देनी थी तो मुझे इतना हैंडसम क्यों बनाया।"

मुरलीधर ने हँसी दबाते हुए कृत्रिम गम्भीरता से कहा, "हम दोनों का यह दुख साझा है।"

चौधरी ने अपनी ओर से टुकड़ा जोड़ा, "ऐसी सिच्युएशन में अगर एक सैड सांग नहीं बजा तो यह आप दोनों के साथ घोर नाइंसाफ़ी होगी।"

पारस धीर-गम्भीर बना हुआ था। उसी मुद्रा में उसने कहा, "ज़िन्दगी में प्रेम के लिए हमेशा जगह रखो। सारा कुछ इसी पर टिका है।"

लोग सकते में आने का अभिनय करने लगे। भला ऐसे अन्दाज़ में इस तरह की बात कैसे की जा सकती है। अन्ततोगत्वा मुरलीधर ने सवाल किया। "प्रेम करने के लिए कोई लड़की भी होनी चाहिए।"

पारस की भंगिमा अपरिवर्तित रही। "हद कर दी...! तुमने लड़की से प्रेम करने की जिद्द पकड़ ली है। जहाँ प्रेम का नाम आया कि स्वप्न सुन्दरी टाइप नारी की तस्वीर मन में चक्कर लगाने लगी। मैं प्रेम की बात कर रहा हूँ। इसके लिए गर्लफ्रेंड का होना ज़रूरी नहीं है।"

मुरलीधर ने हाथ जोड़े। "प्रभु अपना प्रवचन किसी और शहर में दें। यह उच्च स्तर वाला दर्शन हम पापियों के पल्ले नहीं पड़ेगा।"

सम्पत ने आख़िरकार उच्च स्वर में घोषणा की। "देख लेना एक दिन तुम किसी नारी के प्रेम में पड़ोगे और कोई तुम्हारी रक्षा नहीं कर पायेगा।"

पारस को हँसी आ गयी। "दोस्तों की बद्दुआ भी हितकारी होती है। फिर तुम सबके पास तो आध्यात्मिक शक्तियाँ हैं।"

चौधरी को अभी तक गमछा लपेटे हुए देखकर पारस ने उसका ध्यान आकृष्ट किया, "लगता है कि तुम्हारा वस्त्रों से मोहभंग हो गया है।"

मित्र गण ही-ही, ठी-ठी करने लगे। जनता की राय को मान देकर चौधरी ने कपड़े पहन लिए।

चौधरी को सहसा स्मरण हुआ कि घर से निकलने वक़्त जल्दी में वह नियमानुसार धारोष्ण दुग्ध पीना विस्मृत कर गया था।

सामने खेत में ख़ूबसूरतों नीले फूलों से भरी फसल लहलहा रही थी। मुरलीधर को हँसी सूझी। "अच्छा यह इस फसल को क्या कहते हैं जरा बताना। सही जवाब देने वाले को मेरी तरफ से गाँव में चार रात और पाँच दिन का टूर मिलेगा। घूमाना-खिलाना सब मेरी ओर से होगा।"

सब अपनी आँखें फैलाते हुए खेत में खड़ी फ़सल को पहचानने का प्रयास करने लगे। चौधरी ने जवाब दिया। "बॉस हमें ऐसा बेवकूफ न समझो। यह खेसारी है। हमने इसकी दाल और साग दोनों ख़ूब खायी है।"

मुरलीधर ने निराशा से हाथ झटका। "मैं यह कहना भूल गया था कि गाँव का आदमी इस क्विज में शामिल नहीं हो सकता है।"

सम्पत बोला, "जीत भी जाते तो ये क्या खिलाते और क्या पिलाते इस बात को छोड़ो। दरअसल यह टूर बस एक रात का होता। पहली रात ही पीपल के पेड़ वाले भूत के पास छोड़ देते और बेचारा आदमी डर के मारे मर जाता।"

एकाध घंटा मौज-मस्ती करने के बाद सबको भूख लगी।

"बाहर का खाना खाकर हाजमा, किडनी और लिवर पर प्रेशर डालने की जगह हम लोग खुद खाना बनायेंगे। देखना एक दिन इस देश में घर बिना रसोई के होंगे। सारे बाहर से खाने का आर्डर देने में शान समझते हैं। एक हम हैं जो घर से बाहर जाकर भी अपने हाथ से भोजन बनाते हैं।" चौधरी ने देश के भावी हालत की जानकारी दी।

"यह बड़े अच्छे मिजाज का है। खाना बनाने में हमसे जो भी योगदान सम्भव होगा उसमें पीछे नहीं हटेंगे।" पारस मुस्कराया।

सम्पत कनखियों से चौधरी को देखते हुए बोला, "जरा बिना छौंक-बघार के एक दिन दाल पसोर कर देखिए। हमारे अच्छे मिजाज वाले मित्र भीषण काण्ड न कर डाले तो कहना। दाल को पूरी मुर्गी बनाकर परोसे बग़ैर चैन नहीं है। बस दाल बनाने में हज़ारों नखरे हैं जिसके आगे बिरयानी और मुर्ग-मुसल्लम फेल हैं। डिक्की में फूल-कांसे की बटलोई साथ लाये हैं। अगर रास्ते में कोई मिट्टी का बर्तन ला दे तो उसे ख़ुशी-ख़ुशी आधा राजपाट दे देंगे। भोजन तैयार करने और फिर उसका भक्षण करने में पूरे भीमसेन हैं।"

गाड़ी की डिक्की से थरिया, लोटा, कलछुल और कड़ाही उतारने के बाद एक उपयुक्त स्थान की तलाश करके सब भोजन तैयार करने में जुट गये। चौधरी खाना बनाने को बेहद गम्भीरता से लेता था। मुख्य कार्य वही कर रहा था, बाक़ी सहयोगी भूमिका निभा रहे थे। सम्पत ने थैला खोलते ही कहा, "यह क्या...! बासी सब्ज़ी

उठा लाये। हमसे पूछकर ख़रीदारी करते तो यह बेवकूफी नहीं करते। बाँध पर से ताजी सब्ज़ियाँ लाता।"

चौधरी ने लापरवाही से हाथ झटके। "आग में तपकर सब कमी-बेशी बराबर हो जाते हैं। कड़ाही चढ़ाना सीखना हो तो कोई हमसे सीखे। साथ में चुनरी-पियरी वाले गंगा मइया, छठी मइया से लेकर बरम बाबा और पीपल वाले बाबा के गीत सब कण्ठस्थ है। अफसोस यह है कि महिलाएँ फिर भी तुम लोगों को ज़्यादा पूछती हैं।"

मुरलीधर हँसा। "पहले जरा ध्यान दो कि सामान ज़मीन पर फैलने न पाये।"

"तो क्या स्थान देवता अपना अंश वसूल नहीं करेंगे? तुम लोग भी कोई काम पकड़ लो। ऐसे खाली मत बैठो। देखो मैं अकेले कितना खट रहा हूँ। याद करो कि एक बार स्वाद में जरा सा ऊपर-नीचे हुआ था तो तुम लोग मुँह बनाने लगे थे।"

"जरा-सी आलोचना झेल नहीं पाते और ख़ुद को हलाहल पीने वाले नीलकण्ठ से रत्ती भर कम नहीं समझते हो। बात ऐसे कर रहे हो जैसे हम सुखपूर्वक क्षीरसागर में शयन कर रहे हैं। हम भी ख़ाली बैठ कर आसमान में काला कौआ नहीं देख रहे हैं।" सम्पत ने जवाब दिया।

"काम एक ढेले का नहीं किया और ऊपर से रंगभेदी बयान देते हो। सारी दुनिया घूम आओ। कोई गोरा कौआ मिल जाये तो हमें भी दिखाना।" चौधरी नाराज़ हुआ।

सम्पत झटपट प्याज काटने में जुट गया।

"यार ये तुमने अपना मनपसन्द काम चुन लिया।" चौधरी ने कहा।

"वो ऐसा है कि मैं तुम्हारी आँखों में आँसू नहीं देख सकता।" सम्पत बोला। सभी हँसने लगे। भई प्यार हो तो ऐसा। हरी मिर्च में लम्बवत चीरा लगाकर उसे सलाद में सही स्थान पर प्रतिस्थापित करके रंगोली की तरह सजाया जाने लगा।

"घटोत्कच भाई नॉन-वेज का इन्तजाम हो जायेगा?" मुरलीधर ने पूछा।

वह ताव खा गया। "घर से मुर्गा और बकरा पकड़ कर लाये थे तुम? रास्ते में किसी को याद दिलाना था। फिक्र मत करो। वेज ऐसा बनाऊँगा कि नॉन-वेज की टक्कर लेगा।"

"यह चमत्कार कैसे करोगे? शाकाहारी और मांसाहारी का जायका एक जैसा कैसे हो सकता है? क्या मुर्गा-मीट में सेंधा नमक डालने से वह व्रत का भोजन बन जायेगा।" सम्पत ने एक शंका उठायी।

भोजन तैयार करने का कार्य प्रगति पर था।

सम्पत एक तिनके से कान खुजला रहा था। "मानना पड़ेगा कि घटोत्कच इतना उम्दा क़िस्म का खानसामा है कि शोरबे में कद्दू भी डाल दे तो जायका मजेदार होता है।"

व्यंजनों की मिली-जुली ख़ुशबू हवा में फैल गयी। "घटोत्कच डियर, इजाजत हो तो थोड़ी सब्ज़ी चख कर देख लूँ। पसन्द आने पर ऐसी तारीफ करूँगा कि कोई उम्दा शेर पर भी ऐसी दाद नहीं देता होगा।" मुरलीधर ने अनुरोध किया।

चौधरी ने उसे घूरा। "मैं जनता को कलपते हुए नहीं देख सकता। लेकिन जरा रुक जाओ। बेकाबू होने की ज़रूरत नहीं है। जयमाल और फेरे के बाद जो मर्जी हो करना। अभी दाल में छौंक लगाना, रोटी में घी चुपड़ना बाक़ी है।"

"हद हो गयी। अभी कहोगे कि ड्राइनिंग टेबल पर खाना लगाना बाक़ी है।" मुरलीधर बड़बड़ाया। "खाना खाते हैं। भूख लगी है।" भोजन अभी भी गर्मी के सूर्यास्त की तरह काफ़ी दूर था।

पारस को बरबस हँसी आ गयी। "अभी हमारे बीच यही तय नहीं हो पाया है कि जीवन का क्या उद्देश्य है और तुम खाने की बात कर रहे हो।"

सम्पत ने कृत्रिम निराशा से हाथ झटके। "तुम्हारी बातें सुनकर ऐसा लगता है कि तुमने जन्म के साथ ही संसार को जान लिया है। लेकिन हकीकत यह है कि अच्छे-भले तेज आँखों और दिमाग़ वाले भी पूरा हाथी नहीं देख पाते हैं। ज़िन्दगी को समझना तो दूर की बात है। अनुशासन पर्व के घेरे से बाहर निकलो पारस। ज़िन्दगी का आनन्द लेना पाप नहीं है।"

"भाई लोगों मैं आपको सूचना देना चाहूँगा कि परसों इस नाचीज़ का जन्मदिन पड़ रहा है। इस मौके पर एक ग्रैंड पार्टी दूँगा। इस शुभ अवसर पर शुभकामनाओं के साथ शूटिंग-शर्टिंग, सोमरस, सहेलियों के मोबाइल नम्बर आदि आज, कल, परसों और बरसों तक स्वीकार किये जायेंगे। सभी बड़े दिल वालों का पार्टी में स्वागत है।" चौधरी ने बताया। सबने हर्षध्वनि से इसका स्वागत किया।

"वाह क्या फरमाइश है। बलिहारी जाऊँ। इस छोटे दिल वाले की बधाई स्वीकार की जाये। वैसे आजकल सुन्दरियाँ चाहती हैं कि बस उनकी भक्ति किये जाओ, फल की आशा मत करो। नम्बर एक्सचेंज करना मुनासिब नहीं समझती।" मुरलीधर बोला।

"आपके सामने हम सब टैडपोल और कैटरपिलर हैं। अभी आप के स्तर तक पहुँचने में वक़्त लगेगा। संगत में विकास करेंगे। वैसे गिफ्ट की फरमाइश सचमुच बड़ी ख़ूब की है। अपनी हैसियत के हिसाब से इसे पूरा करने का भरसक प्रयास किया जायेगा।" सम्पत ने खाना लगाने का काम शुरू कर दिया।

"जरा देखो तपस्वी कैसे चुप है। हमें ऑब्जर्व कर रहा है। माई डियर ज़िन्दगी में माँ-बाप की पसन्द वाली मिलेगी इसलिए मजा किरकिरा होने से पहले ये लम्हे इनजॉय करो। जो कन्या टकराये उससे प्यार-व्यार करो।" सम्पत ने जानबूझकर पारस को छेड़ा।

"शादी से पहले...?" पारस ने मुँह खोला।

"लो कर कर दी ना बुर्जुआ वाली बात। हद हो गयी। अरे तो इसमें हर्ज़ क्या है?"

"मैं आपके प्रगतिशील विचारों का सम्मान करता हूँ।" उसने कृत्रिम अन्दाज़ में कहा।

इस भोज में पत्तलों को थाली की मर्यादा मिली और कुल्हड़ को जलपात्र का आसन दिया गया। सभी खाने में लग गये। चावल, स्पेशल दाल, रसेदार सब्ज़ी और रोटी की मिली-जुली गन्ध वातावरण में लोबान की ख़ुशबू की भाँति व्याप्त थी। चौधरी का भोजन तैयार करने में उल्लेखनीय योगदान था। "भाई मेरा पेट दिमाग़ पर हुकूमत करता है।" घर के बाहर अपने हाथों से बने खाना का जायका अलग होता है। सबको आनन्द आ गया। घर से पूड़िया में बाँधकर लाये गये चुने हुए मसालों के दुष्ट दल ने दाल और तरकारी में एकाकार होकर स्वाद कलिकाओं को मानो बाँसुरी की धुन से सम्मोहित कर लिया था।

"खाना बढ़िया बना है।" मुरलीधर के मुख से प्रशंसा निकली।" घटोत्कच भाई के हाथ के खाने की खासियत है कि यह मुँह में जाते ही घुल जाती है।"

सम्पत हँस रहा था। "यानी बिना दाँत वाले भी खा सकते हैं।"

चौधरी ने इस बात पर उसे घूरा मानो वह बहकी-बहकी बातें कर रहा हो। "जितनी मर्जी मज़ाक़ उड़ा लो। लेकिन याद रखना, हर प्रतिभावान इंसान के इर्द-गिर्द जलने वालों का जमघट रहता है।"

मुरलीधर ने दिल्लगी को आगे बढ़ाया। "हम तो बस तुम्हारे हाथ के बने खाने की तारीफ़ कर रहे हैं।"

अब चौधरी के निशाने पर वह था। "इसमें कौन सी बड़ी बात है। इतनी मेहनत करके तो चाइनीज भाषा सीखी जा सकती है। खाना बनाना कौन सी चीज़ है। तुम सब कामचोर ठहरे। पकी-पकाई खीर खाने की आदत है। न हाथ हिलाते हो और न दिमाग़ पर ज़ोर डालना गँवारा है। शादी के बाद दिक़्क़त होगी तब मत कहना कि बताया नहीं था।" अपने कथन का असर देखने के लिए उसने सबकी शक्ल निहारी। फिर हाथ झटकता हुआ बोला, "चावल-दाल और भुरता बनाने वाले की जगत में कोई पूछ नहीं है। खा-पीकर बटलोई उठाकर चंपत हो जाने वालों की जय जयकार का जमाना है।" सब कुछ कहने के पश्चात् उसे मानो सन्तोष हुआ कि उसका वक्तव्य नवजागरण का संदेश दे रहे हैं।

खाते-खाते चौधरी का हाथ रुका। मुरलीधर ने गौर किया तो टोका, "क्या हुआ? इतनी जल्दी?"

चौधरी हँसा। "तुम लोग भी ना...प्यारे मूल निवासी, राजा जनक की तरह ऐसे

निराश न हो। धरती अभी वीरों से विहीन नहीं हुई है। वो तो बस गाँव-देहात के भोज की याद आ गयी थी।"

सब ठठा कर हँसे।

खाते-खाते मुरलीधर को कुछ स्मरण हो आया। "याद है, एक बार घटोत्कच ने गंगाजी से पकड़ी मछली बनायी थी। मल्लाह के घर हम सब पधारे थे। मछली पकना बीरबल की खिचड़ी जैसा हो गया था।"

"याद क्यों नहीं है। मैंने कई दफ़ा पूछा था कि मछली पकने में कितना वक़्त लगेगा। हम कोई उदबिलाव नहीं हैं जो कच्ची मछली खा लेंगे।" सम्पत ने बात बढ़ाने में साथ दिया।

"हाँ! तो मुझे भी वह घटना अच्छी तरह याद है", चौधरी खुद को घसीटे जाने में बोला, "तुम सब काँटे सहित मछली निगल गये थे।" मांसाहारी भोजन बनाने में स्वयं की निपुणता का उल्लेख आने पर उसके अन्दर सात्विक अहंकार उत्पन्न हो गया।

चौधरी ने सबको सम्बोधित करके कहा, "खाना बनाने में कोई कमी-बेशी रह गयी हो तो माफ़ करना भाइयो। वैसे आप सबकी सेवा करना मेरे जीवन का प्रमुख लक्ष्य है।"

"अरे नहीं भई! कैसी बात करते हो", मुरलीधर ने उसे गले लगा लिया। "यह क्या कम है कि हम जैसे निकम्मों को भूखे मरने से बचाया। यहाँ विशुद्ध दूध का धुला इस नीले आसमान के नीचे कोई नहीं है। आसमान के ऊपर का हमें नहीं पता। राजेश खन्ना की फ़िल्म 'रोटी' का एक गाना है...'यार हमारी बात सुनो ऐसा इक इंसान सुनो जिसने पाप न किया हो जो पापी न हो।' "

रात में वे वहीं रुक गये। सम्पत को सोने से पहले हँसी सूझी। "भाई लोगों पता नहीं क्यों मुझे ऐसा लग रहा है कि किसी मोहतरमा ने मधुर आवाज़ में मुझे गुडनाइट कहा है। सोचता हूँ कि मैं भी कुछ अच्छा सा कह दूँ।"

"तुम्हारी कल्पनाशीलता की प्रशंसा किये बग़ैर नहीं रह सकता। इलाहाबाद में नाम के पीछे जी लगाते हुए कइयों की उम्र बीत जाती है। हेलो डियर या डार्लिंग तक पहुँचने में एक कल्प व्यतीत हो जाता है।" पारस बोला।

मुरलीधर ने आँखें बन्द किये ही कहा। "सो जाओ भाई। इन सबमें कुछ नहीं रखा है। ऐसे जानलेवा सपने आये तो घबराकर हमारी नींद मत डिस्टर्ब करना।"

चौधरी ने मुँह को चादर से ढँकने से पूर्व कहा, "लथपथ डियर, हम अपना कामकाज देखेंगे कि तुम्हारी जमानत कराते फिरेंगे। कोई वारदात करने से पहले

इसका ध्यान रखना।" गेस्ट हाउस के बाहर बियाबान में झींगुर के गायन के सिवा कुछ नहीं था।

मुरलीधर निद्रा के आगोश में जाने से पहले एक उपसंहारमूलक वाक्य से आज की कहानी का समापन करने की गरज से कहा, "पारस को लड़कियों में रुचि नहीं है। कल से हमारा उद्देश्य उसके संन्यास को भंग करना होगा।"

यह समापन भाषण या कथन न होकर बात को बढ़ाने का कारण मात्र बनकर रह गया। कहा पारस को लक्ष्य करके गया था लेकिन चौधरी ताव खा गया। चादर से मुँह निकालकर बोला, "मूल निवासी तुम हम सबको क्या स्वर्ग की अप्सरा समझते हो जो हम फुलटाइम उसके संन्यास को भंग करके के काम पर जुट जाये?"

रात्रिकालीन शास्त्रार्थ में किसी की रुचि नहीं थी। सम्पत ने आखिकार बात का पटाक्षेप कुछ इस प्रकार किया। "लड़कियों में रुचि नहीं है या जिस लड़की को वह पसन्द करता होगा वह सामने नहीं है?"

अगले दिन लौटते हुए वे कटरा होकर गुज़रे। सम्पत की फरमाइश थी कि नेतराम चौराहे से चला जाये। इस भीड़ भरे सड़क पर रिक्शा-ठेले से बचते-बचाते गाड़ी रेंग रही थी।

"धरती पर जन्म लेकर बिना नेतराम की मिठाई खाये मर जाने से जीवन अकारथ चला जाता है।" सम्पत बोल रहा था। चौधरी की ओर तिरछी नज़र डालकर वह बोला, "घटोत्कच डियर तुमने मौन व्रत धारण कर रखा है। कुछ बोलते क्यों नहीं हो? तप-वप पर तो नहीं बैठ गये?"

छेड़े जाने वह चौधरी ने जुबान खोली, "मेरा तप इन्द्र का सिंहासन हड़पने के लिए नहीं है। एकाध बार गलती से न्यू ईअर के रिजोल्यूशन जैसा कुछ लिया था। उसे तोड़ने के लिए अप्सराओं को भेजने की ज़रूरत नहीं है। बस रबड़ी और जलेबी सामने रख देना। तप अपने आप भंग हो जायेगा।" इस प्रतिक्रिया पर मण्डली ही-ही करने लगी।

"एक बार मैंने सिविल लाइन में एलचिको के पनीर लबाबदार का लुफ़्त ले चुका हूँ।" सम्पत ने जानकारी दी।

मुरलीधर ने उसकी ओर मुँह फेरा। "मैंने पनीर लैब्राडोर सुन लिया। क्या इसके लिए भोजन भट्ट समाज मुझे क्षमा करेगा?"

सम्पत को सहसा हँसी आ गयी। "जप-तप, हवन आदि की बड़ी महिमा है। इससे तुम्हें ज़रूर लाभ मिलगा।"

सबने नेतराम की मिठाई के साथ कचौड़ी और सब्जी का भी रसास्वादन किया।

मुरलीधर खाते हुए पारस की ओर देखकर हँसा, "ऐसा खाना मिलने पर डॉक्टर की सलाह और मेडिकल रिपोर्ट धरी रह जाती है। दिमाग़ काम करना बन्द कर देता है। दिल तो बेचारा पहले से ही काबू में नहीं रहा।"

चौधरी के रूप में उसे एक समर्थक मिला। "जी भर कर जीओ ब्रदर्स। लड्डू-पेड़ा, रसगुल्ला के डिज़ाइन पर जरा गौर करो। ये सब बिना तोड़े एक बार में खाने के लिए बने हैं। हम दुनिया में बस एक बार आते हैं। हम कोई पहाड़ा नहीं हैं कि जगत में बार-बार दुहराये जायेंगे। डोंट टेक लाइफ सीरियसली। हम पूरबिया लोगों का पेट इतनी जल्दी नहीं भरता है। पारस जरा इस बात पर कोई ऊँचे दर्जे की प्रतिक्रिया जाहिर करो।"

"हम लोग इससे पहले सितारों में बस रहे थे कहीं। हमें ज़मीन पर मिठाई का भोग लगाने के वास्ते मिलाया गया है।" वह भी मज़ाक़ के मूड में आ गया।

बातचीत में उसके शामिल होने पर सबके चेहरे पर ख़ुशी छा गयी। मुरलीधर ने सर हिलाते हुए प्रतिक्रिया दी। "बहुत ख़ूब!" पारस के गम्भीर परिहास में निहित सूक्ष्म मिठास का आनन्द लेने के लिए उच्च कोटि के सौन्दर्यबोध का होना अनिवार्य शर्त थी।

4

आज स्कूल में बच्चों ने नीरजा से कहा कि दीदी! आजकल अपना सोनू नहीं आ रहा है। पता चला कि उसके चाचा-चाची उसे नहीं भेज रहे हैं। "ऐसा क्यों?" उसके मुख पर प्रश्नचिह्न उभरा। वे खामोश हो गये।

आगे पता करने पर सिमी ने बताया कि सोनू को दरअसल अनाथ बच्चा ही समझो। "उसकी माँ गुज़र चुकी है। दूसरी शादी के बाद उसका बाप नयी बीबी को लेकर कहीं और चला गया। उसे बेसहारा छोड़ गया। रिश्ते के चाचा-चाची के यहाँ पड़ा हुआ है। एक रोज स्लम में काम करने वाली किसी संस्था ने उन लोगों को समझा-बुझाकर उसे स्कूल में भर्ती कराया था। बाद में उन्हें लगा होगा कि बच्चे को पढ़ाने से कोई फायदा तो मिल नहीं रहा है इसलिए काम कराने या भीख मँगवाने के लिए यहाँ आना रुकवा दिया होगा।"

सारी कहानी सुनकर नीरजा का हृदय करुणा और आक्रोश से भर गया। शायद किसी दिन उसे सोनू कचरे के ढेर से कुछ बीनना हुआ या रेड लाइट पर भीख माँगता दिख जायेगा।

अगले दिन वह सिमी और दो और कार्यकर्ताओं को लेकर झुग्गी वालों की बस्ती में पहुँची। पूरे माहौल में गन्दगी की बू व्याप्त थी। विकास के रजिस्टर में अपना नाम अभी तक न दर्ज करा पाने वालों की बस्ती में नागरिक सुविधाओं के नाम पर एकाध सार्वजनिक नल दिख रहे थे। सभ्यता के तमाम दावे करने वाली आधुनिक सभ्यता के तूणीर में इन विसंगतियों को संस्थागत स्वीकृति देने के लिए पर्याप्त तर्क थे। गली के दोनों ओर बहती नालियों और आते-जाते लोगों के बीच जगह बनाकर खड़ी हुई टीम उसके चाचा-चाची से रू-ब-रू थी। सवाल-जवाब के बाद जब सोनू के घरवाले उसे दुबारा स्कूल भेजने को राजी नहीं हुए तो नीरजा बोली, "आप सोनू को मुझे सौंप दीजिए। मैं उसे गोद लेने को तैयार हूँ।"

उसके चाचा-चाची हैरान रह गये। "वाह कोई अपने घर की औलाद को ऐसे किसी को देता है क्या?" पीले दाँतों से भरे पोपले मुख वाला चाचा तमक कर बोला।

"अपनी औलाद जैसा पाला है।" उसकी चाची ने अपने पति का बख़ूबी साथ दिया।

नीरजा व्यंग्य से बोली, "तभी बच्चे को स्कूल नहीं भेज रहे हैं।"

सिमी कभी उसे देखती तो कभी झुग्गी वालों के झुंड को जो सम्भ्रान्त घर की पढ़ी-लिखी युवतियों को अचरज से घूर रहे थे। उसे समझ में नहीं आ रहा था कि नीरजा आख़िर यहाँ क्यों जमी हुई है। मन में घोर आशंका थी कि आज यहाँ सुन्दरकाण्ड और लंकाकाण्ड एक साथ घटित हो सकते हैं। रेगिस्तान में मछली पकड़ने के उपक्रम को कोशिश कहना कितना हास्याप्रद है, यह शायद वह नहीं जानती थी।

लोगों का जमघट बढ़ता जा रहा था। सिमी ने देखा कि नीरजा के मुख पर भावुकता और भय की जगह बुद्धिमत्ता और साहस का ओज था।

साथ में आये दोनों कार्यकर्ता अनुभवी एवं समझदार थे। उन्होंने सोनू के रिश्तेदारों को अपने तरीक़े से समझाया। उनकी बातों का सार यह था कि विद्या सीखने से संसार पर अपना ज़ोर चलेगा। विद्या की निन्दा या उपेक्षा करने से जिल्लत की ज़िन्दगी के सिवा कुछ नहीं मिलेगा।

तभी नन्हा सोनू कहीं से आकर नीरजा के बिल्कुल बगल में खड़ा हो गया। वह प्यार से उसके सर पर हाथ रखकर बोली, "पढ़-लिखकर एक दिन आपका सोनू आप सबको मोटर में घुमायेगा।" बातचीत के तनाव में सबके चेहरे पर मुस्कान छा गयी। आख़िरकार वे फिलहाल उसे स्कूल भेजने को तैयार हो गये।

"मैडम जी! हमने कोशिश तो बहुत की लेकिन अपनी हालत आप देख रही हैं।" अधेड़ अवस्था के व्यक्ति के गले से आती आवाज़ कंटीली झाड़ी के बीच से निकलती प्रतीत हो रही थी। धूम्रपान और मदिरा के असंयमित सेवन की रही-सही

गाथा उसकी काया बयान कर रही थी। सिमी ने राहत की साँस ली। गाड़ी में बैठकर वह नीरजा को देखकर बोली, "नीरजा! अगर मैं बैल होती तो तूझे अपने सींग पर उठाकर दूर फेंक देती। एक दिन तू ख़ुद को और हमें ज़रूर मुसीबत में डालेगी।" हालाँकि अन्दर ही अन्दर वह समझ रही थी कि नीरजा सबसे अलग है। उसका गुस्सा धीरे-धीरे उसके प्रति गर्व में परिवर्तित हो गया।

नीरजा ने उसकी हथेली पकड़कर अपने गोद में रख ली। "पर तू मेरी सबसे अच्छी सहेली है, बैल नहीं।" सिमी बरबस मुस्करा पड़ी।

"तू ज़रूर मुझे पागल समझती होगी।"

नीरजा की यह बात सुनकर सिमी ने हँसकर जवाब दिया। "दुनिया को ऐसे पागलों की सख्त ज़रूरत है। अगले जन्म में तू ज़रूर अवतारी वराह बनकर उत्पन्न होगी।" फिर कुछ सोचती हुई बोली, "कभी-कभी सोचती हूँ कि तेरी हरकतों को सपोर्ट करूँ या झगड़ा करूँ।...अच्छा बता अगर वहाँ कुछ गड़बड़ हो जाती तो क्या होता? हम कौन सा कमांडो लेकर घूमते हैं।"

"सिमी डियर, यू आर दी मोस्ट सॉट ऑफ्टर फेंस सीटर। जानती हो, आर्मी में कहा जाता है कि नो गट्स नो ग्लोरी। सिविलियन को भी जरा हौसला दिखाना चाहिए। सिस्टम का विरोध करना, उस पर सवाल करना आज़ादी की सबसे पहली शर्त है। बिना कुछ कहे बात को मानना, बुराई को चुपचाप देखना मानसिक गुलामी और कमज़ोरी के सिवा कुछ नहीं है।" सिमी कोमलकान्त नीरजा को देखती रह गयी। घास भले ही तेज धूप में जल जाये या सूख कर पीली पड़ जाये लेकिन वह खुले आसमान तले ही उगेगी। अँधेरे बन्द कमरे में नहीं। वह उसके कन्धे से सटकर बैठ गयी।

नीरजा ने उसका गाल थपथपाया। "अब लड़कों की तरह रोना मत शुरू कर दे।"

सिमी की हँसी छूट गयी। "वीरांगना हो तो तेरे जैसी।"

बस्ती से बाहर निकल कर सिमी ने उसे टहोका दिया। "वैसे मैं सोच रही हूँ कि रोना में कौन सी शर्म की बात है। इससे जी हल्का हो जाता है। मर्दों को सिखाया जाता है कि लड़कियों की तरह मत रोओ। तभी तो वे हाई ब्लडप्रेशर के शिकार ज़्यादा होते हैं।"

नीरजा के मुख पर व्यंग्य भरी मुस्कान छा गयी। "सिमी डार्लिंग, जन्म से औरत होने और दुनिया-समाज के हाथों औरत बनाये जाने में फ़र्क़ है। पहला एक बॉयलोजिकल फैक्ट है जबकि दूसरा उसके दिमाग़ में अपने हिसाब से बात बिठाकर एक बने-बनाये साँचे में ढाला जाना है।"

सोनू को स्कूल भेजने के लिए उसके चाचा-चाची को राजी करके नीरजा ख़ुश

थी। "देख हड़प्पा की सभ्यता के खँडहर को बेकार में खोदने से अच्छा है कि हम बच्चों के भविष्य की तरफ ध्यान दें।"

5

कोठी के अहाते में पेड़ों की टहनियों पर पत्तियों में गुम होकर चहचहाते पंछी पत्तियों के अभिन्न अंग प्रतीत हो रहे थे। इन टहनियों के बीचे से हॉकर के द्वारा प्रक्षेपित रबड़ बैंड से जकड़ा अख़बार बॉलकनी में धम से गिरा। हॉकर का यह नित्य कारनामा किसी कुशल क्षेत्ररक्षक से कम न था। प्रसन्न मन से गगनबिहारी जी ने अख़बार उठाकर पढ़ना शुरू किया! चाय पीते हुए दुनिया-जहान की ख़बर जानना टी.वी. और मोबाइल के युग में भी अलग आस्वाद देता है।

पारस को किताब लेकर बरामदे में टहलते देखकर गगनबिहारी जी अख़बार से नज़र हटाकर मुस्कराते हुए मज़ाक़िया अन्दाज़ में बोले। "बालक ने खाना खा लिया?" पत्नी से तिरस्कृत और छोटे पुत्र कुन्दन से उपेक्षित घर का तथाकथित मुखिया पारस के सामिप्य में सुकून अनुभव करता था।

वह चहका। "पिताजी थोड़ी देर पहले पेट भर चूड़ा-गुड़ खाया है। शाम से पहले भूख नहीं लगेगी।"

"तुम्हारी बचपन की बात गयी नहीं है। दादी के हाथ से दोपहर में यही खाकर दिन भर दौड़ते थे। खैर, भई हमें रोटी-दाल खाकर पेट भरना है।"

"आगे क्या कार्यक्रम है?" गगनबिहारी जी ने उससे कौतुक किया।

"शहर में पुस्तक मेला लगा है। अभी निकलूँगा। रास्ते में दो-एक दोस्त भी मिलेंगे। मेले में कुछ किताबें लूँगा। कुछ के पन्ने उलट-पलट करूँगा। वक़्त बढ़िया कटेगा।"

गगनबिहारी के मुख पर हँसी छा गयी।

पारस के जाने के बाद पीछे से ललिता देवी आयीं। उनकी कमर में बँधा चाबी का गुच्छा झनझना रहा था। "घर का काम बैठे रहने से नहीं होता है। जरा कुन्दन को देखिए, दिन-रात बिज़नेस बढ़ाने में लगा रहता है। खानदान की नाक उसी के हाथ में है।"

शाम को पारस किताबों को हाथ में लिये प्रफुल्लित होकर घर में दाखिल हुआ। "देखिए साहित्य, दर्शन और राजनीति पर कितनी बढ़िया किताबें मिल गयी हैं। अब कुछ दिन इन्हीं के साथ बिताऊँगा।"

गगनबिहारी जी की कोई प्रतिक्रिया से पहले ललिता देवी बोल पड़ी, "दीवाली की तैयारी भी क्या बस कुन्दन के ज़िम्मे है?"

"दीवाली मेरा पसंदीदा त्योहार है। माँ तुम्हें याद है ना बचपन में सभी भाई-बहन कैसे घरौंदा सजाते थे। अपने सारे खिलौने घरौंदे को सजाने में लगा देता था। पूरे घर में दीये जलाते थे। भइया के साथ छत पर दीये में तेल डालने में मैं सबसे आगे रहता। भाई लोग पटाखे लाने जिस बाज़ार में जाते थे उसका नाम मुझे अभी तक याद है।" वह और भी बहुत कुछ बताना चाहता था। सारे लड़के सम्मिलित रूप से विश्वकर्मा बनकर सरस्वती जी का पण्डाल निर्मित करते थे।

"बचपन की बात पुरानी हुई।" ललिता देवी का स्वर बर्फ की तरह ठण्डा था। "अब वे भाई-बहन नहीं गोतिया-पट्टीदार हैं। जरा सँभल कर चलो। जिन खेल-खिलौने की कल्पना में डूबे रहते हो वैसे गाड़ी-घोड़ा की आज हमारे पास कोई कमी नहीं है। असली घोड़ा-गाड़ी की सोचो। घरौंदा की जगह कोठी की सोचो।"

"माँ हरदम पैसा और कोठी की रट मत लगाये रखो। जीने के लिए और भी बातों की ज़रूरत है।" इस प्रत्युत्तर की किसी को उम्मीद न थी। गगनबिहारी जी की आँखें और हृदय भय और अचरज से भर गये। ललिता देवी क्रोधित एवं कुन्दन मन-ही-मन प्रसन्न हुआ। चलो इसकी आज माँ से भिड़न्त हुई।

कोई जवाब न देकर वे उलटे पाँव चली गयीं।

थोड़ी देर बाद गगनबिहारी पत्नी को सुनाने लगे। "देखो तुमने बचपन में पारस को दूसरे के पास पालने के लिए छोड़ दिया था। उसे समझने में थोड़ा समय लगेगा। जरा समय निकालकर उससे मिलो-जुलो।"

ललिता देवी आँखें फाड़कर उन्हें ऐसे घूरने लगीं मानो कच्चा निगल जायेगी।

इतने पर भी वे साहस करके बोलते गये। "पारस कुछ दूसरे तरीक़े से सोचता है। हमें उसके नज़रिये को भी देखना चाहिए।"

ललिता देवी कटखने पशु की भाँति गुर्रायी, "जरा होश में आइए। मुझे न सिखाइए प्राणनाथ। शरीर का कोई अंग जब ख़राब हो जाता है तो उसे काटकर फेंक देते हैं। ऐसे हिस्से से प्यार करना मेरे बस का नहीं है।" घृणा और व्यंग्य के मिश्रण से तैयार इस दुर्गन्धयुक्त रसायन को जैसे उन्होंने अपने पति के मुँह पर उछाल दिया।

बाद में कुन्दन अपनी माँ के पास जाकर कहने लगा, "सब फालतू की बात है। मन की आवाज, बौद्धिकता वग़ैरह बस कड़वी दुनियावी सच्चाई से मुँह छिपाने के हथकण्डे हैं। आदमी के लिए बेहतर है कि वह इन सबसे दूर रहे।" अनावश्यक स्मृति और अत्यधिक कल्पना मनोरोग के परिचायक हैं।

6

सुखोबाई दरवाज़े पर आकर देख रही थी कि घण्टी कहाँ पर है। डिजाइनर तरीक़े से बनी कॉलबेल उसे समझ में नहीं आयी तो गेट थपथपाने लगी। इस आग्रही खटखटाहट के लगातार तीव्र होने पर घर का सबसे पुराने नौकर भूरा उठकर गेट खोलने गया। सामने बगल में पोटली दबाये एक वृद्धा खड़ी थी। लोहे का विशाल फाटक खुलते ही वह अन्दर झाँकती हुई पूछी, "पारस भइया कहाँ हैं?"

भूरा ने पहले उसे असभ्य ढंग से गेट पीटने पर कड़ी निगाहों से घूरा। "कौन हो तुम?"

"नये लगे हो? तभी नहीं जानते। पारस बाबू आयेंगे तो देखना।" भूरा सोच में पड़ गया कि वह नया कैसे है। आख़िर यह बुढ़िया इस घर के लिए कितनी पुरानी है? अन्दर आकर उसने पुन: पारस को पुकारा। संयोग से खिड़की के पास बैठकर किताब पढ़ते पारस को उसकी आवाज़ सुनाई दे गयी। वह फौरन नीचे आया।

"बेटा मुझे पहचाना?"

सम्मुख खड़ी कृशकाय वृद्धा को गौर से देखते हुए वह सहसा उसके चरणों में झुक गया। "चाची, कैसी हो?"

सुखोबाई ने पोटली नीचे रखकर अपनी हथेलियों में उसका मुखड़ा भर लिया। "बेटा तू कैसा है? बरसों बाद तूझे देख रही हूँ। मेरी गोद से कभी उतरता नहीं था। जिस दिन मुझसे पहले उठ जाता बाल खींचकर जगाता। मुझे समझ में आ जाता कि तूझे दूध पीना है।"

वह ख़ुशी के मारे उससे लिपट गया। "चाची मुझे ये सब तो याद नहीं है पर आपके हाथ की बैंगन की भजिया ख़ूब याद है। कढ़ाही में तल कर जब निकालती तो हर तरफ उसकी सुगन्ध फैल जाती थी। खाते-खाते पेट भर जाता पर मन नहीं भरता।" सुखोबाई अपने तारीफ़ सुनकर अभिभूत हो गयी। पारस उसका हाथ थामकर बैठक में ले गया। सोफे पर बिठाकर उसने नौकर को चाय-पानी के लिए आवाज़ दी।

तब तक सुखोबाई ने पोटली खोल दी। "यह देख तेरे लिए क्या लायी हूँ।" लड्डू, पेड़ा, बूँदी और खाजा झाँक रहे थे। "शादी का मिठाई है। मिसिर जी के लड़के का ब्याह था। दुलहिन अपने साथ कई झपौली मिठाई लाई है। उसी का बैना है। तूझे बचपन में यह सब बहुत पसन्द था।"

पारस सचमुच में ख़ुश हो गया। उसे मिठाइयों की ओर टुकर-टुकर देखता पाकर वह बोली, "अरे मनेर का लड्डू है।" इस बात से पारस के जहन में बचपन की धुँधली याद कौंधी।

"बहुत दिनों बाद तूझे देख रही हूँ। दुबला हो गया है। बेटा मेरे साथ गाँव चल। बचपन में तू कितना गोल-मटोल था। एक दिन तूझे खिड़की पर खड़ा करके मैं घर का काम निपटा रही थी। रास्ते से गुज़रते किसी राहगीर से देखकर कहा कि कितना दिव्य बच्चा है। सचमुच लगा कि हमारे घर बिल्कुल रामजी अवतरित हुए हैं। चार दिन में खिलाकर तन्दुरुस्त कर दूँगी। मुझे तेरी पसन्द अच्छी तरह पता है। दही-चूड़ा पेट भर खाता है। अरे तूझे चूड़ा-दही नहीं, दही-चूड़ा खिलाऊँगी।" सुखोबाई ने उच्चतर श्रेणी के खाद्य पदार्थ का आकर्षण दिखाया। "हरे धान का चूड़ा आया है। दूध को ख़ूब औटकर ज़ोरन डालकर दही बनाऊँगी, चार उँगली मोटी मलाई और गुड़, आलू-बैंगन के भुरते के साथ जब परोसूँगी तो तू कहेगा कि चाची क्या बात है।" पारस मकर संक्रान्ति से काफ़ी पहले ही इस व्यंजन के मानसिक सुख से सराबोर हो गया।

देहाती मानुस यथातथ्य नहीं होता है। उसे उन बातों का काल्पनिक सुख लेने का पूरा हक है जिन्हें हकीकत में वह हासिल नहीं सकता। हर व्यक्ति अपने गाँव, क़स्बे, खेत और पूर्वजों को अद्‌भुत बताता है। चाची के बग़ल में चिपककर बैठकर बातें होने लगी। ढेर सारी पुरानी बातें। "तेरे बाबूजी की शादी में मैं काम भी करती और नाचने में भी सबसे आगे रहती थी। जब तू अपने माँ के पेट में था तो सातवें महीने हमने उनको चूड़ियाँ पहनायीं। चूड़ी की खनक से बच्चे पर अच्छा असर पड़ता है। साइंस वालों से पूछ लेना।" उन्होंने अतीत के कोठार से एक से एक रोचक बात बतायी। चाची की बातों ने जैसे फीके शरबत में मिश्री घोल दी। बरसों बाद पारस को किसी से अपनापन मिला था। उसे उनकी प्रत्येक गँवई बात के प्रिज्म में देहात की धूल-माटी का अपनापन और रिश्तों की सप्तवर्णी छटा प्रस्फुटित होती दिख रही थी। बात टिफिन में खाने की तरह थोड़ी बच गयी थी। पारस का ध्यान सोफे पर चप्पल उतार कर बैठी चाची के तलुए की ओर गया। तलुओं का स्वरूप नदी के डेल्टा सदृश्य हो गया था। हाथों की नसें का उभार किसी खण्डित मानचित्र का आभास दे रहा था।

तभी आहट हुई।

किसी के आने की ख़बर पाकर ललिता देवी ने उत्सुकतावश परदे के पीछे से बैठक में झाँका। भावविह्वलता से बतियाते पारस को नज़रअन्दाज़ करके वह उस वृद्ध स्त्री को देखकर उसे पहचानने का प्रयत्न करने लगीं। पहचान जाने पर किंचित व्यंग्य से मुस्कराती हुई सम्मुख प्रगट हुईं। "बेटे-बहू दाना-पानी समय पर दे रहे हैं ना?" गले के वज़नी हार को हिलाते हुए उन्होंने सवाल किया।

सुखोबाई ने उन्हें देखकर उठकर हाथ जोड़े। "भगवान की कृपा से सब ठीक चल रहा है।"

अभिवादन का कोई उत्तर न देकर ललिता देवी ने अपनी वाणी का व्यंग्य बरकरार रखा। "ठीक चल रहा होता तो यहाँ न आती। अब साफ़ बोल दो कि आख़िर क्या चाहिए।" सुखोबाई के मुख पर कुछ न समझ पाने वाला भाव आया।

ललिता देवी ने कहा, "मैं रुपये-पैसे की बात कर रही हूँ। हर चीज़ की तरह सेवा-टहल का भी मोल होता है। जब खेत में अनाज उपजेगा तभी देवता पर अक्षत चढ़ाने या पेट में डालने की नौबत आयेगी। गाँव से बिना ज़रूरत के कोई शहर नहीं आता है।" तरकश से हलाहल में बुझे तीर निशाने पर लगे।

सुखोबाई मर्माहत हुई। बूढ़ी और अनपढ़ होते हुए भी वह इल्जाम का जवाब देने में समक्ष थी। "अरे बड़ी कोठी की मालकिन, मैं ग़रीब सही लेकिन लाचार नहीं हूँ, न ही किसी के पैसे का लालच है। जो इतने बरस नहीं आयी वह ज़िन्दगी के चार दिन बचने पर क्या लेने आयेंगी। अपना राजपाट खुद सँभालो। तुम्हारी इसी आदत के कारण सारा खानदान तुम्हें कुटुम्ब का नाश करने वाला कहता था। औरों को बेइज्जत करने से पहले जरा अपने दामन में झाँक कर देखो कि घर में कैसा गुलाब खिला रखा है। भूल गयी वह दिन जब पारस बिटवा को मेरी पास छोड़कर महीनों तक अपनी दूसरी औलाद को लेकर मायके में पड़ी रहती थी। न भरतार की परवाह थी और न अपने बड़े बेटे की फिक्र। दूध-रोटी खाकर पारस मेरी गोद में सो जाता था। मुझे माँ कहता और तुम्हारे आने पर पूछता कि माई यह कौन आयी है।"

इस प्रकार का प्रत्युत्तर वस्तुतः पाँव से शीश पर प्रहार करने सदृश्य था। सामाजिक सोपान के निम्नतम द्वारा सर्वोच्च का अपमान पदानुक्रम का सरासर उल्लंघन था। क्रोध और अमर्ष से ललिता देवी का तन-मन प्रज्वलित हो उठा। "मेरे घर में मुझे बेइज्जत करने चली हो।"

निरक्षर सुखोबाई का आत्मसम्मान मध्याह्न के सूर्य की तरह तप रहा था। उसके गाँव में बाढ़ और सूखा का सालाना दौरा बिन बुलाये मेहमान जैसा होता था। तब मनसबदारों को भी दाँत कुरेदने के लिए तिनके दुर्लभ हो जाते थे। गरीबों को दाना तो दूर की बात है। लेकिन उसकी खुद्दारी खरे सोने जैसी थी। "इज्जत इंसान की अपने हाथ में होती है जो वह अपने कर्म से कमाता और गँवाता है। भूल गयी वह दिन जब महँगा शाल ओढ़कर समाज में सबको अपनी रईसी दिखाती थी और ठुमक-ठुमक कर चलना शुरू करने वाला बेटा गाँती ओढ़कर मेरी गोद में बोरसी के पास पड़ा रहता था। तुमने अपनी बड़ी औलाद को अपना कब समझा है।"

पारस इस वार्तालाप को असहनीय महसूस कर रहा था। "अरे माँ यह सब क्या हो रहा है? चाची हमारे पास आयी हैं। न कोई हालचाल पूछा और न पानी को पूछा। किस बात पर शुरू हो गयी?"

"अपने बेटे की वजह से कोई बददुआ नहीं देना चाहती हूँ।" वह पारस की ओर संकेत करके बोली। "जिसने कभी अपने आँचल से बेटे का झूठा मुँह नहीं पोछा, दूध पिलाने में तकलीफ होती थी वह माँ कहलाने लायक नहीं है। इतने दिनों बाद इसी का चेहरा देखने आयी थी। असली जेवर अपनी औलाद होती है। हाँ चलते-चलते इतना ज़रूर कहूँगी कि इंसान के अन्दर इंसानियत न हो तो वह हाड़-मांस और मल-मूत्र का ढेर के सिवा कुछ नहीं है। खुद को ऊँचा समझो लेकिन किसी को नीचा मानकर बेइज्जत मत करो। याद रखना गोरी काया वालों की परछाईं भी काली होती है।" उसके बाद सुखोबाई तुरन्त उठी और घर से बाहर निकल गयी। फाटक तक पहुँचकर उसके बड़बड़ाने की ध्वनि सुनाई दी। "हिरण्यकश्यप के घर प्रहलाद पैदा हुआ है।" यह उसके मुख से निकला आख़िरी वाक्य था। उस जैसी बुजुर्ग महिला के लिए उसके चलने की गति काफ़ी तेज थी। पारस किंकर्तव्यविमूढ़ खड़ा रहा। अपमानित चाची को कैसे रोके। न जाने कितनी बातें और करनी थी। ऐसा लगा कि जैसे स्कूल का पूरा टिफिन बिना खाये वापस आ गया हो।

मोड़ से ओझल होती चाची रुई के फाहा जैसा दिख रही थी।

बैठक में चाची की लायी पोटली वैसे ही पड़ी हुई थी। गाँव की अनपढ़ औरत यह नहीं भूली कि किसी के यहाँ खाली हाथ नहीं जाते। पर अतिथि को कुछ देना तो दूर की बात है, बस मान देना भी इस घर के बाशिन्दे को नहीं मालूम था।

गगनबिहारी जी को सुखोबाई के आगमन के अति संक्षिप्त होने के कारण मिलने का अवसर तक नहीं मिल पाया। टुनटुन भैया भले अब नहीं रहे लेकिन घर आये व्यक्ति के साथ ऐसा सुलूक को वे कम से कम अकारण ज़रूर मानते थे। अपनी भाभी से इस उम्र में मुलाक़ात करके पुरानी यादें ताज़ा होती। परन्तु आज घर में घटे इस अनाचार पर कुछ बोलकर पत्नी से महाभारत करने का साहस नहीं था।

कुटुम्ब की दो-ढाई पीढ़ियों का अलिखित इतिहास जुबानी याद रखने वाली सुखोबाई चली गयी। अपनी छत पर चढ़ी लौकी को पड़ोस में पहुँचाने वाली स्त्री को दो दिन बाद वहाँ से सेर भर सेम मिलता था। आदान-प्रदान के ऐसे आत्मीय माहौल की अभ्यस्त सुखोबाई के लिए यह बर्ताव दूसरे ग्रह का प्रतीत हुआ होगा। पारस बाद में अपनी चाची को ढूँढ़ने स्टेशन गया लेकिन वह नहीं मिली। शायद बस से चली गयी। विरोधस्वरूप उसने उस दिन खाना नहीं खाया। दो दिन तक उसने किसी से बात नहीं की। अफ़सोस इस बात का था उसी समय क्यों नहीं दौड़कर चाची को रोका।

ललिता देवी के मत में उन्होंने जो भी किया वह परिवार के हित में था। पारस की तो मति मारी गयी है। घर के घी का नाम नहीं लेता है और तेल में तली भजिया याद है। भले शुरू में किसी को बुरा लगा हो लेकिन सारी मुसीबत को शुरुआत में ही खत्म कर दिया।

किवाड़ से पीछे से छिपकर सारी दास्तान देखने और सुनने वालों भृत्यों और परिचारिकाओं ने बाद में आपस में कानाफूसी की। आज पारस बाबू की गाँव वाली चाची ने मालकिन को पानी से भी पतला कर डाला। कुछ का मानना था कि मालकिन जलालत की सीमा से परे उठ चुकी है। वह अपने ध्येय पर ध्यान केन्द्रित करती है। नाक कटी मुबारक, कान कटे सलामत। बात कुन्दन तक भी पहुँची। वह ललिता देवी के कृत्य से सहमत था। मुँह मारने वाली लोमड़ी को अच्छी तरह धुन दिया। आगे कभी उसके सामने खीर परोसोगे तब भी पास नहीं फटकेगी।

7

पढ़ाई अपने बस की नहीं। जब कुन्दन को इस यथार्थ का भान हुआ तो उसने अपना रास्ता बदलने में ज़्यादा समय नहीं लिया। जितना पढ़ना-लिखना था उतना कर लिया। उसने कई दिन इस उधेड़बुन में बिताये कोई ऐसा काम किया जाये जिसमें किसी की रोक-टोक न हो। आदमी अपनी मर्जी का मालिक हो। पारस ठहरा किताबी आदमी। माँ-बाप को मुट्ठी में रखना है तो कुछ ऐसा कारनामा करना पड़ेगी जिससे उन पर रोबदाब रहे। शहर के स्वयंभू मठाधीशों और तथाकथित दबंगों से मेल-जोल बढ़ाना इस दिशा में उठाया गया एक कदम था।

गाँव के जान-पहचान वाले महामाया बाबू इलाहाबाद आकर कर्नलगंज में किराये पर रहने लगे थे। बहती नालियों से पटा सँकरी गलियाँ वाला मुहल्ला सम्बन्धित प्रशासन से अपने उद्धार की याचना करता प्रतीत हो रहा था। यहाँ की गर्मी से परेशान होकर बारम्बार कमरे की छत की ओर व्याकुल होकर देखते मानो उसमें ओजोन परत जैसे छेद से गर्मी ज़्यादा आ रही है। गाँव में कितनी भी गर्मी हो लेकिन पेड़ के नीचे सुस्ताने पर ठण्डी हवा लगती है। वे यह वाक्य कभी स्वगत भाषण के रूप में तो कभी मिलने वालों को बिना सन्दर्भ के सुनाते। आने के कुछ दिनों बाद वे इलाहाबाद के विषय में कहने लगे कि यह शहर बाबुओं, वकीलों और कंपीडिशन देने के लिए बाहर से आये स्टूडेंटों का है। कृष्णवर्णी मनुष्य के शरीर पर सफ़ेद दाग़

के चकत्ते आटे की तरह छिड़के लगते थे। बोलते हुए उनकी चायदानी की टोटी जैसी नाक भी बोलने लगती। गाँव-देहात में यह बात मशहूर थी कि करामाती लोग बहुत होंगे लेकिन काम निकालने को लेकर चकमक पत्थरों को रगड़कर आग उत्पन्न करना बस महामाया बाबू के बस का है।

फर्नीचर के नाम पर उन्होंने बस एक कुर्सी और मेज रखी थी। कुर्सी का इस्तेमाल पुरानी कॉपी पर गाँव की खेती-बारी का हिसाब दर्ज करने से ज़्यादा ऊँघने के लिए किया जाता था। दाढ़ी बनाने के लिए एक पुराना शीशा, घिसा हुआ ब्रश और ट्यूब वाली क्रीम पर्याप्त समझी गयी। प्लास्टिक की बालटी और मग नहाने के लिए मौजूद था। अल्प साधनों में जीवन की आवश्यकताएँ पूरी करने का सराहनीय प्रयास करने का अर्थ यह कदापि नहीं था कि वे सादा-जीवन उच्च विचार के अनुयायी थे। दरअसल पैसा बचाने की पुरानी आदत अब उनका मिजाज बन गयी थी। एक मग जल का मितव्ययिता से प्रयोग करते हुए वे अपने मुखमण्डल को सूर्य की भाँति तेजस्वी बनाने का प्रयत्न करते। गुसलखाने में नहाते हुए वे वक़्त का इस्तेमाल घनघोर चिन्तन करके गम्भीर निष्कर्ष निकालने के लिए करते थे।

ललिता देवी के पास उनका आना-जाना लगा रहता था। उन्होंने अपनी बड़ी लड़की की शादी करने में जबरदस्त ऊर्जा और मारक रणनीति का प्रयोग किया था। एक रिश्तेदार ने अपनी लड़की के लिए बड़े घर के वर का चयन किया और आगे की बातचीत के लिए महामाया बाबू के हाथ में बागडोर थमा दी। बस यही से उन्होंने अपनी कल्पनाशीलता का परिचय देना आरम्भ किया। लड़का विदेश में किसी मल्टीनेशनल कम्पनी में कार्यरत था। घर में इकलौता होने के कारण जायदाद में किसी के हिस्सेदार बनने या बहन की शादी की ज़िम्मेवारी वग़ैरह से भी मुक्त था। उन्होंने रिश्तेदार की लड़की की जगह अपनी बेटी की तस्वीर पेश की और ऐसा चक्कर चलाया कि वह उनका दामाद बन गया। तबसे रिश्तेदार से भले उनकी बोलचाल बन्द हो लेकिन वे अपनी महती ज़िम्मेवारी निभाने में सफल हो गये। अब एक लड़की और दो बेटे बचे थे। गाँव की खेती से ज़्यादा उम्मीद नहीं थी। शहर में रिश्ते और परिचय का ताना-बाना गढ़कर वे कुछ ऐसा करने की फिराक में थे कि इतनी माया जोड़ ले, ताकि अपनी औलादों का उद्धार हो जाये। बस पढ़ाई-लिखाई जैसे परम्परागत मार्गों का अनुसरण उन्हें गँवारा न था। कुन्दन में वे अपार सम्भावनाएँ देख रहे थे। उसमें वे अपनी दूसरी बेटी के लिए एक योग्य वर के दर्शन कर रहे थे। वे अक्सर कुन्दन से दीर्घ वार्तालाप में लगे रहते। अपना हित सधता देखकर कुन्दन ने घर के सम्पूर्ण इतिहास और भूगोल से उन्हें अवगत करा दिया।

वे अपने लक्ष्य पर हमेशा उसी तरह नज़र रखते जैसे टँगे हुए पिंजरे के तोते पर बिल्ली दृष्टि गड़ाये रहती है।

"गाँव से आया हूँ। अदावत किसे कहते हैं और बगावत क्या होती है यह कोई मुझसे सीखे। वहाँ के पीपल के पेड़ वाला भूत और तालाब वाले देव, शहर के सारे ज्ञान-विज्ञान पर भारी हैं। वहाँ लोग पंसारी जैसा साधारण लिबास पहनकर रहते हैं लेकिन माया इतनी जोड़कर रखते हैं कि कुबेर को अपने यहाँ कर्मचारी बनाकर रख लें।"

हकीकत यह थी कि वे द्रव्यार्जन हेतु इलाहाबाद आये थे। यह उद्देश्य व्यापार या नौकरी से नहीं कुछ और कारनामा करके प्राप्त करना चाहते थे। इसके लिए नापतौल कर जोखिम तक उठाने को तत्पर थे। हर आदमी के घर का लोटा बालटी के बराबर कुएँ से पानी निकालता है। लेकिन बाहर कुछ ऐसा है जो घर में लाख हाथ-पाँव मारने पर नहीं मिल सकता है। स्वयं को परम सन्तोषी मानने वाले उनकी एकमात्र अभिलाषा औलादों को सही जगह व्यवस्थित करके नाती-पोतों को खेलता हुआ देखकर एक सन्तुष्ट प्राणी की भाँति शरीर त्यागने की थी।

"पारस काल्पनिक दुनिया में रहता है। हाथ में बागडोर आ जायेगी तो सब कबाड़ा कर देगा।" कुन्दन ने अपनी बात कहते हुए महामाया बाबू पर नज़रें गड़ाये रखीं। उसने बात को विस्तार से नहीं बताया। लेकिन बात बताने लायक हो तब ना। रेलगाड़ी की खिड़की से दूर तक फैले खेत और पेड़ों की शृंखला को देखकर भावविभोर होना या गर्मी की दुपहरिया में तपती सड़क के किनारे इक्का-दुक्का पेड़ों की छाँव में भी रोमांस ढूँढ़ना क्या सन्तुलित दिमाग़ की पहचान है? जमाने के द्वारा स्वीकार्य बातों पर सन्देह करना दिमाग़ी फितूर के सिवा और क्या है। संसार में भौतिक सुख की कामना से कौन परे है। और ये हजरत जब देखा तब प्रश्न सूची लेकर हाज़िर रहते हैं।

"उसे कुछ देगा कौन?" महामाया बाबू बोले, "गार्जियन बनना सबके बस का कहाँ है। हाँ उसकी ज़िन्दगी पर कोई सुपरहिट नॉवेल लिखा जा सकता है।" वे स्वयं अपनी बात पर ज़ोरों से हँसने लगे।

कुन्दन के चेहरे पर रहस्यमयी मुस्कान उभरी। कुछ पल सोचने के बाद वह बोला, "यहाँ का राजपाट सँभालने के लिए कोई बन्दोबस्त हो जाये तो अच्छा रहेगा।"

उसके मन की बात उजागर होने पर महामाया बाबू भेदभरी मुस्कान के साथ कहने लगे, "तुम फिक्र मत करो। संसार का नियम है कि कहीं भी खालीपन नहीं रहता है। कोई आयेगा। किसी के होने या न होने से फ़र्क़ नहीं पड़ेगा।" कमरे में

दोनों के सिवा किसी और के न होने के बावजूद महामाया बाबू ने तनिक इधर-उधर देखकर सावधानी से कहा, "तुम कौन से बुरे हो।"

कुन्दन की बाँछे खिल गयीं। मन के भाव छिपाने में बुरी तरह विफल होने के बाद भी वह यथाशक्ति सामान्य होने का प्रयत्न करता रहा। "सब आपकी कृपा से सम्भव होगा। वरना मैं क्या चीज़ हूँ।"

"इस कोठी के अलावा गोविन्दपुर में फ़ादर का ख़रीदा हुआ एक फ्लैट भी है। बिकवा दीजिए। ध्यान रखिएगा कि यह काम हमारे फ़दर दी ग्रेट के जीते जी हो जाये। मदर के जेवर-गहने मेरे लॉकर में पड़े हैं। उनके दिमाग़ की फिक्र मत करें। वह मेरे हिसाब से चलता है। बाक़ी बचे बर्तन-भांडे, तो उनको गोली मारा जा सकता है।" वह हठात बोल पड़ा।

उसकी मन के अनुरूप बातें सुनकर महामाया बाबू हर्ष से भर उठे। "मानना पड़ेगा कि तुम भी गुरु हो। मैं बस खुद को कलाकार मानता था। सिफर में सैकड़ा का दर्शन करना कोई तुमसे सीखे।"

तिनके से दाँत कुरेदते हुए उन्होंने परामर्श दिया। "एक काम करो, गोविन्दपुर की कोठी के हिस्सेदार के तौर पर तुम भी अपना नाम दर्ज करा लो। किसी को भनक तक नहीं होगी। तुम्हारा क़ानूनी दावा मज़बूत होगा।"

कुन्दन मूँछों ही मूँछों में मुस्कराया। "ऐसे वक़्त के लिए बटुआ में फोटो लेकर चलता हूँ।" उसने अपना फोटो निकाला।

महामाया बाबू हाथ में उसका फोटो लेकर बोले, "ख़ूब जँच रहे हो।"

"सब कैमरे की माया है। इसका वास्तविकता से कोई सम्बन्ध नहीं है।" कैमरे से बाहर के चेहरे पर हद दर्जे की बेहयाई छायी हुई थी।

यह सुनिश्चित करने के लिए कि मूल उद्देश्य का मनोरंजन मात्र हेतु अर्थक्षय न हो महामाया बाबू ने तनिक सोचते हुए बोले, "लेकिन जरा सावधानी बरतना। तुम्हारे बड़का भइया को भनक नहीं लगनी चाहिए क्योंकि मकान और खेत का झगड़ा बहुत खतरनाक होता है।"

सफलता की लालसा से अपने दृष्टिकोण को एकायामी बना चुका कुन्दन उनकी जाँघ पर हाथ मारता हुआ बोला, "फिक्र मत कीजिए। एक हाथ को दूसरे हाथ की ख़बर नहीं होगी। मेरा पेट बहुत गहरा है।"

सम्प्रेषण की तात्कालिकता के आग्रह से वे चालू वाक्यांशों का प्रयोग नहीं करना चाहते थे क्योंकि वह उनके कथन के सूक्ष्म अर्थ को वहन करने में समर्थ नहीं था। "हाँ सही बोल रहे हो। तुम बहुत समझदार हो लेकिन पारस को कम मत समझो। उसके पास भी गाड़ी-घोड़ा और आदमी होंगे।"

कुन्दन आत्मविश्वासपूर्वक हँसने लगा। हँसी रुकने के बाद बोला, "उसकी बात न करें तो अच्छा है। वह कुदरत से इतनी गहराई से जुड़ा है कि साँप तक को दुश्मन नहीं, अपना पूर्वज मानता है। दरअसल वह जामुन का पेड़ है। जामुन के फल बड़े फायदेमन्द होते हैं। लकड़ी भी काम की है। जल्दी सड़ती नहीं है। कुआँ में डालो तो पानी साफ़ रहता है। लेकिन इसकी लकड़ी बड़ी कमज़ोर होती है। मोटी से मोटी डाल भी जरा सा वजन देने पर टूट जाती है। इसलिए उससे खतरे की गुंजाइश नहीं है।"

"और तुम्हारे आदरणीय पिताश्री? उनके बारे में कुछ सोचा?"

"उनकी छोड़िए। वे इतने बहरे हैं कि ढोल बजाओ या नगाड़ा, सुनने का नाम नहीं लेते हैं।"

महामाया बाबू का माथा घूम गया। अब तक वे स्वयं को सबसे बड़ा खिलाड़ी मानते थे। कृत्रिम हँसी के द्वारा मन के भाव को छिपाने का भरसक प्रयत्न करते हुए बोले, "बहुत ख़ूब...! गुरु गुड़ ही रहा, चेला चीनी हो गया।"

मनोरंजक वार्ता जारी रखने की गरज से कुन्दन हँसते हुए आगे बोला, "वह दिल का इतना कच्चा है कि चींटी भी पाँव तले आ जाये तो तुरन्त उसकी मलहम-पट्टी करने लगता है।" अपनी हँसी को रोकते हुए उसने बात पूरी की। "और हालत ज़्यादा गम्भीर हुई तो फौरन अस्पताल ले जाता है।" ठिठोली करते हुए उसे याद आया कि वह ललिता देवी को मनाने में सफल रहा था कि चींटी जैसी मांसाहारी प्राणी के बिल पर आटा बिखेरने कोरा अन्धविश्वास है। प्रतिद्वन्द्वी के विरुद्ध छद्म भाष्य का प्रचार एक सफल रणनीति का अभिन्न अंग है। एक बार जमाने के सामने उसे अकर्मण्य ज्ञानी सिद्ध कर दिया तो बाजी अपने हाथ में समझो। भौतिक उपादानों की प्राप्ति का सतत उपक्रम एक सद्गुण है। अन्तर्मुखी और चिन्तन में निमग्न तथाकथित मनस्वी दरअसल एक मूढ़ पलायनवादी के अतिरिक्त कुछ नहीं होता।

महामाया बाबू मान गये कि अपने भाई की कमियों का सारा ब्योरा कुन्दन की अनन्त जीबी वाली मेमोरी में सुरक्षित है। वे बात का आनन्द लेने के साथ-साथ मुद्दे को भी ध्यान में रखने में यकीन करते थे। वार्तालाप को मुद्दे की ओर मोड़ते हुए उन्होंने पूछा, "कुछ सोचा है कि गोविन्दपुर वाली कोठी का क्या करना है?" उन्होंने उसके दिल की थाह लेने की गरज से सवाल किया।

"हजूर मेरा पैसा के साथ ज़िन्दगी भर का लव अफेयर है। अच्छा दाम मिला तो बेच दूँगा। कोई जजबाती आदमी तो हूँ नहीं कि बचपन की यादें से लिपटकर रोऊँ। पुरानी इमारत बेचने के लिए होती है। खाली ज़मीन पर साग-सब्जी उगाने या फूल-पौधे लगाने में बरबाद करने वालों में से नहीं हूँ। नोट उगाना मेरा शौक़ है।" उसने सर्द आवाज़ में जवाब दिया। दार्शनिक मीमांसा में धर्नाजन पद्धति

की भले ही तीव्र भर्त्सना की जाये लेकिन यथार्थ को पकड़कर चलना सदैव बेहतर होता है।

भावी योजना पर दोनों समानधर्मा व्यक्तियों में दीर्घकाल तक विचार-विमर्श होता रहा। "देखो हक तो उसका भी बनता है। तुम और वो दोनों बराबर हैं।" महामाया बाबू ने सम्भवत: उससे भावी मोलभाव की रूपरेखा तय करना चाहते थे। वे कामयाबी पाने की तरकीब ऐसे समझा रहे थे जैसे काला जादू सीखा रहे हो।

लालच रूपी भ्रूण का विकास छल से होता है। कुटिलता कुन्दन के चेहरे पर नग्न नृत्य कर रही थी। "सबको उनका हक कहाँ मिलता है। यह समाज है, कोई जंगल नहीं जहाँ शेर और हिरन दोनों पलते हैं। ऐसे किसी को हक़ देने लगा तो मेरे ख्वाबों का क्या होगा। पारस को जिमिकन्द और कलाकन्द के बीच फ़र्क़ नहीं पता है। वह क्या खाकर मेरा मुकाबला करेगा? मेरी दिली तमन्ना है कि जब सड़क पर निकलूँ तो एक फर्जी एम्बुलेंस पर निकलूँ जिससे सायरन सुनकर सब अगल-बग़ल हो जाये। पैसा हो तो सब सम्भव है। अपने अरमान पूरे करने में न तो एक पल की देरी बर्दाश्त है और न रास्ते में कोई रुकावट मंजूर है।"

"क्या बात कही है। तुम्हें अमर ख्याति मिले।" महामाया बाबू ख़ुश हुए। मज़ाक़िया लहजे में बोले, "शहर की एकाध सड़कें भी तुम्हारे नाम से जानी जाये। लेकिन इस बात का खास खयाल रखना कि सारा ध्यान अपने इरादे पूरे करने की ओर होना चाहिए। दुनिया क्या बक रही है इस पर जिसने कान दिया वह काम से गया। आख़िर आज के जमाने में कौन रुपया-पैसा नहीं चाहता है। आदमी के होश सँभालते ही उसके गिरगिट बनने की शुरुआत हो जाती है। घर पर कुछ और रूप, बाहर कुछ और। हम कम हैसियत वालों के सामने जैसे पेश आते हैं वैसा अगर ऊँचे लोगों के सामने भी करें तो कहीं के नहीं रहेंगे। जो इसका खयाल नहीं रखते हैं वे लुट जाते हैं। बाद में शिकायत करेंगे कि दुनिया ऐसी है या वैसी है। आदान में सूदखोर महाजन और प्रदान में मक्खीचूस सेठ बनो तो कामयाबी कदम चूमेगी। जिसने बकाया रकम को छाती पर चढ़कर वसूलना और उधार चुकाने को आख़िरी दम तक टालना सीख लिया वही धनवान बनेगा। पैसा हर चीज़ को अपनी ओर खींचने वाला जादू का मन्त्र है।"

जमाने के सम्बन्ध पर इस तात्विक व्याख्या से सन्तुष्ट होकर कुन्दन ने पूछा, "चाय चलेगी?" स्वीकार का सर हिलाते हुए महामाया बाबू ने उसमें मक्खन-ब्रेड खुद जोड़ दिया।

खाद्य-सामग्री पर किसी स्वार्थी बिलार की तरह टूटते हुए वे बोले, "हमारी फीस देना मत भूल जाना।"

"कैसी बात करते हैं आप? रुपये-पैसे से आपका मुँह भर दूँगा। हाजमा ख़राब न हो जाये तो कहिएगा।"

वे भेद भरी हँसी के साथ कहने लगे, "गंडक में डुबकी लगाकर गंगा में स्नान का पुण्य लेना चाहते हो? जायदाद में अपना हिस्सा होगा तभी बात बनेगी।"

कुन्दन का दिमाग़ सनाका खा गया। लेकिन यह अभी दूर की बात थी। पहले योजना पर अमल तो शुरू हो। "हाँ-हाँ मैं कब मना कर रहा हूँ।"

दीर्घ विचारमन्थन से आख़िरकार अमृत कलश निकला। आपस में बात तय हो जाने के बाद वे निश्चिन्त होकर अवान्तर विषयों पर आ गये। "चाय-पानी के पेमेंट के दो तरीक़े हैं। एक अमेरिकन और दूसरा लोकल। पहले में हर कोई अपना-अपना पेमेंट करता है। लोकल में जिसकी चाय पहले खत्म हो जाये, पैसा देने की ज़िम्मेदारी उसकी। इसलिए लोग चाय को शरबत की तरह ठण्डी कर लेते हैं।" अपनी बात पर वे खुद ही हँसने लगे। कुन्दन ने बस मुस्कराकर उनका साथ दिया।

8

घनघोर बारिश हो रही थी। गगनबिहारी जी बिस्तर पर तकिया के सहारे अधलेटे थे। वे पुराने दिनों को याद करने लगे। आजकल इतनी बारिश कहाँ होती है। एक हमारा जमाना था जब चार-चार दिन तक सूरज नहीं निकलता था।

कमरे में अचानक दाखिल होकर ललिता देवी उन्हें घूरने लगीं। उनकी जलती दृष्टि का सामना कठिन महसूस करके वे सवालिया नज़र से देखने लगे। आवाज़ में व्यंग्य भरकर ललिता देवी ने पूछा, "आप दिन भर घर में पड़े रहिए। दीन-दुनिया की ख़बर इस घर में सिर्फ़ कुन्दन को रहती है। आपके बड़े औलाद की अपनी दुनिया है। अगर मुझे कुन्दन का सहारा न मिले तो घर का काम एक दिन नहीं चलेगा।"

"पारस कहाँ है?"

"होगा कहाँ। बारिश में छाता लेकर फूलपत्ती की फोटो खींच रहा होगा। शुक्र मनाइये कि गड्ढे के पानी में काग़ज़ की नाव नहीं तैरा रहा है।" ललिता देवी के मुख पर कड़वाहट भरी खिसिआहट थी।

बदले में गगनबिहारी जी अस्पष्ट स्वर में बड़बड़ाये। फिर जरा सोचकर कहा, "कुन्दन कहाँ गया है?"

काफ़ी देर तक यह सोचने के बाद कि पति का सवाल जवाब देने योग्य है या नहीं, ललिता देवी ने होंठों को सिकोड़कर कहा, "अजी उसके पास हज़ार काम है। बिज़नेस सँभालना इतना आसान होता तो आप जैसा आदमी भी कर लेता। घर में राशन-पानी, लोगों पर नज़र रखना, बाहर का झमेला, सब उसी के ज़िम्मे है।" एक उचटती दृष्टि उनपर डालकर वे तिक्त स्वर में बोली, "मैं आपको और आपके बड़का औलाद को इस घर का मेम्बर नहीं मानती हूँ।" पति की प्रतिक्रिया देखने-सुनने से पहले वे पलटकर चल दीं। गगनबिहारी जी चिन्तन-मनन करते रहे गये। हर किसी की अपनी अभिरुचि होती है। उसके बाहर कोई कितना भी रियाज कर ले, सब प्याज छिलने जैसा है। कुछ भी हाथ नहीं आयेगा।

ललिता देवी के निर्देश परिवर्तन, संशोधन अथवा परिस्थिति बदलने पर भी अद्यतनीकरण और कमीबेशी से परे हैं। इस घर में कोई अदालत नहीं है, बस एक जज है।

पत्नी के जाने के बाद गगनबिहारी जी ने रिमोट से टी.वी. चलाया। चर्चित हस्तियों से जुड़े चटपटी ख़बरों का नाट्य रूपान्तरण प्रस्तुत करते टी.वी. चैनल का कुछ देर तक अवलोकन करने के बाद चैनलों की भीड़ में आख़िर एक घरेलू धारावाहिक पर उनकी उँगली थम गयी। बरामदे में झाड़ू लगा रही कामवाली पति-पत्नी के मध्य हो रहे अद्भुत वार्तालाप को सुनकर मुँह दबाकर हँस रही थी।

रसोई में नाश्ते की तैयारी में लगी कामवाली को जाकर झाड़ू बुहारने वाली ने कहा, "इस घर में बुढ़ऊ की औक़ात टका भर की नहीं है।"

तभी ख़बर आयी कि महामाया बाबू आये हैं। रिक्शा से उतरने से पूर्व उन्होंने छाता खोलकर स्वयं को बारिश से सुरक्षित किया। जान-पहचान के आदमी के आने पर न चाहते हुए भी गगनबिहारी जी उठकर बैठक में पधारे। धोती कुर्ता का पहनावा उनके ग्रामीण पृष्ठभूमि को बख़ूबी उजागर कर रहा था। महामाया बाबू को सन्तोष हुआ कि वे बदले नहीं हैं। पहनावा पुराने होने से आदमी भी पुराना ही होगा जैसा अन्दाज़ा गलत नहीं था।

खैनी को हथेली पर श्रमपूर्वक रगड़ते महामाया बाबू ने सर्वप्रथम उसे मुख में सही स्थान पर दबाने के पश्चात् सोफे के हत्थे पर हाथ घिसकर साफ़ किया। कृत्रिम अन्दाज़ में हाथ जोड़कर वे सोफे से उठकर खड़े हो गये। "प्रणाम बाबू साहब। क्या समाचार है? दुबले दिख रहे हैं।"

वे उदासीन लहजे में उनके अभिवादन का उत्तर देते हुए बोले, "उम्र हो गयी। अब मन बिल्कुल वैरागी हो गया है।"

महामाया बाबू इस बात पर दिल खोकर हँसे, "ऐसा मत बोलिए। समधन के

साथ दो घड़ी बैठेंगे तो इस लोक में वापस आ जायेंगे। उम्र का क्या है, जब जिया झूमे तब सावन है। सबसे बड़ी नियामत अच्छी सेहत है। दीवार मज़बूत रहेगी तो पचास तस्वीरें टँग जायेगी।" उनके मतानुसार वे समय पूर्व वानप्रस्थी हो गये हैं।

इस बात पर फीकी मुस्कान के साथ उन्होंने सहमति दी। एक समय था जब वे पोशाक और शारीरिक छवि के प्रति अत्यन्त जागरूक थे। पान की दुकान पर शीशे में देर तक अपनी शक्ल निहारते हुए कंघी करना और शहर के मशहूर स्टूडियो से फोटो खींचवाने का शौक़ था।

"बाबू साहब जब भी मुँह खोलिए तो उमंग-तरंग की बात कीजिए। आज भी ऐसे-ऐसे बुजुर्गवार पड़े हैं जिनके बारे में जितना कम कहा जाये उतना अच्छा है। छत पर सारा दिन नजारा देखने के लिए धूप में पड़े रहेंगे। जहाँ किसी जवान लड़की को गुज़रते देखा नहीं कि नौकर को अपने दाँत लाने को कहेंगे ताकि सीटी बजा सकें।"

इस परिहास पर गगनबिहारी जी आधे मन से हँसे।

"गाँव-देहात का चक्कर लगता है कि नहीं?" महामाया बाबू ने बात को फिरकी माफ़िक घूमायी।

गगनबिहारी जी ने उबासी ली। "इधर कुछ वक़्त से जाना नहीं हुआ।" वे यह नहीं बताना चाहते थे कि गाँव में पाँव रखे बरसों बीत गये हैं।

महामाया बाबू ने उन पर भेदभरी दृष्टि डाली। "बाबू जी यह जुल्म न कीजिए। मोह-माया बनाये रखिए। इसके बिना ज़िन्दगी में क्या रखा है। जाने पर पुरानी जानपहचान ताज़ा होगी। भई ज़िन्दगी में राधा का अपना स्थान है और रुक्मिणी की अपनी जगह। उधर भी तो आपकी कोई होगी?" वे मृदुल हास्य के माध्यम से आगे बढ़ रहे थे। बदले में गगनबिहारी जी जैसे व्यक्ति की शक्ल भी चन्द पलों के लिए ही सही, गुलजार हो गयी।

"और ज़मीन-जायदाद की देखभाल भी हो जायेगी।" महामाया बाबू हौले से भौतिक पदार्थ पर उतर आये। गगनबिहारी जी ने कोई प्रतिक्रिया व्यक्त नहीं की।

अपनी तरफ से महामाया बाबू ढेर सारी बातें कर रहे थे लेकिन उधर से बस हाँ-हूँ में बात हो रही थी।

"दुनिया एक माया है। कुछ नहीं रखा है। बस दो मीठे बोल लीजिए, वही पल अपना है। माया के पीछे सारी भागदौड़ किसी काम की नहीं है। ढाल जैसी तनी खाल झुल जाती है लेकिन मन की प्यास नहीं बुझती। हम जोड़ने में भरोसा करने वालों में से नहीं हैं। जो भी हाथ में आता है उसे हथेली पर पर रखे-रखे खा जाते हैं।" वे ही-ही की निरन्तर आवृत्ति के मध्य बोले, "हम तो गरीब आदमी ठहरे...भई खुद को ग़रीब कहलाने में बहुत आराम है। हमारे गाँव में रामधन और

रामगरीब नाम के दो भाई थे। रामधन के घर में एक टाइम चूल्हा जलता और दूसरे दिन फाका पड़ता। उधर रामगरीब के सोने की इतनी अशर्फियाँ थी कि उन पर पड़ी मैल साफ़ करने के लिए चार बैलों को जोतने की ज़रूरत होती।" घड़ी भर पर्याप्त दर्शन बघार चुकने के पश्चात् वे मतलब की बात पर आकर प्रथम श्रेणी के भौतिकवादी हो गये। वस्तुओं को बस देखने ही नहीं वरन् स्पर्श और पकड़े जाने से उसके अस्तित्व को स्वीकार करने वाला व्यक्ति अधिक समय तक मुद्दे से दूर नहीं रह सकता है।

"बेटों के शादी-ब्याह के बारे में क्या सोचा है?" उनकी नज़र गगनबिहारी जी के चेहरे पर गड़ गयी।

गगनबिहारी जी ने उदासीनता पूर्वक कहा, "पहले वे कुछ साल ढंग से कमाई कर ले फिर इस पर सोचा जायेगा।"

"अरे ये सब बड़े घरों में थोड़े न होता है। यहाँ लड़कों के कमाने पर नहीं, बाप-दादा के नाम पर शादी होती है। आपका कुन्दन बहुत होनहार है। हमारी बिटिया आपकी ही है। एक बार हुजूर जुबान दे देते तो समझिए कि खुद को गंगा नहाया मान लेता।"

गगनबिहारी जी पेशोपेश में पड़ गये। "अभी बड़े लड़के की पहले शादी हो जाये फिर इस पर सोचा जा सकता है।"

महामाया बाबू ने पुन: ज़ोर दिया। "बाबू साहब हम अभी बस जुबान देने की बात कह रहे हैं।"

"मेरे हाथ में क्या है?" वे रुग्न स्वर में बोले। बुढ़ापा सम्भवत: आंगिक्र शिथिलता के साथ मनोबल में क्षीणता भी लाता है। "आज के जमाने में कोई औलाद को अपनी मर्ज़ी से शादी करने से रोक सकता है? हमारे कुआँ में कूद कर जल समाधि लेने की धमकी भी खाली जायेगी।"

"ऐसा न कहिए। आदमी चाहे तो सब कुछ कर सकता है। बैठा हुआ लँगड़ा होता है लेकिन भागते हुए हिरन को मात देता है। थकी काया में भी मन का रावण कहाँ मानता है।" महामाया बाबू की आवाज़ में तरंग थी।

तब तक पीछे से ललिता देवी ने आकर प्रसंग रहित बात की।" हमारे मायके में दसों उँगलियों में सोने की अँगूठी पहनते हैं। घर के नौकर-चाकरों के बदन पर आधे लाख का माल होता है। एक जमाने में हमारे बाप-दादा का पीकदान ढोने वाले लोग आज पृथ्वी के महिपाल कहला रहे हैं। हमारे यहाँ दाल में छौंक नहीं दिया जाता हैं। पूरी दाल घी के अदहन में ही बनती है। ख़ैर, जिस घर में ब्याही गयी उसमें निबाह कर रही हूँ। सोचती हूँ कि अपने कुन्दन का भविष्य बन जाये।" जो बात उन्होंने

नहीं कही वह थी कि उनके चहेते सपूत की कनिष्ठा उँगली में भी खरोंच न आये। दुनिया का बेड़ा गर्क हो जाये तो उनकी बला से।

महामाया बाबू ने उनकी बात के अपने मतलब के अनुसार सार्थक अंश को ग्रहण किया। "भौजी आप बिल्कुल सही कह रही है। सेहत और बीमारी दोनों भोजन की थाली से निकलती हैं। खान-पान अच्छा रहे तो तन्दुरुस्ती खुद सर के बल चलकर आयेगी।"

अब तक आधे घण्टे भर के दौरान जितने वाक्य गगनबिहारी जी के मुखारविन्द से नहीं निकले होंगे उससे अधिक कुछ क्षणों में उनकी धर्मपत्नी की जुबान से हरहराते हुए निकले। अन्धा तक जान जायेगा कि इस घर में संवाद की संस्कृति पूर्णतया नदारद है। अलबत्ता विवाद की विकृति पूरी ठसक के साथ उपस्थित है।

महामाया बाबू समझ गये कि घर के मुखिया के ढुलमुलपन की वजह से घर की मालकिन हावी है। यह तथाकथित मुखिया कोई दबंग बुजुर्ग न होकर एक असुरक्षित, भयभीत और गुमसुम वृद्ध है। लेकिन ये शादी की बातचीत सहसा इस घर की होकर ललिता देवी के मायके से होड़ लेने पर कहाँ से आ गयी? खैर! अपने मतलब से मतलब रखना चाहिए। बड़े लड़के का बृहस्पति कमज़ोर है और घर में मान भी कम है। न तो वह चालाकी-चतुराई जानता है और न ही दुनियादारी से कोई वास्ता है। अपनी बिटिया की खातिर दूसरी औलाद ठीक रहेगी। राज करेगी। अपना काम बस इतना सा है कि घर में चिनगारी देखकर आँधी को चुपचाप इशारा करके किनारे हो जाओ। लेकिन एक बात का खास ध्यान रखना पड़ेगा कि दो बहुओं के आगमन से परिवार में गुणा का अंकफल नहीं अपितु विभाजन का अंकफल निकल रहा है। बेटी का राज सुगम करना उनकी ज़िम्मेवारी है। महामाया बाबू के इरादों में पर लग गये।

कोई ठोस काम हो तो मन को तसल्ली मिले। उन्होंने दोनो हाथों की मुट्ठियों को जोड़कर प्रणाम की मुद्रा का निर्माण किया। सम्मुख उपस्थित श्रोता को यह विश्वास दिलाने के लिए कि उनका कथन गहन चिन्तन के पश्चात् निकला है, वे सुसंगत दृष्टान्त देने लगे, "बाबू साहब की बात दुरुस्त है। बिना कमाई के शादी-ब्याह झमेले के सिवा क्या है। बस कुछ ऐसा कीजिए कि हवा भी चलती रहे और दीया भी न बुझने पाये।" ललिता देवी और गगनबिहारी जी को न तो उनके प्रणाम का चिह्न पल्ले पड़ा और न ही बात समझ में आयी। उन लोगों के मुखमण्डल पर विद्यमान असमंजस के भाव देखकर वे पुन: बोले, "कुन्दन की सगाई तो हो ही सकती है। ब्याह का समय आने पर देखा जायेगा।"

गगनबिहारी जी को विधाता से त्रिशंकुत्व का अभिशप्त वर प्राप्त था। वे

ढुलमुल बने रहे। "हमारी ज़िन्दगी गुज़र चुकी है। आज के जमाने वाले अपने बारे में खुद फैसला लें।"

महामाया बाबू कच्चा–पक्का कोई आश्वासन तक न पा सकने के कारण आजिज होकर बोले, "अगर यह दुनिया और महफिल आपके काम की नहीं रही तो औरों को मौका दीजिए।"

बीच में महामाया बाबू का मोबाइल बजने लगा। कुरते की जेब से पुराना मोबाइल निकालकर उन्होंने अति संक्षिप्त वार्ता की। सम्मुख विद्यमान मेजबानों को मान देते हुए कहा, "गाँव से बुलावा था। रिश्ते में शादी पड़ रही है। लेकिन शहर में हमारा हज़ार काम है। मैं उनमें से नहीं हूँ जो दुकान बन्द करके कीर्तन में चला जाऊँगा।"

जाते-जाते वे कहते गये। "बिना साला वाले घर में कभी रिश्ता मत कीजिएगा चाहे गाड़ी भर दहेज मिले।" अपनी बात पर वे स्वयं हँसने लगे। मेजबान को इस बात का अहसास कराते हुए गमन किया कि वे मृदु गीत और यथार्थपरक चर्चा समान दक्षता से करने में सक्षम हैं।

9

पारस ने घर के एक खाली कमरे में दीवारों पर लकड़ी के सेल्फ लगवाकर अपनी सारी अस्त-व्यस्त किताबों को करीने से रखा। काफ़ी समय से ललिता देवी की शिकायत थी कि घर के सारे पुराने सामान हटाये जाये। पुरानी बेकार पड़ी चीज़ों को रखना अपशकुन है। शायद उसे यह आभास हो गया था कि किसी दिन उसकी अनुपस्थिति में उसके बड़े जतन से इकट्ठा की गयी पुस्तकें, संग्रह करके रखी गयी पत्रिकाएँ और अपनी बरसों से सहेजी गयी डायरियाँ किसी कबाड़ी के यहाँ शोभा बढ़ायेंगी। पीछे की तरफ बन्द पड़े कमरे को खुलवाकर उसने लोहा-लक्कड़ हटवाकर साफ़ कराया। कारपेंटर को वह हर बात बड़े विस्तार से बता रहा था कि कहाँ क्या लगाना है। सुनते-सुनते वह हँसने लगा। "बाबूजी बहुत शौक़ीन हैं।"

इस सारे उपक्रम को ललिता देवी उदासीनता से देख रही थीं।

पारस के अपरिग्रही संसार में किताबों का संग्रह अपवाद स्वरूप था।

सब कुछ व्यवस्थित करने के उपरांत पारस ने अपनी लाइब्रेरी के उद्घाटन के उपलक्ष्य में एक पार्टी का आयोजन किया। समोसे, पेस्ट्री, कोल्ड ड्रिंक और मिठाई एक मेज पर सजाकर वह घर के लोगों को उसमें शामिल होने के लिए बुलाने गया।

ऐसा करने में उसे काफ़ी मशक्कत करनी पड़ी। मन से बस गगनबिहारी जी ही आये। ललिता देवी दरवाज़े से ही सब कुछ सरसरी नज़र से देखकर मुँह बिचकाकर खड़ी रहीं। अन्दर आना गवारा नहीं किया। कुन्दन ऐसे चहलकदमी कर रहा था मानो किसी दुकान की स्टॉल से गुज़र रहा हो। पारस ने कॉलेज के जमाने के अपने एक पढ़ाकू सहपाठी को आमन्त्रित किया था। वह भी उसकी तरह किताबों का दीवाना था। उसके हाथ जोड़कर किये गये नमस्ते पर ललिता देवी ने ठण्डी प्रतिक्रिया व्यक्त की।

"मेरे दोस्त का कविता-संग्रह अभी हाल में आया है। बहुत बढ़िया लिखता है।" पारस उत्साह से भरा हुआ था। इस पर केवल गगनबिहारी जी बोले, "अच्छा!" ललिता देवी यह सब कब खत्म होगा वाले भाव से इन्तजार कर रही थीं। अकेले पारस को इस अवसर पर हर पल का आनन्द लेने की पड़ी थी। उसने एक किताब को सेल्फ से ऐसे निकाला मानो जरा सी असावधानी हुई तो उसे खरोंच आ जायेगी। "यह देखो, उन्नीसवीं सदी के पूरे सामाजिक इतिहास को इस उपन्यास में बाँधा गया है। कोई इतिहासकार क्या लिखेगा जो साहित्य में बताया जाता है।"

उन्नीसवीं सदी के इतिहास में किसी रुचि है। पारस के दोस्त को छोड़कर कोई उसके कथन को गम्भीरता से लेने को तैयार नहीं था। वह स्वयं जारी रहा। "इसके किसी भी अध्याय को पढ़ो, ऐसा लगेगा जैसे स्वतन्त्र कथा है।"

"क्यों...? शुरू से पढ़ो।" मित्र से कहा। पहली बार किसी ने चर्चा में भाग लिया।

"सतवीर तुम समझे नहीं। पका आम किधर से भी खाओ, मीठा लगेगा।" पारस का उत्साह घरवालों की बेरुखी के बाद भी बरकरार था। "शब्दों से दृश्य का निर्माण करने वाला सच्चा रचनाकार होता है। पढ़ोगे तो मान जाओगे।" उसने वह किताब मित्र की ओर बढ़ायी।

सतवीर के किताब को हाथ में थामने पर जैसे पारस ने कोई बड़ा लक्ष्य प्राप्त कर लिया। "जानते हो तुम, रैक पर कोई पुरानी किताब मिल जाये तो उसके पीले पड़े पन्नों की शोभा निराली होती है जो बोरी भर अशर्फियों से ज़्यादा है। शब्दों में जादू भले हो या न हो लेकिन उनकी शक्ति में मेरा भरोसा मिटा नहीं है।"

वह उसके उत्साह में साथ देने के लिए मुस्कराया। "किताब के आशिकों के लिए पन्नों की ख़ुशबू से बढ़कर दुनिया में कोई चीज़ नहीं है। तुम ठीक कहते हो। फ़िल्म, टी.वी. और इंटरनेट इन सबके आने पर किताब के जमाने के गुज़रने की भविष्यवाणी की गयी। लेकिन किताब न मरी है और न मरेगी।"

इस नैतिक समर्थन को पाकर पारस ख़ुशी से अभिभूत हो उठा। "क्या बात कही है मेरे दोस्त। यह तो वही बात हुई कि लाख वीडियो कॉल आ जायें पर पास बैठने का मजा कुछ और ही है। ये किंडल वग़ैरह किताब के सच्चे आशिकों के

लिए दोयम दर्जे के ही रहेंगे।" दोनों दोस्त सहमत थे कि चोंच मारने वाले भाव से ग्रस्त पल्लवग्राही, साहित्य का मर्म नहीं समझेंगे। साहित्य के लिए डूबने को तैयार प्रेमी होने चाहिए।

सतवीर अल्लापुर में किराये का कमरा लेकर रहता था। अपनी हैसियत के हिसाब से उसका संकोच करना स्वाभाविक था। पारस से उसकी दोस्ती की वजह दोनों का साहित्यिक प्रेम था। उसके साथ मेल-मिलाप का कारण साहित्यिक में रुचि थी। देहाती परिवेश का व्यक्ति इलाहाबाद के माहौल को बेहद आधुनिक अनुभव कर रहा था। वह अक्सर उसके कमरे में पहुँच जाता। बातचीत होती। उसके घर से आयी लाई, चने और गुड़ के लड्डू को खाते हुए साहित्य, समाज और राजनीति पर ख़ूब चर्चा होती। उसके कमरे की दीवार पर हाथ के पंजे की छाप देखकर एक दिन पारस ने पूछा कि यह क्या है? वह मुस्कराकर बोला, "मेरे पंजे का निशान है। यह कहने की कोशिश की है कि मैं यहाँ था।"

उसे अपने दोस्त की हरकत पसन्द आयी थी लेकिन ऊपर से बोला, "यह कोई आदिम युगीन गुफा नहीं है। जब मकान मालिक रंगरोगन करायेगा तो सब मिट जायेगा।"

पारस उसके हाथ में किताब को देखकर बोला, "इसे तुम नहीं पढ़ोगे तो कौन पढ़ेगा। किताब उसके सच्चे पाठक के पास पहुँचनी चाहिए। वरना जिन्हें शायद हम अपना समझते हैं वे हमारे लिखने-पढ़ने को समय की बर्बादी के सिवा कुछ नहीं मानते हैं।" इस कथन को सुनकर ललिता देवी ने तिर्यक दृष्टि से उसे घूरा।

सतवीर ने घर के लोगों की नज़रों में निहित भाव भाँपकर जाने की अनुमति माँगी। पारस उसे बाहर गेट तक छोड़ने गया। विदा होते वक़्त सतवीर ने उसके कन्धे पर हाथ रखकर कहा। "एक बात कहूँ पारस। जो बात इंसान के दिलोदिमाग़ में हमेशा रहती है उसी से उसका संसार बनता है। तुम एक शास्त्रीय उपन्यास के पात्र लगते हो।"

कुन्दन पारस की ख़ुशी में शामिल नहीं होना चाहता था लेकिन पारस की हर गतिविधि पर नज़र रखना वह ज़रूरी समझता है। कुछ बुरा कहने का अवसर नहीं मिलता देख कर उसने प्रस्थान करना बेहतर समझा। किताबों में उसकी सतही दिलचस्पी तक नहीं थी। लेखन जैसे हाशियाकृत कार्यकलाप से क्या फायदा होगा जैसा नितान्त विपणन केन्द्रित प्रश्न उसके जेहन में आया। परन्तु इस सवाल को पूछकर वह स्वयं को उजागर नहीं करना चाहता था। उसकी ख़ुशी को भली-भाँति पहचानते हुए भी वह नकली उदासीनता प्रगट करके इस आयोजन की निस्सारता प्रदर्शित करना चाहता था। उसकी दृष्टि में सारा उपक्रम मनोरोगों का साहित्यिककरण

के अतिरिक्त कुछ नहीं है। वह पारस के इस आयोजन की ललिता देवी के पास जाकर किसी आशु कवि की तरह बिना तैयारी के आलोचना करने लगा, "जो भी दुनिया-जहान छोड़कर किताबों में रुचि रखता है वह जरा सटका हुआ होगा। एक नॉर्मल आदमी दुनियादारी के हज़ार काम छोड़कर बेकार में वक़्त क्यों बरबाद करेगा।" पढ़ने-लिखने से किसी को मन चाहे लाख पुलकित होता होगा लेकिन भौतिक उपादानों की प्राप्ति में इसका क्या योगदान है। इसकी छोड़िए, यह आजीविका का साधन भी नहीं बनाया जा सकता जिससे कम से कम उदर-पूर्ति तो हो। उसके अन्दर पारस के भविष्य के प्रति प्रश्नचिह्न था। कहता है कि साहित्य में सच निहित है। अरे सच बोलने पर जग की भृकुटी चढ़ जायेगी। झूठे को भले राम न मिले पर सभी को राम से ज़्यादा जग की ज़रूरत है। सांसारिक हो तो सांसारिक की तरह बनकर रहो। सतहीपन में आनन्द ढूँढ़ना सांसारिक प्राणियों का धर्म है। ज़्यादा गहराई उतरने से क्या लाभ।

10

गर्मी में शीतल पवन बिल्कुल सुबह-सुबह तनिक स्मित मुस्कान दिखाकर प्रस्थान कर गयी। सभी को पता था कि पूरे दिन गर्म हवा का वर्चस्व रहेगा।

कोठी को दूध पहुँचाने वाला ग्वाला थोड़ी दूर रहता था। पारस सुबह सैर करने निकला। उसका डेरा रास्ते में पड़ता था। ग्वाला बड़ी दूर से उसे आते हुए देख रहा था। उसके पास पहुँचने पर टोका। "भइया बड़े जँच रहे हैं। लग रहा है जैसे शादी के दूल्हा हो।"

वह यह प्रशंसा सुनकर हल्के से हँसा। "अभी ऐसी कोई बात दूर है। शहर भर का पैकेट वाला दूध आपकी गऊशाला के सामने फेल है। हमारी चाय से लेकर दूध-दही और घी तक इसी के भरोसे है भोला भाई।"

"भइया दुनिया में कोई बिना पानी मिलाये दूध बेचकर दिखा दे तो अपनी मूँछ मुड़ा लूँगा। वरना दो पैसे ज़्यादा कमाना किसको बुरा लगता है। लेकिन यह गरीब बस आपके लिए खालिस दूध देता है। बाज़ार में पैकेट वाले दूध पर मलमल के कपड़ा जैसी मलाई जमती है, जबकि इस भोला के भैंस के दूध की मलाई गैंडे की खाल जितनी मोटी होती है। हमारे यहाँ का दूध आप पीये यही सोच कर यह ग्वाला शुद्ध दूध देता हूँ। क्योंकि आप जैसा हीरा दुनिया में ढूँढ़े नहीं मिलेगा।" अपने हल के जुए सदृश्य दृढ़ भुजाओं को फैलाते हुए उसने घोषणा की।

अपनी तारीफ सुनकर संकोच से भर गया। भोला जिस गँवई परिवेश से आया था वह वहाँ नगरीय कोलाहल का अभाव भले हो लेकिन बाशिन्दे बेहद बातूनी होते हैं। शहर में भले लोग आपस में काम भर बात करें लेकिन उधर एक-दूसरे को पकड़कर बात करने का रिवाज़ है।

भोला ने थैले से प्लास्टिक में लिपटे एक पौधे को उसके हाथ में थमाया। "अनार का पौधा है। हमारे यहाँ इसका क्या काम? आपके पास ज़्यादा शोभा देगा।" पौधों के शौक़ीन पारस को इस भेंट को पाकर बेहद ख़ुश हुआ। आम, अमरूद आदि के पेड़ देखने की अभ्यस्त आँखें अब अनार को फलते हुए देखेंगी।

भोला से पुराना परिचय था। एक दिन कुन्दन क्षेत्र के विधायक के समर्थन में जनसभा आयोजित करने के काम में जुटा हुआ था। वह सभी सामर्थ्यवान व्यक्ति के गुडबुक में रहना लाजिमी मानता था। स्थानीय होने के नाते ग्वाला भी आयोजन में आया। उसने मंच पर कौतुहलवश चढ़ने का प्रयास किया। वहाँ मौजूद कुन्दन बुरी तरह भड़क गया। "मुँह उठाकर कहाँ चले आ रहे हो? यह पार्टी के कार्यकर्ताओं के लिए है। थोड़ी देर में यहाँ मन्त्री जी भी आयेंगे। तुम उनके बगल में बैठना चाहते हो?"

भोला कोई मरियल रिक्शा वाला टाइप दीन-हीन प्राणी न था। रोज देह और बालों में कड़आ तेल लगाने वाला शौक़ीन जवान था। उसका भी अपना रसूख था। सौ-दो सौ लोग उसके कहने पर एक ओर हो सकते थे। दिल पर अगर बात ले तो कुन्दन का भौकाल देशी दारू की तरह पी सकता है। उसने अपने ग़ुस्से को जब्त करके कहा, "बाबूजी यह जगह सबकी है।"

संयोग से उधर से गुज़र रहे पारस ने राहगीर के तौर पर यह दृश्य देखा और खुद को रोक न सका। "लोकतन्त्र आख़िर किस बात का है। इसमें सब बराबर हैं।" भोला को इस बात से बड़ा नैतिक बल मिला। वह खुद मंच से उतर गया और साथ ही उसके मन से कुन्दन भी उतर गया।

भोला पारस से मुखातिब होकर बोला, "भइया! मुझे कोई गरज नहीं कि बड़े लोगों की संगत में उठूँ-बैठूँ। अपनी चारपाई हमेशा सलामत रहेगी। बड़े लोगों की कुर्सी भले छीन जाये। बस मन में जानने की इच्छा थी कि यहाँ क्या हो रहा है। अपने रामलीला मैदान के मंच पर इतनी रोक-टोक नहीं है। बस इस बात का अफसोस है कि बाबू साहब टाइप लोग आज भी बराबरी की बात नहीं मानते हैं। उन्हें पता नहीं है कि आज हवाई चप्पल वाले भी हवाई जहाज से सफ़र करते हैं।" वह अपना ग़ुस्सा दबाते हुए शान्त लहजे में विरोध जता रहा था।

अपने आक्रोश का यथासम्भव शमन करते हुए भोला ने संयमित स्वर में कहा,

"भइया! थोड़ा बहुत पढ़ना तो आता है लेकिन लिखना नहीं जानता। हाँ, मौक़ा पढ़ने पर आन की खातिर लड़ना ख़ूब आता है।"

घर पर कुन्दन ने माँ-बाप को सुनाया। "आज एक महान वाक्य सुनने को मिला। लोकतन्त्र में सभी बराबर हैं।"

"हम कोठी वालों को अपनी हैसियत के अनुसार मिलना-जुलना चाहिए।" ललिता देवी इस विषय में भी ज़्यादातर बातों की तरह कुन्दन की पक्षधर थीं।

"वह पुरानी जान-पहचान का है इसलिए पारस को बुरा लगा।" गगनबिहारी जी बीच में बोले लेकिन बोलते ही उन्हें अहसास हो गया कि न बोलते तो अच्छा था।

"आप रास्ते के भिखारियों को पकड़कर घर ले आइए। इतने दिनों से भीख माँग रहे हैं, जान-पहचान पक्की हो गयी होगी।" ललिता देवी ऐसे आग बबूला हुई मानो वे अपने पति के अनावश्यक हस्तक्षेप से हलकान हो। छोटे लोगों को इज्जत देना किसी सम्भ्रान्त व्यक्ति के द्वारा सड़क पर गिरा पैसा उठाने जैसा है।

"बात यह है कि कुछ दिन पहले मुझे जाति सम्मेलन के लिए ज़मीन की ज़रूरत पड़ी।" कुन्दन ने आख़िरकार खुलासा किया। "शहर में ज़मीन बहुत है लेकिन मुझे पास में ही जगह चाहिए था। इसलिए ग्वाले को कहा कि वह अपनी ढोर-ढंगर कहीं और बाँध ले। नाँद और खली-चोकर वहाँ से हटा ले। लेकिन वह उलटा जवाब देने लगा। उसी दिन से मैं खुन्दक खाये हुए हूँ।"

"तुम गलत बोल रहे हो।" पारस ने हस्तक्षेप करना आवश्यक समझा। "किसी की रोजी-रोटी में चोट करना कहाँ तक सही है। तुम्हें अपना रोब-दाब का शो करना है लेकिन जरा उसकी भी सोचो। उसने अपने बीबी-बच्चों के बारे में सोचकर मना किया है और तुम उस दिन से उसके पीछे पड़ गये। आदमी ताक़तवर है। इतना दबाओगे तो अपराधी बन जायेगा।" ललिता देवी और कुन्दन अवाक होकर उसका बात सुन रहे थे।

"धोती-गमछा लपेटने वाले के लिए इतनी हमदर्दी?" कुन्दन बौखलाया। "ऐसे लोगों को जूते की नोक पर रखा जाता है।" वह हँसकर भोला के व्यक्तित्व का विद्रूपित चित्रण करने लगा।

पारस संयत रहा। "तुम उसके बाहरी रूप को देखकर हँस रहे हो लेकिन हो सकता है कि वह तुम्हारे अन्दरुनी रूप पर तरस खा रहा हो।"

"इसका हर काम उलटा होता है। रात में दही खाने चला है। छोटे लोगों को अपना बनाकर दुनिया में किसी को कुछ नहीं मिला है। अपने साथ चीटीं, कनखजूरा सबको लेकर चलता है।" ललिता देवी ने विवाद में अपने पक्ष का चयन करने में तनिक भी विलम्ब नहीं किया।

"भोला इस कॉलोनी का पुराना बाशिन्दा है। आदमी एक-दूसरे के सुख-दुख में काम आता है।" गगनबिहारी ने बीच में मुँह खोला। पारस को अकेला पड़ता देखकर वे स्वयं को रोक नहीं पाये।

कुन्दन ने तत्क्षण उनका खण्डन किया। "सबका सुख-दुख अलग होता है। गरीब आदमी सीवर के ओवर फ्लो से हलकान रहता है और अमीर कार पार्किंग की जगह ने मिलने से परेशान होता है।"

11

सतवीर के कमरे का दरवाजा खटखटाते हुए दो मिनट हो गये थे। कोई उत्तर न पाकर पारस को लगा कि शायद वह कहीं गया हुआ है। तभी पीछे से साइकिल की घण्टी की टनटनाहट सुनाई दी। सतवीर था। उसके पाजामा में धूल और कीचड़ के छीटें लगे हुए थे। कमीज भी बदरंग हो चुकी थी। लेकिन पारस को देखकर वह ख़ुशी से चहक उठा।

"सुबह-सुबह...!" वह दीवाल के सहारे साइकिल खड़ी करके उसकी ओर नज़र करके मुस्कराया। "बाँध पर ताजी सब्जियाँ और फल मिल जाते हैं। उधर से आ रहा हूँ। दारागंज में अपने पहचान के एक सीनियर हैं। वे भी वहीं टहलते और सौदा करते मिल जाते हैं। सुबह की सैर और खरीदारी दोनों हो जाती है।"

थैला पारस के हाथ में पकड़ाकर सतवीर ने कमरे का ताला खोलते हुए हँसने लगा। "तुमने ताला नहीं देखा। लगता है देर से दरवाजा खटखटा रहे थे।" पारस भी अपनी भूल पर बरबस मुस्करा पड़ा।

"एक उपन्यास पूरा किया था। उसी का ड्राफ्ट लेकर सबसे पहले तुम्हारे पास हाज़िर हुआ हूँ।"

"यूनिवर्सिटी के स्टूडेंटों को इतिहास का लेक्चर पिलाते हुए तुम्हें उपन्यास जैसे बड़े फलक की विधा लिखने का समय मिल जाता है?" सतवीर ने पारस के लिए फोल्ड़िग कुर्सी खोलते हुए पूछा। उपन्यास के पन्ने को उलटते हुए वह पढ़ने लगा। "ज़हे-नसीब। रोमांटिक उपन्यास लगता है?"

"नहीं बस इसका एक अंश रोमांटिक कहा जा सकता है।"

सतवीर मज़ाक़ के मूड में था। "चलो हम उसी अंश से काम चला लेंगे।"

कॉट पर बैठकर वह सरसरी तौर पर पढ़ते हुए उपन्यास की पाण्डुलिपि के पन्ने पलटने लगा। "बॉस इसे फुरसत में पढ़ते हैं।"

"रख लो, तुम्हारे लिए ही लाया हूँ। बिना तुम्हारी सम्मति और आदेश के किसी प्रकाशक को इसे हाथ भी नहीं लगाने दूँगा। छपना-वपना तो दूर की चीज़ है।"

"ख़ूब उन्नति करो। तुम्हें साहित्य का हर बड़ा पुरस्कार मिले। तुम्हारा नाम रोशन हो। वैसे उपन्यास का विषय क्या है?"

"मध्यमवर्गीय दास्तान है। जीवन-संघर्ष और इंसानी संवेदना के बीच की खींचतान कह सकते हो।"

"ऐसी बात...!" सतवीर ने आश्चर्य का प्रदर्शन किया।

"बुर्जुआ परिवेश में पले व्यक्ति से और क्या उम्मीद की जा सकती है।"

"उपन्यास में किस बात का द्वन्द्व है?"

"वही जिसके लिए इंसान बदनाम है। पशुओं में प्राकृतिक द्वन्द्व होता होगा। इंसानों में जातीय-मजहबी लड़ाई, आर्थिक मुनाफा और राजनीतिक स्वार्थ का टकराव देखने को मिलता है।" पारस बोला। कुछ सोचता हुआ वह कहने लगा, "लेखक के हाथ में जब उसकी किताब छपकर आती है तो वह उसे छूकर, उलट-पुलट कर और पन्नों में लिखी इबारत को निहार कर मुस्कराता है। फिर उसे एक और ख़ुशी का इन्तजार बड़ी बेसब्री से होता है...पाठकों की प्रतिक्रिया का।"

सतवीर उसकी बात बड़े गौर से सुनता हुआ विहँस रहा था।

तभी बिजली चली गयी। सतवीर ने झुँझला कर खिड़की खोली। कमरे में मामूली रोशनी आयी। "बिजली कल रात से परेशान कर रही है। आज सुबह आयी और कुछ मिनट में शक्ल दिखाकर चलती बनी। कल से छुपम-छुपाई का खेल चल रहा है।"

पारस फोल्डिंग कॉट पर बैठकर खिड़की के बाहर देखने लगा। "यह इलाहाबाद है और उसमें भी अल्लापुर।"

सतवीर ने उसके कन्धे पर हाथ रखा। "राइटर हो, बात में सकारात्मक पहलू देखो। रोमांटिक सीन चकाचौंध भरी रोशनी में नहीं, चाँदनी रात या मोमबत्ती की रोशनी में परफॉर्म होते हैं।"

पारस भी मनोविनोद में शामिल हो गया। "हद है! रोमांटिक युग आने वाला है और हमें पता ही नहीं। आज ही तसला भर बचा कोयला फूँक कर आलू भूनकर खत्म करता हूँ। रोशनी की कहीं से कोई गुंजाइश न बची रहे। राजेश खन्ना का युग आने वाला है। आओ मिलकर इस युग का स्वागत करते हैं।"

सतवीर ने चाय बनाने के लिए गैस स्टोव जलाने हेतु लाइटर लिया। "देखा तुम्हें हँसा दिया ना। नाम रोशन होने के नाम पर बिजली चली गयी। लेकिन तुम्हारी कीर्ति हमेशा बढ़ती जाये।"

"बड़े-बुजुर्गों जैसा आशीर्वाद मत दो। मैं चाहता हूँ कि मुझे मेरी किताबों की वजह से जाना जाये। चाय पीने बाहर चलते हैं।" पारस ने स्टोव जलाने से मना किया।

सतवीर ने खूँटी पर टँगे थैले से गुड़ मिश्रित तिल के लड्डू निकाले और पॉलिथिन के थैले में रख लिये। "ठीक है, बाहर चाय पीते हुए खाते हैं।"

पारस ने रास्ते में कहा, "यह शहर इलाहाबाद इसलिए है कि यहाँ दुकान में बैठने वाले पंसारी से भी साहित्य पढ़ने के संस्कार की उम्मीद की जाती है।"

सतवीर उसकी बात सुनकर बोला, "यह कोई कायदे की बात हुई। यह सिर्फ़ चलते-पुरजों का शहर नहीं है। चाय की दुकान पर गप हाँकते और अख़बार बाँचते फ़ुरसतियों का भी शहर है।"

पास में बेंच पर बैठे दो मजदूर उनकी बातचीत सुन रहे थे। एक बोल पड़ा, "बाबूजी सही कहा आपने। यहाँ बीड़ी-से-बीड़ी मिलाकर जलाते हैं। घर से माचिस लेकर कोई एकाध निकलता है।" उसकी बात सुनकर दोनों मुस्कराने लगे।

सतवीर ने चर्चा आगे बढ़ायी। "चिन्ता मत करो। एक दिन आयेगा जब तुम्हारी रचनाओं में उक्तिवैचित्र्य और जनचेतना जैसे विषयों पर देश-विदेश के विभिन्न विश्वविद्यालयों में शोध हो रहा होगा।"

"सचमुच...! क्या बात कही है। एक दिन...! यह वाक्यांश कितना मधुर है। हमारे नाम पर जो न्यास स्थापित होगा उसका अध्यक्ष बनने के लिए लोगों में हाथा-पाई हो रही होगी।...भई सौभाग्य से मुझे इसका अन्दाज़ा है कि मैं कितने पानी में हूँ। बस साहित्य के एक पाठक और लेखक के रूप में कुछ लोगों के बीच जाना जाऊँ इतना काफ़ी है।"

चाय के ठीये पर दोनों बातें करने लगे। पतीले में खौलते दूधयुक्त पानी, चाय पत्ती और अदरक की मिली-जुली परिचित गन्ध ठीये के आसपास फैली हुई थी। पारस अपने उपन्यास के बारे में बताते हुए बहुत ख़ुश था। जिस बात का ज़िक्र घर में किसी से करके सन्तोष नहीं पा सकता था वह उसे सतवीर की संगत में मिल रहा था। बातों में पारस ने उसे अपने घर न आने का ज़िक्र किया। सतवीर सकुचाते हुए बोला कि जब भी मिलने का मन करे पारस निसंकोच उसके कमरे में आ जाया करे। पारस को यह अहसास हो गया कि वह उसके घर वालों की नज़रों में अपने प्रति नापसन्दगी को भाँप गया है। शिष्टाचार के सामाजिक नियम के अतिरिक्त मानवता का एक अलिखित शास्त्र मनुष्य के अन्त:करण में होता है। इस घर में किसी मित्र को बुलाना ख़तरे से खाली नहीं है। यहाँ के बाशिन्दे बिना किसी उकसावे के अपमान करने में माहिर हैं।

सड़क के लगभग बीचोबीच चिथड़े लपेटे खड़ा एक भिखारीनुमा आदमी भीख माँगने की जगह बिना किसी को सम्बोधित किये न जाने क्या बोल रहा था। पास में कुत्तों का झुंड मन्द स्वर में आवाज़ निकाल रहा था। इन बातों से बेपरवाह लोग अपने रास्ते चले जा रहे थे। वेग और आवेग के ग्रस्त गतिप्रेमी मोटरसाइकिल चालकों के लिए ऐसे तत्त्व विघ्नकारी थे। पारस इन अनसुनी ध्वनियों का निहितार्थ ढूँढ़ने लगा।

सतवीर ने उसे खोया हुआ पाकर ध्यान बँटाने की गरज से पूछा। "लिखते हुए किसी विचारधारा का खयाल तो होता होगा ना?"

"हद है। लेखन का उद्देश्य यह है कि प्रत्येक जड़ता उतरोत्तर चेतना में परिणत हो। विचारधारा कहाँ से टपक पड़ी? इसका अर्थ यह हुआ कि लेखक विचारधारा से दिशा निर्देशित होता है, अन्तर्दृष्टि से अनुप्राणित नहीं।" पारस की प्रतिक्रिया उत्तेजना से भरी थी।

सतवीर को उसका रोष भाया। पॉलिथिन के थैले से लड्डू निकालकर बढ़ाते हुए पूछा, "अच्छा बताओ, लेखक किसके लिए लिखता है?"

"लिखता तो वह जनता के लिए है और जनता पर ही ज़्यादातर लेखक लिखते हैं। लेकिन जनता उसका लिखा पढ़े यह ज़रूरी नहीं है। हाँ, कालिदास और शेक्सपियर राजा-रानियों पर लिखकर भी कालजयी कहलाये। सच्चाई यह है कि लेखन में व्याप्त संवेदना और विचार तत्त्व सब कुछ है। देश-काल और समाज का परिवेश बदलता रहता है।"

सतवीर ने चाय के साथ मठरी मँगायी। वह बड़े चाव से खाने लगा। सतवीर यह देखकर बोला, "तुम्हें काफ़ी पसन्द आयी।"

पारस ख़ुश होकर कहने लगा। "आदिम युग में लौटना अच्छा लगता है। उस समय आदमी को खाने के लिए भटकना पड़ता था। जो मिलता था उसे ध्यान से परखने की योग्यता की ज़रूरत थी। कहीं वह ज़हरीला तो नहीं है। आज हम अपना मनपसन्द डिश आर्डर कर सकते हैं। किसी से मिलने के लिए कहीं भी आसानी से जा सकते हैं। लेकिन चैन से स्वाद लेकर खाना और मुलाकात में सामने वाले की तरफ ध्यान देना मुश्किल हो गया है। हम बार-बार अपना मोबाइल चेक करते हैं।"

उसे अपनी बात रुचिपूर्वक सुनते देखकर वह आगे बोला, "दुख रोचक न हो तो उसे किसी की सहानुभूति नहीं मिलती है। आजकल हर बात की यू.एस.पी. खोजी जाती है।" उसने बात सामान्य ढंग से कही जिसमें कोई शोकाकुल अतिरेक नहीं नज़र आ रहा था।

लेकिन सतवीर को कुछ अजीब लगा। वह पलटकर पारस को देखने लगा। "यह कौन सी न्यारी बात कह दी तुमने? दोस्तों के बीच बैठकर दुख को याद

नहीं किया जाता है। उसे दुत्कार कर दूर भगाते हैं। जानवर तक खाद्य और अखाद्य चीज़ों में अन्तर करते हैं। फिर अच्छा-भला इंसान क्यों उलजलूल विचारों को मन में घुसने दे।"

उसके हाथ को थाम कर सतवीर कहने लगा। "देखो मैं गोरखपुर का हूँ। शहर से पच्चीस किलोमीटर आगे देहात में घर है। इतनी दूर से आकर कहीं भी अपनी राम-मड़ैया या कृष्ण-कुटीर डाल कर रहने को तैयार हूँ। इलाहाबाद तो हम जैसे का घर बन गया है। यहाँ का आदमी उदास थोड़े ना होता है। वहाँ था तो भी ख़ुश था। यहाँ आकर तुम्हारा साथ मिला। जहाँ रहो वहाँ का बनकर रहो। वरना मगध में जाने नहीं जाओगे, अवन्ति में पहचाने नहीं जाओगे वाली हालत हो जायेगी। मनुष्य संसार में ही तो रहेगा ना। वह कोई अणु तो है नहीं। परेशानियाँ और रुकावटें हमारी इतनी बड़ी दुश्मन नहीं हैं। उनके कारण हमारा जीवन और रोशन होता है।" इलाहाबाद में शिक्षा प्राप्ति के लिए आये लोगों की खातिर यह शहर उनका घर और जन्मभूमि तक हो जाता है।

सतवीर समझ रहा था कि पारस के चुप होने का मतलब यह नहीं कि वह गूँगा है। जुबान से निकली बात बन्दूक की गोली होती है। सामने वाले को छलनी करे इससे पहले सोच-विचार ज़रूरी है। बोलना एक ज़िम्मेवारी है और मौन भी उतना ही दायित्वपूर्ण कार्य है। यह ज़िम्मेवारी भरा काम बच्चों को नहीं, वयस्कों को करना चाहिए।

पारस को हिलाते हुए वह कहने लगा, "इंसान अकेला कब होता है। अकेलेपन में भी सामाजिक सम्बन्ध मौजूद रहते हैं। मुझे देखो...क्या तुम्हारा अपना नहीं हूँ? मैं उस सोच को लानत भेजता हूँ जिसके हिसाब से समाज में सफल इंसान होने की कसौटी फलां-फलां चीज़ें हासिल कर लेना है। मनुष्य मनुष्य को पहचानता है, यही दुनिया में उम्मीद की सबसे चमकदार किरण है।" उसे लगा कि वह सच ही कह रहा है। सच्ची ख़ुशी जैसी एक व्यर्थ की जिद्द में अनेक आधी-अधूरी ख़ुशियाँ छोड़ना नासमझी ही होगी। सामने का दाँत टूटा हो तो क्या मनुष्य हँसना-मुस्कराना बन्द कर देगा ताकि लोगों की दृष्टि से विकृति छिपी रहे।

पारस को प्रशंसा भरी दृष्टि से निहारते हुए वह आगे बोला, "तुम लिटरेरी जीनियस हो। तुम्हें क्या फिक्र करनी है।"

यह सुनकर वह तनिक विद्रूपता से हँसा। "जीनियस-वीनियस कोई नहीं होता है। मैं इस अवधारणा का नहीं मानता हूँ। सब अपनी परिस्थिति के मारे और परिवेश से तैयार होते हैं। धीरे-धीरे उसी के अनुसार बढ़ते हुए वे विकसित होकर संसार को अपना सर्वश्रेष्ठ देते हैं। एक खास परिवेश पैदा होकर और अलग अनुभव संसार

में पलकर डिकेंस 'ए टेल ऑफ़ टू सिटीज' लिखेगा और बाल्जाक 'ला कॉमेडी हूमेन' का सर्जन करेगा। हमारे यहाँ शेक्सपियर जन्म नहीं लेंगे। उसी तरह पश्चिम में सूर-तुलसी का होना कल्पना से परे है।"

अब सुनने की बारी सतवीर की थी।

पारस कहता रहा। "पता है, एक अकेली जान पर कितनी सारी बातों का असर पड़ता है? उसके बाप-दादा के खानदान, ननिहाल, पुश्तैनी जायदाद और खानदानी आदतें, दहेज में मिला सामान, स्कूल-कॉलेज और अब तो इंटरनेट भी... क्या-क्या गिनाये।"

"यार-दोस्त भूल गये? पत्नी-प्रेमिका, रिश्तेदार वग़ैरह। लिस्ट खत्म नहीं होगी।" सतवीर भी टुकड़े जोड़ने लगा।

निहारिका को निहारने में रुचि रखने वालों का किसी पृथक् नक्षत्र पर ध्यान कहाँ जाता है। ज्योतिहीन नक्षत्र वैसे भी किसी की नज़र में आसानी से नहीं आता है। किसे पड़ी है कि उसका खगोलीय दूरबीन से अवलोकन करने की जहमत उठाये। ऐसे नक्षत्र को प्रतिकूल परिस्थितियों में स्वयं के मज्जागत बल से सफलता प्राप्त करनी पड़ेगी।

12

महामाया बाबू जैसे दिमाग़ वाले आदमी का संग मिला तो व्यापार परवान चढ़ा। दोनों के पारस्परिक सम्बन्ध गोविन्दपुर में सुज्ञात हो गये। बहुधा एकान्त में वार्तालाप करने वाले समानधर्मा व्यक्ति जब दूसरों की उपस्थिति में वार्तालाप करते थे तो भी उनके मित कथन और उसके निहितार्थ औरों की समझ से परे रहते। महामाया बाबू को भरोसा था कि कुन्दन उनकी कूटभाषा को अनावृत कर उसमें निहित पूर्णाशों को ग्रहण कर लेगा।

वे विचारमग्न अवस्था में थे। "गुरुदेव क्या बात है? ऐसा क्या हो गया कि आप सोच में पड़ गये?" कुन्दन की आवाज़ में आत्मीयता नामक भाव दुर्लभ भाव गूँजा।

"मन्त्री जो ठहरा। चिन्ता करना मन्त्रियों का स्वभाव है।" उन्होंने स्वयं को आधिकारिक रूप से उसका अमात्य स्वीकार किया।

कुन्दन उनके कन्धे पर हाथ रखकर बोला, "फिर भी चिन्ता करना आपको शोभा नहीं देता है।"

"मैं मण्डप में दूल्हा बनकर नहीं बैठा हूँ कि शोभा की परवाह करूँगा।" उन्होंने अपने लक्ष्य के प्रति संकल्प को स्पष्ट किया। उँगलियों के पोरों पर अबूझ क़िस्म का गुणा-भाग करते हुए कहने लगे, "तुम्हें एक ऐसा लड़का दिलवा दूँगा जिसके पास माल-मत्ता तो सिफर है लेकिन काम में मदद भरपूर करेगा। उसे साझीदार बना लो। शुरू में मिलकर करना। बाद में अलग होने पर विचार करना।" उन्होंने बरसों बाद की रूपरेखा अभी से खोल दी।

बाद में अलग होने पर विचार करना वाला मनोवांछित परामर्श पाकर कुन्दन स्वयं को कृतकृत्य अनुभव करने लगा। इस परामर्श को उसने सोमरस समझ कर बिना पात्र में डाले चुल्लू से गटक लिया। दुनिया मेहनत का कमाया खाती है लेकिन कमाई दिमाग़ से होती है। दबी जुबान में इधर-उधर देखता हुआ बोला, "मेहनत मजदूर से ज़्यादा कौन करता है लेकिन उसे क्या मिलता है। कमाई चाहिए तो दिमाग़ लगाना पड़ेगा। बिज़नेस के लिए पूँजी और ज़मीन की ज़रूरत पड़ेगी पड़ेगी।" कुन्दन ने शक जाहिर किया। "यह सब कहाँ से आयेगा?"

महामाया बाबू उसे बुद्धि में खुद से कमतर पाकर प्रसन्न हुए। "तुम भूल रहे हो बरखुरदार, बिज़नेस के लिए सबसे पहले दिमाग़ की ज़रूरत होती है। पैसा, मकान, दुकान सब बाद की बात है। एक बार वह हुनर हासिल कर लो फिर पैसा खुद-ब-खुद बरसने लगेगा। पैसा आ गया तो समझो, जग जीत लिया। आख़िर कलदार की खनक पर अच्छे-अच्छे नाचते हैं।" अपने कथन से अत्यन्त सन्तुष्ट होकर वे हर्ष से हँसने लगे।

अपने मन के अनुकूल बातें होने पर कुन्दन जोश से हाथ उठाकर बोला, "जो हमसे टकरायेगा, चूर-चूर हो जायेगा।" वह किससे टकराने की बात कर रहा था? पारस से या बिज़नेस में मार्ग में आने वाली सम्भावित विपरीत परिस्थितियों से? उसके उत्साह को प्रशंसा भरी दृष्टि से देखते हुए उसका तात्कालिक अर्थ ग्रहण करके महामाया बाबू बोले, "जिस बकरी के बच्चे के माथे पर सींग नहीं उगे हैं उसे बिलाव से नहीं उलझना चाहिए। कोई क्या खाकर तुम्हारा मुकाबला करेगा। हमने तुम्हारी कुण्डली में शत्रुहन्ता योग शुरू में ही पहचान लिया था।"

कुन्दन उनके वचन से आश्वस्त हुआ। जहाँ तक पारस का सवाल है, फड़फड़ाती तितलियों और टिमटिमाते तारों को देखने के शौक़ीन से उसे क्या खतरा हो सकता है।

अपनी आवाज़ को यथासम्भव मन्द करके उन्होंने उसे निकट आने का संकेत किया। "देखो जरा ध्यान से मेरी बात सुनो। गाँव का आदमी हूँ लेकिन क्रिकेट के खेल से अच्छी तरह परिचित हूँ। जब यह गली-मुहल्ले में सड़क पर खेला जाता है

तो इसमें अंपायर नाम का कोई पंछी नहीं होता है। कोई एल.बी.डब्ल्यू. वग़ैरह नहीं माना जाता है। बस बोल्ड और ज़्यादा से ज़्यादा कैच होता है। इसलिए गेंदबाजी इतनी फास्ट करो कि बैट्समैन अपनी टाँग को बॉल और विकेट के बीच अड़ाने से पहले पचास बार सोचे क्योंकि यहाँ पैड-वैड जैसी कोई चीज़ नहीं होती है। जब वह आउट होगा तभी तुम्हारी बैटिंग आयेगी।" सतर्क नज़रों से इधर-उधर देखते हुए उन्होंने पूछा, "समझ गये ना कि मैं क्या कह रहा हूँ?"

कुन्दन स्वयं को उनके उपदेश का श्रवण करके धन्य समझने लगा। "आज से ही ऐसी बॉलिंग शुरू करूँगा कि क्रिज पर उसके पाँव नहीं टिकेंगे।"

कुरते की जेब से डिबिया निकाल कर सुरती और चूना का अद्भुत सम्मिश्रण तैयार करते हुए वे बोले, "अपना सिखाया हुआ बालक मंच पर चढ़ता है तो अच्छा लगता है।" इस सात्विक कथन को आचार्यवत गम्भीरता से सुनकर कुन्दन घड़ी भर के लिए भूल गया कि वे भी उसकी तरह माया के उपासक हैं।

आज्ञाकारी शिष्य की भाँति शीश नवा कर बोला, "आपकी बात को विधि के लेखे से कम महत्त्व नहीं देता हूँ।" अनुकूल वाणी सुनकर उनके मुख पर वहीं सात्विक तेज प्रकाशमान हो गया जोकि विश्वविद्यालय के प्राध्यापक के चेहरे पर विद्यार्थियों को गूढ़ विषय समझाते हुए आलोकित होता है। उन्हें पूर्ण विश्वास था कि कुन्दन गुरु के उपदेश का सार समझकर आचरण करेगा न कि बुद्धि से पैदल लोगों की तरह उसे रासायनिक लेप से ममी बनाकर गले में लटकाये फिरेगा।

कुन्दन महामाया बाबू के सीप में मोती के समान अनुभवजन्य ज्ञान को सहेजना श्रेयस्कर समझता था। उनकी बातें भले ही जलेबी जैसी घुमावदार लगे लेकिन उसका असर बिल्कुल लेजर की तरह सीधा पड़ता है। जरा भी विकीर्णन नहीं होता। बातचीत का क्या है। शब्द दरअसल पत्ते की तरह हैं पर उसमें छिपा भाव फल है। ध्यान फल पर होना चाहिए। ज़मीन-जायदाद ही संसार में कलह की जड़ होते हैं। कोई अदालतों में दीवानी और फौजदारी के मुकदमे उठाकर देख ले कि इनमें कितने प्रतिशत हिस्सेदारी इन मामलों की है। जब महामाया बाबू के खेत के बीच से पगडंडी सरकारी नक्शे में दर्ज हो गयी थी तो उन्हें कैसा झटका लगा था। सर पर मानो पहाड़ टूट पड़ा था। वकील धड़ल्ले से दिन को रात और रात को दिन साबित कर देते हैं लेकिन विरोधी पक्ष का एक अशुद्ध उच्चारण या वर्तनी पकड़ कर अर्थ का अनर्थ बना देते हैं। ये अदालत भी कौन भी दूध की धुली होती है। एक का अर्द्धाक्षर देखकर पूरा मतलब निकाल लेती हैं और दूसरे का पूरा व्याख्यान सुनकर नासमझ बनी रहती है।

13

इलाहाबाद यूनिवर्सिटी के कैम्पस में पारस कार ड्राइव करता हुआ दाखिल हुआ। अपने चमचमाते जूते से परिसर को सुशोभित करता हुआ वह अपने क्लॉस की ओर बढ़ा। मात्र मुट्ठी भर छात्रों को उपस्थित देखकर भी उसने बिना औरों का इन्तजार किये क्लॉस शुरू करने का निश्चय किया। उसकी गम्भीर मुखाकृति देखकर छात्रों को कुछ कहने में संकोच होता था।

मध्यकालीन इतिहास की क्लॉस थी। वह सम्बन्धित अध्याय पर वक्तव्य देने लगा। तभी एक हाथ उठा। कोई कुछ कहना चाहता था। "सर आपको नहीं लगता है कि मिडिवल ऐज कुछ ज़्यादा ही विवादास्पद है?"

पारस ने गौर किया कि पूछने वाला छात्र वास्तव में गम्भीर था। उसने प्रतिक्रिया व्यक्त करने में थोड़ा वक़्त लिया। "देखिए विवादों के बीच में से सच्चाई की खोज इतना आसान नहीं है। विवाद किसी बात पर एक से ज़्यादा राय होने से होती है। कभी-कभी विवाद पैदा भी की जाती है। खैर, उस काल में न हम थे और न ही आप में से कोई मौजूद था। इतिहास बस गड़े मुर्दे उखाड़ने का शास्त्र नहीं है। अपनी विरासत को सहेजने और ग़लतियों से सीखने का काम इससे ज़रूर लिया जा सकता है।"

छात्र का सवाल किसी विशेष बात को न लेकर जनरल टाइप का था। इसलिए उसने भी उसका उत्तर उसी तरीक़े से दिया। विश्वविद्यालय में विभिन्न विचारधाराओं के जमात का जमाव होने की बात उसके संज्ञान में थी।

उसने पाया कि छात्र-छात्राएँ उसके उत्तर को बड़े मनोयोग से सुन रहे थे। विषयान्तर का कोई अवसर न देते हुए वह पुनः मूलपाठ पर आ गया। सदियों पुराने घटित काण्ड और राजनीति-समाज को पढ़ाना महज किताबी आधार पर क्या सम्भव है? लेकिन कक्षा में पुरातत्ववेत्ता की हैसियत से नहीं अपितु शिक्षक के नाते अपनी भूमिका का निर्वाह करना है। क्लॉस लेने से पहले वह विषय की पूरी तैयारी करता है। सम्भावित प्रश्नों के उत्तर का अनुमान लगाना भी इसमें शामिल है। लेकिन इतिहास विज्ञान और गणित की तरह वस्तुनिष्ठ नहीं हो सकता है। कहीं न कहीं पूर्वाग्रह के अतिक्रमण की पूरी गुंजाइश रहती है।

क्लॉस खत्म होने के बाद बाहर छात्रों के झुंड ने उसे घेरा। सर सेमिनार में आपसे सवाल करने हैं। एक समवेत स्वर उठा। वह हल्के से मुस्कराया। "आप यहाँ भी मुझसे जो चाहे पूछ सकते हैं।"

"सर हिस्ट्री पढ़ने से क्या फायदा है?" एक जींसधारी छात्र पूरी गम्भीरता से पूछ रहा था।

पारस ने पहले सोचा कि इसे विषय से असम्बद्ध प्रश्न बताकर मनाकर दिया जाये। लेकिन फिर सोचकर एक वाजिब जवाब देना उचित समझा।

"हम भले ही आर्टिफिशियल इंटेलिजेंस और बायोटेक युग में पहुँच गये हैं लेकिन बिना पिछले पन्नों को पलटे अपने बारे में अनजान बने रहेंगे। बल्कि मैं कहता हूँ कि विज्ञान के स्टूडेंटों को भी इतिहास की एक हद तक जानकारी होनी चाहिए। इतिहास के किन-किन मोड़ पर हमसे क्या ग़लतियाँ हुई और वे कौन सी खासियतें हैं जो हमें बाक़ी दुनिया से अलग करती हैं, इसे जानना भी साइंस और मैथ की तरह ज़रूरी है। एक जमाना था जब आसमान से पत्थरों का गिरना पैरानॉरमल माना जाता था। आज उल्कापिण्डों का धरती पर गिरना खगोलीय घटना समझी जाती है। कोई भी इसे पैरानॉरमल नहीं कहता है। इसी तरह इतिहास में खोजबीन करके नये तथ्यों को ढूँढ़ा जा रहा है ताकि बनी-बनायी धारणाओं को बदला जा सके।"

एक छात्रा अपने सहेलियों को लगभग ढकेलती हुई आगे आयी। "सर आजकल हिस्ट्री पर विवाद ज़्यादा होते हैं जबकि साइंस झूठ और अन्धविश्वास पर सच और तर्क की जीत को दिखाता है। कहीं हिस्ट्री भी धर्म की तरह पॉलिटिक्स का अखाड़ा तो नहीं बन गयी है?"

उसने छात्रा की ओर देखा। सवाल अत्यन्त विचारोत्तेजक था। "आपके सवाल का मेरे पास जवाब है या नहीं यह तो मैं नहीं कह सकता लेकिन दरअसल कुछ सवाल हमें आगे सोचने को मजबूर करते हैं। विवादों को सुलझाने के लिए वर्तमान में समझदारी दिखाने की ज़रूरत है। सही तथ्य का पता लगाने के लिए शोध पर निर्भरता बढ़ानी है।"

छात्रों पर अपनी बात का असर देखने के लिए वह कुछ पल रुका। "अगर हम-आप इन बातों को पॉलिटिशियन पर छोड़ देंगे तो शायद यह सही नहीं होगा। संवेदनशील मुद्दों पर समाज के जागरूक तबके को अपनी स्वतन्त्र राय बनानी चाहिए और समाज के बाक़ी वर्गो को भी जागरूक करना है। इतिहास झूठ नहीं है लेकिन उसकी व्याख्या लोग अपने मतलब के हिसाब से अलग-अलग ढंग से करते हैं। कई शताब्दियों के इतिहास को पचास पन्नों में निपटाना और एकाध सदी को पाँच सौ पेज में बताना इसका एक तरीक़ा है।"

पारस की बात को सभी बड़े गौर से सुन रहे थे। लेकिन सवाल पूछने वाली छात्रा शरारत से बोली, "सर आपको फिलॉसफी पढ़ानी चाहिए।" सब उसका मुँह देखने लगे। लेकिन वह बिना संकोच के आगे कहने लगी, "ज़िन्दगी की बहुत सी गुत्थियाँ सही फिलॉसफी से सुलझायी जा सकती हैं। क्लॉस में बहुत ज़्यादा इंटरएक्शन नहीं हो पाता है। किसी को जानना हो तो जरा इनफॉरमल माहौल में

बात करनी चाहिए। आपसे कभी गप करके बहुत अच्छा लगेगा।" प्रगल्भ छात्रा के चेहरे पर हँसी थी।

छात्रा पुन: बोली, "सर आप अपनी मर्जी के मालिक दिखते हैं।" इस दफ़ा उसके चेहरे पर शरारत थी।

प्रश्न करने जैसी सारस्वत प्रक्रिया का अवरुद्ध होना अशुभ है। परन्तु प्रश्न के पीछे निहित प्रयोजन जाने बिना उसका उत्तर अप्रासंगिक प्रश्नोत्तरी को प्रोत्साहन देना है। छात्रा उसके मौन पर थोड़ा सहम गयी। लेकिन वह नाराज़ नहीं था।

उसने शान्त भाव से कहा, "मर्जी का मालिक तो दूर की बात है, मैं दरअसल अपने विचारों का दास हूँ।" कुछ को उसका कथन दार्शनिक सुलभ सूक्तप्रियता मात्र लगा। वे आपस में आँखों-ही-आँखों में कह रहे थे कि ज़बान का शायर है। बात में कोई खामी नहीं मिलेगी।

युवा प्रवक्ता द्वारा बरती गयी शब्दों की मितव्ययिता छात्रा को अपर्याप्तता का आभास करा रही थी। उसकी धृष्ट जिज्ञासा अभी शान्त नहीं हुई थी।

अगला प्रश्न अप्रत्याशित था। "सर आर यू मैरिड?"

उसके कहने से पूर्व एक छात्र बोल पड़ा। "नो पर्सनल क्वेश्चन प्लीज।"

छात्राओं के लिए उनके प्रवक्ता की प्रियदर्शी सूरत, कर्णप्रिय बातें और अर्थगर्भित विषय आकर्षण का केन्द्र थे।

14

ललिता देवी ने विधायक जी के सम्मान में एक आयोजन कराया। कुन्दन ने इसका परामर्श दिया था। उनके आगमन की व्यग्रता से प्रतीक्षा हो रही थी। एक कार आकर रुकी। कुछ लोग लपके। लेकिन वह दरअसल एस्कॉर्ट गाड़ी निकली। सयाने लोग इस उतावलेपन पर हँसे। विधायक जी कहीं ऐसी गाड़ी से पधारेंगे? सरकारी अफसर वग़ैरह इनका इस्तेमाल करते हैं। नेता और माफ़िया अमूमन एस.यू.वी. से सफ़र करते हैं।

नियत वक़्त से काफ़ी विलम्ब से वे काफिला समेत पधारे। जनसमुदाय को हाथ जोड़कर अभिवादन करते हुए वे अत्यन्त सौम्य प्रतीत हो रहे थे। कुन्दन ने उन पर दोनों हाथों से फूलों की वर्षा ऐसे आरम्भ की मानो प्रत्यक्ष परमात्मा प्रकट हो गये हैं। उनकी प्रत्येक भावभंगिमा पर वह काग़ज़ की भाँति फड़फड़ाता हुआ चक्कर काट रहा था। हालाँकि उसे इस उपक्रम में विधायक जी के निष्ठावान अनुयायियों

और फर्जी समर्थकों, दोनों से कड़ी प्रतियोगिता का सामना करना पड़ रहा था। इस अवसर पर उसके कर्कश कण्ठ से निकलने वाली वाणी बिल्कुल घुँघरू पहने हुई थी। शहर के नामी-गिरामी हस्तियों के अतिरिक्त ऐसे लोग भी थे जो कभी किसी काम आ सकते थे। इससे आयोजन में विविधता आ गयी थी। रोटरी क्लब के कर्ता-धर्ता होने के नाते भुवनेश्वर जी आमन्त्रित थे। पत्नी के साथ वे नीरजा को भी लाये थे।

गगनबिहारी जी भी आयोजन में सम्मिलित हुए परन्तु उनकी उपस्थिति बस कुछ वक़्त तक सीमित रही। उन्हें इसकी जानकारी भी आख़िरी पल दी गयी थी। "इस पॉलिटिक्स में घुसने की क्या ज़रूरत है?"

ललिता देवी ने उस प्रश्न को उत्तर देने योग्य न समझते हुए भी इस बात का तुरन्त निर्णय कर दिया। "आगे निकलना है तो इसमें घुसना पड़ेगा। बस दूर खड़े होकर अख़बार पढ़ने और टी.वी. पर ख़बर देखने से कुछ नहीं होगा। एक बार कुन्दन राजनीति में सही तरीक़े से आ गया तो उसका कारोबार दौड़ेगा।"

विधायक जी के पी.ए. साहब ने पहले ही बता दिया था कि यह सुनिश्चित कर लिया जाये कि माननीय विधायक जी को कोई असुविधा न हो। इस बात पर कुन्दन लगभग साष्टांग दण्डवत की मुद्रा में आकर बोला, "मैं जो बोलता हूँ उस पर अपनी जान बाजी पर लगा देता हूँ। मेरा घर गोविन्दपुर का सिविल लाइन है। सारा इन्तजाम है। बस प्रभु के दर्शन की प्रतीक्षा है।"

विधायक जी के आगमन पर घड़ी भर उनके प्रति सम्मान प्रदर्शन में व्यतीत हुआ। उन्होंने नगरवासियों को स्वयं को सम्मानित करने के लिए धन्यवाद दिया। अपने दल के विकास कार्यों का विस्तार से उल्लेख करते हुए क्षेत्र के लोगों से समर्थन जारी रखने का विनम्र निवेदन किया। उपस्थित लोगों के द्वारा करतल ध्वनि से उनके वक्तव्य का स्वागत होते देखकर वे जोश में आ गये और कह बैठे कि क्षेत्रवासियों की सेवा करने के प्रयास में वे मृत्यु का आलिंगन करने को भी तैयार हैं। इस पर तो जयघोष होना ही था। मृत्यु स्त्रीलिंग है इसलिए शायद वे इसके प्रति रोमांटिक भाव रखते थे। लेकिन राजनीति के सयाने लोगों को यह सच्चाई भली-भाँति ज्ञात थी कि नेताओं की वास्तविक प्रेमिका सत्ता सुन्दरी होती है। मरने वाला काम जनता के मत्थे मढ़ा जाता है।

पास में उपस्थित एक खास आदमी ने विधायक जी को इशारे से कोई महत्त्वपूर्ण बात बताते हुए अपना मोबाइल हाथ में थमाया। वे अत्यन्त ध्यानपूर्वक कॉल पर उधर से होने वाली बात सुनने लगे। लखनऊ से मन्त्री जी का सन्देश था। गोपनीय तथ्यों को वे वैसे ही आत्मसात करने लगे जैसे पौधे धरती के खनिज-लवण आदि को सोख लेते हैं। मोबाइल पर बात हो जाने के बाद वे स्वगत उवाच करते हुए कहने

लगे, "समझ में नहीं आ रहा है कि बादशाह सलामत शौक़िया टोपी सिल रहे हैं या हालात इतने ख़राब हो गये हैं कि हकीकत में उन्हें गुजारा करने के लिए ऐसा करना पड़ रहा है।" होशियार पी.ए. समझ गया कि विधायक जी को अतिशीघ्र लखनऊ के लिए प्रस्थान करना होगा। राजधानी में राजनीतिक उथल-पुथल हो रही थी।

कुन्दन उनके साथ आज्ञाकारी भृत्य की भाँति इस प्रकार करबद्ध खड़ा था जैसे उनके सिवा उसका संसार में कोई अवलम्ब नहीं है। व्यवहार में नवनीत और वाणी में मधु लिये वह कच्चे धागे की डोर से बँधा विधायक जी के साथ-साथ चलता था। कतिपय अन्य कृपा के आकांक्षी भी उपस्थित थे। उन्हें जब ऐसा प्रतीत हुआ कि वे कृपा प्राप्ति के इस स्वयंवर में पिछड़ जायेंगे तो उन्होंने फौरन कदमताल मिलाना शुरू कर दिया। क्षेत्र की समस्याओं के निवारण के लिए उन्हें कोटि-कोटि धन्यवाद दिया गया। कुछेक ने तो उन्हें प्रान्त का भविष्य बताते हुए शीघ्र मन्त्री पद मिलने की शुभकामना दे डाली। वे स्मित मुस्कान से सब सुन रहे थे। इन्तजाम करने में कुन्दन ने गजब की कल्पनाशीलता का परिचय दिया। स्कूली बच्चों ने एक सांस्कृतिक कार्यक्रम प्रस्तुत किया। नन्ही प्रतिभाओं की गतिविधियों की ओर एक नज़र तक न डालते हुए उसकी सम्पूर्ण शारीरिक शक्ति और मानसिक मेधा विधायक जी की ओर केन्द्रित थी। आख़िर संस्कृति तथा कला की उपयोगिता सार्थकता से रहित उपक्रमों के असली उद्‌देश्य को ढँकने के लिए होती है। कुन्दन का इरादा विधायक जी के साथ तब तक लगे रहना था जब तक कि वे वाहनस्थ होकर गमन न कर गये।

लेकिन मजमे में केवल एक चम्मच न होकर पूरा कटलरी सेट विराजमान था। प्रत्येक कृपाकांक्षी अपनी कामयाबी को विधायक जी के भृकुटी विलास पर आधारित मानकर दण्डवत मुद्रा को एकमात्र विकल्प समझता था। इसलिए उसे कड़ी प्रतियोगिता का सामना करना पड़ रहा था। विधायक जी के कार का दरवाज़ा खोलने के लिए एक कृपाकांक्षी तत्परता से बढ़ा। उससे दरवाजा नहीं खुला। हिम्मत न हारते हुए उसने दुबारा प्रयास किया। परन्तु इस पुरुषार्थ का कोई लाभ नहीं हुआ। तनिक विहँस कर उनके ड्राइवर ने तकनीकी दक्षता का प्रयोग करके खुल जा सिमसिम की भाँति आसानी से कार का दरवाज़ा खोल दिया।

पार्टी में पारस अनमनयस्क-सा खड़ा रहा। चौधरी इलाके के पार्षद का नजदीकी था। वह उसके साथ आया था। पार्षद भुवनेश्वर जी से परिचित था। उसने पारस का परिचय उनसे कराया। साथ में खड़ी नीरजा के बारे में उसने कहा कि ये अपने फ़ादर के रोटरी क्लब में काफ़ी सक्रिय हैं। नीरजा के माता-पिता को नमस्ते करने के अतिरिक्त पारस ने किसी से मिलने-जुलने की कोई कोशिश नहीं की। नीरजा की ओर एक नज़र डालने के बाद वह मुरलीधर और सम्पत से मुखातिब हो गया। नीरजा

उम्मीद कर रही थी कि वह युवकोचित उत्सुकतावश उससे बात करेगा। लेकिन पारस ने ऐसी कोई पहल नहीं की।

वह मन-ही-मन सोच रही थी कि इसने एक शब्द मुँह से नहीं निकाला। खैर न बोले। मैं भी कौन सी बात करने के लिए बेताब हो रही हूँ।

कुन्दन सभी से मिला। महिलाओं से खासतौर पर गर्मजोशी से पेश आया। कृत्रिम अन्दाज़ में झुकते हुए उसने सबको अभिवादन किया। "मुझमें एक बड़ी बुराई है कि मैं बहुत बातूनी हूँ।" महिलाओं के पोशाक की उससे ऐसी तारीफ़ की कि वे आख़िरकार मुस्करा पड़ी। दूर खड़े पारस को यह ठकुरसुहाती सहन नहीं हो रही थी। जिस बात से महिलाओं की त्योरी चढ़ जानी चाहिए उसपर वे ख़ुश हो रही हैं। कमाल का मानसिक स्तर है। सारे समय वह बातचीत से अलग रहा। कुन्दन नीरजा के नजदीक आकर बोला, "मिस इलाहाबाद में एक ब्यूटी कॉन्टेस्ट कराना चाहता हूँ। शर्त यह है कि आपको उसमें एक कॉन्टेस्टेंट के तौर पर शामिल होना पड़ेगा।" वह उसकी इस अप्रत्याशित बात को समझ नहीं पायी।

कुन्दन ने उसे ढिठाई से घूरा। लेकिन उसकी आँखों के ठहराव का अधिक समय तक सामना नहीं कर सका।

"इलाहाबाद शहर में ब्यूटी कॉन्टेस्ट?" पीछे से किसी रसिक ने शंका प्रकट की। कुन्दन आत्मविश्वास से बोला, "जहाँ चाह वहाँ राह। कामयाबी के लिए बन्द दरवाज़ा खटखटाने से काम न चले तो तोड़कर घुस जाना चाहिए। लेकिन हमारे यहाँ उलटा होता है। हमें गेट पर खड़े अदने से चौकीदार से भी डरना सिखाया जाता है।" अपने धाराप्रवाह वक्तव्य का सामने खड़ी युवती पर प्रभाव देखने के लिए वह कुछ पल रुका। दुबारा जारी रहते हुए वह कहने लगा, "बचपन से ही लकड़सुंघवा, भूत-प्रेत और न मालूम कितनों से डरना सिखाया जाता है। जरा सोचिए कि जीतने वाले को कितनी शोहरत मिलती है।"

सौन्दर्य बोध अपनी रक्षा हेतु स्वयं सेंसर का निर्माण करता है। "इतनी प्रेरणादायक बातों के लिए आपको शुक्रिया मिस्टर। लेकिन मुझे शोहरत नहीं सार्थक ज़िन्दगी पसन्द है।" नीरजा दो-टूक जवाब देकर दूसरी ओर घूम गयी।

नखदन्तविहीन ततैया के डंक भी कहाँ नज़र आते हैं परन्तु उसके सूक्ष्मातिसूक्ष्म दंश से अच्छा खासा आदमी बिलबिला जाता है। कुन्दन अपने अन्दर विराजमान सौदाग़र को निष्कासित करके कवि को प्रतिष्ठित करने से रहा। लेकिन झटका तो लगता ही है।

इस विपरीत परिणाम के बाद भी कुन्दन ने निराशा का प्रदर्शन नहीं किया। उसने बातचीत का समापन कुछ इस तरह किया। "जहाँ दिल वाले हो वह जगह जन्नत है।"

नीरजा ने मजमे की ओर एक उचटती दृष्टि डाली और फिर सबसे गपशप में लग गयी।

चौधरी आकर पारस के पास खड़ा हो गया। "यह काला सूट तुम पर काफ़ी सूट कर रहा है। जरा उधर भी निगाह डालो। अभी वे तुम्हें देखकर माँग भरो का कोरस शुरू करने जा रही हैं। शायद अपने घर वालों को तुम्हारे घर शादी के रिश्ते के लिए भेजने पर दबाव भी बनाने लगें। यह भी हो सकता है कि एक-दूसरे से सर-फुटौवल होने लगे कि वो तेरे जीजाजी लगेंगे इसलिए बस हँसी-मज़ाक़ से आगे मत बढ़ना।"

उसकी बात पर पारस ने कोई प्रतिक्रिया नहीं व्यक्त की। हैरान चौधरी ने पूछा, "क्या बात है बन्धु, तुम्हें इन रंगीनियों में कोई लुत्फ़ नहीं मिल रहा है? कमाल है, ऐसे गुमसुम क्यों खड़े हो? जाओ इनजॉय करो।"

पारस ने सहसा कोई जवाब नहीं दिया। कुछ देर बाद उसने तटस्थ भाव से कहा, "मेरी पसन्द कुछ हटकर है। तुम जाओ इनजॉय करो।"

"तुम्हें क्या यह दुनिया का मेला पसन्द नहीं आया? खान-पान और मान के अलावा देखने को दिलकश चेहरे मिलेंगे। थोड़ी देर रुक जाओ तो गुल दिखलाने के मौके भी मिलेंगे। जरा उस लाल परी को एक नज़र देखो। देखने लायक चीज़ है।" उसने पारस का ध्यान लाल साड़ी में हँसती-खिलखिलाती नीरजा की ओर आकृष्ट करने का प्रयास किया।

पारस ने ठण्डे स्वर में कहा, "तुमने देख लिया ना। मुझे तुम पर पूरा भरोसा है।"

चौधरी के मुख से निकला। "तुम्हारा भी जवाब नहीं है।"

"नारी की प्रवृत्ति अपना सौन्दर्य दिखाने की होती है और पुरुष की उसे देखने की। दोनों अपनी-अपनी कमियों के कारण एक-दूसरे के पूरक हैं। मेरी अभिरुचि जरा अलग है। मैं हर बात के लिए अद्भुत या फैनटास्टिक जैसे शब्द इस्तेमाल नहीं करता हूँ। ठीक है कहकर काम चलाता हूँ।"

"हद हो गयी...! पूरी दुनिया सुन्दर नारियों की तारीफ़ करती है।"

पारस ने दूसरी ओर देखते हुए जवाब दिया, "मैं न किसी को मक्खन लगाता हूँ और न चूना।"

"बात को इतनी सीरियसली लेते हो कि डर लगता है। जो चीज़ तुम्हें छोटी दिखती है वह हम जैसे नाचीज़ों के लिए एक्स्ट्रा लार्ज साइज है।"

दोनों का वार्तालाप तनिक दूरी पर मौजूद नीरजा के कानों में पड़ गया।

"भई तुम्हें न मानना हो तो मत मानो। लेकिन नारी मयदानव की रची हुई माया है। सुना है कि वसन्त में नारियाँ बेहद ख़ूबसूरत दिखने लगती हैं।" चौधरी भेद भरी दृष्टि से उससे बोला।

पारस अनमना बना रहा। "वो तो मेकअप से भी हो जाता है। ऋतुओं को खामखाह क्रेडिट देने से क्या फायदा। बिना गुणों के लाख लीपापोती, फेशियल या ट्रांसप्लांट करा ले लेकिन यह सब दीमक खायी फर्नीचर पर वार्निस जैसा लगेगा।"

चौधरी सोचने लगा कि वह दिन कब आयेगा जब पारस के इस बेवजह की गम्भीरता के भव्य प्रासाद को कोई अपने चितवन या स्पर्श से भग्न कर देगी। "देखो तुम साहित्यकार लोग नारी शब्द का प्रयोग ज़्यादा करते हो ना। तो सुनो, दरअसल वे चन्दा मामा की तरह होती हैं। उनका फिगर घटता-बढ़ता रहता है। वैसे किसी आकर्षक दृश्य से दृष्टा का लगाव होना स्वाभाविक है। लेकिन तुम्हारी बातों से ऐसा लगता कि तुम लम्बे समय तक सिंगल रहोगे। जब तुम एक दाढ़ी वाले फिलॉसफ़र की तरह बात करते हो तो कोई लड़की तो क्या हम जैसे कट्टर प्रशंसक भी गश खा जाते हैं। भई क्लीन शेव वाले हो, ढंग की बात करो।" चौधरी ने निराशा से हाथ झटके। इस देश में फिलॉसफ़र शब्द व्यंग्य से अधिक प्रयोग किया जाता है। यह कोई सम्मानजनक सम्बोधन नहीं है। आख़िर दर्शन को एक बेतुकी चीज़ माना जाता है। चौधरी ने एक नज़र मजमे पर डालकर राय जाहिर की। "वैसे मेरा मानना है कि बिना मेकअप और अक्ल के भी नारी नर पर भारी है।"

पारस ठण्डी तटस्थता से बोला, "बनाव-शृंगार और चोंचले मेरी पसन्द की बातें नहीं हैं। दरअसल मेकअप एक मुखौटा के सिवा कुछ नहीं होता है। इसका इस्तेमाल चेहरे को छिपाने के लिए किया जाता है। अगर पहचान में आ गये तो सारा पैसा बरबाद समझो।"

"हद है! इतनी दूर से तुमने सबको देख लिया? चलो फिर बताओ इनमें से कौन बड़ी है और किसका वज़न आधा-पौन किलो ज़्यादा है?"

पारस ने उसे नाराज़गी से देखा।

चौधरी ने अपना ट्रैक बदला। "मैं बस इतना अर्ज कर रहा था कि हुजूर एक नज़र बेचारी लड़कियों के ड्रेस पर डाल लें तो इनायत होगी। आख़िर पार्टी के लिए तैयार होने में इतनी मेहनत की होगी।"

"सुन्दर नारी वल्कल वस्त्र में भी ख़ूबसूरत दिखती है। यह बात आज की आधुनिकाओं को कौन समझाए। गहने-कपड़ों पर जान देने वालों की कमी नहीं है।"

चौधरी को लग रहा था कि युवा नायक-नायिकाओं को युवा की भाँति सोचना और काम करना चाहिए न कि किसी प्रशिक्षित दार्शनिक की तरह। सामने कोई सुन्दरी हो और जनाब एडवर्ड गिब्बन का दी डिक्लाइन एंड फॉल ऑफ रोमन एम्पायर जैसी पोथी खोलकर बैठ जाये तो वह रिसिया जायेगी। बेकार में दुनिया-समाज की फिक्र में दुबले होकर अकाल वृद्ध बनने से क्या लाभ। यह इलाहाबाद है। अगर

किसी महानगर में कोई आयोजन होता तो पारस को न जाने कितना गहरा सांस्कृतिक आघात लगता। उसने आख़िर हास्य का दामन थामा। "सचमुच बहुत ही चिन्ताजनक स्थिति है। पर चिन्ता मत कीजिए, आप एकाध पीढ़ी बाद गार्गी और लोपामुद्रा जैसी विदुषियों से घिरे होंगे।"

यह मज़ाक़ भी पारस की गम्भीरता को भंग करने में सफल नहीं रहा। चौधरी ने उसे अजीब नज़र से घूरते हुए कहा, "तुमसे बात करने से पहले नारियों को अपने दिल पर गुरिल्ला ग्लॉस लगवा लेना चाहिए। ऐसी नाजुक चीज़ को टूट-फूट से बचाने का यही तरीक़ा है।" पारस भले कितना भी पढ़ाकू है लेकिन हर बात पढ़ाई से नहीं जानी जा सकती है। यह सच है कि प्रकृति की तरह नारी की चित्ताकर्षकता उसके अनलंकृत सौन्दर्य में निहित है। आभूषण ऊपर से धारण किये हुए नहीं बल्कि अंगभूत होने चाहिए। परन्तु इतनी गुरु-गम्भीरता किस काम की। भावनाओं का उन्मुक्त प्रवाह तर्क कर्कशता से बाधित होता है।

"मैं गॉग की बात कर रहा हूँ और तुम गुड़ की कहानी लेकर बैठ गये।" वह शून्य में देख रहा था। चौधरी को प्रतीत हुआ कि वह उसकी बात को गम्भीरता से नहीं ले रहा है।

"ये गॉग कौन है बिरादर?" प्रश्न पूछते-पूछते चौधरी स्वयं बोल पड़ा। "अच्छा याद आया। कोई पेंटर-वेंटर था।"

सम्पत दोनों का वार्तालाप सुनते-सुनते बोल पड़ा। "पारस केवल मेरी बात सुनता है क्योंकि मेरी बातों में गाली-गलौज न के बराबर होता है।" चौधरी सोच रहा था कि आख़िर किसे देखकर पारस के मन में वीणा के तार झनझनायेंगे।

काफ़ी देर से पारस की बातें सुनती नीरजा के जी में आया कि जरा पूछूँ कि महाशय ने यह महान विचार कितनी नारियों से मिलने के बाद बनाया है। न जाने कितने आचार्य और शंकराचार्य नारी के विषय में क्या-क्या कह गये। अनेक चन्द्र यात्राएँ भी चन्द्रमा के विषय में व्याप्त जनश्रुतियों का खण्डन नहीं कर सकी हैं। और ये जनाब पल भर में निष्कर्ष पर पहुँच गये। शादी के बाद हजूर को अगर साक्षात मिर्ची ब्रांड चिड़ी मिल गयी तब आटे-दाल का भाव समझ में आयेगा।

खाने की मेज पर पारस ने न्यूनतम शिष्टाचार का पालन करते हुए महिलाओं को सबसे पहले शुरू करने का अनुरोध किया। बातचीत की पहल सिमी ने की। उसने आपस में सभी का परिचय कराया। "मैं सिमी हूँ। बच्चों का स्कूल चलाती हूँ।" उसने एक-एक का परिचय कराना शुरू किया। "ये मल्लिका है, फैशन डिजाइनर और ये देविका, ब्यूटीशियन। इनका नाम सारिका है, स्टार्टअप शुरू किया है।" पारस ने औपचारिकतावश सबको नमस्ते किया। नीरजा के पास आकर वह रुक गयी।

"इनका नाम है...ओह मैं भूल गयी। अच्छा सा नाम था। अरे हाँ...नीरजा!" पारस ने उसे भी नमस्ते किया।

उसने बातचीत करने की गरज से नीरजा की ओर देखा लेकिन उसने जानबूझकर अपनी नज़र दूसरी ओर घूमा ली। फिर भी पारस उसे एकटक देखता रहा। उसे उत्कण्ठित दृष्टि से निहारते देखकर बगल में बैठे चौधरी ने हौले से कुहनी मारकर कहा, "बिरादर हम भी हैं। जरा हम पर भी मेहरबानी करो।"

सब अपने-अपने समूह में मग्न हो गये।

आधुनिक और परम्परागत परिधानों में सुसज्जित स्त्री-पुरुषों की भीड़ में वह उसे ऐसे ढूँढ़ रहा था मानों सितारों की भीड़ में शुक्र तारे को खोज रहा है।

उसे एक तरफ लोगों के साथ हँसते-खिलखिलाते पाकर पारस उसी ओर बढ़ा।

"आपने किस सब्जेक्ट में पढ़ाई की है?" पारस ने बात शुरू करने से की गरज नीरजा से पूछा।

उसके कुछ बोलने से पहले ही सिमी तपाक से बोली, "मेरी सहेली ने इंजीनियरिंग की है लेकिन देश-विदेश के इतिहास और कल्चर में खासी रुचि रखती है। इंसान की ग़लतियों से सीखने के लिए इतिहास जानना ज़रूरी समझती है।"

चूँकि प्रश्न उससे किया गया था इसलिए शिष्टाचार के नाते वह बोली, "इतिहास ही नहीं गुफा में रहने वालों इंसानों के समय की जानकारी भी हमें होनी चाहिए। आख़िर अपनी ज़रूरतों को बढ़ाकर आदमी किस मुकाम पर पहुँचा यह इसका पता भी होना चाहिए।"

इस संक्षिप्त वार्तालाप के साथ बात खत्म हो गयी। नीरजा को उसकी विनम्रता कृत्रिम और बौद्धिक श्रेष्ठता का भाव असली लग रहा था।

बाद में नीरजा पुरुषों के हाव-भाव देखकर तनिक व्यंग्य से बोली, "इवेंट में रोम और ग्रीस की हसीनाएँ आयी हैं। उन्हें देखने के लिए वक़्त निकालकर आये महापुरुषों को हमें धन्यवाद देना चाहिए।" पुरुष के लिए नारी आकर्षण और तृप्ति दोनों का केन्द्र होती है। बहुधा बात आकर्षण तक सीमित रहती है। तृप्ति संयम के बग़ैर सम्भव कहाँ। दैहिक सौन्दर्य के लोभी अन्तस का सौरभ क्यों देखेंगे?

"सूट-बूट में लैस इंटेलेक्चुअल बाबू तूझे कैसे लगे?" नीरजा की सहेली सिमी ने उसे छेड़ने के इरादे से पूछा। "पूरे वक़्त वह तूझे निरख रहे थे।"

वह इस मज़ाक़ को मज़ाक़ में न लेकर गम्भीर मुद्रा में बोली, "सच पूछो तो मुझे पारस बाबू बिल्कुल नीरस लगे। न कोई बातचीत और न ही हँसना आता है। ऐसे आदमी से कौन मिलना चाहेगा। ऐसे लोगों को सारी दुनिया का ज्ञान होता है लेकिन अपने घर से थोड़ी दूर के हाल से अनजान होते हैं। इनसे अच्छे दुकान पर

बैठने वाले पंसारी हैं। वे कभी-कभी हँसते तो हैं।" उसे पारस की आभिजात्य तटस्थता एक बर्फीले ठण्डेपन से भरी लगी।

"चल कोई बात नहीं, तेरे जैसी होशियार लड़की से किसी की इतनी बुराई करना अच्छा नहीं लगता है।"

"ठीक है बाबा नहीं करूँगी किसी की बुराई।"

"मैं यह सब इसलिए कह रही हँ कि वह सारे समय बस तुझे देख रहा था।"

"क्यों? दूसरी लड़कियाँ नहीं थी क्या?"

"मेरी सुन्दर सहेली। बाक़ी लोगों और तुझमें वही अन्तर है जो रबड़ी और रेवड़ी में होता है। पीतल के बीच सोना दिख जाये तो पीतल को कौन पूछेगा?"

"मैंने ध्यान नहीं दिया। वैसे मर्दों का क्या है। बस घूरते रहना। औरत अपने सिक्स्थ सेंस से समझ जाती है कि कौन उसे कैसे देख रहा है।"

"हे मेरी अक्ल और सेंस की देवी, कौन तूझे सैयद की नज़र से घूर रहा है और कौन तोता-मैना की दृष्टि से ताक रहा है यह कैसे मालूम होगा। आदमी गोबर और कूड़े के ढेर की तरफ कभी नज़र नहीं फेरता। किसी सुन्दर चीज़ को ही देखता है। तूझे न जाने इसमें क्या बुराई दिखती है।" सिमी खीझकर बोली।

"अच्छा बाबा आगे से उसे महापुरुष मानूँगी।"

सिमी ने विषय परिवर्तन करते हुए उसका गाल छूकर पूछा। "नीरजा जस्ट टेल मी हाऊ टू गेट रोजी चीक्स विदआउट मेकअप?"

"मुझे नहीं पता।" वह कृत्रिम क्रोध से बोली।

"नीरजा तू जाकर उससे हाथ मिला ले। देख बुरा नहीं है।" उसने नीरजा के कान में कहा।

"हाथ मिलाने के बाद जनाब हाथ धोयेंगे। बड़े लोग हर ऐसे-वैसे से हाथ कहाँ मिलाते हैं।"

"नीरजा डोंट जज एनीवन बाई हिज एरोगेंस।" सिमी ने अपनी असहमति जाहिर की। "यू आर बियॉड ए टॉमब्वॉय। सच कहूँ तो तेरे अन्दर शहद और करेला दोनों का रस है। लेकिन एक बात ज़रूर कहूँगी कि तेरे तरीक़े बड़े प्राइमिटिव टाइप के हैं। सामने वाले को तब तक थप्पड़ मारती है जब तक वह अपना जुर्म कबूल नहीं कर लेता है। हर जगह जेलर मत बना कर।"

इस बात पर नीरजा की हँसी का ठिकाना नहीं रहा। उसकी सहेलियाँ मुँह दबाकर खी-खी कर रही थीं। "इस महफिल में आकर बहुत से लोग अपनी ज़िन्दगी बर्बाद कर चुके हैं। लेकिन मेरा ऐसा कोई इरादा नहीं है।" लोगों का ध्यान हँसती-खिलखिलाती कन्याओं की ओर स्वाभाविक रूप से आकृष्ट हुआ। वे झुण्ड में रहना

ज़्यादा सहज महसूस कर रही थीं। मधुमक्खियों के छत्ता का वज़न एक अकेली तितली से अधिक होता है।

पारस का ध्यान उधर गया। सहसा वह नीरजा की ओर आया। "आपके इतिहास में रुचि देखकर मुझे बहुत अच्छा लगा। हैरानी की बात है कि साइंस की स्टूडेंट होने के बाद भी आप हिस्ट्री पर इतनी बातें कर लेती हैं।"

वह दोनों बाजुओं को सीने पर बाँधकर दूसरी ओर देखती हुई बोली, "इसमें हैरानी की क्या बात है। साइंस पढ़ने वाले को इतिहास पढ़ने पर रोक थोड़े ना है।"

"नहीं मैंने ऐसा कब कहा। भारत और पश्चिमी देशों में बहुत अन्तर है। यहाँ अमीर माँ-बाप के बच्चे गुलछर्रे उड़ाने में यकीन करते हैं। विदेशों में बच्चों को शुरू से ही अपने पैर पर खड़े होना सिखाया जाता है। अपना खर्च मेहनत से कमाकर पूरा करना बताया जाता है। हमारे यहाँ माँ-बाप अपने औलाद के लिए कंजूसी करके पैसे जोड़ते हैं। बच्चे उस पैसे का मोल नहीं समझते हैं। वहाँ माँ-बाप अमीर होते हैं और उनकी औलाद को ज़िन्दगी से जूझना सिखाया जाता है। यहाँ ज़िन्दगी भर मशक्कत करके पैसा जोड़ने वालों के औलाद मौज करते हैं क्योंकि वे जन्म से ही अमीर पैदा होते हैं।"

"रास्ते को चुनने या न चुनने में बस हाँ या ना रहता है। कोई तीसरी चीज़ नहीं। बीच वाला रास्ता ख़ुशी में दुखड़ा रोने या गम में नाचने जैसा है। कोई कितना भी करतब कर लीजिए यह बीच वाले रास्ते में बिल्कुल फंटूश लगेगा।" नीरजा ने अपना मत प्रकट किया।

बाद में सिमी ने नीरजा से कहा। "वैसे बातें अच्छी करता है।"

"मैं किसी के लच्छेदार तर्क नहीं, उसके बीमार निष्कर्ष पर गौर करती हूँ।" वह अप्रभावित रही।

"तू बस बाल की खाल निकालती है।"

"हाँ निकालती हूँ। तू बालों में कंघी करने के साथ जूड़ा बनाना भी सीख ले। यह सब मेरे बस का नहीं।"

15

बारिश की बूँदें धरती पर छर्रे की तरह पड़ रही थीं। बारिश की चपेट में आये राहगीर किसी आश्रय की तलाश में इधर-उधर भागे। ढलान से उतरती पानी की धाराएँ में बहती मिट्टी चॉकलेटी रंग के घोल जैसी प्रतीत हो रही थी। पानी से बचने के लिए

नीरजा बस स्टॉप के शेड के नीचे खड़ी हो गयी। सर पर हथेली का छज्जा बनाकर वह ऑटो के आने की प्रतीक्षा कर रही थी। यूनिवर्सिटी से आते पारस ने उसे देखकर गाड़ी रोकी। "आपको शायद ऑटो मिलने में देरी होगी। अगर बुरा न मानें तो मैं छोड़ देता हूँ।"

"शुक्रिया पारस बाबू। मेरी सहेली अभी आती होगी। हम दोनों साथ निकलेंगे।"

वह एक पल सोचने के बाद पीछे की सीट की ओर मुड़ा। सीट पर रखी छतरी निकाल कर उसने नीरजा के हाथों में थमायी। "आपको इसकी ज़रूरत पड़ेगी। रख लीजिए।"

इस बार उसने बिना किसी विरोध के छतरी रख ली।

"कौन थी वह?" अपनी मुस्कराहट को दबाने का भरसक प्रयास करते हुए साथ बैठे सम्पत ने पूछा।

"मुझे उसके बारे में ज़्यादा नहीं पता। उसको बारिश से बचने के लिए मैंने छतरी दी है।"

सम्पत भेदभरी नज़रों से देखते हुए बोला, "छतरी वापस करने तो आयेगी ना?"

पारस ने कोई जवाब नहीं दिया।

सम्पत ने बात जारी रखी। "देखो वैसे तो मैं बहुत बुद्धिमान और त्रिकालदर्शी हूँ लेकिन एक बात समझ नहीं पाया कि तुमने उसको देखकर गाड़ी क्यों रोकी? पारस एक बात बताओ। किसी सुन्दरी से कभी कोई चक्कर चला कि नहीं?"

पारस का धैर्य चुक गया। "मैं केवल स्तरीय सवालों के जवाब देता हूँ।"

"ग़लती हो गयी। आइन्दा से मैं तुमसे साहित्य, संगीत और कला विहीन बात नहीं करूँगा। अच्छा मैं बस एक आध्यात्मिक ऊँचाई वाला प्रश्न करता हूँ। तुमसे किसी नारी के प्रति प्रेम जैसी कोई भावना का अनुभव किया है?"

"तुम जरा शरलक होम्स के चाचा-ताऊ न बनो। उसकी मर्जी होगी तो वह दुबारा आयेगी और छतरी वापस कर देगी।"

"हे भगवान! इतना अनरोमांटिक डायलॉग। लड़की बिना कुछ कहे चली गयी। आख़िर बात क्या है? नेगलेक्ट करने के लिए क्या तुम्हारे रास्ते पर खड़ा होकर उसे इन्तजार करना ज़रूरी था? तबसे सड़क पर इन्तजार कर रही थी कि जनाब मिले तो मुँह घूमा लूँ। ऊपर वाला भी बड़ा बेमुरौवत है। बुद्धिजीवियों का दर्द कम नहीं होने देता है।"

पारस ने उसे घूरा।

सम्पत ने कृत्रिम भय का प्रदर्शन करते हुए हाथ जोड़े। "आप हमारे समय के ऐतिहासिक पात्र हैं। लेकिन बॉस हमारी बस इतनी गुजारिश है कि जरा इंटरप्राइजिंग

बने। इसी बहाने बात आगे बढ़ती है। तपस्वी बनकर रहना है तो शहर-समाज से दूर धूनी रमाओ। जमाना काम करके उस काम के ढोल बजाने का है। जब तक बताओगे नहीं अगले को सपने में तुम्हारी ख़ूबियाँ नहीं देखने को मिलेंगी। लेकिन तुम इतने बड़े फिलॉसफ़र हो कि जिससे प्रेम करते हो उसे भी अपनी फिलॉसफी दिखाने से बाज नहीं आते हो। मेरी बात चाहो तो लिख लो, एक दिन तुम्हारा यह सारा साहित्यिक विवेक, विराट चिन्तन और काव्यात्मक लय धरा रह जायेगा। बस यार-दोस्तों की सही सलाह ऐन वक़्त पर काम आयेगी। यह मेरा अनुभव है। ऐसे मौके पर अनुभव बोलता नहीं बल्कि भौंकता है।" उसने दोनों हाथ उठाकर घोषणा करने वाले अन्दाज़ में आख़िरी वाक्य कहा।

सम्पत शायद सही था। प्रचारप्रिय समाज में आत्मश्लाघा की सम्भावना और परनिन्दा के सुख के भरपूर अवसर होते हैं। लोग-बाग इनका जी खोलकर इस्तेमाल करते हैं। आधुनिक प्रविधियाँ इसमें जमकर मदद करती हैं। पारस न जाने क्यों इनसे दूरी बनाकर रहता है। ऐसे प्रसंग पर जीवधारी बहके नहीं तो उन्हें सजीव की श्रेणी में कौन रखेगा। कल्पना के केन्द्र में स्थित आदर्श नायिका क्या परिधि की परिक्रमा करने से प्राप्त हो जायेगी। वैसे भी कल्पना का क्लोन वाली हीरोइन कहाँ मिलती है।

सम्पत ने सत्परामर्श देना जारी रखा। "इजहारे मुहब्बत भी दुर्वासा वाले तेवर से करोगे तो कैसे कामयाबी मिलेगी। यहाँ टेकनोलॉजी और जमाना दोनों इतने आगे निकल चुके हैं कि खून करते हुए बन्दा चेहरे पर दिलकश मुस्कान सजाकर बाकायदा दस्ताने पहनता है। साथ ही जिसका कत्ल करना है उसकी लम्बी उम्र की कामना भी करता है। बहुत इतिहास पढ़ चुके हो, अब इतिहास रच डालो।" उसका मानना था कि पारस का भारी-भरकम दर्शन इस मामले में किसी काम का नहीं है। ऐन वक़्त पर सही निशाना काम देता है। बाद में जिन बिम्बों और उपमानों पर भरोसा होता है वे कमबख्त किसी काम नहीं आते। ऐसे अवसर पर एक ऐसा प्यारा सा स्[illegible] वाक्य तलाशा जाता है जो जीभ से लुढ़क कर सीधे दिल में उतर जाये। वह सोच रहा था कि आज की घटना का ज़िक्र अगर मुरलीधर और चौधरी से किया जाये तो वे स्तब्ध होकर द्रोणाचार्य की तरह अस्त्र-शस्त्र त्याग देंगे। भला पारस किसी लड़की के लिए कार क्यों रोकेगा।

चलो कोई बात नहीं। वक़्त आने पर स्वप्नसुन्दरी के साये में सारे तर्क सुबह होने के बाद आसमान के तारे जैसे गायब हो जायेंगे।

उधर सिमी ने आते ही हाथ जोड़े। "सॉरी जानेमन देरी हो गयी। यूँ मुँह मत फुलाओ। घर पहुँचकर चाय-नाश्ता मैं बनाऊँगी।"

"ना-ना आप क्यों कष्ट करेंगी। पिछली बार तूने जो बेकार सा राजमा बनाकर

खिलाया था उसका बदला लेना बाक़ी है। आज मैं तूझे वैसा ही हलवा बनाकर अपने हाथ से खिलाऊँगी।" नीरजा ने मुँह फुलाया।

दोनो ऑटो में बैठकर चल दीं।

"कल से मैं डैडी की कार लेकर आऊँगी। यूँ सड़क पर अकेले इन्तजार करने की दुख-दर्द, पीड़ा, पेन वग़ैरह नहीं झेलना पड़ेगा।" नीरजा मुँह घूमाकर बोली।

सिमी को लगा कि वह अभी तक नाराज़ है। "सॉरी, लेकिन ढाई सौ ग्राम की लड़की भारी-भरकम एस.यू.वी. को चलाती कैसी लगेगी?"

"जब साथ बैठेगी तो देख लेना कि कैसे चलाती हूँ। खतरे के निशान के तौर पर पॉपुलर खोपड़ी और दो हड्डियों की कैंची का निशान गाड़ी में लगाकर चलूँगी।"

अगले रेडलाइट पर आठ-नौ साल के एक बच्चे और औरत के आसपास दो पुलिस वाले खड़े थे। बच्चा रो रहा था। नीरजा ने ऑटो रुकवाया। सिमी ने हैरानी से उसे देखा। वह सीधे घटनास्थल पर पहुँच गयी। एक सम्भ्रान्त युवती को यूँ आता देखकर पुलिस वाले चौंके।

"यहाँ क्या हो रहा है?" उसने सवाल किया।

युवती कहीं मीडिया वाली न हो यह सोचकर पुलिस वाले सावधान हो गये। "मैडम यह औरत बच्चे से भीख मँगवा रही है। मालूम नहीं बच्चा इसका है या किसी और का, लेकिन यह सब इन लोगों का रोज का धन्धा है। हमें इलाके को इन लोगों से क्लीयर करने का आर्डर मिला है।" उससे अपनी नौकरी की बन्दिश स्पष्ट की।

नीरजा पलटकर सड़क के किनारे दुकान से मीठा बन और पेस्ट्री लेकर आयी। रोता बच्चा अब बस सुबक रहा था। उसके सर पर हाथ फेरते हुए उसने बच्चे की दोनों हथेलियों को खोलकर खाने का सामान रखा। भीख माँगने का आदी बच्चे को बिन माँगे मिल जाने पर ग्रहण करने में संकोच हो रहा था। सिमी भी आख़िर ऑटो से उतर गयी। वह भकुआई हुई इस दृश्य का अवलोकन कर रही थी। कुछ ऐसी ही मिलती-जुलती मनस्थिति बच्चे के साथ खड़ी महिला और पुलिस वालों की थी।

"मेरी वीरांगना सहेली, इजाजत हो तो अब चलें?" आख़िरकार सिमी बोली।

ऑटो चल पड़ा। नीरजा को सोच में डूबा देखकर सिमी पूछ बैठी। "क्या अभी कुछ और तूफानी करने का इरादा है ब्रेव बालिका?"

"सोच रही हूँ कि बालकनी व्यू वाले नज़रिया से सब देखते हैं। ज़मीनी सच्चाई ज़मीन पर उतरने से मालूम होती है। मैं कोई स्वीट लड़की नहीं हूँ। हकीकत जानकर कोई ऐसा हो भी नहीं सकेगा।"

सिमी उसे देखकर सोच रही थी कि इस बुद्धिहारिणी सौन्दर्य का दर्शन कर

अच्छा-भला मनीषी भी किंकर्तव्यविमूढ़ हो जायेगा। यह तो बाद में पता चलेगा कि उसके कोमल गात के अन्दर इस्पात भरा हुआ है।

16

प्रत्येक वर्ष यूनिवर्सिटी के छात्रों की ओर से अध्यापकों को विभिन्न उपनाम प्रदान किये जाते थे। यह उनके लक्षणों तथा छात्रों से सम्बन्ध के आधार पर तय होता था। पारस ने इस विषय में लगे पोस्टरों को देख कर मुस्कराने लगा।

"सर मीडिवल हिस्ट्री कंट्रोवर्शियल है।" एक छात्र उसके बग़ल में खड़ा होकर कह रहा था। उसके पलटकर देखा। उसे याद आया कि छात्र क्लॉस में बेहद गम्भीरता से उसके लेक्चर को सुनता है। लेकिन सवाल वग़ैरह पहले कभी नहीं किया।

अध्यापकीय गम्भीरता से अपनी वाणी को बोझिल करके वह कुछ कहना चाहता था। लेकिन कुछ सोच कर वह छात्र के कन्धे पर हाथ रखकर आत्मीयता से बोला, "उस समय का कोई भी आज हमारे बीच नहीं है। तथ्यों और साक्ष्यों के आधार पर इतिहास लिखा जाता है। दरअसल इसे कंट्रोवर्शियल बनाया गया है। तुम यहाँ ऐसे लेक्चरों को कहते सुनोगे कि फलाँ किताब को कटरा चौराहे पर गाय को खिला दो। सब अपने सिवा किसी दूसरे की बात को बर्दाश्त करने को तैयार नहीं है। समझने की कोशिश करना तो दूर की बात है। सहिष्णुता की बात करने वाले खुद इस गुण से कोसों दूर हैं। दूसरों की दर्दनाक पीड़ा को नज़रअन्दाज़ कर देते हैं पर खुद खरोंच तक आ जाये तो ऐसे चिल्लाते हैं जैसे गर्म चिमटे से दाग़ा गया हो। हमारे इतिहासकार और बुद्धिजीवी कुछ इसी तरह के हैं।"

तब तक दूसरे छात्र भी इकट्ठा हो गये थे। वे अपने टीचर के विचार और व्यक्तित्व को जानने का प्रयास कर रहे थे। उन्हें पारस एक दिलचस्प हस्ती नज़र आता था।

"सर! मैं गोरखपुर से हूँ। ताराचन्द हॉस्टल में रहता हूँ। मेरे कई दोस्तों ने साइंस लिया है। मेरे भी नम्बर साइंस लेने लायक थे। लेकिन हाई स्कूल से ही मेरा सब्जेक्ट इतिहास रहा है। इतिहास मेरे लिए शुरू से ही कौतुहल का विषय रहा है। वह भी भारत जैसे देश का जहाँ कौन बाहर से आया और कौन यहीं का था को लेकर झगड़ा होता है। हर बात को लेकर कई राय और धारणाएँ हैं।"

पारस उसकी ओर गौर से देखने लगा। "पढ़ाकू लगते हो। अपने जुनून के साथ आगे बढ़ो। ध्यान रखना कि इतिहास केवल बादशाहों और राजा-महाराजा

का नहीं होता है, उस वक़्त के आम जन की कहानी भी होती है। हम पिछली बात प्रतिशोध के लिए नहीं याद रखना चाहते हैं लेकिन सीख के लिए जानना सभी के लिए ज़रूरी है।"

अपने विद्यार्थियों के समूह की ओर विहंगम दृष्टि डालकर वह बोला, "नेपोलियन ने कहा था कि बेवकूफ अपनी ग़लतियों से सबक लेते हैं। बुद्धिमान दूसरों की ग़लतियों से सीखते हैं।" लोगों के चेहरे के भाव जानने की कोशिश करते हुए वह आगे कहने लगा, "इसी उद्देश्य से इतिहास का अध्ययन किया जाये तो अच्छा होगा। क्योंकि इतिहास बस गुलाब का अर्क नहीं होता है जिसे क़िस्से-कहानियों की तरह पढ़कर ख़ुश हो जाये। हमारे पूर्वजों की बहुत-सी भूलों और मूल्यवान विरासत की दास्तान है।" समूह ने समर्थन में सिर तो नहीं हिलाया लेकिन सब सोच में डूब गये।

"सर आप कम बोलते हैं लेकिन सॉलिड बोलते हैं।" एक छात्रा ने कहा। पारस ने गौर किया वह वही थी जिसने उसके बारे में पहले कभी टिप्पणी की थी।

"आज-कल मोटे तौर पर दो विचारधाराएँ ख़ूब चर्चा में हैं। एक सांस्कृतिक धरोहर वाली और दूसरी अपनी संस्कृति को धता बताकर उसकी जगह अजीबोग़रीब बातें लागू करने की वकालत करने वाले। लेकिन विचारधाराएँ इतनी आत्मकेन्द्रित और आत्ममुग्ध होती हैं कि जहाँ ध्यान से गौर करने की ज़रूरत है वहाँ वे आँख मींच कर आगे बढ़ जाती हैं।"

छात्रों की ओर से एक सवाल आया। "सर अक्सर यह कहा जाता है कि प्राचीन काल में भारत ने शून्य की खोज की थी या पाई की जानकारी थी। लेकिन अगर कोई यह पूछे कि इस बात का क्या प्रमाण है तो हम क्या कहेंगे?"

इस प्रश्न पर पारस कुछ पल के लिए मौन हो गया। लेकिन वह असमंजस में नहीं दिख रहा था। "हम इस बात का जवाब कई बार यह कह कर देते हैं कि विदेशी विद्वानों ने भी प्राचीन काल में भारत के योगदान को माना है पर अपनी बात के आधार और जानकारी के स्रोत के बारे में भी मालूम होना चाहिए। अपनी संस्कृति पर गर्व करने के साथ-साथ उसकी ठोस वजह को लेकर ज़्यादा से ज़्यादा ज्ञान होना ज़रूरी है।" लोग सन्तुष्ट नज़र आने लगे।

छात्रों के समूह में से एक ने पूछा, "बात जरा कोर्स से हटकर है लेकिन पूछना चाहता हूँ। हमारे देश को बाक़ी दुनिया से इतना अलग क्यों प्रदर्शित किया जाता है? जैसे सारे जहाँ से अच्छा हिन्दुस्तान हमारा या फिर पश्चिम की संस्कृति बनाम भारतीय संस्कृति।"

पारस सचमुच इस प्रश्न पर कुछ पल के लिए मौन रह गया। सोचते हुए वह उत्तर देने लगा, "यह अफ़वाह बड़े तरीक़े से फैलायी गयी है कि आध्यात्म पवित्र

है और भौतिकवाद मानवता विरोधी है। मनुष्य ने ईश्वर से भले ही दुनिया चलाने के रोजमर्रा के काम अपने हाथ में ले लिये हैं लेकिन सृष्टि के निर्माण का श्रेय उसे ही देता है। कर्मों का फल देने की शक्ति अभी भी ईश्वर के पास जानबूझकर छोड़ी गयी है। समाज की लौकिक समस्याओं का हल करने और बुनियादी ज़रूरतों को पूरा करने में अध्यात्म आड़े नहीं आना चाहिए। इस दृष्टि से भारत और बाक़ी दुनिया में अन्तर नहीं है। यह सही है कि भारत में कुछ विशेष है लेकिन वर्तमान सवालों और चुनौतियों का मुकाबला करने के बजाय उससे नज़र चुराने में इसका प्रयोग नहीं होना चाहिए।"

एक छात्र हुजूम के बीच से आगे निकल कर बोला, "सर हमें पता लगा है कि आप राइटर हैं। इलाहाबाद में वैसे भी साहित्यकारों की मण्डली रहती थी। कहते हैं कि साहित्य समाज का दर्पण होता है। क्या साहित्य वास्तव में समाज को दिशा दे सकता है?"

पारस सोच में पड़ गया। "साहित्य समाज का दर्पण होता है वाली बात पुरानी हो गयी। सच्चाई यह है कि यह अपने समय की राजनीति की उपज भी है। कालान्तर में साहित्य इस राजनीति को विस्तार देता है।" वह अपनी बात कहते वक़्त भी सोच रहा था।

"आप अपने लेखन में खुद की ज़िन्दगी की बात ज़रूर लिखते होंगे?" उसी छात्र ने सवाल किया। सवाल पूछने के बाद उसे लगा कि कहीं सर नाराज़ न हो जाये। इसलिए वह संकोचवश अपने साथियों को देखने लगा।

पारस को तनिक हँसी आयी। "देखो, आज सबके हाथ में मोबाइल वाला कैमरा है। हर आदमी खुद को दुनिया का केन्द्र मानकर फ़ोटो खींचता जाता है। लेखक को ऐसी सेल्फी से बचना चाहिए। रचना में खुद के बजाय कथानक हो तो बेहतर है।"

छात्रों की प्रश्न वर्षा मोलोटोव कॉकटेल की तरह जारी रहती तभी माहौल को गम्भीर देखकर पारस ने प्रस्ताव किया। "खैर बहुत विचार-विमर्श हो गया। चलिए आज आप सबको चाय-नाश्ता कराता हूँ।" अपने टीचर की बात सुनकर उनके चेहरे खिल उठे। पारस अपने नये रूप में सभी को अच्छा लग रहा था।

17

आर.डब्लू.ए. के तत्त्वावधान में एक काव्य गोष्ठी का आयोजन हुआ। सिमी उसकी आयोजक थी। उसके संज्ञान में यह बात थी कि पारस लेखक है। कविता भले न

लिखता हो लेकिन साहित्य से किसी भी विधा से जुड़ा तो है। उसने पारस को कॉल कर आयोजन में आमन्त्रित किया। उसने किसी काम में व्यस्त होने के कारण आने में असमर्थता जतायी। सिमी को यह बात पसन्द नहीं आयी। नीरजा को जब यह मालूम हुआ तो वह बोली, "जो है नहीं उसका गम क्या करना।"

सिमी उसकी अबूझ बात सुनकर झुँझलायी। "तू किसकी बात कर रही है?"

"लिहाज़ की। कौन किसका लिहाज़ करता है।"

आयोजकों को नगर के गणमान्य लोगों से अच्छा आर्थिक योगदान मिलने की आशा थी। वे पारस को एक लेखक के रूप में नहीं बल्कि अंशदाता के रूप में देखते थे। पारस भले न गया परन्तु एक अच्छी-खासी राशि को चेक ज़रूर भेज दिया।

"मैं अगर ऑर्गेनाइजर्स की जगह होती तो किसी का इस तरह से भेजा चेक कभी कबूल नहीं करती।" नीरजा की नाराज़गी पारस के इस व्यवहार से और बढ़ गयी। "न कोई सॉरी न गोष्ठी के बारे कोई पूछताछ। बस चेक भेज दिया।"

सिमी ने उसका हाथ दबाया। "जरा धीरे बोल। ऑर्गेनाइजर्स को यही चाहिए। सब तेरे जैसे आदर्शवादी नहीं होते हैं।"

"तू उसकी सबसे बड़ी फैन है। जरा सुनाइए तो आपके पारस बाबू आख़िर करते क्या हैं?" नीरजा ने कृत्रिम उत्सुकता दिखाई।

"हद हो गयी! इतने बड़े घर के औलाद को कुछ करने की क्या ज़रूरत है। रुपये-पैसे, घोड़ा-गाड़ी की कौन सी कमी है जो हजूर हाथ-पाँव डुलायेंगे। वे कोई मिडिल क्लॉस के तो हैं नहीं कि कम्पीटिशन की तैयारी में लग जाये, ताकि कोई ठीक-ठाक सरकारी नौकरी मिल सके। वैसे सुना है कि अपनी रुचि के हिसाब से मनपसन्द विषय में इलाहाबाद यूनिवर्सिटी में लेक्चरार हैं। वे सोशल एक्टीविटिज में ख़ूब रुचि रखते हैं?"

वह ज़ोर से हँसी। "सोकॉल्ड इंटेलेक्चुअल का खाली समय का फेवेरिट पासटाइम होता है। पारस बाबू का यह बस शौक़ है।"

"देश को ऐसे महापुरुषों की सख्त ज़रूरत है। अक्सर जिसके पास कैपिटल होता है वह दास कैपिटल को हाथ में उठाकर ज़्यादा नुमाइश करता है। सर्वहारा बेचारा इस किताब के बारे में जानता तक नहीं है। उसके नुमाइदें ख़ूब दिखावा करते हैं। मेरी दिली ख्वाहिश है कि कॉलेज-यूनिवर्सिटी से ऐसे इंटेलेक्चुअल ढेर सारे निकले और पाँच-दस साल में दुनिया को बदल कर रख दें।" नीरजा ने प्रतिक्रिया व्यक्त की।

"तेरी बात सुनकर लगता है कि पारस बाबू को बस नीरजा नाम की ख़तरनाक मिसाइल से खतरा है।" सिमी को अपनी हँसी रोके नहीं रुक रही थी। "तूने कुछ

तो सोचा होगा कि मार दिया जाये या छोड़ दिया जाये। आख़िर उनके ख़िलाफ़ तेरी अदालत में गम्भीर आरोप हैं।"

उसने नीरजा की हथेली थामकर कहा, "अच्छा चल उनके साथ सिविल लाइंस में कॉफी का प्रोग्राम बना। वहीं पर मुकदमा चलाते हैं।"

नीरजा ने उसे घूरा।

"हाय राम, मैं भी बिना मुकदमे के ऐसी-ऐसी सज़ा मुकर्रर करती हूँ कि हर कोई अपना गुनाह ख़ुशी-ख़ुशी कबूल करने लगेगा। तेरे साथ कॉफी...! क्या ख़ूब सजा है! तूझे देखकर पत्थर दिल भी पनीर हो जायेगा।"

"पनीर नहीं मोम।"

"लोगों को पनीर ज़्यादा पसन्द आता है।"

नीरजा हँस दी। सिमी को मौका मिला। "मेरा सामने तो ठीक है लेकिन जब कोई और तूझसे बात करे तो यूँ हँस मत देना। वरना खामखाह तेरे उजले दाँत बेचारे की नींद कुतरेंगे।"

आयोजन अच्छा रहा। शहर के कवियों के अतिरिक्त दूसरे जगह के कवि गण भी उपस्थित थे। भावसम्पन्न और वैचारिक चेतना से युक्त पंक्तियाँ सुनकर प्रांगण सुधीजन की करतल ध्वनि से गूँज उठा।

सिमी कार्यक्रम की सफलता से ख़ुश थी। "कैसा लगा?" उसने प्रफुल्लित होकर नीरजा से पूछा।

"बहुत अच्छा। पर एक बात सोच रही हूँ कि ये कवि-लेखक इन बच्चों और मजलूमों के लिए जो लिखते हैं उससे ये बिल्कुल अनजान हैं। इन बच्चों के लिए कुछ न किया जाये तो ये कचरे से जूठन उठाकर खायेंगे।"

"ओफ हो नीरजा माई डियर! दुनिया में सभी इम्प्रफेक्ट होते हैं लेकिन तू इम्प्रफेक्ट होने के साथ-साथ कॉम्प्लीकेटेट भी हैं। जब गोलियाँ ख़त्म हो जाती हैं तब तू संगीन से लड़ी है। तू नहीं सुधरेगी। हर बात में वही मुर्गे की तीन टाँग। अगर किसी की बुराई पर चर्चा हो तो गूँगे भी बोल पड़ेंगे। फिर तू तो ऊँचे दर्जे की बुद्धिजीवी है। स्त्री-विमर्श का तेरे दिमाग़ पर कुछ ज़्यादा ही असर पड़ा है। तू अपने पति को एक कप चाय तक बनाकर नहीं देगी।" सिमी ने अपने सर पर हाथ मारा। "हर कवि-लेखक में क्या तू कबीर और रैदास को ढूँढ़ेगी? सन्त होना अपवाद है। साधारण इंसान होना दुनिया-समाज का सहज नियम है। मैं बस भगवान से यह प्रार्थना करती हूँ कि वह तेरे वुड बी हसबैंड को तेरी सारी तुनकमिजाजी के बावजूद गृहस्थ जीवन के पालन के लिए असीम शक्ति और धैर्य प्रदान करे।" सिमी ने दोनों हाथ ऊपर उठा कर बाकायदा दुआ माँगी।

"मैं चाचाजी से मिलते ही पूछूँगी कि वे तेरा मुँह तोड़ेगे कि मैं यह काम करूँ।" नीरजा बनावटी रोष से बोली।

प्रतिरोध बेशक व्यंग्य का मेरुदण्ड है क्योंकि व्यंग्य पाखण्ड के विरुद्ध प्रस्फुटित होता है। लेकिन नकारात्मकता व्यंग्य की प्राणवायु को हर कर उसे उद्देश्य से भटका सकती है।

18

सिविल लाइंस के बुक डिपो पर कार पार्क कर पारस अन्दर जाने लगा। तभी उसकी नज़र नीरजा पर पड़ी। वह अपनी सखी सिमी के साथ बाहर निकल रही थी। सिमी ने पारस देखकर नमस्ते की। वह अभिवादन का उत्तर देकर नीरजा की ओर देखने लगा।

वह बिना कुछ बोले खड़ी रही। "आप मेरी तरह किताब लेने आयी है।"

जवाब में नीरजा ने अपने हाथ में थामी फ़िल्मी मैगजीन उसे दिखाई। "पारस बाबू, मैं इतनी पढ़ाकू नहीं हूँ। टाइम पास करने के लिए फ़िल्म स्टार्स के अफेयर पढ़ती हूँ। साहित्य और दर्शन मेरे बस का कहाँ।"

सिमी ने बीच में हस्तक्षेप किया। "अच्छी रुचि सबके पास कहाँ होती है। आप साहित्य की कौन सी विधा ज़्यादा पसन्द करते हैं?"

"जी कहानी और उपन्यास। गद्य में ज़्यादा रुचि है। हर आदमी की शक्ल पर कोई-न-कोई कहानी लिखी होती है। यह अलग बात है कि उसे पढ़ने के लिए हमारे पास वक़्त नहीं होता है।"

"यह जानकर अच्छा लगा कि आप दूसरे के जीवन की कहानी पढ़ने में दिलचस्पी रखते हैं।" नीरजा फ़िल्मी मैजगीन के पन्ने पलटते हुए बोली। "औरतों के लिए व्यवस्था में जो भूमिका तय कर दी गयी है, कभी उसके बारे में भी अपनी राय रखिएगा।"

"हम जिस बात के पक्ष में होते हैं, उसकी एक अच्छी कहानी बना लेते हैं। पहले पुरुष के वर्चस्व की और उसे सही करार देने के लिए उसकी श्रेष्ठता की कहानी गढ़ ली जाती है। अब नारी की असमानता की कहानी बुनी जा रही है।" पारस उसकी ओर मुखातिब होकर बोला।

"आप बराबरी की बात नहीं मानते हैं?" उसने उस पर आँखें गड़ाकर पूछा।

"न तो सारे इंसान बराबर हैं और न ही वे असमान हैं। इंसान को इंसान न

मानना बेरहमी है लेकिन सभी बराबर है यह कहना भी गलत है। इंसान या किसी भी प्राणी को किसी सुपरनैचुरल ताकत ने नहीं बनाया है। सबका कुदरत के नियमों के अनुसार विकास हुआ है। यह लाखों साल से चलने वाली प्रक्रिया है। किसी एक पल या वक़्त की बात नहीं है। आज एक महानगर में जितने मजदूर हैं उतने जब मार्क्स और एंगेल्स ने कम्यूनिस्ट मेनिफेस्टो लिखा था तब नहीं थे।"

उसने पल के लिए अपनी बात का प्रभाव जानने हेतु नीरजा की ओर देखा। "मैं कोई विक्टोरिया काल का जेंटिलमैन नहीं जो तर्कहीन बातों का बोझ ढोता रहूँ। जहाँ विवेक गवाही नहीं देगा वहाँ मानने से इंकार कर देता हूँ।"

नीरजा यह सुनकर बोली, "पारस बाबू आप सज्जनता और इंटेलेक्चुअल होने की प्रचलित परिभाषा के करीब सभी कसौटियों पर खरे उतरते हैं। काश थोड़ा औरों की राय की भी परवाह करते।"

उसकी बात के निहितार्थ को भाँप कर उसने कहा, "संस्कृति, परम्परा इन सबके बारे में अपनी सामाजिक हैसियत और आमदनी के हिसाब से सबकी अपनी-अपनी राय होती है। अमीर फैशन को संस्कृति मानकर चलता है, मिडिल क्लास चेतना को संस्कृति मानता होगा। परम्परा निभाने की ज़िम्मेदारी भी आमतौर पर उसी की होती है। ग़रीब का सारा वक़्त ज़रूरतें पूरी करने में निकल जाता है। ज़्यादा सोचने-विचारने की बात उसके बस की कहाँ। अमीरी-गरीबी के बारे में हमारे विचार बहुत कुछ इस बात पर निर्भर करते हैं कि हम किस पीढ़ी के हैं और किस वर्ग के। पहले की पीढ़ी संविधान के डॉयरेक्टीव प्रिंसिपल्स को बहुत सीरियसली लेती है, जबकि हो सकता है कि आज लोग हाई नेटवर्थ वालों को महत्त्व देते हो। आज हर आदमी खुद को एक नागरिक की किसी भी ज़िम्मेवारी से मुक्त मानता है लेकिन सरकार से तमाम सब्सिडी का योग्य पात्र ज़रूर समझता है।" पारस ने अपना वक़्तव्य पूरा किया।

"बहुत ख़ूब। मैं इम्प्रेस हुई", नीरजा व्यंग्य से बोली, "पहली बात कि देश और समाज की तरक़्क़ी महज ग्रोथ रेट और लाइफ स्टाइल से नहीं मापी जानी चाहिए। जहाँ किसी को भी अकेला और अनाथ न छोड़ा जाये वही आदर्श व्यवस्था है। दूसरी चीज़ कि अब एक और नज़रिया से भी संस्कृति को देखने की ज़रूरत है। औरत और मर्द के नज़रिया से। अब तक बस मर्द की नज़र से देखा जाता है। संस्कृति को नारी की जगह और उसके साथ अब तक हुए छल को ध्यान में रखकर देखना ज़रूरी है। नारी जब तक पीठ पर बच्चे को बाँधकर तलवार भाँजती न दिखे तब तक उसका मुश्किलों से जूझने को कोई मानता नहीं है।"

वह उसकी मुख मुद्रा को देख रहा था। "कम्युनिस्ट बस खुद को सही मानते हैं। परिवार, समाज और राज्य सबको धता बताते हैं। इन सबमें चाहे जितनी भी

कमियाँ हो लेकिन आज हम इसी की वजह से हैं। दरअसल नारीवाद, साम्यवाद और प्रगतिशीलता गनपाउडर की तरह है। बस उसे सही अनुपात में मिलाकर उम्दा दर्जे का बारूद तैयार करने की कसर है। फिर इस मुगालते में कि इससे दुनिया बदल जायेगी, बरसों आराम से बिताए जा सकता हैं। बस शोरा, गन्धक और कोयला सही रेशिओ में होना चाहिए। आज का ज़्यादातर स्त्री–विमर्श नवपुरुषवाद के शिकंजे में फँसा पखेरू के सिवा और क्या है।"

नारीवाद का इस प्रकार बखान सुनकर नीरजा ने कठिनाई से अपनी भावनाओं को जब्त किया। "पारस बाबू मैं आपके जितनी पढ़ाकू नहीं हूँ पर मैंने कहीं पढ़ा था कि स्त्री दुनिया का आख़िरी उपनिवेश है। मर्द के बनाये कायदे-क़ानून और अदालतों से उसको हाँका जाता है। सब चाहते हैं कि वह ऐसे नहीं वैसे चले और बनी बनायी लीक काम करे। आपकी रफ्तार से महिलाओं को समानता मिलने में सौ साल लगेंगे। अपने दुख-दर्द की बात करे तो लोगों को यह भी बुरा लगता है। जैसे कंपास की सुई हमेशा उत्तर दिशा को दिखाती है, उसी तरह नारी का हक लेने की कोशिश उसी के दामन में दाग़ लगाती है।"

"आप तस्वीर का कुछ ज़्यादा ही निराशाजनक पहलू पेश कर रही हैं। आज महिलाएँ किस क्षेत्र में नहीं हैं।"

"हाँ हैं तो। लेकिन लीड रोल में कम हैं। इस धरती पर लादे गये बन्धनों से स्त्री अन्तरिक्ष में भी पीछा नहीं छुड़ा पायेगी। आख़िर किसी को एक सीमा से ज़्यादा दबाने से उसके अन्दर पृथक्कता बोध आयेगी ही।"

पारस शान्त भाव से बोला, "अलगावाद कहिए। यह बोध खुद को अनोखा मानने में तब्दील हो जाता है। आप कुछ भी कहिए लेकिन बिना दोनों का एक-दूसरे का साथ दिए कोई भी ज़्यादा दूर तक नहीं जा पायेगा।"

वह बनावटी तारीफ़ करती हुई बोली, "सुनकर अच्छा लगा कि आप सहयोग की बात कर रहे हैं। ऐसी बातें सुनकर झाँसा खा लेना मुश्किल थोड़े ना है। औरत वैसे भी धोखा खाने के लिए हमेशा बेताब रहती है। ग़लती औरत की है कि उसने जेंडर के आधार पर दुश्मन की पहचान नहीं की है। समाज इतनी जल्दी बराबरी की बात मान लेगा इस बात पर केवल वही लोग यकीन करेंगे जो पारलौकिक घटनाओं में विश्वास करते हैं। जिस रफ्तार से हम समानता की ओर बढ़ रहे हैं उस हिसाब से दशकों नहीं बल्कि सदियाँ लग सकती हैं। मैं वैसे भी एकपक्षीय नैतिकता और एकतरफा रिवाज़ नहीं मानती हूँ। पुरुषों की बनायी व्यवस्था हाँफ रही है। फिर भी उसे ढोने की जिद्द कम नहीं हुई है।" उसकी भाव-भंगिमा कठोर हो गयी।

उसने उसका भाव समझते हुए भी धीरज से काम लिया। "नारी विमर्श में भी फफूँद लग चुकी है। इंसान के मन में बहुत सी वासनाएँ और गलत बातें हो सकती हैं। इनको नियन्त्रित करना और आदर्श की स्थापना मनुष्य, परिवार और समाज सभी के लिए हितकारी है। जो परिवर्तन जबरदस्ती कराया जाये वह केवल संरचनात्मक विध्वंस करेगा। क्रान्ति का युग चला गया है, यह बस भ्राँति का जमाना है। जमाने के अनुसार स्त्री के बदलते स्वरूप में उसके विकसित और विकृत होने दोनों की सम्भावनाओं का सहअस्तित्व है। पीछे रह गये लोगों को साथ लाने के लिए कुछ कायदा होना चाहिए। स्त्री हो या बच्चे उसके लिए योजनाएँ बनती किस लिए हैं? मानता हूँ कि स्थिति अच्छी नहीं है लेकिन मैं उन लोगों में से नहीं जो क्रान्ति की झूठी बातें करते हैं। हमें बस गन्दी बस्तियाँ बसाने में महारत हासिल है। विदेशों में नये विचार आते और लागू किये जाते हैं। यहाँ कि तरह बस नारे तक सीमित नहीं रहते हैं।"

नीरजा स्त्रियों की प्रगति के विषय में किसी पुरुष के द्वारा उसे नियन्त्रित करने की बात से मन ही मन बेहद खफ़ा हुई। "औरत की प्रगति कैसे हो यह बताने के लिए शुक्रिया। बच्चों की बात आपने बहुत ख़ूब कही। उनके लिए सारे स्कूल, कॉलेज बड़ों यानी सयानों से बनाये हैं ताकि वे उनके बताये रास्ते पर चल सकें। लेकिन क्या इन सयानों को बच्चों से सीखने की ज़रूरत नहीं है? घर में भी इन बेचारों के लिए बड़ों का बनाया स्कूल खुला रहता है और स्कूल दरअसल कुछ नहीं बल्कि घर का ही एक्सटेंशन है क्योंकि वहाँ भी बच्चों को साँचे में ढालने में कोई कसर नहीं छोड़ी जाती है। बच्चों और औरतों के बारे में कड़वी सच्चाई यह है कि बिना उनसे पूछे या उनकी भावनाओं को जाने मनमाने फैसले और कायदे बना दिये जाते हैं। सच पूछिए तो कुछ मायनों में उनके अधिकार जानवरों के बराबर माने गये हैं। खैर, आपके महान विचार जानकर मैं धन्य हो गयी।"

वह जाने को कदम बढ़ाने वाली थी। पारस ने उसे जैसे टोककर रोका, "आप गलत समझ रही हैं। पूर्वाग्रह कोई नज़रिया नहीं बल्कि उस पर चढ़ा हुआ भ्रम है। बिना उस भ्रम को दूर किये बात का हमेशा ग़लत अर्थ लगाया जाता है।"

"हाँ बिल्कुल! महान लोगों की बात का मामूली लोग गलत मतलब लगा लेते हैं। लेकिन महान भी कहाँ पीछे हैं। वे भी ऐसे रेवड़ को मनमाफ़िक दिशा में हाँकने में माहिर हैं। लोगों के दिमाग़ को हैक करना कोई उनसे सीखे।"

पारस ने समझ लिया कि नीरजा उसे अनेक बुराइयों का जनक नहीं तो समर्थक अवश्य समझ रही है। "हैकिंग बस किसी साइट की नहीं होती है। पॉलिटिशियन, कॉरपोरेशन और ताकतवर देश काफ़ी पहले से बड़े ढंग से लोगों का दिमाग़ और कमज़ोर देशों की अर्थव्यवस्था की हैकिंग करते रहे हैं। मैन इज ए

हैकेबल एनिमल। आज हुकूमत उनके उनकी है जिनके पास इस हैकिंग से ज़्यादा डाटा उपलब्ध हैं।"

"हर बात की वाजिब वजह है आपके पास। इंसान के हाथों इंसान का शोषण का भी ठोस कारण ज़रूर होगा।"

"टेकनोलॉजी पर प्रतिबन्ध बस इसलिए लगाना ठीक नहीं होगा कि यह रोज़गार को खत्म करती है। इसकी रफ्तार थोड़ी कम की जा सकती है। लेकिन रोकना न तो मुनासिब है और न ही मुमकिन। दिक़्क़त यह है कि हम लोग फुटपाथ पर से तन्त्र-मन्त्र की किताब ख़रीदकर क्वांटम फिजिक्स ट्राई करने लगते हैं। इतिहास में हमेशा इंट्रैच्ड वर्सेज इनोवेटिव वाली कहानी दुहरायी गयी है। दरअसल जो असुरक्षा की भावना से ग्रस्त हैं वे यथास्थिति बरकरार रखने के पक्ष में होते हैं।"

नीरजा ने उसकी बातों से प्रभावित होने का अभिनय किया। "फिर तो आदमी की जगह अगर रोबोट ले लेगा तो अच्छा रहेगा। झंझट खत्म होगा। कोई यूनियनबाजी नहीं। अच्छा जरा यह बताइए कि रोबोट या मशीन के हाथों बना सामान इस्तेमाल करने के लिए आपको इंसानों की ज़रूरत पड़ेगी ना?"

"कोई ज़रूरी नहीं है। हालात इतनी तेजी से बदल रहे हैं कि हम इन्हें समझ तक नहीं सकेंगे, काबू करना तो दूर की बात है। एक कॉरपोरेशन दूसरे कॉरपोरेशन को सामान बेचेगा और वह उसे फिनिश्ड गुड्स के रूप में पहले या तीसरे कॉरपोरेशन को बेचेगा।"

"बहुत ख़ूब! ताली बजाकर आपकी बात की तारीफ़ करने का जी करता है। आपके सामान बनाने वाले और क्लाइंट, कंज्यूमर सब रोबोट, मशीन या कम्प्यूटर होंगे। लेकिन जरा मेरी बात लिखकर रख लीजिए। इंसान की अहमियत फिर भी रहेगी। बाजारवाद हमेशा यह चाहेगा कि इंसान अमर हो जाये। उसकी सुख-समृद्धि और लालसा की कोई सीमा न रहे। चीज़ों की खपत कैसे बढ़ेगी।"

निडर व्यंग्य पटु युवती आलोचना की तेजाब भरी शीशियाँ खाली कर रही थी। कोई अपना गाना-बजाना करता है तो करे। जब उसे अवसर मिलेगा तो वह क्यों अपना राग नहीं छेड़े।

पारस ने देखा कि वह उसकी बात से कतई सहमत नहीं है। बहस को टालने के लिए वह बोला, "हम सब भविष्य के बारे में जानने के लिए इतिहास पर बहुत निर्भर हैं। दरअसल जब बात हो जाती है तो उसके होने की वजह बताना बड़ा आसान होता है। आज हम इतिहास की हर घटना का कारण बड़े मजे से बता देते हैं। लेकिन मुद्दा तो भविष्य में होने वाली चीज़ों का है। उसके लिए आज हो रही तकनीकी प्रगति पर ज़्यादा भरोसा करना चाहिए। भविष्य में हम जलवायु परिवर्तन से होने वाली आपदा

का सामना करेंगे या तकनीक के बाल पर बने स्वर्ग का आनन्द लेंगे, यह देखने वाली बात है। बाक़ी हम सब अपने-अपने विचारों और वादों के कैदी तो हैं ही।"

सिमी दोनों के मध्य चल रहे इस गगनचुम्बी तकरार की साक्षी थी। यह महामुकाबला ग्लेडियेटरों की लड़ाई के स्तर तक पहुँच गयी थी जिसमें कोई हारना नहीं चाहता है। वह सोचने लगी कि आख़िर कोई कड़वे कुनैन की कितनी खुराक सहन कर सकता है। उसे लग रहा था कि इस शब्द-बहुल घनघोर बहस में तार्किक सवालों के साथ आवेश और यहाँ तक कि पूर्वाग्रह का सहअस्तित्व भी था। उसने भाँप लिया कि पारस नीरजा को देखकर रास्ते में रुका था। निरखने और बात करने का अपना सुख होता है। सुग्गा बिना फल वाले पेड़ पर क्यों बैठेगा? पर यह सब नीरजा क्या समझेगी।

सिमी को अचल खड़ी देखकर नीरजा ने टहोका दिया। "चलना नहीं है क्या? इतनी गर्मी में कब तक खड़ी रहेगी? पता है आज कितने डिग्री टेंप्रेचर है?"

"गर्मी जाड़ा और बरसात से ज़्यादा पढ़ी-लिखी होती है। तभी तो इतनी डिग्री लेकर आती है। लेकिन यह तेरे पल्ले नहीं पड़ेगा।" सिमी को लग रहा था कि दोनों के मध्य हुए शास्त्रार्थ के फलस्वरूप वैचारिक तापमान के इजाफे ने गर्मी और बढ़ा दी है।

चलते हुए नीरजा बोली, "हमारा देश पक्का आदर्शवादी है। आज का कोई आदर्श नहीं दिखेगा तो इतिहास और पुराण से आदर्श घसीट कर लायेंगे। आख़िर हकीकत को ढँकना जो है।"

"अपनी बात को ब्रह्मवाक्य मानने के बजाय उसे सुधारने के लिए तैयार रहा कर। सुन्दर और गुणवान है तो इसका सही इस्तेमाल क्यों नहीं करती है? पता है लोग बरबाद और आबाद क्यों होते हैं? तेरे एक अच्छे कदम से कोई अपना सुसाइड नोट फाड़कर समाज की मुख्य धारा में शामिल हो सकता है और दिल दुखाने पर बरबाद भी हो सकता है। इसलिए अपनी शक्तियों का सोच-समझकर प्रयोग किया कर। कभी प्यार से भी बात किया कर।" रास्ते में सिमी ने समझाने का अवसर हाथ से जाने नहीं दिया। आख़िर ये दोनों कब एक-दूसरे के विचारों की कद्र करना शुरू करेंगे? फ्रांस की क्रान्ति के आदर्श इंग्लिश चैनल पार करके ब्रिटिश द्वीप समूह में कब प्रवेश करेंगे?

"सो तो बिल्कुल ठीक है सिमी रानी पर कुछ लोगों के लिए प्यार-मुहब्बत ऑप्शनल सब्जेक्ट जैसा है। मुख्य काम के साथ-साथ बस टाइम पास होना चाहिए। वैसे भी हमारा देश, समाज और परिवार इतने प्रेम विरोधी हैं कि लेखकों-कवियों बेचारों को प्रेम को त्याग, बलिदान वग़ैरह का दुशाला ओढ़ाने के सिवा कोई रास्ता नहीं सूझता है। जिधर देखो उधर प्रेम में वेदना के गीत और शहादत के स्वर गूँजते हैं।"

बोलते हुए नीरजा को ध्यान आया कि कायिक आकर्षण से असंपृक्त होकर स्त्री-पुरुष के मध्य सम्बन्ध कितना दुर्लभ है।

सिमी मुँह बाये उसका वक़्तव्य सुन रही थी। अच्छे दार्शनिक मल्ल से इसका पाला पड़ा है। "धन्य है तू! सज-धज कर गोला-बारूद से लैस होकर विश्वविजय करने निकली है। हम तो खैर हवाई चप्पल ठहरे, तू हाई हिल की सैंडिल है। अच्छा एक बात बताना। शादी करनी चाहिए या नहीं? सुनते हैं कि इसके बाद मोस्ट ऑफ अस लिव हैप्पिली फॉर इवर।"

"फॉर इवर इज नथिंग बट ए जोक।"

"भई, बी सेंसिबल। ब्रह्माजी के लिए फॉर इवर अलग अर्थ रखता है और हम इंसानों के लिए सम्बन्ध दस-पाँच साल राजी-ख़ुशी चल जाये तो यह टर्म गलत नहीं है।" सिमी के चेहरे पर शरारत थी। "वैसा प्यार-मुहब्बत के बारे में तेरा क्या ख़याल है?"

"सिमी डॉर्लिंग, प्यार-व्यार मिल्स एंड बून के नॉवल में ही मिलते हैं। तू इन्हें हर जगह मत ढूँढ़ा कर।"

19

संसार में बहुत कम स्त्रियाँ होती हैं जो अपने पति या प्रेमी को सुधारने का प्रयास नहीं करती हैं। उसे अपने अनुसार कस्टमाइज करना प्रत्येक स्त्री अपना अधिकार समझती है।

भुवनेश्वर जी को बेटी के विवाह के प्रति उदासीन घोषित करके माँ ने उनकी भर्त्सना की।

अपनी निन्दा को धैर्यपूर्वक सुनकर उन्होंने अर्धांगिनी से चाय पर चर्चा के मध्य कहा।" हमारी बिटिया औरों से काफ़ी अलग है। उसके रिश्ते के बारे में बहुत सावधानी से बात करनी है।"

माँ का पारा और चढ़ गया। आख़िर नीरजा में ऐसा क्या है? क्या उसे विधाता ने गंगाजी के कछार के बालू और मिट्टी से रचा है और दूसरों को पोखर-तालाब की मिट्टी से बनाया है? वे तुनक कर बोलीं, "हर बाप को अपनी बेटी खास नज़र आती है। मैं बाप-बेटी दोनों से पूछती हूँ कि आख़िर उसे घर नहीं बसाना है? ऐसा क्या खास है उसमें कि वह जमाने से हटकर चलेगी? लेकिन मेरी घर में सुनता कौन है।

एक से एक रिश्ते आये लेकिन रानीजी को न जाने कौन सा ऐसी नायाब हस्ती चाहिए जिसमें सुर्खाब के पर लगे हो।"

उनकी बातें सुनकर भुवनेश्वर जी को हँसी आ गयी। लेकिन हँसने से बात बिगड़ेगी यह सोचकर वे तत्काल गम्भीर हो गये। "यह ठीक नहीं है। मैं नीरजा से बात करता हूँ।"

"बेटी तुम मेरे लिए कोहिनूर हो। हम माँ-बाप की आँखों का तारा। तुम्हारे भले के लिए तुम्हारी जी रही है। करियर, सोशल सर्विस के अलावा तुमने अपने भविष्य के बारे में कुछ सोचा है तो हमें बता दो।" बिना भूमिका के कही बात का उत्तर नीरजा को देना ही था।

वह क्या बोले। पिता का वह बहुत सम्मान करती है। माँ की भावनाओं से अपरिचित नहीं है। लेकिन उसके जीवन में ऐसा कोई अभी तक कहाँ आया है। इसका अर्थ तो यही हुआ कि माँ-बाप अपनी पसन्द का जो भी प्रस्ताव रखे वह उसे या उनमें से किसी पर अपनी स्वीकृति प्रदान करे। जहाँ तक करियर का प्रश्न है उसे कभी भी बँधकर काम करना गवारा नहीं हुआ। किसी के लिए कुछ करना उसे ख़ूब पसन्द है लेकिन दफ्तरी वातावरण में स्वयं को खपाना अस्वीकार्य है।

नीरजा को मालूम था कि एक बार माँ उदास हो गयी तो उसे हँसाने के लिए पिता और बेटी दोनों को गुदगुदाना पड़ेगा। "डैड मैं क्या बोलूँ। ममी को कोई तकलीफ नहीं देना चाहती। आप दोनों जो कहेंगे मेरा फैसला उससे हटकर नहीं होगा। हँसी-ख़ुशी जीना चाहती हूँ। जब किसी के साथ रहना अच्छा लगेगा तो बँधना भी कबूल है। उससे पहले खुद को और दूसरे को तंग करना ठीक नहीं समझती हूँ।"

बस इस कारण कि दुनिया क्या कहेगी, गलत रिश्ता, करियर और आदतों में फँसना कहाँ तक सही है। थोड़े में लगभग सब कुछ बता-समझाकर विदुषी युवती चुप हो गयी। पिता समझकर मुस्कराने लगे लेकिन माँ का हृदय नहीं माना।

"ये क्या बात हुई? एक ओर कहती है कि आप लोगों की बात मानूँगी और दूसरी तरफ कोई दूसरा राग अलाप रही है। जो हमने देखे हैं उन्हीं में से किसी को पसन्द करे तब जानूँगी कि माँ-बाप का बड़ा खयाल है।" माँ ने अपनी बेटी के कथन को सभी सम्भव कोणों से सन्दर्भित करके देख लिया परन्तु किसी तर्कसंगत निष्कर्ष तक नहीं पहुँच पायीं। पति से भी खफ़ा थीं। धनंजय बाबू ने अपने भतीजे के बारे में जो चर्चा की थी उसका भुवनेश्वर जी ने उल्लेख तक नहीं किया। अगर धनंजय बाबू जैसा ग़ैर दुनियादार संगीतज्ञ किसी रिश्ते को बता सकता है तो उनके पति महाशय क्यों इतने अनजान हैं।

भुवनेश्वर जी न तो तथाकथित आधुनिकता का अंध अनुसरण करने में बढ़ाई समझते थे और न ही रीति-रिवाजों का भीरू अनुवर्तन को सराहनीय मानते थे। उनकी प्रतिक्रिया अधिक संयत थी। "नीरजा बिटिया मेरे रिटायरमेंट में अभी कुछ साल बचे हैं। इस देश में शादी-ब्याह में बेशुमार खर्चे भी हैं और दूसरे ढेर सारे झंझट अलग हैं। पसन्द तुम्हारी हो या हमारी या फिर दोनों की, हर हिन्दुस्तानी घर बसाता है। बाक़ी तुम खुद समझदार हो।" आख़िरी वाक्य में उन्होंने स्पष्ट कर दिया कि एक दिन इंसान बिना दाना का फसल हो जाता है।

मनुष्य के अतिरिक्त पृथ्वी के समस्त जीवों को खाद्य-सामग्री और जीवन रक्षा करना सीख लेने पर परिपक्व मान लिया जाता है पर मानवों में माता-पिता का दायित्व दीर्घकाल तक जारी रहता है। शिक्षा और विवाह इनके प्रमुख दायित्वों में हैं। युवा स्त्री नीरजा की भाँति नारीवादी होती होगी लेकिन उसकी माँ और भावी सास परले दर्जे की पितृसत्तात्मक व्यवस्था की समर्थक हो सकती हैं। अभी तक उनके संज्ञान में नीरजा का किसी युवक के प्रति अनुराग जैसी कोई बात नहीं आयी थी। प्रेमियों का दृष्टि अभिसार मात्र तक भी परिजन से गोपन नहीं रह सकता है। नीरजा में एक पर्वतीय सरिता का चिर चांचल्य केवल माँ-बाप के सामने दिखता था अन्यथा वह शेष संसार के लिए बेहद संयमित व सतर्क युवती के रूप में पेश आती थी। समाज प्राकृतिक दृष्टि से सदैव मातृसत्तात्मक होता है, उसे कृत्रिम रूप से पितृसत्तात्मक बनाया जाता है। नीरजा के मन में पितृसत्तात्मक व्यवस्था के षड्यन्त्र के प्रति अतिशय सतर्कता है।

बेटी का विवाह एक कठिन समस्या अवश्य है लेकिन जागरूक अभिभावक इसे संन्यासी की जटा की भाँति जटिल बनने से पूर्व सुलझाना बेहतर समझते हैं। घर में इस वार्तालाप का कोई तात्कालिक निष्कर्ष भले ने निकला पाया पर यह सहमति अवश्य बन गयी कि इस विषय को अत्यन्त गम्भीरता से निकट भविष्य में हल किया जायेगा।

विवाह के पीछे परिवार, समाज और कानून का बल होता है। धर्मशास्त्र ताल ठोक कर खड़ा रहता है। मनुष्य के उद्दाम आचरण पर समाज भृकुटी तान लेता है। परिवार नाराज़ हो सकता है। कानून लगाम लगा सकता है। विवाह अपने भीतर नैसर्गिक जैविक प्रवृत्तियों को समेटकर मनुष्य को अत्यन्त अनुशासित पारिवारिक प्राणी में परिवर्तित कर देता है। यह जीवन भर की बहुआयामी आवश्यकताओं की पूर्ति के लिए बनायी गयी संस्था है। लेकिन बिना प्रेम के कुछ न कुछ अधूरा लगता है। दो मनुष्यों का प्रेम नितान्त व्यक्तिवादी चीज़ है जिसकी दीर्घकालिक होने पर सयानों को सदैव संशय होता है।

20

धनंजय बाबू से अपनी अगली मुलाकात में भुवनेश्वर जी ने बिना लम्बी-चौड़ी भूमिका के मतलब की बात रखी।

वे कुछ देर सोचने के बाद बोले, "नीरजा जैसी लड़की के लिए इतना परेशान होने की ज़रूरत नहीं लगती। अच्छी पढ़ी-लिखी और सुन्दर है। लड़कों की कमी नहीं होनी चाहिए।" फिर कुछ पल चुप रहने के बाद दुबारा कहने लगे, "आज कल की पीढ़ी को कुछ कहा नहीं जा सकता है। इनकी पसन्द अलग होती है। अब वह जमाना नहीं रहा कि माँ-बाप ने कह दिया और औलाद मान गयी। मेरा भतीजा काबिल है लेकिन मैं नहीं समझता हूँ कि यह नीरजा के बराबर का रिश्ता होगा। जीवनसाथी भी उसके हिसाब से होना चाहिए।"

उनकी खरी-खरी बातें सुनकर भुवनेश्वर जी मुस्कराने लगे।

नाश्ता में चिवड़ा और फीकी चाय आयी। धनंजय बाबू चाय की पहली चुस्की लेकर बोले, "पहले नमकीन से नमक और सब्ज़ी से मसाले गायब हुए, अब मिठाई से मिठास गोल हुई। न जाने कितना वक़्त गुज़र गया जब त्योहारों पर भरपेट लड्डू-पेड़ा खाते थे। आज चाय तक फीकी पीनी पड़ रही है।"

"सचमुच जीने का मजा कहाँ रहा।" भुवनेश्वर जी ने समर्थन किया। दोनों कुछ देर के लिए मूल विषय विस्मृत कर गये।

माँ ने टोकने पर दोनों सज्जनों ने विषयान्तर त्याग कर पुन: ट्रैक पकड़ा। विधायक जी के तेलियरगंज के शॉपिंग कॉम्प्लेक्स में उपस्थिति से चर्चा में आये कोठी के बाशिन्दे दोनों की नज़र में थे। भुवनेश्वर जी ने इसकी बात छेड़ी। धनंजय बाबू उनकी ओर गौर से देखते हुए बोले, "बस पैसा ही सब कुछ नहीं होता है। यह बात आप मुझसे कम नहीं जानते होंगे। अगर आप छोटे वाले लड़के के बारे सोच रहे हैं तो मैं आपको इसकी सलाह हरगिज नहीं दूँगा। हाँ बड़ा वाला सीधा है। दुनियादारी की समझ जरा कम है लेकिन दूसरा वाला बेहद शातिर है। चाहे तो आप गोविन्दपुर और तेलियरगंज में किसी से भी पूछ लीजिए। बड़े लड़के के बाहरी दुनिया की जगह पढ़ने-लिखने में ज़्यादा रुचि होने की वजह से दूसरे वाले को और मौका मिल गया है। पूरा खुला मैदान सामने पड़ा है।"

भुवनेश्वर जी अपने मित्र की बात सुनकर गम्भीर हो गये। बात समझ में आ गयी कि कुन्दन के अन्दर मालपुआ के घोल की तरह लालच फैल गया। घामड़ से घामड़ आदमी भी चापलूसी और तुकबन्दी कर कुछ देर के लिए मंच पर छा सकता है। इसमें कौन सी बड़ी बात है। वे धीरे से बोले, "शहर में एक वही

घर नहीं है। अपनी जान से प्यारी बेटी के लिए जो कुछ करूँगा, बहुत सोच-समझ कर करूँगा।"

अब जमाना पहले वाला नहीं रहा। जाति-पाति और खानदान की तथाकथित इज्जत पर मर-मिटना कहाँ की अक्लमन्दी है। जो सामने दिख रहा है वह सच हो यह आवश्यक नहीं। कहते हैं कि प्रत्यक्ष को प्रमाण की ज़रूरत नहीं होती है लेकिन आसमान में कई तारे ऐसे हैं जो लाखों-करोड़ों साल पहले ख़त्म हो चुके हैं। पर उनकी रोशनी अभी भी हमारे पास पहुँच रही है तभी वे हमें दिखाई दे रहे हैं। इसलिए जो प्रत्यक्ष प्रतीत होता है, ज़रूरी नहीं कि उसका भी कोई ठिकाना हो। बिना सोच-विचार के कोई निर्णय नहीं लेना है।

बाद में नीरजा ने घर में सुनाया। "पचास हाथ लम्बा-चौड़ा घर है लेकिन मैं नन्ही सी जान इसमें समा नहीं पा रही हूँ। लड़की का जन्म होते ही लोगों पर पहाड़ टूट पड़ता है। जैसे धरती समुद्र में डूब गयी है। इतनी बड़ी दुश्मन हूँ तो किसी नाकारा इंसान के पल्ले बाँध कर अपना पीछा छुड़ा लीजिए। हमारे समाज में बहुत-सी शादियाँ बस इसलिए की जाती हैं या करायी जाती हैं कि शादी न होने से बदनामी होगी। हम हर दम औरों की पसन्दगी और नापसन्दगी की तान छेड़े रहते हैं।"

इस बात पर माँ ने उसे फौरन टोका। "दुनिया में एक तू ही निराली नहीं है। समाज में औरत जीते जी मर जाती है। मरने से पहले जिन्दा लाश बनकर रहती है। मर्द का क्या है। वह कब्र में तभी उतरता है जब उसकी मर्जी होती है।"

अपने पति को सम्बोधित करके वे बोलीं, "दुनिया में न जाने क्या-क्या हो रहा है, उसके लिए हम क्या कर सकते हैं। मैं तो चाहती हूँ कि सबको ज़िन्दगी में इतना मिले किसी चीज़ की कमी न रहे।"

"और किसी को विद्रोह करने की ज़रूरत न पड़े।" नीरजा मज़ाक़ के मूड में थी।

माँ ने उसे घूरा। "खुद को इतनी बुद्धिमान न समझ। दुनिया इतनी बुरी भी नहीं है। अच्छे लोग दुनिया में हैं।" उनका मानना था कि जो सहज सम्भाव्य हो, वही करना चाहिए।

नीरजा ने उनके कन्धे पर हाथ रखा। "वे इसलिए हैं कि हमारी दुनिया वैसी है। अगर सभी को बराबरी का मौका मिले, भेदभाव न रहे तो हीरो या सन्त-महात्मा की ज़रूरत क्यों रहेगी? हालात अच्छे नहीं है तभी तो दो-चार लोगों को हीरो बनने का मौका मिलता है।"

उसके अन्तस में यह बात गड़ी हुई थी कि रजवीर्य का मिश्रण, मन के मिलन में परिणत होना आवश्यक नहीं है। पुरुष चाहता है कि नारी स्वयं को भुलाकर उस पर अपना सर्वस्व अर्पित कर दे। चाहे वह उसके योग्य हो या न हो।

21

बच्चों के लिए खोले गये स्कूल में नीरजा स्वेच्छा से कुछ घण्टे समय देकर उन्हें पढ़ाती थी। किराये के मकान में दीवार और छत जर्जर नहीं थे लेकिन उनके प्लास्टर झर रहे थे और छत पर कम से कम दो जगह से सीलन के निशान थे। मकान मालिक से कहने पर वह फरमाता कि आप लोग अपने पैसों से मरम्मत करा लीजिए। किराया से हर महीने धीरे-धीरे कटता रहेगा। स्कूल की संचालिका सिमी ने बेबसी से नीरजा की ओर देखा। स्कूल इस हालत में नहीं था कि अपने पैसे लगा सके। संचालिका ने शहर के नगरश्रेष्ठियों से सहयोग की अपील की।

पारस के संज्ञान में यह बात आयी। उसने कुछ हज़ार रुपये का चेक भिजवाया। सिमी ने प्रशंसात्मक अन्दाज़ में नीरजा से इसकी चर्चा की। वह खामोश रही। उसने धन्यवाद ज्ञापन हेतु पारस को आमन्त्रित किया। वह आया।

नीरजा क्लॉस में पढ़ा रही थी। सिमी ने सभी टीचरों को भी अपने कमरे में बुलाया। "पारस बाबू आप जैसे सज्जनों के कारण समाज में अच्छे काम होना सम्भव है।" वह बदले में हलके से मुस्कराया। वह पुन: बोली, "समाज में गरीबी हर जगह है। सज्जनों की बहुत ज़रूरत है।" नीरजा को यह ठकुरसुहाती पसन्द नहीं आ रही थी।

संचालिका उसे छोड़ने गेट तक गयी। नीरजा भी साथ में थी। पारस ने बिना उससे बात किये कनखियों से उसे बार-बार देखा। फिर जैसे अपनी चुप्पी तोड़कर बोला, "आप कैसी हैं?"

"जी सब आपकी कृपा है।" नीरजा ललाट पर आये अपने बालों की लटों को पीछे करती हुई बोली।

सिमी उसके उत्तर के अन्दाज़ पर जरा हैरान हुई। वह पारस से मुखातिब होकर बोली, "आज आपने उनकी मदद की है जो खुद अपनी मदद नहीं कर सकते हैं। आज के जमाने में कौन किसके बारे में सोचता है।"

उसने विनम्रता से हाथ जोड़े।" ऐसी बात नहीं है। अक्सर लोगों को जमाने को दोष देते देखा गया है। लेकिन सब सोचने के तरीक़े पर निर्भर करता है। वरना अमेजॉन और अलकायदा दोनों का जमाना एक है।"

सिमी उससे प्रभावित नज़र आयी। "साधनहीन लोगों को आप जैसों की ज़रूरत है।"

"साधनों की कमी कहाँ है। दरअसल उसका दुरुपयोग ज़्यादा हो रहा है। आज लोग भूख के बजाय गलत खाने से ज़्यादा मर रहे हैं।" पारस ने अपना दृष्टिकोण प्रगट किया।

"पारस बाबू आप कुछ-कुछ फ्रांस की उस रानी की तरह बातें कर रहे हैं जिसने कहा था कि अगर लोगों के पास रोटी नहीं है तो वे केक क्यों नहीं खाते हैं।" नीरजा उसकी बात सुनकर बोली।

"इंसान की ज़रूरत बस रोटी-दाल तक नहीं है। किसी मनुष्य या समुदाय को हाशिये पर डालकर आप अलगाव उत्पन्न करके एक तरह से क्रान्ति की ज़मीन तैयार कर रही हैं। ऐसे में केवल सर्वहारा ही नहीं, भरे पेट वाला भी विद्रोह करेगा। अगर भूख ही इस देश का एकमात्र सत्य है तो पढ़े-लिखे मध्यमवर्गीय बुद्धिजीवी ऐसे लोगों को जागरूक करते और वे शायद ला मार्सिले गाते हुए सड़क पर नज़र आते। उस हालत में रसोई में सब्जी काटने वाली मामूली चाकू तक गिलोटिन में परिवर्तित हो चुकी होती। हमारे देश में जगह-जगह बास्तील के पतन जैसी घटनाएँ नज़र आती।"

"वैसे आपके बोलने का अन्दाज़ दिलकश है। कोई भी पॉलिटिकल पार्टी आपको अपना प्रचारक बना लेगी।" वह मुस्कराने लगी। उसकी इस तीखी प्रतिक्रिया पर संचालिका सिमी ने उसे घूरा। लेकिन वह बोलती रही। "सहमति अलग बात है लेकिन आपको सुनना अच्छा लगता है। बुरा मत मानिए, केवल साहित्यिक किताबें पढ़ने वाले को ज़िन्दगी का अनुभव कितना कम होगा।"

नीरजा के आख़िरी वाक्य ने पारस को सुई की तरह चुभोया। वह यथासम्भव निर्विकार होने का प्रयत्न करके बोला, "मैं सच बोलता हूँ। ऐसा नहीं कि मीठा बोल नहीं सकता लेकिन मैं जब भी जो हूँ नहीं उसे होने का अभिनय करता हूँ तो अन्दर से बड़ा अजीब महसूस होता है। जहाँ तक अनुभव कि बात है तो बहुत ज़्यादा दुनियादार आदमी सच्चाई की क़ीमत पर मीठी बातें करता है। सच बोलने के लिए प्रचलित भ्रम के खिलाफ कहना पड़ता है।"

बाद में सिमी ने उसे बनावटी गुस्से से घूरते हुए सुनाया, "तू भी बला की सुन्दरी है। कहीं कोई मल्टीनेशनल कम्पनी तूझे अपने प्रोडेक्ट का विज्ञापन के लिए ब्रांड एम्बेसडर न बना ले।" उसने समझाया कि पारस ज्ञान की एकान्त साधना करने वाला बुद्धिजीवी है। समाज में रहकर सामाजिक सरोकार से जुड़ने वाला एक्टिविस्ट नहीं। उसकी बात का क्या बुरा मानना। दुनिया-समाज से कटा एक निरा बुद्धिजीवी ही तो है। वह जिस स्थिति का भुक्तभोगी नहीं है उसका दर्द कैसे समझेगा। बस ज़्यादा से ज़्यादा दार्शनिक तटस्थता या सैद्धान्तिक आलोचना से काम चला लेगा। धूल-धक्कड़ से बचने वाले किताबी ज्ञान तक सीमित रहेंगे। पाँचों इन्द्रियों का सुख भोगने वाले अपनी संस्कृति को मजलूमों की भी संस्कृति मानते हैं। वैसे भी किसी बुद्धिजीवी को समाज के लिए काम करते देखना सूट-बूट पहनकर झाड़ू लगाते देखने जैसा विस्मयकारी है। लेकिन मेरी इस प्यारी सहेली को क्या हो गया? अच्छे-भले

माहौल को धता बताकर सतत मीमांसा और समाज की समस्याओं के हल में सर मारने लगी। जब देखो तब ततैये की तरह डंक मारने को तैयार रहती है। जब भी लगता कि दोनों के बीच झगड़ा खत्म हो गया तो फिर कोई न कोई विवाद छिपकली की पूँछ की तरह फिर उग जाता।

नीरजा ने पर्स से एक लिफाफा निकाल कर उसे थमाया। "मेरी तरफ से एक छोटी सी मदद।" सिमी ने लिफाफा खोला। "तू अपना समय देकर बच्चों को पढ़ाती है क्या यह कम है। फिर इसकी क्या ज़रूरत है?"

वह रहस्यमय ढंग से मुस्करायी। "तेरा कुछ नुकसान कर दिया है। उसकी भरपाई कर रही हूँ। चल मुझे पारस बाबू का भेजा हुआ चेक दे।"

22

गोविन्दपुर में कोठी के सामने एक युवती को देखकर भूरा हैरान हो गया। युवती के मुख से पारस का नाम सुनकर उसे और आश्चर्य हुआ। उसने बिना कुछ कहे इशारे से उसके कमरे की ओर संकेत किया।

"क्या आप कहीं बाहर जा रहे हैं?" नीरजा पारस के कमरे के दरवाज़े पर खड़ी थी। वह उसे अवाक देखता रहा। नीरजा को लगा कि उसे अपना सवाल दुहराना पड़ेगा।

"आप प्लीज अन्दर आइए।" उसने क्लॉस में पढ़ाए जाने वाले नोट्स को समेटते हुए तनिक हड़बड़ाकर कहा। लेकिन वह वहीं खड़ी रही। "आपका दिया चेक लौटाने आयी हूँ।" उसकी उँगलियों में एक लिफाफा दबा हुआ था। अभी तक पारस का ध्यान उधर नहीं गया था।

"यह क्या है...?" उसने कुछ भी न समझने वाले अन्दाज़ में पूछा।

वह अपने मुख पर केसुओं की तरु-छाया हटाती हुई बोली, "हमारी संस्था को आपके पैसे लेने की आदत नहीं है।"

उसे सामान्य होने में थोड़ा समय लगा।" आपको मेरे दिए योगदान से क्या दिक़्क़त है?" काफ़ी सोचकर उसने सवाल किया।

नीरजा बिना नज़र मिलाये बोली, "मेहरबानी आपकी। पर हमारे उसूल कुछ और हैं। सभी से कंट्रीब्यूशन नहीं लेते।" उसने अन्दर आकर लिफाफा मेज पर रखा और वापस चल दी। पारस उसे निर्निमेष देखता रहा।

उसके कमरे से निकलने के ठीक पहले उसने आवाज़ दी। "सुनिए, आप क्यों नाराज़ हैं यह मुझे नहीं मालूम लेकिन इस समय स्कूल को पैसे की ज़रूरत है।"

"आपको किसी की नाराज़गी की परवाह है?" वह बिना मुड़े बोली।

वह तत्काल कोई जवाब नहीं दे सका। "वैसे भी आज किसी की पसन्द उसके घरवालों से ज़्यादा नेटफिलिक्स और अमेजॉन जानते हैं।" उसने सोचते हुए उत्तर दिया।

उसे जाने के बाद उसे पुकारना चाहता था लेकिन वह थी कहाँ। मेज़ पर रखा लिफाफा पंखे की हवा में फड़फड़ा रहा था। मन में कई प्रकार के भाव मेघों की भाँति उमड़-घुमड़ रहे थे। लेकिन साथ में एक भाव अविछिन्न रूप से चिपका हुआ था। वह स्वयं को नवजात शिशु की तरह असहाय अनुभव कर रहा था। नीरजा शोषण की बात करती है लेकिन किसी को निरर्थकता का बोध कराने का अधिकार उसे किसने दिया। यह निरर्थकता शोषण से कम यातनादायक थोड़े ना है। स्वप्न चाहे कितना भी दूर हो पर अपना लगता है जबकि यथार्थ बगल में खड़ा होने पर भी पराया नज़र आता है।

नीरजा के जाने के काफ़ी देर बाद भी पारस किंकर्तव्यविमूढ़ कमरे में बैठा रहा। सोचा कि जाकर उससे दुबारा पूछे कि वह किस बात पर खफ़ा है। वाणी का विराम मौन कहाँ होता है। यह मौन तो अत्यन्त विरल अवस्था है। अन्तस का अन्त:द्वन्द्व जब शान्त होता है तभी वास्तविक मौन कहा जायेगा।

आज पहली बार वह खुद उससे मिलने आयी थी। दोनों के मध्य कोई मधुर संवाद तो दूर, नयनों की भाषा में भी किसी सन्देश का सम्प्रेषण नहीं हुआ। नीरजा ने पलटकर नहीं देखा। अगर वह देखती तो पारस की आँखों में अपनी छवि को मूर्ति की भाँति स्थापित पाती। नारी का यह रूप उसके अनुरागी मन में एक मोह-वीणा की भाँति ध्वनित होने लगा।

मन को छूने का एक अनूठा तरीक़ा है, उसे घायल करना।

23

महामाया बाबू ने हफ़्ते में दो दिन हजामत बनाने की अपनी सुदीर्घ परम्परा का पालन करते हुए आज दाढ़ी बनायी। घिसे हुए ब्लेड से भी उसके चेहरे पर एक कट लग गया। त्वचा के रूखेपन को दूर करने के लिए बोरोलीन के पिचके हुए ट्यूब से क्रीम प्राप्त करने के लिए उन्होंने बल और बुद्धि का भरपूर प्रयोग किया। जो अवशेष मिला उसे बेहद किफायत से चेहरे के चयनित भागों पर मलने लगे। हजामत बनाने

के पश्चात् वे स्नान करने सीढ़ी के नीचे लगे नल की ओर प्रस्थान कर गये। नहाते वक़्त उन्हें सदैव यह लगता कि पीठ वृष्टि छाया प्रदेश बनकर सूखी रह गयी है। इसलिए बारम्बार पीठ पर मग में पानी भरकर डालते। नहा-धोकर केश सज्जा उनका सजने-सँवरने का आख़िरी पड़ाव था। इसके पश्चात् डेरे के सबसे नजदीकी हलवाई से लाये गये दही-जलेबी जैसी सर्वप्रिय नाश्ता का भोग लगाना उनका दिन का पहला लक्ष्य था। दोने में पड़ी जलेबी दही के संग बेहद लुभावनी लग रही थी। उनका दृढ़ विश्वास था कि नहाने और खाने में देरी समय की बरबादी नहीं है। हालाँकि कल इस भरोसे को आघात पहुँचा था। उन्होंने बड़े शौक़ से कमरे में खस्सी को मसालों के सही अनुपात और उचित तापक्रम में बनाया था। पके व्यंजन की सुगन्ध से वशीभूत होकर वे चिकित्सीय परामर्श और मेडिकल रिपोर्ट की घोर अवहेलना करके उदरस्थ कर गये थे। मांस-भात खाते हुए ऐसा कौन नश्वर प्राणी है जो मात्रा का ध्यान रखता होगा। शाम को पेट ने विद्रोह कर दिया। आज जरा सी तबीयत सँभली नहीं कि वे जलेबी के आकर्षण में बँध गये।

जाड़े में बेशक वे दिन के बारह बजे से पूर्व नहीं नहाते थे परन्तु वर्ष के शेष दिनों में सुबह-सुबह यह काम निपटा देते। इस मामले में वे स्वयं को आज के नाजुक छोकरों से अधिक ताकतवर मानते थे। चाहे दुनिया किसी को हॉफ स्वेटर पहने देखकर ठण्ड की शुरुआत मान ले लेकिन जब तक नारियल का तेल जमने नहीं लगता तब तक वे जाड़े का अस्तित्व स्वीकार नहीं करते थे।

अधखुले दरवाज़े से कुन्दन बिना कुण्डी खटखटाने की औपचारिकता का पालन किये दाखिल हुआ। नाश्ते को हजम करने से पूर्व उसकी शोभा निहारते महामाया बाबू को आगन्तुक की पहचान का भान नहीं हुआ। दरवाजा बन्द न करने के अपने कृत्य पर वे ऐसे भुनभुनाये जैसे जाड़े में बाथरूम से नहाकर निकलने के बाद ग़लती से बल्ब के बदले पंखे का स्विच ऑन हो गया हो। लेकिन साक्षात कुन्दन को देखकर उनके मन के भाव और मुख की चिह्न दोनों परिवर्तित हो गये।

"लगता है कि ख़ूब मौज हो रही है।" कुन्दन यूँ ही कमरे को घूरता हुआ बोला।

"बड़ी लम्बी उम्र है तुम्हारी। अभी तुम्हें ही याद कर रहा था।"

कुन्दन विचार करने लगा कि ऐसी क्या बात है कि वे सुबह-सुबह उसका ध्यान कर रहे हैं। लेकिन उसे अपनी बात बताने की पड़ी थी। माँ-बाप अभी उसकी तरफ हैं लेकिन पारस भी उनकी ही औलाद है। किसी दिन दिमाग़ फिर गया तो सब गुड़-गोबर हो जायेगा। अपने मन की बात को लम्बा-चौड़ा आकार न देकर सघनीकरण करते हुए उसने बस यह कहा कि मकान-ज़मीन सब अधर में है जबकि बिज़नेस के लिए उसे काफ़ी पूँजी की ज़रूरत पड़ेगी। उसका प्लॉन हार्डवेयर का

धन्धा चालू करने का है। ऐसा कहते हुए उसके मुख पर मन में उमड़ती-घुमड़ती कामना संकेन्द्रित हो गयी।

"तुम बस महामाया की माया देखते जाओ। सारा हमारा-तुम्हारा होगा। काम पड़ने पर आदमी जानवर तक को पुआ खिलाकर पटाता है। किसी से कुछ हथियाना हो तो उसे पुआ खिलाने में कोई दिक़्क़त नहीं है।"

नाश्ते का एक अंश कुन्दन को समर्पित करते हुए वे बोले, "लड़ाई में धोखा के बग़ैर काम नहीं चलता है जैसे खाने में स्वाद नमक के बिना नहीं आता है। अगर आलू की चाट खा रहे हो तो पूछने पर कहो कि रसमलाई खा रहा हूँ। दुनिया को छलावे में रखना जीत के लिए ज़रूरी है। अरे हमने आधा शहर को गधा से घोड़ा बनाया है। बस ऐसे ही इलाहाबाद में डेरा डाल कर नहीं बैठे हैं, "हथेली पर लकीर खींचते हुए वे बोले," देखो हर बात के दो अर्थ होते हैं। अन्याय का मतलब है किसी पर ज्यादती करना लेकिन यह हमारे लिए अन्य आय भी है। बिना दूसरे की चीज़ छीने आदमी बस अपनी दौलत से ही काम चला सकता है। अन्याय से ही एक्सट्रा मिलता है। इसी तरह कामनाएँ का एक मतलब काम न आये भी हो सकता है।" आचार्य अपनी वामन आकार की बात को भी शिष्य के सामने विराट रूप में देखना चाहता है जोकि वह शाश्वत सत्य या वैदिक मन्त्र लगे। "मेरी बात मानो तो कहूँगा कि पण्डित की तरह ज्ञानी होने में कोई लाभ नहीं है। ठाकुर जैसा अक्खड़ होना बिल्कुल भी समझदारी नहीं है। बनना है तो बनिये की तरह व्यवहार कुशल और मीठी बोली बोलने वाला बनो। मेरे साथ हो। परेशान होने की कोई बात नहीं है। एक बार मेरे हाथ में बागडोर सौंप दी तो निश्चिन्त रहो। वह कहा गया है ना कि गुरु करो जान के, पानी पीओ छान के।" वे अपनी बात पर स्वयं ठठाकर हँसने लगे। उसके कन्धे पर हाथ रखकर वे शान्त स्वर में गम्भीरतापूर्वक बोले, "संसार के महासागर में गोता लगाकर अनुभवी हुआ हूँ।" भावोन्मादी आनन्द की सृष्टि करते-करते वे सहसा तर्काश्रित चिन्तक में तब्दील हो गये।

वह उनके भाषिक वैभव से प्रभावित नज़र आने लगा। एक ओर वे मेधावी अभियन्ताओं की भाँति सफलता का डिजाइन तैयार करेंगे और दूसरी ओर वह संकल्पबद्ध श्रमजीवी की तरह कार्यरत हो जायेगा। वे अपने दृष्टिकोण की प्रभावी पुनरावृत्ति में लग गये, "किसी माई के लाल के सामने सच मत बोलो वरना वह भस्मासुर से भी ज़्यादा भयानक बन जायेगा। बस भरमाओ और बात को घुमाओ।" अपने शिष्य से वे इतना अवश्य अपेक्षा रखते थे कि दुनियावी मसलों में उनकी व्याख्या को स्वीकार किया जाये एवं उससे भिन्न पाठों का परित्याग हो। वे उन वक्ताओं में

से नहीं थे जो श्रोता के मूर्छित होने तक बोलते रहते थे। अपनी को प्रभावी तरीक़े से गन्तव्य तक सम्प्रेषित कर वे थम जाते।

जेब में रखे तिनके को बड़े जतन से निकालकर उन्होंने दाँतों की सफाई की। "चलो तुम्हें भावी बिज़नेस पार्टनर से मिलवाते हैं।"

"ये गजाधर हैं।" एक मामूली से घर के बरामदे में बैठकर उन्होंने एक इकहरे बदन के लड़के की ओर संकेत किया। सामने स्टूल पर चाय के कप के साथ प्लास्टिक के कटोरे में नमकीन और बिस्कुट के साथ दो चम्मच पड़े थे। कुन्दन ने निराशा से उस लड़के को देखा। नाम ही नहीं बल्कि आकल्प से भी वह बिज़नेस करने योग्य कम और कथावाचक अधिक प्रतीत होता था। न जाने महामाया बाबू फटी बनियाइन को थ्री पीस सूट की महिमा देने पर क्यों तुले हैं।

महामाया बाबू पहले गजाधर से बात कर चुके थे। लेकिन कुन्दन के सामने सारी बात पुन: संक्षेप में बताने लगे। बातों में ज़िन्दगी में पैसे का महत्त्व केन्द्र में था। "देखिए आप लोगों को शायद सुनकर बुरा लगेगा लेकिन इंसान की हैसियत के हिसाब से दुनिया ही नहीं बल्कि उसका परिवार भी व्यवहार करता है। दुनिया शायद एक दफ़ा जज़्बात देख भी ले, लेकिन घर वाले हमेशा हमारी हैसियत देखते हैं। दुनिया वालों को हम अपनी हैसियत से एकाध मर्तबा फायदा कराते हैं पर घरवाले हमेशा का फायदा देखते हैं।" वे अपनी बात को एक डॉक्यूमेंटरी की वास्तविकता देते हुए भी श्रोता की रुचि को बरकरार रखने के लिए न्यूनाधिक रूप में मसाले डालने को तैयार थे।

भावी बिज़नेस पार्टनर के व्यक्तित्व, आकल्प और हैसियत देखकर कुन्दन ने शंका प्रकट की। "आपने पहले कभी कारोबार किया है?"

महामाया बाबू ने कुन्दन को इशारे से मौन रहने को कहा। उनका सदा ऑन रहने वाला ब्लूटूथ रेंज में आने वाली हर डिवाइज को बिना संकोच के कनेक्ट कर लेता है। सिखाने से क्या नहीं हो सकता। मोटी-तगड़ी भैंस छोटे से दरवाज़े में सींग टेढ़ा-मेढ़ा करके अन्दर घुस जाती है। "वह सब हम देख-समझ चुके हैं। परेशान मत हो। अपने गजाधर बाबू बहुत अच्छे कार्यकर्ता हैं।" आख़िरी वाक्य पर किये गये बलाघात का तात्पर्य कुन्दन को व्यापार में हिस्सेदार की स्थिति से अवगत कराना था। महामाया बाबू अति दूरदर्शी ठहरे। प्रथम दृष्टि में ही सामने वाले के जीवन के अन्तिम मुहूर्त तक का आकलन कर लेते हैं। इसलिए अपना ध्यान दूसरे महत्त्वपूर्ण बातों पर लगाना श्रेयस्कर होगा। जब हाँ बोलने में लाभ हो तो न क्यों बोले।

"हमने इन्हें समझा दिया है कि व्यापार में इंसान की क़िस्मत बदलती है। नौकरी से बस गुजारा चलता है।" महामाया बाबू ने चाय का एक बड़ा घूँट सुड़का। "समझदार

हैं, समझ गये। अब जहाँ काजू-बादाम बँट रहे हो वहाँ छुआरे को कौन पूछेगा।"

कुन्दन की ओर मुखातिब होकर वे आचार्यवत बोले, "भई! इलाहाबाद के हो। पतंग तो ज़रूर उड़ाया होगा। यह दुनिया कुछ नहीं बस अपनी पतंग बचाने और दूसरों की काटने का खेल है। इसलिए गुणग्राहक फ्यूज बल्ब को पीसकर ऐसा तेज मांजा तैयार करता है कि डोरी ही नहीं बल्कि रस्सी तक कट जाती है।"

कुन्दन सहमत होकर चाय और नमकीन ग्रहण कर मेजबान को उपकृत करने लगा। गजाधर के घर की साधनहीनता निम्नमध्यमवर्गीय परिवार का लघुतम समापवर्त्य बनकर उपस्थित था। लेकिन प्रकृति का स्वभाव और जीवन का गणित जैसे नियम सर्वव्यापी हैं। निरीह दिखने वाली चिड़ियाँ भी बारिश के बाद गीली ज़मीन के भीतर से निकले कीड़ों को खाने के लिए ऐन वक़्त पर हाज़िर हो जाती हैं। फिर गजाधर या कोई भी व्यापार में पीछे क्यों रहेगा। एक तो वह ज़रूरतमन्द है और दूजा महामाया बाबू सदृश्य वैद्य साथ में हैं जिनके पुचकारने मात्र से अच्छे-अच्छों की तबीयत दुरुस्त हो जाती है। ऐसा हकीम शहर में कहाँ मिलेगा।

बातचीत के दरम्यान गजाधर ने अपने औसत शैक्षिक पृष्ठभूमि का उल्लेख करना शुरू किया लेकिन कुन्दन की उदासीनता देखकर वह चुप हो गया। वह केवल वाणिज्य नामक विषय का श्रवण और मनन करने को उत्सुक था। बाक़ी चीज़ें समझ में कोई बुनियादी इजाफा नहीं करती। ज़्यादा पढ़ाई से कुछ हाथ आये चाहे न आये लेकिन यह दूसरों को अपमानित करने का चिमटा ज़रूर हो जाती है। कुछ लोग अभी भी इस भ्रम में हैं कि ज्ञान बड़ी चीज़ है।

पूरे मुलाकात के दौरान कुन्दन और महामाया बाबू कूट संकेतों के माध्यम से अपने आशय का आदान-प्रदान करते हुए बेहद रहस्यमय लग रहे थे।

जल्दी ही कुन्दन को यकीन आ गया कि गजाधर को कारोबार में साथ लेकर पछताना नहीं पड़ेगा। उसे और अमीर बनना है, जबकि गजाधर को घर की दाल-रोटी का प्रबन्ध करने के लिए पैसों की ज़रूरत थी। जिसे अमीर बनना होता है वह दिहाड़ी मजदूर की तरह उसी रोज पैसे नहीं चाहता है। एक मिडिल क्लास आदमी जैसा महीने के हिसाब से तनख्वाह की ख्वाहिश भी नहीं करता। अमीर बनने के लिए धीरज चाहिए। उसने मन ही योजना बना ली थी कि वह गजाधर को तभी पैसा देगा जब उसे इसकी सबसे ज़्यादा ज़रूरत होगी, ताकि वह कभी भी उसका प्रतिद्वन्द्वी नहीं बन पाये। ज़रूरतमन्द पैसे को अधिक समय तक बचा नहीं पाता है इसलिए बचत या निवेश करने का सवाल कहाँ उठता है। टेट का पैसा जब बालू में पानी जैसा गायब हो जायेगा तब मेरे दरवाज़े पर आयेगा। आख़िर हर कोई अमीर नहीं बनता है। अधिकांश की नियति ग़रीबी या ज़्यादा से ज़्यादा एक मध्यमवर्गीय

गृहस्थ होने तक सीमित रहती है। संसार में कीट-पतंगे जैसे जीव भी होते हैं जो सुबह जन्मते हैं और शाम को उनकी इहलीला समाप्त हो जाती है। वे क्या जाने कि रात जैसी भी कोई चीज़ होती है।

बाद में महामाया बाबू ने मतलब की बात बतायी। "वैसे तो हमारी जानकारी में ऐसे-ऐसे लोग भरे पड़े हैं जो पलक झपकते पेड़ के पत्ते गिन लेंगे। पर इसको चुनने का कोई कारण है। गजाधर दरअसल रोशन खयाल इंसान है लेकिन बिज़नेस और दुनिया के खेल के उसूलों से नावाक़िफ है" कुन्दन के द्वारा वित्त-पोषित एक भोज में वे सगर्व घोषणा करने वाली भंगिमा सजाकर कहने लगे, "हम घोड़े की लीद सूँघ कर राजा को बता देते हैं कि जानवर को दाना-पानी कायदे से मिल रहा है या नहीं।"

डकार के लिए समय लेने के पश्चात् वे पुन: कहने लगे, "मन में कोई भी शंका हो तो बेखटके कह डालो। हम उनमें से हैं जो किसी की जिज्ञासा का समाधान करने के लिए हाथ में उठाया कौर थाली में वापस रख देते हैं।" स्वयं अपने कथन पर हँसते हुए वे बोले, "दुनिया पैसे के पीछे भागती है। हम अकेले नहीं हैं। मुनाफा देने वाली चीज़ जमाई से बढ़कर होती है। यह अलग बात है कि इस सच्चाई को कोई मानता है और कोई मानने में शर्माता है। जिसे समाज कल्याण करना है वह ख़ुशी से अपना शौक़ पूरा करे।" माया के प्रेमी को अनिश्चित प्रतिफल वाले सदाचार में आस्था रखना शोभा नहीं देता है।

वे आप्त वचनों से उसमें यह विश्वास जगाना चाहते थे कि उच्चतम ज्ञान की कुँजी उनके पास है। कुन्दन मान गया कि वे चुम्बक हैं। शेष संसार लोहा है। उनके साहचर्य में व्यतीत समय अष्टसिद्धि दाता बनेगा। विनयी शिष्य को सम्मुख पाकर वे संक्षेप में बात करने में अक्षम हो गये थे। दीर्घ वाक्यों से लदा-फदा पूरा पैरा सुनाते जो बात कम और वक्तव्य अधिक प्रतीत होता।

काम करने या भाग-दौड़ में गजाधर आगे रहता। "गजाधर जरा देखो। सिविल लाइंस से पार्टी आयी है। बड़ी पार्टी ठहरी। उसकी नब्ज पकड़ी हैं मैंने। तुरन्त भागकर पास से पान मसाला लेते आओ।"

वह बुरा माने बग़ैर काम कर आता। व्यवसाय से जुड़ी पार्टियों और ग्राहकों से बातचीत में उसकी सद्य: प्रशिक्षित वाकपटुता में आत्मविश्वास की न्यूनता अभी उपस्थित थी। लेकिन वह सभी से शिष्ट व्यवहार करता। दूसरी ओर आम जन से कुन्दन का बर्ताव दुर्विनीत रुक्षता से परिपूर्ण होता परन्तु खास लोगों के सामने वह किसी भी हद तक झुकने को तत्पर रहता। किसी पार्टी के साथ गजाधर के ईमानदारी भरे सौदे पर वह तिरस्कार पूर्ण ठहाके लगाते हुए इस कृत्य को सरासर मूर्खतापूर्ण

ठहराता। गजाधर की क्षुद्रतम त्रुटियों के विषय में भी उसे अद्भुत स्मरणशक्ति का वरदान प्राप्त था।

गजाधर ने अपने भतीजे की सालगिरह पर कुन्दन को बुलाया। वह वादा करके भी नहीं गया। बाद में गजाधर ने पूछा तो किसी काम का बहाना बना दिया। कुन्दन ने दुनिया को दिखाने के लिए माँ-बाप की शादी की वर्षगाँठ मनवायी। बहुतों को आमन्त्रित किया पर गजाधर को जानबूझकर नहीं बुलाया। बिज़नेस में साथ है तो क्या हुआ। उठना-बैठना बराबर वालों के साथ होना चाहिए। सबके पास अपने से ज़्यादा कामयाब लोगों के बीच बैठने का मनोबल नहीं होता है। व्यापार में पार्टनर बनाने का अर्थ यह नहीं है कि सहकारिता के आदर्श को सर पर पगड़ी जैसा धारण कर लिया जाये।

इस बात को गजाधर धीरे-धीरे समझने लगा। वह कुन्दन का ग़ैर आनुपातिक दर्प को लू के चपेटों की तरह अनुभव कर रहा लेकिन उसके स्वभाव में उग्रता नहीं थी। बुद्धि से सन्तुलित और परिस्थिति से विपन्न गजाधर के जीवन का ध्येय स्पष्ट था। माँ-बाप और छोटे भाई-बहन के प्रति ज़िम्मेवारी निभानी थी। किसी भी तरह के काम से उसे कोई परेशानी नहीं थी। महीने की आमदनी में अपना अंश मिलने पर उसे आत्मिक प्रसन्नता होती। काम से कैसा भागना। भूखे के पेट में जब कुछ कौर पहुँच जाते हैं तब उसे जाकर खाने का स्वाद महसूस होना शुरू होता है। निष्ठा की पराकाष्ठा का प्रतीक गधा है। कुन्दन गजाधर को इसका मूर्तिमान प्रतीक मानता था। फटी बनियाइन पहनकर पैसा जोड़ना बचत की कोई सभ्य रीति नहीं थी। गजाधर जैसे मुद्रा के विषय में अज्ञानी लोग ऐसा आचरण करते हैं। कुन्दन को पूरा विश्वास था कि वह अपनी पारिवारिक ज़रूरतों की पूर्ति के लिए वह किसी नृत्यांगना की भाँति संकोच त्यागकर थिरकेगा। कुन्दन को मनुष्य को मनुष्य मानने में कोई आपत्ति नहीं थी लेकिन वह उनमें मूक पशुओं वाले गुण-लक्षण देखने का अभिलाषी था। बराबरी करने का दुस्साहस न करे। रिश्ते-नातों का क्या है। साबुन की टिक्की हैं। वक़्त के साथ घुल जाना उसकी नियति हैं।

असली फायदा नियम-कायदे के दायरे से बाहर निकलकर कमाया जाता है। इस बात को आप्त वाक्य बनाकर चलने वाला कुन्दन अक्सर उससे कहता, "इतना घबराने की ज़रूरत नहीं है। हमें कोई सेटेलाइट से ट्रैक नहीं कर रहा है।" अमीर बनना जीवन का ध्येय होता है जिसे येन-केन-प्रकारेण प्राप्त करना है। यह कार्य किसी संगीतमय शैली और सांस्कृतिक रीति से कैसे सम्भव है। जो यह जानता है कि कहाँ खड़ाऊँ धारण करना है और कब हाई हील वाला जूता पहनना है, वह कभी मात नहीं खायेगा। हार का मतलब केवल सौदे में मात खाना है। व्यर्थ

के शास्त्रार्थ और दार्शनिक मीमांसा वाली हार-जीत समय की बरबादी के सिवा कुछ नहीं है।

दुनिया अपनी प्रशस्ति गाती है। फिर कुन्दन तो किसी अफीमची की भाँति इसका आदी है। अपनी ढपली बजाने के तलब का अतिरेक बुलेट मोटरसाइकिल से साइलेंसर हटा देता है। एक दिन किसी संदर्भ में गजाधर बोला। "मुझे देश को सबसे बड़ा बिज़नेसमैन नहीं बनना है। शहर में मेरे पास प्लास्टर झरते दीवार वाला घर था। आज उसे ठीक-ठाक कराकर ख़ुश हूँ। पहले घर में बस चाय के लिए पाव भर दूध आता था। आज हम जो मर्जी खा और पहन सकते हैं। पिछले महीने माँ-बाबूजी को हरिद्वार घूमा कर लाया। बहुत दिनों की तमन्ना पूरी हुई। पैसे के लिए चूहा-दौड़ में अगर जीत भी गया तो जीतने के बाद भी चूहा ही रहूँगा। मैं ईमानदारी जीवन भर नहीं छोड़ूँगा। मैं कमाने का काम सुख-शान्ति के लिए कर रहा हूँ। मन की शान्ति का नाश करने के लिए नहीं। नाश करना है तो अपने मन के रावण को मारो।" पैसा ज़रूरत पूरी करने के लिए है। पैसे के पीछे भागने में सुख-चैन सब खत्म हो जाता है। गोबर भरी कचौड़ी ऊपर से ललचाती है पर जीभ पर आते ही उसकी पोल खुल जाती है। इसलिए पहले से ही सावधान क्यों न रहा जाये।

उसने यह बात बिना किसी को लक्ष्य किये कहा लेकिन कुन्दन यह सब सुनकर मन-ही-मन बेहद कुपित हुआ। इस बात पर तत्काल रोष नहीं प्रगट करने के लिए वह स्वयं को धिक्कारने लगा। यह स्पष्ट था कि गजाधर ने जाने-अनजाने आत्मकेन्द्रित दम्भ रूपी सर्प की पूँछ पर पाँव रख दिया है।

कोल्हू तैयार है लेकिन बैल लघुशंका करने लगा। ज़िन्दगी भर गरीब बने रहना है तो ईमानदारी का दामन कभी मत छोड़ो। हमारा क्या जाता है। गरीबी में ही मरोगे। सीधा रास्ता संकीर्ण होता है जिससे उन्नति का कदमताल मन्द पड़ जाता है। तभी अक्लमन्द शार्टकट की जुगत में रहते हैं। आज के जमाने में कौन अपने मन के रावण को मारता है। हम मन के रावण को मारेंगे नहीं बल्कि उससे किराया वसूलेंगे। यही तो हमें तरक़्क़ी की ओर घसीट कर ले जायेगा। गजाधर इस बात से अनजान ही रहे तो बेहतर होगा। सुख-दुख, शान्ति-अशान्ति, प्यार, अन्तरात्मा वग़ैरह कुछ नहीं बस मेनटल ख़ुशफहमियाँ हैं। आप खुद को धोखा दीजिए, औरों को बहलाइए। असली चीज़ शुभ लाभ होती है। हजरत अभी तक निम्न मध्यम वर्ग का अभावों से भरा जीवन जी रहे थे। सरकारी नौकरी के लिए बाल्टी के पानी में गिरे चूहे की तरह निकलने की कोशिश करते-करते मर जाते। जब मौका मिला है तो दार्शनिक बन बैठे। किसी के पैर तले दब कर मरने वाली चींटी चाहे कितनी भी आला दर्जे की दार्शनिक हो लेकिन वह पल झपकते घटी इस दुर्घटना को क्या समझेगी। ऐसे मूर्खों की आर्थिक

दुर्दशा की उपक्रमणिका अतीत के आलस्य और वर्तमान के झूठे आदर्श में निहित है। इन हिन्दुस्तानी इब्नबतूता और वास्कोडिगामा की यात्रा रोजी-रोटी तलाशने तक है। अमीर बनना न तो सबके बस का है और न सब इसके लायक हैं। कुछ लोग इतने मूर्ख हैं कि नितान्त सांसारिक समस्याओं का आध्यात्मिक समाधान ढूँढ़ने निकल पड़ते हैं। खैर अगर कोई बेवकूफ गलती कर रहा है तो उसे टोक कर सावधान करना कुन्दन की आदत नहीं है। वह सफलता के प्रत्येक मानदण्ड पर खरा उतर रहा है। इतना काफ़ी है। दुनिया काम करने के बाद थक कर सो जाती होगी लेकिन कुन्दन दी ग्रेट चौबीस घण्टे अपनी आँखें खोले रहता है। महाजन का ब्याज आठों पहर चालू रहता है। आदमी की साँस बीच-बीच में भले जरा देर के लिए रुक जाये लेकिन ब्याज ठहरना या रुकना नहीं जानता।

जिस दिन से इस चिकट को महामाया बाबू ने हमसे बाँधा है तबसे इसे झेल रहा हूँ। शायद बच्चू को मालूम नहीं है कि काम निकलने तक कुन्दन किसी को शरीर पर नये कपड़े बड़े शौक़ से धारण करता है। काम होने के बाद उतारे गये कपड़े की तरह फेंक देता है। जूता चाहे लोकल हो या ब्रांडेड पहना उसे पैर में जाता है। सर पर पगड़ी की तरह कोई नहीं बाँधेगा। इन लोगों को इसी तरह इस्तेमाल करने उतार देना है। इसकी वो हालत कर दूँगा कि न घर का रहेगा न घाट का। हमारी पॉलिसी बिल्कुल साफ़ है। जब पैसे की भयंकर दिक़्क़त में पड़ेगा तभी इसका हिस्सा दूँगा, ताकि सारा पैसा खर्च हो जाये और यह कभी भी मेरी बराबरी करने की सोच न पाये। हमेशा इसके सामने सीरियल कीलर और सामूहिक नरसंहार करने वाले के बीच किसी एक को चुनने का विकल्प होगा। न जीते बनेगा और न मरते।

वह वास्तव में अपने बिज़नेस पार्टनर के साथ कुछ ऐसा ही व्यवहार कर रहा था। गजाधर को यह एहसास हो गया कि कुन्दन पर भरोसा करना खतरनाक है। वह बरसाती नदी की तरह अविश्वसनीय है जो कभी हरहराती हुई बाढ़ की तरह आती है तो कभी जलाभाव से प्यासा मार डालेगी। दोनों का मेल शील और व्यसन की समानता पर आधारित नहीं था। कुन्दन लाभ और शोहरत लूटने में मुर्गी खट मरे और अण्डा बिलार खाये वाला कथन चरितार्थ करने में लगा था।

कुन्दन का बिज़नेस चौकड़ी भर रहा था। लेन-देन में वह अत्यधिक कृपणता को सद्गुण मानता था। कोई मुझसे पैसा तभी ले सकता है जब या तो वह मर जाये या मैं मर जाऊँ। इस डायलॉग पर ललिता देवी वारी जातीं। जैसे मुर्दा छूने से बस त्वचा को धोने से काम नहीं चलेगा, क्योंकि हाड़ तक में छूत लग जाता है उसी प्रकार इस सिद्धान्त का पालन न करने पर बिज़नेस के ध्वस्त होने का संकट है। आख़िर लाभ-हानि का हिसाब शायरी के मूड में कैसे किया जा सकता है।

अमीर बनना इतना आसान होता तो सड़क के भिखारी के लेकर दफ्तर का बाबू, धूप में खटने वाला मजदूर और हर कवि-लेखक वग़ैरह न जाने कैसे-कैसे लोग धन्ना सेठ बने घूमते नज़र आते। लाभ के स्वस्तिक अल्पना में सभी सजाते हैं लेकिन लक्ष्मी की कृपा गिनती के लोगों के भाग्य में होती है। इसके लिए अलग क़िस्म का मिजाज चाहिए।

24

भोला का भेंट किया हुआ अनार का पौधा अब लहलहाता हुआ दीवार के बराबर क़द का होने को था।

दीवार की ओर देखते हुए ललिता देवी ने स्वगत उवाच किया। "जाने कहाँ से इस पारस ने यहाँ अनार लगा दिया है। एक दिन यह बड़ा होकर दीवार तोड़ देगा। चोर-उचक्कों की कॉलोनी में वैसे भी कमी नहीं है। फिर पछताते रहिए।" गगनबिहारी जी को सम्बोधित करते हुए उन्होंने पूछा, "छपरा वाली ज़मीन का क्या करना है? कुछ सोचा है?"

"अरे...इसमें क्या सोचना है–पड़ा रहने दो। वहाँ घर के किवाड़ का ताला खोलने जाओ तो कुण्डी पर साँप ऐसे लिपटे मिलते हैं जैसे कुण्डी ही हो। जब फुँफकार मारेंगे तब लोग चिल्लाकर पीछे हटते हैं।"

ललिता देवी पति के गद्य कौशल से बिलकुल प्रभावित नहीं हुई। उनका मन हुआ कि अपने सर को दीवार से टकरा दे। लेकिन वह अपनी हथेली को माथे पर पीटकर रह गयीं। ऐसे व्यक्ति का क्या किया जाये? न लीपने के काम आता है न पोतने के। "बस इतना-सा कलेजा है आपका? ऐसी बुद्धि से कोई गृहस्थी खाक चलायेगा। आख़िर जब भाई-पट्टीदार सारा खेत चर जायेंगे तब जागकर क्या कर लेंगे। आप बरसात के बाद मेढ़ बाँधने वालों में हैं। गाँव के लोगों की थाह पाना भगवान तक के लिए मुश्किल है। ऊपर से भोले बने रहेंगे। कम्बल के नीचे मालपुआ गटकने वालों की कमी थोड़े ना है। गाँव का मकान और ज़मीन नहीं सँभालने की कुव्वत है तो सरेआम दान कर दीजिए लेकिन यूँ नाटक मत दिखाइए। मुझे सब मालूम है। दाई से पेट नहीं छिपायेगा जाता है।" वे इस विषय पर मत-विभाजन के बजाय हाथों-हाथ निष्कर्ष निकालने पर आमादा हो गयीं।

गगनबिहारी जी पत्नी का आक्रोश देखकर सहम गये तथापि साहस कर बोले, "अभी बेचने की क्या ज़रूरत है? मकान में पुरखों का सारा सामान पड़ा है।"

पत्नी रूपी साक्षात आदमकद मुसीबत आँखें लाल करके गुर्रायी, "जो अपना खेत न छुड़वा सके उसे मर्द कौन कहेगा।" इस शूल भोंकने वाले व्यंग्य के पश्चात् भी वे रुकी नहीं।" आप भोज के वक़्त कुम्हड़ा रोपने वालों में से हैं। ज़रूरत की कमी थोड़े ना है। देखने के लिए आँखें होनी चाहिए। पुरखों के सामान से प्रेम करने का इतना शौक़ है तो गाँव में धूनी रमाकर रहिए। गोदाम का ताला तुड़वाकर कोई अन्दर झाँकेगा तो मालूम होगा कि लोहा-पीतल छोड़कर सारा सामान दीमक और चूहे खा गये हैं। जाइए ट्रेन पकड़कर छपरा पहुँचिए। औने-पौने दाम में बिके तो भी अपने हिस्से का निपटारा कर ही घर में पैर रखिएगा।" ऐसा प्रतीत हो रहा था कि इसके बग़ैर उन्हें घर की सदस्यता से निष्कासित करके ही माना जायेगा।

वे पत्नी के क्रोध को कुछ वैसे झेल गये जैसे मिट्टी बारिश की बौछार को सोख लेता है।

कमरे के बाहर खड़े कुन्दन को उनके वार्तालाप को सुनने के लिए कान खड़े करने की आवश्यकता नहीं थी क्योंकि ललिता देवी की आवाज़ काफ़ी बुलन्द थी। वह ऐसे अन्दर दाखिल हुआ मानो बस अभी-अभी आया हो। "क्या बात है? कुछ हमें भी मालूम हो।"

ललिता देवी की कर्कश वाणी में कवित्व घुल गया। "सब तेरे लिए ही कर रही हूँ बेटा। खेत मवेशी खाये इससे अच्छा है कि वह घर की किसी ज़रूरत के काम आये। वरना ये जनाब बातों से लंका जीत लेंगे लेकिन घर पर एक तिनका नहीं सरकायेंगे। दूसरा इनका लाड़ला औलाद है जिसके लिए कोई काम करना जुते हुए खेत में दौड़ने जैसा है। हमारी कोख से पैदा ही क्यों हुआ। उसे कुछ कहना अच्छी मिट्टी में बबूल बोने जैसा है। अगर हमारे प्राणनाथ छपरा वाला मामला सुलझा पाये तो मैं जेठ की दोपहरी में बेर की झाड़ी की छाया में इनके गुण गाऊँगी।"

आलस्य के मारे गगनबिहारी जी स्वयं को आगे कुआँ पीछे खाई वाली स्थिति में पा रहे थे। जायेंगे तो गाँव के पट्टीदारों की कटुक्तियों और तेजाबी निगाहों का सामना करना पड़ेगा। न जाने पर घर में पत्नी जीने नहीं देगी। अपना कोई मत न होने पर परिवार के सदस्यों का मत मानना पड़ता है। तर्क-वितर्क के नृशंस घमासान में उलझने का जोखिम लिये बग़ैर उनके श्रीमुख से समझौता और आत्मसमर्पण श्लोक की भाँति स्फुटित होने लगा। "छपरा हो आयेंगे। इसमें कौन सी परेशानी है। बस उस दिशा में जाने का कोई बढ़िया मुहुर्त निकालो।"

यदि कृषक होने का अर्थ मृदा संस्कृति से जुड़ा होना है तो वे मानदण्ड पर किसी भी दृष्टि से खरे नहीं उतरते हैं। बस गाँव में बाप-दादा की जायदाद होने के कारण उन्हें ग्रामीण पृष्ठभूमि का माना जा सकता है। शहर के आरामदायक आवास

से निकल कर अपेक्षाकृत पिछड़े इलाके में आने-जाने और ठहरने की दिक़्क़त तो होती ही है। लेकिन न जाने पर उत्पन्न होने वाले गम्भीर संकट की कल्पना भयावह थी। दिक़्क़त और संकट के मध्य मूलभूत अन्तर को पहचान कर वे जाने की तैयारी में लग गये।

ट्रेन छपरा जंक्शन पर पहुँची। संसार भले स्टोन ऐज से सिलिकॉन वैली तक पहुँच जाये लेकिन गाँव-देहात का परिवेश कमोवश वही रहता है। उत्तर बिहार का एक महत्त्वपूर्ण शहर होने के बावजूद देहाती समुद्र के मध्य बसे तथाकथित नगर रूपी द्वीपों के निवासियों में नगरीय बोध की अपेक्षा गँवई गुण अधिक पाये जाते हैं। स्टेशन से वे सड़क मार्ग से अपने अपने पुश्तैनी गाँव गये। जर्जर दीवारों वाला पुश्तैनी मकान दुखियारी बुढ़िया जैसा दिख रहा था। कीर्ति कलश के स्थान पर भुतहे विवर झाँक रहे थे।

घड़ी भर वे अपने पुश्तैनी मकान में ठहरकर देखभाल के अभाव में उसका हश्र देखते रहे। खेत की ओर कूच कर वहाँ के हाल का भी नजारा लिया। ज़मीन आधार है पर बिना हल चलाये फ़सल का लहलहाना सम्भव नहीं है।

गगनबिहारी जी को तेज चलते देखकर गाँव का पट्टीदार विशम्बर बोला, "हजूर राम-राम।"

उसकी भरसक उपेक्षा करते हुए वे बोले, "कहिए।"

"सरकार घोड़े से उतरेंगे तभी तो बात सुनाऊँगा। यह गाँव-देहात का रास्ता है। ऐसी पथरीली राह पर घोड़े की नाल टूट जायेगी। इंसान के पैरों की तो खैर नहीं है।" विशम्बर उनसे ख़ूब लपक कर मिला। "बाबू साहब यह क्या गर्दा उड़ा दिये हैं? हमारा इत्ता बड़ा घर-दुआर हाने के बाद भी त्रिपुरारी के यहाँ टिके हैं। क्या बोलते हैं उसे...पेइंग गेस्ट टाइप रिहाइश चुनी है। त्रिपुरारी के बाल-बच्चों को अपने रहने-ठहरने की क़ीमत का लेमनचूस-बिस्कुट देते रहते हैं। अरे इतनी ज्यादती मत कीजिए। हम आपको बरामदे में चारपाई पर नहीं सुलायेंगे। पूरा कमरा आपकी खातिर साफ़ करके रखा है। वह आपको अँगना में खाट पर सुला देगा। इधर के मच्छर इतने जबर हैं कि डंक मारने की जगह सीधे साँप जैसा डँस लेते हैं। हम कमरे में फस्ट क्लास मसहरी डालकर बिछौना बिछायेंगे।" शहर के आये व्यक्ति की खातिर जनपदीय बोली की पगडंडी त्यागकर खड़ी बोली के राजमार्ग पर आने के बावजूद विशम्बर की वाणी में देहाती सुर पूरी ठसक से पसरा हुआ था।

"जाने दीजिए।" गगनबिहारी इस जबरदस्ती के लल्लो-चप्पो को बड़ी खेल-भावना से झेलते हुए बोले। "दो दिन के लिए आया हूँ। ज़्यादा झंझट करने से क्या फायदा। खेत-मकान का मसला निपटाना है।"

खेत-मकान नामक शब्द-युग्म की पूँछ पकड़ते हुए विशम्बर ने बात आगे बढ़ाई। "हमारे ज़िन्दा रहते घर की बात बाहर मत निकालिए। देखने में यहाँ के लोग सीधे-सादे सत्तूखोर लगेंगे लेकिन असल में ये हद दर्जे के गुरु होते हैं। इस ग़रीब के पास अभी इतनी पूँजी है कि राय साहब की ज़मीन किसी ग़ैर के हाथ में जाने न दे।" ज़्यादा समझदार न होते हुए भी गगनबिहारी जी ने उसकी छद्म विनय से पगी बात में छिपी चेतावनी को पहचाने में भूल नहीं की।

"कितने का पड़ेगा?" गाँव में आये अभी आधा दिन से ज़्यादा नहीं हुआ था लेकिन गगनबिहारी जी को अपनी तबीयत नासाज लगने लगी।

विशम्बर उनकी जल्दी से निपटाओ और खिसको वाली मानसिकता को ताड़ रहा था। "आजकल पुरानी कोठी और उसर खेत कोई नहीं लेगा। सबका मुँह शहर की तरफ है। पढ़ने के बाद एक भी जन गाँव-देहात की शक्ल नहीं देखना चाहता है।" वह मूँछों-ही-मूँछों में मुस्कराया। "बाबू साहब आपके लिए जो भाव उचित होगा यह गरीब अपने बदन के कपड़े उतार कर देगा। बस किसी और को पुरखों की जायदाद ने सौंपे। हम पट्टीदार लोग हैं। पहला हक हमारा बनता है।" उसने बाकायदा हाथ जोड़े। आवश्यकता पड़ने पर वह शायद साष्टांग दण्डवत करने पर भी उतारू हो सकता था। "बाबू साहब गाँव के पट्टीदारों का इतना लिहाज़ तो करना ही चाहिए। आपस की एकता में कमी का नाजायज फायदा पराये उठाते हैं। तभी तो चौरासी बनियों को बस चार चोर लूट लेते हैं। बस चार चोर से लुट जाते हैं।"

"जरा दो-चार जन से पूछने दीजिए।" गगनबिहारी बोले।

विशम्बर कमर पर दोनों हाथ रखकर रास्ते में खडा हो गया। "अब क्या सतमसुआ बच्चा से पूछने जायेंगे। बाबू साहब तोप चलाने की हसरत सबको होती है लेकिन इस बुढ़ापे में कोई इसका वज़न नहीं ढो पायेगा। उलटे दलदल में तोप को लेकर खुद धँस जायेगा। जो मिले उसे लेकर खुद को गंगा नहाया हुआ मानिए।" उसके हर वाक्य में निहित धमकी को भाँपकर गगनबिहारी जी को समझने में तनिक भी विलम्ब नहीं हुआ कि वह साम-दाम-दण्ड-भेद सभी को अपनाने को उद्यत है।

गगनबिहारी जी के चेहरे को पढ़कर वह उनके भय को भाँप गया। अपने लहजे को तनिक नरम करके वह पुन: बोला, "मैं दुबारा गुजारिश करता हूँ कि हजूर इस नाचीज़ को खिदमत का मौका दें तो यह एहसान ज़िन्दगी भर याद रखूँगा। यहाँ एक से एक शातिर मदारी आपको भरमाने को लकड़बग्गे जैसा चक्कर काट रहे हैं। लेकिन यह गरीब इन सबसे निपट लेगा। न जाने कितने बिगड़ैल पिशाचों को बाँधा और कितनों प्रेतों को अपनी उँगलियों पर नचाया है। ये मामूली पीपल-बरगद पर चमगादड़ की तरह लटकने वाले भूत क्या खाकर हमारा मुकाबला करेंगे।"

मकान और खेत की क़ीमत को लेकर हुए मोलभाव अत्यन्त संक्षिप्त रहा। विशम्बर ने बाज़ार भाव का खाका खींचते हुए यह कहा कि आगे शायद बिकना मुमकिन तक नहीं होगा क्योंकि गाँव वाले जबर्दस्ती कब्जा करने में भरोसा रखते हैं। तहसील में जायदाद का काग़ज़ गायब करना बांये हाथ का खेल है। उसने जो दाम लगाया उसने तनिक ज़्यादा पर बात टिक गयी। "बस आपका लिहाज़ करने के लिए औकात से ज़्यादा दाम दे रहा हूँ नहीं तो जिले की सारी ज़मीन परती हो गयी है। कल तक जिस पेड़ से बोरी भर फल ज़मीन पर गिरा मिलता था आज फुनगी पर चढ़ने पर भी टोकरी नहीं भर पाती है।" विशम्बर ने ऐसा प्रदर्शित किया मानो हनुमान जी मेघनाद के हर अस्त्र-शस्त्र को विफल करने के पश्चात् बस ब्रह्माजी का मान रखने ब्रह्मपाश में ख़ुशी-ख़ुशी स्वयं बँध गये हो।

मनुष्य की अपेक्षाएँ परिस्थिति के अनुसार तादात्मय स्थापित कर लेती हैं। सौदा तय हो गया।

"आपका भाग्य बड़ा तेज है।" रिक्शे पर तहसील जाते हुए विशम्बर बोल रहा था। "एक बात जानते हैं कि नहीं। यह जिला ख़राब क्राइम रिपोर्ट के मामले में देश में टॉप पर है। हमारे जिले में नदी पार करते समय भी लोग रंजिश निकालते हैं। आपको चिल्लाकर कहेंगे कि देखो-देखो नाव डूबी। इधर आदमी का ध्यान दूसरी तरफ घूमा और उधर आप पर बन्दूक से गोली दाग़ देंगे। घर से चार कदम बाहर निकाला नहीं कि रास्ते में ताड़ी पीकर खड़ा आदमी गंड़ासा लेकर आपकी बाँह पकड़ लेगा। पूरे जिले में हमारा गाँव और भी ख़राब है। यहाँ ताड़ के रस के लिए बाप-बेटा एक दूसरे का मर्डर कर देते हैं।" उसे पूरा भरोसा था कि ऐसी रोमांचकारी कथा सुनकर शहरी बाबुओं के रोंगटे निश्चित रूप से खड़े हो जायेंगे।

मनोविज्ञान के ज्ञाता को पता होता है कि आदमी का ज़्यादातर डर बेवजह होता है। सींग मारने के लिए दौड़ते साँड़ और पागल श्वान के दाँतों से अधिक वह एक बेगुनाह बुढ़िया की झुर्रियों से आच्छादित भयावह शक्ल से डरता है।

खुर्राट और दबंग लुच्चों के आतंक का पर्याप्त तिलिस्म रचने के बाद ढाड़स बधाने के लिए वह बोला, "हमारे होते आपको जरा भी टेंशन लेने की ज़रूरत नहीं है। हमारे आदमी सुबह-शाम लाठी को मुफ्त में तेल बस दिखावे के लिए नहीं पिलाते हैं। काम लेने का मौका आते ही आदमी को भुरता बना देंगे। हमने नरभसियाना नहीं सीखा है।" पूरे रास्ते रिक्शे पर बैठे दोनों व्यक्ति नियमित अन्तराल पर मुख में रखे सुवासित पान की पीक सड़क पर अर्पित करते रहे। एक तालाब के पास से गुज़रते हुए गगनबिहारी जी मोहासक्त होकर मानो रिक्शे पर बैठे-बैठे ही रुक से गये। तालाब

का पानी शैवाल का मोटा कम्बल ओढ़े दुबका हआ था। तालाब के किनारे शादी-ब्याह के पहले मटकोड़वा की रस्म निभायी जाती थी।

"बाबू साहब पहले कभी यहाँ छठ का अर्घ्य देने लोग जुटते थे। आज दूर नदी किनारे तक जाते हैं। और कहीं पानी नसीब नहीं है।" विशम्बर उनके मन की थाह पाकर बोला। "पिछले महीने यहीं पर एक मर्डर हो गया था। क्या कीजिएगा। आदमी मशीन, डैम आदि बनने में ख़ूब होशियार है लेकिन उसका अपने शरीर और दिमाग़ पर कंट्रोल कम हो गया है।"

बहुत अरसे बाद अपने गृह जनपद आये गगनबिहारी जी ने अनुभव किया कि भोजपुरी के साथ अंग्रेज़ी का भोजपुरी संस्करण भी यहाँ की लोकबोली बन गया है। तद्भव प्रेमी जिला के बाशिन्दे शहराती शैली को अंग्रेज़ी का सहोदर मानकर पराया समझते हैं।

तहसील में गगनबिहारी जी ऐसे नापतौल कर चल रहे थे मानो कदम-कदम पर बारूदी सुरंगें बस उन्हीं के वास्ते सजी हो। "आप आराम से बैठ जाइए। यहाँ मुझे निपटने दे। लोग ऐसे हैं कि जब तक फायदा न दिखे काग़ज़ सरकाना भूल जाते हैं। अपना मतलब नज़र आने पर पेड़ के पत्ते चुटकियों में गिन लेंगे। खैर आप बिल्कुल फ्रिक न करें। हमने बड़े-बड़े प्रतापी लोगों को टोकरी के नीचे मुर्गी की तरह दबा दिया है।"

"मुझे आप पर पूरा भरोसा हैं।" उन्होंने संक्षिप्त प्रतिक्रिया दी। उनकी सहज बुद्धि चेता रही थी कि यदि घड़ियाल की पीठ पर बैठकर नदी पार करनी है तो उसकी पीठ को मुलायम कहना पड़ेगा। उन्हें एक कुर्सी पर बिठाकर विशम्बर द्विगुणित प्रतिबद्धता से कार्य में लगा हुआ था। क्लर्क की मेज के सामने खड़ा होकर वह इतनी गम्भीर मुद्रा बनाकर खड़ा था जैसे ब्रह्माण्ड की उत्पत्ति का रहस्य ढूँढ़ रहा है। क्लर्क का कहना था कि काम करने वाला लड़का नदारद है। शायद चाय पीने गया होगा। जब विशम्बर ने उसके हाथ में धनराशि पहुँचायी तो लड़का सारंगा घोड़े पर सवार होकर फौरन आ धमका। जहाँ हस्ताक्षर की आवश्यकता होती बस वहीं पर गगनबिहारी जी को उठने का कष्ट उठाना पड़ता था। खरीद-फरोख्त और काग़ज़ी कार्रवाई सामान्य से दुगनी रफ्तार से निपटायी गयी।

विशम्बर लौट कर ख़ुश होकर बत्तीसी चमकाने लगा। "बाबू साहब समझिए कि हिमालय पर रहने वाला यति हमारे जिले में भले दिख जाये लेकिन सीट पर क्लर्क के दर्शन दुर्लभ हैं।"

"कितना लगा?" अभी भी आशंकित बैठे गगनबिहारी जी ने उत्कोच की राशि जानने की चेष्टा की। विशम्बर पूरी बत्तीसी चमकाते हुए अट्टहास करने लगा।

"जाने दीजिए ना। यहाँ सब अपने हैं। बस पान-सिगरेट का इन्तजाम के लिए लेते हैं। भौजाई रस्म निभाने के लिए देवर को बेलन बस छुआती है। ज़ोर से मारेगी तो अपने देवर के बदन पर दाग़ पड़ेंगे।" अपनी ही-ही को धारावाहिक की भाँति जारी रखते हुए उसने कुरते की जेब थपथपाकर आत्मविश्वास का विकट प्रदर्शन किया। "नोटों की तीन अंगुली मोटी गड्डी साथ लेकर निकलता हूँ। कुछ ऊपर नीचे हुआ तो सामने वाले के मुँह में ठूँस दूँगा।" ईमानदारी से उत्पन्न आपत्तियों का जिसे संज्ञान हो जाये वह व्यावहारिक अर्थात भ्रष्ट रहना उचित समझेगा।

काम हो जाने के बाद दोनों रिक्शे पर बैठकर लौटने लगे।

विशम्बर बोला, "यहाँ के लोग गाते कम और आँख ज़्यादा मटकाते हैं। किसी से रास्ता पूछिए तो इसलिए मुँह नहीं खोलेंगे कि जर्दा-पान का मजा ख़राब हो जायेगा। रिक्शे वाले तक बला के तेवर वाले हैं। जिधर मुँह करके खड़े हैं उधर ही जायेंगे।"

गाँव में प्रकृति की शोभा शहर से ज़्यादा तो होती ही है। इंसान के वणिक सँपोलेपन की नज़र अभी कम पड़ी थी। यह गाँव भी कस्बा बनने की कगार पर था। लौटते हुए बाज़ार में रुक कर विशम्बर ने कहा, "यहाँ के देशी घी की जलेबी दुनिया खाती है। जरा उतरिए तो आपको खिलाता हूँ।" गगनबिहारी जी भी खाकर तृप्त हुए।

जिस प्रकार पानी जिधर भी रास्ता मिले उधर से निकलने का जतन करता है वैसे ही वे काम हो जाने के बाद जाने की जल्दी में थे।

अपनी सफलता पर इतराता हुआ विशम्बर बांकी चाल से घूम रहा था। लोगों से उसकी चाल देखकर हाल पूछा तो बोला, "गले तक खाया है। उसे पचाने के लिए निकला हूँ।"

गाँव-देहात में शहर की बहुविध विकृतियाँ पहुँचने में भले विलम्ब होता हो परन्तु बेकार की गपबाजी और दूसरे के मामले में चोंच मारने की आदत सम्भवत: नगरों के प्रार्दुभाव से पूर्व की बात है। एक-दूसरे की ओर देखते हुए लोगों ने उसे पास बैठकर तफसील से बात कहने को कहा।

"जो मानुस गर्दा-धूल से बचेगा वह खेती कैसे करेगा...!" विशम्बर खाली बैठे लोगों के बीच अपनी सफलता की कहानी बखान करने लगा।

"खेत बँटाई पर दिया जा सकता है।" एक बोला।

विशम्बर ने हाथ फैलाकर कहा, "किसी पर भरोसा हो तब ना। शहर में घर वाले मुँह फाड़े इन्तजार कर रहे होंगे कि खेती-बाड़ी बेचकर पैसा मिले तो गाड़ी ख़रीदे।"

"रहने दीजिए, जिनके बारे में नहीं मालूम उन पर बोलना नहीं चाहिए।" श्रोताओं में से एक ने संयत प्रतिक्रिया व्यक्त की।

विशम्बर जरा ताव खा गया। बीड़ी जलाते हुए उसने कहा, "अपनी पतंग का

कन्ना खुद बाँधना चाहिए। यह पहला कदम है। हवा का रुख किधर है, आसमान में कितनी पतंगें उड़ रही हैं यह सब बाद की चीज़ है। अरे हम तो साधारण गृहस्थ लोग ठहरे। गाँव में जिसका धन घट गया वह मजदूर हो गया, जिसका बढ़ गया वह बाबू साहब कहलाने लगा। आज हम न होते तो बाबू साहब लकड़सुंवा की तरह भरी दोपहर में घूमते रहते। कोई नहीं पूछता।" बीड़ी सुलगाने के बाद उसने मन की शेष कसर निकाली। "ईश्वर इंसान का प्रारब्ध पहले रचता है, देह बाद में बनती है।"

"पर इतनी जल्दी सब कैसे बिक गया?" एक शंका उठी।

"जल्दी? अरे जो कुछ करना है, उसे तुरन्त करना पड़ता हैं। बाद में खुदकुशी की सहूलियत तक नहीं मिलती है। हम वह बला हैं जो तेरह सेकेंड में पूरी तेरहवीं कर डालते हैं। बस सही जगह लकड़ी लगाना का हुनर आना चाहिए, चाहे हवन हो या चिता।" बीड़ी की गन्ध खुली जगह में भी अब पूरी तरह फैल चुकी थी। "काम ऐसे शुरू कीजिए जैसे प्यार-मुहब्बत से पीठ थपथपा रहे हैं। फिर सहलाते हुए तबीयत से कूट दीजिए।" श्रोताओं को हँसी आ गयी।

"बाबू साहब लोगों को पता तक नहीं होता है कि उनके खेत में ढोर-डंगर चर रहे हैं या कोई दूसरा फ़सल बो और काट रहा है। छायादार रास्ते तक पर दो डग चलने में घाम लगता है। शहर में बैठकर शायरी करेंगे तो राजपाट हाथ से निकलेगा ही। टेरलीन की शर्ट धरी रह जायेगी। यहाँ का पचहत्तर साल का आदमी चलना शुरू कर दे तो उसके साथ चलने के लिए शहर के जवानों को दौड़ लगानी पड़ेगी।" विशम्बर को बीड़ी में ताड़ी का भी सरुर आ रहा था। "साँप काटने पर आदमी की जो हालत होती है वही शहर के लोगों की गाँव वालों से मुलाकात होने पर हो जाती है। दुनिया समझती है कि छपरा में कोई अख़बार नहीं निकलता है। कहीं सिनेमा, थियेटर देखने को नहीं मिलेगा और विद्वानों के चर्चा करने का कोई स्थान नहीं है।"

श्रोताओं के मजमे में से एक आवाज़ आयी। "विशम्बर सीधे आदमी के साथ ऐसा सुलूक ठीक नहीं है। इंसान को अन्दर-बाहर एक रहना चाहिए। दुराव-छिपाव किस बात का।"

वह ठठा कर हँस पड़ा। "मसालों में गधे की लीद का क्या बुरा मानना। अजी इससे ज़्यादा तो लोगों के दिमाग़ में रहता है। शहर के बहुतरे लोग बेवकूफी का पटियाला पेग पीकर टहल रहे हैं।"

सफलता की असली ख़ुशी लोगों में उसकी शेखी बघारने में है।

छपरा से इलाहाबाद लौटते गगनबिहारी जी ऐसा लग रहा था मानो बलवान ने लूले से उसकी कोई प्रिय वस्तु छीन ली है।

25

सिले-सिलाया कोट की बखिया उधेड़ने वाले के हाथ अगर फटा-पुराना कुरता मिल जायेगा तो क्या वह उसकी धज्जियाँ नहीं उड़ायेगा।

ज़मीन को बेचने से मिले दाम को जानकर ललिता देवी सक्रोध गगनबिहारी जी की तीव्र भर्त्सना करने लगीं। उनको प्रतीत हुआ कि पतिदेव क्षुद्र कार्य कर महापुरुषों के समगोत्रीय होने का उपक्रम कर रहे हैं। इतने कम दाम में निपटाना था तो किसी को दान करके चले आते।

"पिताजी आप छपरा गये थे? मुझे भी साथ ले जाते। कितना अच्छा लगता।" पारस हुलस कर बोला। उसे अब जाकर मालूम हुआ था कि गगनबिहारी जी छपरा होकर आ गये हैं।

"अरे सब बीती बात हुई।" वे मुँह में पान दबाये हुए बोले, "अब वहाँ भी पहले जैसा कुछ बचा कहाँ है।" ललिता देवी ने बताया था कि वे किसी परिचित के यहाँ शादी में बनारस गये हैं। बाद में बोली कि बनारस से छपरा दूर ही कितना है। मूड हुआ तो गाड़ी पकड़कर निकल गये। पुराने लोगों से मिलना-जुलना हो गया। मकान और खेत बिक गया और कितने में बिका यह केवल गगनबिहारी जी और ललिता देवी को मालूम था। पारस को यह भी नहीं पता था कि उसके पिता छपरा गये थे। कुन्दन ने ज़रूर आगे बढ़कर यह जान लिया था कि उनके चरण किधर मुड़े हैं।

"तुम जरा मुलायम तबीयत के हो। गाँव जाते तो वे लोग इसका नाजायज फायदा उठाते।" ललिता देवी ने पनबट्टा में एक जोड़ी पान मुँह में दबाने से पहले न बताने का कारण स्पष्ट किया। उन्हें इस बात की राहत थी कि नासमझ पति दूर तक खेत जोत कर सूरज डूबने से पहले वापस भी आ गये।

कुन्दन ने देखा कि अन्दर के कमरे में माँ-बाप में गुफ्तगू हो रही है। वह अख़बार लेने के बहाने अन्दर आया। "पिताजी बड़ी जल्दी आ गये। गाँव का क्या हाल है?"

गगनबिहारी जी के कुछ बोलने से पहले ललिता देवी ने उत्तर दिया, "गाँव को मारो गोली। वहाँ से अब हमारा क्या वास्ता। अच्छी ख़बर यह है कि तुम्हारे पिताजी वहाँ का सब कुछ बेच-बाच आये हैं। चलो छुटकारा मिला।" उनका चेहरा निर्मोह बना हुआ था। "जितना दाम मिलना चाहिए था जनाब उसका चौथाई भी नहीं ला पाये। खैर, ऐसे आदमी से ज़्यादा उम्मीद करना बेवकूफी होगी।"

बिना संकोच के औलाद के सामने की गयी अपनी भर्त्सना पर कायदे से गगनबिहारी जी का मुख शर्म और क्रोध से लाल हो जाना चाहिए था लेकिन वे बस

इतना कहकर रह गये, "गाँव की पॉलिटिक्स को नहीं समझती हो। वे चाहेंगे तो खेत कभी नहीं बिकेगा। जिसको बेचवाना चाहेंगे उसी को मिलेगा। इतना कम है कि सलामत बचकर आ गया।" आख़िरी वाक्य उन्होंने जरा ज़ोर से बोलने की कोशिश की। लेकिन कृत्रिम उत्साह बिना तेल के दीया जैसा पल भर में भभक कर बुझ गया।

"कितने का बिका?" कुन्दन ने अपनी व्यग्रता को रोकने का यथासम्भव प्रयत्न करता हुआ पलंग पर बैठ गया।

"अरे इन्होंने औने-पौने में दे दिया।" ललिता देवी ने अपने पति की ओर हाथ चमकाते हुए कहा। फिर धीरे से कुन्दन को सारा हिसाब-किताब बता दिया।

"दिया किसे है। वह अपना विशम्बर है ना उसी को बेचा है।" गगनबिहारी जी ऐसे बोले मानो उसे बेचना युक्तिसंगत कार्य की श्रेणी में आता है।

"विशम्बर हो या दिसम्बर, बेचा तो कौड़ियों के मोल है ना।" ललिता देवी क्रुद्ध स्वर में बोलीं।

पारस को खेत के हिसाब-किताब की कोई जानकारी नहीं दी गयी। एक बार गगनबिहारी जी ने इस आशय से उसे बुलाने की चेष्टा की लेकिन ललिता देवी की चढ़ी हुई भृकुटी देखकर मौन रह गये। "चुपचाप बैठे रहिए। शेर को घास और घोड़े को मांस देने का मतलब दोनों का अहित करना है। कुन्दन को बता दिया, बस इतना काफ़ी है।"

"मर जाने के बाद कोई लौटकर घी पीने नहीं आता है।" ललिता देवी का स्वर रुक्षतर होता जा रहा था। उनके ताने गगनबिहारी जी को नाक पर बारम्बार बैठने वाली मक्खी की तरह दुखदायी लग रही थी। "तुम्हें अपने बाप के बारे में कुछ बताने की ज़रूरत नहीं है। अगर ये अच्छे होते तो गाँव-देहात की जायदाद भाई-पट्टीदार बरसों तक खाते नहीं रहते। गाँव वालों को कोई नहीं जान सकता है। पीढ़े पर साथ बैठकर एक थाली में खाना खायेंगे लेकिन फिर भी अन्दर की बात किसी को नहीं बतायेंगे। वहाँ के दो बित्ता के लोग भी बावन हाथ के होते हैं। जिस दिन कौआ की चोंच गौरेया जैसी हो जायेगी उस दिन इन लोगों पर भरोसा करना। गाँव के पटवारी को ब्रह्माजी समझो। ज़मीन, नदी-नाला सबको वह बना और मिटा सकता है। कितनी फ़सल हुई, कितना अनाज मंडी में गया, इसका हिसाब हमें आज तक नहीं मालूम। बड़ा भाई किताबी दुनिया में डूबा रहने वाला मतलबी है। इस घर के गार्जियन तुम ठहरे। माल-मत्ता सँभालो। किसी को कानोकान ख़बर न हो। आख़िर ज़िन्दगी में रिश्ता नहीं पैसा काम आता है। धन-दौलत चलती-फिरती छाँव है। गाँठ में पैसा होगा तो अच्छे-अच्छे सर के बल सम्बन्ध जोड़ने चले आयेंगे।"

यह अनुकूल वाणी और मनमाफ़िक शब्द सुनकर कुन्दन बरबस मुस्करा पड़ा। बाप भले किसी काम का न हो परन्तु उसके होने की उपयोगिता होती है। वह घर में रामायण की तरह है। कोई पढ़े, चाहे न पढ़े लेकिन रखना ज़रूरी है।

"पिताजी छपरा से आने के बाद आप दुबले नज़र आ रहे हैं।" पारस ने उन्हें गौर से देखते हुए कहा।

"वहाँ खाने का स्टैंडर्ड यही है।" ललिता देवी ने बात को लपका। "पूरा बाज़ार घूम आओ लेकिन चार सब्जी के अलावा पाँचवीं नहीं मिलेगी। पूरे शहर में फल एकाध जगह मिलेगा। पूरे छपरा जिले में बस छप्पर के घर देखने को मिले।"

अपने गृह जनपद के विषय में इस प्रकार के विचार सुनकर गगनबिहारी जी बोले, "यह सब पुरानी बातें हैं। आज कोई जिला किसी से कम नहीं है।"

"बस रहने दीजिए। अपने गाँव की बात शुरू करूँगी तो कान पर हाथ धरना पड़ेगा। वे चाहे धरती से आसमान तक सब कुछ ख़रीद कर दान कर दें। उनके आगे आपकी औकात मूँगफली खरीदने की नहीं है। ग़लती से भी उन्हें न्योता दे मत दीजिएगा। अगर सचमुच में आ गये तो उनके घोड़े कहाँ बाँधेंगे? अपनी जीभ से...? बात ऐसे करते हैं जैसे किन्नर लोक के हैं। हमें पता है कि आपके जिले में सावन-भादो सूखा निकल जाता है और कार्तिक में बाढ़ आ जाती है।" क्रोधित स्त्री की बात काटना बिजली के नंगे तार को स्पर्श करने सदृश्य है। बहुत अक्लमन्द न माने जाने के बावजूद गगनबिहारी जी को इसका ज्ञान था।

इस मेघ गर्जना को सुनकर उनके आगे अपने विचार प्रस्तुत करने का कीटाणु निन्यानबे दशमलव नौ-नौ प्रतिशत स्वाहा हो गया। सावधानीवश उन्होंने निश्चय किया कि ललिता देवी के गाँव के कौवे भी सूर्यवंशी हैं अत: इस बारे में कुछ बोलना खतरे से खाली नहीं होगा। पत्नी की बहुआयामी आलोचना से बचने के लिए वे बाहर निकल कर टहलने लगे। अन्दर ललिता देवी का व्याख्यान जारी रहा। "हमारे घर वाले आपके पूरे खानदान को एक मुट्ठी में खरीदने की हैसियत रखते हैं। अपने जिले की झूठी तारीफ़ उससे कीजिए जिसे कुछ मालूम न हो। आपके यहाँ सड़क का उद्घाटन करते समय ज़मीन पर नारियल पटकने पर सड़क धँस जाती है। वहाँ की ईमानदारी का राग भूलकर भी मत कीजिएगा। हमारे गाँव में पानी से ज़्यादा दूध-दही बहता है। आपके इलाके जैसा गली-गली शटर कटवा गिरोह नहीं घूमता है। हमारी पुश्तैनी हवेली की ऊँचाई देखने में अच्छे-अच्छों की टोपी गिर जाती है।" गनीमत है कि उन्होंने यह दावा नहीं किया कि खेत की सिंचाई भी दूध-दही से होती है। घर में एकपक्षीय अभिव्यक्ति की स्वतन्त्रता थी। ललिता देवी अपने मायके के मिथकीय

पूर्वजों तक का गौरवमय आख्यान का बखान कर सकती थीं परन्तु उन्हें अपने कुल का उल्लेख तक बिना गम्भीर जोखिम उठाये नहीं कर सकते हैं।

"गाँव के बड़े चबूतरे पर हम लोग कितना उधम मचाते थे। एक दिन टुनटुन चाचा ने सारे बच्चों को मेला घूमाया था।" पारस को गाँव की बातें अभी विस्मृत नहीं हुई थी।

ललिता देवी ने ऐसा मुँह बिचकाया जैसे मोयनदार पूड़ी के बीच बासी रोटी ठेल दी गयी हो। "चाचाजी ने हमारे हिस्से का खेत भी दबा लिया। यह याद है की नहीं?" उनकी आवाज़ में घोर घृणा थी। इसे तो वहाँ की नाली और झाड़ी तक याद है। दिमाग़ जरा सा भी बढ़ा नहीं है। इतनी बुद्धि कहाँ है कि बगुला और हंस में अन्तर कर पाये।

ललिता देवी की बातों से पारस का विवर्ण मुख देखकर गगनबिहारी के मुँह से बेसाख्ता निकल गया। "अरे संझले चाचा तुम्हें बहुत मानते थे। उधर की मिठाई तुम्हें पसन्द है पर जल्दी में कुछ लेकर नहीं आया।"

"जो भी उठाकर लायेंगे उसे वह खा लेगा। उसका क्या है। खपरैल का टुकड़ा दे दो तो वो भी खा लेगा। "ललिता देवी का चेहरा व्यंग्य से रंगा हुआ था। "दिल में इतना दर्द उठ रहा है तो क्यों नहीं उनके औलादों को जाकर एक मोटी रकम चन्दे में दे आते हैं।"

कुन्दन दालान में झुले पर बैठा हँस रहा था। स्मृतियों के गीत गाते रहना गड़े मुर्दे उखाड़ने वाला काम है। वह प्रेम की वर्णमाला नहीं समझता था। अपनेपन का ककहरा सीखने की कोई ज़रूरत नहीं है। स्वार्थ की बारहखड़ी कण्ठस्थ करने से माया मिलती है। सो इस उपक्रम में अहर्निश जुटा हुआ है। तमोगुणी मन में बीते जमाने के लिए जगह बन जाये तो आज की लिप्सा कैसे पूरी होगी। जो ज़िन्दगी में कुछ बनने के इरादे से उतरेगा उसे अपने पाँव पालने में ही अलग तरीक़े से दिखाने होंगे। नवजात शिशु को उपनयन के योग्य बालक और फिर रातोरात एक प्रबुद्ध स्नातक भी बनना पड़ेगा। प्रेम, अपनापन और शोषण के अन्त जैसे उत्तेजक सिद्धान्तों के नशे से अपरिचित व्यक्ति ही ऐसा कर सकता है।

26

इधर कुछ दिनों से घर के लोगों की नज़र प्रूफ़रीडर की तरह सीधे पारस की हर छोटी-बड़ी ग़लती पर पड़ने लगी। ललिता देवी सरेआम कहती कि काम के नाम पर

वह कभी एक तिनके को भी नहीं तोड़ता है। जैसे चित्त पड़े तालाब के पानी में बस आसमान दिखता है वैसे ही उन्हें पारस में दोष के सिवा कुछ और नज़र नहीं आता था। इस सोच के व्यक्ति की दृष्टि ज़मीन पर उपस्थित किसी और वस्तु के प्रति मोतियाबिन्द का शिकार होती है। अपना क्रोध बहुधा निरीह नौकरों पर निकालते हुए वे इतने पैशाचिक स्वर में चिल्लाती कि सबके रोंगटे खड़े हो जाते। पार्श्वसंगीत की तरह बजता तिरस्कार अब बिल्कुल भोंपू बनकर कान के परदे फाड़ने लगी। लगभग प्रतिदिन होने वाली घृणा की अम्लवर्षा असहनीय हो गयी।

ऊपर वाली मंजिल का पश्चिमी भाग दरक गया था। पारस उसकी मरम्मत कराने पर ज़ोर दे रहा था। कुन्दन ने भविष्य का पूर्वानुमान लगाया कि जब इस कोठी पर दोनों भाइयों की संयुक्त दावेदारी है तो बेकार में पैसा क्यों फँसाया जाये। उसने कहा कि बरसात के बाद काम शुरू करना ठीक रहेगा। ललिता देवी ने उसकी बात को ब्रह्म वाक्य की भाँति ग्रहण किया। पारस समझ गया कि घर का क्षयी वातावरण देखकर अपनी असहमति दर्ज कराने पर विस्फोट होगा। अत: मौन रहना श्रेयस्कर है।

वह टकराव को टालने लगा। लेकिन विवाद न जाने किस अदृश्य सूराख से घुसपैठ कर आ धमकता। सामने से ललिता देवी और उनके पीछे ओट में खड़ा कुन्दन विवाद की जड़ में होते। गगनबिहारी जी कभी-कभार बेजान स्वर में अपनी बात कहना चाहते परन्तु नक्कार खाने में तूती की आवाज़ की भाँति वह दब जाती। चुप्पी को इस बेअसर विरोध से बेहतर समझकर वे मौन व्रत पर चले गये।

पारस की प्रत्येक अभिरुचि को अनुपयोगी एवं परिवार विरोधी करार करके उसे उसे साप्ताहिक और यहाँ तक कि दैनिक आधार पर असामान्य घोषित किया जाने लगा। वह स्वयं को बहिष्कार के नागपाश से जकड़ा अनुभव करने लगा। ललिता देवी अपने मायके के मनस्वी लोगों की दुनियावी कामयाबियों की पोथी के पीले पन्ने पलटकर उसकी गतिविधियों को नितान्त अव्यावहारिक बतातीं।

एक दिन घर का बेकार सामान लाकर उसके कमरे में पटक दिया गया। "यह क्या हो रहा है?" उसने हैरानी से भूरा से पूछा।

वह बदन चुराते हुए बोला, "भइया मालकिन कह रही हैं कि यह कमरा खाली रहता है। इसमें काफ़ी जगह खाली है इसलिए सामान इधर रख दो।"

उसे कोठी जेल लगने लगी। दिन-रात घृणा की अहर्निश बहती हवा ने घर के वातावरण को शव विच्छेदन कक्ष जैसा बना दिया। इस मनहूसियत की दीवार को लाँघ कर वह बाहर की दुनिया में जाना चाहता था। "मैं थोड़े दिनों के लिए दिल्ली जाना चाहता हूँ। कुछ दोस्तों से मिलना है। पढ़ाई-लिखाई का भी काम है।" घर में सबने उसे अविश्वास से देखा। लगातार उपेक्षा और तिरस्कार के माहौल में उसने

अपने गुस्से को ऐसे दबा रखा था जैसे हनुमानजी ने अपने पाँव तले पनौती दबा रखी हो। जंगली पौधे के जहाँ मर्जी बिन पानी के उग जाने की प्रवृत्ति इंसान के मन में दबी बदले की भावना सदृश्य हठी है।

"आने-जाने और रहने-ठहरने का बीड़ा कौन उठायेगा?" ललिता देवी ने तपाक से सवाल किया।

"मेरे पास कुछ रकम है। काम चल जायेगा।" वह पूछना चाहता था कि कुन्दन के हिसाब-किताब पर कोई सवाल क्यों नहीं करता है। लेकिन बात यह थी कि वह व्यापार करता है। गणना-सर्वस्व मस्तिष्क में पारस को विक्षिप्त मान लेना अस्वाभाविक नहीं होता। ललिता देवी का दृढ़ मत था कि पत्ते के टूटने से अगर पेड़ की बालिश्त भर हरियाली कम हो जायेगी तो क्या फ़र्क़ पड़ेगा?

कुन्दन के चेहरे पर रहस्यमयी मुस्कान खेलने लगी। गृह त्याग का अटपटा निर्णय किसी अपरिपक्व मस्तिष्क से ही निर्गत हो सकता है। वरना भला कोई इतना बड़ा राजपाट छोड़कर जाता है? ठीक है जाओ बच्चू। देखते हैं कि तुम्हारा तृण का भी परिग्रह न करने का गर्व कहाँ तक ठहरता है। आदिमानवों में भी जो अधिक अक्लमन्द होते थे वे ज़्यादा हिस्सा पाते थे। बाकियों को बचे-खुचे अन्न और सड़े मांस पर गुजारा करना पड़ता होगा।

मुरलीधर ने उसे दिल्ली के बजाय इलाहाबाद में ही डेरा लेकर रहने का परामर्श दिया। आख़िर वह बेहतर अवसर की खोज में प्रवासी बनने को उद्यत नहीं है। बस घरेलू तनाव के कारण दूसरी जगह रहना चाहता है। "अशोक नगर या टैगोर टाउन में बढ़िया रिहाइश दिलवा दूँगा। नौकरी यहाँ कर रहे हो। दिल्ली जाकर क्या मिलेगा। वहाँ रहने वाले निवासी न होकर प्रवासी ज़्यादा लगते हैं। इलाहाबाद की सड़कों के सारे पेड़ जाने-पहचाने हैं। जिसके नीचे थककर रुकोगे वे अपनी हरी टहनियाँ डुलाकर तुम्हारा पसीना सुखाने लगेंगे।"

मुरलीधर ने अपना वक्तव्य जारी रखा। "अभी-अभी इलाहाबाद पधारे लोग भी खुद को परम बुद्धिमान समझने लगते हैं। यहाँ हर दूसरा-तीसरा इंसान लेखक या कवि है। बाहर से आने वाले ज़्यादातर लोग भी थोड़ी देर बाद इसी श्रेणी में घुसपैठ कर लेते हैं। फिर मैं तो यहाँ का मूल निवासी ठहरा। तुम्हें ऐसे कैसे जाना दूँगा।"

पारस पसोपेश में पड़ गया। "इसमें इतना सोचना क्या है। यह शहर इतना बुरा नहीं है। यहाँ हमारे जैसे यार भी बसते हैं। एक ही पेड़ के ऊपर बैठा गिद्ध लाश से मांस नोंचकर खाता है और कोई उसी पेड़ के नीचे ज्ञान प्राप्त करने के लिए समाधि लगाता है।" कुछ सोचने के बाद पारस ने दिल्ली जाने का इरादा बदल दिया। पहले दिन इस नये डेरे में आकर पारस की मनस्थिति ऐसी हो गयी जैसे वह सघन वन में

निष्कासित कर दिया गया हो। मुरलीधर उसके साथ रुक गया। दूसरे दिन सुबह वह पारस को ढाड़स देने के इरादे से बोला, "कल रात में नया डेरा पराया सा लग रहा था। आज पहचाना सा दिख रहा है।" अशोक नगर वाले कमरे की तारीफ़ मुरलीधर ने इस प्रकार की जैसे प्राकृतिक सुषमा की कविगण करते हैं। उपसंहार के तौर पर उसने कहा कि किसी चीज़ की ज़रूरत हो तो निस्संकोच कहे। उसके लिए वह एटीएम का पिन अपनी बाँह में गुदवा लेगा।

पारस को प्रतीत हो रहा था कि मुरलीधर उसका पुनर्वास रचनात्मक तरीक़े से कर रहेगा।

मनुष्य के आत्मबल के अतिरिक्त उसका संसार में कोई पारलौकिक अथवा प्राकृतिक सहारा नहीं है। इस अराजक और अनिश्चित संसार का कोई सुसंगत स्वरूप नहीं है। पारस पृथ्वी की भाँति अपने परिक्रमा पथ पर पूरे इतमीनान से अग्रसर था, परन्तु मार्ग में धूमकेतु आकर टकरायेगा, इससे अनजान था।

पारस का आकस्मिक गमन घर वालों के लिए अप्रत्याशित और जान-पहचान वालों के लिए रहस्यमय था। कोठी के बाशिन्दों से पड़ोसियों की दुआ-सलाम भर बातचीत तक नहीं होती थी। इसलिए सिवा कयास लगाने के और कोई साधन नहीं था। वैसे लोगों को यह अन्दाज़ा था कि पेड़ घड़ा में नहीं उगता है। इतनी बड़ी बात की कोई वजह होगी। भोला को किसी ने बताया कि वह अब अपने घर में नहीं रहता है। वह हैरान रह गया। काफ़ी दिनों से उसने पारस को नहीं देखा था। मिलने पर उसकी शादी की बात पूछकर छेड़ने की मधुर कल्पना ज़रूर करता था। अवश्यभावी अघटित रह गया और अकल्पित घटित हो गया। अनुभवी गृहस्थ कोठी का हाल कुछ हद तक समझ गया। काश पारस बाबू कोई कदम उठाने से पहले उससे पूछ लेते। यह अब घर-घर की कहानी बनती जा रही है। उसने दो-एक परिचितों से पूछताछ की। सूचना उसके अनुमान के अनुसार निकली। वह मन ही मन बेहद दुखी हुआ। घर में एक ही मीठा कुआँ बचा था, उसे भी औंधा कर दिया। जायदाद के लिए एक औलाद खो दिया। दूसरा कब धोखा देगा, कोई भरोसा नहीं। पाड़े को दुहने से बाल्टी नहीं भरेगी। इस पाप की दौलत को लेकर भाई कहाँ जायेगा। हाथी मारकर पचा जाना इतना आसान थोड़े न है।

कुन्दन के बिज़नेस पार्टनर गजाधर ने एक दिन पूछा। "इतने दिन हो गये लेकिन पारस भइया दिखे नहीं। कहाँ गये हैं?"

उसने कोई जवाब नहीं दिया। अलबत्ता मोबाइल पर नज़र गड़ाये एक अप्रासंगिक बात ज़रूर कही। "आज के जमाने में हर कोई अपनी मर्जी का मालिक है।" स्पष्ट था कि ऐसे उत्तर से गजाधर को वस्तुस्थिति की कोई जानकारी नहीं मिली।

घर में ललिता देवी सुनाती। "उसका क्या बिगड़ेगा। यहाँ उसे कौन जानता है। बदनामी होगी तो हमारी होगी। दुनिया-समाज हमसे पूछेगी।"

कुन्दन व्यंग्यपूर्वक बोला, "समाज नाम की कोई चीज़ होती ही नहीं है। सामाजिक रिवाज बस लोगों को झाँसा देने के लिए हैं। स्मार्ट बनने में भलाई है वरना हर आता-जाता आदमी हमें धक्का मारकर जायेगा। वे लोग बेवकूफ होते हैं जो अपनी बाँह पर ख़ून निकालने के लिए सूई लगने देते हैं। दुनिया को ऐसे बेवकूफों की हमेशा तलाश रहती है।"

जो ज़िन्दगी को शतरंज की बिसात मानकर हर किसी को मोहरा समझता है वह उन्हें बस सही खाने में स्थापित करने की सोचेगा। मोहरा को इंसान मानकर कर उनकी भावनाओं की समझने के फेर में पड़कर जीत को दाँव पर नहीं लगायेगा।

लोगों ने कोठी वालों से भले कुछ नहीं पूछा लेकिन ऐसा नहीं है कि आपस में सवाल नहीं किये हो। सवाल में सवालिया निशान भले न हो लेकिन था तो वह सवाल ही।

गगनबिहारी जी ज़रूर उससे फोन पर हालचाल पूछते लेकिन बाक़ी किसी को कोई परवाह नहीं थी। पारस ने निश्चय कर लिया कि उसका स्वावलम्बी होना घर में तरजीह पाने की पूर्वपीठिका है। आत्मसम्मान की कसौटी भी यही है।

किसी दिन सम्पत तो किसी रोज चौधरी आकर कहते। घर पर खाना बनाते हुए ऊब गये हो तो हमारे साथ चलो। पारस बाहर आकर फिर उनके घर जाने से मना कर देता। रास्ते में वे कहते कि फाइव स्टार होटल बस देखने और सेल्फी खींचवाने तक ठीक हैं, भरपेट खाना खाना है तो इलाहाबाद में एक से बढ़कर एक ढाबे हैं।

सहसा पारस मुस्कराकर कहने लगा, "जब तक इंसान ज़मीन के किनारा का मोह नहीं छोड़ेगा तब तक वह नये-नये समुन्दरों की खोज कैसे कर सकता है।"

उसकी मुस्कराहट दोस्तों को बड़ी भली लगी। यह हुई ना जिगर वाली कोई बात। उन्होंने करतल ध्वनि से उसके कथन का स्वागत किया। रणछोड़ बने हो तो कम से कम कायदे का आशियाना तो बनाओ।

मुरलीधर पारस के चेहरे के भावों से उसके मनस्थिति पर गहरी नज़र रख रहा था। "तुम्हारी मुस्कराहट बहुत अच्छी लगी। हँसते तो और भी सुन्दर लगता। अच्छा बताओ पारस तुम्हारे हिसाब से घर कैसा होना चाहिए?"

"रहने दो। हर किसी को उसके सपनों का घर नहीं मिलता है।"

"फिर भी...।"

"चलो पूछते हो तो बता देता हूँ। घर में धूप और हवा के लिए ख़ूब जगह हो। ऊँची बिल्डिंग के फ्लैट जैसा कटा-फटा आसमान नहीं, पूरा आसमान दिखना चाहिए।

बारिश हो तो कमरे के अन्दर बैठे भी पता चल जाये।" बोलते-बोलते उसने ज़मीन पर गिरे एक तिनके को उठा लिया। "और सुनोगे? घर में आँगन हो तो क्या बात है। उसमें तुलसी चौरा हो।"

सम्पत ने कहा, "वाह, आप काफ़ी पीछे चले गये।"

पारस आगे बोला, "जब पूछा है तो पूरी रामायण सुनो। ब्रिटिश स्टाइल की लाल ईंटों वाली इमारत हो, दीवार, खिड़की, दरवाज़े भी उसी तरह के हो तो क्या कहना। सामने, पीछे और चारों ओर खाली जगह जिसमें पेड़-पौधे उगे हो। सुबह-सुबह जगाने के लिए अलार्म क्लॉर्क की जगह चिड़ियों की चहचहाहट हो, "तिनके को मूल्यवान वस्तु की भाँति हिफाजत से उँगलियों में पकड़े हुए पारस कुछ सोचता हुआ कहने लगा, "इन सबसे ऊपर रिश्ते-नातों का ताना-बाना हो जो सचमुच में घर बनाता है।" उसके इस आख़िरी वाक्य पर मित्र-गण मौन हो गये।

पारस सबको देखता हुआ कहने लगा। "मेरी बातों को गम्भीरता से लोगे तो खुद भी मेरी तरह सीरियस हो जाओगे। मैं तो खैर मिस्टर सीरियस के नाम से बदनाम हूँ ही।"

सब की चुप्पी के बीच वह बोलता रहा। "जिन फैसलों का हमारी ज़िन्दगी पर गहरा असर होता है उनके बारे में हमें कितनी कम जानकारी होती है। इतनी कम जानकारी के आधार पर हम बड़े आत्मविश्वास से फैसला कर लेते हैं। तभी तो ये फैसले गलत होते हैं।"

सर्वसम्मति से यह निर्णय लिया गया कि समीप के चाय के ठीये पर चलकर गपियाते हैं। वहाँ शहर के दूबे से लेकर छब्बे तक मिल जायेंगे। फिर मन किया तो वहाँ से कटरा होते हुए यूनिवर्सिटी के किसी होस्टल में परिचित के यहाँ चलेंगे या बस सिविल लाइंस टहलकर लौट आयेंगे। इलाहाबाद के कुछ इलाके अभी भी किसी एवेन्यू का आभास कराते हैं।

"पारस भाई जरा कल्पना करो कि सड़क के दोनों ओर घने पेड़ों की बीच तुम अपनी मनपसन्द नायिका के साथ हाथ में हाथ डाले चल रहे हो।" मुरलीधर ने यह कहकर उसकी तरफ देखा। वह मुस्कराने लगा। मित्रों ने गौर किया कि जहाँ ठहाका लगाना चाहिए था वहाँ पारस की मुस्कान एक सामान्य मुस्कराहट का जेबी संस्करण मात्र थी।

"कल्पना काहे की। सीधे इसे साकार करने में क्या दिक़्क़त है?" सम्पत ने बात आगे बढ़ायी। "तनिक विडम्बना देखो, नायिका की जगह हमारे जैसे तीन मुस्तण्डे साथ चल रहे हैं। जरा यह सोचो कि धुँध होती तो और भी अच्छा होता। जमाने की बुरी नज़र से बचे रहते।" पारस को अच्छा लगा लेकिन मन में घर बना चुका दुख

कोई जुआँ नहीं है जो किसी से कहकर बालों से निकाल कर मारते जाओ। यथार्थ रूपी राहू सुहाने सपनों को निगलने के लिए कुख्यात है। इलाहाबाद की वीथिकाओं का मानचित्र सबको कण्ठस्थ था। इसलिए वे देर तक तफरीह करते रहे। सड़क पर नये बने पक्के फुटपाथ के पत्थरों के मध्य घास के गुच्छे जिद्दी बालक की तरह अनामन्त्रित उगे हुए थे। कम्पनी बाग में पहुँचकर पारस को अच्छा लगा। वहाँ स्थापित तोपों को देखते हुए मित्र-मण्डली सघन पेड़ों के बीच बने रास्ते को पार करने लगे। पेड़ों को निहारते रहना पारस को पसन्द था। मित्रों ने पाया कि उसके जैसा अरण्य प्रेमी शायद ही कोई होगा जो शहर के बीचोबीच हरियाली में शान्ति पाता है। पेड़ के कोपलों जैसे कोमलतम अवयव पर प्रखर सूर्य की रश्मियाँ फैली थीं।

हरियाली को अर्निनिमेष निहारता पारस बोल उठा, "रोम के दार्शनिक सिसरो का कहना था कि अगर आपके पास एक बगीचा और लाइब्रेरी है तो इसका मतलब है कि ज़रूरत की सारी चीज़ें उपलब्ध हैं।"

सब उसकी ओर देखने लगे। "इसमें मित्रों और किसी सुन्दर नारी को भी जोड़ लो। ये दार्शनिक लोग सारी बात नहीं बतायेंगे।" चौधरी ने चटपट प्रतिक्रिया प्रकट की।

चौधरी ने पास से गुज़रते एक व्यक्ति को रोककर अपने मोबाइल से ग्रुप फोटो खींचने को कहा। उसके बाद उसने खुद धड़ाधड़ आसपास के वृक्ष और वनस्पतियों की तस्वीरें लेनी शुरू की। सम्पत उसके इस उपक्रम को देखकर आदत के अनुरूप बोल पड़ा। "ऐसा लगता है कि तुम कम्पनी बाग की हरियाली के डेढ़-दो लाख फोटो खड़े-खड़े खींच लोगे। फिर इन्हें फेसबुक, व्हाटसएप, इंस्टाग्राम आदि पर पोस्ट कर ऐसा आतंक फैलाओगे कि पशु-पक्षी बेचारे सूसू-पॉटी करने से पहले हज़ार बार सोचेंगे कि चौधरी साहब कहीं हमें फेमस न कर दें।"

कम्पनी बाग में घास पर बैठकर सबको अच्छा लग रहा था। आँखों के सामने काजल की लकीर की भाँति फैली पेड़ों की पंक्तियाँ अच्छी लग रही थीं। भीड़भाड़ के बीचोबीच कुदरत की कशिश अपने प्रेमियों को आकर्षित कर रही थी। सम्पत पर अभी तक पारस की बात का असर था। वह घास के ऊपरी सिरे को तोड़कर यूँ ही उँगलियों में फिराता हुआ बोला, "जो बात आज से बीस साल पहले सही मानी जाती थी, आज जरा उसका हाल देखिए। लोग हँसते हैं। जरा यह सोचिए कि जब आज उनकी पूछ नहीं है तो आज से बीस साल बाद उन बातों को कौन याद करेगा। हर बात को अपडेट करते रहना पड़ता है।" अपनी बात का असर देखने के लिए उसने औरों की ओर देखा और आगे कहा, "दुनिया हर बार आपके प्रति बड़े दिल वाली नहीं साबित होगी। इसलिए मार्जिन ऑफ़ एरर लेकर चलिए।"

मुरलीधर ने सम्पत की पीठ थपथपाकर उसे शाबाशी दी। "जीओ प्यारे। दुश्मनों की उम्र लेकर जीओ। दरअसल यह दुनिया बहुत बड़ी और अजीब है। जिससे तलाक लेने को कोई अदालत के अन्दर-बाहर कर रहा है, वकील को मोटी फीस दे रहा है, उसी से कोई शादी करने को बेताब है। कोई शरीर से टैटू निकलवाना चाहता है तो कोई उसे अपने बदन पर सजाने के लिए मुँह माँगी क़ीमत देने को तैयार बैठा है।"

चौधरी अब तक बस सबकी बात सुन रहा था। लेकिन अन्त में उससे रहा नहीं गया। "देखो भाई लोग, मैं तुम सब जितना समझदार नहीं हूँ लेकिन एक बात मेरी भी सुन लो। तबसे मैं यूँ ही मगरमच्छ जैसा मुँह खोलकर धूप नहीं सेंक रहा हूँ। रामजी को वनवास कैकेयी के कहने पर मिला या महर्षि वाल्मीकि की कलम से? आख़िर रामायण लिखने वाले तो वही थे। पात्रों और कहानी के रचयिता ही सब कुछ करता है। और हम आप आज तक मंथरा और कैकेयी को कोसते हैं।"

सहसा सम्पत ने मुरलीधर को लक्ष्य करके कहा, "मेरे लिए मिथिला की ब्राह्मण कन्या ढूँढ़ दो। आभारी रहूँगा।"

मुरलीधर ने चौंकने का अभिनय करते हुए अन्य लोगों पर इस कथन का प्रभाव देखने के लिए दृष्टि डाली। वह थोड़े दिन पहले कुछ समय दिल्ली रहकर आया था। "सॉरी ब्रो, मेरी पहुँच बस एन.सी.आर. तक सीमित है। यह घटोकच शायद इस बारे में तुम्हारी कुछ मदद कर सके।"

चौधरी ने हाथ हिलाते हुए इनकार किया। "यू.पी. की कन्या की बात करो तो मैं कुछ कर सकता हूँ। कर्मनाशा के उस पार जाकर अपने कर्म नष्ट नहीं करना चाहता। मिथिला जाकर तुम्हें खुद अपना प्रबन्ध करना होगा।"

सम्पत दुख भरे अन्दाज़ में बोलने का अभिनय करने लगा। "ऐसे मित्रों से कोई क्या उम्मीद करेगा।"

अन्त में सान्त्वना के तौर पर मुरलीधर ने पूछा। "तुम व्हाट्सएप पर हो?"

सम्पत ऐसा प्रदर्शित करने लगा मानो नयी आस जगी हो। "मैं सर्वत्र हूँ। व्हाट्सएप, इंस्टा, ट्विटर, फेसबुक...हर जगह।"

"चलो ठीक है। तुम्हें प्रोफाइल भेजता हूँ।"

"शुक्र है...मान गया कि भगवान है।"

चौधरी ने इस अवसर पर अपनी ओर से टुकड़ा जोड़ना प्रासंगिक समझा। "तुम्हें भगवान के अस्तित्व पर अब यकीन हुआ है। मैं तो तभी मान गया था जब पूरे इलाहाबाद में बिजली गुल थी तब सामने छत से एक कन्या ने मुझसे मुस्कराकर पूछा था कि क्या आपके यहाँ भी लाइट नहीं है।"

मुरलीधर घास पर अधलेटा हो गया। "देखना मैं भी पारस की तरह लेखक बनूँगा। बहुत हो गया। लेकिन मैं पूरी दुनिया के कामकाज का लेखा-जोखा रखने वाला मुनीम नहीं बनूँगा। मेरा विषय अलग होगा। हॉट एंड एक्ससाइटिंग।"

सम्पत उसकी ओर गौर से देखने लगा। "आशा है कि भारतीय परिवेश के अनुसार विषय में संशोधन करके लिखोगे।"

"वह तो मैं भूल ही गया। बिल्कुल नीट परोसूँगा...बिना वाटर और सोडा के। पारस महान लेखक है तो हम भी एक विकासशील राइटर हैं। पाँच मिनट में एक कविता और बीस मिनट में एक कहानी लिख डालूँगा। एडवांस मिल जाये तो महीने भर में उपन्यास लिख मारेंगे।"

पारस विचारमग्न मुद्रा में बोला, "हर इंसान के चेहरे पर उसकी कहानी लिखी होती है। उसे देखकर लिखा जा सकता है।"

चौधरी औंधा लेटा था। यह सुनकर सीधा बैठ गया। पारस की ओर मुखातिब होने से पहले उसने बारी-बारी से सम्पत और मुरलीधर को घूरा।

"हमारी ओर मत देखो।" सम्पत बोला, "इसमें हमारा क्या दोष है?"

"नहीं-नहीं, तुम लोग बिल्कुल निर्दोष हो। यह सब जलवायु परिवर्तन के कारण है।" फिर वह पारस की तरफ मुड़कर कहने लगा, "इतना लिखने की जहमत मत उठाना तपस्वी। धरती पहले ही असंख्य किताबों के बोझ तले बेहाल है। बेचारी और ज़्यादा पाण्डुलिपियों का वज़न झेल नहीं पायेगी। लगता है कि इसी कारण प्लेटो ने अपने रिपब्लिक में कवियों को शामिल नहीं किया होगा।"

चौधरी अपनी बात कहकर घास पर पूरा लेट गया। आँखें बन्द करके उसने सबको सम्बोधित किया। "जब शेषनाग का फण डोलने लगे तब मुझे जगाना।"

झाड़ियों से सरसराने की ध्वनि सुनकर घास पर बैठे मित्रों का ध्यान आकर्षित हुआ। "साँप-वाँप न हो।" सम्पत ने आशंका प्रगट की।

"हो सकता है।" मुरलीधर ने सबको उठने का इशारा किया।

"कम्पनी बाग में साँप कहाँ से आयेगा।" चौधरी बोला।

"क्यों वीर घटोत्कच, यहाँ साँप के आने पर रोक लगी है?" सम्पत अपने कपड़े से घास के तिनके झाड़ रहा था।

"नहीं लथपथ डियर रोक किसी पर नहीं है। चाहे साँप हो या प्रेमी जन। पर यहाँ के साँप भी गांधीवादी टाइप होते हैं। उनकी पूँछ को पाँव से दबा दो तो भी वे काटेंगे नहीं। उलटे खुद सॉरी कहकर सरक लेंगे। लेकिन फिर भी मेरा मशविरा है कि अगर वह काँटे तो आदमी को तुरन्त अस्पताल ले जाओ।"

चौधरी दिल खोलकर हँसा। "इस मशविरे के लिए आपका कैसे शुक्रिया अदा करूँ यह समझ में नहीं आ रहा है। आँखों से भादो के हथिया नक्षत्र वाली बारिश को बड़ी मुश्किल से रोक पा रहा हूँ। न बताते तो मैं अस्पताल के बदले सिविल लाइंस में सिनेमा दिखाने ले जाता।"

बाहर निकलकर चाय पीने के बाद सर्वसम्मति से यह निर्णय लिया गया कि सिविल लाइंस के हनुमान मन्दिर के पास चाट खाकर इस दिवस का समापन किया जाये। सम्पत ने रिक्शा करने का प्रस्ताव करके सबके मन की बात कर दी। बेजान पहिया ताक़तवर पैरों से ज़्यादा काम का होता है।

चाट के दोने पर दोने मँगाये जाने लगे। "सिविल लाइंस इलाहाबाद का दिल है।" सम्पत ने कहा।

"दिल का तो पता नहीं पर पेट ज़रूर है।" पारस चाट के ठेलों को देखकर प्रतिक्रिया स्वरूप बोला। लोगों ने उसकी ओर निगाहें फेरी।

"और ड्राइंग रूम भी है।" चौधरी ने मुँह में आलू की टिक्की भरे हुए टुकड़ा जोड़ा।

पारस आगे कहने लगा, "हमारे देश में खान-पान और व्यंजन को लेकर तमाम तरह की भ्रान्तियाँ हैं।"

"सो कैसे?" चौधरी ने चाट का तीसरा दोना अभी-अभी समाप्त किया था।

"अगर तुम माल पुआ खाओगे तो लोग कहेंगे कि कमबख्त पूँजीवादी है। गरीबों का शोषण कर तरमाल उड़ा रहा है। चाट खाने पर बोलेंगे कि इसका अपनी इन्द्रियों पर नियन्त्रण नहीं है। हाँ अलबत्ता खिचड़ी के सेवन को ज़रूर सात्विक और संयमित मनुष्य का चिह्न माना जाता है।"

बाक़ी तीनों एक-दूसरे का चेहरा देखने के बाद पारस को निहारने लगे। बात तो पते की है। मुरलीधर ने चाट वाले को एक और दही-भल्ले लगाने को कहकर अपनी जिज्ञासा जाहिर की। "और जो लोग दिन भर नीबू-पानी पर निकाल देते हैं उन्हें क्या कहोगे?"

"इसमें कहना क्या है। ऐसे लोग सप्तर्षियों की श्रेणी में रखे जायेंगे।" सम्पत ने जवाब दिया। अपनी बात पर ख़ुश होते हुए वह आगे कहने लगा, "अच्छी चीज़ सुनाने पर दाद ज़रूरी है हजूर। वरना बात आगे कैसे बढ़ेगी।"

चौधरी ने गोल-गप्पों की ओर हसरत भरी निगाह फेरी। "भई मलाई खाने वालों के बारे में भी जरा दो शब्द कहो। मलाईदार पोस्ट, मन्त्रालय आदि भी इसके नाम पर पड़े हैं। धन्य है हमारा यह देश।" पारस को सम्बोधित करके उसने कहा, "किसी महापुरुष ने इस बारे में कुछ कहा हो तो बताइए।"

"महापुरुषों की कही गयी बातों के उठाईगीर देश में भरे पड़े हैं। फिलहाल दोस्तों के साथ हूँ इसलिए यह शोक त्याग कर खाने का आनन्द लेने का अवसर है।"

चौधरी ने इस विषय में अपना मत प्रकट करते हुए कहा, "प्रिय मित्रों मेरा यह दृढ़ विश्वास था कि खाने में बारे में हम हिन्दुस्तानी चाहे जितना भी पाखण्ड करें लेकिन मुफ़्त में मिलने पर उनके अन्दर का बकासुर जाग उठता है। यदि किसी माई के लाल को यह वहम है कि शादी-ब्याह में लोग-बाग प्रेम के वशीभूत होकर जाते हैं तो जरा कार्ड पर यह लिखकर देख ले कि समारोह में भोजन की व्यवस्था नहीं है। फिर देखते हैं कि पण्डाल में कितने हितैषी पहुँचते हैं। कमबख्तों को वर-वधू की शक्ल भले याद न हो लेकिन स्टार्टर और स्वीटडिश ज़िन्दगी भर स्मरण रहता है।

यह वक्तव्य सुनकर मुरलीधर ने पेट पर हाथ फेरते हुए कहा, "अति सुन्दर कथन। हम सभी अभिभूत हो गये। अब जरा ताज़ा ख़बर सुनिए। मेरे पेट में भी तिल रखने की भी जगह नहीं बची।"

चौधरी निरन्तर गोलगप्पों को मुँह में डालने की प्रक्रिया में व्यस्त था। "वेरी दुखद...इतनी जल्दी! तो फिर कनकऊआ उड़ाइए।" उसने उपहास किया।

"घर तक तो पहुँच जाओगे ना प्रभु या लादकर ले जाना पड़ेगा।" सम्पत भी गले तक भर चुका था।

मुरलीधर इन टीका-टिप्पणियों पर ताव खा गया। "घर भी सकुशल पहुँच जाऊँगा और घर का खाना भी खाऊँगा। तुम्हारी तरह बस चाट और गोलगप्पे से पेट भर कर रोटी मुक्त भारत का सपना नहीं देख रहा हूँ। अभी भी खाने और पचाने की कुव्वत रखता हूँ। डायटिंग के चक्कर में पड़कर अनमोल जीवन नष्ट मत करो। चौरासी लाख योनियों में मनुष्य योनि सर्वश्रेष्ठ मानी गयी है। इसलिए खाने वाली हर चीज़ को दबा के खाओ। वजन बढ़ने की चिन्ता अज्ञानता की पहचान है। कौन सा आपको ढोना है। जो कन्धा देगा वो जरा सा गरिआयेगा ही ना। इन सब बातों पर बुद्धिमान व्यक्ति शोक नहीं करते हैं।"

"धन्य हो प्रभु।" सम्पत ने नाटकीय अन्दाज़ में हाथ से उसके घुटने का स्पर्श किया।

चौधरी ने गोलगप्पों का मोह त्याग कर दही भल्ले पर ध्यान केन्द्रित किया। "आम दिनों में आम आदमी जैसा सेंचुरी मार देना मामूली बात है लेकिन कयामत के दिन राजसूय यज्ञ सम्पन्न करना बिल्कुल दूसरी चीज़ है। हम वो बला हैं जो गाँव में शर्त लगाकर लड्डू खाने की प्रतियोगिता जीत चुके हैं।"

अन्त में पारस ने मुँह खोला, "आज हम सबने बुर्जुआ होने का ख़ूब लुत्फ़ उठाया।"

मुरलीधर ने हैरत का अभिनय किया। "क्या बात कर रहे हो? इलाहाबादी का यही स्वभाव है। ऐश करने का यह ठेठ स्टाइल है।"

पारस कुछ सोचता हुआ बोला, "दुनिया में लोग ज़्यादा हैं और चीज़ें कम। हम जब भी किसी चीज़ का इस्तेमाल करते हैं तो औरों की ईर्ष्या का शिकार होने की आशंका रहती है। आख़िर वे भी उसी चीज़ के तलबगार होंगे।"

लोगों को ऐसे अवसर पर इस प्रकार की दार्शनिक बात नहीं सुहायी। चौधरी चट से पेट पर हाथ फेरता हुआ बोला, "भई फिर उत्पादन बढ़ाइए। हम जैसे भुक्खड़ों को नज़र लगाना अच्छी बात नहीं है।"

दिन भर साथ गुजारने के बाद विदा के वक़्त पारस बोला, "तो तुम सब जा रहे हो।" मित्रों के आने उसके डेरे को जैसे सूतक से छूटकारा मिला था।

मित्रगण एक-दूसरे का मुँह निहारने लगे। संवेदनशील इंसान को पल्लवग्राही समाज क्या समझेगा। मुरलीधर ने उसका हाथ थामा। "हाँ, लेकिन हम लोग कोई कुम्भ मेला नहीं हैं कि छह या बारह साल पर दुबारा आयेंगे। हर रोज मुलाकात होती रहेगी।"

तेजस्वी ललाट पर देदीप्यमान तेज होना चाहिए। चिन्ता की रेखाओं और अवसाद के चिह्न के लिए यहाँ कोई स्थान नहीं है। पीड़ा को बिना परिहास में बदले उससे निजात पाना कहाँ मुमकिन है।

27

युद्ध में छल और विवेक बहुधा समानार्थी हो जाते हैं। घर में ललित देवी और कुन्दन का अल्पतन्त्र धड़ल्ले से चल रहा था।

पहुँचा हुआ इंसान सरौता से अपनी उँगलियाँ अछूती रखते हुए सुपारी की महीन कतरियों काटता है। स्वयं को सुरक्षित रखकर लक्ष्य सन्धान करना गिने-चुने कर पाते हैं। वरना गुत्थम-गुत्था होकर अपने को चोटिल और धूल-धूसरित तो हर कोई कर लेगा। माँ-बाप दोनों के थे लेकिन उनके दिमाग़ पर नियन्त्रण बस कुन्दन का है। वह दूसरे के कमान से शर सन्धान की विद्या में निष्णात है।

"पारस शहर में अलग रहकर भी बिना घर से पैसा माँगे गुजारा नहीं कर पायेगा।" कुन्दन ने गुरु-गम्भीर मुद्रा अख्तियार करके कहा भविष्य की आशंका

व्यक्त की। "जब आदमी की अपनी कोई खास आमदनी नहीं होती है तो उसे घर से पैसे का इस्तेमाल करने का पूरा चांस होता है।"

"क्यों लेक्चरर की तनख्वाह इतनी कम नहीं होती है। हमारे पास कुबेर का खजाना नहीं गड़ा हुआ है।" ललिता देवी चट से बोलीं, "बिना मेरी इजाजत के घर से एक चवन्नी भी किसी को नहीं मिलेगी।" पहले वाक्य में असहमति निहित थी लेकिन उत्तरार्द्ध कुन्दन से सहमति दर्शा रहा था।

"पारस हमेशा इसी फिराक में रहता है कि घर से मोटी रकम वसूले।" उँगली से कान खोदते हुए कुन्दन ने अपनी गम्भीर मुद्रा का परित्याग कर दिया। "अब देखो ना, न जाने कौन-कौन सी मोटी-मोटी किताबें मँगवायी हैं। कॉलेज की पढ़ाई खत्म होने के बाद अब शौक़िया किताबें पढ़ी जा रही हैं।" उसे इस बात की ख़ुशी थी कि वह ललिता देवी के दिमाग़ में इंसान को एक बही-खाता के रूप में परिवर्तित करने में वह सफल रहा है। ग़लतबयानी करने के लिए अनचाहे तथ्यों को छिपाया और अपने मतलब की बातों को अतिरंजित किया जाता है। बात की दुर्व्याख्या भी इसका एक अभिन्न अंग है। दुनिया में वर्चस्व स्थापित करने के लिए भेष बदलना पड़ता है। ललिता देवी ने तथ्यात्मक दृष्टि से इस नितान्त असत्य बात पर कोई सवाल नहीं उठाया।

"देखा जाये तो उसका इस घर से रिश्ता बस माया का है।" कुन्दन ने इतने धीमे स्वर में यह वाक्य उच्चारित किया मानो कहते हुए बेहद संकोचग्रस्त हो। उसके मन में यह धारणा रची-बसी थी कि किताबों में समय बरबाद करने वाले कभी ऊपर नहीं उठ पाते। लेकिन बिना हाथ-पैर डुलाये बाप-दादा की कमाई ऐसे लोगों को मिलना ठीक नहीं है। यह केवल अक्ल वाले के हिस्से आना चाहिए। उसे अपनी धनाग्राही परियोजनाओं हेतु पूँजी की आवश्यकता थी। इसके लिए कोठी की डिफेक्टो मुखिया ललिता देवी का विश्वास और डिजुरे मुखिया गगनबिहारी जी की औपचारिक सहमति ज़रूरी थी। किसी भी प्रकार की वित्तीय ओझागिरी ललिता देवी के भरोसे को दरका सकता है इसलिए मनोवैज्ञानिक कीमियागिरी अधिक कारगर विधि प्रतीत होती थी। वह सम्भावित क्षति की अभी से क्षतिपूर्ति का प्रबन्ध करना चाहता था। पारस बस नौकरी के ही लायक है। बेशुमार पैसा व्यापार में जो उसके बस का कहाँ। भाग्य का इतना बलवान है कि कफन की दुकान भी खोलेगा तो लोग मरना बन्द कर देंगे। मासिक वृत्ति ग्रहण करने वाले की अर्थ की अतिरिक्त आमद की अभिलाषा लक्ष्मी जी पूर्ण नहीं करती हैं। यह केवल व्यापारिक विधियों से सम्भव है।

कान में उड़ेला गया विष हलक के नीचे उतरे विष से कम ज़हरीला थोड़े ना होता है। कुन्दन की बात ब्रह्मवाक्य मानी जाती। यह पारस न जाने कौन सी क्रान्ति

करने की सोच रहा है। कोई कायदे का काम नहीं कर सकता। आसमान में बेकार की कलाबाजी को उड़ना नहीं कहा जा सकता। ज़मीन पर पैर टिकाये बग़ैर जनाब दुनिया बदलने चले हैं। कुन्दन ने घर में बताया कि अगर पारस गलती से वापस आ भी गया तो दो-चार दिन में फिर चला जायेगा क्योंकि उसकी आदत अकेले रहने की बन गयी है। आख़िर घर में भी वह कहाँ सबके साथ रहता था। बेहद संकीर्ण और अति परिचित जगत में रहते हुए भी दुनिया-समाज के मिजाज, प्रगति और आविष्कारों से अनजान रहा।

ललितादेवी ने अपने पति के उतरे हुए मुख पर उचटती नज़र डालते हुए कहा, "हमने किसी को जाने को नहीं कहा था। चौपाया को बाँधा जा सकता है, दोपाया को कैसे रोका जाये?"

सुविचारित विधि से निर्मित राजमार्ग को त्यागकर टेढ़ी-मेढ़ी पगडंडियों और अज्ञात सुरंगों में घुसना कहाँ की अक्लमन्दी है।

खड़े का खालसा होता है। जो तस्वीर से बाहर हुआ उसे कौन याद करता है। सामने कुन्दन था। पारस अपना पक्ष प्रस्तुत करने को उपस्थित नहीं था। कुन्दन माँ-बाप के कानों में घृणा का अहर्निश मन्त्रोच्चार कर रहा था। वह शहद में चीनी जैसा एक गुप्त घटक के रूप में विद्यमान था। कोई इस हानिकारक मिलावट को भाँप नहीं पा रहा था। पिता के मन में भी पारस के प्रति एक कला भर शेष कृष्ण पक्ष की चर्तुदशी का चन्द्र समान स्नेह ही बचा रह पाया।

"हमारे घर में में माया की कमी नहीं है, "ललिता देवी सगर्व बोलीं, "लेकिन अगर पीपे में तेल पूरा ऊपर तक भरा हुआ है तो इसका यह मतलब नहीं कि पहाड़ को पोता जाये।"

"अब मैं क्या करूँ?" गगनबिहारी जी भ्रमित हो गये। "दोनों ही घर के बेटे हैं। थोड़ा-कम ज़्यादा सबमें होता है। एक जैसी बात सबके साथ कहाँ मिलती है। कोई किसी बात में आगे होता है तो कोई किसी और चीज़ में। बस इतनी सलाह दूँगा कि सब मिलकर रहे।" इतना कहकर वे यह उम्मीद करने लगे कि वस्तुस्थिति का सही आकलन हो गया है।

ललिता देवी काल भैरव की मुद्रा अख्तियार करके उन्हें घूरने लगीं। सोच रही थीं कि पति महाशय का नाम किंकर्तव्यविमूढ़ क्यों न रख दिया जाये। अन्धा आगे रस्सी बट रहा है और पीछे से बछड़ा उसे खाता जा रहा है। बातें ऐसी करते हैं कि न वृहस्पति की समझ में आयेगी और न शुक्राचार्य के पल्ले पड़ेगा। अब यहाँ कोई ऋषि-मुनि या प्रजापति तो बैठा नहीं है जो समझ जाये। "अपनी नसीहत को पत्तल पर शहद लगाकर चींटी के बिल के पास रख दीजिए।" वे मन्द स्वर में गुर्रायीं।

वे पारस के गुणों का उल्लेख करते हुए कुछ सकारात्मक बात करना चाहते थे परन्तु घरवाली की प्रतिक्रिया के बारे में सोचकर साहस नहीं जुटा सके। अन्ततः मन के शुभ विचार अपने ही संशय का आखेट बनकर अल्पजीवी सिद्ध हुए। गगनबिहारी जी के लिए माहौल पूर्णतया गणितीय हो गया। पारस अनुपस्थित है। घर के शेष सदस्यों से कलह में पार पाना उनके बस का नहीं है। बात सही-गलत से पहले स्वयं का अधोवस्त्र हरण टालने की है। उनका तार्किक प्रतीत होने वाला कथन भी धर्मपत्नी की प्रतिक्रिया के सम्मुख सूर्योदय के पश्चात् तारामण्डल की तरह प्रभावहीन हो जायेगा। इस मुद्दे पर नीति संगत दृष्टिकोण अपनाने पर उनकी गृहस्थी दक्षिण दिशा में प्रस्थान कर जायेगी। घर वाली की इस शनि दृष्टि से आतंकित होकर आख़िरकार वे तिक्त स्वर में बोले, "पारस घर का सबसे बड़ा लड़का है। उसे अपनी ज़िम्मेवारी समझनी होगी।" बोलते हुए उनकी आँखें लगभग मूँद गयीं। न जाने कब तक घर में यह ग्रह दशा रहेगी। अन्तस में चाहे औलाद के लिए गन्ने की मिठास घुली हो परन्तु माहौल के कैदी होकर उनके बोल नीम की बौर जैसे कड़वे हो गये।

ललिता देवी तपाक से बोलीं, "मैं तो आपको और आपकी पहली औलाद को घर का मेम्बर ही नहीं मानती।" अपमान के आदी होने के पश्चात् भी वे अवाक रह गये। गुस्से से उनका शरीर थर्राया परन्तु इस शारीरिक और मानसिक दशा का घर की मालकिन पर रत्ती भर भी प्रभाव नहीं पड़ा। यह थर्राहट उनके देह तक सीमित रही। मुखाकृति दमित क्रोध, स्त्री के प्रति भय, विवशता आदि परस्पर विरोधी भाव रूपी कीचड़ से मलीन हो गया। कुछ बोलने के लिए मुँह खोला परन्तु शब्द कण्ठ में फँस गये। काफ़ी देर बाद प्रकृतिस्थ होने पर कहा, "मुझसे जितना बन पड़ता है करता हूँ।"

"अब आप इस उम्र में चुटिया कटाकर आधुनिक होने से रहे। सतजुग में पेड़ से गिरे फूल को हाथ में लोक लिया जाता था। इस कलजुग में फूल तोड़ना पड़ता है। पेड़-पौधे इतने दरियादिल नहीं रहे कि आपकी शक्ल देखकर फूल गिरा देंगे। यहाँ घर पर आप बिना हाथ-पाँव डुलाये सोचते होंगे कि बेचारे औलाद का मुँह बाहर का खाना खाकर छिल गया होगा। सच पूछो तो इमली का बीज निचोड़ने से तेल नहीं निकलता है। वह भी आपकी तरह किसी काम का नहीं है।" ललिता देवी के स्वर की कर्कशता मन्द पड़ने का नाम नहीं ले रही थी। गगनबिहारी जी को लग रहा था कि इस घर में बस मुँह में पान डालकर बैठे रहना सर्वश्रेष्ठ नीति है।

कुन्दन इस अनुकूल वाणी को सुनकर प्रसन्न हुआ। उसका अनुमान सही साबित हुआ। पिता से कोई खटका नहीं है। वे इतने रक्षात्मक हैं कि फ़ोटो कॉपी को भी कंपेअर कर तसल्ली करेंगे। वे अन्ततः पिघले हुए घी की तरह जिधर हम चाहेंगे उसी ओर बहेंगे। संकल्प शक्ति से विहीन पिता के प्रति सम्मान व्यक्त करना

नित्यकर्म सम बाध्यता नहीं है। कुदरत के कठोरतम क्वालिटी टेस्ट के बीच उत्तीर्ण होकर प्रतिस्पर्धी को सफल मानना चाहिए न कि आत्मा-परमात्मा को। यह कोई हॉलीवुड फ़िल्म थोड़े ना है कि सुपर रोबोट को नश्वर मानव से हारता दिखाया जाता है। जमाना हमेशा से चादर बुनने और ओढ़कर ढँकने वालों का रहा है। अक्ल से पैदल किताब और कला में शरण ढूँढ़ते हैं। किसी संदिग्ध या अनिश्चित परिणाम के लिए हाय-तौबा करने वाला मूर्ख ही होगा। वह नाटकीय भंगिमा में विश्वास नहीं करता है। धीरज से बस मौका आने पर वार करता है। पारस जैसे विधि विहीन परिश्रम करने वाले लक्ष्मी के कृपापात्र कभी नहीं बन सकते हैं। स्तुतियाँ निष्काम भक्ति कभी नहीं होती हैं। वर प्राप्ति की आकांक्षा अनिवार्य रूप से निहित होती है।

एक अथक कथावाचक की भाँति समय आख्यान प्रस्तुत करते और दास्तान सुनाते हुए व्यतीत हो रहा था।

28

विधायक जी के आवास पर बैठक में शामिल होकर कुन्दन स्वयं को कृतकृत्य समझ रहा था। विधायक के व्यसनी सुपुत्र को मनपसन्द मदिरा पान कराके उसे दरबार में जगह मिली थी। करीब घण्टे भर के पश्चात् आगन्तुकों से हल्की-फुल्की बातचीत से लेकर गम्भीर चर्चा तक में लीन विधायक जी का ध्यान कुन्दन की ओर गया। सुपुत्र ने उनकी प्रश्नवाचक निगाहों को भाँपकर फरमाया कि ये महाशय उसकी उठक-बैठक के साथी हैं और किसी काम के वास्ते पधारे हैं। नेतागण भली-भाँति परिचित थे कि गरजमन्द लोग उनके पास आते रहते हैं। सो उन्होंने इशारे से उससे आने का आशय पूछा।

ठण्डे स्वागत को दरकिनार करते हुए कुन्दन करीब-करीब लोटपोट होते हुए बोला, "सर जी मेरे शॉपिंग कॉम्प्लेक्स में कुछ लोग कब्जा करना चाहते हैं। बिना आपके आशीर्वाद के उनसे निपटना मुमकिन नहीं है।" कहते हुए उसके चेहरे पर बला की बेचारगी उभर आयी। विधायक जी ज़्यादा पढ़ा न होने के बावजूद बेहद गढ़े हुए थे। जमाने के कई रूप और हर जमाने में अनेकानेक व्यक्तियों की फितरत से वाक़िफ थे। कुन्दन की बेचारगी के बीच छिपी कुटिलता को भाँपने में उन्होंने ज़्यादा वक़्त नहीं लिया। एक सुपुत्र की ओर एक नज़र डालकर उसने कहा, "ठीक है हलके के हाकिमों को कह दूँगा। तुम्हारा काम हो जायेगा।" सुपुत्र की दृष्टि में

कुन्दन की भावी अहमियत को शायद उन्होंने पहचान लिया था।

कुन्दन मानो साष्टांग दण्डवत करने पर आमादा हो गया। महामाया बाबू का शिष्य रहकर वह यह ज्ञान प्राप्त कर चुका था कि जो फायदा पहुँचाने की स्थिति में हो उसके चरणों में बिछ जाना युग धर्म है। वह काफ़ी समय से इस काम का मानसिक रूप से अभ्यास कर रहा था। आज इस संवर्धित कौशल का प्रयोग करने का अवसर आया था। विधायक जी ने उसकी भाव-भंगिमा और शरीर-भाषा को खास तवज्जो नहीं दी। आश्वासन से तृप्त न होकर उसने बाहर आकर उनके बेटे से पूछा, "सुन्दर भाई अब कोई दिक़्क़त नहीं होगी ना?"

सुन्दर अपनी छोटी-छोटी आँखें यथासम्भव फैलाकर उसे जरा हेय दृष्टि से देखते हुए हल्के से हँसा। "तुम मेरे साथ बाबूजी के पास आये हो। फिर भी ऐसी मरी हुई बात कर रहे हो। लानत है। कोई हमसे जरा बोल के तो देखे। सलाद की तरह काट दूँगा।" एक बार ऐसा लगा कि वह लॉन में थूक कर अपनी हिकारत प्रकट करेगा लेकिन बस इतना कहा कि डरने की कोई ज़रूरत नहीं है। बस हमारे आदमी बन कर रहना। आँखों-आँखों में ही यह भी इशारा किया कि यथाशक्ति पार्टी फण्ड में चन्दा जमा कर दे।

सामर्थ्यवान के गले से निकली खराश की आवाज़ भी मादक प्रतीत होती है। कुन्दन के हाथों की हथेलियाँ जुड़वा बच्चों की भाँति जुड़ गयी। "हमारे भगवान बस विधायक जी हैं। सेवा-भाव देखकर आप मान जायेंगे कि सच्चा भक्त कैसा होता है।" उसके बाद वह विधायक जी के प्रत्येक आयोजन-प्रयोजन में स्वामिभक्त भृत्य की भाँति लगा रहा। विधायक जी के मन्दिर जाने पर उनके तथा अन्य गणमान्य लोगों की आड़ी-तिरछी रखी जूतियाँ-चप्पलों का खयाल रखने के लिए वह अन्दर न जाकर बाहर खड़ा रहता। इस तरह की अदाओं से कोई क्यों नहीं प्रभावित होगा। इस अदा पर अच्छे-अच्छे प्रभावित हो जाते। विधायक जी को माई-बाप समझकर वह गणेश जी की भाँति परिक्रमा करने को कमर कसे हुए था।

पहले कुन्दन की बात को धता बताकर उसे कई चक्कर खिलाने वाला प्रशासनिक तन्त्र सत्ता पक्ष के विधायक की बात के सम्मुख समस्त प्रक्रियागत नियमावली विस्मृत कर क्षमा स्तोत्र का पाठ करने लगा। विरोधी पक्ष के दावे को दरकिनार करके प्रशासन और पुलिस ने ज़मीन कुन्दन के पक्ष में करने का पुरज़ोर प्रयास किया। पुलिस के धमकाने का अनुकूल प्रभाव पड़ा। विरोधी शान्त हो गये। काम होने के बाद कुन्दन ने चतुर्दिक प्रचार किया। नियम-कानून साधारण जनता के लिए हैं। हमारे लिए ऊपर तक पहुँच हर काम की कुंजी है। सबके कान का मैल अच्छी तरह निकाल कर उन्हें दुरुस्त कर दिया है।

शॉपिंग कॉम्प्लेक्स को विस्तार देने के कार्य में बाधा आयी। विरोधी दो गाड़ियों पर सवार होकर आये। घबराहट के मारे कुन्दन ऐसे उछला मानो पैरों तले गेहुँअन साँप आ गया हो। कँपकँपाती उँगलियों से वह सुन्दर को मोबाइल मिलाने लगा। उसकी गुहार सुनकर सुन्दर जी खोलकर हँसा। "इतनी जल्दी क्यों घबराते हो। भगौने में पड़ी मछली भी कुछ देर ज़िन्दा रहती है। हमारे लोग पूरे शहर में मौजूद हैं। जरा मोबाइल से नज़र हटाकर देखो।"

कुन्दन ने हर तरफ निगाहें दौड़ायी लेकिन कुछ नहीं दिखा। "सुन्दर भाई, यहाँ कुछ नहीं है।"

"अरे तुम कोई चील-कौवे हो जो ऊपर से सब देख लोगे?" सुन्दर झुँझलाया। "हमारे आदमी पुलिस चौकी पर बैठे हैं। बस पहुँच रहे हैं। चुल्लू भर पानी पड़ने पर प्रलय आने जैसा चीख-पुकार मचा रहे हो।"

बात सही निकली। ऐसे बांके वक़्त विधायक जी के आदमी असलहे के साथ पहुँचे। डरे हुए कुन्दन की जान में जान आयी। "हमारे आदमी होकर तुम डर कर नहीं, शेर बनकर रहो। इस शहर में हमारी सरकार है। कानून हमारा चलता है।" सुन्दर सगर्व आत्मविश्वास से कह रहा था। "इलाहाबाद में अब किसी से डरने की ज़रूरत नहीं है। बस हमारा नाम ले लेना। तुम किसी छोटी-मोटी हस्ती के आदमी नहीं हो। कायदा-कानून हम ख़ूब मानते हैं लेकिन शान पर बात आयी तो मुहल्ला फूँक देना बहुत मामूली बात है।" बहादुरी की बाकायदा नुमाइश करने के लिए उसने बाँह तक कमीज की बाँहें खींच ली।

"सुन्दर भाई ऐसी बात बस आप ही कर सकते हैं।" कुन्दन प्रशस्ति गायन में लग गया।

आत्मविश्वास का घनघोर प्रदर्शन करते हुए सुन्दर बोला, "हमारी कोई ब्रांच तो दूर कोई पत्ता तक कहीं नहीं है। हम बस अपने क़िस्म के अकेले हैं।"

असलहों के साथ मुसटंडे गलबहियाँ किये खड़े थे। "हीरो जैसा पोज क्यों दे रहे हो?" सुन्दर ने परिहास किया। "सेल्फी लेनी है क्या?" विधायक पुत्र के बोल सुनकर वे फ़िल्मी विलेन जैसा ठहाका लगाने लगे। लगभग सभी जेलबन्धु रहे थे। आपस में पुराना याराना था।

विधायक जी सदैव सुलभ नहीं हो सकते हैं। सुन्दर उनके निर्वाचन क्षेत्र में अत्यन्त सक्रिय था। हवा देखकर पाल बाँधने में विश्वास रखने वाले कुन्दन ने उनके सुपुत्र से प्रगाढ़ यारी स्थापित करना बेहद ज़रूरी समझा। वह अक्सर उससे गाहे-बेगाहे मिलता। "सुन्दर भाई कृपा बनाये रखना।"

वह एहसान करने वाली मुद्रा में आशीषनुमा कथन उद्धृत करता। "अरे

खामखाह काहे हलकान रहते हो। दिन-रात सारंगी बजाते नज़र आते हो। कारोबार ठीक चल रहा है ना?"

"सब आपकी मेहरबानी है। अपनी छोटी सी जागीर है। रैयत को कितना भी कोड़े फटकारिए, खाने भर से ज़्यादा का जुगाड़ नहीं होता है।" उसने विनम्रता की चादर ओढ़ ली।

दुनिया वाले ज्वार-भाटा के अनुरूप चढ़ते-उतरते रहते होंगे। लेकिन विधायक जी का सितारा हमेशा बुलन्द रहेगा। आख़िर कल्पवृक्ष कहीं पतझड़ की चपेट में आता है। इतने बड़े दरबार का सिपहसालार होने के नाते उसका कोई क्या बिगाड़ लेगा। वह उनके गुडबुक में है। अब वे चाहे उसे नया देवता बना ले या आसमान का कोई नामी गिरामी तारा। कौन रोकने वाला है। जी कर रहा था कि वह देश के कोने-कोने में खरोष्ठी, देवनागरी और ब्राह्मी लिपियों में अपनी प्रशस्ति का शिलालेख गड़वा ले।

29

सतवीर के डेरे से लौटते हुए बालसन चौराहे पर सड़क के दूसरी ओर भोला दिखा। पारस ने उसे आवाज़ देकर कहा, "क्या ख़बर है भोला भाई? यहाँ कैसे?" बदले में हमेशा की तरह ज़ोरदार लहजे में जवाब न देकर वह रुक गया।

"भइया परेशानी में हूँ। इधर एक जान-पहचान वाले से मिलने आया हूँ।"

पारस यह सुनकर उसकी तरफ आ गया। "बात क्या है?"

"गुमटी पर रेलवे लाइन पार करते हुए मेरी दो भैंसे कटकर मर गयीं। यह ख़बर अख़बार में भी छपी है। एक-एक भैंस हाथी की तरह तगड़ी थीं। अपने गाँव से छाँट कर लाया था। हमारे यहाँ की अघायी भैंस भी तीन कठ्ठा चरती है। शहर जैसी नहीं थी कि बस चाय बनाने भर दूध देगी।" उसके चेहरे पर नुकसान का दुख इश्तिहार जैसा छपा हुआ था।

"ओह...!" पारस परदुख कातरता से भर गया। बेजुबान जानवर। वह इन्हीं का दूध पीता था। कुछ सोचने के पश्चात् उसने कहा, "प्रशासन से मुआवजे के बारे में कोई अर्जी लिखी?"

"इससे क्या होगा?" वह भकुआया देखता रहा।

"मैं लिखकर देता हूँ। आप बस पढ़कर दस्तखत कर देना।"

"भइया आप जो लिखेंगे उस पर हम आँख मूँद कर दस्तखत कर देंगे।" भोला ने हाथ जोड़े। "आप सोच रहे होंगे कि रास्ते में मिलते ही यह अपना रोना लेकर

बैठ गया। हम जैसों की ज़िन्दगी में दुख-व्याधि लगे रहते हैं। गाँव का आदमी ठहरा। लोटा झण्डी लेकर आँख झपकाते हर-हर गंगे करके नहाने वाला हूँ। परेशानी से क्या घबराना। ख़ैर! बताइए कि आपका क्या समाचार है।"

पारस गम्भीर हो गया। अपना समाचार वह उसे क्या बताये। लेकिन चुप नहीं रहा गया। "भोला भाई पैसा के लिए घर में लोग एक-दूसरे के बैरी हो जाते हैं।" वह ज़्यादा नहीं बोल पाया।

तर्जुबेकार आदमी ने अपने अनुभवजन्य ज्ञान से बात समझ ली। मन की बात बाहर करने का अर्थ है कि घर में सभी ग़ैर हैं। घर भौगोलिक रूप से विद्यमान होने के बावजूद भावात्मक रूप से अनुपस्थित था। भोला एक दिन दूध देने गोविन्दपुर गया था। उसने देखा कि कोठी के बाहर भण्डारा चल रहा है। खिदमतगारों को तत्परता बरतने का निर्देश देता कुन्दन खड़ा था। किसी परिचित ने भोला को भण्डारा में बुलाया। लेकिन वह हाथ जोड़कर रह गया। ऐसे आदमी का भण्डारा नहीं चखना है। "भइया वहाँ आपको न देखकर जाने का मन नहीं हुआ।" भोला बोला, "ऐसे भण्डारा में जाने का क्या फायदा, जहाँ अन्दर जाने पर हलवा खत्म मिले और बाहर निकलने पर चप्पल गायब दिखे।"

पारस के मुख पर उसकी बात सुनकर अनायास हँसी आ गयी।

एक कम पढ़ा-लिखा व्यक्ति तुलसी के बदले नागफनी को जल चढ़ाने वालों के घर में पाँव रखना पाप समझता है। अपने गँवई जीवनानुभव पर आकर्षक चारपहिया वाहनों के असर को हावी नहीं होने देगा।

भोला ने अपना हाथ उसके कन्धे पर धरा। "भइया आप ज़्यादा सोचा मत कीजिए। जो होगा अच्छा होगा। शहर में आपका यह भाई ज़िन्दा है।" उसने दूसरे हाथ से अपने सीने को ठोका। "हमको मालूम है कि आप कुछ करना चाहते हैं। देखियेगा आपको एक दिन ज़रूर कामयाबी मिलेगी।" वह परिणामवादी नज़रिया अपनाने के बजाय पारस के आन्तरिक गुण पर नज़र गड़ाये हुए था। अनपढ़ ग्वाला कोई निष्पक्ष तत्त्वदर्शी नहीं था लेकिन एक हमदर्द ज़रूर नज़र आया। जब इंसान स्वयं पर विश्वास खोने लगता है तो किसी और का उस पर भरोसा जताने डूबते को तिनके का सहारा साबित होता है।

सड़क के किनारे बातें करते हुए भोला ने अपना मत व्यक्त किया। "कुन्दन की नीयत का थोड़ा बहुत अन्दाज़ा हमें शुरू से था। ऐसा आदमी आसमान की तरफ घूरकर देख ले तो बादल बरसने की जगह दुम दबाकर भाग खड़े होंगे।" पारस को प्रतीत हुआ कि देहाती आदमी बाहर के बजाय अन्दर से ज़्यादा मुखर है।

पारस सोचता हुआ बोला, "मैं घर काफ़ी समय से नहीं गया हूँ। पिताजी का हाल-समाचार भी ढंग से मालूम नहीं है।"

मनुष्य विस्थापन में भी अपनी अयोध्या-काशी बसाना चाहता है। अपने मन में सदैव कैलाश और गोवर्धन पर्वत उठाकर चलता है। भोला उसके मन की बात समझकर आत्मीयतापूर्वक समझाने के अन्दाज़ में कहने लगा, "भइया बाबूजी के बारे में ज़्यादा परेशान मत होइए। आपके हाथ में कुछ नहीं है। हो सकता है कि वहाँ कुछ और खिचड़ी पक रही हो जिसका शायद आपको अन्दाज़ा तक न हो।"

"सो कैसे?" वह कुछ भी नहीं समझ पाया।

"जो अपनी जगह से चला गया, उसका सारा हक खत्म समझिए। उधर अन्दर ही अन्दर तैयारी चल रही होगी।" पारस के मुख पर दुविधा देखकर वह बोला, "भइया चोरी करते वक़्त भारी से भारी माल उठाते हुए भी चोर ज़ोर लगा के हईशा नहीं बोलता है नहीं तो लोग जग जायेंगे। बुरी नीयत वाले का हर काम अंधेरे में होता है। हमने दुनिया देखी है इसलिए हमारे सामने कोई अरबी-फारसी बोलेगा तो नहीं चलेगा। एक रोज कुन्दन रास्ते में गाड़ी रोककर पूछने लगा कि भोला भाई नमस्ते। हमारी हैरानी का ठिकाना नहीं रहा। सूरज पश्चिम से कैसे उग गया। घूमा-फिरा कर बात करने के बाद पूछने लगा कि पारस के बारे में कुछ पता है। हमने भी कोई जानकारी होने से साफ़ मना कर दिया।" दुनियादार इंसान को मालूम था कि कुन्दन के रूप में शैतान का रोआँ पृथ्वी पर मौजूद है। आसुरी स्वभाव वाले की सौम्यता भी छद्मावरण के सिवा कुछ नहीं है। मुस्कराहट की भी कायदे से जाँच-पड़ताल करने की ज़रूरत है। कहीं वह कोई दाँव न हो।

सामाजिक रिश्ते, ज़मीन-जायदाद आदि के पचड़े दीर्घकालिक मसले होते हैं। इनकी सार्थक परिणति अथवा नाइंसाफ़ी का हिसाब चुकाने में बरसों लग जाते हैं। अति लालच से वशीभूत पक्ष रिश्ते के ऊपर जायदाद को वरीयता देकर भविष्य को एक तरह से खारिज कर देता है। सामने बेशुमार दौलत हो तो आदमी को अपनी पीठ थपथपाने या दम लेने के लिए रुकना भी हराम लगता है। रिश्तों की बात छोड़िए।

पारस को कोठी एक गन्दले गड्ढे की तरह लगने लगी जिसे देखकर अन्दर का हाल समझ में नहीं आता था। बचपन की धुँधली याद सहसा कल की बात जैसी ताजी हो गयी। उसे सुखोबाई चाची की याद बड़ी शिद्दत से आ रही थी। जिस तरह पेड़ का हर पत्ता कार्बन डाईऑक्साइड सोखता है, वे कुटुम्ब के वैमनस्य रूपी

विष की प्रत्येक बूँद को ग्रहण कर वातावरण निर्मल रखने का हर सम्भव प्रयत्न करती थीं। झगड़ा पहले भी हुआ करता था। आज से भी ज़्यादा पचड़े थे, लेकिन तब शायद दिलों में शिकायत मात्र थी, धोखा नहीं। मान-मनौवल करने वाला कोई होता था। चाची का उसको दूध रोटी खिलाना, स्कूल के लिए तैयार करना, सब कुछ उसमें समाकर अमिट और अविस्मरणीय होता जा रहा था।

आख़िर उसे घर से मिला क्या है? जिस बाग के फल हाथ ऊपर करने या उछलने के बाद भी हाथ न आये वह दरअसल सब्जबाग के सिवा कुछ नहीं होता है।

भोला आत्मीयता से उसके कन्धे पर हाथ रखकर कहने लगा, "ज़्यादा मत सोचिए भइया। सब कुछ हड़प कर भी वह सुखी नहीं रहेगा। अमृत पीकर भी राहू के भाग्य में भटकना लिखा है और विषपान करके भी शंकर भगवान नीलकण्ठ कहलाते हैं। जातिवन्त घोड़ा भला बैठता थोड़े ना है। एक दिन आप कहाँ-से-कहाँ पहुँच जायेंगे और वह अपने नर्क में सड़ता रहेगा। आप जहाँ भी रहे हमें मत भूलिएगा। एकाध लोगों के ख़राब होने से दुनिया बुरी नहीं हो जाती है। अब अपने शहर इलाहाबाद को लीजिए। सड़क पर पड़े गोबर से इस शहर को समझना ठीक नहीं है। खुद ज़्यादा पढ़ा नहीं हूँ लेकिन जानता हूँ कि यह शहर एक से एक विद्वानों का है।" अपनी बात कहने के बाद वह नेत्रों में किसी स्वजन की चिन्ता और मनुहार भरकर उसे एकटक देखता रहा। इलाहाबाद विश्वविद्यालय का प्रवक्ता अनपढ़ ग्वाला का विनीत श्रोता बन गया। विदा होते वक़्त भोला कहता गया, "भइया, सीता जी भगवान राम का वरण करती हैं और रुक्मिणी जी भगवान कृष्ण को। रावण, बाणासुर या शिशुपाल को नहीं। रावण कुबेर की सम्पत्ति छीनकर सोने की लंका भले बना ले लेकिन लक्ष्मी जी हमेशा विष्णु भगवान की ही रहेंगी।"

पारस निशब्द सब कुछ सुनता रहा। कोठियों में सभ्य लोग रहते होंगे परन्तु इंसान खपरैल वाली छत के घरों में बसते हैं। सारी बातें बुद्धिमानों के सत्संग से नहीं मालूम होती हैं। कुछेक को जानने-समझने के लिए अनपढ़ों की संगति ज़रूरी है।

समय का चक्करी का क्या भरोसा। यह ऐसे घूमती है कि स्वर्ण और शक्ति का दर्प काल के अनन्त गर्त में विलीन हो जाता है। बस मुट्ठी भर अन्न और अँजुली भर जल से त्राण मिलता है। पैसा मानव निर्मित उपकरण है। कुदरत और इंसानी रिश्ते सृष्टि में पहले से मौजूद हैं। उनकी बलि देकर बेजान उपकरण इकट्ठा करना कहाँ की समझदारी है।

समस्त स्वजनों-सुजानों से निराश होकर वह अपनापन की तलाश में औरों से अपेक्षा करने लगा। अन्त्यज और अभिजात्य के अनुराग की पृष्ठभूमि यही थी।

30

अतिशय गति बहुधा गतिहीन दिखती है। जैसे लट्टू बहुत तेज नाचने के कारण स्थिर प्रतीत होता है। कुन्दन भौतिक प्रगति के उच्चतर सोपान का निरन्तर आरोहण कर रहा था। वैसे से प्रारम्भ से ही स्पष्ट था कि यह स्तर सम्बन्धी परिवर्तन है, दृष्टिकोण सम्बन्धी नहीं।

शॉपिंग कॉम्पलेक्स का काम पूरा होने के उपलक्ष्य में कुन्दन ने जो आयोजन किया उसमें शहर के हूज हू को चुन-चुनकर बुलाने का सराहनीय प्रयास किया गया। प्रत्येक छोटे-से-छोटे मामले पर पागलों की तरह ध्यान दिया गया। अगर गणमान्य अतिथियों की निगाह किसी चूक या गन्दे कोने पर पड़ गयी तो इज्जत का कचरा हो जायेगा। वह आयोजन के प्रबन्ध में दुर्योधन की जाँघ की तरह कुछ भी कच्ची नहीं छोड़ना चाहता था। मन्त्री जी भले व्यस्तता की वजह से नहीं आये लेकिन उनके पी.ए. साहब पधारे। विधायक जी का सपत्नीक आना सोने में सुहागा था। उनके सफ़ेद झक्क कुरते पर लाल रंग की सदरी अत्यन्त फब रही थी। दोनों हाथों की अनेक उँगलियों में भाँति-भाँति के रत्नों से युक्त अँगूठियाँ शोभायमान थीं। जेब में खोंचा हुआ पेन उनकी गरिमा को द्विगुणित कर रहा था। धर्मपत्नी ने अवसर के अनुरूप साड़ी का पल्लू सर पर ओढ़ रखा था।

"सर मेरा बस चले तो अपने दुकान के सामने की सड़क का नामकरण आपके नाम से कर दूँ।" जीते-जी इस नामकरण की बात करना चमचागिरी की पराकाष्ठा थी। आदर प्रगट करने और प्रशस्ति गायन हेतु वाक्य उसने कण्ठस्थ कर रखे थे लेकिन सड़क के नामकरण वाली बात प्रत्युत्पन्नमतित्व का अनुपम उदाहरण माना जायेगा। कुन्दन की दृष्टि में यह कथन युग-धर्म का पालन मात्र था। गम्भीर रहने वाले विधायक जी भी इस बात पर ज़ोर से हँस पड़े। तरक़्क़ी की खातिर नंगे को भी राजसी पोशाक से सुसज्जित मानकर उसकी पसन्द की दाद देनी चाहिए। जिसकी वजह से उनकी इज्जत और आमदनी दोनों में इजाफा होगा उसके प्रशस्ति गायन में लज्जा कैसी। पद प्रक्षालण में पटु भृत्य की भाँति जल से परिपूर्ण परात लाने को भी वह उद्यत था।

सब कुछ पैकेजिंग और प्रस्तुतीकरण पर निर्भर है। कैमरा, लाइट और ऐंगल सही हो तो तस्वीर में मामूली कस्बा भी सिंगापुर दिखने लगता है। मारुति को मर्सीडिज दिखाया जा सकता है। वह प्रदर्शनप्रियता के चरम सोपान का आरोहण करने को उद्यत था।

कुछ देर में डी.एम. साहब भी आ गये। कुन्दन के किसी परिचित के प्रयास से वे पधारे थे। वह फौरन उनकी अगवानी करने लपका। घड़ी भर काके दाबू पाँव वाली किंकर्तव्यविमूढ़ता की स्थिति में रहने के बाद उसने दोनों हस्तियों को अगल-बगल की कुर्सियों पर बैठाने में ऐतिहासिक सफलता प्राप्त की। इस उपलब्धि पर स्वयं अपनी पीठ थपथपाने के तीव्र इच्छा पर किसी प्रकार नियन्त्रण करके वह दोनों की यशगान में लग गया। दोनों माननीय अतिथियों की आवभगत करने के लिए वह कभी एक साथ तो कभी बारी-बारी से दोनों के मन के पन्ने पलटने लगा। बीच-बीच में वह फूलों की पंखुरियों से भी नाजुक लहजे में उनसे जलपान करने का निवेदन करता रहा। उसने एक फुर्तीले चाकर को ऐसे महत्त्वपूर्ण मौके के लिए अपना पार्श्वरक्षक बना रखा था। मान्यवरों के गुडबुक में स्थान सुरक्षित करने के लिए लँगोट धोने से लेकर देह दबाने तक की प्रक्रिया से गुज़रना पड़ता है। अभी भी उसे यह आशंका थी कि यदि कृतज्ञता प्रदर्शन में कहीं कोई कसर रह गयी तो ग्रह-नक्षत्र रुष्ट हो जायेंगे। इस सम्भावित न्यूनता को पूर्ण करने के लिए बात-बात में अपने मेरुदण्ड को कच्चे बाँस जैसा जितना झुका सकता था उतने कोण तक लाने के उपक्रम में लग गया।

सारे आयोजन-प्रयोजन के मध्य कुन्दन के आँखों में निहित कारोबारी काँइयाँपन विधायक जी की निगाहों से छिप नहीं सका।

असलहे का प्रबन्ध करने वालों से कुन्दन बात करते हुए अपने मन की बात नहीं रोक पाया। "पुलिस-प्रशासन का कितना भी बड़ा अफसर हो, होता तो वह बड़े बनियों का ख़रीदा हुआ चाकर ही ना। सोचो तो नेताओं का चुनाव अभियान भी क्या है। यह सौदाग़रों की थैली पर चलता है। देखना एक दिन शहर पर राज करूँगा।"

उसके मददगार एक-दूसरे की ओर देखकर अर्थपूर्ण इशारे करने लगे। सुन्दर का खास आदमी कुन्दन के मन की बात सुनकर रहस्यमय अन्दाज़ में मुस्करा रहा था।

कॉकटेल का प्रबन्ध होने के कारण शौक़ीन अपना शौक़ पूरा करने लगे। विधायक जी के अनुयायियों के कुछ पेग लगाने के बाद समारोह में भाषा का अवमूल्यन शुरू हो गया। जिसे अपशब्दों के विषय में आत्मनिर्भरता प्राप्त करना हो वह दो घड़ी ठहर कर इस उद्‌देश्य को पूरा का सकता था। कतिपय उत्साही जन हिन्दी गालियों का ध्वनि-साम्य उत्पन्न करने वाले आंग्ल शब्दों का उन्मुक्त प्रयोग में रत थे। देशज-विदेशज अनेक शब्द धनुष से छूटे बाण की तरह सनसनाते हुए निकल रहे थे। एक अनुयायी घोषणा करने वाले अन्दाज़ में बोला, "क्षेत्र में नेताजी की वह धाक है कि पुलिस किसी को वारदात करते हुए कट्टा-बम के साथ रंगे हाथ गिरफ्तार कर ले तो उनका सन्देश आने पर यह कहकर छोड़ देगी कि वह एक मासूम कलाकार था। उसके पास से बाँसुरी और बच्चों के कंचे बरामद हुए हैं।"

इस दबंग घोषणा पर जबरदस्त ही-ही ठी-ठी हुई। मद्यपी जन की उच्छृंखल इन्द्रिय-चर्चा अहर्निश जारी रही। उनके चुटकुलों में स्त्रियों का वर्णन बहुतायत से होने लगा। नशे में धुत्त जीव अपने मत्सरपूर्ण इरादों का अश्लील प्रदर्शन करने में गौरव का अनुभव करता है। देशी शराब गटकने वाले को विलायती वारुणी के सेवन का सौभाग्य प्राप्त हुआ था। कुर्सियों की सीधी कतार अब कहीं वक्राकार तो कहीं वलयाकार रूप में लगकर आयोजन के बदले स्वरूप को दर्शाने लगी।

कुछ खासमखास जन के साथ धवल वस्त्र धारण किये विधायक जी सधे हुए रसिक की भाँति मदिरा के घूँट भर रहे थे। उनके संज्ञान में मद्यपों का अमर्यादित आचरण था। थोड़ी दूर पर शोर मचने से मालूम हुआ कि एक देव के आकार का धुत्त शराबी अनियन्त्रित हो गया।

"क्यों जी, यह क्या हाल बना रखा है? कहीं ऐसा करते हैं? जरा इधर आओ।" विधायक जी तनिक ऊँचे स्वर में तल्खी से बोले। अनुयायियों का इसका आभास तक नहीं था कि माननीय समारोही औपचारिकता का अतिक्रमण कर कुछ ऐसा करेंगे।

उनके फटकारने पर भीमकाय मद्यप पालतू श्वान की भाँति आज्ञाकारी भाव से प्रस्तुत हुआ।

विधायक जी को समक्ष आकर उस व्यक्ति ने उनके सम्मान में झेंप वाली हँसी का सराहनीय प्रयास किया। लेकिन मुँह से जो आवाज़ निकली वह ऐसी थी जैसा कि चिकनाई रहित गरारी की चिचिआहट होती है।

उसकी आवाज़ से विधायक जी को कुछ याद आया। शायद पिछले चुनाव में अहम वोट बटोरने में उसकी महत्त्वपूर्ण भूमिका का स्मरण हो गया था। सहसा उनके मुखारविन्द से सुभाषित प्रस्फुटित हुआ। "भई किसी को नशे में धुत्त कहने से ऐसा लगता है कि उसे शराबी या बेवड़ा बुला रहे हैं। इसके लिए मदहोश अच्छा शब्द है। इसे कहने पर पीने वाला कवि, दार्शनिक या नाकामयाब आशिक कुछ भी हो सकता है। यह जरा सम्मानजनक शब्द है।" सभी ने समर्थन में सुर-ताल और सर हिलाया। पास बैठे डी.एम. साहब को लगा कि ठहाका मारना विधायक जी की शान में गुस्ताखी होगा इसलिए बस नीतिवश मुस्करा कर रह गये। अगर ऐसी महफिलों में हल्के-फुल्के इन्द्रियजन्य सुख लूटे जाने की स्वतन्त्रता न हो तो फिर क्या फायदा।

डी.एम. साहब इस अवसर पर कुछ सुभाषित कहना चाहते थे। "सर फिर भी ऐसी बातों का कोई इलाज तो होना चाहिए।"

विधायक जी यह सुनकर मन्द-मन्द मुस्कराने लगे। "भई देखिए, हर बात का एक जैसा निदान नहीं होता है। जैसे होम्योपैथी में इंसान की प्रकृति के हिसाब से दवा दी जाती है। ऐलोपैथी की तरह जनरलाइज तरीक़े से नहीं। होम्योपैथी का

डॉक्टर आपसे यह भी पूछ सकता है कि पिछली रात को आपको कौन सा सपना आया था।" लोगों की शक्ल पर प्रशंसा मिश्रित विस्मृय के भाव देखकर वे आश्वस्त थे कि उन्होंने अपने कथन की तलस्पर्शिता से उपस्थित समूह को प्रभावित करने में सफलता प्राप्त की है।

सफ़ेद खद्दर के वस्त्र धारण किये क्षेत्र के कतिपय छुटभैये नेता उन्हें अपनी-अपनी बात सुनाने लगे। विधायक जी ने अपने कान सुनने के लिए उनकी ओर ऐसे घूमा दिया मानो कान लोकशिकायतों का ध्यानपूर्वक श्रवण करने हेतु ही बने हैं।

क्षेत्र की जनकल्याणकारी योजनाओं का स्मरण करते हुए विधायक जी के मुख से निकला, "भई डी.एम. साहब, माननीय मुख्यमन्त्री जी की योजना का लाभ क्षेत्रवासियों को कहाँ तक मिला है? इस बारे में तरह-तरह की बातें सुनने को मिल रही है।" वे सम्भवत: काफ़ी कुछ कहना चाहते थे लेकिन वाणी पर ऐसा पूर्णविराम लगाया मानो पूरे कथानक के पाठ से प्रसंग विस्तार का भय है।

"सर! योजना को सौ फीसदी लागू किया गया है। कमज़ोर वर्गों का खास ध्यान रखा गया है।" डी.एम. साहब ने विनित स्वर में उत्तर दिया।

"बहुत ख़ूब...!" उनका लहजा प्रशंसात्मक हो गया। "मेरी कोशिश सदा यही रहती है कि किसी भी दीया तले अंधेरा न हो।" बड़े लोगों के आत्मीय वाक्य तक सरल रेखीय या निर्व्यंग्य नहीं होते हैं।

"सर! ऐसी बात आप ही सोच सकते हैं।" डी.एम. साहब की वाणी में श्रद्धा का पुट आ गया। कुन्दन को अफसोस हुआ कि यह डायलॉग उसके मुखारविन्द से क्यों नहीं निकला। इस महफिल में हर सत्ताधीश विद्यावारिधि और हर बाहुबलि जन सेवक होता है।

विधायक जी डी.एम. साहब के कथन से खास प्रभावित नहीं दिखे। जिस ऊँट की पीठ पर नगाड़े बजते हैं उसके पीछे घण्टी बजाने का क्या अर्थ। वे आप्त वाक्य की शक्ल में आगे कहने लगे, "सियायतदान के लिए जनता सबसे ऊपर है। जनता के दिल में इतनी आग भरी होती है कि बरसों तक तापने के लिए काफ़ी है।" इस कूट कथन को उच्चारित करके वे ज़ोरों से हँसने लगे। स्वाभाविक था कि कोरस में सबको हँसना है। कुन्दन इस बात का निहितार्थ समझने में लग गया। पर्वत शिखर पर आरूढ़ होकर दूर तक देखने वाली उनकी गरुड़धर्मा दृष्टि से कुछ नहीं छिपेगा।

विधायक जी बातचीत के मूड में थे। "हमारा गाँव उत्तराखण्ड में ऊँचाई पर है। बाघ का निकलना और दिखना आम बात है।" लोग अपना पूरा ध्यान उनके मुख से निकले प्रत्येक शब्द और मुखमण्डल की भावभंगिमा पर केन्द्रित करने लगे। "एक बाघ नरभक्षी हो गया था। मेरे पड़ोस के एक आदमी को रात में उठाकर ले गया।

बाद में उसकी अधखायी लाश नाले के नजदीक मिली। जब पूरी कोशिश के बाद भी उसे पकड़ा न जा सका तो आख़िर में गाँव वालों ने प्रशासन के खिलाफ धरना-प्रदर्शन शुरू किया। हमने खुद जुलूस का नेतृत्व किया था।" कहते हुए उनके चेहरे पर अपूर्व आभा व्याप्त हो गयी। लोगों की उत्सुक निगाहों पर सरसरी नज़र डालकर वे पुन: शुरू हुए। "आख़िरकार वन विभाग ने बाघ को गोली मारकर खत्म कर दिया।"

डी.एम. साहब भी इस कथा का गौर से श्रवण करने वालो श्रोताओं में शामिल थे। "लेकिन सर, बाघ को ट्रैंक्वेलाइजर से क्यों नहीं काबू में किया गया?"

विधायक जी विद्रूपता से हँसने लगे। भकुआये हुए डी.एम. साहब समझ नहीं पाये कि माननीय उनकी वाजिब शंका पर ऐसी प्रतिक्रिया क्यों व्यक्त कर रहे हैं। विधायक जी का वृहद् उदर जो ढीले सफारी सूट की ओट में लगभग पूरा छिप गया था उनके ज़ोरों से हँसने पर हिलकर अपनी उपस्थिति दर्ज कराने लगा।

"डी.एम. साहब आप भी ना बस...गनीमत है कि आपने यह नहीं कहा कि बाघ के ऊपर कामदेव के धनुष से पुष्पबाण क्यों नहीं चलाया गया। बेचारा बिना मरे ही मर जाता।" ही-ही की बारम्बार आवृत्ति करते हुए वे बोले, "हजूर जब एक बार बाघ किसी भी वजह से नरभक्षी हो जाता है तो इंसान को छोड़कर उसे किसी जीव का मांस पसन्द नहीं आता है। डर के मारे गाँव वाले शौच तक के लिए बाहर नहीं निकल पाते हैं। ऐसा बाघ चिड़ियाघर में रखने लायक भी नहीं रहता। वह वहाँ भी खतरा रहेगा।"

डी.एम. साहब को प्रकृतिस्थ करने के नेक इरादे से वे उनके कन्धे पर हाथ रखकर आत्मीयतापूर्वक बोले, "मैं आपको नहीं कह रहा हूँ। बस एक बात बता रहा था।"

इस सहृदयता पर नतग्रीव होकर वे करबद्ध मुद्रा में झुक गये। आख़िर विधायक जी के निर्मल मन में मानव मात्र के कल्याण के अतिरिक्त कोई और उद्‌देश्य कैसे प्रवेश कर सकता है।

इस मनोरंजक प्रसंग का सभी ने रामकथा की भाँति श्रवण किया।

गोविन्दपुर के सन्निकट क्षेत्रों यथा सलोरी, शिवकुटी और तेलियरगंज के छोटे- मझोले दबंगों को कुन्दन ने भौकाल बनाने के लिए पीने-पिलाने हेतु बुलाया। वे कृतकृत्य हो गये। भइया औघढ़ दानी हैं। कोई बात हो तो बताइएगा। हम हाज़िर हैं। उसने खोपड़ी की खुजली मिटाने के लिए सर मुड़ाया था और लोग साधु महाराज समझकर हलवा खिलाने लगे। खैर बीज हर जगह छिड़क दिया है। पौधे देर सबेर उगेंगे। कुन्दन को ऐसा महसूस हो रहा था कि वह केवल अपने परिचय जगत में

आने वाले लोगों का ही कण्ठहार नहीं रहा बल्कि नवान्तुक भी उसकी महत्ता को साभार स्वीकार करने लगे हैं। इस अहसास ने उसके अन्दर एक मीठी सी झुरझुरी उत्पन्न कर दी।

तेलियरगंज में उसके शॉपिंग कॉम्प्लेक्स से एक कर्मचारी ने सूचना दी। "सेठ जी जो माल करछना वाले ग्राहक को बेचा था उसे वह पसन्द नहीं आया। कह रहा था कि माल वापस करके सारे पैसे वापस लूँगा।" फिर इधर-उधर देखता हुआ जहाँ तक सम्भव हुआ उतने मन्द स्वर में यह बताया कि बड़ी टेढ़ी पार्टी है। गुस्से में अनाप-शनाप बक रहा था। कह कर कर्मचारी ऐसे खामोश हो गया मानो किसी दरबारी ने राजा साहब को दुश्मन के आक्रमण का चिन्ताजनक समाचार सुनाया हो। कुन्दन तिरस्कार मिश्रित आत्मविश्वास से हँसने लगा। "मुझसे पैसा कोई उसी हालत में ले सकता है जब या तो वह मर जाये या फिर मैं मर जाऊँ। तुम जाकर फाफामऊ वाली पार्टी का माल लोड करो।" यदि सब कुछ सरलता से मिलने लगे तो कपट और विष की आवश्यकता समाप्त हो जाये। हर कोई खाने में लगा है। भोज्य प्राणी को प्राण बचाने की पड़ी है। भोजक को जीने के लिए उसे खाना है। कोई किसी पर दया करे तो कैसे। काम निकल जाने के बाद सड़क पर थूके बलगम जैसा उसे उपेक्षित ही नहीं अपितु घृणा के योग्य भी माना जाता है।

आहार और आवास की आवश्यताएँ कोई भी पूरा कर लेगा। लेकिन तारीफ अलंकार की होड़ में अव्वल आने की है।

मोबाइल घनघनाने पर उसने कॉल रिसीव की। कुछ पल उधर से बात सुनने के बाद उसने आत्मविश्वास से करीब-करीब गर्जना करते हुए कहा, "कानून छोटे लोगों के लिए होता है। हमारे जैसों की खातिर नहीं। तुम बेवकूफी बन्द करके मेरी बात सुनो। नीचे लेबल पर बात करने से कुछ नहीं होने वाला है। टोन दूध भी नहीं निकलेगा। हमें फुलक्रीम मिल्क चाहिए। ऊपर बात करनी होगी। यह हिन्दुस्तान है। सब कुछ बढ़ा-चढ़ाकर बताना पड़ता है। तोप के लाइसेंस के लिए अप्लाई करोगे तो गुलेल चलाने की परमीशन मिलेगी।" दुनिया में टका देने वाले का ही झुनझुना बजता है। बड़े लोगों का नौबत-बाजा चॉंद-सूरज तक बजाते हैं। उसका आत्मविश्वास चरम सीमा पर था। कमबख्त कुछ हज़ार रुपल्ली महीने की पगार पाने वालों को समझाने में उसे हलकान होना पड़ रहा है जिसकी कई हज़ार रुपये प्रति घण्टे की कमाई है।

पल भर के लिए वह पुन: कॉल करने वाले की बात सुनने को थमा। दुबारा शुरू होने पर उसकी भाषा और कर्कश हो गयी। "लक्ष्मण रेखा की बात न करो। लक्ष्मण रेखा मतलब कम्फर्ट जोन। इससे बाहर निकलो वरना ज़िन्दगी धूल फाँकते बीतेगी। काम कराने के लिए उन्हीं के शरीर और उन्हीं के सामान का इस्तेमाल

करो।" आख़िरी वाक्य बोलते हुए वह हँस पड़ा। कर्मचारियों से डटकर काम लेना है। लेकिन इस बात का पूरा ध्यान रखना है कि कोई असन्तुष्ट होकर शत्रु पक्ष से न मिल जाये। किसी पर बिना ज़्यादा लोड डाले टार्क और बी.एच.पी. पूरा मिले। जब तक कामधेनु की भाँति वे प्रत्येक आवश्यकता की पूर्ति करते रहे तब तक उनसे काम लेते रहो। आवश्यकता बदल जाने अथवा उनके असमर्थ हो जाने पर नये लोगों को काम पर जोत दो। नियम-कायदे से जुड़े सवालों को धता बताते हुए वर्चस्वकारी वर्ग की भाषा में आने वाले शब्द और वाक्यांश चुप रहो, ज़्यादा चूँ-चपड़ न करो आदि स्वयंमेव उसकी जुबान पर चढ़ गये।

काम मन माफ़िक हो रहा था लेकिन मन में छिपा चोर जूते में पड़े कंकर की तरह चुभ रहा था। ज़मीन को लेकर अदावत और उसके निपटारे के बारे में कुन्दन ने घर में किसी को कुछ नहीं बताया। सबको बस आलीशान पार्टी के बारे में पता था। किसी जमाने में शायद सन्तों को सीकरी से सन्त मतलब नहीं रहा होगा या वे नर की मनसबदारी पसन्द नहीं करते होंगे। लेकिन अव्वल तो सन्त बनकर जीना उसे नाकाबिले बर्दाश्त है और दूजा अब अच्छे-भले लोग तक सीकरी को अपना अड्डा बनाने ओर नर की मनसबदारी करने का शौक़ रखते हैं। आज आगे बढ़ने की होड़ पर दिवा और रजनी का अन्तर विस्मृत करने का दौर है। तभी आदमी समतल मैदानों को लाँघकर दुर्गम पहाड़ों पर साधिकार प्रवेश कर पायेगा। शहर भर में वह विधायक जी से अपनी निकटता का चुनाव चिह्न की तरह प्रचार कर रहा था। हर व्यक्ति से मिलते हुए इस तथ्य को ऐसे बता रहा था जैसे जनसम्पर्क अभियान पर निकला हो। शहर भर में वह कृपासाध्यों को चन्दन लगाता फिर रहा था। अगले दिन इस अभियान पर वित्तीय दृष्टिकोण से अध्ययन किया तो ज्ञात हुआ कि देवता से अधिक पण्डों को चढ़ावा देना पड़ा है। लेकिन यह सोच कर मन को तसल्ली दी कि भौतिक उपलब्धियों का जय-स्तम्भ स्थापित करके उसे इस कदर सुसज्जित करना है कि हरेक का ध्यान उधर आकृष्ट हो तो इन खर्चों को आवश्यक बुराई मानना होगा।

जाहिर है कि वह ज्ञान की तलाश में नहीं भटक रहा है। जिन भौतिक मानदण्डों के आधार पर इंसान को बड़ा आदमी कहा जाता है, उन पर खरा उतरना उसका एकमात्र ध्येय है। ज्ञानी बनकर क्या करना है। दुनिया ज्ञानियों और बहादुरों से ज़्यादा अक्लमन्दों की है।

इस समस्त आयोजन और तामझाम के लिए खर्चा-पानी का बन्दोबस्त ललिता देवी के पल्ले से हुआ। एक बार उन्होंने कहा कि इतना पैसा किस बात का लगाना है। इस पर कुन्दन ने इस प्रकार के आयोजन और प्रदर्शन के महत्त्व पर विस्तार से प्रकाश डाला। उपसंहार के रूप में उसने यह बताया कि जिस बात का ऑडियो-

विजुअल अफेक्ट होता है, वह असली चीज़ से भी ज़्यादा असरदार होती है। उसका समारोह धर्मा व्यक्तित्व ललिता देवी को रास आ रहा था इसलिए गगनबिहारी जी पैसे के अपव्यय की चर्चा करने से दूर रहे।

समारोह के भोड़ापन उसकी स्ववृत्ति का निरूपण था। लेकिन इसके पण-पक्ष की आलोचना करने में किसको रुचि थी। ललिता देवी को कुन्दन का साधन सम्पन्न एवं सम्पर्क बहुल सफल सांसारिक रूप बेहद भा रहा था। फिलहाल बिना आवाज़ के ही उसे अपनी जय जयकार की ध्वनि सुनाई दे रही थी। चलते हुए वह सप्रयास इस प्रकार डग भर रहा था जैसे कोई असावधानी भरा कदम ब्रह्माण्ड का सन्तुलन बिगाड़ देगी।

इलाहाबाद बहुत बदल रहा है। बदलाव होगा तो हर आदमी बड़े मॉल से सामान खरीदना चाहेगा। गुमटी से क्यों लेगा।

शहर के लोग आपस में यह कहेंगे कि भैया यह उभरता सितारा है। इसे समय रहते नमस्कार करना सीख लो। वह तेल में तली पकौड़ी सा फूल गया। बस पारस के अन्दर कोई और खामी ढूँढ़ ले तो समझो कि बेड़ा पूरा पार हो गया। उसके अन्दर दुनियादारी की लाख कमी हो लेकिन चरित्र पर कोई लांछन नहीं लगा सकता है। लेकिन अगर दाग़ लगाने का कोई बहाना मिला तो क्या कहने। झक सफ़ेद चादर पर छोटा सा दाग़ भी दूर से साफ़ चटक नज़र आता है। शहर में उसका कोई सहायक नहीं नज़र आना चाहिए।

पारस का लड़कियों वग़ैरह का कोई इतिहास तो नहीं है पर किसी नारी की सहानुभूति मिलना भी कुन्दन की योजना को पटरी से उतार सकती है। क्या पारस ने स्वयं ही अपने खातिर नीरजा रूपी एक ललित लाक्षागृह का निर्माण किया है? या फिर कहीं ऐसा तो नहीं कि उसे इस शहर में एक हमदर्द और सहायक मिल गया? ऊँचे भवन में रहने वाली युवती एक अरण्यवासी का चयन नहीं करेगी। कुन्दन के मस्तिष्क में कई अनुमान आये। हर अनुमान दूसरे अनुमान के औचित्य को खारिज करने की हठधर्मिता निभा रहा था। परन्तु हर पल की ख़बर रखने वाला व्यक्ति किसी मामूली बात की भी उपेक्षा नहीं कर सकता है। लेकिन प्रतिद्वन्द्वी के सहायकों को कैसे और किस प्रकार से विमुख किया जाये यह गौरतलब है। आख़िर बढ़िया सिंके और जले में बस चन्द पलों का फासला होता है। वैसे सम्भावना इस बात की अधिक है कि पारस जैसा कल्पनाजीवी धरती के फूलों से अनुराग रखने के बजाय आकाश के इन्द्रधनुष की ओर आकर्षित होगा। सामाजिक व्यवहार के विषय में उसका शुष्क बौद्धिक अकेलापन प्रगल्भ बड़बोलेपन का कैसे मुकाबला कर सकता है। लड़कियाँ किस बात से प्रभावित होती हैं यह वह क्या जाने। नायिका को प्रभावित करने के

लिए कथा-कहानियों और फ़िल्मों में दुस्साहसिक कार्य किये जाते होंगे। यथार्थ में यह काम प्रदर्शन और कौशल भरी चतुराई से सम्पन्न होता है।

क़िस्मत का मारा घर से भागकर जंगल में जायेगा तो वहाँ भी आग लग जायेगी।

फिर भी अपुष्ट सूचनाओं और सनसनीखेज ख़बरों को पगुराते हुए गहन विश्लेषण और सतर्क निरीक्षण किये बग़ैर वाजिब निष्कर्ष कैसे मुमकिन है? सम्पत्ति के एकमात्र प्रतिद्वन्द्वी को शहर में किसी का समर्थन या सहानुभूति प्राप्त होना नीति विरुद्ध होगा। एक और एक मिलकर बस दो हो जाना गणितीय आँकड़ा है परन्तु इनका ग्यारह होना संगठन का द्योतक है जो उसके लिए खतरे की घण्टी से कम नहीं है। नीरजा के बारे में विचार करते हुए कुन्दन को मानो कोई नया साक्ष्य मिल गया था जिसने ठण्डे पड़े केस में जान डाल दी। चलो बिसात पर एक चाल और चलते हैं। पारस एकतारा बजाने वाला ठहरा लेकिन यह कुन्दन दी ग्रेट पूरा आरकेस्ट्रा है।

31

गजाधर को आश्चर्य इस बात का था कि कल तक दुकान में साथ-साथ बैठे कुन्दन ने शॉपिंग कॉम्प्लेक्स के उद्घाटन की बात तक नहीं बतायी। दिन-रात खटने के बाद भी उसे समारोह में बुलाया नहीं गया। विधायक जी समेत इतने सारे लोग आये पर उसे ख़बर तक नहीं मिली। साधारण लेकिन संस्कारी परिवेश में रहा आदमी जो किसी के छाछ का कर्ज़ तक चुकाने में विश्वास करता है, इस प्रकार का व्यवहार दुखद आश्चर्य के सिवा कुछ नहीं था। अगले दिन उसने कुन्दन ने इस बारे में जब पूछा तो वह बोला, "हर चीज़ का एक स्टैंडर्ड होता है। हर किसी को हर जगह नहीं बुलाया जा सकता है।" ऊँची पहुँच व ऊँचा रुतबा वाले के प्रति लोगों में जन्मजात भय व आदर भाव होता है। वह मखमल में टाट का पैबन्द लगाकर अपने प्रति लोगों की धारणा के अवमूल्यन का जोखिम क्यों उठायेगा। वह कामयाबी दिलाने में मददगार लोगों को सलाम ठोकने में कोताही नहीं बरतता है। बाक़ी दुनिया बस भीड़ है। अक्लमन्दी अनाज को भूसे से अलग करने में है।

सामान्य पृष्ठभूमि से आये गजाधर में स्वाभिमान के साथ सहज बुद्धि भी थी। वह आगे कुछ नहीं बोला। हर बात का जवाब तत्काल नहीं दिया जाता है। इधर उससे किसी काम के लिए वास्ता पड़ने पर गजाधर की आँखों में बादलों के बीच से चमकती व्यंग्य की झलक दिखती। मानो वह कह रहा हो कि मैं तुम्हारी जाल में नहीं

फँसने वाला। अवसरवादी अपने लाख छद्मावरण के बावजूद अनावृत हो ही जाता है। अक्सर किसी पार्टी से उलटा-सीधा सौदा करके कुन्दन मौके से खिसक जाता। बात को गजाधर को सँभालना और झेलना पड़ता। शुरू में वह कुन्दन के गायब होने की निंजा टेकनीक को समझ नहीं पाता था।

कुन्दन ने जिसको सुबह गाली दी है शाम को उसके चरण छूकर आ जाना शतरंज के घोड़े की ढाई चाल से भी टेढ़ी चीज़ थी।

व्यापार में राजी-सहमति किसी और बात की होती लेकिन कुन्दन ऐन वक़्त पर कुछ और ही कर डालता। गजाधर इस बात से खीझकर बोला, "सोचता हूँ कि जो भी तय होता है उसे काग़ज़ पर लिखकर हम दोनों दस्तख्त करके उसकी नकल अपने-अपने पास रख लें। इससे झंझट नहीं होगा।"

कुन्दन ने उसे जलती निगाहों से घूरा। "इस तरह के हिसाब-किताब के लिए किसी मुनीम को भी रख ले और अच्छा रहेगा।" सर झुका कर काम में लगे कर्मचारियों को तेज स्वर में डाँटते हुए वह बिना गजाधर की ओर देखे बोला, "ऐसी वाहियात बात जिसके दिमाग़ में आये वह किसी भी तरह से मेरे लायक नहीं है।"

एक रोज किसी काम से वह कुन्दन से मिलने कोठी पहुँचा। भूरा ने देखा कि कुन्दन बाबू के बिज़नेस पार्टनर आये हैं तो फौरन चाय के साथ ब्रेड सेंक कर लाया। भूरा उसे देखकर बिना बात के मुस्कराने लगा। गजाधर को उसका बर्ताव बड़ा भाया। थोड़ी देर बाद उससे मिलने बाहर आया कुन्दन ने यह देखकर आँखों ही आँखों में अपने भृत्य को फटकारा। बेवकूफ को यह भी नहीं मालूम है कि ऐसे लोगों को भूसा खिलाया जाता है। रोटी सेंक कर नहीं देते हैं। उसे आग्नेय नेत्रों से घूरते हुए कुन्दन मन्द स्वर में गुर्राया, "जा मेरे लिए चाय बनाकर ला।"

भूरा के चेहरे पर छायी मुस्कान खरगोश की तरह पलक झपकते छलाँग मारकर जाने किस झाड़ी में गायब हो गयी। मेहमान के गमन के पश्चात् उसकी खैर नहीं है यह सोचकर वह काँप उठा। "अभी लाया साहब।" उसका स्वर इतना कमज़ोर था जैसे सुनसान रास्ते में उसे हथियारबन्द राहजनों ने घेर लिया हो। अधिक भर्त्सना से बचने के लिए चुपचाप खिसकना सर्वोत्तम मार्ग था।

इक्के में जुता अश्वमयी जीवन यदि घड़ी भर सुस्ताने के लिए रुकने की गुस्ताखी कर बैठे तो जमाने का बेरहम सोंटा पीठ पर ऐसा निशान छोड़ता है कि बदहवास होकर भागना प्रारम्भ हो जाता है।

नौकर चाहे चौबीसों घण्टे खटते हुए वफादारी निभाये लेकिन गल्ले पर सेठ के बाद उसकी औलाद बैठती है। लोग इस्तेमाल करने के लिए होते हैं। निवाड़ को हमेशा कसते रहना चाहिए वरना चारपाई बीच से झुल जाती है। कुन्दन को कर्मचारियों

से किसी विषय पर ऐसी बात कहते सुनकर गजाधर भी किसी को सुनाते हुए असम्बोधित वक्तव्य दे बैठा। "आदमी चाहे कितना भी बड़ा हो, उसके जनाजे में भीड़ से चाहे ज़मीन एक गज धँस जाये लेकिन जलने के बाद सबकी एक मुट्ठी राख बचती है।"

अब करीब-करीब आश्वस्त हो चुका कुन्दन कि सारे ऋषि-मुनि उसकी प्रशंसा में ऋचाएँ लिखेंगे, इस धृष्ट कथन से बेहद खफ़ा हुआ। चलो वक़्त आने दो। तुम्हारा भी हिसाब कर देंगे वाले भाव से वह खामोश रहा। आदमी ने कुत्तों और भेड़-बकरियों को हज़ारों सालों से पालतू बना रखा है। फिर भी वे जंगल वाली अपनी पुरानी आदतें नहीं भूले हैं। यहाँ हम मन्दबुद्धि इंसानों से चाहते हैं कि वे साल-छह महीने में अमीर बनने का नुस्खा सीख जायेँ।

ड्राइनिंग टेबल पर कुन्दन ललिता देवी से गजाधर के मान-मर्दन की रस लेकर चर्चा कर रहा था। "लॉटरी पर गरीब ज़्यादा पैसे खर्च करता है जबकि इस तरीक़े से अमीर बनने का चांस लाखों में एक को होता है। किसी अमीर को हमने इन पर पैसे बरबाद करते नहीं देखा है।" उसे इस बात की प्रसन्नता थी कि गजाधर को द्रुत और विलम्बित दोनों तरीक़ों से समझा दिया है। नौकरानी बकरे के मांस की डोंगी लेकर आयी। मटन की ख़ुशबू से कुन्दन की आँखें ऐसे चमक उठी जैसे जायदाद हाथ लगी हो।

ललिता देवी उसकी वित्तीय मीमांसा को रुचिपूर्वक सुन रही थीं। खाने का निवाला मुँह में डालते हुए वह आत्मविश्वास से परिपूर्ण प्रतीत हो रहा था। "मैं भाग्य का लाड़ला हूँ। दरअसल जोखिम और क़िस्मत एक-दूसरे का हमसाया हैं। जो इस सच्चाई को मानेगा वही तरक़्क़ी करेगा। वरना पैसे के लिए तो पूरी दुनिया मरती है।" मटन का एक बड़ा पीस गटकने के पश्चात् वह तनिक उत्तेजना से बोला, "मैं पूरा एलीगेटर हूँ। कोई ऐसा-वैसा न समझे। पहले सारा निगलता हूँ। बाद में फुरसत से उसे चबाने और पचाने का काम करता हूँ।" लोभ से संचालित लाभ केन्द्रित कार्य व्यापार में मैत्री, सम्बन्ध आदि साधन मात्र हैं। इस मामूली बात को समझाने के लिए अमूर्त सिद्धान्तों की आवश्यकता नहीं है।

उपसंहार के तौर पर उन्होंने अपने घर के युवराज से कहा, "बिल्ली को कटोरे में दूध देने पर भी वह ज़मीन पर बिखेर कर पीयेगी। ऐसे लोगों की औकात इतने तक होती है।" न्यून मेधा वालों का सम्पन्नतर लोगों से जलना एक सार्वदेशिक विकृति है। वे उनके विचार से पूर्णतया सहमत था कि छोटे लोग पुरानी घिसी हुई हवाई चप्पल जैसे होते हैं। कब धोखा दे जाये इसका कोई ठिकाना नहीं है। हैसियतमन्द लोगों को कुकुरबाड़े से अलग करने का कोई तरीक़ा तो होना चाहिए।

ललिता देवी को कुन्दन जैसे तेज दिमाग़ वाले का इशारा समझकर काम कर सकने की गजाधर की काबिलियत पर शक था।

"प्यादा आख़िर शतरंज की बिसात पर चलेगा भी तो बस एक घर। अपने भाग्य को सराहे कि उसे कुन्दन एक्सप्रेस में सवारी करने का मौका मिल गया। इस एक्सप्रेस पर चढ़कर कहीं न कहीं ठौर मिल ही जायेगा। वरना हम वो चीज़ हैं जो जिस तरफ निकल जाये वहाँ सबका सफाया हो जाता है।" वह हिकारत से बोला। "आज भी बहुत से लोग आदि मानव बने जी रहे हैं। बस खाना-पीना और बुनियादी ज़रूरतें पूरी करने तक दिमाग़ और हाथ-पैर चलाते हैं। स्टेटस, स्टैंडर्ड और पॉवर को ज़रूरी नहीं समझते हैं। लेकिन कुन्दन दी ग्रेट आदि मानव जैसा नहीं जीयेगा।" उसे लगने लगा था कि अब वह न्यूनाधिक विधायक जी के स्तर का हो गया है।

हर्ष के मारे ललिता देवी की आँखों में बस आँसू नहीं आये क्योंकि वे रोने-धोने में विश्वास नहीं करती थीं। अन्यथा वे उसके प्रत्येक शब्द को बृहस्पति के नीतिशास्त्र से कम मान देने को तैयार न थीं। वह वक़्त को समझता है। शहर का मिजाज भी पहचानता है। इसलिए आज अमीर है।

सज्जनता किसी के सम्पूर्ण व्यक्तित्व के मूल्यांकन की कमज़ोर कसौटी है। असली मानदण्ड व्यक्ति का उपयोगी होना है। उपयोगिता समाप्त होने पर उससे जुड़े रहना मूर्खतापूर्ण भावुकता के सिवा कुछ नहीं है। इस गजाधर को भी सही वक़्त पर कचरे की पेटी में डालना है। सिस्टम की पाबन्दियाँ रूपी दीवार से टकरा कर जब जनाब के सर पर गूमड़ निकलेगा तब उन्हें अपने कैदी होने का बोध होगा। फिलहाल खुद को ईमानदारी की दुम समझकर दो घड़ी ख़ुश हो लें। ब्रह्म का माया के समक्ष लाचार होना उसकी नियति है।

वह महामाया बाबू से मिला। मिलने पर महसूस हुआ कि वे भी उससे मुलाकात को उत्सुक थे।

"इस गजाधर नाम के जीव को कैसे झेल रहा हूँ यह बस मुझे मालूम है। और किसी के बस का यह नहीं है।" छूटते ही वह बोला।

महामाया बाबू ने कुछ कहने से पहले तबीयत से अपनी खोपड़ी खुजलायी। उन्होंने उसके कन्धे पर आत्मीयता से हाथ रखते हुए सत्परामर्श दिया। "दुधारू गाय की लात सहने में लाभ है तो कोल्हू के बैल की दो बात सुनने में भी हानि नहीं है।"

अल्प शब्दों में पाठ सिखाने के बाद वे ऐसे मौन हो गये जैसे यह वाक्य उनके श्रीमुख से न उच्चारित होकर कोई आकाशवाणी हो। कुन्दन स्वयं को धन्य समझ

रहा था। उसे लगा कि वे इस विषय में कुछ और भी कहेंगे। परन्तु अब वे कुछ और मन्तव्य व्यक्त करने जा रहे थे।

"मेरी छोटी बिटिया से तुम कभी मिले नहीं हो।" वे अत्यन्त गम्भीर हो चले थे। "घर के काम में पूरी तरह माहिर है। स्वभाव की बहुत अच्छी। मतलब आज की लड़कियों जैसी बिल्कुल नहीं है।" उनकी नज़र कुन्दन पर टिकी हुई थी।

विषय परिवर्तन से कुन्दन के कान खड़े हो गये। यह तय था कि महामाया बाबू रिश्ते की बात एक दिन चलायेंगे। लेकिन जब ऐसा होगा तो उसे क्या करना है, इसका आभास किसी को नहीं था।

"बिज़नेस करने वालों को ज़्यादा सुन्दर लड़की की ज़रूरत नहीं होती है। वे बाहर का काम सँभालते हैं। घर का काम देखने के लिए कोई कुशल गृहिणी हो, इतना काफ़ी है।" महामाया बाबू भूमिका बनाने लगे।

कुन्दन ने नज़र कहीं ओर फिराते हुए धीरे से कहा, "देखिए, अभी पहले बहुत कुछ देखना और करना है। सेटेल होने में जरा वक़्त लगेगा। शादी-विवाह जैसी बात मैं घरवालों पर छोड़ना सही समझता हूँ।"

वे कुछ पल तनिक निराशा से उसकी तरफ देखते रहे। फिर बिना कुछ कहे दुनिया-जहान की सामान्य चर्चा करने लगें। कुन्दन भट्टी से निकला पकी मिट्टी का चमकता हुआ बर्तन बन चुका है। मुरौवत से काम लेना नहीं जानता। प्रयोग के बाद कूड़ेदान के हवाले करना उसकी रणनीति का अभिन्न अंग है। बहुविकल्पीय दर्शन में विश्वास रखने वाले को किसी रिश्ते से लगाव नहीं होता है।

32

नीरजा को आते देखकर कुन्दन रुक गया। वह जैसे-तैसे अपने मुख पर संजीदगी के भाव खींच कर लाया। "बहुत दिनों से एक बात आपसे कहना चाहता हूँ।"

वह उसकी ओर मुखातिब होकर खड़ी हो गयी। "बेशक कहिए। दिल में मत रखिए। मैं ऊपर शेरवानी, अन्दर परेशानी में यकीन नहीं करती हूँ।"

कुन्दन सोच में पड़ गया कि बात को कैसे शुरू किया जाये। वह बात कहने में संकोच नहीं कर रहा था, बस सही अन्दाज़ में उसे बयान करना था। आख़िरकार वह शुरू हुआ। "नीरजा जी इंसान के जजबात उसकी कमज़ोर नब्ज होते हैं। इसी कारण वह कभी-कभी ऐसे फैसले लेता है जो नफा-नुकसान के हिसाब से समझदारी बिल्कुल नहीं कही जा सकती है। मुझे पारस की तरह पैसे का कोई लालच नहीं है।

बस आपका हित चाहता हूँ। आपको पारस जैसे सिरफिरे आदमी में कोई दिलचस्पी नहीं होनी चाहिए। उससे आपको क्या मिलेगा?" सारी ज़िन्दगी उसने इस फार्मूले पर काम किया था कि जोड़-घटाव के गणित को दिल की आवाज़ से जुदा रखा जाये। वही फार्मूला उसने यहाँ भी लागू करने का प्रयास किया।

उसके संज्ञान में यह बात थी कि कतिपय अवसरों पर पारस और नीरजा के बीच तकरार हो चुकी है। बुद्धिमान किसी घटना की व्याख्या स्वहित के अनुसार करके लाभान्वित होता है। इतिहास साक्षी है कि विद्वानों की व्याख्या मूर्खों की हरकतों को सिद्धान्त का रूप दे चुकी है। कालिदास का विद्योत्तमा को घूँसा दिखाना पंचभूतमय जगत का प्रतीक चिह्न हो गया।

इधर-उधर देखते हुए उसने आगे यह जोड़ा, "नीरजा जी आपकी तरह मैं भी पारस से परेशान हूँ।"अपने प्रतिद्वन्द्वी के अवगुणों को जन-जन तक गोपनीय तरीक़े से पहुँचाना उसकी नज़रों में कला का उच्चतम रूप था।

वह उसके शब्दों पर ध्यान न देकर बोली, "आप इधर से जा रहे थे और मुझे देखकर रुक गये या फिर बस मुझसे मिलने के लिए आ रहे हैं?"

वह यह सुनकर बनावटी अन्दाज़ में हँसने लगा। "मानना पड़ेगा, बुद्धिजीवी लोग बड़े ऊँचे खयाल के होते हैं। हम जो सोच भी नहीं पाते हैं उस चीज़ पर वे कितनी आसानी से पहुँच जाते हैं।" उसके इस बात पर भी नीरजा ने कोई ध्यान नहीं दिया।

"नीरजा जी भगवान की दया से इस शहर में सब कुछ मेरे मुताबिक हो रहा है। आज पुलिस, प्रशासन और प्रेस में अपने लोग हैं। रुपये-पैसे की कोई दिक़्क़त नहीं है। बस आपको आगाह करना अपना फर्ज समझता हूँ।" उसकी वाणी और लहजे में विनम्रता का पारावार नहीं था।

वह अपनी हँसी रोकती हुई बोली, "लोग अपने मुँह मियाँ मिठ्ठू बनते हुए मज़ाक़िया लगते होंगे लेकिन आप पर यह अदा सूट करती है।"

पेशेवर हकीम की तरह दुनिया की नब्ज टटोलता और नुस्खे बताता कुन्दन को कुछ कहते नहीं बना। इरादा पारस के अवगुणों को वृहत्प्रदर्शक काँच से दिखाना था लेकिन शुरुआत मन माफ़िक नहीं हुई।

उनकी हालत का मन ही मन आनन्द लेती हुई उसने पूछा, "बाई दी वे आपको पारस बाबू से क्या तकलीफ है?" प्रश्न में जिज्ञासा और सामने वाले का परीक्षण दोनों भाव निहित थे।

गनीमत है कि मतलब की बात तो पूछी वरना यह लड़की तो कन्धे पर हाथ रखने ही नहीं देती है। कुन्दन ने अपने चेहरे की मुस्कान को बरकरार रखने की भरसक कोशिश करते हुए कहा, "एक हो तो बताऊँ। जनाब रहते किसी और दुनिया में हैं

लेकिन ठाठ सारे इस दुनिया के चाहिए। अन्दाज़ ऐसे मानो दुनिया में टॉप टेन फिलॉसफ़र्स में एक हैं पर बिना ढेला भर काम किये सारा हिस्सा चाहिए। हर मकान, खेत-खलिहान और बैंक-बैलेंस में बराबर की हिस्सेदारी चाहते हैं। हिसाब-किताब में घिसे हुए मुनीम को भी पानी पिला देंगे।"

नीरजा उसके बोल और बोलने के अन्दाज़ को गौर से सुन और देख रही थी। "आप उनके सगे भाई लगते हैं लेकिन एक बात बताइए कि आप पारस बाबू को ठीक से जानते हैं या बस अपना जी हलका करने के लिए बोल रहे? लगता है कि आपको उनसे काफ़ी नाराज़गी है। लेकिन प्लीज मेरा नाम इस लिस्ट में मत रखिए। क्योंकि मुझे इसका अन्दाज़ा है कि वे कैसे हैं और इस बात का भी कि वे कैसे नहीं हैं। प्रॉपर्टी की बात मैंने कभी पारस बाबू के मुँह से नहीं सुनी। यह दास्तान को आपकी जुबान से ही सुनने का सौभाग्य मिला है। वैसे यह किस कानून में लिखा है कि घर की प्रॉपर्टी फिलॉसफ़र को नहीं दी जा सकती है, इस पर बस स्ट्रीट-स्मार्ट लोग ही कब्जा कर सकते हैं?"

स्वयं को घाट-घाट का पानी पिया हुआ समझने वाला कुन्दन निरुत्तर हो गया।

ऊँट चाहे जितनी भी टेढ़ी-मेढ़ी चाल चलता दिखे लेकिन चलता वह एक सीध में है। जो इतनी जल्दी हार मान ले वह कुन्दन नहीं हो सकता। अपने मतलब के मामले में वह इतना भयंकर क़िस्म का आशावादी था कि मानकर चलता था कि शादी में नहीं बुलाया गया पर कुआँ पूजन में ज़रूर बुलाया जायेगा। "दरअसल मैं आपको पारस जैसे नकली फिलॉसफ़र से आगाह करना चाहता हूँ। वह मासूमियत का स्वाँग भरता है लेकिन सच्चाई यह है कि वह एक चतुर चितेरा है जो लोगों की सहानुभूति बटोरने में लगा रहता है। आप जैसी समझदार लड़की उसकी बातों में न आ जाये इसलिए मैं उसके बारे में बताना अपना फर्ज समझता हूँ।" वह भाड़े के वकील के माफ़िक तर्क देने लगा।

बगुला भगत माया और कंचन में भेद न करने की बात करे या काशी और मगहर में कोई फ़र्क़ न माने तो सावधान हो जाना चाहिए। नीरजा के अन्दर सामने वाले की चाल को भाँपने की छठी इन्द्री जाग्रत हो गयी।

"मेरी ख़ुशक़िस्मती है कि आप जैसे शुभचिन्तक मिले हैं। लेकिन जनाब जब मैं समझदार हूँ तो जाहिर है कि अपना भला-बुरा समझने की काबिलियत रखती हूँगी। आप बिल्कुल परेशान मत होइए। मुझे पारस बाबू से जरा भी सहानुभूति नहीं है और न ही उन्होंने मेरी हमदर्दी हासिल करने की कभी कोई कोशिश की है।" वह सामान्य लहजे में बात कर रही थी लेकिन सटीक शब्दों के प्रयोग से उसपर बारम्बार कशाघात करने से परहेज नहीं था।

बात में चालाकी चाशनी की माफ़िक छिपी होनी चाहिए जैसे कालाजामुन में होती है। उसके बग़ैर वह गुलगुले से ज़्यादा कुछ नहीं है। एक बार युवती को यह विश्वास दिला दिया कि वह पारस के लिए गन्तव्य न होकर मात्र सोपान है तो काम बन जायेगा। वह मधुकण्ठी बनकर बोला, "नीरजा जी मैं आपका बहुत आदर करता हूँ। पर आप मुझे गलत समझ रही हैं। हम दोनों का दुश्मन एक है।"

वह बिना उसकी ओर देखे बड़े इतमीनान से बोली, "हजूर समझ में नहीं आता है कि आपका कैसे शुक्रिया अदा करूँ। आप तो बिल्कुल अन्तर्यामी निकले। दूर से ही मन की बात जान लेते हैं। लेकिन एक बात कहूँगी कि आप का दुश्मन मेरा भी दुश्मन हो यह ज़रूरी नहीं है। आख़िर कोई सिरफिरा और लालची दोनों एक साथ कैसे हो सकता है। कहीं ऐसा तो नहीं कि लालच आपके अन्दर है? यह दीमक जैसा होता है। सारे रिश्ते-नाते तक चाट जाता है। आप बिना टोंटी बन्द किये चाहते हैं कि टंकी पूरी भर जाये। पहले यह निश्चय कर लीजिए कि माया चाहिए या राम। पारस बाबू चाहे जैसे भी हों लेकिन पैसे के लालची नहीं हैं। वे अन्दर-बाहर दोनों से दो नहीं हैं, जबकि कुछ लोग अपने चेहरे पर पता नहीं कितने मुखौटे ओढ़कर निकलते हैं। कोई यह कहेगा कि दिस इज रियल मी तो यकीन नहीं होगा क्योंकि सबने मुखौटे ओढ़ रखे हैं। मैं इतना जानती हूँ कि हर इंसान अलग होता है। आपके हिसाब से किसी इंसान को कैसे कस्टमाइज किया जा सकता है।" उसकी आँखों में अद्वितीय दृढ़ता झलक रही थी।

कुन्दन को उसकी बातें छौंक सी लगी। यह लड़की तो ग्रेनाइट जैसी ठोस साबित हुई। बात विषय के केन्द्र से हट गयी थी लेकिन अपनी परिधि से बाहर नहीं गयी थी। उसने आख़िरी कोशिश की। "देखिए मैं समझदार हूँ और समझदारों की क़द्र करता हूँ। इसलिए आपको बताना ठीक समझा। मेरे घर की बात आपको नहीं पता होगी। लेकिन जहाँ भी दो में एक को चुनने की नौबत आये वहाँ राजनीति होगी ही।"

"बिल्कुल ठीक! मुझे नहीं पता। आप खुद बिना पूछे बता रहे हैं। आप भले ही ख़ूब स्ट्रीट-स्मार्ट है लेकिन वे आपकी तरह कहानियाँ नहीं बनाते हैं। अपनी कमियों और ब्लाइंड स्पॉट को स्वीकार करके सुधारने की कोशिश करते हैं।"

"शून्य कभी आगे नहीं बढ़ता है नीरजा जी।" कुन्दन अपने चेहरे को यथासम्भव गुरुगम्भीर बना के बोला।

नीरजा के होंठों पर मुस्कान आ गयी। "आज मालूम हुआ कि आप बिज़नेस मैन होने के साथ थोड़ा बहुत दार्शनिक भी हैं। मुझे लगता था कि आपके बस मुनाफा और बैलेंस शीट के बारे में सुनने के आदी हैं।" वह अपनी बात का कुन्दन पर असर देखे बिना आगे बढ़ गयी।

कुन्दन को लगा कि उसे पॉइंट ब्लैंक रेंज से गोली मार दी गयी है। हँसमुख बने रहने की भरसक कोशिश के बावजूद चेहरे पर उभरे भाव से लगा कि हरे जख्म पर जैसे नाखून गड़ा दिया गया है। मन में संशय के बादल बारम्बार उमड़-घुमड़ रहे थे। कहीं पारस के फिलॉसफ़र की छवि से जुड़ी महानता के मिथक को खण्डित करने के प्रयत्न में वह स्वयं को तो बेनकाब नहीं कर गया?

वह बस ठगा खड़ा उसे जाते हुए देखता रह गया। उसकी शक्ल देखकर कहना कठिन था कि वह जन्म से गूँगा है या इस समय जुबान बन्द हो गयी है। मनुष्य योनि में स्वयं को श्रेष्ठतम राजहंस मानने वाला फिसड्डी कैसे साबित हो गया। वास्तव में यह लड़की कमाल की है। मध्याह्न के सूरज की तरह चमकती सच्चाई बेझिझक सामने ला देती है। इससे उलझना आटे में छिपे काँटे को निगलने जैसा है। हालाँकि व्यंग्य और आक्षेप जैसी बातें उस पर चिकने घड़े पर पानी की तरह फिसलने वाली चीज़े थीं लेकिन ऐसा लग रहा था कि उसे एनिस्थिशिया देकर पूरी सर्जरी कर दी गयी है। दीगर बात यह थी कि वह कुछ समझ नहीं पाया। दो लोगों के बीच शंका का बीजारोपण उसकी सदैव से रणनीति रही थी। आज वह काम नहीं आयी। आसमान के तारे एक-दूसरे से काफ़ी दूर होने के बाद भी धरती से देखने पर जुड़वा दिखते हैं। न जाने कौन सा केंचुआ काँटे में लगाकर इस सोन मछली को फँसाया है। लेकिन नीरजा की बात माने तो वह पारस को निर्दोष मानते हुए भी उससे किसी क़िस्म की हमदर्दी से मना कर रही है। हर बात में तथ्य ढूँढ़ने वाला इस उपक्रम में सत्य से वंचित रह जाता है।

साँप के ज़हरीलेपन की पहचान उसकी धारियों से सम्भव है लेकिन मुखौटा ओढ़े आदमी की पहचान मुश्किल है। नीरजा मुखौटे के पार देखने में सफल रही थी। अतल गहराई वाला समुन्दर तक अपना खारापन छिपा नहीं पाता है। यदि कुन्दन की असलियत छिप नहीं पायी तो इसमें हैरानी क्या है। पारस किसी का दयनीय डुप्लीकेट न होकर अपनी तरह का ठेठ इंसान है।

33

गजाधर के ऊपर अतिरिक्त ज़िम्मेवारी आ गयी।

गाँव के चाचा जी की तबीयत नासाज थी। कुछ दिन तक उधर ही इलाज कराया लेकिन डॉक्टर के हाथ खड़े कर देने पर घर वाले इलाहाबाद लेकर आये।

बलशाली देह के स्वामी अपने चाचा को कृशकाय वृद्ध के रूप में देखकर वह दुख और आश्चर्य से भर गया।

"भइया अब आप पर ही भरोसा है।" उसके चचेरा भाई के आर्त स्वर में रोने-सिसकने की आवाज़ व्याप्त थी।

वह दिलासा देने के लिए उसे कन्धे से लगाकर बोला, "अरे कमाल करते हो तुम! ऐसे भला कोई रोता है। मैं नहीं हूँ क्या? अब यहाँ आ गये, इसके बाद सारी ज़िम्मेवारी मेरी।"

अपने संकुचित निवास में रहने-ठहरने की सन्तोषजनक व्यवस्था करने के बाद वह सीना ठोककर बोला, "इलाहाबाद में एक से एक अस्पताल हैं। ज़रूरत पड़ने पर चाचा को लखनऊ में पी.जी.आई. ले जायेंगे।"

अकेले में वह चिन्तामग्न हो गया। पैसे की तंगी कैसे दूर की जाये। उसने उसी दिन कुन्दन ने इसकी चर्चा की। हालाँकि कहते हुए वह बेहद संकोच में था।

कुन्दन जैसे पहले वाक्य से ही सारा माजरा समझ गया। "कितनी उम्र है तुम्हारे चाचा की?" बन्दूक से निकली गोली की तरह उसने प्रश्न किया।

इस प्रश्न का क्या उत्तर दिया जाये? वह हिचकिचाते हुए बोला, "यही कोई सत्तर-बहत्तर।"

कुन्दन ने अपनी कंजी आँखों को खोलते-बन्द करते हुए व्यंग्य से मुँह बनाया। बिना बोले ही वह यह स्पष्ट करने में कामयाब रहा कि इस अवस्था के रिश्तेदार के लिए समय और धन लगाना बुद्धिमानी नहीं है।

वह धीर-गम्भीर मुखमुद्रा धारण कर कहने लगा, "देखो हमने काफ़ी पैसा लगाकर बड़ी मेहनत से अपना बिज़नेस शुरू किया है। मुझे तुम्हें पैसा देने में कोई दिक़्क़त नहीं है पर बिज़नेस का पैसा इसे आगे बढ़ाने में लगना चाहिए। किसी दूसरे काम में नहीं।"

गजाधर का मुख ऐसा विवर्ण हुआ जैसे अभी-अभी बड़े कष्ट से हकलाकर बोलना शुरू करने वाले को डपटकर चुप करा दिया गया हो।

उसके जैसे अपूर्व साहस का प्रदर्शन करते हुए दुबारा बात प्रारम्भ की। "बिना पैसे के चाचाजी का इलाज कैसे होगा? मुझे हर हालत में पैसे चाहिए।"

उसे काक चेष्टा करते हुए देखकर कुन्दन अत्यन्त सलीके से शान्त स्वर में हँसा। मानो वह अपने बिज़नेस पार्टनर के बाल-सुलभ अधैर्य पर धीरज धारण किये हुए हो। फर्श पर यूँ ही पड़े तिनके को उठाकर बाहर फेंकते हुए उसने जवाब दिया, "बिज़नेस का पैसा तो मैं किसी को नहीं ले जाने दूँगा। हाँ अगर तुम्हें इतनी ही ज़रूरत है तो मुझसे उधार ले सकते हो।" जरा रुककर इधर-उधर देखते हुए उसने अपनी

बात पूरी की। "बाज़ार से कम रेट पर पैसा दे दूँगा।" वह अपने हाथों को झाड़ता हुआ उठ खड़ा हुआ मानो इससे ज़्यादा उसके बस का नहीं है।

क्रोध और दुख से गजाधर की याचक मुद्रा सहसा विद्रोही तेवर में बदल गयी। "इसका मतलब कि मेरी बिज़नेस में कोई जगह नहीं है?"

कृत्रिम शिष्टाचार के आवरण में छिपे कुन्दन के शिकार शोधी नेत्र चमक रहे थे। वह बर्फ समान ठण्डे स्वर में बोला, "बिज़नेस और आपसी सम्बन्ध अलग हैं। दोनों को जोड़कर कनफ्यूज क्यों करते हो?" अपनी बात कहकर वह स्मारक की भाँति तटस्थ खड़ा रहा। नकदी का बही-खाता भावनाओं के ज्वार पर भारी पड़ता है।

गजाधर के लिए इस कठिन घड़ी में उसका ठण्डा अन्दाज़ सर्वथा अनुचित प्रतीत हो रहा था।

"तुम अपना उठना-बैठना के साथ श्मशान और कब्रिस्तान तक अलग करने वाले में से हो। मरने के बाद भी नीची हैसियत वालों के साथ रहना शर्म की बात समझते हो।" गजाधार का क्रोध सातवें आसमान पर था।

बदले में प्रत्युत्तर देने के बजाय कुन्दन सौम्य मुस्कान बिखेरने लगा। "नाराज़ होने से कोई फायदा नहीं है। आदमी को अपना हिसाब-किताब पहले से लगाकर चलना चाहिए। हम बिज़नेस करने वाले अपनी मर्जी के मालिक नहीं होते हैं। हमें ख़ुद से ज़्यादा अपने बिज़नेस का ख़याल रखना पड़ता है।"

सामने वाले को मृदुल तरीक़े से निस्तेज करना उसकी फितरत बन चुकी थी।

उससे कोई आशा करना पुआल से हाथ सेंकने का प्रयास करना है। हाथ तक ताप पहुँचने से पहले आग बुझ जाती है। हताशा से निस्तेज मुख वाला गजाधर बोला, "जरा कल्पना करो कि अगर मेरी जगह तुम होते तो...?"

कुन्दन की मुद्रा पूर्ववत रही। "मैं कल्पना नहीं किया करता। ठोस धरातल पर योजना बनाता हूँ।"

बिना किसी फायदे के वह दूसरे की बाँसुरी में अपनी हवा फूँकने को राजी क्यों हो। ऐसी गदहपचीसी करनी होती तो कारोबार में पैसा और दिमाग़ क्यों खर्च करता। अगर पार्टनर आर्थिक तौर पर विपन्न है तो क्या बिज़नेस के उसूलों को भूला दिया जाये? बगुला जैसी एकाग्रता से अर्जित धन भावुकतापूर्ण उपक्रमों में व्यर्थ करने हेतु कदापि नहीं है। यह गजाधर निरा भावुक मूर्ख ठहरा। ऐसे लोगों की तकदीर की फटी चादर का कोई रफूगर नहीं होता है। ईमानदारी का रोग देशभक्ति के ज्वार समान है। इसमें पंसारी से लेकर दफ्तर का बाबू तक फौजी वर्दी पहन लेते हैं। लेकिन दो-चार दिन की परेड के बाद जब वर्दी का कॉलर ठुड्डी पर चुभता है, भारी जूते पहनकर चलने में सर चकराता है तो अपना टीशर्ट और पाजामा बहुत याद

आते हैं। गजाधर सदृश्य अल्पबुद्धि गाँव के किसी चाचा की खातिर सरदर्दी मोल लेने की मूर्खता कर सकते हैं। ये पुराने रिश्ते निभाना क्या इतना ज़रूरी है? कमबख्त आदमी के बस का कुछ नहीं है। त्याग, बलिदान वग़ैरह क्या खाकर करेगा? ज़्यादा से ज़्यादा मुर्गे या बकरे की बलि दे सकता है। लक्ष्य प्राप्त करने के लिए स्वयं को निरन्तर रन्दे से घिसना पड़ता है। वरना ज़िन्दगी में न मालूम कितने अवांछित लोग और यादें चिपक जाते हैं।

अपमान राख की तरह होता है। ऊपर से बुझा होने के बाद भी अन्दर आग रहती है। गजाधर खून का घूँट पीकर रह गया। उसे अफसोस था कि आख़िर वह कुन्दन की फितरत को क्यों नहीं समझ सका। उसका मूल धर्म मधुमक्षिका की भाँति पुष्प से आसव ग्रहण करना नहीं, मक्खी की तरह किसी के घाव से बहते खून और पीब को पीकर भी अपना मतलब निकालने से है।

वह अगले दिन महामाया बाबू से मिला। वे गम्भीर हो गये। उसे देर तक निहारने के बाद विचार करने लगे कि उन्होंने ही उसे कुन्दन से मिलवाया था। एक तो गऊ दूजा बिना सींग का। इस बेचारे को क्या मालूम कि कुन्दन जैसा साक्षात कबरबिज्जू देना नहीं जानता। कफनखसोट से दया-धर्म की उम्मीद व्यर्थ है। वह मलहम तक इतने शातिराना अन्दाज़ में लगायेगा कि दर्द के साथ जलन भी हो जायेगी।

"कुछ पैसा मेरे पास धरा है। वह तुम्हारे काम आ जायेगा, "वह सोचते हुए कहने लगे, "बाक़ी का इन्तजाम करने के लिए कचहरी के एक वकील साहब के पास चलेंगे। सूद पर पैसे लेने वाला झंझट नहीं होगा। जब सुविधा होगी तब लौटा देना।"

गजाधर भावविभोर हो गया। इस ख़ुशी में वह महामाया बाबू के चेहरे पर कुन्दन के विषय में गहराते शक को नहीं पढ़ पाया।

अवसर मिलने पर चीते की तरह झपटना और फिर फुरसत में अजगर जैसा निगले हुए शिकार को पचाने के लिए विश्राम करना कोई कुन्दन से सीखे। सोचा था कि वे सूत्र-मन्त्र आदि देने वाले आध्यात्मिक गुरु बनकर नेपथ्य में रहेंगे। आगे कार्यकर्ता के तौर पर कुन्दन काम करेगा। लेकिन गजाधर से हुए बर्ताव को क्या कहा जाये। इस कुन्दन से सावधान रहना होगा।

"ऊँची कोठी ज़रूर बना ली है लेकिन दूसरे का हक मारकर बनी इमारत एक दिन टेढ़ी मीनार जैसी गिर जायेगी।" गजाधर ने अपनी भड़ास निकाली।

महामाया बाबू की आँखों, नासिका और होंठों सब पर एक व्यंग्यभरी मुस्कान व्याप्त थी। क्या गजाधर जैसा अर्धगँवई तिकड़म से हथियाई और फैलायी कोठी को मानवाधिकारों में विश्वास रखने वाले किसी सत्पुरुष के हवाले करने में सक्षम है?

34

गगनबिहारी जी की तबीयत काफ़ी दिनों से ख़राब चल रही थी। पहले खाना का न पचना और दिल में घबराहट की शिकायत थी जो बाद में उठने-बैठने में दूसरों की मदद लेने तक पहुँच गयी। एक रोज दालान में चलते हुए बदन में ऐसा दर्द शुरू हुआ कि पीड़ा के मारे उनका मेरुदण्ड धनुष की भाँति वक्र हो गया। वे बड़ी मुश्किल से रेलिंग का पाया थामकर कुर्सी पर बैठ सके।

"इनकी आदत है, औरों को परेशान करने की। कभी मर्जी होती है तो खुद बॉलकनी तक टहलने चले जाते हैं। सामने के घरों में न जाने क्या ताँक-झाँक करते रहते हैं। कभी दो लोगों को जबरदस्ती अपने को उठाने को कहते हैं। भगवान बचाये ऐसे आदमी से।" ललिता देवी को तीमारदारी करना बिल्कुल नापसन्द था।

कुन्दन तरस खाने वाली नज़रों से अपने पिता को देखते हुए बोला, "एक नर्स रख देते हैं। वह इनको झेलेगी।" व्यंग्य से लिथड़ा दूसरा वाक्य उसके दया भाव की पोल खोल रहा था।

ललिता देवी ने तपाक से कहा, "क्या घर के तमाम नौकर-चाकर मर गये हैं? इन्हें किस बात की तनख्वाह मिलती है? कोई ज़रूरत नहीं है किसी नर्स-वर्स को रखने की।"

कालान्तर में तीमारदार और तथाकथित तीमारदारी करने वालों दोनों के लिए स्थिति बदतर होती गयी। घर के इस तथाकथित स्वामी की बीमारी में सेवा-शुश्रूषा की गम्भीरता का पहले अवमूल्यन हुआ और कालान्तर में सरासर पतन होता चला गया। गगनबिहारी जी बाथरूम में अपने मल-मूत्र से लथपथ पड़े आवाज़ देते लेकिन कोई सुनने वाला नहीं था। ललिता देवी नीचे के हॉल में लगे टी.वी. पर मनपसन्द कार्यक्रम देखने में व्यस्त रहतीं। कुन्दन बाहर बिज़नेस में बिजी था। कामवालियाँ और नौकर पराये मामले में बेवजह रुचि क्यों दिखाते। पता चलने में जरा देर के लिए हो-हल्ला होता। नौकरों का नाम लेकर उन्हें कोसा जाता। अरे फलाना कहाँ मर गये हो, बहरे हो गये हो क्या। लेकिन हकीकत यह थी कि किसी को उनकी सेवा में दिलचस्पी नहीं थी। जब घरवालों का ऐसा हाल हो तो धागे से उड़ने वाली पतंग में परिन्दे के जजबात होने की उम्मीद करनी व्यर्थ है।

दुनिया-समाज, पड़ोसी सभी से कटे गगनबिहारी जी का हाल या यूँ कहे कि दुर्दशा बाहर के जगत को बिल्कुल नहीं मालूम था। जीवन के पूर्वार्द्ध का हरा-भरा पारिवारिक परिवेश न जाने कब का विलुप्त हो चुका था। भाइयों और नातेदारों का

सघन परिपार्श्व स्मृतिशेष हो गया था। स्मृतिजन्य राग-चेतना के संसार को व्यतीत हुए कई जमाने बीत चुके थे। बीते कई वर्षों में उन्होंने केवल ग्रहण किया था परन्तु किसी को कुछ देने का विचार नहीं आया। मानव को छोड़िए, कभी गली के कुत्ते तक को रोटी नहीं दी। किसी पंछी के लिए दाना नहीं बिखेरा। गमले में पौधे को पानी तक देने का ख़याल नहीं आया। इसलिए मृत सागर की तरह प्रवाहहीन हो गये। ठण्ड का मौसम चल रहा था। रात भर ठण्ड से कंपकपाने के बाद दिन में भगवान भास्कर की रश्मियों की गर्माहट से पेड़-पौधे भले सजग व सतेज हो जाते लेकिन काम करने वालों को पानी के स्पर्श से मौत आती थी। इसलिए सभी की कार्यक्षमता मौसम के अनुरूप प्रभावित हुई। बेख़बर ललिता देवी अलग कमरे में दरवाजा इतनी मज़बूती से बन्द कर रखतीं जैसे कि अगर जरा सा खुला रह गया तो सारी गर्माहट आसमान में भाग जायेगी।

जाड़ा जरा भी रियायत बरतने को तैयार नहीं था। इलाहाबाद भले ही सेंट पीटर्सबर्ग नहीं बना। लोगों ने ओवरकोट बेशक नहीं पहने लेकिन बिना गमछा, मफलर, टोपी लपेटे और पहने कोई सड़क पर नहीं निकल रहा था। खुले में रात बिताने वालों पर ठण्ड ज़्यादा मेहरबान रहती है। इसलिए यथासम्भव लबादों से लदफद रहने के बावजूद अलाव में उनका भरोसा जस का तस बना हुआ था। ठण्ड सभी के लिए अलग-अलग अर्थ रखती है। किसी के लिए यह ठिठुरन का पर्याय है तो किसी के लिए दिसम्बर और दारू, पूस और पेग समानार्थी हो जाते हैं। बीमार और बुजुर्गों के लिए जाड़ा जानलेवा होता है। रात में जब रजाई-कम्बल बेअसर हो जाते तो मन करता कि प्रह्लाद की तरह पालथी मारकर सीधे आग में जाकर बैठ जाये।

रोग के शुरू में मरीज के मनोबल की संवर्धनात्मक प्रवृत्ति क्षयात्मक रुझान से बलवती होती है। कालान्तर में क्षयधर्म के उग्र होने पर बल-वीर्य के साथ मनुष्य का मनोबल भी क्षीण होने लगता है।

कमरे में अकेले पड़े जी बेहद घबराने लगता था। परसों रात के जानलेवा जाड़ा और कल दिन में हुई अविराम बारिश ने पूस की रात और आषाढ़ का एक दिन को एकाकार कर दिया था। पूरे दिन आसमान में बादल दुर्भाग्य की तरह छाये रहे। आज कुदरत ने मेहरबानी कर धूप के दर्शन कराये थे। सूर्य की रश्मियों का ताप ग्रहण करके नवजीवन प्राप्त करने की अभिलाषा से वे किसी नौकर की ख़ुशामद करके घरवालों की नज़र बचाते हुए बॉलकनी में बैठे। देखने वालों को धूप सेंकने बैठा मरियल बूढ़ा पीले मेढक सा लग रहा था। आशा के पाश से बँधे मनुष्य की चेष्टाएँ औरों को हास्यप्रद प्रतीत हो सकती हैं। ललिता देवी ने देखा तो चिल्लायीं। "बुढ़ापे में ख़ूब ताका-झाँकी कीजिए। आसपास वाले शिकायत करेंगे कि बुढ़ऊ

बहू-बेटियों को घूरते हैं। अब बस यही बचा है। चूजे के वज़न के हो गये हैं लेकिन बाहर निकलने के लिए फड़फड़ा रहे हैं। ठण्ड लग गयी तो दुनिया-समाज का मुँह खुला हुआ है। सब कहेंगे कि घरवाले देखभाल नहीं करते थे।" बिना किसी संकोच के गम्भीर आरोप लगाकर वे तीर की भाँति रुखसत हो गयी।

गगनबिहारी जी की शक्ल पानी के बिना मुरझाये पौधे सी हो गयी थी।

कमरे में पड़े वे अतीत में डूब जाते। निकलने का मन करता पर शरीर बेबस था। इंसान ज़िन्दगी के किसी मुकाम पर यह समझ जाता है कि उड़ना शरीर की नहीं, मन की क्रिया है। जिस धरती पर अन्न उपजाने और प्रेमगीत गाया जाता है उसी पर मृत्यु का शोक भी होता है। ऋषि-मुनियों तप से लेकर प्रकृति का नवशृंगार भी होता है। शरीर को हवा, पानी और आहार की आवश्यकता पड़ती है लेकिन जीवन के लिए परिवार के प्यार, आत्मगौरव और मनोबल की ज़रूरत है। इन जीवनोपयोगी तत्त्वों का मिलना इस घर में दुर्लभ था।

जल्दी ही वह दिन आ गया जब ललिता देवी घर में चहलकदमी करते हुए सबको सुनाने लगीं, "ये जितने दिन ऐसे चल रहे हैं, चलने दो। इनकी हालत देखकर मैं कहती हूँ कि भगवान इन्हें मुक्ति दे तो अच्छा होगा।" अपने कक्ष में आकर बड़बड़ाने लगी, "चलता-फिरता आदमी अन्न खाता है। बीमार घर का धन खाता है।"

एक पुरानी कामवाली तरस खाकर गगनबिहारी जी के गन्दे बिस्तर को बिना कहे साफ़ कर देती। सुबह-शाम पथ्य और दवा के लिए घर के लोगों को याद दिलाने की गरज से कहती, "बाबूजी की दवा का समय हो गया। उनके खाने का टाइम हो गया है।"

एक दिन यह सुनकर ललिता देवी ने भृकुटी चढ़ायी। "तू अपने काम से वास्ता रख।" लेकिन तत्काल अपना स्वर बदलकर मुलायमियत से ताकिद किया। "घर की बात बाहर किसी को बताने की ज़रूरत नहीं है।"

"नहीं-नहीं माताजी हम क्यों किसी को बताने लगे।" मन ही मन खिसियाकर कहा कि क्यों नहीं बतायेंगे। सबको बतायेंगे और सबसे कहेंगे कि किसी को मत बताना। जो मक्खियाँ मिठाई पर भिनकती हैं वे टट्टी पर भी बैठती हैं। कानाफूसी अभियान जारी हो गया। कानों में फुसफुसाहट कालान्तर में सरेशाम चौराहों पर चर्चा में परिणत हो गयी। कैसी औरत है? इसका बस चले तो दूसरों के घोंसले से अण्डा चुराकर कुन्दन को खिला दे।

मरीज की मदद और हमदर्दी रखने वालों की संख्या और उनके मनोबल में लगातार गिरावट होती गयी। एक दिन गगनबिहारी जी को बड़बड़ाते हुए सुना गया। "कहते हैं कि लुच्चे की मौत माघ में होती है। मैंने कौन सा पाप किया था प्रभु?

"एक रोज वे बड़े ज़ोर से चिल्लाये, "बालक कहाँ हो तुम?...बालक तुमने खाना खा लिया?" मृत्युशय्या पर पड़े मानव की ऊर्जा विस्मयकारी थी। पास से गुज़रती ललिता देवी गुस्से में कह कहना चाहती थी कि क्या बात है जो इतना चिल्ला रहे हो। लेकिन पति की जुबान पर पारस का नाम सुनकर चकित रह गयीं। जो नाम मन में होगा वही तो बाहर आया है। अन्दर न जाने कितना होगा, लब पर बस नाम आया।

इस मौसम में धूप ने निकलने पर लकड़ी ही नहीं इंसान तक सील जाता है। ठण्ड की मार बड़े-बुजुर्गों पर सबसे अधिक पड़ रही थी। ललिता देवी कहतीं कि कुदरत पुरानी पत्तियों को गिराने के लिए पेड़ हिला रही है।

रात में कभी नींद खुलती तो कुत्तों का रुदन लोमहर्षक आर्तनाद की प्रतिध्वनि बनकर कान से टकराता। कान मानव कण्ठ से कोई शब्द सुनने को तरस गये। अन्धकारमय कमरे में मकड़ी के जाले में फँसे कीड़े की नियति महज छटपटाने की होती है। दरवाज़े पर हवा का खटका रक्तिम नेत्रों से क्रूरतापूर्वक घूरती मृत्यु की आहट प्रतीत होती। प्राण पखेरु का हरण करने वाला काल आसपास मँडरा रहा था। पत्नी की बेरहम और कुन्दन की सलीकेदार उपेक्षा अपने तीखे नखायुध से हृदय को विदीर्ण करके दम लेती थी।

चेतनाशून्य होने के बाद भी क्या मनुष्य के मन में विचार आ सकते हैं? न जाने मूर्छित गगनबिहारी जी क्या सोच रहे होंगे। शायद यह कि धरती पर बस महाकाल ही चिरंजीवी है। शेष व्यर्थ में दम्भ करते हैं। जीवन अन्ततोगत्वा एक मृत्युमुख अस्तित्व है।

जो यहाँ है नहीं उसके नाम का जाप कर रहे हैं। जो लोग दिन-रात सेवा में लगे हैं वे नहीं दिखते। ललिता देवी का क्षोभ चरम सीमा पर था। बाप की इतनी चिन्ता है तो वह यहाँ क्यों नहीं है। बिस्तर पर लेटे गगनबिहारी जी एक रोज सम्पूर्ण बची-खुची शक्ति से उठने की कोशिश करने लगे। औंधे बैठे या औंधे लेटी अवस्था में स्वगत भाषण करते हुए बोले, "मेरा बालक गौरेया जैसा है। हमारा बिखेरा हुआ दाना चुग सकता है लेकिन सुग्गे की तरह दूध-भात खाने के लिए पिंजरे में कैद नहीं रह सकता है।"

ललिता देवी बिफरी, "ऐसा ही प्यार है तो क्यों छोड़कर चला गया? आज के जमाने में कोई किसी की खैरियत की दुआ बिना किसी मतलब के नहीं करता है।"

जब उनके होते हुए किसी पर कोई फ़र्क़ नहीं है तो यह मानना हास्याप्रद होगा कि उनके जाने के बाद उनकी कोई बात घर में विद्युत वाहक का कार्य करेगी। परन्तु अत्यन्त धीमे स्वर में ही सही उन्होंने प्रत्युत्तर दिया। "राम का नाम लो। इतना उलटा न बोलो।"

"राम का नाम इतना प्यारा है तो श्मशान में जाकर बिछौना बिछाइए। वहाँ हर रोज कई दफ़ा राम नाम सत सुनने को मिलेगा।" ऐसा घोर कथन बोलने के बाद उन्होंने इधर-उधर देखा। कहीं कोई इस विपरीतार्थक को सुन लेगा तो सोचेगा कि जीते जी पति को श्मशान भेज रही है।

तन से लाचार, मन से टूटा हुआ मनुष्य क्या सोचता होगा? वे पारस का नाम पुकारना चाहते थे पर कण्ठ साथ नहीं दे रहा था। पारस विन्ध्य की तरह गर्वीला है। सूर्य का रथ रोकने के प्रयास में आकाश छूना चाहेगा। लेकिन विन्ध्य की भाँति विनम्र भी है जो महर्षि अगस्त्य का मान रखने के लिए उनके दक्षिण से लौटते तक की प्रतीक्षा करता रहेगा। पर उस तक बात पहुँचाये कौन? पारस का नाम उनके मन पर गोदने की तरह गुदा हुआ था। उनका शरीर जब पंचतत्त्वों में मिल जायेगा... कपाल क्रिया हो जायेगी, उसके पश्चात् ही यह नाम जायेगा।

रात में दुनिया किसी थके-माँदे मजदूर जैसी सो रही थी। जब कुत्तों की भौंकने की आवाज़ सारी दिशाओं को निगल चुकी थी उस बेला में वे बिस्तर के उतर कर बाहर जाने का दुस्साहस करने लगे। लेकिन चप्पल पहनने के प्रयास में ही भूलुंठित हो गये। सर और मुँह पर चोट आयी। प्रेत-बाधा के शिकार मानसिक रोगी की भाँति वे प्रलाप करते रहे। लेकिन उनकी आवाज़ किसी ने नहीं सुनी। घुप्प अँधियारी रात की नीरवता डरावना एकालाप कर रही थी। सुबह तक बेचारे ज़मीन पर पड़े रहे। मनुष्य की शारीरिक सीमा उसके चमड़े और नाखून तक है। उससे परे मन की सीमा है। पर मन भग्न हो चुका था। ठण्डी ज़मीन पर ही उन्हें नींद आ गयी। नींद में उन्होंने देखा कि उनके बड़े भाई खेत के बीच में पगड़डी पर चले जा रहे है। वे उनके साथ होने के लिए पीछे-पीछे तेजी से भागने के बावजूद उन्हें पकड़ नहीं पा रहे हैं। आख़िरकार उन्होंने पुकारा, "टुनटुन भइया...!"

लेकिन आगे चलते व्यक्ति ने बिना पीछे मुड़े जवाब दिया, "हम तुम्हारे भइया नहीं हैं।" वह आगे बढ़ता गया। डर के मारे उनकी चीख निकल गयी। वे हड़बड़ाकर उठने का प्रयत्न करने लगे। तभी ललिता देवी दनदनाती हुई कमरे में प्रवेश करती हैं। "हज़ार बार कहा है कि पाखाना-पेशाब करते वक़्त किसी को बुला लिया कीजिए लेकिन अपनी मनमानी के सिवा कुछ सूझे तब ना। ऐसी हालत में आदमी को उतना ही खाना चाहिए जितना वह बिस्तर पर लेटे-लेटे पचा सके।"

तमाम तबाही के बाद इंसानी दिमाग़ रूपी ब्लैक बॉक्स में अवचेतन स्तर पर कई बातें छिपी होती हैं। इन्हें जानने-पहचानने के लिए एक संवेदनशील मन के द्वारा सर्तकता भी खोज की ज़रूरत होती है। पर इतना धैर्य और फुरसत किसके पास थी। मृत्यु रूपी उकाब की नज़र जीवन रूपी गौरेया पर थी।

बिल्ली की नज़र हमेशा दाना चुगते कबूतर पर होती है। कुन्दन का दिमाग़ तेजी से काम कर रहा था। यह समय भावुकता के प्रदर्शन या अवसर गँवाने का नहीं था। वह भविष्य की योजनाओं के बावन पत्ते फेंटने में लगा था। पारस के लिए शायद जीवन क्रान्ति और आदर्श की अनिर्वचनीय अनुभूति हो सकती है पर उसके लिए यह भौतिक उपादानों की प्राप्ति के लिए सतत प्रयत्न है। जो सौदा करने में माहिर है और मौके के हिसाब के चाल चलता है वही टिकेगा। वरना फालतू में किताबी बातों के पीछे भागकर अपना समय बरबाद करते रहिए। किसने रोका है। ठनठन गोपाल होने से अच्छा है कि झूठ बोला जाये। जो महीन चतुराई में पारंगत होगा वही संसार में मूर्धन्य बनेगा।

ललिता देवी ने भूरा को नीचे वाले कमरे में बहीखाते में हिसाब-किताब करते कुन्दन को बुलाने को कहा। उसके आने के बाद उन्होंने इशारे से भूरा को प्रस्थान करने को कहा। जाते हुए भूरा की रज्जूबद्ध चौपाया सदृश्य चाल उसकी अनिच्छा को स्पष्ट कर रही थी। जो अपने पति का सरेआम अपमान करती है वह भला नौकर-चाकरों का कूट भाषा में निहित तिरस्कार क्यों करेगी। यह काम भी खुलेआम ही होगा। घृणा और अपमान का भाव कोठी की हवा में इतना स्वाभाविक था कि उसकी उपस्थिति जरा भी असहज नहीं करती थी। अपितु उसका न होना आश्चर्य का विषय होता।

दोनों गगनबिहारी जी के कमरे में उनका हाल देखने गये बिना बाहर एक-दूसरे को इशारों में काफ़ी कुछ बताते रहे। वे कतिपय बड़े झूठ पर परस्पर सहमत हो गये।

कोठी की बाहरी दीवार पर बिल्ली सावधानीपूर्वक चल रही थी।

दिवस की बची-खुची किरणों को समेट कर सूरज डूब गया। झाड़ियों में जुगनुओं का रनिवास घटनाक्रम से बेख़बर मुदित होकर क्रीड़ामग्न था।

रातोरात कुन्दन और ललिता देवी के मध्य गहन विचार-विमर्श में हुआ। कुन्दन ने मन्द स्वर और संकेत से बताया कि पारस को पिता की बीमारी के विषय में बताने की आवश्यकता नहीं है। जब पता चलेगा तब चलेगा। अभी खुद बताना ठीक नहीं रहेगा। अभी मौका है। ओखली में कुछ भी कूट लो और फिर लुढ़का दो। ललिता देवी पहले उसका मुख ताकती रह गयीं परन्तु जैसा कि हमेशा होता रहा है, उन्होंने कुन्दन की बात मान ली। बाद में बवाल तो नहीं होगा जैसा प्रश्न उनके चेहरे पर आया तो उसने हवा में हाथ फैलाकर उच्च स्वर में घोषणा करने वाले अन्दाज़ में कहा, "मैं हूँ ना। वह आकर क्या करेगा। जायदाद पर दावा करने का मौका देना सही नहीं होगा।" ललिता देवी आश्वस्त हो गयीं। कुन्दन स्वयं अपनी वशीकरण विद्या पर मोहित हो गया। बिना सोंठ और काढ़ा के खाँसी चली गयी। और क्या चाहिए।

"अभी तो ये हैं।" ललिता देवी ने अपने पति के कक्ष की ओर संकेत करके कहा। "बिस्तर पर पड़ा आदमी मरने में कई जमाना लेता है।" उनके कथन से लगता था कि वे बरसों से पति की सेवा कर रही हैं।

लोभ और स्वार्थ अनंग बनकर उसके हृदय में स्थायी रूप से वास कर रहे थे। इस निराकारी दावानल ने पूरे घर का रहा सहा मानवीय भाव भी भस्म कर दिया। स्वयं को ऐश्वर्य रूपी अन्तरिक्ष की कक्षा में स्थापित करने के लिए वह जल बिन मीन सदृश्य व्याकुल था।

गगनबिहारी जी के चेहरे पर किसी तलहीन खाई में गिरने जैसा भय पीलापन के रूप में छाया हुआ था। अब वे बोलते नहीं थे। बस निर्निमेष दृष्टि से पत्नी और कुन्दन की ओर संबल के लिए देखते थे। लेकिन आर्तनाद के प्रति बधिर बनने वाले मूक के भाव क्या समझेंगे। मृतप्राय को जीवनोन्मुख करने का यत्न बिरले करते हैं। आख़िर मुर्दे का क्या रोना। कुन्दन है ना। महत्त्वाकांक्षी और साधन सम्पन्न। उसकी अपार सम्भावनाओं को देखेंगे।

जो बॉलकनी तक जाने में असमर्थ था उसे गाड़ी से वकील के पास ले जाना टेढ़ी खीर थी। कुन्दन एक दिन यूँ ही सद्य: क्रय की हुई एस.यू.वी. से सिविल लाइंस और कचहरी का चक्कर लगाकर आ गया। उसके साथ ललिता देवी थीं। इस बार खिड़कियों पर सफ़ेद परदा लगा हुआ था। घर में उस दिन नौकर-चाकर छुट्टी पर भेज दिये गये। अगले दिन वह बैठक में ज़ोर से सुनाते हुए बोल रहा था। "बाबूजी को वकील के पास वसीयत लिखवाने ले गया। काफ़ी दिनों से कह रहे थे कि बेटा अब मैं ज़्यादा दिन नहीं खींच पाऊँगा। जीते जी यह फर्ज निभाता चलूँ।"

खाना बनाने वाली जरा तेज थी। अपनी बहन के साथ दरवाज़े पर टेक लेकर खड़ी होकर उसने पूछा, "लेकिन बाबूजी ऐसी हालत में कैसे आ गये?"

"अरे काफ़ी दिनों से जाने की जिद्द कर रहे थे। वो तो अपना कुन्दन टाल रहा था कि जाने दीजिए बाबूजी इन सबकी क्या ज़रूरत है। लेकिन वह वे अड़ गये कि मेरी प्रॉपर्टी है अगर नहीं लोगे तो उसे किसी ट्रस्ट को उठाकर दे दूँगा। तब मैंने कुन्दन को समझाया कि बेटा मान जाओ। माँ-बाप का इतना लिहाज़ करने वाला औलाद कलजुग में नहीं मिलेगा।" ललिता देवी ने कथा का पटाक्षेप किया। कोठी में अश्रेयस योजना की सुगबुगाहट और कॉलोनी में अधोगामी कृत्य की प्रतिश्रुति गूँज रही थी।

नौकर-चाकर मुँह बाये सारे वृत्तान्त का श्रवण कर रहे थे जो उन्हें बिना पूछे बताया जा रहा था। आख़िर वे ऐसे लोग थे जो बाह्य जगत में सारी बात फैलायेंगे। वे चाहे कार्यकुशल हो अथवा नाकारा लेकिन अन्धभक्त कदापि नहीं थे। कोठी की समस्त अप्रिय खासियतों पर सम्भवत: मौन धारण कर लें परन्तु ऐसी घृणित घटना पर

चुप्पी सम्भव न थी। खाना बनाने वाली की बहन पीठ पीछे बोली, "बुढ़ऊ बीमारी से बिल्कुल अंटाचित पड़े हैं। बाथरूम में गिरे चिल्लाते रहते हैं पर कोई उठाने या धुलाने नहीं आता था। आधा शरीर चौखट के बाहर पड़ा रहता है और बाक़ी अन्दर। चले हैं नौटंकी करने। एक बार उनको खुद खींचकर बाहर लायी।" वह उनके मल-मूत्र से लिथड़े वस्त्रों से घिन पर अपनी विजय का वृत्तान्त सगर्व सुनाना चाहती थी लेकिन खाना पकाने वाली ने फौरन उसे इशारे से चुप कराया। आज तक ललिता देवी से उन्हें अखाद्य पदार्थों के सिवा कुछ नहीं मिला था। पुराने कपड़े तक भूरा को कहकर बर्तन वाले से बदल लिए जाते पर किसी कामवाली या नौकर को देने की मूर्खता नहीं की जाती। हाँ कभी-कभार अखाद्य हो चुके फल उन्हें ज़रूर अर्पित किये जाते। रसोई में ललिता देवी स्वयं अपने कर कमलों से बड़ा ताला लगातीं। ताला क्या था, बिल्कुल आदमी का सिर था। कामवाली ने घर के बाहर निकल कर अहाते में रखे चप्पल पहने और चल दी। घर की मालकिन का सख़्त आदेश था कि जूते-चप्पल पहनकर अन्दर न आया जाये। यह आदेश प्रत्येक ऋतु में लागू होता था। कामवालियों को जाड़े में नंगे पाँव रहने में काफ़ी तकलीफ होती थी।

वे प्राय: सोचतीं कि कोठी की मालकिन को अकथ्य और अश्राव्य भाषा में अपशब्द कहने की हार्दिक कामना न जाने कब पूरी होगी।

गेट के बाहर निकलकर दोनों बहनें आपस में यही बात करती जा रही थीं कि भगवान सब कुछ देखता है। उसके हाथ में गज-कैंची रहती है। पति का घर में कुत्ते के बराबर भी मोल नहीं है। वे लोग साधारण लेकिन सचेत प्राणी थे। उन्हें कम आँककर कुन्दन और ललिता देवी ने गलती की थी। वे सुतली बम थे। जिस दिन बोलेंगे उस दिन पूरा मुहल्ला थर्रा जायेगा। आपस में बातें करती वे चली जा रही थीं।

चप्पलों की चुटुर-पुटुर की ध्वनि कुछ देर तक सुनाई दी और फिर वातावरण में विलीन हो गयी।

35

गोविन्दपुर का वजूद शाम में अँधेरा होते ही उसमें विलीन हो जाता था। इस कॉलोनी में चहल-पहल की झलक मोड़ और तिराहों पर छात्रों का हुजूम के कंपीटिशन की पत्रिकाओं और किताबों के स्टॉल तक सीमित थी। शहर की यह धीमी आवेगहीन कॉलोनी नदी के क्षीण दुर्बल धारा समान थी। कटरा में यह

अत्यन्त चहल-पहल में तब्दील हो जाती। मानो जल से भरी कतिपय सहायक नदियाँ मिल गयी हो। सिविल लाइंस की छटा देखकर नदी के घाटों की रौनक सी आभा छा जाती।

यद्यपि घर कभी भी गीत गुँजरित और नृत्यकंपित नहीं था परन्तु अब जो सन्नाटा पसरा था वह मरघट की खामोशी की उपमा तो पा सकता है पर वन की नीरवता की नहीं। यह सन्नाटा कायदे-कानूनों के साथ मनहूसियत का अधिक था। इस सन्नाटे को किसी को प्यार से पुकार कर भेदना नामुमकिन लग रहा था। स्नेह भरी झिड़की तो और भी दूर की कौड़ी थी। कोठी की दीवारों पर लगे ईंट-पत्थर अपनी जगह मुस्तैदी से जड़े हुए थे लेकिन अपने स्थान से इंच भर भी हिलने डुलने में असमर्थ। आपस में कोई संवाद का सवाल नहीं था।

गगनबिहारी जी बहुत पहले कभी पान खाने निकला करते थे। सैर करते हुए वे इस बात का पूरा ध्यान रखते थे कि इतनी दूर न निकल जाये जिससे कोठी दिखनी बन्द हो जाये। वैसे वे किसी से जान-पहचान तो दूर बातचीत तक नहीं करते थे पर उन्हीं की तरह सुगन्धित तम्बाकू मिश्रित पान का सेवन करने वाले एक रसिक से थोड़ी बातचीत हो जाती थी। बात की शुरुआत दूसरी ओर से हुई। गगनबिहारी जी ज़्यादातर हाँ-हूँ में वार्तालाप करते। संसार केवल दिमागी तौर पर विकसित जन से नहीं चलता है। फालतू में सम्बन्ध बनाने वाले भी इसमें अहम भूमिका निभाते हैं। एक रोज वे सज्जन कोठी के बाहर आकर गगनबिहारी जी का नाम पुकारने लगे। शायद खैर-ख़बर लेने की गरज से आये थे। ललिता देवी के निर्देशानुसार किसी ने गेट तक नहीं खोला। बस कहलवा दिया कि उनकी तबीयत जरा नासाज है। अभी किसी से नहीं मिल सकते हैं। उसी समय काम खत्म करके बाहर निकलती कामवाली ने उन्हें बताया कि बाबूजी की हालत बहुत ख़राब है और वे खुद चलने-फिरने से भी लाचार हैं। कामवालियाँ ही ख़बर फैलाने का कार्य करती हैं। कम पढ़ी महरियों ने क्षुद्र प्रसंग पर कर्कश कोलाहल करने वाली ललिता देवी के पति की गम्भीर बीमारी पर तिलस्मी मौन का रहस्य अनावृत करना आवश्यक समझा। आख़िर बात-बात पर पंचम स्वर में आलाप करने वाली बुढ़िया भूल के भी इस बात का किसी से ज़िक्र तक क्यों नहीं कर रही है। कपटपूर्ण कार्यकलापों को बेनकाब करने के लिए वे पूर्ण रूप से पर्दाफाश ब्रिगेड बन चुकी थीं।

सज्जन ने अपने परिचितों में यह बात बतायी। बातों में भी इंसानों जैसी जान होती होगी। तभी तो वे दूर-दूर तक चलते जाते हैं। शब्दों का सफ़र लौह भित्ति को पार करता हुआ पारस तक पहुँचा। उसके पास किसी अनजान नम्बर से कॉल आया। आपके पिताजी की तबीयत ख़राब हैं। उसने फौरन घर पर वीडियो कॉल किया।

कुन्दन ने कॉल रिसीव किया। "पिताजी कैसे हैं? तुरन्त बात कराओ।" पारस बुरी तरह हड़बड़ाया हुआ था।

वीडियो में साफ़ नज़र आ रहा था कि वे बिस्तर पर असहाय पड़े हुए थे। इतने कमज़ोर हो गये थे कि ऐसा लगता था जैसे हड्डी से मांस अलग हो गया है। वक़्त सुमेरु पर्वत तक को माटी बना देता है। इंसान का जिस्म क्या चीज़ है। नौकरानी उन्हें कटोरे के पानी को चम्मच से पिलाने की कोशिश कर रही थी। वीडियो कॉल में शायद उन्होंने पारस को पहचान लिया। ध्वनियुक्त शब्दाचार करने में असमर्थ वे अपना एक बाजू उठाकर कुछ इशारा करने की कोशिश करने लगे। परन्तु संकेत तब तक अर्थहीन होते हैं, जब तक उनकी व्याख्या न की जाये। पारस यह हृदयविदारक दृश्य देखकर भावुक हो गया। माँ और सगे भाई ने इस विचलित करने वाले सत्य को गोपनीय रखा है।

पास में ललिता देवी दूसरी नौकरानी से अपना बाजू दबवा रही थीं। "यहाँ आने की कोई ज़रूरत नहीं है। इनकी सेवा करने के लिए हम दोनों काफ़ी हैं।"

"क्या बोल रही हो?" उसने गुस्से से कहा। "ऐसी हालत में कहीं इस तरह की बात करते हैं?"

कुन्दन ने बीच में सामयिक हस्तक्षेप किया। "अरे औरतों की बात पर क्या ध्यान देना। कोई इनकी बात पर क्या अपने बाप से मिलने नहीं आयेगा।"

"वह औरत हम दोनों की माँ है। कोई पड़ोसिन या सड़क पर गुज़रती राहगीर नहीं।" आहत पारस के उत्तर में जेठ का ताप था। ललिता देवी और कुन्दन की पिता के पास उपस्थिति उसे लाश के चतुर्दिक चौकन्ने बैठे क्षुधाग्रस्त गिद्ध सदृश्य प्रतीत हो रही थी।

मौत घर के छज्जे पर पालथी मारकर बैठ गयी थी।

मरीज की मिजाजपुरसी के लिए पधारे इष्ट-मित्रों के प्रेरणादायक शब्दों तथा आशा भरे कथनों से ऊर्जा ग्रहण करने की किसी सम्भावना का नितान्त अभाव था। कोई चिरई का पूत तक झाँकने नहीं आया। सेवा-सुश्रुषा के लिए संवेदना की आवश्यकता है। बेरहम उपेक्षा यम के स्कन्धों पर आरूढ़ होकर मरीज की दुर्दशा पर क्रूरता से हँस रही थी। इस अवस्था में मरीज निष्कृति की याचना करता है...मुक्ति की पुकार उसके कण्ठ ही नहीं अपितु रोम-रोम से निकलती है।

पारस को जब गगनबिहारी जी के देहान्त का समाचार मिला, तब रात के करीब नौ बज रहे थे। वह उसी वक़्त गोविन्दपुर रवाना हो गया। घर पहुँचने पर सबसे पहले चतुर्दिक व्याप्त सन्नाटा से मुलाकात हुई। ज़मीन पर पुराने चादर से ढँका शव एक कंकालनुमा वृद्ध का था जिसके इर्द-गिर्द लोबान या अगरबत्ती तक नहीं जलायी

गयी थी। आत्मा के प्रस्थान के पश्चात् शरीर मृत्तिका मात्र है। पत्नी और बेटा की सुनियोजित उपेक्षा ने दिल तोड़कर आसन्न मृत्यु को नारकीय जीवन से लाख गुणा श्रेयस्कर मानने को कैसे विवश किया यह तो वही जानते होंगे। खानपान के शौक़ीन इंसान को महीनों पथ्य पर गुजारे करते क्या कष्ट नहीं हुआ होगा। दैहिक सुख-दुख आत्मा से अलग कहाँ होते हैं। जब मामूली सर्दी-गर्मी तन के साथ मन को कँपा देते हैं तो अनिर्वचनीय सुख और दारुण दुख मात्र देह तक कैसे सीमित रहेगा? मृत्यु तो उनकी बहुत पहले हो चुकी थी। बुढ़ापे की बीमारी में अपनों से अपमान, उपेक्षा और एहसान फरामोशी पाना मौत समान है। देह का अन्त भले कुछ समय बाद हुआ हो। शरीर के अन्त वाली मौत एक ढोंग लग रही थी। दरअसल यह देहावसान उस मृत्यु की वंशज मात्र थी।

मृत्यु के पश्चात् मनुष्य किस लोक में जाता है यह किसे मालूम लेकिन जीते जी इस जन्म से जुड़ी हर स्मृति अन्तिम क्षणों में मानो भेंट करने आती है। गाँव-देहात के संगी-साथी, छठ पर कमर पर जल में सूर्य भगवान को अर्घ्य अर्पित करना, फलांने जगह के प्रवास में की गयी मौज-मस्ती बिस्तर पर पड़े-पड़े नेत्रों के समक्ष चलचित्र की भाँति घूमते रहे। जिसने शायद ज़िन्दगी में कभी एस्पिरीन तक नहीं खायी थी वह अन्तिम दिनों में परिजन की दया पर आश्रित था। मज़बूत देहयष्टि की ऐसी दुर्दशा...!

मृत्यु के बाद देह से निकली आत्मा ब्रह्माण्ड में निर्वसना विचरण कर रही होगी। अब कौन सा नित्य कर्म कराने के लिए परिजन के सहारे की आवश्यकता है। तरल या ठोस किसी भी आहार ग्रहण करने के लिए किसी के हाथ की ज़रूरत नहीं है। आत्मा ने किसी के द्वार ठहरती है और न कुछ माँगती है। मृत्यु भी शायद मनुष्य को इस मर्त्यलोक से ज़्यादा दूर नहीं ले जा पाती होगी। धरती से जुड़ी अनेक गन्ध, स्मृतियाँ, दुनियावी अरमान आदि देह के अन्त के बाद भी कहाँ नष्ट होते होंगे।

उस दिन रात मानो काले कपड़े पहन कर शोक परिधान में खड़ी थी।

36

धुँध ने जड़-चेतन को ढँक लिया।

पिता भले कुछ न करे। बस निठल्ला बैठा रहे लेकिन वह ऐसा केन्द्र होता है जो परिवार के लिए हर जगह मौजूद होता है और उसकी कोई परिधि नहीं होती।

अर्थी तैयार करने में कौन सी कलाकारी की आवश्यकता है। कुन्दन ने अपने दुकान के कतिपय वफादार कर्मचारियों को कहलवा कर आनन-फानन में सारा

प्रबन्ध करवाया। अर्थी उठाकर मुश्किल से चार कदम भी नहीं चले कि सामने मुर्दा गाड़ी तैयार खड़ी थी। गगनबिहारी जी के पार्थिव शरीर को उसपर रखवा कर जैसे खानापूर्ति की गयी। ललिता देवी गेट के बाहर नहीं निकलीं।

देह का एक रोज दहन होना है। तभी इसे देह कहते हैं। रसूलाबाद घाट पर गंगा के किनारे मृत देह जल रही थी। इधर ललिता देवी बैठक में कह रही थीं कि वे बिल्कुल निठल्ले आदमी थे। चले जाने से कोई फ़र्क़ नहीं पड़ेगा।

औलाद के ऊपर से बाप का साया उठ गया। एक स्त्री ने शोक प्रगट किया।

ललिता देवी बर्फीले स्वर में बोलीं, "कुन्दन शुरू से घर का गार्जियन है। हमारे सर पर साया वही है।" मिजाजपुरसी के लिए जुटी दो-तीन औरतें एक-दूसरे का मुँह ताकती हुई निशब्द इस महिला का अजीबोगरीब वक्तव्य सुन रही थीं।

बिस्तर पर बीमार पड़ा वृद्ध भले किसी को स्तब्ध-सन्तप्त करके न गया हो परन्तु ऐसी निष्ठुर भाषा का क्या मतलब। घर की मालकिन ऐसे बात कर रही जैसे मरने वाला उसका पति न होकर कोई अधम अजनबी हो। मातम में पधारी उन महिलाओं को महसूस हो रहा था कि उनका स्वत: स्फूर्त विधि से इस घर में प्रवेश करना सम्भवत: एक भूल है। पूरा माहौल शोकसभा का न होकर किसी अति सामान्य दैनिक गतिविधि का लग रहा था।

ज्येष्ठ पुत्र होने के नाते दाह संस्कार से लेकर समस्त उत्तर कार्य पारस ने सम्पन्न किया। पिता को स्वर्गीय कहने की बेबसी पर मन चीत्कार कर रहा था। अब उसे बालक कौन कहेगा। देहांत स्वजन के देह का अन्त भले कर दे लेकिन उससे जुड़ी स्मृतियों का लोप नहीं होता है बल्कि वे और सघन हो जाती हैं। काश दिवंगत का अत्यन्त सूक्ष्म ही सही एक कायिक वजूद होता। पिता से वार्तालाप की आवश्यकता वह उनकी जीवनकाल से ज़्यादा अब महसूस कर रहा था।

"जो तेरहवीं में बैठता है उसे पूरे तेरह दिन संन्यासी जैसा बैठना पड़ेगा। बीच में उठ नहीं सकते हैं।" ललिता देवी घर में बीचोबीच खड़ी होकर कह रही थीं।

"इस बारे में मुझे ज़्यादा कुछ नहीं मालूम है लेकिन मैंने कब मना किया है जो तुम मुझे यह सुना रही हो? मरने वाला मेरा भी बाप था।"

ऐसा उत्तर सुनकर अवाक हो जाना ललिता देवी की नियति थी। कुन्दन ने आँखों के इशारे से उन्हें शान्त रहने को कहा। अभी सारे लोग मौजूद हैं। कोई भी हंगामा होने पर हमें ही नुकसान होगा। रिश्ते-नाते में कोई भी मातमपुर्सी करने नहीं आया। आता भी कैसे, किसी को पता हो तब ना।

"यह गाँव-देहात थोड़े ना है कि बेकार में भीड़ इकट्ठा होगी।" कुन्दन सुनियोजित तरीक़े से ललिता देवी को समझा रहा था। "गाँव में दादा के मरने पर

गोतिया-पट्टीदार ख़ूब जमा हुए थे। तेरहवीं के बाद शोर मचा कि गाँव वाले चाचा अपना चमरौंधा जूता छोड़कर जीजाजी का नया सैंडल पहनकर निकल गये। हमें ऐसी रिश्तेदारी नहीं चाहिए।" ललिता देवी को वैसे इस प्रकार के दिलासे की आवश्यकता नहीं थी क्योंकि उन्हें किसी के न आने से फ़र्क़ नहीं पड़ता था। वे पूरे घर में उच्च स्वर में घोषणा करती हुई विचरण कर रही थीं, "अगर लोग सोचते हैं कि दरवाजा-खिड़की खोलकर रोऊँ-चिल्लाऊँगी तो यह मेरे बस का नहीं है। हर किसी का अपना-अपना मिजाज होता है। मुझे कभी भी अपने मर्द के यहाँ के सबसे ठण्डे कुआँ के पानी से भी सन्तोष नहीं मिला। हमारे मायका का सुख कभी नसीब नहीं हुआ।"

पिता के कक्ष में पारस ज़मीन पर चादर बिछाकर रहता था। फलाहार पर दिन गुज़रता। उधर ललिता देवी और कुन्दन खाने में किसी क़िस्म की बन्दिश का पालन नहीं कर रहे थे। लहसुन-प्याज सब धड़ल्ले से इस्तेमाल हो रहा था। फ्रिज में अंडा वैसे ही मौजूद था। हमारे यहाँ किसी दिखावे की गुंजाइश नहीं है। ललिता देवी किंचित घमंड से सुनातीं। शव के दाह संस्कार में दाह निश्चित होता है पर संस्कार के विषय में पारस समेत घर के नौकर-चाकरों तक को संशय था।

गगनबिहारी जी का चश्मा और गमछा खिड़की के पास साँप की छोड़ी हुई केंचुल सरीखा बेकार पड़ा था। भूमि पर चादर बिछाकर लेटे पारस को मेज़ पर दवाओं की शीशी और टेबलेट दिखे। वह उठकर उन्हें देखने लगा। मेज़ पर मैदे की तरह जमी हुई बारीक धूल सारे राग-अनुराग से तटस्थ नितान्त वीतरागी दिख रही थी। मृत्यु के कुछ दिनों पूर्व तक सेवन करने वाली बची हुई दवाएँ यूँ ही पड़ी मुँह बिसूर रही थीं। औषधियाँ यह दिलासा देती हैं कि सब ठीक हो जायेगा। परन्तु रोगी की अवस्था, मनोबल और परिजन की परिचर्या के सम्बन्ध में मौन होती हैं। मौत हमेशा ऐसे लोगों की खोज में रहती है जो जीवन से निराश हो चुके हैं।

दीवार पर टँगी पिता की पुरानी तस्वीर को वह चित्रवत निहारने लगा।

खिड़की से यह देखकर ललिता देवी ने चाय सुड़कते हुए कुन्दन को सम्बोधित किया। "उसके दिमाग़ की मत पूछो। ज़िन्दा इंसान के मुकाबले मरे हुए का फोटो ज़्यादा सुन्दर दिखता है। वह भूत-प्रेत तक से प्रेम कर सकता है।"

बिजली के तार पर बैठे कौए ऐसे झुके हुए थे कि लगता था कि अब गिरे कि तब। सड़क पर अपने में गुम गुज़रते राहगीर न जाने क्यों निष्ठुर लग रहे थे। काँच के छोटे से गिलास भर चाय पर घण्टों बतियाने वाले शहर के लोग इस घटना से बेपरवाह नज़र आ रहे थे।

कोठी का आसुरी विकास हुआ था। अहाते में घास की जगह ईंट-गारे का पुख्ता विस्तार सीना ताने खड़ा था। अब धूप बस बॉलकनी में मुअस्सर हो सकती है। वणिक

वृत्ति तबीयत के हितैषियों के परामर्श को स्वीकार कर कुन्दन ने कमरे बनवाये थे। पारस के जाने के बाद ऊपर दो मंजिल और बने। भले ही कोठी के स्थापत्य कला से मेल न खाने के कारण वे पैबन्द जैसे भद्दे दिखते हो लेकिन कुन्दन का नीचे ऑफिस और व्यवसायिक कार्यों के लिए जगह खाली कराने और ऊपर निवास की व्यवस्था करने की योजना के लिए आदर्श थे।

अपने कमरे में पहुँचकर उसने चाव से सब कुछ देखना शुरू किया। लेकिन चीज़ों के साथ सारा माहौल बदल चुका था। बस दीवारें नहीं बदली थीं। वे उसकी ओर देखकर जैसे कह रही थी कि आख़िर तुम लौट आये। दोस्तावस्की की तस्वीर, पलंग के किनारे रखी तिपाई, पढ़ने की मेज सब नदारद थे। कमरा अवशिष्ट वस्तुओं का मालगोदाम बना हुआ था। उसका कमरा और वह दोनों एक-दूसरे के लिए अजनबी बन गये थे। खिड़की का शीशा टूट गया था। इसकी आंशिक पैबन्दी मकड़ियों ने दर्जी की तरह अपना जाल बुनकर कर दी थी। ख़राब ट्यूबलाइट को बदलने के बजाय एक पीला बल्ब जल रहा था जिसके इर्द-गिर्द कीटों की टोली मँडरा रही थी। अपने भूतपूर्व कमरे में उसका सामना एक बोलती हुई खामोशी से हो रहा था।

पारस ने देखा कि उसकी लाइब्रेरी की सारी किताबें किसी रद्दी की तरह सीढ़ी के नीचे बेतरतीब ढंग से ठूस दी गयी हैं। किताबों के कुछ बंडल नायलॉन की रस्सी से इतने कस कर बँधे हुए थे जितने निरीह जानवर भी नहीं बँधे होते हैं। लाइब्रेरी में किताबों की जगह मकान में लगने वाली टाइल्स और ग्रेनाइट की सिल्लियाँ रखी हुई थीं। चेतना का संचार करने वाली पुस्तकें स्वयं मृतप्राय पड़ी थीं। सारा हाल देखकर लगता था कि गिद्धों के द्वारा नोंचे जाने के बाद किसी पशु का बचा-खुचा कंकाल हो। वह कुछ देर तक इस दृश्य को यह सोचकर देखता रहा कि कहीं कंस के हाथों से छूट कर आकाश में चली गयी योगमाया सी कोई पुस्तक बच गयी हो। दीवार पर बने सेल्फ को वह टटोलने लगा। उसकी बालसुलभ प्रतीत होने वाली चेष्टा अप्रभावी होते हुए भी निष्प्रयोजन नहीं थी। ऐसा लग रहा था कि कोई आदमकद कृमि रेंगता हुआ दाना खोज रहा है। पेंट के खाली डिब्बों के पीछे उसे अपनी डायरी मिली। कमीज से पोंछ कर उसने बगल में बेहद सहेजकर दबा लिया।

पहली बार उसे पुस्तकों के परिग्रह जैसे सात्विक वृत्ति के उपक्रम की निस्सारता दिखी। अलबत्ता बैठक को रईसों के शौक़ के अनुसार सजाने का सराहनीय प्रयास किया गया था। घोड़ों, नर्तकी की तस्वीरें आदि के द्वारा दीवाल की शोभा बढ़ायी गयी थी। गणेश जी की प्रतिमा पूजा के उद्देश्य से नहीं बल्कि सजावट के तौर पर तिपाई पर रखी हुई थी। सारे फर्नीचर बदल दिये गये थे। अहाते के अन्दर पेड़ों को

काट कर नयी खरीदी गयी एस.यू.वी. के लिए जगह बनायी गयी थी। अनार के पेड़ तना अनेक टहनियों के बहुशाखी गुच्छे की तरह पक्के फर्श पर निर्जीव पड़ा था। आख़िर ललिता देवी का दीवार बचाओ कार्यक्रम क्रियान्वित हुआ। विक्रय योग्य लकड़ियों को ट्राली में लादकर बेच दिया गया। बस एक वृक्ष गोद में बच्चे का उठाये दुबली-पतली औरत की तरह खड़ा था। नयी गाड़ी के रास्ते में न आने के कारण वह कटने से बच गया था। गमलों में लगे पौधों को नियम से प्रतिदिन जल देने की परम्परा पारस के साथ ही विदा हो गयी। ज़्यादातर पौधों जल और स्नेह के अभाव में काल कवलित हो चुके थे। कतिपय बचे हुए पौधों की पत्तियों में सुराख देखकर लगता था कि मानो वे बर्बरिक के बाण से छलनी हो गये हैं।

कभी अपनी छटा से सड़क पर चलते राहगीरों का भी ध्यान आकृष्ट करने वाली बोगनवोलिया की लता सूखती हुई अकेले हरियाली का आभास कराने का दुर्बल प्रयत्न कर रही थी। मकान का पेड़ से ज़्यादा ऊँचा होना शहर के बड़े शहर में तब्दील होने की निशानी है।

कुन्दन सदृश्य प्रदर्शनप्रिय व्यक्ति हेतु वैभव को दिखाना शायद ऑक्सीजन के बाद सबसे महत्त्वपूर्ण है। आख़िर लोगबाग कार, कोठी और इंस्टा पर फोटो से किसी के बारे में अपनी राय बनाते हैं। जिस वस्तु का निर्यात मूल्य अथवा छवि निर्माण में कोई महत्त्व न हो उसे सहेजना सरासर मूर्खता है। उसे पेड़ की छाया नहीं, लकड़ी चाहिए। टिम्बर मर्चेंट की अस्थायी भूमिका में कुछ रकम हाथ लगी। वह कोई राहगीर नहीं जिसे सुस्ताने के लिए पेड़ की छाँव में बैठने की ज़रूरत होगी।

जाड़े में सूरज लुढ़कता हुआ कब आनन-फानन में पश्चिम की ओर पहुँच गया, पता नहीं लगा।

दो दिन बाद ललिता देवी ने पारस को अपने कक्ष में बुलाया। उसने पहुँचने पर देखा कि कुन्दन पहले से ही पलंग पर मसनद के सहारे बैठा हुआ था। व्रती होने के नाते वह ज़मीन पर बिछे कालीन पर बैठा। ललिता देवी ने सप्रयास गम्भीर स्वर में कहना आरम्भ किया। "तुम्हें यह जानने की जिज्ञासा होगी कि जायदाद के बारे में क्या फैसला हुआ है। मैं यह बताना चाहती हूँ कि घर के मालिक ने मरने से पन्द्रह दिन पहले वकील के सामने अपनी वसीयत करायी थी। उसमें उन्होंने यह लिखवाया है कि सारी जायदाद कुन्दन के नाम से होगी क्योंकि बुढ़ापे में उसी ने मेरी सेवा की है। ऐसा ही होता है। मेरे मायके में भी बड़े चाचाजी ने अपनी सम्पत्ति छोटे बेटे के नाम से कर दी थी क्योंकि वे उसी के पास अन्तिम दिनों में रहते थे। जब तक मैं ज़िन्दा हूँ, सारी प्रॉपर्टी मेरे पास रहेगी। मेरे मरने के

बाद सब कुन्दन को होगा। बाप की जो मर्जी होगी वह सबको माननी पड़ेगी।" जीवन भर पति को प्रताड़ित करने वाली स्त्री ने पितृसत्तामक लोकाचारों में अपने कृत्य की सहमति तलाशी।

पारस ने सब सुनकर कोई प्रतिक्रिया नहीं प्रकट की। शायद वह तू-तू मैं-मैं के फोटो सेशन से बचना चाहता था। ऊपर पलंग पर बैठा कुन्दन नज़र झुकाकर ऐसे बैठा था जैसे वह आस्था और आध्यात्म की उच्च भावभूमि पर स्थित है और उसे इन सब से कोई मतलब ही न हो।

कुछ देर शान्त रहने के बाद पारस ने संयमित प्रतिक्रिया जाहिर की। "ठीक है,अगर पिताजी ने वसीयत में मुझे कुछ न देकर सब कुछ कुन्दन के नाम कर दिया है तो हो सकता है कि उसमें कुछ ऐसे गुण होंगे जो मुझमें नहीं हैं। पर मैं वसीयत देखना चाहता हूँ। मैं भी उनका बेटा हूँ। चाहे वसीयत में मुझे फूटी कौड़ी न दी गयी हो लेकिन उसे देखने का मुझे पूरा हक है।"

कुन्दन श्वान की भाँति चौंकन्ना हो गया। उसने दूसरी ओर देखता हुआ कहा। "वसीयत वकील के पास है। उसकी कॉपी बाद में मिलेगी। अभी तुरन्त मुमकिन नहीं है।" वह पजेशन फुटबॉल खेल रहा था। सारे राज अपने पास दबाकर रखने और आख़िरी वक़्त में निर्णायक रहस्योघाटन करने की रणनीति पर चल रहा था। यह पारस भी अजीब है। मुखौटा ओढ़े आदमी से स्फटिक समान पारदर्शिता की अपेक्षा कर रहा है।

पारस ने उसे अविश्वास से देखा। "जब मिलेगी तो मुझे दिखा देना।"

कुन्दन सावधान हो गया। दुनिया में हक के लिए कौन लड़ता है। सब अपने फायदे के लिए एक-दूसरे से उलझते हैं। पारस कौन सा इस नियम का अपवाद होगा। सिद्धान्त और ईमानदारी आम आदमी को क्लोरोफार्म सुँघाने वाली चीज़ है। हुकूमत धमक और इकबाल से चलती है। पाप की गठरी से ज़्यादा भारी फालतू के उसूलों की पोटली होती है। जो इसके चक्कर में पड़ा वह सारी ज़िन्दगी वृत की परिक्रमा करता बिताता है।

उसने आगे की कई चालें तक सोच ली। कहने को पारस साहित्यकार है लेकिन कहानी लिखने और हकीकत में कहानी गढ़ने में फ़र्क़ है। किताबी ज्ञान भला व्यावहारिक बुद्धि के आगे क्या कर पायेगा। जमाना बात को कहानियों में ज़्यादा समझता है। दर्शन, डायग्राम, अलजेबरा और जिओमेट्री आसानी से समझ में आती तो अफेयर और ब्रेकअप की कहानियाँ इतनी लोकप्रिय न होती। वह घातक चाल करने को तत्पर था। फिलहाल वह व्यापारी, मुनीम, दलाल और शिकारी सब कुछ था।

37

तिमिर हरण प्रकाश की तासीर है। लेकिन यह अन्तस के अन्धकार का नाश करने की गारंटी नहीं है। कोठी में असत्य और संशय का बोलबाला था।

सत्य की स्वाभाविक मृत्यु नहीं होती है इसलिए उसकी हत्या करनी पड़ती है। ऐसा माना जाता है कि माँ-बाप का प्यार किसी प्रयोजनवश निर्मित कृत्रिम जलाशय नहीं बल्कि स्वाभाविक निर्भर झरना है। लेकिन मनुष्य जीवन के कतिपय मोड़ पर स्वयं को नितान्त अजनबी के रूप में पाता है जहाँ उसे न केवल नीड़ का फिर से निर्माण करना पड़ता है बल्कि खुद के विधि-विधान की रचना भी नये सिरे से करनी पड़ती है।

तेरहवीं तक पारस अपने पिता के कक्ष में ज़मीन पर चादर बिछाकर फलाहारी रहा। नौकरों को छोड़कर कोई उससे किसी ज़रूरत के लिए पूछने नहीं आया। नीचे कक्ष में ललिता देवी और कुन्दन गुप्त बैठक करते।

मनुष्य अपनी हथेली की छाँव तले बैठकर सुस्ता नहीं सकता है। हर आयोजन में दुनिया-समाज की आवश्यकता पड़ती है।

पास-पड़ोस और रिश्तेदारों में से कोई भी झाँकने तक नहीं आया। औपचारिकता के नाम पर भी नहीं। अगल-बग़ल और सामने रहने वाले भी अनजान बने रहे। कुन्दन को इससे कोई फ़र्क़ नहीं पड़ा। बीच-बीच में उसका शहर के वित्तीय तीर्थस्थलों चौक और जॉनसेन गंज आदि में आना-जाना लगा रहा ताकि आर्थिक जेट की उड़ान बदस्तूर जारी रहे। उसके तेवर कुछ ऐसे थे जैसे सर खुजलाने तक की फुरसत नहीं है। उसने तेरहवीं का आयोजन सिविल लाइंस के होटल में कराया जहाँ उसके दोस्त-यार खास तौर पर बुलाये गये। आयोजन में निमन्त्रण का पैमाना रिश्ता और मित्रता नहीं प्रोफाइल होना चाहिए। जिनके पास प्रोफाइल नहीं है वे आकर भी खाली पीपे की भाँति ढ़नढ़नाते नज़र आते हैं। कुन्दन ने बाप की तेरहवीं पर भी इस बात का खास ख़याल रखा। होटल में बड़े सुरुचिपूर्ण तरीक़े से मातम मनाया गया। भौतिक उपादानों की विपुलता भला भाव सम्पदा की विपन्नता को कैसे ढँक सकता है। पारस वहाँ नहीं गया। ललिता देवी ने इस बात पर आँखें तरेरी लेकिन वह न जाने के फैसले पर कायम रहा।

कुन्दन नाख़ुश तो बहुत हुआ लेकिन यह सोचकर हर्षित हो रहा था कि घर में ललिता देवी का विरोध प्रत्यक्ष युद्ध नहीं तो कम से कम युद्धाभ्यास की श्रेणी में आता है। अब वह पारस को क्षमा करने से रही।

ललिता देवी कहती फिर रही थीं कि ज़िन्दगी भर गगनबिहारी जी समाज से कटे रहे इसलिए लोग नहीं पहुँचे। इसमें हैरानी क्या है। जब आप किसी के काम आयेगे तभी कोई पूछेगा। वरना कोई काला कुत्ता अभी झाँकने नहीं आयेगा। बेचारे कुन्दन का दोष। कथन और लहजे की निस्पृहता विस्मयकारी थी।

जो लोग होटल पहुँचे उन्होंने औपचारिकता या जिज्ञासा के नाते गगनबिहारी जी के विषय में प्रश्न किये। कुन्दन ने दूसरी ओर देखते हुए सवालों का जवाब दिया। उसकी बातों में नक्काशी और बेलबूटे ख़ूब थे परन्तु तथ्यों को चालाकी से आवृत्त किया गया। मकसद पूरा करने के लिए आत्मा नहीं, दिमाग़ का होना ज़रूरी है। मरे हुए से किसी का मेल सम्भव नहीं है।

घर में तेरह ब्राह्मणों को बुलाकर भोजन कराया गया। पारस ने देखा कि कोठी के ऊपर बन रहे निर्माण कार्य में सीमेंट और बालू के लिए रखी टंकी के पानी को उन्हें पिलाया गया। नौकर और महरियाँ काना-फूसी कर रहे थे। बड़ाई नहीं बतियाना चाहिए पर हमारे ताऊ जी के श्राद्ध में दो सौ लोग घर के दरवाज़े पर खाना खाने जुटे थे। इतने ही स्कूल में जीमे गये। अनाथाश्रम में खाना भेजा गया सो अलग। यहाँ की रीत निराली है। सबका यह मानना था कि कोठी वाले नाक कटाकर नथ पहन रहे हैं।

मनोगगन में नाना प्रकार के भाव धूमकेतु और उल्का पिण्डों की भाँति बन-बिगड़ रहे थे। परन्तु धोखा और छल का दंश ध्रुवतारा की तरह जमा बैठा था। तेरहवीं के बाद उसने दुबारा अपने प्रश्न को दुहराया, "वसीयत मुझे कब देखने को मिलेगी?"

प्याज की परतें कुछ न होने का पर्याय हैं। बात को टालते रहना यही दर्शाता था।

कुन्दन ने अपनी कंजी आँखों को मिचमिचाते हुए जवाब दिया, "यह मेरे पास थोड़े ना है। माँ की ज़िन्दगी तक सब उनका है। उसके बाद मेरे पास आयेगा तो बात करना।" उसे वक्तव्य में निष्कर्षीय उपसंहार अनुपस्थित था। सीधे सवाल का अधूरा जवाब छिपकली के कटे पूँछ की तरह छटपटा रहा था। षड्यन्त्र की जड़ भले अन्दर दबी हो पर बदनीयती पानी की सतह पर मौजूद काई की तरह दिख रही थी।

"मैं उन्हीं से कह रहा हूँ।" पारस की बात का ललिता देवी ने कोई जवाब नहीं दिया।

"अरे ऐसी बातें छोड़ो। अब कोई फायदा नहीं है। टेंशन से इनका ब्लडप्रेशर बढ़ जायेगा। शुगर की प्रॉब्लम पहले से ही है।"

"हाँ, प्रॉब्लम तो कई हैं। लेकिन वसीयत अगर करायी है तो दिखाने में क्या हर्ज़ है। बात को टालने से बात खत्म नहीं हो जाती है।"

सहसा कुन्दन के तेवर बदले। "जो सेवा करेगा वही तो खायेगा। अगर जायदाद मेरे नाम कर दी गयी है तो इसमें मेरा क्या दोष है?" ज़िन्दगी किसी के लिए बूचड़खाना

लगती है तो वहीं किसी और के लिए बार-बी-क्यू वाला अहसास कराती है। इसमें बुरा मानने की क्या बात है।

"दोष नहीं दुष्टता है। तुम उनके पास रहते थे, कुछ महीनों से वे तुम्हारे रहमो-करम पर रहते होंगे, "पारस ने संयमित स्वर में उत्तर दिया। "अब तक सब जुबानी जमाखर्च है। जायदाद तुम्हारे नाम कर देना कोई दोष भले न हो लेकिन जायदाद की वसीयत न दिखाना बदनीयती ज़रूर है।"

कुन्दन को ऐसा लगा कि उससे सत्ता की जड़ाऊ तलवार परे रखने को कहा जा रहा है। मन में लोभ आसन जमाकर बैठा हो तो सच्चाई कुजात बन जाती है। बात अब जिस मुकाम पर पहुँच गयी है वहाँ भाषिक छल की गुंजाइश समाप्त हो गयी।

"खैरियत चाहते हो तो वसीयत की बात जुबान से न निकालो" वह सर्द आवाज़ में बोला।

पारस ने उसकी नज़रों में झाँककर कहा, "मैं खैरियत नहीं वसीयत देखना चाहता हूँ।"

"गोली चल जायेगी।" कुन्दन ने खूँखार आवाज़ में गुर्राते हुए उसे ऐसे घूरा जैसे बालि की तरह उसकी आधी शक्ति अपने नज़रों से हड़पना चाहता हो।

पारस को हँसी आ गयी। पाषाण पर मानो भाला टकराया हो। उसके इस अप्रत्याशित खिलन्दे अन्दाज़ पर कुन्दन हैरान रह गया। "गोली इधर से भी चल सकती है। ऐसे क्या देख रहे हो? ऐसा करने के लिए बड़ी-बड़ी मूँछें रखना ज़रूरी है क्या? या फिर कोई माफ़िया डॉन होना आवश्यक है? इसके लिए शराब पीना, अश्लील मज़ाक़ करना या अंग्रेज़ी बोलना ज़रूरी नहीं है। किसने कहा कि चूँकि मैं डिकेंस और बॉल्जाक की किताबें पढ़ता हूँ इसलिए पिस्तौल की गोली मेरे ट्रेगर दबाने से चलने से इंकार कर देगी?" बिना रुके वह बोलता गया, "हथियार उठाने के लिए फ़िल्मी डॉन जैसी गले में सोने की मोटी जंजीर पहनने की ज़रूरत नहीं है। तुम मेरे निशाने पर हो। तुम्हारी खैर नहीं है। अपना भौकाल बस माँ-बाप तक ही चला सकते हो। जब तुम ऐसा करते थे तबसे अब तक गंगा-जमुना में बहुत पानी बह चुका है। इस दफ़ा तुम अपनी खैर मनाओ। दूसरे का हक हड़पना मन्दिर के प्रसाद में मिली बूँदी नहीं है कि हर कोई गटक जायेगा। यह शिवजी का धतूरा है, खाओगे तो जान हलक में फँस जायेगी।" मानो शिव के फेंके गये त्रिशूल को किसी योद्धा ने अपने हाथ से पकड़ लिया हो। ढन-ढन करके लुढ़कता हुआ खाली कनस्तर मानो किसी वजनी धातु से टकरा कर रुक गया।

आख़िर पारस के आत्मविश्वास का आधार क्या है? बस आवेश में बोलने से क्या लाभ। वह आधे शहर को अपने पीछे खड़ा कर सकता है। पारस इलाहाबाद के

लिए लगभग बाहरी जैसा है। यूनिवर्सिटी और लाइब्रेरी का रास्ता छोड़कर उसे शहर की सड़कों का ज्ञान तक नहीं होगा। काफ़ी जद्दोजहद के बाद भी उसके समर्थकों की संख्या मुष्टिमेय की परिधि को पार नहीं कर पायेगी। "आख़िर मतलब क्या है तुम्हारा?" पारस के इस आकस्मिक आक्रामक रुख से अभी तक हतप्रभ कुन्दन से पूछा। मतलब की बात को निमिष मात्र में समझने वाला इस छोटी सी बात को क्यों नहीं समझ पा रहा है।

वह उसके नासमझी के फरेब पर हल्के से हँसा। "चूँकि तुम न समझने का अभिनय कर रहे हो इसलिए खोलकर बताता हूँ। जरा अपने कानों को सजाकर रखो। बचपन से ही तुम माँ-बाप के कान मेरे खिलाफ भरते रहे हो। घर में मेरे न होने का नाजायज फायदा उठाकर तुमने ख़ूब विष-वमन किया। जो काम मैंने न कभी किया और न ही कभी ऐसा करना मेरा इरादा रहा, वह सब तुम मेरे खाते में डालते रहे। पिताजी का ख़रीदा हुआ बगल वाला फ्लैट बिक गया। क्या बुजुर्ग माँ-बाप उसे बिकवाने के लिए डीलर और पार्टी के पास गये थे? अपने बिज़नेस पार्टनर का हक किसने हड़पा? कोठी में सारी सुख-सुविधाओं का लुफ़्त तुम अकेले लेते रहे लेकिन प्रचार यह करते थे कि पारस जायदाद हड़पना चाहता है। तुम्हारे गुनाहों और कुकर्मों की सूची बड़ी लम्बी है। उसका हिसाब भी बराबर लिया जायेगा।"

"भूलो मत कि मेरा नाम कुन्दन है। कुन्दन यानि खरा सोना।" उसने आँखें तरेरते हुए गर्जना की। ऐसा लगता था मानो बालि की तरह सामने वाला का आधा बल छीन लेगा। परन्तु उसके उच्च स्वर में विश्वास नहीं बल्कि भय और संशय गूँजा।

"और मैं पारस हूँ जो लोहे को सोना बना देता है।" पारस ने सगर्व उत्तर दिया। दोनों पक्ष आमने-सामने संघर्ष के लिए उद्यत थे। अन्तर यह था कि एक तरफ अभिमान और लोभ जैसी विशुद्ध सांसारिक विकृतियाँ हिलोरे ले रही थीं तो दूसरी ओर स्वाभिमान और हक का भाव अन्तस में निहित गर्व की भाँति उपस्थित थे। घोर उत्तेजना भरे वातावरण में भी वह भाषा को मछली बाज़ार की धूल-गुबार से बचाता था।

कुन्दन का युद्धम देहि का तुमुलनाद गीदड़ भभकी प्रतीत होने लगा। वह उसका आत्मविश्वास देखकर आश्चर्य के सागर में गोते लगा रहा था। जिस पंछी का आख़िरी पर तक नोंच दिया था वह आख़िर उड़ने कैसे लगा। चलो इसका अभी वीरगाथा काल चल रहा है। बहादुरी दिखायेगा लेकिन हमारी तरह दिमाग़ को तमंचे जैसा कैसे इस्तेमाल कर पायेगा। इलाहाबाद में कौन है जो हमारे खिलाफ जाकर इसकी मदद करेगा? यूनिवर्सिटी रोड, तमाम हॉस्टल, कटरा के लक्ष्मी चौराहा से लेकर चौक और सिविल लाइंस तक कौन साथ खड़ा होने को तैयार होगा? दसों दिशाओं से सहायता की गुहार लगायेगा तो भी चिरई का पूत तक सामने नहीं आयेगा। मेरे

साथ शहर की राजनीतिक हस्तियों, गुंडों और अधिकारियों का कानूनी और ग़ैरकानूनी संयुक्त परिवार है। चिन्ता की कोई बात नहीं है। भला किसमें इतना बल-वीर्य है कि मुझसे टकरायेगा। कोई अलौकिक शक्ति थोड़े ना उसकी मदद को हाज़िर हो जायेगी। ये अलौकिक शक्ति भी कभी-कभार ही काम आती है। रोजमर्रा के कामों में लौकिक साधनों से इसी लोक में संग्रहित ताक़त कारगर है। सत्यमेव जयते बस कहने की बात है। असल में समर्थमेव जयते का बोलबाला होता है। एक विषादवीर योजनाबद्ध विधि से कार्य करने वाले साधन-सम्पन्न प्रतिद्वन्द्वी का क्या सामना करेगा।

तुरन्त कुन्दन ने ललिता देवी को आँखों से इशारा किया। वे फौरन उसके कमरे की ओर चल दी। इस इन्द्रिय-व्यापार को कोई ताड़ नहीं पाया। मुगलों की सल्तनत मिल जाये तो भी ललिता देवी फूटी कौड़ी तक पारस को नहीं देंगी। वह है किस भ्रम में?

कुन्दन किवाड़ बन्द करके और खिड़कियों पर परदा चढ़ाकर ललिता देवी से गोपनीय वार्ता करने लगा। "मुझे घर में झोटा-झोटी और पटका-पटकी पसन्द नहीं है।" ललिता देवी ने कक्ष से बाहर निकलते सबको सुनाते की खातिर ज़ोर से कहा। वार्ता के समापन के पश्चात् कुन्दन मुनाफा कमाने जैसा सुख अनुभव कर रहा था।

घण्टे भर बाद पारस ललिता देवी के पास गया। "माँ मुझे बाबूजी की वसीयत दिखाओ।"

ललिता देवी ने बारिश के दौरान कड़कती बिजली की तरह कहा, "किसे माँ कह रहे हो?"

पारस हैरान रह गया। "तुम्हें कह रहा हूँ।"

ललिता देवी ने उसी तेवर और अन्दाज़ में कहना जारी रखा। "जिसके चरित्र पर लांछन लगाते हो उसे माँ किस मुँह से कहते हो?"

"क्या मतलब?" उसका विस्मय बढ़ता जा रहा था।

"तुम्हीं ने तो कहा है कि मैं अपने जेठ के साथ फँसी हुई थी।"

वह समझ नहीं पाया कि ललिता देवी क्या कह रही है। अत्यन्त कठिनाई से धैर्य धारण कर पूछा, "क्या बात कर रही हो? मैंने ऐसा कब कहा है? ऐसा तुमसे किसने कहा?"

"कुन्दन कह रहा था।" ललिता देवी का स्वर बिल्कुल सामान्य था।

यह बात उसकी माँ कह रही है...! पारस विश्वास न होने वाले इस विस्मयकारी सत्य हो देख रहा था। उसे प्रकृतिस्थ होने में समय लगा। वह यह कहना चाहता था कि माँ यह तुम क्या कह रही हो। लेकिन किसी को रिश्ते से सम्बोधित करने में मन में उठा संकोच वस्तुत: अब सम्बन्ध की गम्भीर समस्या को दृष्टिगोचर कर रहा

था। उसकी आवाज़ अनायास तेज हो गयी, "अगर कुन्दन कहेगा कि कौआ तुम्हारा कान ले गया तो क्या अपने कान को देखने की जगह कौआ के पीछे दौड़ोगी? समझ गया, तुम बस कुन्दन की आँखों से देखती हो, उसके कानों से सुनती हो और उसी की जबान से बोलती हो। तुम्हें माँ कहने में शर्म आती है। मेरा दुर्भाग्य है जो तुम्हारे कोख से जन्म लिया है।" उसके मुख से उच्चारित प्रत्येक शब्द धिक्कार बनकर तीन सौ साठ डिग्री पर वेग से घूमता चक्रवात था। ललिता देवी ने बोला चाहा लेकिन पारस ने बुरी तरह डॉटा। "चुप रहो। ऐसी बात कहते हुए तुम्हें शर्म नहीं आयी क्योंकि शर्म तो तुम्हारे अन्दर है ही नहीं। फिर बेचारी आयेगी कहाँ से। मुझे कोई सफाई देने की ज़रूरत नहीं है क्योंकि यह बात तुम लोग अच्छी तरह जानते हो कि यह आरोप बिल्कुल झूठा है। तुम लोगों को पिताजी की वसीयत नहीं दिखानी है इसलिए मुझ पर यह बेहूदा और मनगढ़न्त इलजाम जड़ रही हो।" मन की घृणा विष के घड़े जैसी फूटकर बह निकली। भेदभाव और पक्षपात को झेलने की आदत डाल चुका था लेकिन यह कुत्सित आरोप नासूर बनकर किसी परजीवी रोगाणु की भाँति उसे जीते जी खाने का सामर्थ्य रखता था। आख़िर यह कैसी औरत है जिसके सामने कुन्दन कपोल कल्पना और सफ़ेद झूठ को सिद्धहस्त वकील की भाँति सत्य सिद्ध कर देता है? लोभ कपट और मिथ्याचार के स्कन्धों का सहारा लिये बग़ैर गंतव्य तक नहीं पहुँच सकता है।

अन्तस में समुद्री चक्रवात समान नाना प्रकार के भाव उमड़-घुमड़ रहे थे। लेकिन इन भावों का घटाटोप ही इन्हें शब्दों के माध्यम से उद्धृत करने में बाधा बन रहा था।

अंधेरा धीरे-धीरे धरती की प्रत्येक चीज़ को ग्रसता जा रहा था। पहले दूर स्थित वृक्ष उसके शिकार बने। फिर नजदीक खड़े बिजली के खम्बे स्याह रंग में विलीन हो गये। अन्ततोगत्वा घर की दीवालें भी अंधकार में डूब कर अजनबी हो गयीं।

मन में अपार घृणा लिये वह तेजी से बाहर निकल गया। पीछे कोठी सही-सलामत खड़ी होने के बावजूद बिसूर रही थी। उसके स्तम्भ यथावत थे लेकिन उसमें रहने वाले बाशिन्दों के रिश्ते जर्जरीभूत कंकाल जैसे डरावने थे। जहाँ गाय सूअर की तरह विष्ठा खाने लगे वहाँ सर्वनाश निश्चित है। स्वजन दिवंगत होकर भी जीवनपर्यन्त हमारे मन में जीवित रहते हैं। परन्तु पारस को ऐसा प्रतीत हो रहा था कि पिता का अन्तिम संस्कार हुआ ही नहीं है।

38

शारदीय सूर्योदय का कुहासा भोर हो जाने के बाद भी दिन को शुरू नहीं होने देता है।

मन में व्याप्त अवसाद अंगद का पाँव था या धरती में धँसा कर्ण के रथ का चक्र जो टस से मस होने का नाम नहीं ले रहा था। दुखद स्मृतियाँ किसी पुराने दीर्घजीवी रोग की तरह दुःस्वप्न होती हैं। समय न जाने कितनी लक्ष्मण रेखाओं का अतिक्रमण करके निरन्तर आगे बढ़ा जा रहा था। पीछे मुड़कर देखने पर प्रतीत होता था जैसे एक महाद्वीप अन्तहीन महासागर में समाकर गायब हो गया है।

खिड़की से बाहर झाँकने पर अदृश्य हवा पेड़ की टहनियों को बलात झकझोर कर न जाने किस बात का बदला ले रही थीं। पारस ठण्ड में भी खिड़की खोलकर उसके सामने बैठा था। कमरे में उसे अनजानी घुटन महसूस हो रही थी। बाहर मानो ख़ुश्क फिजाएँ इंसानियत की बची-खुची नमी को भी सोखने की पूरी कोशिश कर रही थीं। खिड़की खुली होने के बावजूद हवा जैसे पेड़ की शाखाओं में उलझ कर रह गयी। उसे ठण्ड का तनिक भी अहसास नहीं हो रहा था। ख़ुश्क सर्द पवन से दोस्ती करने की वह कोशिश में लगा था। पाँव में ठोकर लगने के उपरांत जमा रक्त कठोर गाँठ बन जाता है। पारस के मन में चोट लगी थी। बाढ़ का पानी जैसे किनारे को कुतरता-निगलता जाता है वैसे ही उसका क्रोध धैर्य को शनैः शनैः मिटाता जा रहा था। उसके मस्तिष्क का एक भाग यथार्थ को स्वीकार कर रहा था लेकिन एक अंश अभी भी बहस पर आमादा था। यह कुन्दन क्या ऐन्द्रजालिक तान्त्रिक है या माता ही कुबुद्धि है?

अनमनयस्कता किसी अशुभ ग्रह जैसी मन में अतिक्रमण कर अपनी असंख्य प्रतिकृति बनाकर हर कार्य को टलवा रही थी। बहुत कुछ करने का मन कर रहा था लेकिन शुरुआत कहाँ से करे और कैसे करे। कुछ समझ नहीं आ रहा था। जिसने अपने घड़े के पानी के सिवा किसी और से कुल्ला तक नहीं किया उसपर यह लांछन! आख़िर वह अपनी माँ के बारे में ऐसा क्यों बोलेगा? कहने से पहले क्या ललिता देवी को यह सोचना नहीं चाहिए था? स्मृति हमारे जेब से कुछ नहीं ले जाती है लेकिन हमारे वर्तमान का काफ़ी जगह घेर कर पसर जाती है।

आख़िर ऐसी क्या बात है कि ललिता देवी हमेशा कुन्दन के कानों से सुनती, उसी की आँखों से देखती है उसकी भाषा में बोलती हैं? मेरे हक में बोलने में जबान में छाले पड़ते हैं? मेरी बात क्यों नहीं समझी जाती है? क्या मेरे कहने में खोट है?

मानव मन एक ऐसी डायरी है जिसके पन्ने फाड़कर फेंकना सम्भव नहीं है। असत्य धड़ल्ले से मंचित हो रहा है। सत्य सात परतों में दबे जीवाश्म की भाँति धरती के गर्भ में

छिपा है। दोनों भुजा कटी हुई हैं तो सर मारने से क्या फायदा। कुन्दन के कर्मों को कवर फायर देने वाली माँ ही थीं। मधु-तिक्त स्मृतियाँ जीवन भर दामन नहीं छोड़ती हैं। फिर इतना बड़ा घाव कोई कैसे भूला सकता है। इधर वह ख़ूब घूमा। लोगों से बेवजह मिला। कमरे में खाली नहीं बैठा। परन्तु लाख हँसने-मिलने के बावजूद कृतघ्न उदासी लौट आती। सच है कि संवेदनशील इंसान के लिए संसार कब्रगाह है। दुनिया के लिए यह मरणोपरान्त होती होगी पर इनके लिए जीते जी है। पारस को लगा कि जो कुछ हो रहा है वह उसके साथ नहीं बल्कि उपन्यास के किसी पात्र के साथ हो रहा है।

जिन बातों और लोगों पर पहले भरोसा था वे सब भूमिसात हो चुके थे। ऐसी कोई नयी बात नहीं आयी थी जिस पर भरोसा किया जा सके। इसलिए मन और माहौल में एक अजीब निर्वात व्याप्त था। ज़िन्दगी में आगे बढ़ने का कोई राजमार्ग नहीं दिख रहा था। बस एक दूसरे को काटती हुई बेशुमार पगडंडियाँ फैली हुई नज़र आ रही थीं।

आवाज़ सुनकर वह बर्हिमुखी हुआ। मुरलीधर था। पारस को ठण्ड में भी खिड़की खोलकर सूरज की रोशनी की प्रतीक्षा करते हुए देखकर वह मुस्कराया। "धन्य हो सूर्यपुत्र!" उसके बगल में पड़ी डायरी लेकर वह दूर खड़ा होकर पन्ने पलटने लगा। हँसते हुए उसने पारस से कहा, "आज देखूँगा कि अकेले में क्या लिखते हो।" मुरलीधर क्लॉस में किताब लेकर जीभ चिढ़ाकर भागता हुआ सहपाठी लग रहा था। लेकिन पारस का चेहरा देखकर उसकी मुद्रा बदली।

"कैसे हो पारस?" उसने उसके कन्धे पर हाथ रखकर पूछा।

"ठीक हूँ यह किसी से भी कह सकता हूँ लेकिन मन की बात कहने के लिए कोई अपना चाहिए। वक़्त बदलेगा तो छप्पन भोज खाऊँगा, फिलहाल रूखा-सूखा खाकर गुजारा करना है।" उसके मुख पर एक फीकी मुस्कान थी। उदासी उसके चारों ओर धुँध की तरह लिपटी हुई थी। मुरलीधर प्रत्यक्ष देख रहा था कि उदासी यदि मुस्कराये तो कैसी लगेगी। शब्दों का प्रयोग भाव को छिपाने के लिए चाहे कितनी भी कुशलता से हो, चेहरा पोल खोलने में कोताही नहीं करता है। घोर क्रोध में भी प्रशान्त स्वर भले आपकी सज्जनता का चिह्न हो लेकिन यह प्रशान्त घृणा का प्रतीक भी हो सकता है। पारस उद्विग्न था लेकिन उद्वेलित न होने का प्रयास सराहनीय था।

किताबें कमरे में जगह-जगह बिखरी हुई थीं। खिड़की के पास, सेल्फ पर, बिस्तर और कुर्सी पर, यत्र-तत्र-सर्वत्र। मुरलीधर की चैतन्य निगाहों ने भाँप लिया कि डेरे में वस्तुपरक ज़रूरतों का ख़याल रखने वाली चीज़ें उपलब्ध थी लेकिन आत्मपरक आवश्यकताओं की पूर्ति करने वाले तत्त्व का नितान्त अभाव था। दुख को मोहन भोग जैसा भोगते किसी को नहीं देखा होगा। अपनी कथा लिखकर क्या

वह कोई सुपरहिट या शास्त्रीय उपन्यास लिखना चाहता है? अच्छे-अच्छे लौह पुरुषों को काँच जैसा टूटते देखा है। पारस तो बेहद संवेदनशील है। इस तरह दुखी होने से क्या लाभ। पत्थर का क्या जाता है, घिसता तो चन्दन है। यादों के सूतक से मुक्त होना आसान नहीं होता। सुख में मनुष्य का चहकना सबको दिखता है लेकिन दुख मन के निविड़तम कोने में छिपकर पालथी मारकर बैठ जाता है।

आख़िर क्या हो गया? लेखक का आत्मविश्वास अद्वितीय होता है। जो यह मानकर लिखता है कि आज नहीं तो सुदूर भविष्य के पाठक उसे पढ़ेंगे, वह भला जीवन की किसी मुश्किल से क्यों विचलित होने लगा।

मुरलीधर उसे गौर से निरख रहा था। वह विचलित है। परन्तु विचलित होने के लिए भी कुछ स्थिरता पूर्वशर्त होती है। भले ही पृथ्वी की भूगर्भीय प्लेटें उन्मत्त होकर आपस में टकरा रही हो परन्तु सतह पर रहने वालों को कोई हलचल तब महसूस होती है जब ज्वालामुखीय विस्फोट होता है। वरना अन्दर के हाल से कौन वाक़िफ होता है। खुला आसमान चाहे जितना विशाल हो लेकिन उसका हाल मालूम हो जाता है। गहरे समुद्र का मिजाज पता करना मुश्किल होता है।

आँखों के आँसू दिल के जख्म के सिवा और क्या हैं। इतने बरसों में पारस को यह क्यों नहीं आभास हुआ कि उसके माँ-बाप दूसरी औलाद की ओर बिल्कुल झुके हुए हैं। आख़िर झुके बाँस को ही कोई आसानी से अपनी ओर पूरा मोड़ सकता है। कुन्दन ने बिल्कुल वही किया। हवा चल रही है यह जानने के लिए वैज्ञानिकों से पूछने की क्या ज़रूरत है। जिसे शक हो वह खिड़की खोल ले या कमरे से बाहर निकले। आख़िर पारस इतनी बड़ी गफलत में कैसे रहा? दूसरी ओर उसका दुश्मन इतना पहुँचा हुआ है कि प्रतिद्वन्द्वी के तीर को दाँत से पकड़कर ज़मीन पर लेट जायेगा। लोग समझेंगे कि मर गया। भस्म विभूषित ऋषितुल्य गम्भीरता से वह समझाने लगा, "सुनो, तुम खाटी इंटेलेक्चुअल हो। लेकिन मुझे भी लोग यूँ ही मूल निवासी नहीं कहते हैं। तुम्हें ज्ञान नहीं दूँगा पर अगर जहाज टूट जाये तो इंसान को लाइफबोट में भी ख़ुशी के तराने गाना बन्द नहीं करना चाहिए। जहाँ तक मुझे ध्यान आता है यह शायद वॉल्टेयर ने कहा था। मैं यह तो नहीं कहूँगा कि तुम हार गये और वह जीत गया लेकिन एक इविल माइंड के सामने तुम जैसा शरीफ और सेंसेटिव इंसान उस हद तक नहीं जा सकेगा। इसलिए अगर मेरी सलाह मानो तो यह सब भूल कर नयी ज़िन्दगी शुरू करो।"

कानूनी मामलों का विशेषज्ञ न होने की वजह से पारस स्वयं को विषय सापेक्ष अज्ञानी मान सकता था। लेकिन मानवीय सम्बन्धों में कानूनी पचड़े सर्वोपरि नहीं होते हैं। "माफ़ करना मेरी राय बिल्कुल अलग है। लोग कहते हैं कि मेरे अन्दर विष

भरा हुआ है। ठीक है, विष भरा है। पर अगर उस विष को बाहर उगल दूँ तो उसे ग्रहण करने वाला कौन नीलकण्ठ तैयार है?" उसने कहीं और देखते हुए भावशून्य स्वर में कहा। मुरलीधर भौंचक्क होकर उसे ऐसे देखता रहा मानो एक शास्त्रज्ञ के मुख से अपशब्द सुन रहा हो। उसे लगा था कि वह अब शान्त हो गया होगा परन्तु जरा सी राख कुरेदने पर असंख्य स्फुलिंग प्रस्फुटित होने लगे। अब तक वह यह जानने में लगा था कि पारस पर इन सबका दीर्घकालिक असर हुआ है या बस यह एक तात्कालिक भँवर है।

"हमारा बरसों का साथ रहा है। मुझे मालूम है कि तुम अपने घरवालों से ज़्यादा दोस्तों के नजदीक रहे हो। जहाँ तक मैं जानता हूँ, तुम छल-कपट से दूर हो। कुन्दन जैसे कपटी का कैसे मुकाबला कर पाओगे? यह सतयुग नहीं कलियुग है। किताबी बातें हकीकत की कठोर ज़मीन पर टिक नहीं पायेंगी।" अपनी ओर से पूरी निष्ठा से मित्र धर्म का पालन करने के बाद भी उसे संशय था कि वह पारस को समझा पायेगा कि कलियुग में मुनिगण अन्तर्धान हो जाते हैं। पारस को घाव घरवालों के हाथों मिला है। लेकिन काष्ठ की लाठी का वार झेलने वाला क्या अब खड्ग की धात्विक धार अपनी ग्रीवा पर लेने को उद्यत है? मित्र होने के नाते वह पारस के जीवन के कठिन प्रमेय को हल करने में मदद करना चाहता है। वह जानता था कि पारस दोस्ती और कुश्ती का सहअस्तित्व में विश्वास नहीं करेगा। मुँह में राम और बगल में छुरी उसके स्वभाव में नहीं है। कुन्दन घर में गलत बात बताता था लेकिन चूँकि उसकी बात को गलत साबित करने वाला वहाँ कोई नहीं होता था इसलिए उसकी बात पत्थर की लकीर मानी जाती थी। न जाने कौन सा मन्त्र फूँक कर उसने माताश्री को वश में किया है। फिर सोचने लगा कि किसी को वश में करने के लिए मन्त्र की नहीं, षड्यन्त्र की ज़रूरत होती है। षड्यन्त्र का मूल मन्त्र है कि जो तुम हो उसे ढँककर रखो और अपना छद्म रूप दुनिया को दिखाते फिरो।

"यह कलियुग सबसे अच्छा युग है। जमाना अपने ज्ञान पर घमण्ड करता रहे, हमें अपनी अज्ञानता पर पूरा भरोसा है। हमारे अज्ञानता पर कुटिल हँसी हँसने वाले भाड़ में जाये। हम जैसे हैं, ठीक हैं।" नज़र न मिलाकर उसने आगे कहा, "अन्दर एक नर्क छिपा है। बाहर से जो भी दिखाने की कोशिश करूँ, मैं एक जीता-जागता झूठ के सिवा कुछ नहीं हूँ।"

क्रोध सुबह का चिराग है। ज़्यादा देर तक नहीं टिकता है। परन्तु घृणा मन में स्थायी भाव बनाकर रहती है। उसका अस्तित्व मिटाना कठिन है। इस अवस्था में सारगर्भित वचन भी मन को सांत्वना देने की जगह अर्थशून्य होकर स्खलित हो जाते हैं।

मुरलीधर को वह काल बैशाखी का प्रचण्ड अंधड़ प्रतीत हो रहा था। बिल्कुल शिव का गण वीरभद्र। "बहुत बदल गये हो पारस। तुम बिल्कुल अलग राह पर चल पड़े हो। मेरे भाई इस राह का कोई अन्त नहीं है। बस थकान और प्यास मिलेगी। प्रतिशोध भूलकर यह राह छोड़ दो।"

वह विद्रूपता भरी हँसी के साथ बोला, "तुम जिसे प्रतिशोध कहते हो वह महज प्रतिक्रिया है। यह न तो मौलिक कार्य है और न ही मुख्य। असली काम तो उन लोगों ने कर डाला है। मैं बस प्रतिक्रिया कर रहा हूँ।" उसके बोल और शरीर भाषा से लगता था कि वह खलनायक की नासिका बबूल के काँटों में रगड़े बिना नहीं मानेगा। संसार में अभी भी कुबेर की ही नहीं विश्वकर्मा की भी पूजा होती है। भले ही रातोरात मयदानव की तरह भवन न खड़ा कर सके लेकिन योजनाबद्ध तरीक़े से दुश्मन को घेरा जा सकता है। मिथ्या आरोप का अजगर अपने वलयाकार जकड़न से उसकी अन्तरात्मा का गला घोंट रहा है। उस पर आचार्य बृहस्पति के नीतिशास्त्र का तक कोई प्रभाव नहीं होगा। कुन्दन की क्षिप्र और पारस की मन्थर गतियों में कौन किसको लील लेगा इसकी भविष्यवाणी करना कठिन है। घरवालों ने अपने लाल को ठुकराया है। मनुष्य जाति की बदक़िस्मती है कि लीक पर चलने वाले लीक से हट कर रास्ता बनाने वाले पर हमेशा पत्थर फेंकते हैं। साहित्यकार होना एक नियामत है तो साथ ही अनेक नियामतों से वंचित होना भी है।

उसे अच्छी तरह मालूम हो गया था कि पारस के अन्दर के परशुराम को जगाया गया है। अब सहस्त्रबाहु की खैर नहीं है। "तो फिर तुम क्या चाहते हो?" उसने उसकी ओर आँखें गड़ाकर पूछा।

पारस चुप रहा। लेकिन लगता नहीं था कि वह असमंजस में है। शायद सही शब्दों की तलाश कर रहा था। "मुझसे छल किया गया है। जो अपराध मैंने नहीं किया उसका आरोप लगाया गया है। बात बस ज़मीन-जायदाद तक सीमित नहीं है। कुन्दन कथानक का खलनायक है। माँ के बराबर या यह कहो कि ज़्यादा दोषी हैं। कहीं न कहीं मैं भी ज़िम्मेवार हूँ। अगर तुम यह सोचते हो कि इस छल का प्रतिकार न करूँ या घात सहकर चुप रहूँ तो मैं ऐसा कायर नहीं हूँ। भले ही वसीयत में मेरे नाम एक फूटी कौड़ी नहीं लिखी हुई हो लेकिन मुझे वसीयत देखने का पूरा हक है। ऐसे फैसले सबके सामने सुनाये जाते हैं। सूखे कुआँ में जाकर नहीं कहते। मैं अश्वत्थामा की तरह घावों से भरा अभिशप्त जीवन नहीं जी सकता।" बिना जिल्द की किताब के पन्ने हल्की सी बयार से भी खुदबखुद पलटने लगते हैं। पारस के मन के उद्गार प्रस्फुटित हो रहे थे। अन्तस में धँसे शर से निर्मित व्रण का रिसाव बारम्बार धोने पर भी जारी रहता है।

मुरलीधर जैसे निरुत्तर होकर रह गया। "फिक्र मत करो मेरे दोस्त। हम सबकी ज़िन्दगी भी लूडो की तरह साँप-सीढ़ी का खेल है। फ़र्क़ बस इतना है कि ज़िन्दगी में कौन सी सीढ़ी कब साँप बनकर किसी को डँस ले, निगल जाये, कोई ठिकाना नहीं है। एक लीगल नोटिस भिजवाता हूँ। प्यार-मुहब्बत और बहसबाजी से वे वसीयत नहीं दिखलाने वाले हैं। बस कानूनी तरीक़ा ही बचा है।" आख़िर कानून कोई निराकार ब्रह्म नहीं है जो बस पूजा करने के काम आये लेकिन ज़रूरत के समय उसे इस्तेमाल न किया जाये। चिन्तन-मनन वाले अन्दाज़ में उसने ठुड्डी को हथेली पर टिकाकर आगे कहा, "दुकान खोलकर बैठा है, कुछ न कुछ गड़बड़ी हिसाब-किताब में ज़रूर करता होगा। इनकम टैक्स डिपार्टमेंट से नोटिस भी भिजवाता हूँ। उसके रोम-रोम में ही नहीं बल्कि मज्जा तक में बेईमानी भरी है। ऐसा कर कइयों का अक्ल ठिकाने लगाया है। घटोत्कच से बात करता हूँ। वह उसके हाथ-पाँव तुड़वा देगा। अस्पताल में ज़िन्दगी के कई महीने बितायेगा।" मुरलीधर ने अपने कथन को सायास सुसज्जित करने का कपट नहीं दिखाया। जनपदीय राग से अनुप्रेरित वक्तव्य में उसने कट्टा संस्कृति के युग में भी तेल पिलायी लाठियों पर अगाध आस्था प्रकट की।

पारस के चेहरे की ओर एकटक देखता हुआ उसने अपनी बात दुहरायी, "सार्त्र की तरह तुम्हें भी वस्तुओं की जगह विचार ज़्यादा भाये। पर तुम अगर शब्द साधक हो तो हम भी यहाँ के मूल निवासी हैं। शहर की ज़मीन पर उगा हर घास और हर कंकड़ हमारे पहचान का है। जरा धीरज रखो। बदला लेना है तो गर्म दिमाग़ से मत लो। ठण्डा होकर इतमीनान से हिसाब चुकाओ। हमारा रिवाज़ प्यार के बदले पान देने का बदस्तूर बरबरार है लेकिन धोखा के बदले सामने वाले के सर पर पनही बजाने का दस्तूर भी बाकायदा निभाते हैं। जहाँ तक कुन्दन का सवाल है बस इतना ही कहूँगा कि कितना भी खाने पर जिसके मुँह से लार टपकनी बन्द न हो रही है, नाक बह रही हो, आँखों में बेईमानी का कीचड़ भरा हो, वह खुद दुनिया में नर्क भोगता है। ऐसे आदमी के कपड़ों से भी जुएँ निकलते हैं। सर की बात छोड़ो।" मुरलीधर ने अपना दर्शन प्रस्तुत किया। पारस के कन्धे पर हाथ रखकर वह योजना के बारे में बताने लगा। "यू आर मेकिंग ए डील विथ दी डेविल। डील समझो या झगड़ा मानो, सावधान रहना है। उसने माँ को पूरी तरह से वश में कर रखा है। वह जो कहेगा उसे अर्जुन की प्रतिज्ञा माना जायेगा और तुम कुछ भी बोलेगे तो उसे दुर्योधन का हठ समझा जायेगा। ऐसा ब्रेनवाश शायद ही कहीं देखा गया हो। ऐसी हालत में बहुत सावधानी से काम लेना है। रावण की नाभि के अमृत को सोखना है तो विभीषण की मदद लेनी होगी। उसने कइयों को धोखा दिया है। वे लोग तुम्हारे मददगार सिद्ध होंगे। चिन्ता मत करो लंकापति रावण को फुल रिस्पेक्ट के साथ ठिकाने लगाना है। बस मेरी एक बात मानो, अगला पैर टिकने

के बाद पिछला पैर उठाओ। जहाँ तक उसका सवाल है जब उसकी लंका में आग लगेगी तो आसमान में छाये बादल भी रास्ता बदल कर बगल से सरक जायेंगे। जहाँ तक तुम्हारी बात है, फिक्र-चिन्ता जैसी चीज़ों को दिल में घुसने मत दो। दौर बुरा होने से ज़िन्दगी बुरी नहीं हो जाती है।"

इतनी जल्दी धीरज और हिम्मत छोड़ने की ज़रूरत नहीं है। विष्णु भगवान को भी अपने कान के मैल से जन्मे मधु और कैटभ को मारने में पाँच हज़ार साल लगे थे। प्रलोभन के सम्मुख तो ग़ैरिक वसन भी कलंकित हुए हैं। फिर यह कुन्दन तो साक्षात लिप्सा का मूर्तिमान प्रतीक ठहरा। कोई बात नहीं। हम भी कौन से कम हैं। फलसफे में यूनानी, तहजीब में ईरानी, हिकमत में चीनी और जंग में तुर्कों का जवाब नहीं है। हम सब मिलकर ऑल इन वन बनेंगे।

इलाहाबाद वह शहर था जहाँ के मीठे-तिक्त अनुभव, बचपन की उछल-कूद, ज़िन्दगी से सीखी गयी समझदारी की बातें और बारम्बार दुहरायी गयी नासमझियाँ थीं। अतीत में घटित बातें इतनी अविश्वसनीय लग रही थीं जैसे मानव की क्षमता से परे हो। आँसू कब मुस्कराहट बन जाये और मुस्कान कब आँसुओं के सैलाब में बह जाये यह कौन जानता है। मुरलीधर उसे एकटक देख रहा था। पारस ने न जाने क्या सोच कर समाज में आना बन्द कर दिया। शायद उसे लगा होगा कि अपनी पसन्द का समाज बनाने में समय देना ज़्यादा अच्छा होगा।

किताबी बातों में विश्वास करने वाले व्यक्ति को ज़िन्दगी में पहली बार इस शाश्वत सत्य में यकीन नहीं हो रहा था कि माता कुमाता नहीं हो सकती है, पूत कपूत हो सकता है। समाज की यह सर्वमान्य धारणा मिथक सिद्ध हुई है। परन्तु माँ-बाप की बुराई करके किसी को यश नहीं मिलेगा। उलटे लोग धिक्कारेंगे। कैकेयी के समर्थन में मैथिलीशरण गुप्त ने 'साकेत' में उसके अनुताप का ख़ूब वर्णन किया है। लेकिन गोविन्दपुर वाले काण्ड में अनुताप नहीं सफ़ेद झूठ की बारम्बार आवृत्ति है। देखा जाये तो कैकेयी से अधिक जघन्य अपराध कुन्ती का था। सारे जमाने से उसने सत्य छिपाया। कैकेयी ने तो फिर भी जो कुछ किया वह अपनी सन्तान को राजसिंहासन दिलाने के लिए किया। लेकिन कुन्ती ने अपनी ही सन्तान को त्याग दिया। वह मर-खप गया कि ज़िन्दा है इसकी कोई खोज-ख़बर नहीं ली। हाँ अपने मतलब के लिए ऐन वक़्त पर जन्म का राज बताने पहुँच गयी। एक के नैवेद्य को ठुकराती है, दूसरा थूक उछालता है तो उसे मलाई मिलती है। ललिता देवी का आरोप उसके मस्तिष्क के सम्पूर्ण तन्त्रिकाओं को बलपूर्वक झकझोरता हुआ सीटी की तरह गूँज रहा था। मन की शान्ति मानो मछुआरे के जाल में फँसी मछली सा लाख कोशिशों के बावजूद छूट नहीं पा रही थी।

कोठी के सारे सूत्र अपने हाथों में कर चुका कुन्दन अपनी मर्जी के सुर निकालने के लिए समस्त तारों का इस्तेमाल करेगा और अपने हिसाब से गोट बैठायेगा। भला कालनेमि कब चाहेगा कि हनुमानजी धौलागिरि तक पहुँचे। उसकी तो हार्दिक अभिलाषा यही होगी कि संजीविनी बूटी के अभाव में शेषावतार प्राण त्यागे। वसीयत का रहस्य वह क्यों उजागर करेगा।

खैर! जो भी हो अब वह जो अनुष्ठान करने की ठान चुका है उसे जनमेजय के नाग यज्ञ जैसी महत्ता देकर पूर्ण करेगा। कभी-कभार शान्तिप्रिय लोगों की भी बिना लड़े खैर नहीं होती है। महानद को लांघने के लिए उद्यत व्यक्ति उसे गाय के खुर से बने गड्ढे से अधिक महत्त्व नहीं देता है। कुन्दन अपने मोरपंख को अधिकतम सीमा तक फैला चुका है। अब आगे जो भी काम है उसे नहीं पारस को करना है। भूत के माथे पर भभूत लगाने का अभूतपूर्व कार्य उसके कर कमलों से होकर रहेगा। अज्ञातवास में पाण्डवों ने भले कितने भी कष्ट सहे हो और दूसरों का दास बनकर रहना पड़ा हो परन्तु अन्त में उन संघर्षशील मनुजों का तप काम आया। आज संसार उन्हें कुरुक्षेत्र के अप्रतिम योद्धाओं के रूप में जानता है न कि विराट के यहाँ छिपकर काम कर रहे भृत्यों के रूप में।

रात को सपने में गगन बिहारी जी दिखे। बदहवास हालत में कह रहे थे कि बालक मेरे लॉकर में कुछ पड़ा है। परन्तु निकाल लो नहीं तो कुन्दन उसे भी हड़प लेगा। वह यह कहते हुए उनसे लिपटने के लिए आगे बढ़ा कि पिताजी मुझे अपने सर पर आपका साया के सिवा कुछ नहीं चाहिए। लेकिन वे अदृश्य हो गये। पारस हड़बड़ाकर जाग गया।

39

मुरलीधर ने चौधरी को कॉल किया। "कल भी तुम्हें मोबाइल लगाया था लेकिन तुमने उठाया नहीं। शहर में हमें किसके भरोसे छोड़कर गुलछर्रे उड़ा रहे हो?"

चौधरी ने जँभाई लेने के बाद जवाब दिया। "भई तुम्हारा फोन न उठाने के लिए मुझे जो फल मिलना होगा वह तो मिलेगा ही। पर सुबह-सुबह कॉल दाग़ने का कोई खास कारण...?"

बहुत सारी बातें बतानी थी। समझ में नहीं आ रहा था कि कहाँ से शुरू करे। चौधरी ने उसकी बात कुछ समझी, कुछ नहीं समझी। थोड़ी देर बाद वह

बोला, "माई डियर मूल निवासी फोन पर अत्याचार मत करो। संडे को मूड ख़राब करना ठीक नहीं है। बाक़ी तुम्हें पता ही है कि छुट्टी के दिन घर पर आदमी की इज्जत बीड़ी पीते मजदूर जैसी होती है। सीधे आमने-सामने बात करो। चाय पर मिलो।"

"क्या बात है। राजेश खन्ना के फ़िल्म की याद आ गयी। काश तुम्हारी जगह कोई कन्या ऐसा निमन्त्रण देती। लेकिन हम तुम्हें बिना समोसे के किसी भलेमानुष को चाय पर बुलाने वाली अस्वस्थ परम्परा की शुरुआत नहीं करने देंगे। यू आर स्ट्राटिंग ए रांग प्रथा। चाय, समोसे और जलेबी का खर्चा उठाने को तैयार हो तो मैं चम्बल के बीहड़ों से लेकर तोरा बोरा की पहाड़ियों तक में भी आने को तैयार हूँ। लथपथ को भी फोन कर देता हूँ। तब तक तुम अपनी गाढ़ी कमाई के पैसे से हम लोगों के लिए नाश्ता का इन्तजाम करना।"

मुरलीधर सम्पत समेत मेहदौरी कॉलोनी स्थित उसके आवास पर पहुँचा। चौधरी अहाते में घास पर नंगे पाँव टहल रहा था। उसे पीछे से धपका मारकर सरप्राइज देने का सुनहरा अवसर हाथ आते-आते निकल गया। ऐने वक़्त में उसने दोनों की आहट सुनकर पीछे देख लिया। "दुर्योधन की तरह अकड़कर सिहराने खड़े हो जाओगे तो देने वाले का मन ख़राब हो जायेगा। अर्जुन जैसा विनम्र बनोगे तो चाय-नाश्ता का सुअवसर प्राप्त होगा। लेकिन अगर तुम लोग लुई चौदहवें जैसा आई एम दी स्टेट बोलोगे तो हम भी अकड़ दिखायेंगे।"

"घास पर ग्रास हॉपर की तरह फुदक रहे हो।" सम्पत ने चुटकी ली।

"अभी-अभी तीन लीटर दूध और चार किलो आम खाकर हल्का नाश्ता किया है। खैर यह सब तुम जैसे हेल्थ कांसशस लोग नहीं समझेंगे। मेरी फिलॉसफ़ी से इत्तफाक रखना हर किसी के बस का नहीं है। यह मेरा सुबह का रूटिन है।"

उसकी भोजन-रति का उन्मुक्त चित्रण सुनकर सम्पत ने घबराने का अभिनय किया। "समय का इतना पाबन्द होना भी ठीक नहीं है। यह ताण्डव देखकर कोई भी मूर्छित हो जायेगा। हमारे लिए वादे के मुताबिक सामान बचा है या नहीं?"

"चिन्ता मत करो। वादे के अनुसार चाय, समोसा और जलेबी का तुम लोगों का इन्तजार कर रहे हैं। आख़िर हमने जुबान दी है।"

बाहर बाल्टी में ढेर सारे आम पानी में पड़े थे। आम का हरा रंग देखकर मुरलीधर ने जिज्ञासा प्रगट की। "सारे पके आम खुद भकोस गये। हमें कच्चे-कसैले आम के दर्शन करा रहे हो।"

"तुम्हें कैसा पता कि आम कसैले हैं? बिना खाये समझ गये? अन्तर्यामी हो?"

"रंग देखकर दूर से कोई उल्लू का पठ्ठा भी कह सकता है कि ये कसैले हैं।

फिर मुरली जैसे ज्ञानी की बात छोड़ो।" सम्पत बीच में टपका। "ऐसा लगता है जैसे एशियन पेंट से रंगा गया है।"

"जिसके कमज़ोर दाँत होते हैं वह इसी तरह की शिकायत करता है। नेचुरल चीज़ों की बुराई करना कोई तुम लोगों से सीखे। कार्बाइड वाला होता तो लपक कर खाते।" चौधरी भुनभुनाया।

"अब अपनी बहादुरी की तारीफ़ खुद क्या करें। जब पीपल वाले भूत से सुर्ती माँग कर खाऊँगा तब मानोगे कि हम शूरवीर हैं?" सम्पत बड़बड़ाया।

मुरलीधर ने चौधरी के शक्ल पर गौर किया। "ऐसी दाढ़ी फ्रेंच रिवोल्यूशन के वक़्त रखते तो कोई बात थी। आज इस तरह का वेश धारण करने पर तुम संदिग्ध नज़र आते हो।"

चौधरी ने अपनी दाढ़ी पर हाथ फेरा।

मुरलीधर चालू रहा। "मैं तुम्हारे अन्दर गम्भीर आध्यात्मिक परिवर्तन देख रहा हूँ।"

"तुम बस देखते रहो। कुछ दान-दक्षिणा का प्रबन्ध भी करो।"

"ऐसा कौन सा पाईथागोरस का प्रमेय सुलझा दिया है जो दक्षिणा माँग रहे हो? खुद तुम आरमानी का सूट पहनकर छैला बाबू बने इतराते फिरो और हम लोग जो तिनकों से अपना तन ढँकते हैं, उनसे खुलेआम दक्षिणा वसूलो। गलती से बस यह पूछ बैठा कि यह दाढ़ी किस गम में नहीं बनायी है।"

"घबराओ नहीं। एक दमड़ी तक मत देना। मैं न तो तुम लोगों से अपना चैनल सब्सक्राइब करने को कहूँगा और न बेल आइकॉन दबाने को बोलूँगा। दरअसल दाढ़ी बढ़ा लेने से ज्ञानी वाला लुक आता है। इसलिए बढ़ा लिया।"

"इससे कुछ हाथ लगा? मेरा मतलब है कि कोई कन्या इम्प्रेस हुई?"

वह हँसने लगा। "देख नहीं रहे हो। मैं भुतहा बँगला या खूनी हवेली जैसी फ़िल्मों का पोस्टर दिखता हूँ। अब ऐसे आदमी को राजा रवि वर्मा की बनायी तस्वीर वाली नारी तो मिलने से रही। मूल निवासी ब्वायज हाई स्कूल में पढ़ने के कारण खुद को तीसमार खाँ समझता है। हम जी.आई.सी. वाले हैं इसलिए हेय दृष्टि से देखता है।"

"तो इसमें क्या है?" सम्पत ने टोका। "मैं तो सी.ए.वी. में पढ़ा हूँ।"

अन्दर सोफे पर बैठकर सब चाय-नाश्ता करने लगे। समोसे में काला दाग़ देखकर सम्पत चिल्लाया। "कीटाणु...!"

मुरलीधर ने उसे तेज निगाहों से घूरा। "तुम इलाहाबादी हो या पैजामा? ये स्वादिष्ट मसालों का मिश्रण है। भला समोसे को कोई इस प्रकार से अपमान करता है? कुछ और खाने का इरादा हो तो बोलो। सिविल लाइंस में पिज्जा खाते हैं।"

"हे युवा हृदय सम्राट, "चौधरी ने हाथ जोड़े, "मैं यह कचरा कदापि नहीं खा सकता।"

"यह बात इन्होंने मुझसे कही है।" सम्पत उसके बात काटने पर बोला। "इसलिए उत्तर देने की स्वतन्त्रता मुझ पर छोड़ दो। आख़िर पिज्जा नाश्ता, लंच, डिनर और स्नेक्स-किसी भी रूप में खाया जा सकता है।"

चौधरी ताव खा गया। "सत्तू भी किसी भी समय और रूप में खाया जा सकता है।"

मुरलीधर ने सामयिक हस्तक्षेप किया। "फिलहाल जो उपलब्ध है उसे भकोसो और सन्तोष करो।"

चौधरी ने हाथ जोड़े। "आप लोग मेरी आत्मा की शान्ति के लिए प्रार्थना कीजिए और हाँ बीच-बीच में चाय-नाश्ता लेते रहना मत भूलिएगा।"

आगे उसने सूचनार्थ वाले अन्दाज़ में बताया। "घर में आटा-दाल, आलू-प्याज होना चाहिए। मुझसे चाहे जो मर्जी बनवा लो। नाश्ता के वक़्त आये हो। खाने के समय आते तो अपनी हाथ की सफाई दिखाता। मुझसे अच्छा कोई भी पकवान बनाकर दिखा दे तो उसे भरपेट लोकनाथ की नमकीन और देहाती का रसगुल्ला खिलाऊँगा चाहे इसके लिए अपना घरबार बेचना पड़े।"

सम्पत ने आपत्ति की। "तुम घरबार बेचो या एफ.डी. तुड़वाओ लेकिन कृपया मार्केट तो न बिगाड़ो। बड़ी मुश्किल से इस नाचीज़ ने आटा गूँथना सीखा है। अब क्या बिरयानी बनवाकर मानेंगे।"

इस पर कुछ पल के लिए ही-ही, ठी-ठी हुई। लेकिन जल्द ही मुरलीधर का मुख गम्भीर हो गया। यह बात चौधरी ने गौर की। "इस देश में बहुत बवाल है। एक बार ब्याह हो जाये तो सीधे हिमालय निकल जाता।"

सम्पत कान खुजलाते हुए बोला, "पहले निकल जाओ। बाद में मुश्किल है। उस घटना के बाद तुम अपनी पसन्द से खा पाओ यह ज़रूरी नहीं है। हमने कई शादीशुदा लोगों को देखा है। कलेजा मुँह को आता है। औरंगजेब की कैद में पड़े शाहजहाँ वाली हालत हो जाती है। बस एक अनाज लगातार खाने को मिलता है। यह वैरायटी वाले खाने का मजा बस अविवाहित अवस्था तक सम्भव है।"

मुरलीधर को हँसी आ गयी। "तुम खिसक गये तो यहाँ संविधान की रक्षा कौन करेगा? वैसे आदमी में परिपक्वता शादी के बाद ही आती है। जब चार दिनों तक लगातार टिंडे या लौकी की सब्जी खाने के बावजूद अगर कोई शिकायत न करे तो समझिए कि वह मेच्योर हो चुका है।" चौधरी को एकबारगी ऐसा प्रतीत हुआ कि पारस की मेधा का आंशिक आहरण कर मुरलीधर का नवीन संस्करण प्रगट हुआ है।

"बड़ी पते की बात कही है तुमने मेरे लाल। लेकिन हमारे ग्रुप में एक पारस काफ़ी है जो अव्वल तो बोलता नहीं है और जब मुँह खोलता है तो उपनिषद से नीचे बात नहीं करता। उसकी भाषा हिन्दी से ऊपर और संस्कृत से नीचे यानी दोनों के बीच कहीं पर है। दूसरे पारस की कोई ज़रूरत नहीं है।" चौधरी की मुद्रा परिहासपूर्ण हो गयी।

"घटोत्कच डियर, पारस और दूसरे लोगों में वही फ़र्क़ है जो कैट और कैमेल में होता है। खैर, तुमसे एक सीरियस बात कहनी है।" मुरलीधर सहसा गम्भीर हो गया।

"आर्तनाद मत करो। सीधे-सीधे बताओ कि माजरा क्या है। कोई इम्पॉरटेंट मैच हो रहा है क्या?"

सम्पत बोला, "ना भाई, सियार का ब्याह हो रहा है।"

मुरलीधर ने सम्पत को घूरा। बात को मुद्दे पर लाते हुए उसने धीरे-धीरे पारस से सम्बन्धित सब कुछ बताया। चौधरी का मुँह कसैला सा हो गया। "तुम्हारी बातें सुनकर मुझे गश आ रहा है। सब कुछ आँखों के सामने घूम रहा है। बस प्लेट में जलेबी दिख रही है।" दोनों को अपनी ओर देखते हुए वह सफाई देने वाली मुद्रा में बोला, "देखो मैं न केवल भूख लगने पर खाता हूँ बल्कि जब गुस्सा आता तो जो भी खाद्य पदार्थ उपलब्ध हैं उस पर निकालता हूँ।"

पेट पर हाथ फेरते हुए उसने अँगड़ाई ली। "हमारी बोली-भाषा बम-कट्टे से ज़्यादा असरदार है। काफ़ी दिनों से हथियार नहीं उठाया है इसका मतलब यह नहीं कि चलाना भूल गये हैं। यह इलाहाबाद है। बस साहित्यिक नगरी नहीं है। जानते हो कि नहीं, यहाँ आदमी खड़े-खड़े गायब करवा दिया जाता है। न जाने पत्थर जैसी कितनी कड़ी सुपारियों को हमने दाँतों से तोड़ा है। यह किस खेत की मूली है। इलाहाबाद में हमारे सामने कोई किंगकांग नहीं बन सकता है। फस्ट फ्लोर पर उसका बेडरूम होगा। चलो बम फेंकने के लिए यह आदर्श ऊँचाई मानी जाती है। तीसरी-चौथी मंजिल पर नहीं रहता है कि ज़्यादा ज़ोर लगाना पड़ेगा। पारस इंटेलेक्चुअल है...मैं नहीं। हम लोहे तक को ढालते नहीं हैं। सीधे कूटते और गूँथते हैं। हम ऐसे लोगों को पेट के बल चलना सीखा देंगे। फिर मत कहना कि माइकल दारू पी के दंगा करता है।"

सम्पत को लग रहा था कि मुरलीधर ने कहीं चौधरी को बात बताकर गलती तो नहीं की। उसने सर झटकते हुए प्रतिक्रिया प्रगट की। "जिस बात का आशंका थी, आख़िर वही हुआ। आप बात को आध्यात्मिक ऊँचाइयों तक ले गये।"

चौधरी ने दोनों को घूरते हुए कहा, "मेरी बात सुनो।"

"ध्यान से सुनूँगा लेकिन गम्भीरता से नहीं लूँगा।" सम्पत की इस बात पर वह उसे जरा नाराज़गी से देखने लगा। मुरलीधर ने सम्पत को इशारे से चुप रहने को कहा।

चौधरी ने मेज पर मुक्का मारा। "कुन्दन के बारे में कुछ लोगों से पहले सुना था। इतना मालूम था कि वह चालाक है लेकिन ऐसा शातिर होगा यह नहीं पता था। दुनिया में एक से बढ़कर एक रंगाई-पुताई चलता रहता है। मैं परदे के पीछे नहीं जाना चाहता हूँ। मेरे ताऊजी रेवेन्यू डिपार्टमेंट में हैं। उनके पास ज़मीन-जायदाद के पचड़े को लेकर कितने ही ऐसे केस आते हैं। कमबख्त दो पैसे के लिए आदमी खून के रिश्ते को लात मार देता है। घर ढह जाते हैं। जन्म भर के नाते पौधे की तरह सूख कर मर जाते हैं।" वह ज़ोर से हँसते हुए बोला, "तुम दोनों ने यूँ मातमी सूरत क्यों बना रखी है? मेहदौरी से तेलियर गंज में उसकी दुकान दूर ही कितनी है। उसकी लंका में आग लगा दूँगा। विधायक और सांसद देखते रह जायेंगे। हम साँड़ तक को पटक चुके हैं।" उसका ठहाका अकस्मात स्वयंमेव ठिठक कर रुक गया जब समझ में आया कि दोस्तों की महफिल में वह अकेले हँस रहा है।

सम्पत चौधरी के तेवर देखकर सहमा हुआ था। कुटिल के साथ हरक्यूलिस और रुस्तम वाले अन्दाज़ में नहीं लड़ सकते हैं। "घटोत्कच जरा सँभल कर। अपनी शक्तियों का दुरुपयोग मत करो। वैसे भी यह कुन्दन कुश्ती लड़ने वाला योद्धा नहीं है। वह शतरंज की बिसात पर चालें चलता है। इंसान को भेड़ बनाकर कतरता है और बकरा बनाकर काट डालता है।" दो-तीन बार उसके कन्धे को ढोलक की तरह ठोक कर कहा, "तुम्हारा हार्डवेयर तो बिल्कुल दुरुस्त है लेकिन सॉफ्टवेयर में कुछ प्रॉब्लम है।" उसने चौधरी के सिर की ओर इशारा किया।

वह ज़ोर से हँसा। उसके कन्धे पर अपना भारी पंजा रखकर बोला, "तुम लोग यह मत भूलो कि अकेले रहते हुए बिना भूखे मरे दिन बिताना, ढंग का खाना बनाना और सब मोह-माया है, जैसी बातें मैंने सिखायी हैं। मुझे वैशाखं नन्दन मत समझो। सावन के हरे-भरे मौसम में जन्मा हूँ। डोंट फिक्र डियर। हमें बचना और मारना दोनों आता है। इससे ज़्यादा समझने की ज़रूरत भी नहीं है। आई एम ए ख़तरनाक आदमी।"

अंग्रेज़ी और हिन्दी को एक वाक्य में पिरोने की अदा पर रीझने के बजाय सम्पत के ललाट पर लकीरें विद्यमान रहीं।

मुरलीधर ने सम्पत की ओर आँख मारते हुए कहा, "क्यों नहीं, हम यह मानते हैं कि तुमने हम लोगों को मजदूरी करके पाला है। हिन्दी और अंग्रेज़ी दोनों में तुम्हारी पकड़ बहुत अच्छी है।" उसने तारीफ़ करने का अभिनय किया।

"मैं संस्कृत भी फर्राटेदार बोलता हूँ। बात करके देखो।"

"अच्छा बताओ। वेयर आर यू गच्छामि?"

"आई एम मार्केट गच्छति।" इस पर दोनों मुस्कराये लेकिन बात मुद्दे से हटती

जा रही थी। चौधरी कान खुजलाने लगा। "कुछ भी कहो लेकिन पारस को भी यहाँ होना चाहिए था। उसके आने पर कौन सी निषेधाज्ञा लागू है।"

मुरलीधर ने विषय को मूलकथा की ओर मोड़ा। "शहर में हमारे सिवा पारस का कौन अपना है। जो करना है, हमें ही करना पड़ेगा। लेकिन जरा सँभल कर। जोंक अगर नमक छिड़कने से मर जाय तो संखिया का इस्तेमाल करने की क्या ज़रूरत है?" सभी इस बात पर सहमत थे कि पारस हम सबके बीच नैतिक कम्पास है। उसे अकेला नहीं छोड़ना है। लेखक कोई कथावाचक नहीं होता है जो घर-घर जायेगा। जो उसके लिखे को पढ़ेगा वही उसे जानेगा, जबकि कुन्दन नामक विषबेल शहर में यत्र-तत्र-सर्वत्र व्याप्त है।

मुरलीधर ने आगे जानकारी दी कि कुन्दन पारस के विरुद्ध कुछ ऐसा-वैसा कदम उठा सकता है। आख़िर काँटा का धर्म उसका नुकीला होना है। चौधरी ने हथेलियों को आपस में रगड़ा। "उसकी धमकी शुभकामना मानकर चलिए तो आप शरीफ कहलायेंगे। हमारी दुआ भी गाली समझी जायेगी। पर फिक्र नॉट। हमने बचपन से ही नैतिक शिक्षा और सदाचार के उपदेशों का उल्लंघन करके घर में टॉफी-बिस्कुट के लिए चोरी की है। हमारे लिए कोई नयी बात नहीं है। हम सामने वाले की क़द्र उसके व्यवहार को ध्यान में रखकर करते हैं। आप लोग मीठी गोली वाला होम्योपैथिक इलाज करते रहिए। यह खाकसार डायरेक्ट सर्जरी में विश्वास करता है। ऐसा गुस्सा किस काम का जो बस कोल्ड ड्रिंक से ठण्डा हो जाये।" उसकी तीव्र इच्छा हो रही थी कि शहरातियों वाली बोली का त्याग करके आँचलिक बोली के खेत में उतर जाये। भावनाओं की अभिव्यक्ति उसमें बेहतर हो सकती है।

चौधरी की रुचि सामने रखे व्यंजनों में समाप्त हो चुकी थी। "गाँव का आदमी भले बदन में एक-एक नस और हड्डी दिख रही हो लेकिन आन की बात पर सीना तान के खड़ा हो जाता है। उसके लिए किसी का सर फोड़ देना और खुद चोटिल हो जाना बहुत मामूली बात है। रोज जिम जाने वाले शहरी भी लड़ाई-झगड़े से दूर रहते हैं। शहर में कोई किसी के मामले में नहीं बोलता है लेकिन मैं गाँव का हूँ। वहाँ अभी भी तमीज सिखाने और कमीज खींचने वाले दोनों मौजूद हैं। मेरा नाम ही चौधरी नहीं है, अपने कर्मों के कारण भी लोग मुझे चौधरी समझते हैं।"

सम्पत बोल पड़ा। "इसलिए क्योंकि उनके पास दिमाग़ होता है। घटोत्कच डियर आज लड़ाई हाथ और लाठी से नहीं, दूसरी चीज़ों से होती है।"

"तुम लोग और मुझमें वही अन्तर है जो नेहरू और पटेल में था। इस दिमाग़ का अचार बनाकर तुम मर्तबान में रखो। परांठा के साथ खाने में काम आयेगा।" चौधरी भड़का।

सम्पत ने ताली बजायी। "क्या बात कही है। बड़ी ऊँची बात कर दी। बिल्कुल बहार आ गयी।"

चौधरी अभी भी उत्तेजित था। "हम बस बहार ही नहीं लाते हैं। इंग्लिश स्पीकिंग कोर्स भी कराते हैं। अभी तक मैं बच्चों को खरगोश और कछुआ सीरीज की कहानी नहीं सुना रहा था। अपना इरादा जाहिर कर रहा हूँ।"

मुरलीधर ने सामयिक हस्तक्षेप करना उचित समझा। "बहुत हँसी-मज़ाक़ हो गया। अब कुछ सीरियस रोमांटिक डॉयलाग हो जाये। देखो, भगवान ने जैसे जानवरों को मक्खियाँ उड़ाने के लिए पूँछ दी है, वैसे ही इंसान को सोचविचार करने के लिए दिमाग़ दिया है। इसका इस्तेमाल करते हुए आगे बढ़ना है। हम लोग आपस में तालमेल से काम करेंगे। वह पुराने जमाने की कमेंट्री में एक वाक्य ख़ूब सुनने में आता था... कॉट रॉडनी मार्श बोल्ड डेनिस लिली। आपसी सूझबूझ से ही विकेट मिलता है।"

सबमें एक उत्तेजना व्याप्त थी। अन्तस में नाना प्रकार के भाव आ रहे थे परन्तु उनका स्तम्भन के बजाय स्खलन अधिक हो रहा था। मुरलीधर का मत कानूनी पक्ष को ध्यान में रखकर कदम उठाने का था। चौधरी कुछ तूफानी करने की योजना के पक्ष में था।

मुरलीधर ने पंचों वाली भंगिमा अख्तियार कर कहा, "तुम लोहे के बने हो तभी तो हम तुम्हारे चुम्बकीय आकर्षण से खींचे चले आये। पर काम वही हो जो वाजिब होगा।"

अन्ततोगत्वा आम सहमति बनी। पारस को अकेला नहीं छोड़ना है। दुर्भाग्य के पंक में फँसी कामधेनु का उद्धार करना है। रागदरबारी न गाने वाला अक्सर अकेला होता है। चौधरी ने बात मान ली। "टेंशन ग्रस्त मत हो। मेरा अँगूठा तुम्हारे साथ है। जहाँ कहोगे, मुहर लगा दूँगा।"

चौधरी के घर से प्रस्थान करते समय मुरलीधर ने उसके समक्ष नाटकीय ढंग से सिर नवाते हुए कहा, "मैं आपको अखण्ड, प्रचण्ड और ज्वलन्त नमस्कार करता हूँ। साथ ही मैं ईश्वर को साक्षी मानकर पूरे होशो हवास में बिना किसी दबाव के यह सौगन्ध लेता हूँ कि आइन्दा से आपको सदैव माननीय भावी प्रधानमन्त्री जी कहकर सम्बोधित करूँगा। यदि मैं अपनी बात से पीछे हटूँ तो आपको मुझे फेसबुक, व्हाटसएप यानी यत्र-तत्र और सर्वत्र ब्लॉक करने का पूरा नैतिक अधिकार होगा।" इस पर ख़ूब खी-खी हुई।

चौधरी ने पूरा शरीर घूमाते हुए अँगड़ाई ली। "हम लोग लाइक माइंडेड न सही पर राइट माइंडेड ज़रूर हैं।"

विचार-विमर्श पूरा हो जाने के पश्चात् मुरलीधर उपसंहार करते हुए बोला,

"घटोत्कच डियर, इस घटना के बाद तुम मेरे दिल में आधी जगह घेर कर पसरे हुए हो। अगर तुम कोई सुन्दर नारी होते तो पूरी जगह तुम्हारे नाम से एलॉट होती।"

"अब जाओ भी। सुबह से जमे हुए हो। आसमान में सप्तऋषियों के दिखाई देने तक यही बैठे रहोगे?"

फाटक पर पहुँच कर सम्पत आदत से बाज नहीं आया। "आप करीब-करीब कृपाचार्य की श्रेणी में आ गये हैं। यानि समझिए कि आप लगभग अमर हो चुके हैं। इसलिए आपके नाम पर डाक टिकट जारी करने की ज़िम्मेवारी मेरी है।"

40

लक्ष्मी, कामधेनु, ऐरावत, पारिजात आदि सब प्राप्त हो गये। अब कुन्दन की हुकूमत करीब-करीब ईश्वर की अमूर्त सत्ता की भाँति अक्षय थी। वह स्वयं को अहम् ब्रह्मास्मि की ओर अग्रसर अनुभव कर रहा था। घर से तेलियरगंज तक अपने दुकान जाते हुए उसे विक्ट्री लैप लेने जैसी अनुभूति होती। पारस के पास गम को छाछ की तरह पी जाने के अलावा कोई चारा नहीं था। उसके कुबेरोचित ऐश्वर्य देखकर अचकचाये देवता गण बस आकाश से पुष्पवर्षा का मूड बनाने ही वाले थे कि व्यवधान आ गया।

गोविन्दपुर की कोठी में रजिस्टर्ड पोस्ट से नोटिस आया।

"यह सब क्या है?" ललिता देवी कुछ भी न समझने वाली मुद्रा में नोटिस लेकर खड़ी थीं। कुन्दन ने तुरन्त उसे अपने हाथ में लिया। पढ़ते हुए उनकी भाव-भंगिमा बदलने लगीं। लिखा था कि बाप की वसीयत दिखाई जाये। पारस भी उसे देखने का हकदार है। ललिता देवी और कुन्दन ग़ैरकानूनी रूप से सारी जायदाद का उपभोग कर रहे हैं।

दो-तीन बाद अच्छे से पढ़ने के बाद उसने कहा, "पारस ने अपना कदम उठा लिया है। हमसे वसीयत दिखलाने के लिए लीगल नोटिस भेजा है।" स्वार्थ, ईर्ष्या, भय मिश्रित कुण्ठा, अहंकार आदि अष्टधातु से निर्मित मानसिकता इस समस्या के लिए तैयार नहीं थी।

सुनकर ललिता देवी के चेहरे पर पधारा प्रथम नैसर्गिक भाव अचरज का था जिसे वह कृत्रिम भंगिमाओं वाले धुआँ और बादलों से छिपाने का भरसक प्रयत्न करने लगीं। इस उपक्रम में उनकी शक्ल कोढ़ से निकलते पीब जैसी हो गयी। अन्ततोगत्वा मुख-मण्डल पर जिस भाव से केन्द्रीय स्थान ग्रहण किया वह था कि अब क्या किया

जाये। कुन्दन की शक्ल भी पेड़ की छाल की तरह सूख कर बदरंग हो गयी थी। उसे खुद कुछ समझ में नहीं आ रहा था लेकिन प्रगट तौर पर उसने छद्म आत्मविश्वास से कहा, "कोई न कोई रास्ता निकाल लेंगे।" ललिता देवी को तत्काल भरोसा तो नहीं हुआ पर सोचा कि हर बार की भाँति वह इस दफ़ा भी कोई उपाय करेगा। कुन्दन गहरी सोच में था। पारस का अगला कदम क्या होगा? वह जायदाद के बँटवारे के लिए कानूनी रास्ता अपनाएगा। फिर...! ऊहापोह बढ़ता जा रहा था।

शाम को दुकान के एक कर्मचारी ने सूचना दी कि इनकम टैक्स डिपार्टमेंट से नोटिस आया है। लिफाफा फाड़कर उसका मजमून पढ़ा तो मालूम हुआ कि टैक्स चोरी के बारे में है। यह काम कौन करा सकता है? सोचा था कि घर से बेदखल और पैतृक जायदाद से वंचित पारस को मानसिक असबाब के तौर पर इतना मलबा उपहार में देगा कि समय बीतने के साथ-साथ वह कुण्ठाओं का स्तूप बन जायेगा। लेकिन यह सब क्या देखने को मिल रहा है?

जी में आया कि नोटिस के टुकड़े-टुकड़े कर फेंक दे और रुई के फाहे की तरह उन्हें ज़मीन पर गिरता देखे। न जाने किस उलूक की शनि दृष्टि पड़ गयी।

गोविन्दपुर में ही गगनबिहारी जी का खरीदा हुआ फ्लैट वह पहले ही बेच चुका था। ललिता देवी के गहने-जेवरात उसी के बैंक लॉकर में बरसों से पड़े थे। बैंक खाते के पैसे वह पहले ही कई बार करके निकाल चुका था। बिके हुए मकान का पैसा भी अपने शॉपिंग कॉम्पलेक्स और वर्तमान मकान को और फैलाने में लगा कर बुद्धिमत्तापूर्वक निवेश कर चुका है। आज तक केवल उसी कार्य को वरीयता दी जो वित्तीय कसौटी पर खरी उतरती हो। फिर डर किस बात का? यह सब बातें तो पारस के संज्ञान में होंगी ही। जाहिर है कि वह जायदाद के लालच के कारण नहीं बस उसे सबक सिखाने के इरादे से यह सब कर रहा है। कुन्दन के द्वारा खेले जा रहे खेल के निन्दनीय पक्ष से सभी जान-पहचान के लोगों को अवगत कराना भी आरम्भ कर दिया होगा। उसके बारे में जो और जितना सोचा था उससे वह अलग और अधिक निकला। इतनी मेधा और मेहनत से तैयार सारा खेल क्षण भर में चौपट हो जायेगा। कौन नहीं जानता कि शठता युक्त आचरण के अभाव में इस प्रकार की क्रीड़ा में सफलता सम्भव नहीं है। पैसा नाम की चीज़ बड़ी फुर्तीली और चालाक होती है। जरा सा छिद्र मिला नहीं कि उड़न छू हुई। कुन्दन के मुख पर विद्यमान भावों से प्रतीत होता था कि सुरचित योजना और कूट बुद्धि से हस्तगत सम्पदा किसी द्यूत के एक दाँव से गँवा बैठा हो। कल्पना भी नहीं की थी कि गुरुकुल में अध्ययनरत विनयशील विद्यार्थी सहसा उग्र खड्गधारी पुरुष के रूप में परिवर्तित हो जायेगा। उसका अन्दाज़ा था कि प्रतिद्वन्द्वी अब मुण्डहीन कबन्ध के समान है। लेकिन रणभूमि

में अभी भी खड्ग भाँजते हुए देखकर उसे हैरानी थी। आख़िर चाहता क्या है वह? रस्सी साँप का भ्रम भले उत्पन्न करे लेकिन वह फुँफकार नहीं सकती है। ज़रूर उसके इरादे खतरनाक होंगे। किसने सोचा था कि कल तक रुआँसा बालक तत्क्षण यज्ञकुण्ड की भाँति प्रज्वलित हो जायेगा। समुद्र के गर्भ में दीर्घकाल से पड़ा रहने के बाद उफनती लहरों के द्वारा तट पर फेंक दिये जाने पर भी शंख स्वयं नहीं बजता। किसी के द्वारा फूँक कर नाद करने से ही उससे ध्वनि निकलती है। स्पष्ट है कि उसे कोई मदद कर रहा है।

सियार के हुआ-हुआ करने से सजातीय जैसे कोरस में शामिल हो जाते हैं वैसी ही खलबली उसकी खोपड़ी में मची हुई थी। महामाया बाबू को अपने हिस्से की पड़ी है। लेकिन इस मुसीबत को केवल वही क्यों झेले। उन्हें भी बराबर का हकदार बनाये। खतरे का आभास होते ही उसका आत्मविश्वास हिम किरिट सा पिघल गया। उसे स्वयं विश्वास नहीं हो रहा था कि नगर श्रेष्ठी बनने के संकल्प का सुमेरु इतनी जल्दी डगमगाने लगेगा। सर्प की भाँति धरती के प्रत्येक गर्त के अन्तर्भेद से परिचित होने का दिग्विजयी आत्मविश्वास स्खलित कैसे हो गया? बाँस की तरह बस ऊँचा होने से अन्दर का खोखलापन छिप नहीं जाता है। खोखलापन आख़िर बोलता कम और बजता ज़्यादा है।

41

मध्याह्नोत्तर विश्राम को आवश्यक मानने वाले महामाया बाबू कर्नलगंज के अपने डेरे में सहसा मच्छर काटने से खीझ कर उठ बैठे। कुटिल मच्छरों ने मांसल शरीर पर अपने डंक गड़ाना शुरू कर दिए थे। वे स्वयं को बहुसंख्यक शत्रुओं से घिरा हुआ महसूस करने लगे। सोया हुआ व्यक्ति अपने शरीर को अनायास ही मच्छरों की रक्त-पिपासा शान्त करने के लिए आयोजित रक्तदान शिविर हेतु प्रस्तुत कर देता है। मच्छरों की खोज में दीवाल को ऐसे घूरने लगे मानो किसी पेंटिंग को निहार रहे हो। एक मोटा-तगड़ा मच्छर उनके नज़र की रडार में आया। जब दिन में इतने मच्छर स्वच्छन्द विचरण कर रहे हैं तो ये दुष्ट रात में न जाने कितना घोर कष्ट देंगे। मच्छर ने मनुष्यों का खून पीकर स्वास्थ्य लाभ किया था। आजकल शहरों में गाँव-देहात से ज़्यादा मच्छर होते हैं। इनका काटा पानी नहीं माँगता है बलिक डेंगू और मलेरिया का मरीज होकर सीधे ऊपर जाता है। महामाया बाबू ने गमछा से उसपर घातक प्रहार

किया लेकिन यह आक्रमण सेकेंड के दसवें या सौंवे भाग से विफल रहा। कमबख्त कितने फुर्तीले होते हैं। वे अपने मन को समझाने लगे। गाँव के आदमी ठहरे। इन तुच्छ मच्छरों से क्या भयभीत होना। आरम्भ में वे रोशनी में मँडराने वाले कीड़े-मकोड़ों से भी परेशान रहे थे लेकिन कालान्तर में उन्होंने कीट-जगत से तादात्मय स्थापित कर लिया।

दरवाज़े पर आहट से उनका ध्यान मच्छर की ओर से हटा। कुन्दन बिना अनुमति के अन्दर दाखिल हो रहा था। बिना किसी औपचारिकता के वह पलंग पर बैठ गया। मच्छर किसी सुरक्षित स्थान पर निकलने में सफल रहा।

"आओ बरखुरदार।" उसे देखकर उन्होंने स्वागत भरे अन्दाज़ में कहा। बिस्तर पर पोटली में सहेजकर रखे अखरोट को उसके सामने रखकर बोले, "लो खाओ। यह दिमाग़ की तरह टेढ़ा-मेढ़ा है और दिमाग़ के लिए काफ़ी फायदेमन्द भी।"

लेकिन कुन्दन का ध्यान अखरोट और उसके फायदों पर नहीं था। वह बरखुरदार में बर्रे के छत्ते और खुरों पर ध्यान केन्द्रित किये हुए था।

"मुझे लगा था कि तुम सारी जायदाद कब्जा कर चैन की नींद सो रहे होगे लेकिन यहाँ कुछ और नजारा देखने को मिल रहा है।" महामाया बाबू ने उसकी शक्ल देखकर टिप्पणी की। "इतने परेशान क्यों हो?" उन्हें लगा था कि अब कुन्दन के मुख पर सन्तुष्टि के भाव ऐसे सजे-धजे विराजमान होंगे मानो जीवन चक्र के कर्मफल का समग्र भोग कर चुका हो।

महामाया बाबू को तीखी निगाहों से घूरते हुए कुन्दन मन्द स्वर में गुर्राया। "पारस उम्मीद से ज़्यादा निकला। सोचा भी नहीं था कि वह भी चालें चलेगा... योजना बनायेगा।" उसने पारस के वकील की ओर से मिला लीगल नोटिस उन्हें पकड़ा दिया। उसे सस्वर पढ़ते हुए ऐसा लगा कि वे गरारा कर रहे हैं। सांगोपांग पढ़ने के बाद उन्होंने काग़ज़ को उलटना-पुलटना शुरू कर दिया। आशय ग्रहण करने के बजाय मात्र जिह्वा पाठ करते देखकर कुन्दन झल्ला उठा। "ऐसा करने से संसार का कोई रहस्य नहीं सामने आ जायेगा। जरा गौर कीजिए। नोटिस में यह लिखा है कि हमें वसीयत की कॉपी दो।"

"पर बरखुरदार हमने वसीयत करवायी कहाँ है?" महामाया बाबू के माथे पर शिकन खरोंच जैसी उभरी। प्रेम की चर्चा करते हुए बात फोड़े पर कैसे पहुँच गयी?

"वही तो। रजिस्टर्ड वसीयत मुफ्त में नहीं बनती है। जायदाद की क़ीमत का एक अच्छा खासा हिस्सा खर्च करना पड़ता है। हमें अन्दाज़ा नहीं था कि कानूनी पचड़ों से पारस जैसा अनजान लीगल नोटिस भेजेगा।" कुछ देर तक चुप रहने के

बाद कुन्दन ने दूसरा तथ्य उजागर किया। "मेरे पास इनकम टैक्स डिपार्टमेंट का भी नोटिस आया है।"

महामाया बाबू सोच में पड़ गये। माचिस की डिबिया में समाने वाली चीज़ कुतुब कद बन गयी। कुन्दन व्यापारी है। लेन-देन में हेर-फेर और हिसाब-किताब में इधर-उधर करना स्वाभाविक है। लेकिन आयकर विभाग का नोटिस आख़िर कौन भिजवा सकता है। जिसका ध्येय व्यापार के द्वारा ऐश्वर्य और शक्ति के शिखर पर पहुँचना है, उसके लिए बिज़नेस जुनून ही नहीं बल्कि रक्तचाप, शुगर सब कुछ है। धोखा खाने के बाद पारस अगली कोशिश शून्य से नहीं बल्कि अनुभव से शुरू करेगा। देर तक अपना सर खुजलाने के बाद महामाया बाबू ने हौले-हौले हँसते हुए नीति की बात कही, "प्रॉपर्टी हड़पना कढ़ी-चावल मिलाकर खाने जैसा आसान नहीं है। जिसका हड़पा है वह चुप थोड़े ना बैठेगा।" हँसी की मिसरी के बीच उनका कड़वी कुनैन चटाने का प्रयास कुन्दन को सरासर नागवार गुज़रा। सारा आग लगाने के बाद बन्दा ऐसे दिखा रहा है मानो उस जैसे स्थितप्रज्ञ को विवाद में घसीटना पाप है।

नेक सलाह देने वाला दीवान हो तो अयोग्य राजा भी रियासत चला सकता है। लेकिन यहाँ दीवान उलटी गंगा बहाने पर तुला हुआ है।

गुस्से के मारे वह ऐसे भभक उठा कि मन के भाव छिपाने के अपने पुराने गुण को भी भूल गया। उसे समझ में नहीं आ रहा था कि वह अपने महामात्य को मूर्ख माने या जानबूझकर अनजान बनने की कोशिश करने वाला शातिर आदमी। "मुझे थोथा ज्ञान नहीं आपकी मदद चाहिए।" आँखों के सामने सोने की लंका धू-धूकर जलने को उद्यत है। धीरज कैसे धरे। पारस के कदम से जैसे उसकी खोपड़ी में साही घुस गया। "आपको मदद करना है तो कीजिए नहीं तो रहने दीजिए। यहाँ भेजे में तकुआ घोंप दिया गया है और आपको दिल्लगी सूझ रही है।" अभद्रता से भरे बोल और अमर्यादित स्वर महामाया बाबू जैसे महारथी को विचलित नहीं कर सकते थे लेकिन यह सब कुन्दन के बर्फ जैसे ठण्डे तौर-तरीक़ों से बिल्कुल मेल नहीं खाता था। जहाँ वह शीशे के नुकीले टुकड़ों जैसे शब्दों से उन्हें लहूलुहान करने की चेष्टा कर रहा था, वहीं वे भी अपने वृत्त की भाँति गोल कथनों को उस पर उछालकर उसे चोटिल करने से बाज नहीं आ रहे थे।

महामाया बाबू ने दोनों हथेलियों से अपना चेहरा ऐसे रगड़ा मानो उस पर पुती कालिख को साफ़ कर रहे हो। इस प्रकार अधैर्य का प्रदर्शन करने वाले को वे जीवन का उच्चतर सिद्धान्त क्या समझा पायेंगे।

"आपको अपनी शक्ल की बूटपॉलिश की पड़ी है। इधर जरा मेरी तरफ नज़र इनायत कीजिए। चेहरा बदरंग हो गया है।"

"इसके लिए किया भी क्या जा सकता है। यह इलाहाबाद की आबोहवा का दोष है।" उन्होंने समस्या का भौगोलिक कारण प्रस्तुत किया।

किसी की जान जाये और कोई मल्हार गाये। दिल का हाल बयां करने के विषय में चेहरे पर अंकित भाव जबान से निकले शब्दों के आगे चलते हैं। "हजूर कुछ रास्ता निकालेंगे या बस हाथ पर हाथ धरे बैठे?" कुन्दन के शब्द न केवल तीखे थे बल्कि उसका लहजा भी अशिष्ट होता जा रहा था।

वे ऐसे आँखें मीचे हुए थे जैसे अमरूद खाने के बाद तोता। कुन्दन समझ नहीं पा रहा था कि परमहंस भाव में स्थित अपने इस महामात्य की समाधि भंग करने के लिए क्या करे। आख़िरकार वे स्वयं अपने चक्षु खोल कर बोले, "अपना चरखा कातना बन्द करोगे तभी तो कुछ बोलूँगा। जीन-लगाम कसे हुए ही सारा वृत्तान्त सुना डाला। राज चलाना कोई पबजी खेलने जैसा काम नहीं है। तुम हर जगह पंसारी जैसा तराजू लिये रहते हो। हर चीज़ का इलाज एक सी सोच से नहीं हो सकता है। जो ऐसे कारनामे करने का हौसला रखता है उसके पास जरा सा दिमाग़ भी होना चाहिए कि निशान को जीभ से चाटकर इस तरह साफ़ करे कि कोई सुराख न छूटे। बिल्ली से सावधान रहने वाले चूहे पहले से ही गहरा बिल खोद लेते हैं। तुम समझते हो कि तुम्हारा पेट हिन्द महासागर है जिसमें पूरी धरती समा जायेगी। गलती तुम करो और रास्ता हमारा गला पकड़कर निकलवाओगे? यह तो वही बात हुई कि आग लगाना जायज है लेकिन उसे बुझा न पाना गुनाह समझा जायेगा। बुद्धि रास्ते में अटक सकती है पर बेवकूफी को उड़ने के लिए बिना ओर-छोर वाला आसमान मिलता है।" अन्तत: महामाया बाबू ने उसके कौशल पर प्रश्नचिह्न लगाया। "ट्रेन पटरी से उतरी हुई हो तो इंजन स्ट्रार्ट करने से क्या फायदा। पहले ट्रेन को पटरी पर लाओ फिर आगे की बात करते हैं। जहाँ तक लीगल नोटिस और इनकम टैक्स नोटिस का सवाल है इसके लिए वकील और चार्टर्ड एकाउंटेंट किस दिन काम आयेंगे। यह सब भी हमसे कराओगे?" अर्थी को कन्धा देने के लिए सारी दुनिया तैयार हो जायेगी लेकिन चिता पर लेटने को कौन राजी होगा। मदद की सीमा होती है। पारिवारिक कलह में खामखाह क्यों कूदे।

सहायता के स्थान पर वे विचारगर्भ वक्तव्य देने के मूड में आ गये। उचित शब्दों की कमी को भंगिमाओं के द्वारा पूर्ण कर रहे थे। अपनी बात के समर्थन में वे हाल में घटित कोई गर्मागर्म उदाहरण प्रस्तुत करना चाहते थे। गाँव-देहात में कौटुम्बिक कलह के अनेकानेक उदाहरण उपलब्ध थे जिससे कुन्दन की काउंसलिंग करने में किंचित सामयिक सहायता प्राप्त हो सकती है।

गर्म तवे पर पड़ा पानी कब तक भाप नहीं बनेगा। आक्षेप और असहयोग

का संयोग देखकर कुन्दन हत्थे से उखड़ गया। एक ओर लगातार अपनी त्रुटियाँ निकलती देखकर उसे चीटिंयाँ काट रही थीं और दूसरी ओर वह यह महसूस कर रहा था कि जब तक बात पूरी होती है, वे यूटर्न ले चुके होते हैं। वह समझ नहीं पा रहा था कि मध्यस्थता निपुण मन्त्री को क्या हो गया है। इस कठिन समय में अपना तन्त्र-मन्त्र भूल गया है या उसकी दशा पर आनन्दित हो रहा है। महामाया बाबू के करतब देखकर उसका क्रोध ज्वर की भाँति बढ़ता जा रहा था। जिस बात पर अच्छा-खासा हाय-तौबा करना चाहिए था उस पर उनकी तिलस्मी चुप्पी विस्मयकारी है। न जाने किस शाखा मृग को पाला है। उसने देखा कि उसके अन्दर नदी के प्रवाह में सक्रिय तरंगों की तरह नाना प्रकार के भावों के उथल-पुथल को वे तट पर तटस्थ दर्शक की भाँति निहार रहे हैं।

क्रोध के मारे उसकी मुख सज्जा वीभत्स हो गयी। उसने सर्प की भाँति फुँफकारते हुए उत्तर दिया। "नहीं-नहीं आप बस दर्शक दीर्घा में बैठकर मैच का आनन्द लीजिए।"

उसके निरन्तर बदलते लहजे पर महामाया बाबू ने अपना सर उठाया। "जब खुद पर मुसीबत आती है तो बड़ा दर्दीला नगमा गाते हो। माथा उतना ही पीटना चाहिए जितना पीटने पर वह न फूटे। मुझसे झिक-झिक मत करो। क्योंकि तुमसे बात करना अपने सर पर कौवे बिठाना है। जीवन में खटाई और मिठाई दोनों का स्वाद चखना पड़ता है।" अपने भाई को बेवकूफ समझता है लेकिन खुद बुद्धि से पैदल है। बस बैल जैसा सींग मारना आता है। अभी तक महामाया बाबू के मुखारविन्द से कोई शाकाहारी वक्तव्य नहीं मुखरित हुआ था जो उसके हृदय को झूठी तसल्ली ही दे।

कुन्दन के अन्दर चक्रवात का प्रकोप उत्तरोत्तर बढ़ता जा रहा था। इस महामाया नामक जीव की अदाओं पर रीझते हुए न जाने कितनी दूर निकल आया। लगा कि अब कुछ हाथ लगेगा, तब लगेगा। यह हमेशा मेरी प्रत्याशा को बराबर सान पर चढ़ाता रहा। लेकिन अन्त में हाथ आया सिर्फ़ सिफर।

दोनों के बीच के मतभेद मानो धरती की सतह भेदकर ऐसे बाहर आये कि साक्षात अलगाव दैत्य जैसा सामने खड़ा हो गया। सद्भाव की मन्द सुगन्ध भले भाँपी न जाये लेकिन घृणा लहसुन की गन्ध की तरह अपनी उपस्थिति का भान करा देती है। नारियल की जटा को बलपूर्वक खींचकर निकालते समय चेहरे पर श्रम और खीझ के मिश्रण वाला भाव उसके चेहरे पर विद्यमान था। उनको घूरते हुए कुन्दन दाँत पीसकर बोला, "आपको गधे पर बिठाकर सारे शहर में घूमाया जाये तो भी कम होगा।"

कूटरचित उस्तरे से संसार को मूढ़ने के लिए सदैव तत्पर उस्ताद हतप्रभ रह गया। महामाया बाबू सदृश्य पहुँचा हुआ खिलाड़ी भी धैर्य खो बैठा। वे कुछ क्षण अपने भूतपूर्व हो चुके शिष्य को यह समझने के लिए घूरते रहे कि वह पानी के साँप

की तरह डरा रहा है या वास्तव में काट लेगा। प्रत्युत्तर हेतु उचित शब्द या शब्दों के समूह के चयन पर कुछ क्षण विचार करने के पश्चात् वे संयत स्वर में कहने लगे, “अगर मैं गधे पर बैठ गया तो उसे कोई ऐरावत से कम नहीं मानेगा। पूरे भरोसे से कह सकता हूँ कि मेरी शहर में इतनी धाक है। जरा अपनी फिक्र करो। जो अपने सीधे-सादे भाई से दगा कर सकता है उस पर थूकने का भी जी नहीं करता है। गलती मेरी थी। पहले सोचना था कि गिद्ध हंस कैसे बन जायेगा। मुर्दा खाने और मोती चुगने वालों में क्या अन्तर नहीं है? तुम्हें देखकर लगता है कि कोई तिलचट्टा उलटा हो जाने पर सीधा होने के लिए जूझ रहा है। देखकर घिन आती है। तुम लक्ष्मी पुत्र नहीं, लक्ष्मी के वाहन हो।”

दोनों ओर से वाचिक हिंसा की कार्यवाही सम्पन्न हुई।

न जाने कितने क्षुद्र प्रस्तर खण्ड उनके स्पर्श मात्र से ज्योतिलिंग की गरिमा प्राप्त कर चुके हैं। किस अशुभ घड़ी में उन्होंने कुन्दन सदृश्य कपटी पर दाव लगाया। बिच्छू के काटने पर इंसान बस रोता है लेकिन साँप के डँसने पर वह हमेशा के लिए सो जाता है। यह कुन्दन साक्षात करैत है।

उधर भी कुछ ऐसा भी भाव था। कुन्दन ने अपने मतलब और सुविधानुसार अनेक पार्थिवों को समय-समय पर देवत्व का पद देकर पूजा की और काम निकल जाने के पश्चात् उन्हें विसर्जित करने में तनिक भी विलम्ब नहीं किया। इसकी टोपी उसके सर पर पहनाने की कला और व्याकरण के आचार्य कलियुग के इस पाणिनी को भी तत्काल प्रभाव से हटा दिया गया।

असुर आख़िर असुर होता है। वरना शुक्राचार्य का ऐसा अपमान क्यों करता। महामाया बाबू की शक्ल पर छँटनी के शिकार कर्मचारी वाली मायूसी थी। डेरे से बाहर निकलकर वे जमकर बड़बड़ा रहे थे। धूप में उनकी खोपड़ी तेल से पुते बैंगन की तरह चमक रही थी। कुन्दन के द्वारा किये गये अपमान को पचाने का प्रयास करते हुए वे पारस के उठाए गये कदम के बारे में सोच रहे थे। जिस धनुष की प्रत्यंचा चढ़ाने में उन्हें भी ज़ोर पड़ता उसे उस बालक ने क्षण भर में कैसे तोड़ दिया। यह कुन्दन तो बड़ा बेवकूफ निकला। जिसके पास छूरे जैसा तेज दिमाग, ताकत, साधन सब कुछ होता है, वह भी बच निकलने के लिए एक चोर दरवाजा रखता है क्योंकि उसके मन में चोर रहता है। मुफ्त की मछली मिल जाये तो क्या उसे काँटे सहित निगल जायेंगे? खैर आज की मुलाकात ने जिसे मुठभेड़ की संज्ञा देना अधिक समीचीन होगा, उससे भविष्य में किसी भी सहयोग की सम्भावना का अन्त कर दिया। उनके भूतपूर्व शिष्य के व्यवहार में इतना आमूलचूल परिवर्तन आया मानो किसी अनिद्रा के रोगी को खर्राटा भरते पाया जाये।

महामाया बाबू मुण्डन के बाद सर पर चुटिया की तरह अकेले रह गये। अपरिहार्य को टाला नहीं जा सकता था परन्तु आवर्ती हानि के विषय में चिन्तित थे। ज़मीन-जायदाद वाले घर में अपनी पुत्री का रिश्ता करने की गहरी योजना थी। आज की घटना से इस उपक्रम पर यवनिका पड़ गयी।

क्या पारस को कुन्दन की सारी हकीकत बतायी जाये? पर जो खुद जुर्म में शरीक है वह मुखबिरी कैसे करे। वह क्या सोचेगा कि वक्राक्ष अचानक सुलोचना कैसे हो गया? लेकिन एक बार मान लो कि वे ऐसा कर बैठे तो फिर कुन्दन नामक खलनायक की सारी महत्त्वाकांक्षाएँ एक कतार में खड़ी साइकिलों जैसी गिरेंगी। जैसा करोगे वैसा भरोगे। किसी का बुरा करोगे तो बदले में वह तुम्हें मोनिका माई डॉर्लिंग तो बोलने से रहा।

42

सिमी को देखकर नीरजा हैरान रह गयी। "मेरी अच्छी-खासी वजनदार सहेली आज सींक-सलाई दिख रही है।"

"कुछ नहीं बस तबीयत जरा नासाज है।" वह थकी स्वर में बोली। उसका निस्तेज चेहरा और आँखों के नीचे काले घेरे सब बयान कर रहे थे। बिस्तर से उठने की कोशिश में वह लड़खड़ा गयी। हकीकत यह थी कि स्कूल चलाने का दीर्घकालिक दायित्व और घर का रंग-रोगन कराने का तात्कालिक कार्य को करना एक अकेले इंसान पर भारी पड़ गया। आयुजन्य शिथिलता के कारण धनंजय बाबू और उनकी पत्नी को अपेक्षित सहयोग नहीं मिला। इसलिए लगभग सारा काम सिमी के ज़िम्मे पड़ गया।

"सिमी तेरी तबीयत ख़राब हो गयी है। फौरन अस्पताल चल।" नीरजा उसकी हालत देखकर घबरा गयी।

"ना मैं ठीक हूँ। बस जरा सी तबीयत गड़बड़ है।" उसका आत्मविश्वास नीरजा को संदिग्ध प्रतीत हुआ। धनंजय बाबू सपत्निक चिन्ताग्रस्त और किंकर्तव्यविमूढ़ खड़े थे। दरअसल मरीज को दो दिन पहले ही अस्पताल में भर्ती कराना चाहिए था। लेकिन हर रोज सिमी कहती कि आज तक वह ठीक हो जायेगी। माँ-बाप उसके दावे पर यकीन कर लेते।

पारस सतवीर से मिलकर वापस लौट रहा था। उसने जार्जटाउन में गाड़ी रोकी। स्कूल के बारे में सिमी से पूछना चाहता था। इस बार वह बिना नीरजा की जानकारी

के चेक सिमी के हाथ में थमाने आया था। दरवाज़े पर पहुँच कर उसे सिमी का हाल पता चला। "चलिए आप लोगों को तुरन्त अस्पताल पहुँचा देता हूँ। ऐसे काम में देरी ठीक नहीं है।"

नीरजा ने तनिक अचरज से उसे देखा। धनंजय बाबू ने आँखों से इसकी अनुमति दे दी। पारस ने देर नहीं की। कार को उसने बिल्कुल गेट के सामने खड़ी की ताकि मरीज को कम से कम चलना पड़े। सिमी को लेकर पीछे नीरजा बैठी। घबराहट के मारे सबका बुरा हाल था।

अस्पताल के गेट पर गाड़ी को न रोककर पारस ने गार्ड से गेट खोलने का संकेत किया। अन्दर पोर्टिको में कार रुकी। मिनी अब मुश्किल से खड़ी हो पा रही थी। नीरजा उसे सहारा देकर अन्दर ले गयी।

पारस कमरे के बाहर खड़ा रहा। बाहर आषाढ़ रत्ती भर भी आर्द्रता न प्रदर्शित करके जेठ की भाँति उग्र तेवर अपनाए हुए था। शाम को भी सूरज लोहे के गर्म तवा सा तप रहा था। पसीने से कपड़े बदन पर लेई के जैसे चिपक गये थे।

डॉक्टर के कहने पर सिमी को तुरन्त इमरजेंसी वार्ड में भर्ती कराया गया। घर से माँ-बाबूजी खाना लेकर पहुँचे। दोनों के चेहरे से हवाइयाँ उड़ रही थीं। पारस ने नीरजा के हाथ से दवा की पर्ची लगभग छीन कर ली। दवा और इंजेक्शन लेकर वह हवा की भाँति हाज़िर हुआ।

इधर सिमी बिल्कुल लस्त पड़ी हुई थी।

"इंजेक्शन लेकर जल्दी आओ।" अस्पताल में डॉक्टर का नर्स को आदेशात्मक स्वर सुनकर स्थिति की गम्भीरता का आभास हो रहा था।

कई टेस्ट कराने और ग्लुकोज के कुछेक बोतल चढ़वाने के बाद डॉक्टर ने कहा कि अभी मरीज को कुछ दिन अस्पताल में रहना होगा। पारस पूरे दिन अस्पताल में रहा। वह शायद यह उम्मीद कर रहा था कि शाम तक सिमी की हालत घर ले जाने लायक हो जायेगी। नीरजा की उसके बारे में पुरानी राय के नितान्त विपरीत वह बेहद संवेदनशील लग रहा था।

आप लौट जाइए जैसे अनुरोध को पारस ने सादर अस्वीकार किया। बाढ़ के विरुद्ध बाँध की तरह खड़ा पारस शाम को भुवनेश्वर जी को कार से घर छोड़ आया। रात में नीरजा और सिमी की माँ रुक गयीं। देर रात को थोड़ी देर के लिए सिमी ने आँखें खोली। माँ और नीरजा फौरन उसकी ओर टकटकी लगाकर देखने लगे।

अगले दिन दुस्वप्नों का हरण करने वाले सूर्य का उदय हुआ। सभी सिमी को देखने को उत्सुक थे। डॉक्टर ने मरीज की स्थिति में आंशिक सुधार की बात स्वीकार की।

सुबह करीब ग्यारह बजे डॉक्टर ने सिमी से बात करने की इजाजत दी। "अब कैसी है तू?" नीरजा खुद को पूछने से रोक नहीं सकी। सिमी उस अवस्था में भी हँसी। "बेकार में परेशान हो रही है। मैं अब ठीक हूँ।" नीरजा की आँख में आँसू आ गये। थोड़ी पर खड़ा पारस सोच रहा था कि जिन्हें कायदे से मुस्कराना भी नहीं आता है उनकी हँसी गहरे दर्द में बड़ी खनकदार होती है।

सिमी को दो दिनों से सुबह उठने पर सर और बदन में दर्द महसूस होता। वह रोज सोचती कि अदरक वाली चाय पीऊँगी तो कुछ देर में दर्द दूर हो जायेगा। नीरजा को अन्ततः उसने यह बात बतायी।

"वाह! अदरक वाली चाय पीने से सर के साथ बदन दर्द तक दूर हो जाता है यह पहली बार सुन रही हूँ।" नीरजा ने बनावटी गुस्सा दिखाते हुए सिमी को घूँसा दिखाया। "डिटॉल साबुन से हाथ धोने के बाद भी जो कीटाणु बच जाता है ना तू वो है। यहाँ सभी की जान निकल गयी थी और हुजूर को हँसी आ रही है।" बीमारी जब तक मरीज से नरमी से पेश आये तभी उसे इलाज करा लेना चाहिए। बाद में सख्ती दिखाना शुरू करे तब देर हो सकती है।

सिमी को पूरी तरह स्वस्थ होने में एक हफ्ता लग गया। टेस्ट रिपोर्ट को पढ़कर डॉक्टर ने कहा था कि अस्पताल पहुँचने में एकाध घण्टे की देरी भी हो जाती तो मामला बिगड़ सकता था। यह सुनकर सबके प्राण मुँह में आ गये। शुक्र है वाला भाव इसका अनुवर्ती था।

सिमी बिस्तर पर लेटी नीरजा से गपियाती रहती। "तेरी बातों में रोमांस तो होता नहीं है। सुनने में क्या खाक मजा आयेगा।"

नीरजा उठने का उपक्रम करने लगी। "एक बार तू बस पूरी तरह ठीक हो जा। फिर जब तक तेरे प्रभाव से दूर नहीं होऊंगी, मुझमें भी सुधार नहीं होगा। तुझसे दूर रहकर ही उन्नति होगी।"

सिमी ने उसकी कलाई थामी। "अच्छा अभी तो मैं बीमार हूँ। ठीक होने पर चली जाना।"

"एक बार पूरी तरह से चंगी हो जा तब तूझे अच्छी तरह बताती हूँ। अरे हम इनफॉर्मेशन इंटेसिव सोसायटी में रह रहे हैं। आख़िरी वक़्त पर पता चलेगा तो क्या हम हनुमानजी की तरह संजीवनी बूटी पलक झपकते उठाकर ले आयेंगे? बीमारी कहीं छिपाने की चीज़ होती है?" नीरजा देर तक भुनभुनाती रही। लेकिन अन्त में वह उसकी हथेली थाम कर बोली, "ज़िन्दगी में दोस्ती और कुट्टी होती रहती है पर तेरे जैसी सहेली कहाँ मिलेगी।"

घोर भर्त्सना झेलती सिमी की अब मुँह फुलाने की बारी थी। "गुगल पर ढूँढ़ ले। वहाँ मिल जायेगी।"

नीरजा हँसकर उससे लिपट गयी। वह सिमी का अप्रसाधित जूड़ा सँवारने में लग गयी। "तेरी सारी अक्ल जूड़े में है। इसे ख़ूब ध्यान से बनाऊँगी।"

पारस दुबारा हाल-समाचार पूछने नहीं आया। सिमी का मानना था कि वह संकोचवश नहीं आया है। शायद शुक्रिया जैसे शब्दों को सुनने से बचना चाहता होगा। लेकिन जिसे निरखने के लिए वह व्यग्र रहता होगा कब से कम उसके पास आने में कौन सी निषेधाज्ञा लागू है?

एक रोज नीरजा इलाहाबाद यूनिवर्सिटी जाकर खुद उससे जाकर मिली।

"सिमी कैसी है?" पारस ने छूटते ही पूछा।

"अब वह ठीक है। आपको दिल से धन्यवाद दे रही थी।"

पारस चुप रहा। नीरजा ने अपनी ओर से बात को छोर थामा। "आप उस दिन समय पर न रहते तो न जाने क्या हो जाता।"

उसने कोई प्रतिक्रिया नहीं व्यक्त की।

"सिमी के माँ-बाप भी आपकी चर्चा कर रहे थे।" नीरजा जारी रही। पारस की चुप्पी से उसे लगा कि वह जानबूझकर बात नहीं कर रहा है। उसने उसे टूटे काँच के नुकीले टुकड़े जैसे शब्दों से लहूलुहान किया था। वह उसके कार्य का वर्णन करके वार्ता करना चाहती है लेकिन पारस मौन के द्वारा प्रतिशोध ले रहा है। उसे खुद पर खीझ आ रही थी। आख़िर क्यों वह मनोवांछित पुरुष के बाहुवलय में आबद्ध होने की कामना के आगे विवश हो गयी है। अब तक कोई भी सकारात्मक संकेत न मिलने पर भी पारस किसी उम्मीद से ही उसके नजदीक आना चाहता था। आज जब वह खुद आयी है तो यह उदासीनता क्यों? क्या वह यह भूल गया कि उससे मिलने के लिए वह अवसर की प्रतीक्षा में रहता था। वह अपने विस्मृतिशील भावी सहचर को अपलक निहार रही थी।

कहीं उसने पारस के अन्तस में छिपे भावों के सागर को सुखा तो नहीं डाला। अगत्स्य की भाँति नहीं, अपने पूर्वाग्रह के कारण...। वह बेचैन हो गयी। बर्फ पिघलाने के लिए दर्शन के भरोसे बैठने की जगह औपचारिकता की दीवार को गिराना ज़्यादा कारगर है। पारस ने नारी देह की बनिस्बत नारी मन को मान दिया है। लेकिन क्या वह यह जानता है कि नारी बहुधा दो भाषाओं में बात करती है? एक श्रवण सीमा के अन्तर्गत आने वाला वार्तालाप और दूसरी मूक-शान्त नयनों की भाषा।

सिमी भली-चंगी हो गयी। हालाँकि अभी पहले की भाँति चहकना शुरू नहीं किया था। नीरजा उससे मिलने आयी।

"कैसे लग रही हूँ मैं?" उसने जानबूझकर इतरा कर पूछा।

नीरजा ने उसका स्वास्थ्य सुधरता देखकर राहत महसूस की।

सिमी बोली, "नीरजा तू उसे घर खाने पर क्यों नहीं बुलाती है?"

"किस दिन?"

इस सवाल पर अपने सर पर हाथ मारकर सिमी ने लम्बी साँस ली। "हे राम! तू इतना कम अपडेट क्यों रहती है? शनिवार को तेरा बर्थडे है। यह भी याद नहीं। उसी दिन बुला।"

"लेकिन मैं तो अपना जन्मदिन मनाती नहीं हूँ।" यह सुनकर सिमी का मन अपना सर दुबारा पीटने का हुआ। पानी में बँधी मुट्ठी डालने से कुछ नहीं मिलता है। अँजुली से ही जल मिलेगा। "नहीं मनाती तो अब मना ले। जन्मदिन न मनाने से किसी की उम्र रुक नहीं जाती। जा उसे फोन कर दे। बल्कि मैं कहूँगी कि फोन करने से अच्छा है कि तू खुद जाकर आने को कह। कभी तो मेरी बात मान लिया कर।"

"आगे से मैं हर फैसला तुझसे पूछकर लूँगी। बल्कि तूझ पर छोड़ दूँगी। इतनी डेडिकेटेड कांउसलर के होते हुए मुझे अपने ऊपर कोई सरदर्दी लेने की क्या ज़रूरत है।"

"नीरजा डार्लिंग तेरा निशाना बड़ा पक्का है। पूरे सौ मीटर की दूरी से स्मार्ट से स्मार्ट नौजवान को धराशायी कर सकती है। वह साइंस, हिस्ट्री, लिट्रेचर सब भूलकर बस तेरे ख्वाब में डूबा रहेगा। अब जब वक़्त आया है तो ढील क्यों दे रही है?"

"मैं जा रही हूँ। आगे से तेरा नम्बर भी ब्लॉक करूँगी। मिलना-जुलना तो दूर की बात है।"

सिमी ने लपक कर उसका हाथ थामा। "आगे से मैं भी पारस बाबू की तरह महा सीरियस रहूँगी। अब तो ख़ुश है ना!"

चटपटी नोक-झोंक के बीच सिमी सहसा गम्भीर हो गयी। "सच-सच बता पारस के बारे में तेरी राय इतनी बदल कैसे गयी?"

"संसार में सब एक जैसे नहीं हो सकते। सबको एक रेडिमेड जैकेट में फिट कैसे किया जा सकता है। हम वक़्त रहते किसी इंसान को समझ पाये तो उसे बचा सकते हैं। हर किसी की प्रतिभा, खासियत अलग-अलग होती है। वह एक तरफ की कमी को दूसरी ओर पूरी करता है।" नीरजा बड़े तरीक़े से अपनी बात को रख रही थी। "लेखक, वैज्ञानिक, संगीतकार आदि बहुत ज़्यादा दुनियादार हो, यह ज़रूरी नहीं है।"

नीरजा जरा सोचती हुई मानो स्वगत उवाच करती हुई बोली, "पर अगर पारस ने आने से मना कर दिया तो?"

सिमी सोचने लगी कि क्या पारस नारी के शस्त्रागार के भयंकर आयुधों से अवगत नहीं होगा। वह उसके करीब आ गयी। "पहले जरा कायदे से मनुहार करके तो देख लो। हमारी नीरजा रानी दुधारी तलवार की तरह है। जरा मैं भी तो देखूँ कि तूझे मान मनौवल करना आता है कि नहीं।" दोनों के सिवा किसी और के न होते हुए भी उसने जानबूझकर इधर-उधर देखने का नाटक करते हुए आगे टुकड़ा जोड़ा, "तेरे लिए कोई बारात लेकर नहीं जायेगा। तू खुद दो पैरों से उसके पास चलकर जायेगी। इसमें डरना क्या है।" जरा ठिठोली करती हुई आगे बोली, "और न आयेगा तो तेरा क्या बिगड़ जायेगा। कौन सी अशोक वाटिका में रावण की कैद में पड़ी है। अपने माँ-बाप के घर आराम से है। एक मैं पागल हूँ जो हमेशा त्रिजटा की तरह समझाती रहती हूँ।" आख़िरी वाक्य कहते हुए सिमी की आँखों में शरारत उभरी।

"मैं भी साथ चलती लेकिन क्या करूँ, स्कूल में बच्चों को स्वच्छता सप्ताह पर बड़ों को काफ़ी कुछ सिखाना है। उसी की तैयारी में लगूँगी।" सिमी ने जानबूझकर उसको छेड़ा।

नीरजा ने उसे घूरा। "हमारे देश में तरह-तरह के दिवस, सप्ताह वग़ैरह मनाने की गौरवशाली परम्परा है। मैं इस कड़ी में प्रोत्साहन सप्ताह जोड़ने की माँग करती हूँ। उसका कर्ता-धर्ता तूझे बनाऊँगी।"

स्वीकृति का अर्थ पूर्ण विराम है। असहमति चेतना का स्पन्दन और संवाद का जारी रहना है। लेकिन असहमति का विवेक पर आधारित होना आवश्यक है अन्यथा यह कुण्ठा और पूर्वाग्रह का पर्याय हो जाती है। बहुआयामी सत्य के एकआयामी दृष्टिकोण से चित्रित होने के बजाय विद्रुपित होने की आशंका बढ़ जाती है।

ऐसी बातों के बीच सिमी को न जाने ऐसा क्या लग रहा था कि दोनों के बीच एक अनूठी हस्तलिपि में प्रेमकहानी लिखी जा रही है। जो नारी अपने संकुचित सामाजिक परिवेश की बन्दिनी है उसका विकास भी सीमित रहेगा। अविकसित स्त्री पुरुष की विधिवत पत्नी तो हो सकती है लेकिन प्रेमिका या मनोनुकूल संगिनी नहीं। पुरुष मुक्त गगन में विकसित नारी का सामीप्य चाहता है। इस कसौटी पर नीरजा पारस की मन की अभिलाषा रही है। वह उसकी उपेक्षा नहीं करेगा। खासकर जब सघन ऐतराज रूपी चट्टानें स्वयं मन के भावों को बहने के लिए रास्ता दे रहे हैं।

43

कटरा चौराहे पर दातुन वाले से मोलभाव करते में मशगूल महामाया बाबू को सहसा किसी ने कुरता पकड़कर पीछे खींच लिया। उन्होंने घबराकर गर्दन घुमाकर पीछे देखा। दो अनजान चेहरे उन्हें अजीब निगाहों से घूर रहे थे। एक ने अपने हाथ के पंजों से मांस नोंचने वाले अन्दाज़ में उनके कन्धे को सख्ती से पकड़ लिया। इस बर्ताव की वजह पूछने से पहले ही दूसरे आदमी ने गुर्राते हुए कहा, "ज़्यादा होशियार बनते हो। भरे चौराहे पर काट कर फेंक दूँगा। कोई बचाने वाला नहीं मिलेगा।"

सम्पूर्ण आत्मबल एकत्रित करके उन्होंने अपने भय पर नियन्त्रण पाने की चेष्टा करते हुए कहा, "हाथ मत लगाओ।"

"क्यों तूझे जेड प्लस सिक्यूरिटी मिली हुई है?" पहले ने व्यंग्यपूर्वक पूछा।

उन्होंने हमलावर का हाथ पकड़ना चाहा। लेकिन जल्दी ही उन्हें अहसास हो गया कि अपनी चौड़ी कलाई के बावजूद वे ढलान की ओर अग्रसर इंसान जो अपेक्षाकृत युवा व्यक्ति का मुकाबला करने में असमर्थ था।

बदमाश ने उनकी कलाई को चाबी वाले खिलौने की भाँति मरोड़ कर उन्हें आसानी से धकेल दिया। दूसरे ने उनके फूले हुए गाल पर एक झन्नाटेदार थप्पड़ जड़ दिया। महामाया बाबू की सम्पूर्ण काया तानपूरा की तरह झनझना उठी।

"बुढ़ापे में खून कम और बलगम ज़्यादा नहीं बनने देना है तो झंझट से दूर रहो। वरना जिन्दगानी नहीं बचेगी।" गुंडा गुर्राया। स्थानीय गालियों और चांटों का समन्वय करते हुए वे सरेशाम महामाया बाबू का हुलिया बिगाड़ने लगे। "चल तेरे पेट की सर्जरी करके दोनों किडनी में से जो बढ़िया वाली होगी वह निकाल लेते हैं।"

भय से उनका चेहरा स्याह हो गया। लोगों का ध्यान सड़क पर घटित हिंसा की ओर आकर्षित हुआ। शुरुआती कुछ मिनटों बात को समझने और पराये मामले में न पड़ने जैसे संकोच में व्यतीत हो गये। बाद में अपने दुकान से निकलकर आये आत्मविश्वास के धनी लोगों से दोनों आक्रमणकारियों को रोका।

"क्या हो रहा है? हमारे इलाके में गुंडई नहीं चलेगी।" एक हृष्ट-पुष्ट दुकानदार ने तेज आवाज़ में कहा। मारो...! वातावरण में एक नारा गूँजा। इस नारे को उत्तम सुझाव के रूप में लोगों ने काफ़ी पसन्द किया। उत्तेजित भीड़ की मार का डर पुलिस के डंड़ों से अधिक होता है। लोग पीड़ित के प्रति स्वाभाविक सहानुभूति से भरकर आशु न्याय करने पर आमादा हो गये। कुछ क्षण पूर्व आक्रमणकारी की भूमिका में आये दोनों बदमाश अब स्वयं बेभाव पड़ रहे अनेक थप्पड़ों और घूँसों के हमले का सामना कर रहे थे। एक पानवाला अपना लकड़ी का तख्ता उठाकर दोनों हमलावरों

के सिर पर मारने के लिए उतारू हो गया। ऐसे मौकों पर हाथ में जो भी लगता है उसे अस्त्र–शस्त्र का रूप देना भीड़ की प्रकृति है। कुछ न मिलने पर लोग दीवाल से ईंट निकालने को भी उद्यत हो जाते हैं। एक बुर्जुग सज्जन ने उसे रोककर पुलिस को बुलाने को बेहतर विकल्प बताया।

इलाहाबाद शहर था और उसमें भी कटरा जैसा घना मुहल्ला। लोगों में पुराने संस्कार कायम थे। इसलिए उन्होंने पराये मामले में हस्तक्षेप किया। वरना चाहे बारात निकले या वारदात हो जाये, लोग खिड़की तक नहीं खोलते हैं।

महामाया बाबू का घबराहट के मारे बुरा हाल था। योजनाएँ बनाने वाला वीर सिपाही हो यह आवश्यक नहीं। वे बस इतना चाहते थे कि कर्नलगंज स्थित अपने डेरे पर लौट जाये। सो उनकी मनोदशा का सम्मान करते हुए लोगों ने फौरन उन्हें एक रिक्शे पर बिठाकर रवाना कर दिया। पुलिस और कचहरी के चक्कर में पड़ने का झंझट कौन उठाए। बदमाशों के चंगुल से छुड़ाये गये महामाया बाबू रिक्शा पर बैठे ऐसे लग रहे थे मानो अभी-अभी भूसे के बोरे से निकाले गये हैं।

डेरे पर पहुँच कर वे बिस्तर पर ऐसे बैठे जैसे जर्जर दीवाल से प्लास्टर टूटकर गिरा हो। डर पसीने से तरबतर कपड़े की तरह चिपका हुआ था। आईने में सूजे चेहरे को देखकर यह पहचानने में थोड़ा वक़्त लगा कि वह उन्हीं की शक्ल है। ठण्डे पानी के छिड़काव से उन्होंने पहले चेहरा धोया और फिर एकाध जगह चोट के निशान पर एंटीसेप्टिक क्रीम लगाया।

कौन हो सकता है? कुन्दन के सिवा यह गलीज हरकत और कौन करेगा। बदमाशों के पास असलहा भी हो सकता है। उन्हें अपनी कायरता पर क्षोभ हुआ। भीड़ उनके पक्ष में थी। किसने उन्हें भेजा है यह पता कर सकते थे। लेकिन उस पल बस सकुशल जान बचाकर निकल आने के सिवा दिमाग़ में कोई और ख़याल नहीं आया। सर सलामत तो पगड़ी पचास। ब्रह्माजी का चार माथा होगा, शंकर भगवान के पाँच होंगे पर अपना बस एक है। सँभाल कर रखना है। यह बात वे समझ चुके थे कि अब तक वे बस कुल के नाम और मूँछों की लम्बाई के आधार पर खुद को सूरमा समझते थे। हकीकत कुछ और है। इलाहाबाद आये थे माया का कुछ जुगाड़ करने, अपने एजेंडा को चलाने लेकिन अब लग रहा था कि लुहार की गली में सुई बेचने निकल पड़े हैं। वे यह तथ्य क्यों विस्मृत कर गये कि कुन्दन वीरगति प्राप्त करके यशस्वी होने की बनिस्बत कुटिल विधियों का अवलम्बन करेगा। वह वीर कहलाने की बचकानी लालसा से दूर, मौका मिलने पर झपट पड़ने और सामने वाले को भारी पड़ते देखकर चुपके से सरक लेने में यकीन करता है। गलती उनकी थी।

यदि उन्हें हिंसक जानवर को प्यार करने का शौक़ चराया था तो बेशक करते परन्तु भरी हुई पिस्तौल भी हमेशा तैयार रखनी चाहिए थी।

एक बार मन में आया कि सरपट गाँव की ओर भाग चले। पर वहाँ ही कौन से नूर गड़े हैं। गाँव से शहर आया हर आदमी ऐसे शेखी बघारता है जैसे जिले के हर गाँव में समधियान है। गाँव-देहात की पुश्तैनी जायदाद पर कोई अहमक ही अहंकार कर सकता है। इतनी माया उधर होती तो गृह त्याग करके नगरीय विकृतियों के मध्य बसने क्यों आते।

मुसीबत में कोई उपाय भी काम नहीं आता है। सर्दी भगाने के लिए जलाया गया अलाव राहत देने की जगह धुआँ फैलाकर आँखों को जलाने लगा। क्या सोचा था और क्या हो गया। बनी-बनायी योजना को कोई दूसरा बिगाड़े यह आवश्यक नहीं है। कभी-कभी वह स्वघात से भी चौपट हो जाता है। साबुन के क्षणभंगुर बुलबुलों की भाँति आशंकाएँ आकर डरा रही थीं।

दरवाज़े की कुण्डी को खटखटाने की ध्वनि सुनकर उनके मूलाधार से सहस्त्रार चक्र तक में करंट की तरह कँपकँपी दौड़ गयी। उन्हें ऐसा प्रतीत हो रहा था कि वे दिव्यांग हो गये हैं। आशंका बोध से ग्रस्त होकर वे दरवाजा खोलूँ कि नहीं वाली दुविधा में फँस गये। कौन हो सकता है? कहीं उसका भेजा कोई गुर्गा तो नहीं? उनकी हालत गाड़ी की हेडलाइट की जद में रोशनी से चौंधिया गये हिरण सरीखी थी। झिर्री से झाँककर देखा तो पुलिस की वर्दी की झलक दिखी।

चश्मदीदों ने पुलिस को ख़बर कर दी थी। अन्दर आकर पुलिस वालों ने पूछा, "आपकी किससे दुश्मनी थी? वे लोग कौन थे?"

उनके मुख से निकल रही ध्वनियाँ कोई अर्थपूर्ण बात बताने वाले शब्दों का कोई सुसंगत समूह ने होकर अस्पष्ट बड़बड़ाहट थीं। शायद वे भय के मारे नाम लेने से कतरा रहे थे। सुन्न पड़ी स्नायुओं पर मालिश की आवश्यकता महसूस हो रही थी। वे ऐसे तान्त्रिक लगने लगे जिसका स्वयं अपनी सिद्धियाँ पर नियन्त्रण नहीं रहा।

महामाया बाबू की किंकर्तव्यविमूढ़ता देखकर कर्नलगंज थाना से आये दरोगा ने धीरज बँधाते हुए कहा, "आपको किसी से डरने की ज़रूरत नहीं है। बेझिझक बताइए ।" हालाँकि उनकी श्रवणशक्ति अभी भी पूर्णतया दुरुस्त थी परन्तु वे मानसिक रूप से इतने मरियल हो चुके थे कि कोई खजूर खाकर लापरवाही से गुठली फेंके तो उसकी चोट भी उनके लिए सांघातिक हो सकती थी। सदैव वक्रोक्ति में वक्तव्य देने वाले उक्ति वैचित्र्य के विद्वान आज निर्वाक थे। रहने दीजिए जैसी टरकाऊ शब्दावलियों से सन्तुष्ट न होकर पुलिस वालों ने अपनी पड़ताल जारी रखी। मुर्दा आख़िर खुद कफन कैसे ओढ़ सकता है। अनजान लोग बिना किसी दुश्मनी के

उनपर क्यों हमला करेंगे। उनके पीछे कौन है यह जानना है। अन्ततोगत्वा कुन्दन का नाम उनकी जुबान पर आया।

"चाहे जितना बड़ा तोप है, कानून से बड़ा कोई नहीं होता है।" पुलिस को पुन: अपनी अहमियत बतानी पड़ी।

अगले दिन सुबह से दोपहर तक कुन्दन कर्नलगंज थाना में बैठा अपनी सफाई देता रहा। अकेले में चिन्तन करते महामाया बाबू कुन्दन के इस अधैर्य पर किंचित हैरान थे। शातिर आदमी खुलकर सामने कैसे आ गया। चलो दुनिया-समाज को मालूम हो गया। हमारे पास भी दाँव-पेंच की कमी नहीं है। बच्चू को दिन में तारे न दिखाये तो नाम नहीं। बिल्ली चाची शेर को सारे दाँव सिखा देती है लेकिन पेड़ पर चढ़ना नहीं सिखाती वरना स्वयं अकाल मृत्यु का शिकार होगी। कुन्दन मूलत: षड्यन्त्रकारी है, योद्धा नहीं। बिना चबाए आलू निगलने की आदत है। हलक से नीचे उतर गया तो ठीक है वरना उगल कर परोसने वाले को दोषी ठहरायेगा। उसकी गढ़ी हुई कहानियाँ अपने बुनियाद की मज़बूती की वजह से नहीं बल्कि छत के वजन के दम से टिकी हुई है। मन कर रहा था कि बीच चौराहे पर उसके बारे में विशेषण बहुल टिप्पणियाँ करें। चित्त को शान्त करके फैसला किया कि पारस के साथ आमने-सामने बैठेंगे तो बता दूँगा कि यह सूरज है और यह रहा जयद्रथ। निशाना साधो। लेकिन उनकी बात पर विश्वास कौन करेगा? उनका बोलना बिल्ली के व्रत और बगुले के तप जैसा फर्जी माना जायेगा। लोग सोचेगे कि रसोई का दूध पीने या तालाब की मछली निगलने की फिराक में है। क्या करें, किस मार्ग किस विधि का अनुसरण किया जाये? कुन्दन से मेल-मिलाप मुमकिन और वाजिब दोनों नहीं होगा। पारस के पाले में जाने पर जगहँसाई है। साँप पाँव में डँसने के बजाय अगर हाथ की उँगली में डँसे तो इसमें इज्जत में कोई इजाफा नहीं होता है। मरण दोनों स्थिति में है।

वे समझ नहीं पा रहे थे कि अब तक किस भ्रम में ऐसे व्यक्ति के साथ थे जिसकी करतूतों के समक्ष तमाम तक्षकों के कर्म पीछे छूट जायेंगे। अपनी बुद्धि को दोष देते हुए उन्होंने स्वयं को कोसा। सयाना मूर्ख से बड़ा कोई मूर्ख नहीं होता है। ओछे व्यक्ति से मित्रता कोयले की दलाली के सिवा कुछ नहीं है। अधिकांश सिद्ध-प्रसिद्ध सर्जकों के द्वारा नकारी गयी धारणा पर अमल करना मूर्खता नहीं तो और क्या है। काफ़ी देर तक चिन्तन या चिन्ता करते हुए अन्त में उन्होंने यह सोच कर अपने मस्तिष्क को विश्राम दिया कि अकेले इस घटना के निहितार्थ और फलितार्थ को समझने का प्रयास करना उचित नहीं होगा। यह कुन्दन खुद गले तक दलदल में धँसा होने के बाद भी घात करने से नहीं चूकेगा। भग्न जंघा वाला दुर्योधन भले

स्वयं युद्ध करने में असमर्थ हो परन्तु वह अश्वत्थामा को भड़का कर पाण्डव पक्ष के सोये हुए योद्धाओं का संहार करवा सकता है।

दिमाग़ और साहस दोनों से काम लेना है। राम को मारिच भ्रमित कर सकता है परन्तु कृष्ण किसी की माया से धोखा खाने वाले नहीं हैं। फिर तो यह कलयुग है। त्रेता और द्वापर के नियम खालिस कलयुग में नहीं चलेंगे। इस युग में रण और प्रणय सभी के नियम-कायदे सर्वथा अलग हैं। अभी रण शेष है। विजयोत्सव मनाने वाला पराभूत होगा और भग्नावशेष से उठकर पराजित नवीन ऊर्जा से उठ खड़ा होगा। विजय आख़िर है क्या! मन का सतत् अपराजेय भाव ही तो है। यह कुन्दन आख़िर है क्या? दुनिया के बारे में अनुभव और ज्ञान में हमसे बीस नहीं हो सकता। सावन में जन्म लिया और भादो में फरमाते हैं कि ऐसी बारिश नहीं देखी।

44

आसक्ति प्रेम का भ्रामक हमशक्ल है। अक्सर इंसान को स्वयं अपनी भावनाओं की प्रकृति और गहनता का ज्ञान नहीं होता है। वह ख़ूबसूरत अनिश्चिता में जीता है।

नीरजा पारस से मुलाकात करने की कल्पना करके मुस्कराने लगी। स्वयं नारी होने के कारण सिमी जानती थी कि नारी की मुस्कान कभी इकहरी नहीं होती है। वह उसे मुस्कराते देखकर बोली, "नीरजा ए वुमन स्माइलिंग इज ए वुमन कॉनक्वेंएड।"

"जो मन में आये सो बोलती है।" उसने सिमी की उसकी मुस्कान की शरारत भरी व्याख्या पर कृत्रिम क्रोध प्रदर्शित किया।

"नहीं मेरी जान मैं जो भी कहती हूँ, बड़ी सोच-समझ कर। तेरा हसबैंड तेरे हाथों की उँगलियाँ दबाया करेगा। थक जो जाती होंगी उसे नचाते-नचाते।" यह सुनकर नीरजा अपनी हँसी रोक नहीं पायी।

सहसा सिमी गम्भीर हो गयी। यदि नीरजा का खटमिट्ठा व्यवहार पारस को नहीं सुहाया होता तो वह अब तक उससे दूर चला गया होता। लगता नहीं है कि वह उसकी सर्पिल पलकों और सघन केश-राशियों मात्र से मन्त्रमुग्ध हो गया है। यकीनन उसे इससे अलग कुछ और खासियत दिखी होगी। नीरजा जैसी युवती गुलाब का अर्क मात्र नहीं है। उसे नीरजा से शिकायतें तो बहुत होगी लेकिन उसको देखकर एक भी याद नहीं रहेगी। दोनों जब भी मिले तो टकराव जैसा ही कुछ घटित हुआ। लेकिन

वह ऐसा क्यों समझ बैठा कि नीरजा प्रेमिका का मोहक रूप धारण करके बारम्बार आ रही है। गोल गप्पे जैसा अपना मुँह फुलाकर कहने लगी, "खुद को राजकुमारी समझती है कि बस उँगली के इशारे से घर पर सैकड़ों नौजवानों को अपने स्वयंवर में इकट्ठा कर लेगी।" अपनी तर्जनी नीरजा की ओर उठाकर वह बोली, "देख मुझे लगता है कि तू एक दिन मिसेज पारस बनेगी।"

नीरजा उसका यह सीधा वाक्य सुनकर सन्न रह गयी। "तेरी बुद्धि भ्रष्ट हो गयी है। बड़ी ज्ञानी बनती है, जरा यह बता कि तूने मुझे कब प्यार में पागल देखा? जो मर्जी सो बोलती है। हद है...तेरी कल्पनाशीलता की दाद देनी पड़ेगी। जहाँ किसी से दो बात करते देखा नहीं कि सीधे मिठाई और शहनाई तक पहुँच जाती है।"

"नीरजा बात सुन...!"

"मेरा नाम मत ले। मैं तेरे मुँह से आना नाम नहीं सुनना चाहती हूँ।"

"तो फिर तूझे किस नाम से पुकारूँ? यह नाम बस किसी खास के मुँह से सुनना चाहती है? मैं क्या कहकर तूझे बुलाऊँ? मिसेज...।"

"सिमी तेरा दिमाग़ ख़राब हो गया है।"

"मेरी छोड़, जरा पहले यह देख कि तेरे दिमाग़ को किसने हैक कर लिया। मैं बहुत सोच-विचार कर कह रही हूँ। चाहे तो लिखकर रख लेना। तू पारस को नीरस इंसान समझती थी लेकिन अब समझ गयी होगी कि वह इतना कल्पनाशील है कि जहाँ सारी दुनिया झरने के गिरते पानी को पानी मानती है उसे वह रूपहला धुआँ मानता है। रोमांटिक इतना है कि तेरे जैसी खड़ूस में अपने सपनों की रानी को देख रहा है। एक बात और लिख ले, कल तक जिसे तू घमण्डी समझती थी आज कोई उसकी शान में कुछ कहकर तो देखे। तू उसे सीधे डीप फ्राई कर देगी।"

घड़ी भर दोनों सहेलियाँ एक ही पलंग पर एक-दूसरे की ओर पीठ किये सौतों की तरह अनबोला करके बैठी रहीं। लेकिन यह बनावटी गुस्सा देर तक नहीं चला।

अन्तत: नीरजा ने मौन भंग किया। "वे अपने हिसाब से मुझे कस्टमाईज करना चाहेंगे। प्रॉडक्ट या सर्विस जैसा...। तूझे तो मेरे बिगड़ैल स्वभाव के बारे में मालूम है। तेरे पारस बाबू का जीवन दर्शन और विचारधारा जरा अलग है। सोचती हूँ कि मैं उसमें कैसे फिट हो पाऊँगी।"

सिमी को इस बात पर ख़ूब हँसी आयी। "मेरे पारस बाबू या तेरे? और अभी से तूने फिट होने की फिक्र शुरू कर दी? आख़िर तेरे इरादे क्या हैं?" उसकी ओर बड़े गौर से देखती हुई वह पुन: बोली, "और इंसान की कल्पना में जो बसी होती है वह उसे ही कस्टमाईज करना चाहता है, सड़क पर चलते हर किसी को अपने अनुसार ढालने की फिक्र नहीं करता। तू क्या अपने पतिदेव से अपने अनुसार चलने को नहीं

चाहेगी?" उसने नीरजा की ठुड्डी छूकर कहा, "चिन्ता मत कर मेरी जान। पारस की यह व्यक्तिगत पसन्द हर दर्शन और विचारधारा पर भारी पड़ेगी।"

नीरजा का मुखड़ा आरक्त हो गया। सिमी को उसके अन्तस का अनुराग मेहँदी में छिपी लाली जैसा लग रहा था। नारी का मुख अकारण आरक्त कभी नहीं होता है। प्रेम ढोल मंजीरा बजाते कब आता है। वह प्राय: मार्जार की भाँति दबे पाँव मन में प्रवेश करता है। यह सर्वस्वनाशी प्रेम जो भी कराए वह कम है।

"तू अभी भी उतनी ही सुन्दर है जितनी उससे पहली बार फंक्शन में मिलने पर थी। पहले वह तेरी मेहरबानी के लिए बेकरार था अब तू उसकी कृपा की तलबगार है। इस शहर में ऐसा ही होता है देवी जी। कभी गाड़ी नाव पर तो कभी नाव गाड़ी पर।" सिमी का व्याख्यान जारी रहा।

नीरजा पारस को निमन्त्रण देने गयी।

"जन्मदिन की बहुत-बहुत बधाई। आकर मुझे काफ़ी ख़ुशी होती। पर मुझे कुछ काम है।" पारस ने जवाब दिया।

"आपको क्या लगता है कि मैं यहाँ से अकेली लौट जाऊँगी।" नीरजा बोली। वह साधिकार पारिवारिक सदस्य की तरह शिकायती अन्दाज़ में बोली। उसके स्वर में दृढ़ संकल्प झलक रहा था। पारस ने उसकी ओर गौर से देखा। आख़िर इस रहस्य-निकेतन के द्वार कब खुलेंगे? कोई सूक्ष्म बिन्दु एक धूमिल रेखा का रूप अख्तियार कर रहा था। रेखाओं का मात्र बाह्य सम्बन्ध मानचित्र बना सकता है परन्तु चित्र के निर्माण हेतु रेखाओं में आन्तरिक सम्बन्ध होना चाहिए जिससे भावोत्पति हो।

तभी नीरजा के मोबाइल पर सिमी का कॉल आया। व्यग्र आवाज़ में उधर से वह पूछ रही थी। "क्या हुआ? बात बनी?"

उसने धीरे से कहा, "जुस्तजू जारी है। मंजिले मकसूद मिल जायेगी।"

पारस के आने पर सभी को ख़ुशी हुई।

"औरों का दिल बहुत बड़ा होगा। लेकिन मेरा दिल इतना बड़ा नहीं है। अगर आप बुलाने पर भी नहीं आते तो मैं आपको माफ़ नहीं करती।" वह पारस से बोली। कहते वक़्त उसके चेहरे पर एक दबी हुई मुस्कान थी। पारस कुछ कहना चाहता था। लेकिन अनेक बार मन में दुहराया गया वाक्य ऐन वक़्त पर ऐसे विस्मृत कर गया जैसे कर्ण नाजुक अवसर पर ब्रह्मास्त्र का मन्त्र भूल गया था।

माँ ने काफ़ी ध्यान से उसे देखा। उसने उन्हें और भुवनेश्वर जी को हाथ जोड़कर नमस्ते किया। वे आत्मीयता से बोलीं, "बेटा तुम्हारे बारे में ख़ूब सुना है। बिना मिले ही तुमसे अच्छा परिचय है।"

वह बस हँसकर रह गया। आख़िर यहाँ कौन उसके बारे में चर्चा करता है? नीरजा तो नहीं... ? उसके सिवा और कौन कर सकता है?

"तुम्हें अगर नीरजा कुछ कहे तो मुझे ज़रूर बताना। मैं इसकी ख़बर लूँगी।" माँ के होंठों पर दूध के झाग जैसी झक मुस्कान थी।

उसने इस बात पर एक नज़र नीरजा की ओर डाली। वह पहले से ही उसकी ओर देख रही थी। पारस सुखोबाई चाची के बाद शायद पहली बार किसी बुजुर्ग महिला का स्नेह देख रहा था।

"तुम्हारे घर में कौन-कौन हैं?" माँ ने पूछा।

वह एकाएक चुप हो गया। थोड़ी देर बाद कहा, "अभी मैं अकेला रहता हूँ। अशोक नगर में डेरा ले रखा है। कभी-कभी मेरी कार ही वन बी.एच.के. की तरह हो जाती है। उसमें काफ़ी समय बिताता हूँ।" माँ ने उसकी बात और उसका चेहरा देखकर आगे कुछ नहीं पूछा।

"तुम जब चाहो मेरे पास आ जाओ। हमारे साथ खाना खाओ और नीरजा के डैड से बात करो। वे भी तुम्हारी तरह लिखने-पढ़ने का शौक़ रखते हैं।" माँ की ममता उस पर अनायास उमड़ पड़ी। जो प्यार और अपनेपन का भूखा होता है वह किसी और बात पर ध्यान नहीं देता है। कमरे में बन्द नन्हा सा पौधा भी सूरज की रोशनी की ओर अपनी कोमल कोंपले फैलाता है।

भुवनेश्वर जी को उसके घर के हालात के बारे में बताया गया था। वे अभिभावकीय गम्भीरता से बोले, "जमाने के साथ हमें भी चलना है, ताकि हम पीछे न रह जाये। लेकिन ध्यान रहे कि चलते वक़्त हमारे पास ज़्यादा सामान नहीं होना चाहिए। इसलिए अतीत की कड़वी यादों को छोड़ना पड़ेगा। इनका वजन बहुत ज़्यादा होता है।"

उसके जाने से पहले नीरजा ने कहा, "सिमी बता रही थी कि आप लेखक हैं।"

वह उसकी ओर देखते हुए बोला, "हाँ, लेकिन कभी-कभी। बस लिखते वक़्त हूँ। बाक़ी समय दूसरे लोगों से जरा भी हट कर नहीं हूँ।"

"कोई आपके बारे में जानना चाहे या आपकी कोई रचना पढ़ने में दिलचस्पी दिखाए तो उसके अनुरोध पर गौर तो कर सकते हैं।"

"मेरी रचना कोई ओ हेनरी या प्रेमचन्द की तो नहीं है। फिर भी हर लेखक पाठक के लिए ही लिखता है। जहाँ तक मेरे बारे में जानने की बात है, लोगों को बोरिंग बातें शायद ही पसन्द आयेंगी। सभी चाशनी की तरह मीठी और सालन जैसी जायकेदार बात सुनने का शौक़ रखते हैं। मूँग की खिचड़ी टाइप चीज़ किसी को पसन्द नहीं होती।" वह कुछ सोचते हुए आगे बोला, "जीवन की कोई घटना दुनिया

की सारी बातों की तरह नश्वर होती है। लोग उसे भूल जाते हैं। लेकिन साहित्य स्मरण रखने वाली चीज़ों को हमारी चेतना में सहेजने का काम करता है।"

"लेखक समाज के लिए दीपक बन कर जलता है।" वह बोली। नीरजा का यह कथन उसे व्याप्त सामान्य धारणा जैसा लगा। अन्धकार का मुकाबला करने के लिए विख्यात दीपक की लौ न जाने कितने शलभ की बलि लेती है।

"लगता है कि आपको यहाँ मन नहीं लग रहा है।" उसे अनमनयस्क देखकर वह पुन: बोली।

"नहीं तो...!" वह मानो किसी इल्जाम का प्रतिवाद करने लगा।

"क्या आप जरा माँ के पास चलकर बातें करेंगे? मैं दूसरे लोगों को देखने जाऊँ?"

पारस ने फीकी मुस्कान के साथ कहा, "मेरे कहने से क्या आप रुक जायेगी?"

उसकी यह बात सुनकर नीरजा के होंठों पर बरबस मुस्कान छा गयी। कमरे की दीवारें बेसब्री से कुछ घटित होने की राह देखे रही थीं। दोनों के मध्य भले चुप्पी छा गयी लेकिन घर में चर्चा व्याप्त हो गयी।

शिराओं में प्रवाहमान उष्ण रक्त में नौका-विहार चाहे जितना हो लेकिन मुख से प्रस्फुटित शब्दों का अपना महत्त्व होता है।

माँ एक ओर जाकर भुवनेश्वर जी से बोलीं, "दोनों एक-दूसरे को पसन्द करते हैं लेकिन बेवकूफी में वे एक-दूसरे से बढ़कर हैं।"

"मतलब?" उन्होंने पारस के बारे में कुछ सुना ज़रूर था लेकिन यह बात उनके लिए बिल्कुल नयी थी। वे सोच में पड़ गये। बिना ज़मीन के प्रासाद नहीं बनता है।

"इनका रिश्ता जरा हाई क्लास का है। बौद्धिकता और गलतफहमी से भरा हुआ।"

पुरुष के प्रति पूर्वाग्रह नारी के मन की ऐसी प्रवृति है जो उसे उस व्यक्ति से भी सतर्क कर देती है जिसकी ओर उसका रुझान होता है। लेकिन प्रेम जैविक आवेश न होकर एक उच्चतर मानवीय भावना है। वह पूर्वाग्रह की दुर्लघ्य बाधा और सामाजिक बेड़ियों की काट जानता है।

"हम लोगों के पास परेशानियों की पहले से ही कोई कमी नहीं है। जरा दोनों को मेरे पास बुलाओ और डाँट लगाओ। यह कौन सी बात हुई। आख़िर हम बड़े हैं।"

"आज कल सब अपनी मर्जी के मालिक हैं।" माँ ने आम शिकायत का उल्लेख किया।

"मर्जी ही सब कुछ नहीं होती है, "वे विचारमग्न हो गये। सोहबत, फ़िल्में, इंटरनेट आदि औरों का दिमाग़ ख़राब करते होंगे। लेकिन नीरजा इन सब से भ्रमित

होने वालों में से नहीं है। फिर भी घर के बुजुर्गों के अनुभव की आवश्यकता उसे भी होगी। "चलो इस बारे में सीधे नीरजा से बात करते हैं।"

प्रेम और परिणय सूत्र जैसे विषय सर्वत्र जलतरंग की तरह एक रचनात्मक सरगम को उत्पन्न करते हैं। आबाल-वृद्ध, स्त्री-पुरुष सभी बतरस में निमग्न हो जाते हैं।

सिमी ने नीरजा को काले सूट में देखकर छेड़ा, "यह काली ड्रेस किसी की ज़िन्दगी को रूपहला कर सकती है। जरा यह ध्यान रखना।" नीरजा ने उसकी छेड़छाड़ को अनदेखा कर कहा, "बेचारा पारस बड़ा सीधा है। मैं न जाने उसके बारे में क्या-क्या समझती और बोलती रहती थी।"

आख़िर नीरजा को यह सब जानने और समझने में इतनी देर क्यों लग गयी? इनफॉरमेशन ऐज में इतना बड़ा इनफॉरमेशन गैप...!

सिमी सारी बात सुनकर अपना कौतुहल दबा नहीं पायी। उत्तेजना से बोली, "लगता है कि तू अपने गुनाहों के देवता से अब कायदे से मिलकर आयी है। उसे देखकर आँखों में जोत आ गयी है। कहीं वह सन्त तो नहीं निकला?"

नीरजा ने इधर-उधर देखा। "चिल्ला कर सबको ख़बर कर दे।" फिर जरा धीरे स्वर में बोली, "धूनी रमाकर कोई भी योगी या सन्त कहला सकता है लेकिन लिखने के लिए ज़्यादा ध्यान और साधना की ज़रूरत है। पारस इज ए राइटर।"

इस पर सिमी ने बस इतना कहा, "मैं समझ गयी। मेल-मिलाप करके आने के बाद तू बदल गयी है। शुरू में लगा था कि यह बेल मुँड़ेर नहीं चढ़ने वाली है।"

इस बार नीरजा न तो लाल-पीली हुई और न शर्मायी। गम्भीर होकर वह बोली, "पारस की ज़िन्दगी बेहद सन्नाटे में गुज़र रही है। उसके घर वाले उसके खिलाफ हैं। हैरानी के साथ-साथ दुख की बात है कि साजिश करने वाले उसके अपने हैं। मैं अब तक उसे केवल एक डिजाइनर इंटेलेक्चुअल समझती थी लेकिन दरअसल वह अपनी दुनिया में रहने के कारण लोगों के बारे में कम जानता है। कभी-कभी साजिश करने वाले घर के लोग ही होते हैं।"

"हे भगवान...! वह कुछ बोल भी नहीं पाया होगा। लेखक और कलाकार कम बोलने वाले हैं। वे ज़्यादा सामाजिक हो यह ज़रूरी नहीं।" सिमी को यह सब जानकर तकलीफ हुई। ऐसे लोग अपनी ऊर्जा को संघनित करते हुए अपने लक्ष्य पर ध्यान केन्द्रित करते हैं न कि महफिल और चौपाल बिछाने में। ढ़र्राबद्ध दिमाग़ वाले पारस को नहीं समझेंगे। उसने नीरजा की ठुड्डी उठाकर पूछा, "उसके बारे में इतनी सारी बातें तुझे कैसे पता?"

"क्योंकि अब मैं उसके साथ हूँ।"

सिमी उसे देखती रह गयी। कुछ अन्तराल के पश्चात् उँगलियों को मिलाकर प्रशंसात्मक चिह्न बनाकर बोली, "देर आयद दुरुस्त आयद। मुझे लगता है कि अब उसका सारा क्लेश दूर हो जायेगा।"

"क्यों?"

नीरजा के गाल पर अपनी तर्जनी फिराते हुए उसने कहा, "उसे स्वर्ण भण्डार जो प्राप्त हो गया है।"

नीरजा बरबस मुस्करा पड़ी।

"लेकिन तू पारस को कब से ताड़ रही थी?"

"देख बर्ड वाचिंग किसी रिअलिटी शो जैसा आनन-फानन में मनोरंजन नहीं देता है पर उसका अलग स्वाद है।"

सिमी ने बनावटी गम्भीरता का प्रदर्शन किया।"सचमुच शरीफों में प्यार का इजहार बड़ा टेढ़ा काम है। जिस दिन मैं तुझे शादी के जोड़े में देखूँगी उस दिन यह नजारा देखकर बिना आँखों में दवा की दो बूँद डाले आराम नहीं मिलेगा। अगर तुम दोनों का धर्मयुद्ध समाप्त हो गया है तो आगे की कार्रवाई शुरू करो।"

उसे अकेला छोड़कर जाते-जाते सिमी कहती गयी। "ज़रूर पारस ने पिछले जन्म में सोलह सोमवार किये होंगे तभी उसे इतनी सुन्दर बीबी और इतनी अच्छी साली मिलने जा रही है।"

सुगठित हिमखण्ड अत्यन्त आकर्षक दिखता है। लेकिन जब तक वह पिघलेगा नहीं, मैदान प्यासे रहेंगे।

सहसा दोनों की आमोद-प्रमोद से प्रेरित वार्ता प्रौढ़ गाम्भीर्य में परिवर्तित हो गया। पारस कोई जलधारा भले न हो परन्तु बुलबुलों का पुँज ज़रूर है। उसके पास बोझिल बौद्धिकता नहीं अपितु स्पन्दित एकान्त है।

45

गजाधर से मिलकर पारस ने सारी बात बतायी। उसका वक्तव्य लघु कथनों से युक्त ठोस लखोरी ईंटों से निर्मित भवन सदृश्य था।

गजाधर ध्यान से बिना टोके सब कुछ सुनता रहा। उसके कह चुकने के बाद वह कुछ पल विचारमग्न अवस्था में मौन रहा। शायद अपनी बात कहना चाहता था लेकिन बात का त्वरित सारांशीकरण न प्रस्तुत करके उसने तफसील से कहना

शुरू किया, "भइया आपके साथ बहुत बुरा हुआ। बल्कि यह कहिए कि यह काम ही बुरा था। वैसे ज़मीन-जायदाद के चक्कर में घर-परिवार टूटते ख़ूब देखे-सुने हैं लेकिन यह नजारा जरा अलग है। कुन्दन की कारस्तानी शहर में किसी से छिपी नहीं है। हमारे साथ भी उसने जो-जो किया है वह मेरा जैसा इंसान ही पचा सकता है। मुझे अपने घर को चलाना है इसलिए मुँह बन्द करके अपने काम से मतलब रखता हूँ। मुझे हिन्दुस्तान का सबसे बड़ा बिज़नेसमैन नहीं बनना है। एक महामाया बाबू नाम के पहुँची हुई हस्ती हैं जिन्होंने इस काम में मुझे लगाया। पहले घर में एक पाव दूध आता था जिसमें बीमार बाप को कप में पिलाने के बाद जो बचता था उसे मेहमान की चाय के लिए बचा कर रखते थे। आज गाय पाल रखी है। एक वक़्त था जब हमारे कुटुम्ब के बाहर लोगों में आधा किलो सेब आता था। वह भी ज़्यादातर तब जब कोई बीमार पड़ता। आज भगवान की दया से ऐसी हालत तो नहीं है। इधर-उधर से मुझे मालूम हुआ कि कुन्दन कहता फिरता है कि अगर गजाधर मेरे साथ न लगा होता तो बालू फाँकते ज़िन्दगी कटती।" वह दम लेने के लिए पल भर रुका। "मुझे बस इस बात का सन्तोष है कि मैंने कभी किसी के पत्तल में धूल नहीं डाली है। मैं इतना खाटी मिडिल क्लॉस वाला हूँ कि सिंघानिया, ठकराल जैसे सरनेम सुनकर अपनी हैसियत पर हँसी आती है। क्या खाकर धन्ना सेठ बनूँगा।"

पारस उनकी बात गौर से सुन रहा था। इधर-उधर देखते हुए उसके कान के पास आकर गजाधर धीरे से बोला, "इसने हिसाब-किताब में काफ़ी गड़बड़ी की है। एक हमारा साझा कारोबार है जिसमें मैंने गड़बड़ करने से साफ़ मना कर दिया। दूसरा जो इससे अपना एम्पायर खड़ा किया है वह सब झूठ और फरेब पर है। जाँच होगी तो न जाने कितने घपले सामने आयेंगे। अगर इस बात को कह दिया तो समझिए कि सारे बारातियों के बीच पोल खोल दी है।" कुन्दन की भौकाल का तिलिस्म रचकर अपना वर्चस्व कायम करने की योजना फेल होती नज़र आ रही थी। इतना ही ज़ोरावर है तो सीने पर हाथी का धक्का खाने को तैयार रहे।

इलाहाबाद के बड़े कारोबारी से लेकर अदने से कारीगर से कुन्दन ने दगा किया है। "आप गोविन्दपुर के एक वकील साहब के लड़के को जानते होंगे, "गजाधर ने बताना शुरू किया, "चमन नाम है उसका। पहले उसकी कुन्दन से ख़ूब बनती थी। जब शॉपिंग कॉम्प्लेक्स को लेकर बवाल हुआ तो चमन ने उसकी बहुत मदद की थी। विधायक, पुलिस वग़ैरह सबसे मिलकर हिफाजत का पूरा इन्तजाम कराया। उसी के साथ कुन्दन ने हिमालयन वॉटर के नाम से बोतलबन्द पानी का धन्धा भी शुरू किया था। काम नहीं चला लेकिन दोस्त का पैसा मार लेने में उसने जरा भी हिचक नहीं दिखाई। दौलत की हवस में जब उसने दोस्त की बहन और उसके

पति के साथ पैसे की गड़बड़ी करने की कोशिश की तो चमन अपना आपा खो बैठा। वह खुलेआम उसका कॉलर पकड़ कर बोला कि मैं तुझे चौराहे पर सबके सामने मारूँगा। मेरी बहन के घर से दूर रह वरना इलाहाबाद में कोई बचाने वाला नहीं मिलेगा। बात समझाने के लिए सोहर नहीं सुनाऊँगा। सीधे कान उखाड़ लूँगा। कर्नलगंज से कटरा तक दौड़ा कर पीटूँगा सो अलग। बदन के मैल की छोड़, दिमाग़ में जमी काई तक छुड़ा दूँगा। जब कुन्दन को लगा कि वह लाल टोपी लगाकर सांड़ के आगे खड़ा है तो उसने वक़्त रहते कदम पीछे खींचा। ये वही लोग थे जिन्होंने असलहा लेकर कुन्दन की दुकान और शॉपिंग कॉम्प्लेक्स की रक्षा की थी। एक दिन चमन से बाज़ार में मुलाकात हुई थी। वह सारा कच्चा-चिठ्ठा बता रहा था।" जब मारे डर के पेड़-पंक्तियों के बीच छिप गया था तो इन्हीं लोगों ने उसे बचाया था। सारा किस्सा-कोताह बताकर ही गजाधर थमा। लुब्बे-लुआब यह था कि कुन्दन निन्यानबे के फेर वाली चिकनी ढलान पर था।

सेर को सवा सेर मिल जाता है। बैल के सींग जैसी अपनी मूँछों पर ताव देता हुआ चमन गोविन्दपुर पुलिस चौकी पर डंके की चोट पर कह रहा था कि कम्बल डालकर कूट देने में वह बात नहीं है जो बीच चौराहे पर पटक कर मारने में है। तबसे कुन्दन जरा सँभल कर रहता है। उस घटना के पश्चात् काफ़ी दिनों तक कुन्दन नज़र नहीं आया। चमन बीच चौराहे पर कहता था कि छछून्दर रात में निकलता है। सामने आने की हिम्मत नहीं है। हमारे आगे फतिंगा है। पैर से कुचल दूँगा तो भी कोई पाप नहीं लगेगा। कुन्दन का नाम सुनकर आज भी वह घर्षण से उत्पन्न चिनगारी सा दहक उठता है। गोपनीय सूचनाओं के गवाक्ष खोलने के उपक्रम में गजाधर ने बताया कि यह सब तो कुछ भी नहीं, बस हाँड़ी का एक दाना है। नीचे न जाने कितना दबा होगा।

पूरा गोविन्दपुर और तेलियरगंज उन लोगों से भरा हुआ है जिन्हें कुन्दन ने दातुन की तरह इस्तेमाल कर फेंक दिया था। बातों के दरम्यान यह पता चला कि कुन्दन ने काफ़ी माया इकट्ठा की है। चूहे के बिल में चुराये गये अन्न का पहाड़ ही मिलेगा। लोगों को मालूम हो गया था कि कुन्दन के साथ किसी काम में साझेदारी करने का अर्थ है कि एक ही डाल पर बैठकर भी एक पक्षी फल खायेगा और दूसरे को अनशन करके काम चलाना होगा। एक बार काम निकल जाने पर वह किसी को भी गोबर पर भिनभिनाते कीड़े जैसा छोड़ देगा।

गजाधर आगे कहने लगा। "मेरे साथ उसका बर्ताव हमेशा शातिराना रहा है। जो भी मोटा-महीन करूँगा, वह उसका मज़ाक़ उड़ायेगा। सारे पत्ते बस अपने हाथ में रखना चाहता है। मुझे ज़िन्दगी भर उसका नायब बनकर रहने तक में कोई हर्ज़ नहीं दिख रहा था लेकिन नीयत और व्यवहार में गंदगी कब तक झेलूँगा।" जो कभी

साथी थे वे अब उसके अश्रुत अध्याय और अल्पज्ञात तथ्यों को उजागर कर रहे हैं। कुन्दन की मायावी कार्यप्रणाली सार्वजनिक हो रही थी। धूप ढलते ही वह उस पेड़ की टहनियाँ काटने लगता है जिसके नीचे उसने तपती दुपहरी बितायी थी।

"उसने जैसे पेड़ की टहनियों को छील-छाल कर बस छूछा तना छोड़ दिया जाता है वैसे ही घर में आपके वजूद को कर डाला है। अब तो सब कुछ दुबारा एका एक दुआ दो से शुरू करना होगा। लेकिन आप बस धीरज मत छोड़िए। सही समय पर मैं इशारा कर दूँगा कि करना क्या है।" गजाधर ने पारस की हथेली पकड़ कर कहा।

थोड़ी देर बाद गजाधर ने मन्द आवाज़ में सुनाया। "उसकी भी भाग्य रेखा मिटी नहीं है तो टेढ़ी ज़रूर हो गयी है।" सफलता के सोपान का आरोहण करते हुए कुन्दन ने सर्तकता बरतने को अपमान समझना आरम्भ कर दिया था। अब उसकी दास्तान किसी अपराध कथा जैसी लिखी जा रही है। गुब्बारा जितना फूलता जाता है उतना ही कमज़ोर भी होता जाता है। गोविन्दपुर और तेलियरगंज में लोग ताम्बूल चर्वित मुख से कथा बाँचने और श्रवण करने में मशगूल थे।

दो दिन बाद गजाधर ने उसे अपने घर बुलाया। "भइया! जरा चले आइए। ज़रूरी बात करनी है।"

पारस बाहर बरामदे में बैठा। थोड़ी देर की कुशल-क्षेम के पश्चात् गजाधर बोला, "भइया अन्दर चल कर बात करते हैं।" कुर्सी पर बैठा ही था कि सामने किसी को देखकर हैरान रह गया। महामाया बाबू विराजमान थे। उनका मुँह उस मदारी की तरह लटका हुआ था जिसका बन्दर मर गया है। ऐसा लग रहा था कि कटरा के नेतराम चौराहे पर बरसों से खड़ा विशालकाय वृक्ष मूली की तरह उखड़ गया है। फलादेश के त्रुटिपूर्ण आकलन करने का फल भुगतना ही था। इतने परिश्रम से पसीना बहाती वेधशाला जरा सा खगोलीय पिण्ड को समझ नहीं पायी। सामने नाश्ते के लिए नमकीन और बिस्कुट के साथ प्याली में चाय ठण्डी हो रही थी। लेकिन मन में मलाल हो तो कुछ नहीं सुहाता। उसके कुछ कहने से पूर्व ही उन्होंने अपनी ओर से हाथ जोड़कर नमस्ते किया। परिस्थितियों की कृपा से सयाना बन चुके पारस के लिए ऐसे अचिन्तनीय स्थान पर उनकी प्रथम दृष्टया अप्रत्याशित प्रतीत होने वाली उपस्थिति वस्तुत: सुविचारित थी।

"भइया नमस्ते।" उनके चेहरे पर संकोच और शर्मिंदगी पालथी मारकर बैठी हुई थीं। वे अपने ही षड्यन्त्रों के नागपाश में बँधकर चेतनाशून्य दिख रहे थे।

पारस ने भी औपचारिक अभिवादन किया। बिना कुछ पूछे ही वे शुरू हो गये। "कलजुग है। एकलव्य द्रोणाचार्य पर छुरा चला सकता है। क्या कीजिएगा। आप कुन्दन की चिन्ता मत कीजिए। अब वह हमारे लिए शिवद्रोही के समान है।" जिसके

पास दोपहर का खाना और रात का गाना होता था उसका विरोध करने का कोई बड़ा कारण होगा। पारस ने उनकी ओर कोई ध्यान नहीं दिया। बीमारी में अच्छा-खासा शौक़ीन पूरा वैष्णव बन जाता है। वरना कुन्दन के अमात्य यहाँ उपस्थित नहीं होते।

गजाधर ने संकेत किया कि वे कुन्दन की कारगुजारियों पर प्रकाश डाले। वे यन्त्रचालित खिलौने जैसे प्रारम्भ हुए। "भागीदार मैं भी हूँ। इसलिए क्या बोलूँ। पर उसने वसीयत नहीं बनवायी है। ज़मीन और मकान को लम्बा-ऊँचा बनवाने में पुश्तैनी जायदाद का भी योगदान रहा है। आप पुश्तैनी जायदाद के हड़पने का आरोप लगा सकते हैं। आपके पिताजी की शारीरिक और मानसिक अवस्था ऐसी नहीं थी कि वे वसीयत बनवा सके। वसीयत तैयार करने वाला राइटर कहाँ है? उसका नाम सामने आना चाहिए। स्थानीय अख़बार में एक विज्ञापन निकलवाइए। इसका मजमून आपको कोई भी वकील बता देगा।" महामाया बाबू ने अपना समस्त ज्ञान निःशुल्क अर्पित कर दिया। ज़मीन की ओर नज़र गड़ाए वे आगे बोले, "झूठ नहीं बोलूँगा, जब तक मैं तिकड़म नहीं कर लेता तब तक दातून तक नहीं करता था। लेकिन हर चीज़ की एक हद होती है। कुन्दन एक शैतानी दिमाग़ का आदमी है। कथा-पुराण में राक्षसों का जैसा वर्णन होता है, बिल्कुल उस तरह का। इतनी नीच बुद्धि का है कि गला पकड़कर ज़हर पिलाएगा। ऊपर से यह सुनायेगा कि नहीं पियोगे तो भूखे पेट सोना पड़ेगा।" वे साँस लेने के लिए कुछ क्षण रुके। "कलियुग के प्रभाव से स्मरण शक्ति दुर्बल ज़रूर हो गयी है लेकिन आज भी पूरा इतिहास जुबानी सुना सकता हूँ। कुन्दन कुटिल खल कामी है लेकिन हम उससे बहुत सीनियर हैं। बिल्कुल अंग्रेजों के जमाने के जेलर जैसे।"

समझौतावादियों की तरह ही-ही करते हुए वे दोनों हाथों को पैदाइशी जुड़े हुए बच्चों की तरह करके आगे बोले, "जिसके घर ब्याह योग्य बेटियाँ बैठी हैं उसका शैतान की नौकरी करना भी माफ़ी के लायक है। बाक़ी आप विद्वान है।" उन्हें लगा कि अपने आचरण की सन्दर्भ सहित व्याख्या प्रस्तुत कर दी है। जीवन पर्यन्त यथार्थ के ठोस धरातल पर शतरंजी चालें चलने वाले ने अपने ऊपर बात आने पर सुर को वायवीय बना लिया।

महामाया बाबू की गुहार सुनने में अत्यन्त मौलिक प्रतीत हो रही थी। सारी बात सुनने के बाद पारस ने पूछा, "आप कुन्दन के बारे में कुछ बताना चाहते हैं?"

जुड़े हाथ को अलग करके वे बोले, "वह ऐसा राक्षस है कि आगे चलो तो दाँत काटेगा, पीछे चलो तो लात मारेगा। वह भगवान से नहीं डरता है लेकिन भूतों से ज़रूर घबराता है।" अब तक गले में फँसे साइलेंसर को हटाते हुए उन्होंने आवाज़ के एक्सिलेटर को दबाया, "नीच के मुँह नहीं लगना चाहिए नहीं तो उसी दम बता देता

कि इलाहाबाद का असली डॉन कौन है। दोनों में से एक को शहर छोड़ना पड़ता। मेरे गाँव में रंगबाजी दिखाता तो बच्चू के होश ठिकाने लगा देता। लेकिन बात यह है कि ज़मीन पर हाथी का बोलबाला होता है जबकि पानी में मगर की हुकूमत चलती है।" कहते हुए उन्होंने मुस्कराने का प्रयास किया परन्तु इस उपक्रम में शक्ल जैसी प्रदर्शित हुई उसे कायदे से मुस्कान कहना कठिन था। उनके इस दावे पर पारस ने कोई प्रतिक्रिया नहीं व्यक्त की। आवाज़ ऊँची करने से विषय का कहीं अर्थान्तर न हो जाये इसलिए वे पुन: पहले कही गयी बातों पर बलाघात करने लगे।

"पापी पेट जो न कराये वह कम है।" इस कथन पर पारस को कुरते से ढँके उनके पेट का सही आकार स्पष्ट नज़र नहीं आया। वे बतियाते हुए प्रेतात्मा प्रतीत हो रहे थे। "हमारे गाँव में किसी मजाल नहीं है कि कोई हमारी तरफ आँख उठाकर देखे। लेकिन यह शहर है। उधर हम किसी झगड़े में पुलिस और कचहरी को बीच में लाना शान के खिलाफ समझते हैं। आपस में फरिया लेते हैं। इधर की बात दूसरी है।"

गजाधर ने हस्तक्षेप किया। "आप अपने गाँव में दुश्मन के घर-दुआर पर गधे से हल जुतवाते होंगे लेकिन यहाँ की ज़मीन इतनी नरम नहीं है।"

उनके आख्यान में आत्मविश्वास की कमी स्पष्ट दृष्टिगोचर हो रही थी। मस्तूल की चिड़िया के माफ़िक वे जहाज पर मँडराने को विवश थे। आसमान की रंगत आने वाले तूफान की आहट दे रही थी। यह दुष्ट कुन्दन मर्यादा और सन्तुलन की हर लक्ष्मण रेखा और विषुवत रेखा लांघ गया। कुन्दन तो प्रामाणिक पापी है लेकिन पारस के हत्थे भी शायद कबीर की लुकाठी लग गयी है। वह सबको धोयेगा। वे अपना कलंक धोने को तैयार थे लेकिन धोने के लिए पानी की उपलब्धता आवश्यक है। जिधर पानी था उधर पारस लुकाठी लेकर तैनात था। उसे करुणावतारम् कैसे समझ ले। मन में अब जो होगा वह सबके साथ एक जैसा होगा वाला भाव था।

"कुटुम्ब के झगड़े में मैं बेकार साना गया।" उनकी सफाई दरअसल विलाप का विस्तार थी।

इस स्पष्टीकरण पर गजाधर ने तत्काल प्रतिक्रिया दी। "यह सब आपको बीच में पड़ने से पहले सोचना चाहिए था।"

किंकर्तव्यविमूढ़ता की गति प्राप्त कर चुके व्यक्ति की वाणी भले पक्षाघात का शिकार हो जाती हो परन्तु हाव-भाव के माध्यम से कुछ न कुछ सम्प्रेषित कर ही देता है। महामाया बाबू ने कुछ कहा नहीं लेकिन उनके चेहरे के भाव सुकरात के अन्तिम शब्दों के समान थी। मानो वे कह रहे हो कि क्रिटो मेरे ऊपर चढ़े एक मुर्गे के कर्ज को फलां व्यक्ति को चुका देना।

पारस के आने से काफ़ी पहले वे गजाधर के घर पर मौजूद थे। वह उन्हें सहानुभूति, सांत्वना और सहयोग का आश्वासन दे चुका था। लेकिन उसने इस बात का ध्यान रखा कि सेंकने के लिए जितनी आँच होनी चाहिए उससे कम या ज़्यादा करना ठीक नहीं है।

महामाया बाबू सदृश्य व्यक्ति का शहर में अंगदी पाँव डगमगाने लगा। वे समझ रहे थे कि शहर में कुछ ऊपर-नीचे होने पर आठ भाई और अठारह बेटे-भतीजे रणभूमि की तरफ नहीं दौड़ पड़ेंगे। यही बात अगर गाँव में घटित होती तो उनके कुनबे वाले ऐसा चपेटा मारते कि हमलावर का पंचतत्त्वों से निर्मित शरीर शस्यश्यामला धरती से एकाकार हो जाता। वहाँ किसी की क्या मजाल कि छू भी ले। जुबान ऊँची करने वाले को मृदंग की तरह बजा कर रख देते। यहाँ सब कुछ अकेले ही करना पड़ेगा। मूँछ कटने पर फिर उग जायेगी। नाक कटी तो दुबारा नहीं जुड़ेगी। शायद वे जीवन में एकाध बार ही भावविह्वल हुए होंगे। यह क्षण भी उन दुर्लभ अवसरों में एक था। ऐसा लगता था कि वे शब्दों के अलावा भाषा के अन्य रूपों की शरण में जाने के इच्छुक थे। उन्हें विश्वास था कि उनकी आँखों का दिव्य भाव महापुरुषों की तस्वीरों से मेल खा रहा होगा। उन्होंने आगे बढ़कर पारस का हाथ थाम लिया। "हमारे जिले में सभी उसूलों वाले थे। एक हम पापी निकल गये। दुश्मन के गाँव की ओर सर कर सोते तक नहीं हैं। आज से हम आपके साथ हैं पारस बाबू।" वाणी में भयमिश्रित नम्रता गरजमन्दी की पोल खोल रही थी। पारस ने अपना हाथ छुड़ाने की कोशिश नहीं की, बस थामे रहने के लिए दे दिया। महामाया बाबू उसका हाथ मरी मछली की तरह पकड़े रहे। उसने अपनी और से उनका हाथ पकड़ने की कोई कोशिश नहीं की। कोढ़ी के चन्दन का लेप लगाकर निकलने से दाग़ छिप नहीं जाता है। ऐसे व्यक्ति का क्या भरोसा। अघाया बगुला मछली खाने की जगह धर्म की बातें करता है। लेकिन उल्लेखनीय बात यह थी कि जिसके इरादे सदैव मटमैले पानी से भरे गड्ढों में डूबे पत्थरों की तरह दुनिया की नज़रों से छिपे रहे आज वह नितान्त पारदर्शी होकर मन की बात बयान कर रहा था। महामाया बाबू की सम्पूर्ण मेधा इस बात को स्पष्ट करने में व्यय हो रही थी कि वे अपना हाथ किसी तात्कालिक या दूरस्थ परिणाम पर नज़र रखकर नहीं बढ़ा रहे हैं बल्कि स्वत: प्रवृत प्रेरणा के द्वारा कर रहे हैं। उधर का होकर इधर का दिखने वाला काम काठ की हाँड़ी का चूल्हे पर दुबारा चढ़ने जैसा था। समस्त उपक्रमों के पश्चात् भी महामाया बाबू को प्रतीत हो रहा था कि वे गीले उपलों की भाँति फिलहाल उपयोग के काबिल नहीं माने जा रहे हैं।

गजाधर ने उनकी दयनीय स्थिति पर सहानुभूति का एकाध कतरा अर्पित करना आवश्यक समझते हुए कहा, "चिन्ता मत करें। जो होगा वो सही होगा।"

सम्पूर्ण मनोबल जुटाकर वे वाणी में गर्व का भाव भरते हुए बोले, "चिन्ता...! अरे मैं क्यों करने लगा? ऊपर वाले के पास मेरे पाप-पुण्य का हिसाब है। जो कुछ करना है, उसे करना है।"

गजाधर ने पाप-पुण्य जैसे हैवी ड्यूटी शब्दों से रंगे आत्मविश्वास के इस छद्म प्रदर्शन पर यत्नपूर्वक अपनी हँसी रोकी।

पंकिल गड्ढे में शीतल जल तलाशना व्यर्थ ही नहीं अपितु जुगुप्साकारी भी है। महामाया बाबू का आख़िरकार कुन्दन से विलगाव क्यों हुआ? कहीं दोनों ने एक तुरूप का पत्ता तो नहीं फेंका था। चौर्य कर्म में रत व्यक्तियों के मध्य बैर सज्जनों के बनिस्पत दुर्लभ माना जाता है।

क्रोध उद्वेग उत्पन्न करता होगा परन्तु घृणा का भाव अत्यन्त शान्त होता है। इस भाव के अतिरिक्त पारस सकल दुश्चिन्ताओं और भय से निवृत्त था। वह मौन ही अभिव्यंजना है में विश्वास करके चल रहा था। महामाया बाबू अनुभव सम्पन्न जामवन्त की भाँति हितकारी परामर्श दे रहे हैं या नीति कुशल विदुर की तरह सन्मार्ग की ओर अग्रसर कर रहे हैं अथवा कुटिल शकुनि जैसा कलह का विधान रच रहे हैं?

गजाधर ने भाँप लिया कि जिससे दिल नहीं मिलता है उससे पारस हाथ नहीं मिलाता है। कलि और शनि मनुष्य के अन्दर प्रवेश करने के लिए छिद्र ढूँढ़ते हैं। घर में घुसा महामाया नामक जीव कुटुम्ब को छोड़ने वाला सरेस नहीं बल्कि खारा पानी है। कुन्दन और महामाया बाबू के मध्य तमाम अन्तर किंचित्कर हैं। दरअसल दोनों एक बिरादरी के हैं। आग में अहर्निश कनस्तर भर-भर के घी डालने वाले का आज दमकल सहित उपस्थित होने को सन्देहास्पद मानना अन्यथा नहीं होगा। लेकिन कुरुक्षेत्र के घमासान में योद्धा को विरथ और सहायक विहीन होना उचित नहीं है। रण में बस गिनती इस बात की होती है कि कौन ज़मीन सूँघा और किसकी पताका फहराई। बगीचा जब पुष्प विरल हो तो देवता पर अर्पित करने के लिए सड़क के किनारे झाड़ी में खिले फूल तोड़ने में क्या हर्ज़ है? वे चाहे एक नाव में भले न सवार हो लेकिन जिस समुन्दर में दोनों की नाव है, वह एक है। उसके ज्वार-भाटे के असर से दोनों अछूते नहीं रहेंगे। गजाधर ने पारस को एक और बात बतायी। "कुन्दन कह रहा था कि उसे पारस से हमदर्दी है। रुपये-पैसे की जरूरत हो तो वह मदद करने को तैयार है। दुनिया में हालात का नाजायज फायदा उठाने वाले हज़ारों है। आख़िर घर का मामला है। बाहर वालों का क्या काम?" यह नयी जानकारी की परत थी जो किसी प्राचीन सभ्यता की बसावटों की तरह निकल रही थी।

हद हो गयी। वह जलती हुई लकड़ी से वीणा बजाने चला है। पारस समझ गया कि कुन्दन दबाव में है और मामले को दे-दिलाकर निपटाने की फिराक में है।

डायनासोर चाहे जितना भी बड़ा हो लेकिन उसके पूँछ में आग लगी हो तो वह वजनी होने के कारण भाग नहीं पायेगा। गजाधर ने गुरु-गम्भीर मुद्रा में कहा कि कुन्दन समझौते को लेकर काफ़ी सीरियस है। कहता है कि वह झगड़ा को टालने की हर कोशिश करना चाहता है। पारस ने इसका स्पष्ट आशय यह लगा कि यह शिष्टाचार के सात परतों में ढका-छिपा मानो या भुगतो टाइप नोटिस है। उसने उसी दम यह स्पष्ट कर दिया कि इस प्रकार के कूटनीतिक दुस्साहस के स्वागत का वह आदी नहीं है। सच, इस शहर की राजनीति को समझना घूमती मछली के प्रतिबिम्ब को पानी में देखकर उसकी आँख में निशाना लगाने जैसा है। कुन्दन शहर में उसके लिए पूरी फील्डिंग सजा कर बैठा है।

पारस के गम्भीर मुख-मण्डल पर भी विनोद छा गया। वह गजाधर से बोला, "उसने तुम्हारे जरिये मुझ तक बात पहुँचायी है। तुम मेरी बात उस तक कह देना कि उसने बस लेना और हड़पना जाना है। देना उसके बस का नहीं है। ये पुराने हथकण्डे नहीं चलेंगे। गंगा-यमुना में काफ़ी पानी बह चुका है। एक ही चाल बार-बार कामयाब नहीं होगी। दुनिया वालों की बुरी नज़र वाली बात सुनकर मजा आ गया। कितना अच्छा मज़ाक़ है। यह तो वही बात हुई कि बगुला के मछली निगलने से मगरमच्छ की आँखों में आँसू आ गये।" परभक्षी निरामिष क़िस्म की बातें करके सामने वाले का दिल दुखाने से बचना चाहता है।

गजाधर ने कुछ सोचते हुए कहा कि आजकल कुन्दन भी कम परेशान नहीं है। यह बड़े विस्मय की बात हुई। हस्तिनापुर और इन्द्रप्रस्थ दोनों हथियाने के बाद कैसी परेशानी? क्रॉकरोच को गटर में प्राणवायु मिलती है। वह खुले वातावरण में ताजी हवा का मोहताज क्यों होगा।

महामाया बाबू ने एक परामर्श दिया कि एक बार कोठी में दोनों पक्ष के जान-पहचान वालों को बुलाकर बैठक की जाये। इसमें सब बातों पर चर्चा हो। पारस को मालूम था कि कोठी के बाशिन्दों को समाज से कभी कोई मतलब नहीं रहा। कौन आयेगा? यदि तिमिर के पक्षधर और सूर्य की रश्मियों के सार्थवाह दोनों सभा में उपस्थित हो जाये तो भी कुटिल कुन्दन और दोनों की जैविक माता न्याय के मार्ग पर नहीं चलेंगे। प्रेत प्रकाश में कहाँ नज़र आयेगा। उसे अँधेरा पसन्द है। वह कानून का रास्ता अपनाने के पक्ष में था। फिलहाल कुन्दन अपने शिविर में तनावग्रस्त है लेकिन यह सब तात्कालिक है। अवसर मिलते ही वह किसी हिंसक पशु की भाँति प्रतिघात करेगा। स्वास्थ्य लाभ के लिए अच्छे-अच्छे मांसाहारी जानवर तक घास खाना शुरू कर देते हैं। इसका यह अर्थ नहीं कि वे अपना मूल स्वभाव छोड़ चुके हैं। कुन्दन की असलियत पूरे शहर में सामने आ चुकी है। अब चाहे जितना भी अभिनय करे,

हाथी के दांत एक बार निकल जाने के बाद अन्दर नहीं होते हैं। जिसके मुँह में ख़ून का स्वाद लग चुका है वह भला तृण पर क्यों पलेगा। जाहिर है कि इस बार संघर्ष त्वचा पर चंद खरोंचो तक सीमित न होकर अस्थि भंग की हद तक जायेगा। अधम अश्वत्थामा का मूल्यों में आस्था प्रदर्शन सदैव अविश्वसनीय रहेगा। मीठे पानी की खोज में खारे समुद्र के तल तक भी गोता लगाने से कुछ नहीं मिलने वाला। स्नेहवश किसी मुर्दे को लेप लगाकर घर में नहीं रखा जा सकता है। उसकी नियति श्मशान में दाह संस्कार है।

स्वप्निल खुमारी से मुक्त होने के पश्चात् मनुष्य घोर यथार्थवादी बन जाता है। दही के धोखे में कपास खरीदा तो जा सकता है लेकिन खाया नहीं जा सकता। वैसे भी अब उसके अन्दर इतनी एंटीबॉडी विकसित हो गयी है कि विषकन्या हो या तक्षक का दंश, कोई फ़र्क़ नहीं पड़ने वाला है। सारी बातचीत के दौरान वह मितकथन की ओट में रहा। कहीं पौराणिक असुरों अतापी और वातापी की कथा तो नहीं दुहरायी जायेगी। अतापी अपने अनुज वातापी को मांस एक बकरे के रूप में अतिथि को सप्रेम खिला देता था। भोजनोपरान्त उसकी आवाज़ पर वातापी अतिथि का उदर फाड़कर बाहर आ जाता था। ऋषि अगस्त्य ने वातापी को पेट में पूरा हजम कर इन असुरों को सबक सिखाया था। यह प्रतीक कथा कलयुग में भी भितरघात के रूप में दुहरायी जाती रही है। आख़िर दूध का जला छाँछ भी फूँक-फूँक कर पीता है। राम दल में घुसा रावण का प्रतिरूप स्वयं को हनुमान जी से भी श्रेष्ठ रामभक्त सिद्ध करने का प्रयत्न करता है।

46

पारस को मोबाइल पर एक अनजान नम्बर घनघनाता हुआ दिखा। कुछ देर तक ऊहापोह में रहने के बाद आख़िर उसने कॉल रिसीव किया।

हैलो कहने पर उधर से एक कमज़ोर आवाज़ सुनाई दी। "पारस बेटा, तू कैसा है? मुझे पहचाना?" उसे आवाज़ को पहचानने में कुछ क्षण लगे।

"चाची तुम...!!"

"हाँ रे, बड़ी मुश्किल से तेरा नम्बर मिला।" वह सुखोबाई ही थी। अनपढ़ बुढ़िया बस हैलो कहने पर उसे पहचान गयी।

"तुम कैसी हो चाची?" वह भावुक हो गया।

"बेटा मेरा क्या है। साग-भात मिल जाता है। मेरा गुजारा हो जाता है। पूरी ज़िन्दगी निकल गयी। बाक़ी कुछ दिन दिन भी निकल जायेंगे। लोगों से तेरे बारे में मालूम हुआ। सत्यानाश हो उनका...। तेरे माँ और भाई हैं, इसलिए कहना नहीं चाहिए लेकिन ऐसे लोग दुश्मन को भी किसी जन्म में न मिले। कुन्दन निर्लज्ज है। महापापी है। उसे अपने किये की सज़ा मिलेगी। जब तक वह ज़मीन से नहीं टकरायेगा तब तक अपने नीचे गिरने को उड़ान समझता रहेगा। त्रेता में रावण और द्वापर में कंस और दुर्योधन हुए थे। कलजुग में इसकी पैदाइश है। ऊपर वाला सब देखता है। घुग्घु ऐसा नहीं था। बीबी के चक्कर में बेचारा बिल्कुल लाचार हो गया। बीबी और बेटे ने मिलकर अपना राज बना लिया है। तू उन लोगों से दूर रह। वे तेरा मोल क्या जानेंगे। बूढ़े बैल की पीठ पर चोंच मारकर मांस खाने वाले कौए को मोती चुगने की क्या पड़ी है।" निरुपाय वृद्धा शब्दों के विषैले डंक मारकर मन का गुबार निकालती रही।

अपनी दूरबीन सदृश्य आँखों से चावल में छिपे सूक्ष्मतम कीड़ों को चुन लेने वाली वृद्धा की नज़र उम्र के साथ धूमिल अवश्य हुई थी लेकिन दुनिया-समाज का मिजाज पहचानने की योग्यता कायम थी।

वह कुछ नहीं बोला। सुखोबाई जारी रही। "लोग कह रहे थे कि पारस बहुत सोचता है। उलटा-सीधा सोचा मत कर। कोई फायदा नहीं है। इससे अपना नुकसान होता है। सेहत का तन्दुरुस्त होना सबसे ज़रूरी है। ऐसी ज़मीन-जायदाद, कोठी-बँगला भाड़ में जाये। कीचड़ में पाँव रख लेना, वह कम दुर्गन्ध करेगा लेकिन उन लोगों से दूर रहना। तू देखना एक दिन कुन्दन हँसने और नहाने के लिए भी आदमी रखेगा। न कभी हँस पायेगा और न अपने दम पर चलने-फिरने लायक बचेगा। लोग उसे ढ़ेला फेंककर मारेंगे और उसकी खोपड़ी नारियल जैसी चटक जायेगी। मारीच कहीं का...। अरे वह ऐसा शनिचर है कि जिसकी नज़र पड़ने पर सूरज को भी ग्रहण लग जाये। इस दुर्मुख का चेहरा ज़िन्दगी में कभी देखने को न मिले।" वह पहाड़ से उतरती नदी की भाँति हरहराती हुई बोलती जा रही थी। पृथ्वी पर घटित होने वाली बातों को दैवाधीन मानने वाली भाग्यवादी वृद्धा इस अन्याय पर किसी क्रान्तिकारी की भाँति आक्रोशित थी।

पारस मौन था। "बेटा तू मेरी बात सुन रहा है ना?" उसे चुप पाकर वह हड़बड़ा गयी।

"चाची तुमसे मिलना कब होगा?" आख़िर उसकी आवाज़ वापस आ गयी।

"बेटा इस उम्र में आना-जाना सात समुन्दर पार जाने जैसा है। तू अगर मुझसे मेरे आँख बन्द करने से पहले मिले तो समझूँगी कि गंगा नहा लिया।"

सुखोबाई से बात करते हुए पारस के हृदय में जैसे चूल्हे का मर्म कुरेदने से बुझी आग फिर जल उठी। मन का सुसुप्त अतीतोन्मुख लगाव जाग्रत हो उठा। उसे सुखोबाई की बातों में मिट्टी की हाँड़ी में अरहर की दाल पकने की सुगन्ध आ रही थी। अतीत केवल स्मृतियों का कुठार नहीं है। वह वर्तमान का सम्बल भी होता है।

"घुग्घु अन्त में कितना अकेला रहा होगा। हाय राम...!" सुखोबाई आर्तनाद कर उठी। "ऐसी मौत किसी को न मिले। पहले वह इतना मज़ाक़िया था कि पूछो मत। तुम्हारे चाचा से मेरी शादी हुई तो वह मुझसे ख़ूब शरारत करता था। मैं हमेशा कहती थी कि इसकी शादी अपने बड़े भाई से पहले होनी चाहिए थी।" पारस को उसके सुबकने की आवाज़ आ रही थी। सुखोबाई का शब्दहीन क्रन्दन हृदय की सीमातीत दारुण व्यथा का व्यक्त कर रहा था।

"बेटा मैं तेरी सगी चाची नहीं हूँ लेकिन घुग्घु मुझे ज़िन्दगी भर भाभी कहता रहा। इतना तो कोई अपनी सगी भाभी से नहीं घुला-मिला होगा। तू मेरी गोद में लेटकर मेरे हाथों अपनी मालिश कराता था। पूरे गाँव में टुनटुन और घुग्घु की जोड़ी का नाम था। सबको पता है कि यह दुनिया इंसान का नईहर है। अन्त में उसे भगवान के घर जाना है। चार दिन गुजार कर सभी को चले जाना है। फिर भी न जाने क्यों लोग ऐसा करते हैं।"

"चाची तुम जरा भी फिक्र मत करो। मैं तुम्हारी बात समझ रहा हूँ। खुद को सँभाल लूँगा।"

"बेटा सुन, तू अपने दिमाग़ पर ज़्यादा ज़ोर न डाला कर। इससे कोई फायदा नहीं है। वक़्त आने पर ज़िन्दगी खुद अपने सवालों का जवाब ढूँढ़ लेती है। समझदारी इसी में है कि हम समय की धारा में खुद को बहने दे।" दूध की धार की भाँति प्रवाहमान उसकी ममता से भरे ये आख़िरी शब्द थे। पारस का वात्सल्य नामक भाव से बरसों बाद परिचय हो रहा था। उसका निश्चल स्नेह कंटीले बीहड़ के मध्य हरियाली जैसा था।

वह सुखोबाई की बातों का शब्दार्थ और भावार्थ दोनों समझ रहा था। लेकिन एकान्त में इस पर अमल करना नामुमकिन हो जाता है। ऐसा लगता था कि एक साथ कई भेड़िए उसके सीने पर सवार होकर गले में अपने नुकीले दाँत गड़ाकर रक्त पी रहे हैं।

पारस को याद आ रहा था कि जब वह बीमार पड़ता था तो तब तक घर में किसी को ख़बर नहीं करता जब तक खुद अपना काम करने की स्थिति में रहता। अगर अतीत को स्लेट की तरह साफ़ करना सम्भव होता वह वह बिल्कुल वैसा ही करता।

कॉल कटने के बाद उसे ध्यान आया कि वह एक बात कहना भूल गया कि चाची मुझे तुम्हारे कोख से जन्म लेना चाहिए था। कानों के साथ उसका दिल-दिमाग़ केवल सुनने में लगा हुआ था। मन के बुझते दीप में जैसे तेल पड़ गया। अखिल विश्व में गहनतम क्रन्दन सुखोबाई के अन्तस से गूँजा।

कटी पतंग को आकाश में नहीं ढूँढ़ते हैं। वह गिरकर कहीं न कहीं धरती पर होगी।

47

मनुष्य को साँझ की शीतल लालिमा पसन्द है। इस लालिमा की आभा में वह यह विस्मृत कर जाता है कि इसके पश्चात् अँधियारी रात आयेगी। काश वह अपने कर्म के परिणाम का अनुमान लगाकर पहले ही विवेक का प्रयोग करे तो कितना अच्छा होगा। कुन्दन के पूर्वानुमान निशाने से दूर गिर रहे थे। नीरजा को कोठी का कच्चा-चिट्ठा मालूम हुआ। पारस के प्रति उसके मन में व्याप्त पूर्वाग्रह धुल गया। बस कुछ बहस ही तो हुई थी। वह दिल से अच्छा है, जबकि कुन्दन मीठी छुरी ही नहीं बल्कि साक्षात कालसर्प है। मिलने पर उजली हँसी और पीठ पीछे काली करतूत। शायद सोचता है कि काल की दराँती औरों पर ख़ूब चलेगी लेकिन वह चिरकाल तक अक्षुण्ण रहेगा और उसका बाल बांका नहीं होगा।

"उस कोठी में रिश्ता करने का मतलब है कि तुम्हें गाड़ी और गहनों की कभी कमी नहीं रहेगी।" भुवनेश्वर जी उसके मुख से पारस का नाम सुनकर बोले।

"नहीं डैड। पारस का दरअसल इस संसार में कोई नहीं है।" उसने भुवनेश्वर जी से सारी बात बतायी। वे सोच में पड़ गये। पारस साहित्य संसार से बाहर शायद ही निकलता है। उसके लिए साहित्यिक उपन्यास का नायक और कथानक गम्भीर विषय हैं। जबकि ज़्यादातर लोग पैसा, रुतबा, रसूख जैसी बातों में बड़े जतन से लगे रहते हैं।

दुनिया का हाल-तमाशा जानने वाला बुजुर्ग अन्ततः समझ गया कि विनाश के सारे हेतु एक ओर और गृह कलह एक ओर हो तो पलड़ा गृह कलह की ओर झुका होता है।

"बेटी तुम हमारी आँखों का तारा ही नहीं हो, इस घर की शान भी हो। तुम्हें कोई दुख पहुँचे यह हमें गवारा नहीं है।"

"डैड...।" वह उनसे लिपट गयी।

पारस के बारे में सारी बात सुनकर वे गहरी सोच में पड़ गये। प्रेम में नारी से अधिक साहसी कौन हो सकता है। वह जोखिम लेकर भी कदम बढ़ाती है। स्त्री हो या पुरुष, दरअसल इस विषय में वे किसी के बारे में निर्णय उसके सम्पूर्ण व्यक्तित्व के आधार पर नहीं अपितु एक-दो चीज़ों के कारण लेते हैं। जिस तरह नीरजा के प्रति पारस के अन्दर भाव होगा उसी प्रकार वह भी उसके लिए किसी एक बात को लेकर आकर्षित हुई होगी। हालाँकि उन्हें इस बात पर हैरानी थी कि आज जहाँ लोग प्रथम दृष्टि विनियम में ही एक-दूसरे के मन के भाव भाँपकर नजदीक आ जाते हैं वहाँ इन दोनों ने बुद्धिजीवी होकर भी इतना समय क्यों लगाया। पढ़े-लिखे लोगों में संवाद की परम्परा रही है। संवाद ग़लतफ़हमियों को दूर करके लोगों के बीच भरोसा कायम करने का अचूक माध्यम है। ये दोनों इस काम में इतना पीछे कैसे रह गये? वे धीर-गम्भीर स्वर में बोले, "तो तुम्हें लगता है कि वह तुम्हें पसन्द करता है।"

नीरजा की नज़र झुक गयी। वह क्या कहती। पारस को वह आषाढ़ के मेघों की तरह जीवन में पहली आशा बनकर आयी है। न जाने उसके रुक्ष व्यवहार में उसे क्या ख़ूबी दिखी। लेकिन यह स्पष्ट है कि बचपन से लेकर अब तक वह प्रेम ओर अपनेपन के बिना रहा है। एकाकी इंसान के साथ हुए अन्याय में कोई उसका साथ नहीं देता है क्योंकि यह अन्याय केवल उसके साथ हुआ है। सबके साथ नहीं। ऐसा अनोखा अन्याय सबके साथ नहीं होता है कि हम मजदूर एकता ज़िन्दाबाद का नारा लगाकर एकजुट हो जाये। इस प्रकार के व्यवहार में शोषण नहीं अपितु निरर्थकता बोध अधिक होता है।

आज तक वह अपने पैने तर्कों से उसे लहूलुहान करती रही थी लेकिन उस पर विजय प्राप्त करने के लिए जिस अस्त्र की आवश्यकता थी उसे कभी प्रयोग नहीं किया। वह अस्त्र प्रेम और अपनेपन के सिवा और क्या हो सकता है। लड़ने की भी एक सीमा होती है। कलिंग युद्ध के बाद सम्राट अशोक ने भी खड्ग त्याग दिया था। नारी पुरुष के लिए भले ही सिन्धु लिपि की भाँति अपठनीय हो परन्तु पुरुष उसके लिए प्रथम क्षण से एक खुली किताब होता है। फिर वह पारस को क्यों नहीं समझ पायी? संसार के समस्त नवाचार को आत्मसात करने को तत्पर आधुनिक युवती ने पारस के समक्ष अपने ग्रहणशीलता पर पूर्वाग्रह का साँकल क्यों लगा रहा था। पारस के साथ उसका रवैया आकर्षण, विरोध और संशय का रहा है। जब राधा को वह रुक्मणि बनायेगा क्या तब वह उसके लिए कुछ और हो जायेगी?

चचा गालिब यूँ ही नहीं कह गये कि नाजुक मिजाज इश्क से अक्ल का बोझ नहीं सँभलेगा।

पूजा घर में मिश्री और बताशे के प्रसाद के भक्षण के लिए शक्करखोर प्राणियों के समूह इकट्‌ठा हो गया था। माँ ने यह देखकर प्रसाद की थाली तुलसी जी के पौधे के पास रख दी। पिता-पुत्री के मध्य महत्त्वपूर्ण संवाद में भाग लेने से वे वंचित रह गयी थीं लेकिन बाद में बात के निष्कर्ष से उन्हें अवगत कराया गया। पति-पत्नी के मध्य पारस की चर्चा होने पर उसके बारे में यह सहमति बनी कि निदाघ का ताप सहने वाले के गुण सोने जैसे निखर आते हैं।

आकर्षण में स्थायित्व हो तो लड़की के माँ-बाप की स्वीकृति मिलने में दिक़्क़त कम होती है।

48

सहसा रात करीब आठ बजे छत पर कोई आवाज़ हुई। आवाज़ सबसे पहले रसोई में मौजूद खाना बनाने वाली के कर्णों में पहुँची। उसने कुहनी से टहोका देकर पास खड़ी अपनी बहन को चेताया। आवाज़ की पुनरावृत्ति होने पर दोनों के कान खड़े हुए।

"कोई बिलार होगा।" उसकी बहन ने अपने मन को समझाने के लिए कहा। बात यह थी कि दोनों डर गयी थीं। काम खत्म करके उनके जाने का समय हो गया था। फिर एकाएक लुढ़क कर गिरने की ध्वनि से सारे संशय धो डाले। ऊपर ज़रूर कोई है। दोनों भूरा को पुकारती हुई दौड़ी। भूरा के आने से पहले ललिता देवी का ध्यान आकृष्ट हुआ। सारा माजरा समझकर उन्होंने कुन्दन को आवाज़ दी। वह अपने कमरे में व्यापार सम्बन्धी हिसाब-किताब में उलझा हुआ था। इस कार्य को वह यज्ञ स्वरूप गरिमा प्रदान करता था। जाहिर है कि किसी अवांछित व्यक्ति के अन्दर आने की आशंका को निर्मूल करने हेतु वह किवाड़ बन्द रखता है। इसलिए उसे छोड़कर सबको आवाज़ सुनाई दी।

ऊपर जाकर देखने का साहस किसी में नहीं था। कुन्दन अपने कर्तव्य का निर्धारण नहीं कर पा रहा था। ललिता देवी उसके कक्ष में आकर खड़ी हो गयी। उसने दरवाज़ा भले खोल रखा था लेकिन परदा गिरा हुआ था। छत की ओर जाने वाली सीढ़ियों से कम से कम तीन-चार लोगों के नीचे उतरने की आवाज़ साफ़-साफ़ सुनाई दे रही थी। दोनों कान लगाकर सुनने लगे। कदमों की आहट और सीढ़ियों से नीचे उतरने वालों की आवाज़ मुखर होती जा रही थी। एक बार कुन्दन के जी में आया कि परदा हटाकर देखे कि इस रात में कौन लोग उसके घर में इतनी शान से घुसे हुए हैं। लेकिन हिम्मत नहीं पड़ी। उसका सर्वांग काँप रहा था।

कौन हो सकता है? चोर-डकैत इतने इत्मीनान और शान से क्यों विचरण करेंगे? सारा माल-असबाब या तो बैंक के लॉकर में सुरक्षित है या कुन्दन के कक्ष में स्थित दीवाल के सेल्फ में।

साहस जुटाकर वह अन्ततः बाहर निकला। उसे कोई नहीं दिखा। भूरा और दूसरे लोग भी नहीं थे। "अरे सब कहाँ मर गये?" उसकी आवाज़ में भय मिश्रित झुँझलाहट थी। वे लोग नीचे बैठक में जमा थे। कुन्दन धड़धड़ाते हुए नीचे पहुँचा।

"कुछ लोग छत पर थे। वे सीढ़ियों से उतरकर नीचे गये हैं। किधर गये?"

उसकी बात सुनकर भूरा और अन्य लोगों के चेहरे पर हैरानी छा गयी।" बाबूजी हम लोगों ने तो किसी को जाते नहीं देखा।"

कुन्दन के सारे बदन में असंख्य चींटियों के रेंगने से तन-मन में होने वाली झुरझुरी हो आयी। फिर आख़िर वे तीन-चार लोग गये कहाँ? आवाज़ हम दोनों ने सुनी थी। गायब तो ऐसे हुए जैसे कभी थे ही नहीं। वह बेसाख्ता चिल्लाया। "टार्च लाओ।" उसकी चिल्लाना पिण्डारियों की तरह तम्बाकू लाओ जैसी कोड वर्ड लगी जिसके उच्चारण के बाद वे मासूम यात्रियों का गला घोंट कर सब कुछ लूट लेते थे। एक कामवाली ने फ्रिज के ऊपर रखे टार्च को काँपते हाथों से उसे सौंपा। लेकिन टॉर्च जलाकर देखने की हिम्मत कुन्दन के अन्दर नहीं हुई। स्वयं को अकेला पाकर ललिता देवी हड़बड़ाकर नीचे भागीं। सीढ़ियों से उतरते हुए उनका पाँव मुड़ गया। दर्द को बर्दाश्त करती हुई वे चलती रहीं। लँगड़ाते हुए जब वे नीचे आयीं तो सारा आख्यान सुनकर उनके होश भी फाख्ता हो गये। पुत्र के साथ उन्होंने भी कुछ लोगों को बात करते हुए छत से सीढ़ियों के रास्ते नीचे उतरते हुए साफ़ सुना था। बीच में वे कहाँ बिला गये? काटो तो खून नहीं। बस देह से पसीने छूटने और दाँत बजने से ज्ञात होता था कि वे जीवित हैं। आख़िर बोलने वाले का शरीर क्यों नहीं दिखाई दे रहा है? सामने कुन्दन को उपस्थित देखकर मन को ढाँढ़स मिलनी बजाय डर लगा। पहली बार वह उन्हें एक जीवित सदेह दैत्य प्रतीत हुआ।

दरअसल तमाम कृत्रिम भंगिमाओं के बावजूद सबका दिल फर्श पर गिरकर झनझनाते बर्तन जैसा काँप रहा था। मन में कई प्रकार के संचारी भाव बर्रे की तरह चक्कर काट रहे थे लेकिन भय स्थायी भाव के रूप में आसन जमाए हुए था।

थोड़ा सँभलने पर ललिता देवी ने बारम्बार भृत्यों के समूह को कड़ी निगाहों से घूरा और उनके मुख के भाव पढ़ने का भरसक प्रयत्न किया। परन्तु वे मिथ्या भाषण नहीं दे रहे थे। भूत-प्रेतों की पैशाचिक शक्ति से निपटने के लिए तकिया के नीचे चाकू रखना और हनुमान चालिसा का जाप करना जैसी विधियों से तो वे परिचित थे लेकिन पहले कभी किसी पैरानॉर्मल शक्ति से उनका पाला नहीं पड़ा था। सबकी

हालत ख़राब थी। मन के भय को दूर करने के लिए वे निरीह पशुओं समान देखते नौकरों को विपरीतार्थक बक रही थीं परन्तु शब्दों का उवाच मन की आवाज़ से मेल नहीं खा रहा था। जुबान रूपी चाबुक से जी भरकर सबकी चमड़ी उधेड़ने के बाद भी भय मन में आसन जमाये हुए था।

गनीमत है कि घर में कोई वारदात नहीं हुई। लेकिन पहले यह तो पता लगे कि वे चोर थे या भूत-प्रेत। सबके चेहरे पर डर दीवार पर चूने जैसा पुता हुआ था। सामान्यतया अपनी दहकती लपटों से सबको भस्म करने वाली अग्नि के समान ललिता देवी के समीप खड़े होकर आज किसी को भय नहीं लग रहा था। भय का स्रोत अल्पकाल की खातिर ही सही, बदल गया था।

वातावरण में व्याप्त भय को भगाने के लिए उन्होंने तत्काल विषय परिवर्तन किया। "भगवान किसी के घर में ऐसे नौकर-चाकर न दे। खिड़की का काँच चटक जाये तो पूरी कालोनी में गीत गाते फिरेंगे कि दीवार ढह गयी। सड़क पर कोई कंकड़ फेंक दे तो हल्ला मचा देंगे कि जबरदस्त फायरिंग हुई है।" अप्रासंगिक और सन्दर्भहीन वक्तव्य देते हुए उनके मन में राहत का भाव अवश्य था कि घर का सारा माल-असबाब महफूज है। अगर घटना आठ बजे के बजाय बारह बजे रात में होती तो क्या होता। तब उनके और कुन्दन के सिवा घर में कोई चिरई का पूत नहीं होता। चोर-डाकू भीख माँगने के लिए घर में लकुटिया तक नहीं छोड़ते।

"मालकिन सबसे पहले इसने आवाज़ सुनने की बात कही थी।" भूरा ने खाना बनाने वाली की ओर इशारा किया। वह ललिता देवी के निर्देशानुसार मर्तबान में पड़े अचार को हिला-हिला कर और सामग्री भरने के लिए जगह बना रही थी। भूरा की बात सुनकर ऐसे घबरा गयी जैसे आवाज़ सुनकर उसने गम्भीर अपराध कर दिया।

"तुम सब एक थैली के चट्टे-बट्टे हो, "ललिता देवी ने सूचना देने वाली को श्रेय देने की जगह भर्त्सना की। "एक नहला है तो दूसरा दहला है।" इस अवसर पर भी वे अपने मूल स्वभाव का तात्कालिक परित्याग नहीं कर पायीं। बात की शुरुआत खण्डन से की। किसी का मंडन करना कभी उनकी नीति नहीं रही। तमाम साहस के प्रदर्शन के बावजूद आँतों में फँसा भय मुख पर दिखने लगा था। डरे हुए व्यक्ति की कर्णेन्द्रियों की क्षमता बढ़ जाती है। हर आहट मन को कँपाती। स्वयं का पदचाप अजनबी की तरह डरा रहा था। नौकर आपस में बातें कर रहे थे लेकिन उनकी आवाज़ दाँतों के बीच दबी जीभ से निकल रही थी।

गगनबिहारी जी वाले कमरे में कुछ गिरने की आवाज़ आयी। न चाहते हुए भी कुन्दन दुर्बलता का प्रदर्शन नहीं करना चाहता था। वह झाँककर देखने गया। कमरे के अन्दर सहसा एक कंकाल प्रकट हुआ। भय से वह चिल्लाना हुए भागना

चाहता था लेकिन वाणी और पैर दोनों से ऐन वक़्त पर साथ छोड़ दिया। एक बार लगा कि कंकाल ज़िन्दा होकर उसे जकड़ लगा। लेकिन तभी वह गायब हो गया जैसे कभी था ही नहीं। उसकी हैरानी का ठिकाना नहीं था कि जो कुछ पल पहले था वह अब नहीं है। आख़िर सीढ़ियों से बतियाते हुए उतरने वालों का कोई पार्थिव अस्तित्व था या वे महज मृतात्माएँ थीं? इस अवसर पर भी वह विजेता की भाँति बोलना चाहता था लेकिन न तो दिमाग़ में शब्द नहीं सूझ रहे थे और न ही गले से आवाज़ बाहर आ रही थी।

रोम-रोम में मचती झुरझुरी के मध्य वह जान बचने की खैर मना रहा था।

कोठी में मिथ्या भय की अजीबोगरीब अभिव्यक्तियाँ हो रही थीं। सबसे गम्भीर बात यह थी कि घर के वर्तमान मुखिया कुन्दन के मन-मस्तिष्क में आत्मविश्वास की जगह खतरे की घंटियाँ बजने लगी थी। संशयग्रस्त मन सांझ की गोधूलि और सबेरे की उषा का उजाला में भेद नहीं कर पाता है। मोगरे के फूल की माला भी हाथ में लेने से पहले डर लगता कि कहीं यह साँप तो नहीं है। शक का काँटा तलुए में धँसा हो तो संसार के सुख निस्सार लगते हैं। इस दुनिया का क्या है। आज हमारे साथ है। कल वक़्त के हिसाब से पाला बदल लेगी। जिधर बम उधर हम वाला रवैया कोई आज की बात थोड़े न है। अब मार्केट में भी पुरानी बात नहीं दिख रही है। पहले कोई न कोई चिमटा करताल बजाता दिख जाता था। आजकल सब फासला बनाकर बात करते हैं। सभी से ख़ूब फील्डिंग कराके उन्हें बैटिंग का अवसर न देने की पूर्वनीति अब ह्रासमान प्रतिफल नियम दे रही थी। पारस से सब छीनकर भी उसकी उपेक्षा अक्लमन्दी नहीं होगी। साँप की बाँबी को सिहराना बनाकर सोने वाला मूर्ख माना जायेगा। जो दुश्मन कभी सोता नहीं है, उससे सावधान रहना लाजमी है।

उसकी मुख्य प्रेयसी धन-जायदाद है। शोहरत, रुतबा आदि उपनायिकाएँ हैं जो अन्ततः इसी से आयेगी। इन सबकी यत्नपूर्वक रक्षा आवश्यक है।

अन्त में कुन्दन ने संकेतों में अपनी माँ से कुछ वार्तालाप किया। इस घर में पूजा करवानी पड़ेगी। अमूमन संवेदनशील मुद्दों पर भी समाचार वाचक जैसा मौसम का हाल बताने वाले अन्दाज़ में बोलने वाले कुन्दन के चेहरे से हवाइयाँ उड़ रही थीं। धर्म-कर्म में बहुत ज़्यादा आस्था न रखने के बाद भी ललिता देवी इस काम के लिए स्वत:स्फूर्त प्रेरणा से राजी हो गयीं। तिज़ोरी में पड़ी स्वर्ण शिलाओं को क्षुद्र प्रस्तर समझने का युग दूर था। बिना धन के दुनिया में कौन किसी को पूछता है। वह कुन्दन ने पूर्णतया सहमत थीं कि संसार अन्तकरण नहीं, अलंकरण देखता है।

आवाज़ के उद्गम स्थल अर्थात छत पर कोई झाँकने नहीं गया। यह कार्य अगले दिन सुबह के लिए छोड़ा गया। कालरात्रि में पिशाच और डाकिनी की करतूतों

पर कौन रोक लगा सकता है। कुछ भी सिद्ध नहीं हुआ कि भूत था या कुछ और। उलटे संशय बढ़ा। मन में नष्टधर्मा चंचल भाव बुलबुले की तरह बन और बिगड़ रहे थे। संशय में होना असहज होता होगा लेकिन सामने विकट सत्य का साक्षात्कार होना अत्यन्त भयावह दृश्य है। गगनबिहारी जी के कमरे की ओर देखने की हिम्मत नहीं हो रही थी।

रात भर मेढकों और झिंगुरों ने मनुष्यों के आराम की रत्ती भर परवाह किये बिना अपना गान जारी रखा। लेकिन कोठी के बाशिन्दों की नींद वैसे भी हराम थी। वरना उनके वश में होता तो वे अपनी नींद की खातिर किसी को रात भर झींगुरों को चुप कराने के काम पर लगा देते।

49

अख़बार में जितनी ख़बरें छपती हैं, दुनिया में उससे ज़्यादा घटित होता है।

विधायक निवास के बरामदे में बैठे-बैठे कुन्दन को काफ़ी वक़्त बीत गया। उसे हैरानी हो रही थी कि माननीय उससे मिलने का समय क्यों नहीं दे रहे हैं। पूजा-अर्चना और भक्ति में उससे कौन सी न्यूनता शेष रह गयी। बारम्बार पूछने पर अब जाकर उनके स्टॉफ ने बताया कि विधायक जी किसी आवश्यक कार्य हेतु इलाहाबाद से बाहर गये हैं। वह गुस्से से आपे से बाहर हो गया। परन्तु बुद्धि यह कहती थी कि यह महामाया बाबू का डेरा नहीं है इसलिए अपनी भावनाओं को काबू में रखना उचित होगा। लेकिन माननीय किधर से निकल गये। आगन्तुकों के लिए बने कक्ष में वह करीब घंटे भर से दर्शन की अभिलाषा में दुबला हो रहा था। कुर्सी पर निगाहें झुकाए वह विचारमग्न अवस्था में था कि वापस लौटा जाये या यहीं धूनी रमाये। थोड़ी दूर लॉन में कुर्सी पर बैठे चार लोग विधायक जी के किसी विरोधी का नाम लेकर अपशब्दों का घनघोर सन्धान कर रहे थे। पिछले कुछ दिनों से विधायक निवास पर मुर्गा और मदिरा का अखण्ड लंगर चल रहा था। एक विशालकाय शरीर के स्वामी ने बगल में बैठे साथी को टहोका मारते हुए कहा, "तू ऐसे शर्मा कर क्यों पी रहा है? दारू कम ले रहा है और पानी ज़्यादा मिलाता है। पीने के लिए विधायक जी ने शराब से भरी ड्रम सामने रख दिया है। पानी को तू नहाने-धोने के लिए बचाकर रख।"

इस पर जबरदस्त हो-हो हुआ। एक अन्य मद्यप बोल पड़ा। "नहीं-नहीं पानी तैरने और नाव चलाने के लिए है। पीने के लिए विधायक जी की दारू है।"

इस बात पर विशालकाय ने उसके कन्धे पर धौल जमाकर अट्टहास किया। "हमारे साथ बस वही बैठे जो टक्कर का दारूबाज हो। एक बार में इतनी पीये जिसमें नाव तैर जाये।"

किसी निरपेक्ष व्यक्ति की नज़रों से देखने पर व्यसन के साथ शठता का डरावना समागम दृष्टिगोचर हो रहा था।

कुन्दन सोच रहा था कि वह कब तक पत्थर की अहिल्या बने प्रतीक्षा करता रहेगा। तभी उसे सुन्दर के चरण नज़र आये। विधायक जी की पादुका आज सुन्दर के पैरों में शोभा दे रही थी। सर उठाने पर वह पूरा दिखा। चूड़ीदार पैजामे और शेरवानी में पार्टी की टोपी लगाये वह कहीं जाने की तैयारी में सुसज्जित था। सिगरेट के प्रदूषणयुक्त धूम्रवलय उड़ाता हुआ वह धरा पर पाँव धरे होने के बावजूद स्वयं को सातवें आसमान पर समझ रहा था।

"सुन्दर भाई किधर की तैयारी है?" डण्ठल से टूटे पत्ते की तरह मुरझाया कुन्दन उसे देखकर ऊर्जा से भरकर लपकता हुआ उठा।

कई रातों का जागरण सुन्दर के उनींदी नेत्रों में दिख रहा था। उसका शायद किसी मनपसन्द जगह में मौज-मस्ती करने का कार्यक्रम था। कुन्दन का आगमन उसे गाढ़ी मलाईदार दूध में मक्खी गिर जाने जैसा लगा। उसने बिना उसकी ओर नज़र फेरे कहा, "काम बोलो। हमारी तैयारी से तुम्हें क्या मतलब?" ज़रूरतमन्द के प्रति सामान्य शिष्टाचार का प्रदर्शन काल-बाह्य माना जाता है।

इस बेलिहाज़ और रूखे उत्तर से स्पष्ट था कि सुन्दर पूर्व आयोजनों में उसकी भक्ति को विस्मृत कर चुका था अथवा जानबूझकर अनदेखा कर रहा था। कुन्दन ने अपनी पूर्व सेवाओं के इस विचित्र पुरस्कार से अप्रभावित रहने का साहसिक अभिनय करते हुए मतलब की बात सुनाई। "मामला तो घरेलू ही है।"

सुन्दर बेहद जल्दी में था। उसकी आँखें अभी भी मिची हुई थीं। कठिनाई से एक आँख खोलकर उसने उसे कड़ाई से घूरा, "मामला है क्या? कुछ बताओगे?"

कुन्दन की भावभंगिमा कुछ ऐसी हो गयी मानो नाचने से पूर्व आँगन सीधा कर रहा हो। वह सुन्दर के कान के जहाँ तक निकट जा सकता था वहाँ पहुँचकर मामला का सार-संक्षेप बयान करने लगा। "मुझे पारस से खतरा है। वह जायदाद हड़पना चाहता है। माँ-बाप ने मेरे नाम से की है। वह खामखाह मुकदमेबाजी पर अड़ा है।"

सुन्दर भौंहों को सिकोड़ कर उसकी बातों को समझने की कोशिश करने का उपक्रम करने लगा।

कुन्दन पुन: बोला, "मैं घर का झगड़ा टालना चाहता हूँ लेकिन वह बेवजह

उलझने पर तुला हुआ है।" स्वर्ग नेकी से मिलता होगा लेकिन भौतिक उपादानों की प्राप्ति हेतु अन्य मार्गों का अनुसरण करना पड़ता है।

सुन्दर अपने पिता की तरह बहुत घुटा हुआ न होकर भी आख़िर विधायक पुत्र ठहरा। वह सारी कहानी सुनकर बिजली के खम्बे की तरह निर्विकार रहा। "यकीन नहीं होता है कि तुम इतने दयालु हो कि ज़मीन पर रेंगती चींटी को बचाने के चक्कर में पैर में मोच खाने को तैयार हो जाओगे।" कुन्दन के कौटुम्बिक कलह पर उसकी प्रथम प्रतिक्रिया उत्साहवर्धक हरगिज नहीं कही जा सकती थी। कान खुजलाते हुए वह बरामदे से उतरकर लॉन में आ गया। पीछे-पीछे गरजमन्द आसामी की तरह कुन्दन आया। सुन्दर भूगोल और खगोल को रत्ती भर महत्त्व न देखकर सीधे मुद्दे पर आया। "देखो भाई, यह काम छोटे-मोटे गुंडे-बदमाशों से करा लो। हम तुम्हारे घर के मामले में हाथ नहीं डालेंगे।"

उसके रूखे व्यवहार को देखकर आशा के सरोवर में हताशा के शैवाल पनपने लगे। "सुन्दर भाई आपके भरोसे हूँ। पाँव फिसलने पर हाथी भी गिरता है। आज दिक़्क़त में हूँ। आपके लिए बायें हाथ का काम है।" कुन्दन का लहजा पतनोमुख होकर भृत्य से भिक्षुक समान हो गया।

लेकिन उसकी सैक्रीन घुली वाणी से उलटे सुन्दर का रक्तचाप और पारा दोनों बढ़ गया। "बायें हाथ नहीं, चुटकियों का काम है। तो क्या हुआ? अब यही बचा है क्या? हमारे आगे खड़ा होने की किसकी हैसियत है? सामने वाले को साबुत निगल जाये तो पेट के अन्दर भी नहीं जा पायेगा। हमारी दाढ़ में फँसा रह जायेगा। अरे हम माफ़िया हैं, मामूली बदमाश नहीं कि तुम हमारा हाथ पकड़कर ऐसे टुटपूँजिया काम कराते फिरो। हम रात को डाका डलवाते हैंऔर दिन में मुकदमा लड़वाते हैं। वारदात करने के लिए लड़कों और मुकदमे में गवाहों की कभी कमी नहीं रही। लेकिन तुम टुच्चे–मुच्चे काम हमारे ऊपर मढ़ना चाहते हो। इधर विधायक जी हमें अपनी जगह अगले चुनाव में टिकट दिलाने की जुगत में हैं। खुद सांसद बनेंगे। अब यही सब करने को बचा है?" सुन्दर कान को जी भरकर खुजला चुका था। उसने कुन्दन को जाने को नहीं कहा लेकिन अब ठहरने को कुछ बचा नहीं था। लॉन में बैठे अनुयायियों ने सुन्दर को देखकर युद्धघोष जैसा शोर किया। वह इस रणभेरी को सुनकर अत्यन्त प्रसन्न हुआ। हें...हें का कोरस करते गरजमन्दों ने उसे चतुर्दिक घेर लिया।

तभी सुन्दर का मोबाइल बजने लगा। उधर से कौन था और क्या कहा यह नहीं पता लेकिन सुन्दर बेफ्रिक और बेमुरौवत लहजे में कहने लगा, "यार किसी ने किसी को पटका और आप ज़मीन पर अंठाचित्त पड़े गरीब की मूँछें उखाड़ कर खुद को गामा पहलवान समझ रहे हैं। आपको क्या लगता है कि दुनिया में एक आप ही स्मार्ट हैं?

यार चोर-सिपाही वाला खेल हमने भी ख़ूब खेला है। कभी शातिर चोर निकल जाता है और पुलिस बगलें झाँकती रह जाती है तो कभी सिपाही की होशियारी की वजह से वह दबोच लिया जाता है।" बात पूरी करके उसने बिना कुन्दन की ओर देखे कहा, "अपने भाई का हक खाकर कहाँ जाओगे? रिश्ता बना रहता तो उन्नति करते। मुर्गी मारकर अंडा खाने के आदत वालों को यह बात समझ में नहीं आयेगी।" इस कुन्दन को जरा सी लिफ्ट क्या दे दी कि सारा शहर नारद को ही नारायण समझ बैठा। अपने बूते पर समस्या सुलझाए तो समझूँ कि आदमी में कुछ दम है।

एक वक़्त था जब जड़-चेतन सब उसकी खातिर न्योछावर होने को होड़ मचाते थे। आज पूरा शहर बन्धु शून्य नज़र आ रहा था।

बदहवास व्यक्ति के मुख से निकली वाणी गिड़गिड़ाहट समान होती है। "सुन्दर भाई आपके भरोसे हूँ। शहर में वफादारी निभाने में मेरा कोई जोड़ नहीं मिलेगा।" कुन्दन ऐसे बोला मानो ये उसके कण्ठ से निकले आख़िरी शब्द हैं। अगर अभी वह आईना में अपनी शक्ल देखता तो मूल चेहरे पर छाया दयनीयता का घटाटोप पहचान का संकट उत्पन्न करता।

उसकी आवृत्तिमूलक प्रार्थनाओं से सुन्दर अप्रभावित रहा। "गलती तुम्हारी नहीं है। आदमी का स्वभाव है कि मतलब निकलने तक अपना रहता है। फिर कौन किसका होता है। जब तक तबीयत ख़राब रही, लौकी की सब्जी खायी। लेकिन जरा सा सुधार हुआ नहीं कि सीधे आलू के परांठे पर टूट पड़ेगा।"

फिलहाल सूबे की राजनीति में अपना क़द ऊँचा करने के लिए उसके पिता जद्जदोहद कर रहे हैं। कोई भी मूर्खतापूर्ण कदम सीधे राजनीतिक वधशाला भेज देगा जहाँ कटकर प्रेतयोनि में भटकना तय है। ऐसे छोटे-मोटे काम में हाथ डालना विरोधियों को हमले करने के लिए गोला-बारूद सुलभ करायेगा। माफ़िया से माननीय बनने की तैयारी पर पानी फिर सकता है। इस कुन्दन को उँगली पकड़ने का मौका दे दिया तो कलाई ही नहीं, गला भी पकड़ लेगा। केवल अपनी परेशानी का गाना-बजाना करना आता है। खुद की परेशानियों का आवश्यकता से अधिक वर्णन आत्मरति का उदाहरण है। हद है...! अपनी करतूतों से बबूल उगाने वाला भी खुद की खातिर घनी अमराई की ख्वाहिश रहता है।

डरा हुआ व्यक्ति कुछ हट के करना शुरू कर देता है। इसमें शालीनता का अभिनय, क्रोध का प्रदर्शन, चापलूसी का प्रयोग कुछ भी हो सकता है। फिलहाल कुछ भी कारगर नहीं दिख रहा था।

कार में बैठने से पहले सुन्दर ने कटाक्ष से परिपूर्ण ज्ञान के कतिपय छींटे उसपर असम्बोधित वक्तव्य के माध्यम से उछाल दिए। "आज कल लोगों को घर के लोगों

का हाल नहीं पता, अपने पड़ोसी को नहीं पहचानते और चले हैं दुनिया नापने। अपनी तलवार में धार नहीं है और दूसरे के गुलेल से शिकार करने चले हैं। मेरा यह मानना है कि ठग से डाकू कम बुरा होता है। मर्द की तरह सामने आकर डाका डालता है। धोखा देकर किसी की भावनाओं से खिलवाड़ नहीं करता है।"

उसके बर्हिगमन के पश्चात् कुन्दन ठगा सा खड़ा रहा। वह ज़मीन में पड़े एक मरे हुए कीड़े सा सूखा दिख रहा था। खुले समुद्र को छोड़िए, बन्दरगाह में तूफान से जहाज डूबने की नौबत आ गयी। उसकी स्थिति जरासंध समान थी जिसने मथुरा को दर्जन भर से ज़्यादा जीतने का प्रयास किया लेकिन हर बार मुँह की खानी पड़ी। सोचा था कि गेंद अपने पास से निकल ज़रूर गयी है पर उसे दूसरे ऐंगल से अभी भी पकड़ सकते हैं। लेकिन सफलता दूर से मुँह चिढ़ाकर निकल जाती थी।

अभी तक कुन्दन की निगाहों में विधायक पुत्र बड़े आदमी की दुर्ललित सन्तान था जिसकी बुद्धि शैशवस्था से आगे नहीं बढ़ पायी थी। परन्तु आज उसे स्वयं अपनी समझ को उच्च चेतना के स्तर को प्राप्त करने के दावे पर हार्दिक खेद हो रहा था। सबके सब कमबख्त मदद करना तो दूर की बात है, जख्म पर छिड़कने के लिए सेर भर नमक साथ लेकर चल रहे हैं। यह वही विधायक है जिसकी सेवा में वह नित्य कर्म तक स्थगित करके जुटा रहता था। काम के वक़्त राजनीतिज्ञ का व्यवहार मोतियों जैसा पारदर्शी और चमकता हुआ होता है। काम निकल जाने के पश्चात् वह अपठनीय हस्ताक्षर बनने में तनिक भी विलम्ब नहीं करता है। दूसरों को क्या दोष देना। अगर पत्ते कायदे से फेंटे और बाँटे होते तो यह दिन देखने को नहीं मिलता। इस शहर में वह अपनी महत्त्वाकांक्षाओं को झटका लगते ही नहीं अपितु जल समाधि लेने की नौबत आते महसूस कर रहा था।

विधायक निवास से निकलने के बाद कुन्दन वाहनस्थ होने से पूर्व कुछ देर अकारण सड़क पर पानी में तैरते फूले हुए शव जैसा डोलता रहा। गर्म हवा में भी बाहर खड़ा था। सहसा हवा का बवंडर जैसा आया। उसे लगा कि कोई ज़िन्दा पखेरू उसके नजदीक आ रहा है। जब उसके मुँह से वह टकराया तो ज्ञात हुआ कि यह मलबे का एक टुकड़ा भर है। इस भ्रम से निजात पाकर वह चैतन्य होने का प्रयास करने लगा। चौखट तक चढ़ आयी चुनौती का सामना करने जुगत लगाने का उपक्रम का परिणाम ढाक के तीन पात आ रहा था। दिन कुछ ऐसे चल रहे हैं कि जितना भी फेंटो, वही दुक्की निकलती है। तबाही के तन्दूर में अकेला छोड़कर खिसक लेने को ही शायद राजनीति कहते हैं। सच बात है कि नेताओं के लक्षणों को बताने का उपक्रम करना गिरगिट के रंग को परिभाषित करने सदृश्य है।

सत्य यह था कि आज वह वहाँ-वहाँ भी जाना चाहता था जहाँ प्रवेश निषेध लिखा हुआ है। उसे महामाया बाबू सदृश्य पथप्रदर्शक की कमी खल रही थी। आदमी सरकश निकला वरना उसे पता था कि किसे हल्दी लगानी है और किसे चूना। भले ही उसकी समस्त चेष्टाओं का मूल निश्वास व्यक्तिगत एजेंडा था लेकिन उसके पास कुटिल मार्गों की सिद्धि का भण्डार था। अगर वह पारस से मिल गया तो उसकी जड़ खोदने की पुरज़ोर कोशिश करने से बाज नहीं आयेगा। समझ में नहीं आ रहा है कि क्या करे। सकल सहायक अरि हो गये। खुद अपने से भी चूक हुई है। अपनी दाढ़ी किसी के हाथ में देने से पहले उसकी चुटिया थामना चाहिए था। शत्रु पक्ष उन्मत्त हाथी है। उसे कच्चे सूत से बाँधने से काम नहीं चलेगा।

कहीं उसकी योग-साधना कच्ची तो नहीं रह गयी? गुरु की देखा-देखी पानी पीना छोड़कर पिघला शीशा गटक गया। अब नतीजा सामने है। पारस को कम आँकना रणनीतिक भूल साबित हुई क्योंकि उसके अन्दर क्षोभ की अपेक्षा आत्मविश्वास अधिक दिख रहा है। वह कहने को चुप्पा है। किसी की वाक क्षमता से उसकी कार्यक्षमता का अनुमान लगाना भ्रामक निष्कर्ष देगा।

उसे अपना दिमाग़ माँज कर रखी हुई थाली जैसा साफ़ और खाली लग रहा था। आख़िरकार वह अपनी गाड़ी की ओर बढ़ा। उसकी चाल गर्मी के मौसम में जलविद्युत परियोजनाओं के अनाचार से लुटी-पिटी और बदन चुराती, अपहरण की आशंका से ग्रस्त नदी की धारा जैसी थी। स्वयं को परात्पर समझने के गर्व का भग्न होने वाला कष्ट असाध्य होता है। पचासों डिब्बों वाली मालगाड़ी बिना इंजिन के अटकी पड़ी थी।

गोविन्दपुर पहुँचने पर सड़क पर अपनी गाड़ी में बैठे कुन्दन को पहले से दो मंजिल ऊँची हो चुकी कोठी अपने द्वारा तोड़कर फेंके मुरझाए फूल जैसी दिख रही थी। थके-हारे कदमों से अन्दर दाखिल होता हुआ वह अश्वत्थामा के मस्तक से मणि निकालने के बाद परित्यक्त अवस्था में भटकता पशु प्रतीत हो रहा था।

50

गोविन्दपुर से सलोरी स्थित अपने डेरे तक के रास्ते में भूरा का पाला बरसात से पड़ गया। शुरू में एकाध बूँदें टपकी फिर अच्छी-खासी झमाझम बारिश आरम्भ हो गयी। उसने अपनी रफ्तार तेज कर दी। उबड़-खाबड़ रास्ते में गिरने और चोट खाने की पर्याप्त सम्भावना थी। चूँकि यह असुविधा सभी को समान रूप से प्रभावित

करती थी इसलिए किसी ने इन गड्ढों पर आपत्ति नहीं की थी। सलोरी का कमोवेश गोविन्दपुर के बाशिन्दों की नज़र में वही स्थान है जो सिविल लाइंस के निवासियों का उनके लिए होगा।

बारिश ने मानो भड़के हुए ततैये के झुण्ड की तरह उस पर हमला कर दिया। उसके पास प्लास्टिक का थैला था। उससे अपना सिर ढँक कर वह सरपट भागा। पहुँचते-पहुँचते वह भीग चुका था।

घर वाली ने उसका यह हाल देखा तो फुर्ती से बदन पोछने के लिए गमछा फेंका। "गाँव का आदमी पानी-पाला से नहीं डरता है।" उसने बदन पोछते हुए कहा।

घर वाली बोली, "जरा अक्लमन्दी से काम लिया है जो सिर को ढँक लिया। बदन भीगे तो कोई बात नहीं पर सिर भीगने से इंसान बीमार पड़ जाता है।" उसकी अपने प्रति चिन्ता पर वह मुग्ध होकर उसे निहारने लगा।

डेरे में उसने बच्चों को अजीब निगाहों से देखते पाया। वे लोहे की जंग लगी बेंच बैठे थे। पत्नी ने परथन का आटा लोई पर लगाते हुए उसे कहा कि हाथ-मुँह धोकर खाना खा ले। बालटी के पानी को प्लास्टिक के मग से निकालकर चेहरा धोते हुए उसने दोनों बच्चों को अपने इर्द-गिर्द उपस्थिति देखा। "आज का कौन सा खेल-तमाशा किया तुम लोगों ने?" उसने परिहास किया।

पीढ़े के सामने रखी थाली में मांस के टुकड़े देखकर उसका मन प्रफुल्लित और भूख और खुल गयी। पगार मिलने में अभी देर थी। कल तक पत्नी कह रही थी कि कहीं से कुछ इन्तजाम करो। बच्चे पढ़ने वाले हैं। किताब-कॉपी के लिए कुछ पैसे हाथ में होने चाहिए। आज अचानक शाही दस्तरखान पर शोभा देने वाला पकवान कहाँ से आ गया।

सवाल-जवाब किये बग़ैर वह पीढ़ा पर बैठ गया। रोटी के साथ गोश्त अलौकिक आनन्द दे रहा था। गोश्त के टुकड़े मुख में धूमकेतु के समान विलीन हो रहे थे। सलीका, तहजीब वग़ैरह विशुद्ध बुर्जुआ धारणा है। आम आदमी पसन्द का भोजन मिलने पर बस टूट पड़ता है। इस अनिर्वचनीय आनन्द में निमग्न भूरा को बच्चों को टकटकी लगाये देखते रहना नज़र आने में कतिपय विलम्ब हुआ। उनके मुख पर बदरी जैसी छायी अव्यक्त उदासी उससे छिपी न रह सकी।

"अरे बच्चों ने खाना खाया कि नहीं?" बच्चों को नेनुआ जैसा मुँह लटकाये देखकर उसके मुँह से हठात निकला।

"हाँ खा लिया।" पत्नी ने बिना नज़र मिलाये उत्तर दिया। उसका शक गहराया।

"तू बता मुन्नी?" उसने बेटी से प्रश्न किया।

"हाँ बापू, हम काफ़ी पहले खा चुके हैं।" लड़की ने वयस्कों की तरह

आत्मविश्वास से झूठ बोला। तनिक कुरेदने पर मालूम हुआ कि बच्चों ने बस रोटी-सब्जी खायी है। ये गोश्त के चन्द टुकड़े पत्नी को किसी घर से मिले थे जहाँ वह काम करती है। घर में लाकर बनाया है।

पत्नी ने कहा, "पहले जो कमाता है, वह तो ढंग से खाये। इनका क्या है। ये दिन भर चरते रहते हैं।"

भूरा ने फौरन बच्चों को अपने अगल-बगल बैठाया। अब सब मिलकर गोश्त के छोटे-छोटे टुकड़े खा रहे थे। पत्नी को यह दृश्य देखकर दूर खड़े मुस्कराते पाकर उसने इशारे से बुलाया। मना करने पर वह उठकर खुद उसके पास गया। गोश्त का आख़िरी टुकड़ा अपने हाथ से संगिनी को खिलाकर ही माना। बच्चे माँ-बाप की हरकत देखकर ख़ुश हो गये।

"मिल बाँट कर खाना और गंगा नहाना एक बराबर है।" भूरा ने डकार ली। "अरे बच्चों के बग़ैर कोई ज़िन्दगी थोड़े ना है। अरे गाँव में हम सब भाई-बहन आम की गुठली चूस-चूस कर सूखी मछली बना देते थे। उस चूसी गुठली पर हम लोग पेंसिल से मछली की आँखें बनाते थे।" एक कटोरा माँड़ में कलछुल भर भात खाकर पास के सरकारी स्कूल में जाने वाले बच्चों को खाते-पीते घर के बच्चों जैसी लंच पीरियड में टिफिन जैसी कोई चीज़ नहीं मिलती थी। शाम को सीधे रोटी और सब्जी या कभी-कभी अचार के साथ खाना पड़ता था। एक दिन बढ़िया खाने को मिल जाये तो क्या बुराई है।

खा-पीकर बच्चे पड़ोस में खेलने ऐसे ख़ुश होकर निकले जैसे कोई बढ़िया नौटंकी देखकर आ रहे हो।

हाथ धोने गया तो रसोई में झाँक आया। किसी सरीसृप की जिह्वा समान लपलपाती डिबरी की लौ में खाली बर्तन-बटलोई दिखी। प्याज-लहसुन की तीखी, चरपरी गन्ध व्याप्त थी। वह गर्व से बोला, "गरीब के रसोई की बास ऐसी होती है। हम मिलने पर पकवान भी खाते हैं और फाँके में तिनका चबाकर भी गुजारा करते हैं।" वह समझ गया कि बोतल से बूँद-बूँद नापकर जायकेदार गोश्त पकाया गया है। ठीक ही तो है। बात बनाने से है। सरसों के तेल में बनने वाली पकौड़ी देशी घी में बनाने से ज़्यादा लजीज नहीं बन जायेगी। गाँव में संयुक्त परिवार में जीवन का बड़ा हिस्सा बीता कर वह शहर आया था। उस घर में नन्हे बच्चे जिनके दाँत निकल रहे थे से लेकर दाँत झड़ते पोपले मुँह वाले बड़े-बुजुर्ग तक रहते थे। यहाँ बस पत्नी और बच्चों की उदर-पूर्ति की ज़िम्मेवारी है। देहात में ठीक-ठाक गुजारा हो जाता तो इधर क्यों आता। उदर-भरण की लाचारी अच्छे-भले इंसान को परदेशी बना देती है।

"पगार मिलने पर लौटते हुए कलेजी बँधवा कर लाऊँगा। सबको पसन्द है।"

पत्नी ने हिसाब लगाया। अभी पगार मिलने में पूरा हफ्ता था। "तुम जहाँ खच्चर की तरह काम करते हो वहाँ से कभी ढेला भर मिठाई तक नहीं मिली जो बच्चों के हाथ में धर सके।" वह झुँझलायी। "खुद चुपड़ी रोटी बेशक खाये लेकिन हमें भी पानी के साथ सूखी रोटी निगलने दे।" उसे भली-भाँति याद था कि कुछ रोज के लिए पति का काम छूट जाने पर बच्चों को भात-दाल खिलाने के लिए खुद अदहन की तरह उबलना पड़ा था।

भूरा ने कोई प्रतिक्रिया नहीं प्रकट की। आख़िर कहता भी क्या। जिस घर के लोग नमक खाकर उसे मिश्री बताते हैं उनसे क्या उम्मीद करना।

खाने के बाद वह हाथ-मुँह धो रहा था। कुल्ला मुँह में वापस आ गया। वह पत्नी से सहमत था लेकिन इसमें उसकी भी जगहँसाई थी। औरों के यहाँ नौकरों को कुछ न कुछ पर्व-त्योहारों पर मिलता रहता है। एक उच्छ्वास के साथ उसने कहा, "वहाँ की बात तू मत कर। वे दूसरों का दुख-दर्द समझेंगे, ऐसा सोचना तलवार की धार के मुलायम होने की उम्मीद करने जैसा है। एक भाई का सब हड़पकर दूसरा राजा बना हुआ है। माँ-बाप एक के साथ हो गये और दूसरे को बिना किसी गुनाह के त्याग दिया।"

वह पति की साधारण गँवई व्यंग्यपूर्ण शैली में तात्विक बातें हतप्रभ होकर सुनती रही।

"अरे पूरे गोविन्दपुर और तेलियरगंज में इसी बात की चर्चा है।" भूरा कोठी के बाशिन्दों के प्रति चिर कटूक्ति व्यक्त करता रहा।

उसकी संगिनी सोच रही थी कि आज के बाद सलोरी में भी इसके किस्से गर्म होंगे।

"पर बात क्या हुई?" वह मामले को तफसील से जानने की जिज्ञासा दबा नहीं पायी।

उसने बीड़ी जलायी। "बात का बतंगड़ हैं और कुछ नहीं। धोबी नदी किनारे कपड़े पटक कर फींचने लगा। कपड़े के अन्दर छिपे एक जूँ का पेट फट गया। उसके खून से नदी का पानी लाल हो गया। उस कोठी की वही कहानी है। छोटा औलाद जो बोलता है उसे माई आँख-कान बन्द करके मान लेती है।" कम पढ़ा-लिखा और नौकर होने के बावजूद उसने कुन्दन को तथ्यों को स्वहित के अनुरूप सुसम्पादित करते ही नहीं अपितु घूमाते-फिराते भी ख़ूब देखा था। कुन्दन चालाक बहुत है लेकिन समझदार बिल्कुल नहीं। धुआँ करने से अपना घर काला होता है। चिराग जलाता तो घर रोशन होता। बात का उपसंहार उसने ऐसे किया मानो कुन्दन के पापों की पुस्तक की जिल्द या भूमिका मात्र का उल्लेख किया है। अन्दर में

पन्नों में न मालूम कितनी कालिमा और कलंक भरे हैं। कम पढ़े-लिखे भूरे को इस बात का अन्दाज़ा था कि तात्कालिक फायदा पर ज़ोर देने वाला दीर्घकालिक तबाही को नहीं देख पाता है। कोठी में माँ-बेटे का वर्चस्व किसी लकड़बग्गे की अलिखित संहिता की तरह लागू था।

घर वाली उत्तेजित होकर बोली, "हम ऐसी औरत को गाली देंगे।"

भूरा गम्भीर हो गया। "हमारे गाँव में गाली देते नहीं, गाते हैं। लेकिन इधर का हिसाब जरा अलग है। पेट भी देखना पड़ता है।"

पत्नी बोली, "हमारे गाँव में भी ज़मीन-जायदाद के चक्कर में चूल्हा अलग हुए हैं।"

वह फलसफा समझाने लगा। "अरी उधर ऐसा नहीं होता है। इधर की कहानी अलग है। परिवार में रिश्ते खत्म हो गये हैं। सारी दालें चने से ही बनती हैं। कुटुम्ब भले बिखर जाता है लेकिन सभी एक ही खानदान के रहते हैं। यहाँ परिवार नाम की कोई चीज़ नहीं है। यह कुन्दन न जाने अपनी माँ को कौन सा चावल चबवाता है जो वह बिल्कुल उसके दिमाग़ से चलती है। उसी की जुबान में बोलती और उसके आँखों-कानों से देखती-सुनती है। वह चँठई में अच्छे-अच्छों का बाप है। काले कौए की बीट को मक्खन बताकर पावरोटी में लगा देगा।"

भूरा की स्त्री इस वृत्तान्त को सुनकर बोली, "नाश हो ऐसी औरत का।"

"अरी ऐसे कैसे नाश होगा। वह जरासन्ध की वंशज है। बिना दो टुकड़े किये उसका बाल बाँका नहीं होने वाला है।" उसके अन्दर कम कसैलापन नहीं भरा था। कुरते की जेब टटोलता हुआ वह बोला, "चूने की डिबिया कहीं रख दी है।" पत्नी ने ताक पर से लाकर उसके सामने रख दी। खैनी और चूने के उचित मिश्रण का घोर घर्षण करते हुए वह ख़ुश हो गया। "यह हमारा पॉवर बैंक है। इसके दम में कई कोस बिना खाए-पिये दौड़ सकता हूँ।"

बारिश थम गयी थी। कुछ सोचता हुआ वह टहलने लगा। अपने घर के खपरैल की छत पर चढ़ी लौकी को देखकर अच्छा लग रहा था। सामने एक सलोना पिल्ला टहल रहा था। शायद उसकी माँ आसपास थी। वह उसके पाजामा को सूँघने लगा। "जा बेटा, मेरे पास कुछ नहीं है।" भूरा ऐसे बोला मानो अपने घर के बच्चे से बात कर रहा हो। मन में आया कि उठाकर घर ले चले। दूध पिलाकर वापस छोड़ देगा। बच्चे देखकर ख़ुश होंगे। तभी पिल्ले की माँ आ गयी। वह उसके पास लौट गया। दूर कहीं कोई पुराना फ़िल्मी गीत बज रहा था। भूरा को लगा कि गाना सुनने का असली मजा तब है जब वह दूर कहीं बज रहा हो। रोना-गाना उस जैसे लोगों पर नहीं फबता है। मेहनत करके खाने वाले को काम की क्या कमी। मगरमच्छ से पानी में रहने

वाले जीव डरे। उसकी पीठ पर बैठे कौए का क्या है। जब चाहेगा उड़ जायेगा। गाने के बोल गुनगुनाते वह आगे निकल गया। पास के पान की दुकान से दो बीड़ा मीठा पान बँधवाकर वह घर की ओर लौटा। अपने हाथों से पत्नी को देगा। पान के पत्ते का इससे अच्छा उपयोग कुछ और नहीं हो सकता है।

51

मनुष्य एक-दूसरे पर जानवरों की तरह लड़ने का आरोप लगाते हैं परन्तु सच्चाई यह है कि पशुओं जैसी जैविक समझदारी इंसानों में दुर्लभ है। जानवरों की हिंसा प्राकृतिक नियमों के अन्तर्गत है अन्यथा उनमें शान्तिपूर्ण सहअस्तित्व का सद्गुण कूट-कूट कर भरा होता है। तभी तो जल में मगरमच्छ के साथ तमाम मछलियाँ और जंगल में शेर-बाघ के साथ हिरण और बारहसिंघे रहते हैं।

पाँचों इन्द्रियों का सुख भोगने के लिए प्रचुर धन-सम्पदा एकत्रित कर ली थी परन्तु रात-विरात लूटने का भय हमेशा छठी इन्द्रिय को पलक तक झपकने की अनुमति नहीं दे रहा है।

मनुष्य आहार, निद्रा, भय, मैथुन इत्यादि के द्वारा भले संचालित होता है लेकिन वह हीनता और संशय की बहुपरतीय वलयों से घिरा जीव भी है। मन में कभी स्वच्छ नीला आसमान दिखता तो अगले ही पल ज़मीन में कीचड़ से भरे गड्ढों के दर्शन होते। फिलहाल कुन्दन के भीतर भय और हीनता का तत्त्व अधिक प्रबल हो गया। उसने ललिता देवी को विश्वास में लेकर सर्वप्रथम कोठी के प्रत्येक सामरिक महत्त्व के ठिकानों पर सी.सी.टी.वी. लगवाया। कहीं कोई आये तो उसकी हर गतिविधि नज़र में आ जाये। फिर घर के नौकर-चाकर कौन से अपने सगे ठहरे। चोरी और भेद लेने जैसी दुश्चिन्ताएँ उसे निशी-दिन व्यग्र करती थीं। धन से प्रबल होने के बावजूद उसे महत्त्वपूर्ण हलकों से समर्थन नहीं मिल पा रहा है। सिंहासन के चतुष्पाद हिलने लगे थे। जिन्हें अपनी खेती की उर्वरता बढ़ाने के लिए खाद के तौर पर प्रयोग करने की योजना थी वे विषैले रसायन बनकर फसल चौपट करने पर आमादा थे।

फाटक पर, सीढ़ियों के ऊपर, बैठक में और ललिता देवी के कमरे में सी.सी. टी.वी. लगवाये गये। आपकी सेहत के लिए ज़रूरी है कि कमरे में कैमरा लगे। इससे किसी को बिना देरी पहुँचे में सहूलियत होगी। कुन्दन ने ऐसा तर्क पेश किया। ललिता देवी के स्वास्थ्य को फिलहाल कोई खतरा नहीं था। बस सीढ़ियाँ चढ़ने में

थोड़ी दिक़्क़त होती थी। सी.सी.टी.वी. किसी की गतिविधियों पर नज़र रख सकता है परन्तु श्रवणोत्सुक कर्णों पर उसका नियन्त्रण नहीं है।

एक औलाद के खातिर प्राणोत्सर्ग करने को उद्यत और दूसरे का कभी नाम न लेना मात्र संयोग या प्रारब्ध नहीं हो सकता है। अल्प मेधा सम्पन्न व्यक्ति भी यह समझ सकता था कि निस्सन्देह यह शत प्रतिशत मानव निर्मित परिस्थिति है। कामवाली ने एक दिन हिम्मत कर पूछ लिया। "मालकिन जी, बड़े वाले भइया बहुत दिनों से नहीं दिखे। फोन पर आप बात क्यों नहीं कर लेती हैं?" कड़ी नज़र और कड़क मिजाज वाली मालकिन से ऐसा पूछना एक साहसिक कार्य माना जायेगा।

बदले में ललिता देवी ने कोई प्रतिक्रिया नहीं प्रगट की। कामवाली का दुस्साहस देखो। वह पुन: कहने लगी, "बाल-बच्चों में सब एक जैसे थोड़े ना होते हैं। हमारे चार औलाद हैं। चारों चार तरीक़े के लेकिन सबसे निबाह करते हैं।" ललिता देवी ने उसकी ओर छुरी की तरह तीक्ष्ण दृष्टि डाली। वह डर के मारे सिटपिटा गयी। परन्तु शुक्र था कि वे आगे कुछ और कहे बग़ैर चली गयीं। कामवाली ने मन ही मन कहा। ऐसी माँ न कहीं देखी और न सुनी। साफ़-साफ़ यह क्यों नहीं कहती कि बड़े औलाद के रहते छोटे वाले की कटिया बिजली की मेनलाइन से नहीं जुड़ेगी। बदनामी का कलंक कब्र के पत्थर की एक बार रख जाने पर कभी हटता नहीं है। न जाने यह बुढ़िया कैसी है जिसे किसी बात की परवाह नहीं है। पुत्र और वित्त सबको प्रिय होता है परन्तु ऐसा घर न कहीं देखा और न सुना है।

भय और उद्विग्नता ने कुन्दन को धर्म की ओर उन्मुख कर दिया। उसके श्रीमुख से घर में पूजा कराने की बात पुन: उठी।

"तो जल्दी से कराओ। हमने कब मना किया है।" ललिता देवी झट से बोलीं।

पूजा-पाठ के आयोजन की बात जानकर सबके सब सहसा हड़बड़ा उठे। लंका में विभीषण का घर कहाँ से आ गया। राम नाम की चर्चा बस वहीं सम्भव है। आपस में हँसी-मज़ाक़ करते हुए वे दबी जुबान में कह रहे थे कि कौन से भूत-पिशाच निकट आ रहे हैं जो अभी से हनुमान चालीसा का पाठ शुरू कर दिया। अभी तो काफ़ी कुछ देखना बाक़ी है।

"यह मुसीबत दूर हो जाये तो पूरे कॉलोनी में देहाती की दुकान का रसगुल्ला बाँटूगी।" ललिता देवी न जाने किस अज्ञात प्रेरणा से वशीभूत होकर बोलीं, "सबको नेतराम की कचौड़ी-सब्जी खिलाऊंगी।" उनके अनुदार स्वभाव से परिचित सुनने वालों को उनकी घोषणा अतिशयोक्तिपूर्ण लग रही थी।

तमाम मुसकी काटने के बावजूद सहसा उन क्षुद्र भृत्यों को ऐसा लगा कि उनके नासारन्ध्रों में श्मशान में जलती चिता की गन्ध समायी हुई है। वे चौंक कर

चकित मुद्रा में एक-दूसरे को घूरने लगे। जहाँ हँसी-मज़ाक़ गुनाह हो, शंख और घण्टी कभी नहीं बजती, न कोई आता-जाता है, वहाँ मनहूसियत नहीं होगी तो क्या पंछियों का कलरव गूँजेगा।

पानी से भरी बाल्टी ढोते हुए फर्श पर फिसलन की वजह से भूरा भद से जामुन की तरह बिखर गया। पानी सोफे को भिगोते हुए दीवार पर भी पड़ा। काफ़ी देर तक वह उसी अवस्था में ऐसे पड़ा रहा जैसे इंसान न होकर अंधड़ में गिरा पेड़ हो।

आवाज़ सुनकर ललिता देवी पैर पटकते हुए आयीं। सोफे और दीवार को पानी से बदरंग देखकर वे ऐसे तिलमिलायी मानो गर्म कलछुल से दाग़ दिया गया हो। किसी का गिरकर चोटिल होना उसके गुरुत्वाकर्षण के नियम या चिकने फर्श पर घर्षण के विषय में अज्ञानता का द्योतक है। वे बेकार में सहानुभूति जताकर ऐसे लोगों का बढ़ावा देना उचित नहीं समझती हैं। इसलिए नीचे गिरे भूरा की ओर बिना ध्यान दिए वे गुर्रायी, "इधर कोई मर के भूत बनने जा रहा है और तुम लोगों को अन्ताक्षरी खेलने से फुरसत नहीं है। जिसको काम करने में मन नहीं लगता है वह जब चाहे छोड़कर जा सकता है। मज़ाक़ समझ रखा है? जहाँ मर्जी वहाँ पानी फैला दिया। मेरा घर ऐसा चमकता हुआ होना चाहिए कि आने वाला उसमें अपनी सूरत देख ले। तुम लोगों का कामकाज में मन नहीं लगता है। कोई भी चीज़ जरा सा इधर-उधर पसन्द नहीं है। घर में सफाई का यह हाल है कि ज़मीन पर पड़ी धूल को सिवाय हवा के कोई हटाने वाला नहीं है। और तो और पीछे का दरवाजा खुला हुआ है। कोई वारदात हो गयी तो कौन ज़िम्मेवार होगा? गोविन्दपुर चोरी और सेंधमारी के लिए बदनाम है। सलोरी और फाफामऊ से बस क्राइम करने लोग इधर आते हैं। मैं तो चाहती हूँ कि ऐसे चोर-उचक्के बाढ़ में चूहे की तरह डूब कर मरे।" कमज़ोर के विरुद्ध अत्यन्त कठोर भाषा में स्पष्टवादी होने में कोई जोखिम नहीं होता है।

भूरा की ओर बिना देखे वे बोलीं, "मुझे पता है कि पाँव में मोच आने और काँटा चुभने से मौत नहीं आती हैं। खून निकला होगा तो साफ़ हो जायेगा। कोई ग्रीज थोड़े ना है।"

भूरा चुप रहा। गरीब की स्पष्टवादिता का दण्ड तुरन्त पेट पर लात मारकर दिया जाता है। नौकरों से दुर्व्यवहार को अधिक से अधिक झेलने की अपेक्षा की जाती है।

इन दुष्ट चाकरों का क्या है। बिल्लियों की तरह जिधर मछली की गन्ध मिलेगी उधर प्रयाण कर जायेंगे। नौकरों के द्वारा आज्ञापालन धोखे की टट्टी समान है। वे न केवल इस छद्म विनयशीलता को ख़ूब पहचानती हैं बल्कि उनमें व्याप्त मौन हठधर्मिता को भाँप रही थीं। फर्श पर नज़रें टिकाने का मतलब बात को मानना नहीं होता है। ये सबके सब खुद सी.सी.टी.वी. कैमरे हैं। सब कुछ हू-ब-हू रिकॉर्ड कर

दुनिया को बता देते होंगे। मालूम ही नहीं होता है कि सविनय निवेदन कर रहे हैं या सविनय अवज्ञा का सूत्रपात करने का इरादा है।

बात यह थी कि लोहे का ग्रिल लगा हुआ था इसलिए हवा आने के लिए लकड़ी का दरवाज़ा खुला छोड़ दिया गया था। ललिता देवी के क्रोध को देखकर भूरा लंगड़ाता हुआ दरवाज़ा बन्द करने बढ़ा। वह मन ही मन घर की मालकिन को ढेर सारे अपशब्दों की भेंट देता हुआ बड़बड़ाया, "आवाज़ इतनी कर्कश है कि कब्र में दबे मुर्दे तक डर कर उठ जायेंगे।" थोड़ी देर बाद इधर-उधर कुन्दन और ललिता देवी को पास न पाकर उसने बेहद धीमे स्वर में सबसे नजदीक मौजूद दूसरे नौकर से कहा, "हमारे गाँव के चोर तक इतने इंसाफ़ पसन्द होते हैं कि खेत-खलिहान से लौकी चुराते हुए आधी उसके मालिक के लिए भी छोड़ देते हैं।"

उसे अभी तक दर्द से कराहता देखकर कामवाली का धैर्य चुक गया। "बड़ी ऊँची बनती हैं। आदमी मर जाये तो भी इन्हें कोई फ़र्क़ नहीं पड़ता है। इनकी जान सवा लाख की है और हमारी ज़िन्दगी एक टके के बराबर भी नहीं। बाहर सारी बात बता दूँ तो सोलह हाथ की साड़ी पहनकर भी इनका बदन उघारे हो जायेगा। देखना एक दिन तेल से कपड़ा गीला करके पोछा लगाऊँगी। जब बुढ़िया ज़मीन पर चारों खाने चित्त होगी तब देखूँगी कि बुढ़ापे में टूटी हड्डी कौन जोड़ता है। घर में ऐसा कौन सा खजाना गड़ा है जो बुढ़िया रात-दिन जागती रहती है? कानी औरत का आठ-आठ कजरौठा रखना शोभा नहीं देता है।" भुनभुनाती हुई वह मन की बात कहने लगी। "तीज-त्योहार पर भी अंटी से कभी दमड़ी तक नहीं निकली है। चली हैं महारानी बनने। हम भी ऐसे ही काम पड़ने पर नखरे दिखायेंगे। बनिया दाम कम लगायेगा तो जुलाहा भी नाप कर देता है।"

ऊपर के कमरे में कोई परिचित आवाज़ आने लगी। यह गगनबिहारी जी का कमरा हुआ करता था। आवाज़ नीचे सभी को सुनाई दे रही थी। कौन हो सकता है। सभी तो नीचे हैं। कामवाली रसोई में बिखरे चीनी के दानों को जमाखोर चींटी की तरह इकट्ठा कर रही थी। ऐसी लापरवाही को घर में गम्भीर अपराध माना जाता है। मालकिन की लताड़ सुनना बुरे सपने जैसा दुखदायी होता। इस रहस्यमयी आवाज़ को सुनकर उसका डर के मारे बुरा हाल हो गया।

"मालकिन एक बात बताना है। कल रात सपने में बाबूजी दिखे थे। कल रहे थे कि तुम लोग मुझे कुछ दोगी नहीं।" उसकी आवाज़ भय से काँप रही थी।

आख़िर दान के नाम पर कुछ नहीं किया गया था। ललिता देवी ने अपने मन के डर को छिपाते हुए उसने डपटा। "बड़ी आयी है सपने देखने वाली। घरवालों को नज़र नहीं आये और तूझसे सपने में मिलने चले आये।"

खिन्न मनोदशा में एकाएक कामवाली का मुँह खुल गया। "हम इतने बुरे नहीं हैं। दूध में पानी भले मिला दे लेकिन नीबू का रस नहीं निचोड़ेंगे।"

उसकी बात का कोई जवाब न देकर वे लगभग भागते हुए कुन्दन से मिलने बैठक की ओर बढ़ीं। "अरे हमारे मायके के गाँव में कोई इंसान ऐसा नहीं मिलेगा जिसने भूत न देखा हो।" जाते-जाते भी वे यह सुनाना नहीं भूलीं। ऊपर से कोई कुछ भी कहे लेकिन दरअसल भय पूरी जिद्द से जोंक जैसा चिपक गया था।

"जो मन्दिर की घण्टी चुराकर भागेगा उसके मन में पकड़े जाना का डर होगा। हमने कौन सी चोरी की है? इस घर में नहीं तो किसी और जगह काम कर लेंगे।" कामवाली भुनभुनायी। भूरा ने अपने मुँह पर उँगली रखकर उसे चुप रहने का संकेत किया।

उसने हाथ झटक कर कहा, "अरे हमें किस बात का डर! कोई हमें फाँसी थोड़े ना दे देगा। जहाँ हाथ-पाँव चलायेंगे वहीं गुजारा लायक कमा लेंगे। दाल-रोटी का जुगाड़ हो तो आदमी जल्दी मरता नहीं है। रोग-व्याधि से निपट जाये तो बात अलग है।" तमाम डर-भय के बावजूद सबको इस बात की ख़ुशी थी कि ऐसे आचरण पर अपशकुन के संकेत नहीं होंगे तो क्या दैवी वाद्य के स्वर सुनाई देंगे। असन्तुष्ट भृत्यबन्धु एक-दूसरे को अपने विषाद का कारण बताने लगे। यह आम राय थी कि आज की घटना के पश्चात् माई और बेटा दरवाजा-खिड़की को छोड़िए, घर की नालियों तक को सीमेंट से बन्द करवा देंगे। कहीं शत्रु पक्ष घर में साँप-बिच्छु न छोड़ दे। पर यदि निरन्ध्र दुर्ग में भी सेंध लग जाये तो कोई क्या करे। पाण्डव अगर वनवास में कष्ट झेल रहे थे तो दुर्योधन भी राजमहल के वैभव में हर क्षण उनके लौटने की आशंका से बेचैन था।

भूरा ने धीमी आवाज़ में उसे सूचना दी कि कुन्दन मोबाइल पर किसी से कह रहा था कि पारस को इलाहाबाद से निकलवाना है।

कामवाली बिना आवाज़ नीचे किये बोली, "मेढक के टर्राने से मवेशी तालाब का पानी पीना छोड़ नहीं देते हैं।" अन्धा जब पागल होता है तो अपना सिर फोड़ता है। सबका यह मानना था कि पानी उतरा हुआ देखकर नदी के पाट में छज्जा डालना अक्लमन्दी नहीं है। जहाँ कायदे की बारिश शुरू हुई नहीं कि सारे टीन-टप्पर बह जायेंगे। क्रोधित, हताश और किंकर्तव्यविमूढ़ व्यक्ति निरुपाय होकर देख लेने की धमकी देता है। कुन्दन का वक्तव्य सम्भवत इसी श्रेणी में आता है। सबको ठगने वाला एक दिन दुनिया के मेले में खुद हतप्रभ खड़ा रह जायेगा।

कामवाली का आक्रोश कम होने का नाम नहीं ले रहा था। "कल आज से

बड़ा होता है। देखना यह बुढ़िया अगले जन्म में कुत्ता-बिल्ली बनेगी। आज के कर्म का फल आगे मिलता है।"

भूरा धीमी आवाज़ में कहने लगा। "नहीं री, मानुष जनम ही मिलेगा। लेकिन फुटपाथ पर चिथड़े ओढ़कर जूठन खाने वाली ज़िन्दगी नसीब होगी। जानवर बेचारे को तो ऐसी ज़िन्दगी की आदत होती है। इंसान में तड़प होती है। वह तड़प-तड़प कर नर्क भोगेगी। देखा नहीं अपने मरद के साथ कैसा सलूक किया है।" श्यामवर्णीय भृत्य के गले से गँवई घरघराहट के साथ शहरी बोली में हृदय की बात प्रस्फुटित हो रही थी।

थोड़ी देर बाद खाने की मेज पर माँ-बेटे को दुख-चिन्ता से पूर्णतया मुक्त होकर ठूँस-ठूँस कर खाते देखकर नौकर-चाकर ईर्ष्या के बजाय अपने श्रम को सार्थक होता मानकर कृतार्थ भाव से निहार रहे थे। दोनों एक-दूसरे को पारलौकिक बातों की निस्सारता के विषय में आश्वस्त कर रहे थे। "इस देश में तागा-ताबीज की सबसे ज़्यादा बिक्री होती है।" कुन्दन ने कौर गले के नीचे उतारने के बाद विशेषज्ञ राय प्रकट की। "इन सब बातों को चिड़िया की बीट बराबर भी भाव नहीं देना चाहिए।" उसका अतिइन्द्रिय किस्सों से अप्रभावित होने का प्रयास सराहनीय रहा। बिल्ली के गले में जब दही की हाँड़ी का पेंदा फँसता है तो वह सबको उसे नौलखा हार बताती फिरती है।

"एक आदमी के लिए दुबारा आँसू क्यों बहाये।" ललिता देवी ने सहमति में सिर हिलाया। संवेदना और सांत्वना के शब्द धड़ाधड़ निकालने वाले नाते-रिश्तेदारों से भगवान बचाये। लेकिन कहीं न कहीं भय खटमल जैसा खटिया के कोने में छिपा बैठा था। अपना लाड़ला कुन्दन का पाँव कीचड़ में फँसा हुआ है। आख़िर घर का वही सिरजनहार है। पानी से भरा घड़ा ढोने वाला गिरेगा तो बदन में चोट तो लगेगी ही साथ में घड़ा भी टूटेगा।

कुन्दन वॉशबेसिन का नल खोलकर प्रक्षालनरत था। गगनबिहारी के कमरे की ओर देखकर उसे न जाने क्यों कँपकँपी सी लगी। उसने मन को समझाने का प्रयास किया कि शायद उसकी तबीयत ख़राब हो रही है। मौसम का असर हो सकता है या फिर उलटा-सीधा खाने का भी परिणाम होगा। शरीर में वात, पित्त और कफ से जिस प्रकार युद्ध होता है उससे भयंकर मन में मचा हुआ द्वन्द्व है जिसमें मनुष्य अपनी तलवार और ढाल स्वयं होता है।

उस दिन सलोरी स्थित अपने घर लौटने पर भूरा ने दारू की बोतल खोली। पत्नी की शिकायत भरी निगाहों को नज़रअन्दाज़ करने का अभिनय करते हुए उसने कहा, "अब तू भी कोठी वाली मालकिन जैसा आँखें मत दिखा। लँगड़े पाँव सड़क

की खाक छानने के बाद कण्ठ में जमी धूल-मिट्टी साफ़ करने के लिए दारू के दो घूँट पीने बैठा हूँ।"

नौकर-चाकरों का क्या है। घर चलाने के लिए किसी न किसी के यहाँ खटना मजबूरी है। भूखे के लिए बैंगन का मोल बकुल से अधिक है। वह व्यवहार और सौन्दर्यबोध के चक्कर में पड़ेगा तो घर में बच्चे भूखे मरेंगे। आज भले यहाँ काम कर रहे हैं लेकिन कल दाना-पानी कहाँ होगा कौन जानता है। मवेशी बाँधने के लिए गड़ी खूँटी की जड़ नहीं होती है जो ज़मीन से खाद-पानी के लिए जुड़ाव रखे।

सेंक लगवाने के बाद भी वह उस रात सो नहीं पाया। महाभारत के नायक अर्जुन की भाँति निद्रा पर विजय प्राप्त कर गुडाकेश बनने के कारण नहीं, बल्कि दर्द की वजह से। अगले कुछ दिनों तक हृष्ट-पुष्ट बिलार की तरह चलने वाला भूरा लँगड़ा कर चलता रहा। जिनका गाँव में खेती से घर का खर्च पूरा नहीं होता था, उनकी नियति शहर में मानव रूपी कीट बनकर खटना होती है। बदन एक बार फिर चिटका। मनहूस बुढ़िया मरेगी तो सत्यनारायण की कथा करवाऊँगा। इस आयोजन में उसकी मदद करने न जाने कितने हाथ खड़े हो जायेंगे। सबको बड़ा दुख दिया है। उसके मुख पर क्रोध ब्लॉटिंग पेपर पर स्याही जैसा फैलने लगा। कोठी के बाशिन्दों को ऐसी बीमारी होगी कि पूरे घर को चाट-चूट कर खत्म कर देगी। अमीर होंगे तो अपने लिए। सब कुछ होने के बाद भी हर पैसे वाले को सेठ नहीं कहा जाता है। ऐसा नहीं है कि जिसका भारी पेट वही जगत का सेठ। जिसके हाथ से दान-पुण्य तो दूर की बात है, किसी के लिए भूल से भी हितकारी शब्द न निकले वह मनुष्य तक नहीं कहा जायेगा। उसके मुखारविन्द से प्रस्फुटित अनोखे बिम्बों से युक्त अपशब्दों के वैभव का वर्णन कठिन था। कुन्दन पर फेंकने के लिए कॉलोनी वालों ने कीचड़ और गोबर के गोले तैयार कर लिए हैं। इस्तेमाल न होने पर भले बारूद भी रेत के ढेर जैसा हानि रहित हो लेकिन उसे विस्फोट के लिए बस एक चिंगारी भड़कने की कसर होती है।

ललिता देवी से रात के खाने में क्या बनाना है पूछने के लिए कामवाली जब उनके पास गयी तो पाया कि वे निश्चिन्त होकर सो रही हैं। पूर्व उदाहरण को ध्यान में रखकर वह समझ गयी कि नींद में खलल पड़ने पर मालकिन कृत्या का रूप धारण कर भस्म कर देंगी। इस डर से वह पंजों के बल चलते हुए कक्ष से बाहर निकल गयी।

दो मंजिल और बनवाने के बाद कुन्दन की यह अभिलाषा एक हद तक पूरी हो गयी थी कि नीचे से देखने वाले को पूरी गर्दन उठानी पड़ेगी। बस अब ऊपर से नीचे झाँकने पर आँखें और हिम्मत दोनों साथ छोड़ दे तो समझो कि बैकुण्ठ मिल गया। इतना कुछ होने के बाद भी असुरक्षा का भाव ऋषि के श्राप की भाँति मन

में बैठा हुआ था। सम्बन्धों का उरुभंग करके भी किसी को चैन नसीब नहीं हुआ। हालात कुछ ऐसे थे कि अमृत को छान कर पीने की ज़रूरत थी। अकारण ही ऐसा प्रतीत होता कि अंग-प्रत्यंगों को किसी अज्ञात शत्रु ने दबोच रखा है। मन में गुरिल्ला युद्ध जारी था। आगे क्या होगा? बच्चे के खिलौने टूटने और राजा के सिंहासन छिनने का गम एक जैसा होता है। समस्याओं और शवों को समय पर ठिकाने न लगाने पर दुर्गन्ध जीने नहीं देता है। स्वार्थ की बजबजाती नाली से उड़कर आयी मक्खी अपने अन्दर मौजूद मृत्यु के देवता को कोठी के बाशिन्दों के भीतर प्रतिस्थापित कर रही थी।

सब कुछ स्वयं भोगने की ऐसी आदत पड़ी थी कि छीन जाने का भय बार-बार उड़ाने के बाद भी धृष्ट ततैया की तरह सदैव डंक मारता रहता। सारा ऐश्वर्य किसी रोज उर्वशी की भाँति पुरुरवा को छोड़कर चला जाये तो क्या होगा? जयघोष के अभ्यस्त कान अपयश की गाथा कैसे सुन पायेंगे? इतनी मुश्किल से शहर में नगर श्रेष्ठी की छवि बनायी है। इसके लिए पैसा और परिश्रम का निवेश किया। चौक और जॉनसेनगंज से लेकर गोविन्दपुर और तेलियरगंज तक अपना ढिंढोरा पीटा। अब जनता को कैसे समझाया जाये? क्या किया जाये? बनी-बनायी धाक के मटियामेट हो जाने पर उसके जीवाश्म की प्राण-प्रतिष्ठा कैसे हो यह उधेड़बुन मन में बर्रे जैसी डंक मार रही थी। कचरा साफ़ करने का उसे अभ्यास नहीं है। ऊपर बढ़िया कालीन बिछाने की समकालीन परम्परा का अनुसरण करना बेहतर विकल्प प्रतीत होता है। फिर भी नित्य निंदनीय एकाएक वरेण्य नहीं बन जायेगा।

आख़िर कोठी में विरोध के सारे स्वर निष्कासित करने के बाद स्वहितकारी व्यवस्था स्थापित करने को माँ-बेटे इतना उद्यत क्यों है? कहीं ऐसा तो नहीं कि सम्पाति की भाँति सूर्य को छूने का दुस्साहिक प्रयास करने के उपक्रम में अपने पंख जलाकर भूलुंठित हो गये हैं। वैसे अब माँ-बेटे के जीवन में ऊँची हवेली, कुत्ता, लम्बी गाड़ी और सन्नाटा सब कुछ था। घर में बस मुगल गार्डन की कमी है। वे बड़ा आदमी कहलाने की लगभग प्रत्येक अर्हता पूरी कर रहे थे। परन्तु फिर भी कोठी में हरा-भरा अकाल पसरा हुआ था। नाना प्रकार की दुश्चिन्ताओं से मन आच्छादित था। कोठी की मालकिन ने अपने उपवन में केवल अपनी पसन्द के सुकण्ठी पंछी को गाने की अनुमति दी है। परिणाम यह निकला कि उपवन में किसी पंछी के कुहकने की आवाज़ नहीं आ रही है। पटकथा, पार्श्व संगीत, निर्देशन इत्यादि सब स्वयं करने के बाद भी यह स्थिति है। एक अबूझ आशंका मन में पालथी मारकर ऐसे विराजमान है मानो पेड़ से रीसता गोंद हाथ से चिपक गया हो।

यह कमबख्त महामाया कहीं विरोधी पक्ष से मिल गया तो क्या होगा? ऐसे आदमी का क्या भरोसा। उधर तलाक हुआ नहीं कि इधर मण्डप तैयार हो गया।

जिधर दही-चूड़ा मिलेगा उधर लुढ़क जायेगा। यह गाँव का निपट देहाती आख़िर है क्या चीज़! क्या बिना उसके फूँक मारे मेरी अँगीठी नहीं जलेगी? खैर! घोड़े की दूम बढ़ेगी तो हमारा कौन सा नफा-नुकसान होगा। ज़्यादा-से-ज़्यादा अपने बदन की मक्खियाँ उड़ायेगा। लेकिन दुश्मन को कमज़ोर भी नहीं समझना चाहिए। रेंकने वाला गधा चरने वाले का काम बिगाड़ देता है। दूसरे की लड़की के लिए रिश्ते करने गये इस इंसान ने अपनी बेटी के वास्ते शादी तय करा दी। इसके सारे रहस्यों को जटिल उत्खनन प्रक्रिया के द्वारा अनावृत करके शहर में प्रस्तुत किया जायेगा तब अक्ल ठिकाने आयेगी। हर रोज मुझे बैंगन का भरता परोसता था कि सारी दौलत बस तुम्हारी होगी। क्या समझता था कि अपनी देहातिन बेटी को मेरे पल्ले बाँध देगा? कुन्दन दी ग्रेट बस माया का प्रेमी है। शादी हो या कोई भी रिश्ता, कुछ नकद, कुछ माल-असबाब, कुछ रुतबा मिले तो फायदा है। हमने प्यार-व्यार जैसे मियादी बुखार से बचने के लिए शुरू में ही टीका लगवा लिया है। ऐसी बेसिरपैर की अन्ताक्षरी खेलना का फितूर दिमाग़ में कभी नहीं आयेगा।

अब मन में ख़याल आता है कि उसने कैसे सोच लिया कि उसके आने की ख़बर सुनकर सुन्दर बिना चप्पल के ऐसे दौड़ जायेगा जैसे भगवान कृष्ण सुदामा के लिए भागे थे। उसे स्वयं के क्षुधातिरेक के सिवा मुसीबत के लिए सारा संसार ज़िम्मेवार नज़र आ रहा था। अहंकार और मूर्खता का मणिकांचन योग रंग ला रहा था। शुरू में यह भाव जाड़े में गुनगुने पानी से स्नान करने जैसा सुख दे रहा था। परन्तु अब यह कोढ़ में खुजली करने समान आत्महन्ता आदत के रूप में परिवर्तित हो गया है। नाक कटने से पहले तक अहंकार का स्वरूप अत्यन्त विराट होता है। जिस प्रकार सार्वजनिक स्थल पर शौच करने से दूर रहना चाहिए उसी तरह अहंकार के प्रदर्शन से भी बचने की ज़रूरत है। लेकिन उसने सारे शहर में इसका घनघोर प्रदर्शन किया है।

कोठी इंसानों की रिहाइश के बजाय कोई परित्यक्त किला अधिक प्रतीत हो रही थी। इंसानों की बाकायदा मौजूदगी के बावजूद उनकी वजह से होने वाली रौनक नदारद थी।

सब कुछ कुन्दन का था लेकिन फल में व्याप्त कीड़े की तरह उसकी परिधि अत्यन्त संकीर्ण हो गयी थी। किसी को जितना दिखता है वह उसी हिसाब से निष्कर्ष निकाल लेता है। दुनिया गोल है यह जानने के लिए अन्तरिक्ष की यात्रा करनी पड़ेगी। कोठी के दरवाज़े से तो बस गली का मोड़ दिखाई देगा। मन साक्षात शंका लोक बना हुआ था जहाँ सवालों का जमघट लगा था पर समाधान और जवाब ग़ैर हाज़िर थे। कृष्ण विवर मानो प्रत्येक अर्थ को निगलकर पुन: अर्थहीनता के धरातल पर निर्ममता

से पटक देता था। सम्पूर्ण सरोवर पर आधिपत्य करने के पश्चात् भी ऐसा प्रतीत होता था कि मात्र तलहटी का कीचड़ हिस्से में आया है। अपयश के झोंके झुलसाने वाली लू की तरह महसूस हो रहे थे। उत्तरोत्तर बढ़ती मौन भर्त्सना से सराबोर निगाहें पीठ खरोंच रही थीं। दुनिया वालों के सायास मौन की सदाबहार अदा बेहद अखर रही थी। हमें दुनिया से क्या मतलब कहने के बाद भी दुनिया में ही हम रहते हैं। और तो और...ये कमबख्त वैतनिक सेवक जिनसे निष्ठा की अपेक्षा की जाती है, क्या पता कि वे अवैतनिक स्वयंसेवक के रूप में गुप्त विधि से विरोध कर रहे हो। पीठ पीछे न जाने क्या-क्या बकते रहते होंगे। कुन्दन निशि-दिन बनैले प्राणी समान सतर्क रहता। एक बार मन में ख़याल आया कि लोगों के बीच सफाई दी जाये। लेकिन कच्ची दीवार चूना-गारा का लेप लगाने से पक्की नहीं बन जाती। फिर बिना किसी के पूछे स्वयं बोलना चोर की दाढ़ी में तिनका वाली कहावत चरितार्थ करने जैसा होता। क्या पता दुश्मन ने मछली पकड़ने के लिए पानी में हलचल मचायी हो। बेहतर यही है कि जिस घड़े में छेद है उसे भरा दिखने के लिए पानी में ही रहने दिया जाये। सारी कोशिश कमरे में पतंग उड़ाने जैसी रही। कहीं कामयाबी हाथ नहीं आयी। उसे अपना मस्तिष्क घूमता महसूस हो रहा था। अच्छा-भला सांसारिक डॉन क्विग्जोट बनकर काल्पनिक शत्रुओं से खामखाह लठ्ठबाजी कर रहा है।

ललिता देवी अपने कमरे में गयी तो अपना मोबाइल ने पाकर पूछताछ करने लगीं। नौकर-चाकरों ने अनभिज्ञता प्रगट की। उधर से कुन्दन आता दिखा।

"हाँ, मैंने ही हटा दिया है। बेकार में हमदर्दी जाहिर करने वालों के कॉल आयेंगे। परेशान करने वालों की दुनिया में कमी थोड़े ना है।" कुन्दन सर्द स्वर में बोला।

वैसे तो लोगों से बातचीत करने का उन्हें खुद कोई शौक़ नहीं था। शहर में उनकी टक्कर का है ही कौन जो बेमतलब में गप हाँककर अपनी शान कम की जाये। परन्तु जिस अन्दाज़ से कुन्दन ने बिना बताये मोबाइल गायब किया वह चौंकाने वाला था।

"तुम्हारे रहने का इंतजाम ऊपर वाले कमरे में कर दिया है, "वह सूचना देने वाली शैली में कह रहा था, "यहाँ बिज़नेस डीलिंग के लिए घर में ऑफिस बनेगा। ऊपर कोई डिस्ट्रर्ब नहीं करेगा।"

वह बाक़ी दुनिया की तरह बेवकूफ नहीं है जो उपजाऊ ज़मीन पर कब्र बनाती है और बंजर चट्टान पर अनाज उगाने की कोशिश करती है।

"अरे मुझसे पूछा होता...।" बोलते-बोलते सहसा वे बिना किसी के टोके खामोश हो गयीं। कुन्दन की आँखों में पसरा भाव नज़र आ गया था। संसार में समर्थ पापी की जय जयकार होती है। आख़िर उन्होंने ही तलवार की मूँठ उसके हवाले की थी। अब अगर धार वाला हिस्सा उनके हाथ में हो भी तो क्या फ़र्क़ पड़ता है।

प्रतिदिन हथेली से उम्र की घटती लकीरों वाले वक़्त में न जाने क्या देखना पड़ेगा?

कुन्दन ने नजदीक खड़े भूरा के कन्धे पर उँगली रखकर निर्देश देते हुए ऐसा स्पर्श किया मानो धारदार छुरे से उसका बदन काट रहा हो।

पालतू पशु की भाँति भूरा ललिता देवी का सामान उठाकर सीढ़ियों से चढ़ने लगा। उसे रुकने के लिए कहने को तड़प रही अन्तरात्मा की आवाज़ को न जाने किसके हाथों ने घोंट डाला। अपने दिवंगत पति के अन्तिम दिनों की याद उन्हें कंपाने लगी।

शीशम की लकड़ी से निर्मित नक्काशीदार रेलिंग पकड़कर सीढ़ियाँ चढ़ते हुए वे ऐसे लड़खड़ा रही थीं जैसे किसी ने मुफ्त में बेहिसाब शराब गटक ली है। ऊपर वाले कमरे में पहुँच कर उन्हें बेहद सर्दी लगने लगी। सर पर जो साया था वह टपकने वाली छत बन गया। आँखों में न जाने कहाँ से आँसू आ गये। अश्रुपूर्ण निगाहों से उन्होंने भूरा की तरफ देखा। खाली कारतूस को भला कौन पूछता है। इस उम्र में पापमोचन के लिए वक़्त और साधन कहाँ मिलेंगे। नये बने कमरे में सीलन और अजीब सी दुर्गन्ध व्याप्त थी। न जाने क्यों उन्हें ऐसा लगा कि वे मर चुकी हैं। अन्दर ही अन्दर रुलाई फूट रही थी। ऐसा मानक विलाप जो कान से सुनाई नहीं देगा परन्तु जिसका मुखड़ा, अन्तरा, सुर ओर मात्राएँ सब सधी हुई होती हैं। मृत्यु भय से भरा मन चढ़ाई पर चलते खचाखच भरे छकड़े जैसा पग उठाता है।

सामान पहुँचाकर उतरते हुए भूरा ने कनखियों ने अपनी मालकिन की ओर देखा जो अब भूतपूर्व कही जा सकती थी। हर समझदार रोम में रहकर रोमवासियों जैसा व्यवहार करेगा। आज से इस कोठी में बस कुन्दन रोम है। बड़े भाई को नीम पागल घोषित करने के बाद अब माँ के साथ न जाने कौन सा व्यवहार करेगा। उसे कुन्दन नामक नरभक्षी होंठों पर जीभ फिराते हुए मानव मांस का चटोरा दिख रहा था। अब यह तथाकथित मालकिन क्या करेगी? बिना अधिकार और शक्ति के मात्र बिजूका जैसा अस्तित्व रखकर धीमी गति से आती मौत की प्रतीक्षा करने को अपनी नियति स्वीकार करेगी। कुछ क्षण पूर्व वह जिस स्त्री के बालों को नोंच कर सिर को केश रहित करने का मंसूबा बनाये हुआ था अब वह अनायास ही सहानुभूति का पात्र बन चुकी थी।

अपने कमरे में बन्द दरवाज़े के पीछे कुन्दन लगभग विक्षिप्तावस्था में बिज़नेस के सारे हिसाब-किताब का ब्योरा लिख रहा था। लेनदारी और देनदारी का आँकड़ा निपटाते हुए वह बारम्बार भूल कर रहा था। स्वयं पर खीझकर वह कैलकुलेटर की मदद लेने लगा। अन्त में झक मारकर उसने अपनी चेष्टा त्यागंकर वह कमरे में बिल्ली जैसा अपने पंजों पर बेआवाज़ चलने लगा। बन्द कमरे में भी उसने इधर-उधर देखकर यह तसल्ली करनी चाही कि उसकी इन हरकतों को कोई देख तो नहीं

रहा है। अन्ततोगत्वा उसने मन में आप्त वाक्य की भाँति यह गुनगुनाना शुरू कर दिया- पूरी दुनिया एक रंगमंच है। समझदार को यह मालूम होना चाहिए कि किस वक़्त और हालात में दुनिया वालों को कैसे बहाकर ले जाना है।

नीचे बरामदे में तेरहवीं के दिन लगी गगनबिहारी जी की तस्वीर न जाने क्यों एक ओर झुक सी गयी थी।

शाम को लाल दिखता आकाश रात घिरने पर गाढ़ी स्याही सा हो गया। दूर कहीं सलोरी में शान्त सा शोर उभरा। शायद ढोलक बजाते तमाशा दिखाने वालों का कोई झुण्ड गुज़रा हो। यह शोर कोठी से निकलती भर्राई आवाज़ को छिपाने में असमर्थ था।

कोठी के ऊपर मानो एक अदृश्य भीमकाय उकाब मनहूसियत के डैने फैला कर मँडरा रहा था।

52

फागुन के पहले दिन चन्द्रमा ऐसे उदित हुआ मानो अपने सखा के करकमलों से पूरे मुख पर विधिवत गुलाल लगाकर आया हो।

शीत ऋतु पीछे छूट गयी थी। इलाहाबाद के बंगलों में गुलदाऊदी और डहेलिया के शौक़ीनों ने गमलों और क्यारियों को गुलजार कर रखा था। फूलों के चहकने के लिए फरवरी का महीना आदर्श होता है। गर्म कपड़ों से निजात पाकर लोग स्वयं को जरा हल्का अनुभव कर रहे थे।

"पारस...!" नीरजा ने उसे पीछे से पुकारा। वह ठिठक कर रुक गया। यह महज एक शब्द था लेकिन आश्चर्य की बात थी कि इसे सम्पूर्ण वाक्य क्यों नहीं माना गया। झुरमुट के पीछे से निकलती नीरजा पूरी न दिखने के कारण और आकर्षक दिख रही थी।

वह पास आकर बोली, "आपकी मदद के लिए बहुत-बहुत शुक्रिया। मेरी सहेली सिमी भी आपको दिल से धन्यवाद दे रही थी।"

सुनकर उसने बस हलके से सर हिलाया। नीरजा ने गौर किया कि उसके मुखड़े पर आषाढ़ी साँझ की आभा आ गयी। जरा रुक कर वह बोली, "मैं आपकी मदद कभी नहीं भूलँगी। अब तक शायद मैं आपको गलत समझती रही।" पारस ने उसके मन के भावों को पढ़ने की गरज से उसे ध्यान से देखा। स्त्री-विमर्श की वीरांगना प्रेमिका का वेश धारण करके क्यों आयी है?

आख़िर नीरजा ने अब तक उसके मन की बात को समझने की कोशिश क्यों नहीं की या फिर वह स्वयं नारी को समझने की बुद्धि नहीं है। जब भी उसे किसी साथी के सहारे और अपनेपन की आवश्यकता हुई वह उसके साथ नहीं थी।

जीवन के अनन्त आकाश पर एक तुच्छ बदरी के टुकड़े को इतना महत्त्व कि उसे ब्रह्माण्ड को आच्छादित करने वाला आशियाना समझ लिया! तकरार सर्वोपरि हो गयी और जो सतत् विद्यमान है,उसकी इतनी उपेक्षा! अर्न्तमन में निहित भाव मानो भूगर्भ स्थित कारागार से बाहर निकलने को छटपटा रहे थे।

वह सँभलकर बोला, "किसी की सेवा करने का मुझे कोई अनुभव नहीं है। यह सच है कि मैं हमेशा अपनी दुनिया में जीता रहा। भले ही मुझ में ऐब ऐसी कोई बात ऩ हो लेकिन समाज से दूर रहना भी एक ऐब ही है। मैंने मन्दिर जाकर पुण्य कमाना या किसी ज़रूरतमन्द की मदद जैसा कोई काम नहीं किया पर मैं खलनायक नहीं हूँ। समाज से कटे होने का फल भी भुगतना पड़ा। मेरे घरवालों ही मुझसे छल किया।"

वह कोमल स्वर में बोली, "अपनी दुनिया में रहना कोई अपराध नहीं है। सबकी अपनी दुनिया होती है। कोई अन्तर्मुखी होता है कोई बाहरी दुनिया से काफ़ी जुड़ा हुआ। तुम्हारे अन्दर कल्पनाशीलता ज़्यादा है।"

"आज मैं तुम्हारे सामने अपनी आत्मा को बिना किसी परदे के सामने रख रहा हूँ। चाहे वह बिल्कुल उजली न हो लेकिन तन से पहले मन को बेपरदा करना सही रहता है। हाँ मैं तुम्हें प्रभावित करने के लिए यह सब करता था। लेकिन क्या ऐसा करना कोई अनैतिक काम है? जिस नारी को मैं अपना आदर्श मानता हूँ, जिसके बारे में ऐसा सोचता हूँ कि अगर वह मेरी ज़िन्दगी में आ जाये तो सारा अधूरापन औऱ उदासी दूर हो जायेगी...उसके मन में जगह बनाने की कोशिश करना क्या गलत है?"

नीरजा उसकी बातें सुनकर अनायास उसके पास आ गयी। "नहीं इसमें कुछ भी गलत नहीं है।"

"मेरी रुचि बस साहित्य में है और अपनी किताबों में केवल एक शहर का ज़िक्र करता हूँ–इलाहाबाद का। मुझे दुनिया में बस एक नारी की परवाह है जिसके पसन्द और गुस्से का ध्यान रखता हूँ। उसे मैं अपना आदर्श मानता हूँ।" यह कहकर वह चुप हो गया।

वह अवाक सुनती रह गयी। "तुमने साहित्य को अपनी रुचि बताया, इलाहाबाद का ज़िक्र किया। उस नारी का नाम लेते-लेते रुक क्यों गये?"

वह ऐसे चुप था जैसे किसी ने बोलने पर पाबन्दी लगा दी हो। शब्दभ्रूण मुख से बाहर आने के लिए हाथ-पाँव मार रहा था। फिर मानो सम्पूर्ण शक्ति बटोर कर बोला। "वह नारी मेरे सामने खड़ी है।"

उसकी भौंवें पल भर के लिए हैरानी से फैल गयीं। प्रेम दिमाग़ का चाहे फितूर ही सही परन्तु वह जीवन में छाया रहता है।

"मैं तुमसे प्रेम करता हूँ। तुम्हारे किसी काम आने की इच्छा हमेशा से मेरे मन में रही है। शुरुआत चाहे जैसे भी की हो लेकिन जिसके मन में अधूरापन होता है। जो लोग घर-समाज, दान-दहेज, जाति-धर्म के सारे समीकरण का हिसाब लगाकर काम करते हैं, वे दरअसल रिश्ता तय करते हैं और अपना घर बसाने की तैयारी करते हैं। प्रेम इतने सुनियोजित तरीक़े से नहीं होता है। अक्सर कहा जाता है कि अभी प्रेम करने की उम्र नहीं है या अब प्रेम करने की उम्र नहीं रही। क्या सरकारी नौकरी की तरह प्रेम की भी कोई न्यूनतम और अधिकतम आयु होती है? सच पूछो तो मेरी रुचि बस लिखने-पढ़ने में है। बाक़ी सब दुनियादारी के वास्ते थोड़ा बहुत कर लेता हूँ।"

नीरजा उसकी बात बड़े गौर से सुन रही थी। "कितना कुछ तुमने अपने अन्दर दबा रखा है। यह बात तो मुझे मालूम नहीं थी।"

"नीरजा तुमने कभी भी नारी की तरह नहीं सोचा। जब भी देखा, तुम समाज, इतिहास, दर्शन और न जाने कौन-कौन की बातें सोचती हो। तुम्हारे अन्दर स्वाभिमान है पर साथ ही पूर्वाग्रह भी है। हमारे बीच सोचने के लिए क्या बस उस दिन की बात है?" वह साँस लेने के लिए रुका। वह उसे गौर से देख रही थी। "एक साथ काम करने और सहयोग जैसी कोई चीज़ याद नहीं है? मैं मानता हूँ कि जो बात मैंने कही उसे और अच्छी तरीक़े से भी कहा जा सकता था लेकिन मेरा इरादा गलत नहीं था।" इतना कहने के बाद उसने उपसंहार के रूप में कहा, "अगर तुम्हें मेरी बात अच्छी नहीं लगी तो मैं ऐसी बात दुबारा नहीं करूँगा।"

नीरजा अब तक उसकी बातें सुनते हुए एकटक देख रही थी। वह सहसा बोली, "नहीं तुम बहुत अच्छी बातें करते हो बस लड़कियों को पटाना नहीं जानते।"

वह उसके चेहरे को गौर से पढ़ने लगा। कहीं वह मज़ाक़ तो नहीं कर रही है। ऐसा कोई लक्षण नज़र न आने पर सुखांत का स्वप्निल अहसास महसूस कर वह अभिभूत हुआ। "लड़कियाँ नहीं, लड़की कहो। बहुवचन का प्रयोग मत करो। मुझे बस एक लड़की को प्रभावित करना है जिसका मेरे मन पर अलौकिक असर है। मेरी पसन्द जरा अलग रही है। शायद इसी वजह से दुनिया-जहान और परिवार वालों से कटा रहा। किसी उपन्यास को पढ़ता तो उसकी नायिका बिल्कुल मेरी कल्पना की प्रेमिका जैसी होती। मैं बार-बार उपन्यास में उन पन्नों को पढ़ता था जिसमें उसका ज़िक्र होता, उसके व्यक्तित्व और गुणों की चर्चा होती। जैसे ऐसा करने से वह मुझ पर रीझ जायेगी। मैं कोई भर्तृहरि नहीं जो तुम्हें देखकर श्रृंगार शतक की रचना करता। लेकिन मैं जब भी नारी का चिन्तन करता हूँ तो मन में तुम्हारी ही छवि उभरती है।"

नीरजा का हृदय नम हो गया। लेखक का आत्मविश्वास अपराजेय होता है। कोई समझे चाहे न समझे लेकिन वह रचे बिना नहीं रह सकता है। दुनिया का विपर्यय ही वह रज्जु तनाव है जिसपर चल कर वह संसार को विस्मित करता है। क्या वह उसके लिए पूर्णता की चरम बिन्दु है? उसने कँपकँपाते स्वर में पूछा, "क्या तुम यह कह सकते हो कि तुम्हें मेरे बारे में सब पता है? मैं तुम्हारी जीवनसंगिनी बनने योग्य सर्वगुण सम्पन्न नारी हूँ?"

"जिससे हम प्रेम करते हैं उसके सुख-दुख, पसन्द-नापसन्द की परवाह करते हैं। उसकी भावनाओं को अनुभव करने की कोशिश करते हैं। बस उसके बारे में ब्योरेवार जानकारी इकट्‌ठा नहीं करते हैं। जहाँ तक परफेक्शन का प्रश्न है, जो बात हमें आकर्षित करती है वह शायद ही दोष रहित हो। इलाहाबाद विकास के मामले में देश के कई शहरों से काफ़ी पीछे होगा। यहाँ गोली-बम का भी ज़ोर है लेकिन जो असर इसके नाम का ज़िक्र करने भर से होता है वह किसी और शहर में कहाँ। बात बस संगम, अमरूद और तमाम प्रधानमन्त्रियों की नहीं है, यह राजनीति, सामाजिक चेतना और साहित्य की धुरी रहा है। यूरोप में स्विट्‌जरलैंड अपने प्राकृतिक सौन्दर्य और पर्यटन के लिए विश्वविख्यात है जबकि पड़ोसी इटली के दक्षिणी इलाके में पिछड़ापन और माफ़िया राज है। लेकिन दुनिया को माइकल एंजेलो, लियानार्डो द विंची जैसी प्रतिभाएँ इटली की देन हैं। मुझे भी सम्पूर्णता नहीं अधूरापन अच्छा लगता है। तुम्हारे साथ भी मेरा कुछ ऐसा ही विचार है।" उसने कहते हुए उसकी ओर देखा। "क्या सोच रही हो?"

"कुछ नहीं, बस तबसे तुम्हारे शब्दों की मदिरा पी रही हूँ। तुम्हारी प्यार भरी बातें सुनकर जी ख़ुश हो गया। मन करता है कि दीया बुझा दूँ। मुझे जरा भी अन्दाज़ नहीं था कि तुम बातों में बिल्कुल बीटहोवन के कम्पोजिशन की तरह मधुर हो। मैं शुरू में तुम्हारे बारे में जो भी सोचती थी लेकिन तुम बिल्कुल मेल गौरेया जैसे हो। वह हमेशा फिमेल गौरेया को रीझाने की कोशिश करता रहता है लेकिन कभी भी गलत बर्ताव या ज़ोर-जबरदस्ती नहीं करता है। पर जरा एक बात बताओ, तुमने मुझे पहले क्यों नहीं कुछ बताया? जरा सा संकेत तक नहीं।" सवाल करके वह उसे उत्तर की अपेक्षा में देखने लगी।

"जब भी मैं तुमसे अपने मन की बात कहने की साहस जुटाता था तब देखता कि तुम्हारी नज़रों में जैसे भगवान शिव के पिनाक धनुष पर पाशुपतास्त्र रखा है। यह देखकर मैं ठिठक कर रुक जाता।"

"हे भगवान...! मैं ही पूरी खलनायिका निकली। मेरी नज़र किसी के आगे नहीं शर्म से नहीं झुकी लेकिन तुम्हारे आगे मैं खुद को गुनाहगार महसूस कर रही हूँ।

जिस दिन मैं तुम्हें चेक लौटाने गयी थी अगर उसी रोज तुम्हारी आँखों में झाँक लेती तो सारी कहानी समझ जाती। बस मेरा शरीर चला गया था। मेरी मूरत तुम्हारे अन्दर बस गयी थी। चलो अब कोई ऐसी बात देखने को नहीं मिलेगी। तुम्हें इन आँखों में अपने लिये बस प्यार मिलेगा। पहले सोचा था कि इस प्यार-व्यार के चक्कर में कभी नहीं पड़ूँगी बट लव इज एक सीरियस मेंटल डिसीज। प्यार और समझदारी दोनों एक साथ नहीं चल सकते हैं। बताओ मुझे क्या करना पड़ेगा?"

"मुझे तुम्हारा साथ जीवनसंगिनी के रूप में चाहिए। जब तक तुम मेरे साथ रहोगी, मैं ख़ुश रहूँगा। इसके बाद उदासी चक्रव्यूह रचकर मुझे घेर लेगी। बस तुम्हारे मुँह से मुझे अपना नाम सुनना पसन्द है। यह शब्द मेरे लिए संसार का सबसे मधुर शब्द होगा।"

"बिल्कुल ऐसा ही होगा पारस।" वह भावुक हो गयी। "उदासी भी एक धरोहर है। उसे गंदे हाथ और नीयत से बचाना है। तुम अपनी उदासी बस मुझसे साझा करना।"

"नीरजा मैं कभी-कभी तुम्हारा प्रेम जीतने की कोशिश करते-करते थक जाता था। ऐसा लगता कि सब निस्सार है। मेरी हर बात के भाव पक्ष पर ध्यान न देकर तुम बस वर्ग, जेंडर और न जाने क्या-क्या देखती थी। तुम शायद यह देखना चाहती थी कि तुम्हारे लिए मैं कहाँ तक भटक सकता हूँ।"

वह उसके दोनों हाथ को पकड़कर बोली, "मुझे तुम्हारे ऊपर पूरा भरोसा है। अब तो हालात अलग हैं ना। मैं तुम्हारे पास आ गयी हूँ। हमारी पुरानी गलतफहमियाँ दूर हो चुकी हैं। तुम्हारी बातें बड़ी प्यारी लग रही हैं इसलिए मैं सुन रही थी। लेकिन आगे से ऐसा कुछ भी बोलने-सोचने की ज़रूरत नहीं है। हम दोनों साथ रहेंगे।"

"नीरजा सुना है कि नारी के मन में कुछ और होता है और जुबान पर और।" उसे मज़ाक़ सूझा।

वह हँसने लगी, "तुम सुना नहीं पढ़ा होगा। पढ़ाई में मन ज़्यादा रमता है ना। खैर! कल से हर पनघट, पंचायत और चौराहे पर हम-दोनों की बातें होंगी। खैर! अपने बच्चे को पालना कोई मुश्किल बात नहीं है। यह काम सारी दुनिया कर लेती है। दूसरे के बच्चे को पालना बहुत मुश्किल है।"

"मैं समझा नहीं। क्या कह रही हो तुम?"

"ठीक ही तो बोल रही हूँ। सासु माँ के बेटे को सँभालने की ज़िम्मेवारी हर पत्नी को करनी पड़ती है।" वह हँसी दबाती हुई बोली।

उसके मज़ाक़ पर वह भी बरबस मुस्करा पड़ा। थोड़ी देर शान्त भाव से उन्हें देखते रहने के बाद वह बोली, "कभी सोचा था कि इतनी सुन्दर बीबी मिलेगी?"

"सोचा ही नहीं, प्रयास भी किया था और वह भी सफलता पाने तक।" उसकी आवाज़ में ख़ुशी झलक रही थी।

"तुम मुझे अपनी जीवनसंगिनी के रूप में पाकर ख़ुश हो बस इतना काफ़ी है।" पारस के चेहरे पर नज़र टिकाए हुए नीरजा ने कहा।

वह उसके नजदीक आया। "मैं बस तब तक ख़ुश रहूँगा जब तक मुझे तुम्हारा साथ मिलेगा। उसके बाद कह नहीं सकता कि मैं रहूँ भी या नहीं।"

भाव-विह्वल होकर नीरजा ने उसकी दोनों हथेलियों को अपनी आँखों से लगा लिया।

कुछ सोचती हुई वह बोली, "तुम मुझे जरा एक बात समझाओ। जब मैं खुद पहले ही तुम्हारे पास आ सकती थी तो तुम इतने नखरे क्यों दिखा रहे थे? अब बेरूखी दिखाने के लिए अकेली मैं थोड़े ना ज़िम्मेवार हूँ।" वह उलाहना देने के अन्दाज़ में थी लेकिन अन्तस में गुलमोहर के फूलों से ज़्यादा लालिमा थी। पारस ने गौर किया कि वह खंजन नयन के द्वारा छद्म कोप बरसा रही थी।

अनायास एक स्मित मुस्कान उसके चेहरे पर आयी। इस प्रश्न का उत्तर देने में वह दुविधाग्रस्त नहीं था। "खतरनाक अपराधी को पकड़ने का सही समय रात का तीसरा प्रहर या बिल्कुल अँधेरे भोर में होता है। पहले तुम थाने में सरेंडर करने आयी थी। उससे पुलिस को कोई यश नहीं मिलता। जान जोखिम में डालकर अपराधी को पकड़ने पर इनाम मिलेगा। तुम्हें जेल जाने का शौक़ है तो किसी का भला करके जाओ।"

"तुम मुझे डाँटोगे तो नहीं? मैंने तुम्हें ख़ूब टार्चर किया है।" नीरजा ने कृत्रिम भय प्रदर्शित करते हुए पूछा।

अपने जीवन में उसने अब तक डिकेंस के उपन्यास का परिवेश और बाल्जाक के पात्र देखे थे। वह पहली बार स्वयं को बदली हुई परिस्थिति में पा रहा था। "मैंने माँ का नम्बर सेव कर लिया है। यह मेरा हेल्पलाइन नम्बर है। आगे से मुझे परेशान किया तो तुरन्त इस नम्बर पर कॉल करके तुम्हारी शिकायत करूँगा। फिर तुम माँ को अपनी सफाई सुनाती रहना। तुम्हें डाँट खाता देखने के आनन्द से मैं खुद को वंचित नहीं करना चाहता हूँ।" अपनी बात पर वह स्वयं मुस्कराने लगा।

उसे मुस्कराता देखकर नीरजा को अच्छा लगा।

"नीरजा लोग कहते हैं कि तुम बड़ी टेढ़ी हो। मेरा साथ अन्त तक दोगी?"

वह हँसने लगी। "अँगीठी में लकड़ी का टेढ़ापन ठीक हो जाता है। जीवन संघर्ष में तुम मुझे साथ पाओगे।" उसकी ओर गौर से देखते हुए उसने पूछा, "तुम मुझे भूलोगे तो नहीं?"

"मैं ज़िन्दगी का कोई सबक नहीं भूलता।" कहते हुए उसके चेहरे पर अनायास मुस्कान आ गयी।

"तो अब मैं सबक बन गयी? पहले आरज़ूँ-अरमान वग़ैरह, न जाने क्या–क्या थी।" उसने अपनी अलकों को पीछे करते हुए कहा। वातावरण में हास्य रस का मिश्रण हो गया।

नीरजा ने पारस के दोनों हाथ पकड़कर अपने पलकों पर रख दिया। "देखो तुम बड़े विद्वान हो पर एक बात मैं तुम्हें फिर भी बताऊँगी। याद रखो कि प्लानिंग हमेशा भविष्य की होती है। दुनिया में कोई भी बीते वक़्त की प्लानिंग नहीं कर सकता है। इसलिए जो हुआ उसे भूलने की कोशिश करो। सबका अपना-अपना भाग्य होता है। तुम्हारा भाग्य था कि तुम्हें ऐसे माँ और भाई मिले। लेकिन ज़िन्दगी खत्म नहीं हुई है। एक दिन हमारी पूरी ज़िन्दगी फ्लेशबैक की तरह सामने आती है। इस नजारे को हमें कम से कम देखने लायक बनाने की कोशिश करनी है।"

उसने सहमति में सर हिलाया।

पुरुष की बाल सुलभ अपरिपक्वता स्त्री का दायित्व बढ़ा देती है। "देखो पारस!" वह बड़े-बुजुर्ग की भाँति बोली, "यह संसार किसी के साधे नहीं सधेगा। बड़े-बड़े विजेताओं और सन्तों से नहीं सधा। इतना परेशान मत हो। आज तुम्हारे पास जो है उसे सहेजना है।"

मानव-मन एक ऐसी डायरी है जिसके पन्ने फाड़ना आसान नहीं होता। लेकिन वह सप्रयास मुस्कराया। "कोशिश करूँगा।" अपने भीतर अलाव जलाकर खुद बुझे-बुझे रहने की क्या ज़रूरत है। अब तक वह किसी अदृश्य नैतिक कुतुबनुमा के सहारे रास्ता तलाशते हुए आगे बढ़ रहा था। अब वह उसकी सहचरी है। संसार के समस्त ज्ञान का मन्थन करके उसे ताज़ा दुहे दूध और गाढ़ा नवनीत की तरह उसके सामने प्रस्तुत करती रहेगी। उसे सब कुछ नाटकीय दिख रहा था लेकिन आख़िरकार जीवन भी तो एक रंगमंच ही है। संसार रूपी समुद्र के होनी-अनहोनी की लहरों से बाहुयुद्ध करते हुए आगे बढ़ना है। अतीत को याद करना कुछ वैसा ही है जैसे फूटे घड़े से बह गये पानी की कैफियत पूछना। आने वाले और बीत चुके कल के बीच एक जाग्रत आज साक्षात मौजूद है। उसके कल्पना की नायिका सगुण और साकार सम्मुख उपस्थित है।

पेड़ों के झुरमुट के पीछे से चन्द्रमा किसी सतर्क गुप्तचर की तरह दोनों पर निगाह रखे हुए था। कल सुबह होने पर शहर का अद्यतन मानचित्र देखने वालों को यह अधिक ख़ूबसूरत दिखेगा क्योंकि उदासी के चिह्न कुछ हद तक मिट चुके होंगे।

■■■